Henning

—

Das Orakel der Vogellosigkeit

D1727572

Augsburg
6.2. 2015
Dieto Henning

Dieter Henning

Das Orakel der Vogellosigkeit

Ermittlungen und Entdeckungen
zu Brechts Gedicht »Laute«

Königshausen & Neumann

Bibliografische Information der Deutschen Nationalbibliothek

Die Deutsche Nationalbibliothek verzeichnet diese Publikation in der Deutschen
Nationalbibliografie; detaillierte bibliografische Daten sind im Internet
über http://dnb.d-nb.de abrufbar.

© Verlag Königshausen & Neumann GmbH, Würzburg 2011
Gedruckt auf säurefreiem, alterungsbeständigem Papier
Umschlag: skh-softics / coverart
Umschlagabbildung: Paul Klee: Blaugeflügelte Vögel, 1925
Alle Rechte vorbehalten
Printed in Germany
ISBN 978-3-8260-4732-9
www.koenigshausen-neumann.de
www.buchhandel.de
www.buchkatalog.de

für Marianne

das müsst ein wahrer vogel sein
dem niemals viel das landen ein

Ernst Jandl

Inhaltsverzeichnis

Einleitung

Mit dem Gedicht „*Laute*" hat es eine besondere Bewandtnis. Es ist Teil von einem Rarissimum in der deutschen Literatur, den *Buckower Elegien*. Brecht gab diesen Titel selbst vor, brachte das gesamte Werk jedoch nicht zum Abschluss Er hinterließ weder klare Angaben, welche Gedichte er unter dem Sammlungsnamen vereint sehen wollte, noch in welcher Reihenfolge sie anzuordnen wären. Derlei Notizen Brechts sind zumindest bislang nicht aufgetaucht. Der Zyklus ist Fragment geblieben; man muss einräumen, dass überhaupt in Zweifel steht, ob Brecht tatsächlich den Beschluss aufrechterhalten hat, ein solches Werk zu schaffen und zu beenden. Er hat es jedenfalls nicht veröffentlicht. Die meisten Gedichte aus jenem Sommer des Jahres 1953 sind erst nach Brechts Tod bekannt geworden. Von 23 Gedichten, die dem geplanten Band hinzugezählt werden können, hat Brecht lediglich sechs herausgegeben. Diese allerdings mit dem Sammlungsnamen versehen. Es ist eine spannende Frage, warum Brecht das so gehandhabt und die anderen Gedichte nicht zur Kenntnis gebracht hat. Bezüglich des Gedichts „*Laute*" wird am Ende der angestellten Untersuchung vielleicht eine Antwort möglich. Das Gedicht gehört zu den nicht veröffentlichten.

Brechts Gedicht „*Laute*" ist im Folgenden Gegenstand von Betrachtungen und Darlegungen. Sprechhandlung und Sprechsituation des Gedichts werden im Zusammenhang besonderer gesellschaftlicher und politischer Konstellationen aufgefächert. Brechts lyrische Äußerung greift ein in die historische Entwicklung von Kunstübung wie in die von Welterklärung. Die komplexe Verfassertätigkeit zieht eine komplexe Lesertätigkeit nach sich. Nachdenklichkeit wird mitgeteilt, die Nachdenklichkeit anderswo anregen will.

Was spricht dagegen, ein Gedicht zu strapazieren? Wenig. Die Situation wird nichtsdestotrotz besser, falls das Gedicht, dem vermeintlich Gewalt angetan wird, eine längere und umfassendere Beschäftigung herausfordert, es eigentlich darauf angelegt zu haben scheint. Sollten Leser einer Art Literaturpolizei zugehören und Bedenken tragen gegen die Umgangsweisen, die ersichtlich werden, läge in diesem Verweisen ein Stück Rechtfertigung, bedürfte es derselben.

Außer, einen Beleg für das eigene Vorgehen im besonderen Text zu suchen, kann zudem auf eine Erlaubnis des Verfassers verwiesen werden. Brecht schreibt: „*Gedichte sind, wenn sie überhaupt lebensfähig sind, ganz besonders lebensfähig, und können die eingreifendsten Operationen überstehen.*" Die vorliegende Analyse bestätigt die Lebensfähigkeit von Brechts Gedicht, dessen sie sich in wirklich eingreifender Weise annimmt. Mit jener Lebensfähigkeit meint Brecht, dass ein Text weiterhin gelesen wird, er bleibt von Interesse; damit gilt die Aufmerksamkeit jedoch zugleich, könnte man sagen, der Lebensfähigkeit des einzelnen Lesers. Um ihn geht es, ihm wird Hilfe angeboten und er stabilisiert vielleicht seine Person durch die Lektüre. Die Lektüre eines sprachlichen Kunstwerks ist vielfältig; wer dem Text dabei nahe kommt, kann kaum vermeiden, sich selbst nahe zu kommen. Das strahlt auf Allgemeines ab. Man sieht die Welt mit anderen Augen.[1]

Entstehungszeit wie Veröffentlichungspraxis machen deutlich, dass die Gedichte der *Buckower Elegien* als Werke der Kunst in einen politischen Zusammenhang gehören, dem gegenüber sie sich nicht allein durch ihre inhaltlichen Aussagen in Stellung bringen; sie sind als Kunstwerke sui generis ein Stück Kommentierung von vornherein. Ästhetik behauptet sich und will sich nicht hinwegdrängen lassen. Dies gilt für das einzelne Gedicht „*Laute*", wie für alle Gedichte aus der gedachten Sammlung.

Im Sommer 1953 war ein Aufstand in der DDR. Im Zuge des Jahrestags 2003 ist eine ganze Reihe von Erklärungen erarbeitet worden. Die Reaktion Brechts auf jene Ereignisse steht auf den folgenden Seiten im Mittelpunkt, und wie sie sich speziell in einem ausgewählten Gedicht niederschlägt. Um eine Hagiographie Brechts geht es dabei nicht, die Person ist am Rande wichtig. Das Gedicht wird als ein Dokument genommen, als eines für sich und eines bestimmter Zeitumstände.

Brecht war 1947 am 1. November aus den USA zurück nach Europa gekommen. Das Jahr 1947 war ein Jahr der Entscheidung in Europa und viele Entscheidungen waren bis zum Herbst gefallen oder sie fielen gerade. Die Außenminister der Kriegsalliierten trafen sich zum letzten Mal auf einer Konferenz in London. Die Tagung wurde am 15. 12. abgebrochen. Klar war, der Westen und der Osten würden nicht nur in der Deutschlandfrage, sondern darüber hinaus jeweils eigene Wege gehen. Der Kalte Krieg begann eine neue Entwicklung zu nehmen. Es gab ihn eigentlich schon lange, aber jetzt bekam er seinen Namen. Im Sommer 1953, während Brecht das Gedicht „*Laute*" schrieb, war in Korea, einem geteilten Land wie Deutschland, soeben in einem Krieg ein Waffenstillstand ausgehandelt worden, den man als Stellvertreterkrieg bezeichnet hat, weil die beiden stärksten Blockmächte nicht unmittelbar gegeneinander kämpften, aber trotzdem Gegner waren, und der als solcher „heiß" war. Welche Auswirkungen er haben würde, war nicht abzusehen.

Die Sowjetunion praktizierte nach 1945 lange Zeit Demontagen von Industrieanlagen in ihrer Besatzungszone und bestand auf Reparationsleistungen, zur womöglich sinnvollen taktischen Finesse (es wäre Geld zu bekommen gewesen), den Marshall-Plan für den eigenen Machtbereich zu akzeptieren, konnte man sich nicht entschließen. Der Marshall-Plan trat Anfang April 1948 in Kraft. Er-

---

[1] BFA Bd. 22.1, S. 454, Brechts Text, aus dem das Zitat stammt, trägt den Titel: „Über das Zerpflücken von Gedichten", es heißt dort auch: „Wer das Gedicht für unnahbar hält, kommt ihm wirklich nicht zu nahe." An anderer Stelle, BFA Bd. 21, S. 191, meint Brecht: „Alle großen Gedichte haben den Wert von Dokumenten." Die Untersuchung, inwiefern es sich um ein großes Gedicht handelt, wird hier bezüglich Brechts Gedicht „Laute" nicht in den Mittelpunkt gestellt, manchem mag es für eine solche Beurteilung zu schnell zusammenschnurren auf des Bekunden einer Befindlichkeit, die des Zufriedenseins. Ob der Umkehrschluss zulässig ist, dass ein großes Gedicht vorliegt, falls es umfassend als Dokument genommen werden kann?

gebnis der Defensive², in die man sich geraten sah, war nach der Währungsre-
form im Westen (die auch für West-Berlin galt) der Beschluss der Berlin-
Blockade durch die Sowjetunion, die seit dem Juni 1948 praktiziert wurde. Der
Zugang nach West-Berlin wurde zu Lande und zu Wasser versperrt. Als Brecht
am 22. November 1948 die Grenze zwischen tschechoslowakischem Staat und
der sowjetischen Besatzungszone überschreitet, ist sie noch im Gange. Die westlichen Alliierten sichern die Versorgung der Bewohner im Westen der Stadt ein
Jahr lang auf dem Luftwege. Brecht erfährt nach seiner Ankunft von Hunger
und Not auch im Osten Berlins. Neben den Ruinen sieht er „Ruinenmenschen"³.
Die unzureichende Versorgung ist insgesamt im Nachkriegseuropa ein lang an-
haltendes Problem gewesen. Im Sommer 1953, als sich die Situation in der DDR
gerade zuspitzt, erhält in England aus Anlass der Krönungsfeier der Königin
jeder Bürger zusätzlich zu rationierten Lebensmitteln ein Pfund Zucker und ein
Viertelpfund Margarine geschenkt. Brecht schreibt zu jener Zeit ein Gedicht,
„Lebensmittel zum Zweck" heißt es, in dem er eine vergleichbare Paketsendung
von amerikanischer Seite, die sich die Bürger der DDR in Westberlin abholen
dürfen, aufs Korn nimmt und das Verhalten der DDR-Bürger kritisiert. 800 g
Schmalz, 1 kg Mehl, 500 g Hülsenfrüchte und 4 Büchsen Milch sind im Angebot,
das zahlreich genutzt wird.⁴ Mehr als eine Million Pakete wurden seit 1952 bis
zum Sommer 1953 verteilt. Danach läuft die Aktion weiter, sie ist im Versuch,
die Überlegenheit des eigenen Systems vorzuführen, außerdem ein Stück
Wahlhilfe für Konrad Adenauer zur Bundestagswahl 1953. In Brechts Gedicht
wird angeprangert, dass in der DDR ein Aufbau gesellschaftlicher Verhältnisse
misslungen sei, in denen Lebensmittel selbst Zweck sind und nicht Mittel „zum
Zweck", oder zumindest der Unterschied richtig erklärt und der Gegner kritisiert
wird. Letztere Kritik erfolgt bei Brecht. Lebensmittel gebe es aus politischen
Gründen und die Absicht sei kriegerisch. Zugleich scheint im konkreten Erklären des Schachzugs der Gegenseite ein Moment der Analyse von dessen gesellschaftlichem System auf. Lebensmittel sind im Kapitalismus Mittel zum Zweck
des Geschäfts und erst im Vollzug von dessen Realisierung taucht der Gedanke
an die Versorgung der Leute auf.

Die unmittelbaren Nachkriegsjahre hatten teilweise etwas Aufhaltsames
und Unentschiedenes, trotz aller Klarheit in der Grundkonstellation. Selbst die
DDR war von der SU vermutlich nicht von vornherein als abhängiger Staat geplant, eher als ein abhängiges Provisorium, eine Verfügungsmasse für Verhand-
lungen, wie es in abgeminderter Form für das Verhältnis USA-BRD ebenfalls

---

² Brecht hält das fest: „In der Blockade-Frage ist man deutlich in der Defensive." BFA Bd. 27,
S. 283
³ WA Bd. 20, S. 311: „Von dem Anblick der Ruinenstädte erwarte ich keinen übermäßigen
Schock. Von dem Anblick der Ruinenmenschen habe ich ihn schon bekommen." Vgl. Brechts
Äußerung: „Wenn in unseren Ruinenstädten nach dem großen Krieg das Leben weitergeht, so
ist es ein anderes Leben … gehemmt und geleitet von der neuen Umgebung, an der neu die
Zerstörtheit ist." BFA Bd. 25, S. 171
⁴ BFA Bd. 12, S. 449

galt. Die amerikanische Überlegenheit war durch das Verfügen über die Atombombe gegeben; erst vier Jahre später, im Sommer 1949, führte die SU eigene erfolgreiche Versuche durch. Das militärische Gleichgewicht stabilisierte die Verhältnisse, so wie die Ereignisse des 17. Juni 1953 die beiden deutschen Staaten stabilisierten. Und es später der Bau der Mauer tut.

Nachdem Brecht im Laufe des Jahres 1948 nicht mehr viele andere Möglichkeiten gesehen hat, plant er, die Aussicht auf ein eigenes Theater in der sowjetischen Besatzungszone, die noch nicht die DDR ist, zu verfolgen und sich dort niederzulassen. Seine Überlegungen sind begleitet vom Bemühen um die österreichische Staatsbürgerschaft, von der Zuwendung zu einem Verleger in den westlichen Besatzungszonen und vom Einrichten einer Zusammenarbeit mit dem Finanzsystem der Schweiz. Eine schlaue Sorge um sich selbst, generell, und vor allem angesichts der Tatsache, dass von 1948 bis 1953 im sowjetischen Machtbereich erneut eine Reihe von Schauprozessen und Hinrichtungen praktiziert wird. War in den 30er Jahren Trotzki der große Abweichler in den gefährlichen eigenen Reihen, gilt jetzt Tito als solcher.

Im Land, das dann die DDR wird, findet Brecht eine erstaunliche Lage vor. Diejenigen, mit denen gemeinsam er früher in der 30er-Jahren die Niederlage gegen den Faschismus erlitten hat, gelten jetzt als Sieger, sie sollen nach der Umkehrung der Machtverhältnisse nach dem Krieg eine neue Gesellschaft und einen neuen Staat aufbauen. Brecht sieht sich eingeladen, dabei mitzutun. Andererseits gibt es überall noch die alten Nazis. Sie werden integriert und sie integrieren sich. Nach dem Ruin der Arbeiterbewegung unter den Schlägen des Nationalsozialismus ist nach dessen militärischem Ende in einem Teil Deutschlands von einem der Gewinner, vom sowjetischen Russland, die Vertretung jener unterlegenen Arbeiterbewegung als Herrschaft eingesetzt worden. Zunächst scheint Brechts Reaktion klar: *„nur wenige stehen auf dem Standpunkt, daß ein befohlener Sozialismus besser ist als gar keiner."*[5] Womöglich befürwortet Brecht das Risiko des Versuchs. Er hat die große Schwierigkeit der Aufgabe deutlich gesehen, einer weitgehend vom Nationalsozialismus geprägten Bevölkerung mit antifaschistischer Aufklärung und zudem sozialistischer Bewusstseinsbildung zu begegnen.

Die Machtpositionen in der späteren DDR wurden von Leuten eingenommen, die sich schnell als Sieger der Geschichte erklärten und dabei das Instrumentarium der Theorie des historischen Materialismus zum Einsatz brachten, im Grunde jedoch waren sie in mehrfacher Hinsicht Verlierer. Sie hatten als Kommunisten den Bürgerkrieg gegen die Nazis verloren, als Deutsche (auch wenn sie sich berechtigterweise nicht zu den NS-Deutschen hinzuzählen wollten, wies sie die eigene Besatzungsmacht darauf hin, Deutsche zu sein) den Krieg gegen die

---

[5] BFA Bd. 27, S. 285. Brecht hatte eine Vorstellung von der Radikalität der Notwendigkeiten: „Alles fürchtet das Einreißen, ohne das das Aufbauen unmöglich ist." (BFA Bd. 27, S. 262). Leider gilt: „Weitermachen ist die Parole. Es wird verschoben und es wird verdrängt" (ebd.). Brecht hat mit diesen Bemerkungen nicht nur die sowjetische Besatzungszone im Auge.

Macht der Alliierten, und als Kombattanden der SU in der großen Front des Kalten Kriegs verspielten sie Aussichten auf einen eigenen Weg, - wenn es diesen überhaupt geben konnte, und wenn er gewollt worden wäre. Zusätzlich, könnte man hinzufügen, geriet die östliche Seite früh ins Hintertreffen im Kalten Krieg.

Die allgemeine Skepsis Brechts, die von Beginn an vorhanden war, wächst im Laufe der Zeit, schließlich wusste er von Gegnerschaften gegen seine Person und gegen sein Werk und hatte darüber hinaus gute Gründe gehabt, die Emigration nicht in der stalinistischen UdSSR zu verbringen.

Die Beschäftigung mit dem Gedicht „Laute" ist eine Spurensuche. Sie speist sich von der Fragestellung, wie jene Skepsis genau aussieht und zu welchen inhaltlichen Positionen sie sich entwickelt. Im Zusammenhang der Ereignisse des 17. Juni 1953 in der DDR unternimmt Brecht Ansätze einer Ergebnissicherung in lyrischer Form. Das Resultat ist einigermaßen negativ.

Die Gedichte belegen eine grundsätzliche Kritik. Der Autor Brecht schreibt sich die Rolle des Dissidenten auf den Leib und füllt sie dennoch in seinem realen Leben lediglich sehr bedingt aus. Dafür mag Neugierde hegen, wer sich für Biographisches interessiert. Die nachfolgende Darstellung liefert dazu einiges. Wichtiger erscheint, am Beispiel eines singulären Werks, das in der vermeintlich so unscheinbaren Form eines Gedichts vorliegt, sich auf Implikationen desselben einzulassen, die von weitreichender Konsequenz erscheinen.

Blicke auf Theorie wie Praxis sozialistischer Politik ergeben sich, die Erklärungen von Falschheit, Fehlerhaftigkeit und Unzulänglichem ermöglichen. Das vorliegende Buch hat neben der Gegenständlichkeit von Kunst und Literatur und der Frage, was diese erbringt, die Entwicklung der deutschen Geschichte im 20. Jahrhundert und den Kalten Krieg im Auge. Brechts Gedicht steht mit diesen historischen Verhältnissen im Zusammenhang.

Das Ende des Ost-West-Konflikts 1991 offenbart unter anderem das Misslingen einer politischen Attraktion. Diese erweist sich als keine. So sehr Wissenschaftler, Intellektuelle und Künstler von sozialistischen Ideen fasziniert gewesen sein mögen, gegenüber der Realität sozialistischer Staatlichkeit unter Führung der Sowjetunion schwindet die Zuneigung zusehends und verliert sich. Brecht ist einer der Intellektuellen, die sich in diesem Zwiespalt befinden. Kalter Krieg war seit dem Sieg der russischen Revolution 1917 fast das gesamte zwanzigste Jahrhundert über. Er blieb selbst im Bündnisfall der beiden in jenem Konflikt staatlichen Hauptgegner, den USA und der SU, gegen das nationalsozialistische Deutschland eine Konstante. Jener andere Gegensatz, der von Kapitalismus und Sowjetkommunismus, war der entscheidende des vorigen Jahrhunderts; er ist als solcher vorbei.

Der gemeinsame Kampf gegen das volksgemeinschaftlich fanatisierte und totalisierte Deutschland verdeckte und überlagerte ihn eine Weile. Dieser Krieg war einerseits einer mit Ursachen, die tief ins 19. Jahrhundert reichten, die Deutschen suchten eine Revanche für die Niederlage im Ersten Weltkrieg und organisierten eine nationalistische Barbarei von Mord und Totschlag. Andererseits zeigte sich z. B. in der Übernahme des Sozialismus-Begriffs durch die NS-Bewegung allerlei Vertracktheit, die wie anderes ebenso eine Reaktionsform auf Neues auswies. Da erschien vielen Deutschen unter dem bekannten Label etwas attraktiv, das sie beim erklärten inneren Feind, den sie, nimmt man grobe Bezeichnungen, als „jüdischen Bolschewismus" ablehnten; sie beschlossen eine Form bestimmter politischer Organisiertheit, die nationale Diktatur. Was im Inneren des Landes erfolgreich war, formulierte sich als selbst ernannte sozialistische Gegenposition zum Sowjetmarxismus. Brecht schreib 1943: „*Im Faschismus erblickt der Sozialismus sein verzerrtes Spiegelbild*"[6], diese Aussage spricht einen analytisch weitgehend unerledigten Zusammenhang an. Brechts *Buckower Elegien* verzeichnen in der lyrischen Form ein Bewusstsein davon. Sie sind Anti-NSDAP wie Anti-SED, ohne auf billige Vergleiche abzuzielen. Wollte man jene Gedichte allgemein charakterisieren, müsste man anführen, aus ihren Inhalten ist eine Kritik und eine daraus resultierende Ablehnung von beiden gegensätzlichen und sich bekämpfenden Formen von Theorie und praktizierter Staatlichkeit von Sozialismus im 20. Jahrhundert zu entnehmen. Der sowjetische Sozialismus hatte ja in der Staatlichkeit der DDR eine politische Gestalt gewonnen. Da ist einer Kunstform wie einem Gedicht viel auferlegt. Aber das ist so gewollt.

Ein Sozialismus hatte sich 1933 bis 1945 bei den Deutschen durchgesetzt, der konterrevolutionär gegen Aufklärung, Individualismus und Liberalismus orientiert war; die Vokabel Sozialismus konnte unter anderem deswegen so einfach übernommen werden, weil auch im sowjetischen Sozialismus jenes durchaus zum Marxschen Erbe Gehörende nicht aufgenommen worden war. Der Begriff war nicht eindeutig „besetzt", wie man heutzutage sagt. Brechts Gedichte lesen sich als welche aus dieser fernen Zeit des Kämpfens gegen den Nationalsozialismus und der des Kalten Kriegs stammend und sind zugleich als Momente des Beharrens auf individuellem Interesse, auf der Position einer Freude und Lust am Leben, von bleibender Aktualität gegen Formen von Vereinnahmung einzelner Subjektivität, die zudem zuweilen in der raffinierten Form geschieht, dass diese jene als erwünscht für sich ansieht. Spezifische Staatsgläubigkeit als Bestandteil sozialistischer Theorie ist jenen Gedichten nicht zu entnehmen. Damit wären sie Momente einer heftigen Korrektur. Auch dem Gedicht „*Laute*" ist das zu entnehmen.

Mit der von Nietzsche ausgerufenen ästhetischen Rechtfertigung des individuellen Lebens hat Brecht sich ein Leben lang befasst. Vorab aller Beschäftigung mit dem einzelnen Gedicht „*Laute*" liegt darin bereits etwas Feststellenswertes. Sich in lyrischer Form zu äußern, besaß für Brecht etwas Widerständiges gegenüber vielerlei fremdem Anspruch und einem Vorschreiben individuellen Verhaltens und individueller Lebensführung, wie sie in der langen Geschichte religiöser und politischer Institutionen sich entwickelt hatte, nicht nur in deren radikalen und fanatischen Ausprägungen. Kunst war für ihn eine Abwehr gegen

---

[6] BFA Bd. 27, S. 158

Inanspruchnahme durch Allgemeines; unter anderem hat er das einmal so formuliert: *„In der Kunst genießen die Menschen das Leben."*[7] Darum geht es im Nachfolgenden auch.

---

[7] BFA Bd. 23, S. 385

I
DAS ELIXIER DER ELEGIEN

Hanns Eisler z. B., heißt es, soll nachgefragt haben, was Brecht denn damit meine, mit dem Adjektiv: *„vogellos"*. Erzählt wird, Brecht habe ihm geantwortet, er sei doch kein Ornithologe. Brecht könnte gelacht haben, als er das sagte, wäre ihm das Lachen nicht vielleicht bereits vergangen gewesen. Damit hat Hitler gerne gedroht, jemandem werde das Lachen schon noch vergehen. Hitlers Praktizieren seiner Ankündigung hatte Brecht überlebt. 1953 gab es neue Herausforderungen.

Die Neugierde Eislers galt Brechts Gedicht *„Laute"* und dort dem vierten Vers: *„Da die Gegend vogellos ist"*.[8] Das Gedicht wird zu den *Buckower Elegien* gezählt und ist im Sommer 1953 entstanden; wie andere aus dieser Zeit steht es anscheinend in einem Zusammenhang zu den Ereignissen des 17. Juni 1953 in der DDR. Die Leser des Gedichts fanden diese Behauptung der Vogellosigkeit meistens erstaunlich und wollten sie erklärt haben oder sich erklären. Offensichtlich war Besuchern wie Eisler klar, dass es damals im Sommer 1953, wie in anderen Sommern, Vögel in Buckow am Schermützelsee gegeben hat. Ist man heute dort, findet man jedenfalls viele Vögel vor. Im Beschäftigen mit der Rätselhaftigkeit von Brechts Aussage wird meist vorausgesetzt, dass man die im Gedicht genannte Gegend mit Buckow und dem Schermützelsee identifiziert. Dort hat Brecht 1953 einen Wohnsitz. Im Gedicht ist diese Verbindung nicht unmittelbar ersichtlich. Allenfalls weisen die Silberpappeln, von denen geschrieben ist, eine Spur.

Geht man mit einem kundigen Vogelbeobachter nach Buckow, lernt man Enten (z. B. Schellenten), Kraniche, Waldwasserläufer kennen und Eisvögel, die häufig im Tal des Stöbber brüten; das ist das zentrale Fließgewässer der Märkischen Schweiz. Der Stöbber fließt durch Buckow. Insgesamt sind viele Vögel dort gerne am Fluss und am See. Sie leben im Ort oder suchen ihn auf. In den Wäldern der Gegend um Buckow und im Ort selbst gibt es verschiedene Singvögel. Ein Ornithologe, der meint, etwa 200 Vogelarten seien hier in der Umgebung mindestens beheimatet, empfiehlt, sich u. a. Chancen auf das Beobachten des Zwergschnäppers nicht entgehen zu lassen. Touristisch nutzbar, ist für die auf diese Weise gelobte Landschaft die Bezeichnung „Vogelwald" gefunden worden. Dass die Gegend *„vogellos"* sei, wie Brecht schreibt, davon kann nicht die Rede sein.

Der Interpret mag sich ein wenig wie ein Kriminologe vorkommen, wenn er seine Ermittlungen aufnimmt, Indizien sammelt und prüft, Täter und Opfer sucht, Täter- und Opferstrukturen und Umgebungen zu analysieren beginnt und über Motive räsoniert.

---

[8] BFA Bd. 12, S. 313, dort auch das gesamte Gedicht

Brecht hat das Gedicht „Laute" nicht veröffentlicht. Im Vorspruch im Rahmen der „Versuche", dort wählt Brecht andere Gedichte aus, steht: „Die BUCKOWER ELEGIEN, von denen sechs hier abgedruckt sind, gehören ebenfalls zum 23. Versuch. Sie wurden im Sommer 1953 geschrieben."[9] Brecht teilt mit, es gebe noch mehr Gedichte unter dem Sammlungsnamen Buckower Elegien („von denen") und er nennt die Entstehungszeit.[10] Damit ist die Spur einer Verbindung zu den Ereignissen des 17. Juni 1953 in der DDR für den Leser gelegt. Es existiert eine Zusammenstellung von Typoskripten (BBA 357), die vermutlich auf Brecht selbst zurückgeht und eine Titelseite mit der Zyklusbezeichnung Buckower Elegien enthält. Darunter findet sich das Gedicht „Laute". Es ist dort das letzte vorhandene, als wäre es im Fragment gebliebenen Werk ein vorläufiger Schlusspunkt. Aber die Reihenfolge kann zufällig sein. In einer anderen Sammlung von Typoskripten, unter denen sich Buckower Elegien finden, ist das Gedicht „Laute" ebenfalls dabei[11].

Laute
Später, im Herbst
Hausen in den Silberpappeln große Schwärme von Krähen
Aber den ganzen Sommer durch höre ich
Da die Gegend vogellos ist
Nur Laute von Menschen rührend.
Ich bins zufrieden.

Auch wenn das Hauptaugenmerk der recht überraschend konstatierten Vogellosigkeit gilt, fallen dem Leser schnell zwei weitere Aussagen im Gedicht auf, die eine Interpretation erfordern. Zum einen ist es das Bekunden im letzten Vers: „Ich bins zufrieden" und zum anderen ist es die auffällige Darstellung der Zeitfolge im Gedicht. Der Verdacht bildet sich früh, das Enigmatische der drei Formulierungsweisen könnte auf eine Verbindung hinauslaufen, die zwischen ihnen geknüpft ist.

Man versucht eine erste Annäherung. Brecht mag Gründe gesehen haben, im Gedicht an dieser einen Stelle die Laute der Vögel herauszunehmen, an anderer Stelle im Gedicht, im dort bezeichneten Herbst, sind sie da; die Krähen auf den Silberpappeln werden sich vernehmen haben lassen. Eine Hinführung und Konzentration auf die Laute der Menschen geschieht, „Laute von Menschen rührend", heißt es; es scheint nicht unwichtig für das genannte Ich, diese Laute zu

---

[9] BFA Bd. 12, S. 445. Hervorhebung Brecht

[10] In einer Notiz im „Journal" berichtet Brecht: „Daneben die ´Buckower Elegien´." (BFA Bd. 27, S. 346)

[11] Allerdings fehlt es in BBA 97, die beiden vorhandenen Originale (das andere liegt in BBA 153) sind Originale Brechts, aber Durchschläge eines getippten ersten Blatts, das als eigentliches Original nicht greifbar ist. Generell wäre zur Herausgabe der Buckower Elegien viel anzumerken. Das ist hier nicht die Aufgabe.

hören, „*Laute*", das ist zugleich der Titel des Gedichts. Das Notieren der Laute der Menschen im Gedicht ist wesentlich. Das lyrische Ich zieht die Schlussfolgerung, der Laute wegen zufrieden zu sein. Solange Laute der Menschen zu hören sind, ist es gut. Welchen Sprachausdruck sie enthalten, steht anscheinend vorderhand nicht im Zentrum von Aufmerksamkeit, zumindest steht im Gedicht nichts davon, welche Laute es sind, was gesagt wird und ob überhaupt etwas gesagt wird; Laute können Geräusche verschiedenster Art sein. Wer zu vernehmen ist, der lebt. Das erscheint beruhigend und Grundlage von Zufriedenheit. Das im letzten Vers zu implantierende Genitivwort „dessen" hätte seinen Bezug zum Begriff „*Laute*". Deren Vernehmbarkeit machte zufrieden. „*Ich bins zufrieden.*" Die Zufriedenheit ist keine allgemeine Feststellung. Der Vers heißt nicht: Ich bin zufrieden. Das ist wichtig. Eine Elision des Buchstabens „e" liegt vor; die Aussage, ich bin es zufrieden, wäre zu lesen wie im üblicheren Ausdruck, ich bin es leid, und verwiese auf etwas, weswegen denn Zufriedenheit sei. Das Pronomen „es" wäre an der Stelle von „dessen" im Gebrauch. Jemand ist irgendwomit zufrieden, aber nicht zufrieden überhaupt. Die Gegenständlichkeit der Zufriedenheit herauszufinden, wird eine Aufgabe für den Leser. Sie schiebt sich sogar über die Lösungsversuche der Aussage von der Vogellosigkeit und überdeckt sie. Der Leser ahnt, was ihm bevorsteht. Er kann sich Empfindungen von Befremdung nicht erwehren. Unabhängig davon, ob er zusätzlich in anderen Gedichten der *Buckower Elegien* handfeste Kritik an Zuständen in Partei und Staatlichkeit der DDR gelesen hat, jene findet sich im vorliegenden Gedicht ebenfalls, es ist nicht schön ohne Vögel, sie fehlen und die Frage ist gestellt, woran es liegt, dass sie fehlen, und die Vögel, die genannt sind, die Krähen, sind nicht erfreulich. Weshalb also, fragt sich der Leser, spricht das lyrische Ich, das so offensichtlich etwas auszusetzen hat und in Umständen steckt, die nicht positiv erscheinen, von einer eigenen Zufriedenheit? Worauf bezieht sich diese tatsächlich genau? Der Schlussgong des Gedichts verhallt während der gesamten Analyse des Gedichts nicht. Wieso landet jemand bei dieser Aussage der Zufriedenheit, der benennt, dass ihm mancherlei nicht passt?

Dass der Eindruck von Zufriedenheit vom Leser kaum überschätzt wird, hat mit dem Beginn des Gedichts zu tun. Die Krähen sind als ein Anzeichen von Vergehen und Sterben aufzufassen. Ihr lyrischer Symbolgehalt ist heftig. Sie kommen im Herbst. Vielleicht, denkt man, war der Schatten des Untergangs der DDR sogar früh eingeschrieben, waren die Chancen nicht groß. Was für ein passendes Erwähnen dieser Vögel! Heute, nach dem Ende der DDR, wird man das leicht so sehen können. Brechts *Buckower Elegien* liefern insgesamt eine Bestärkung jenes Eindrucks. Über ihnen liegt ein Hauch von Untergang und auch von Leblosigkeit. Das Menschenschlachten war nicht lange vorbei. Das Neue versprach nicht viel. Es war eine Variante des alten, des bekannten Sowjetmarxismus.

Konkrete politische Daten sind im gesamten Gedicht nicht genannt. Das Gedicht nimmt einen Auftritt nahezu als Naturgedicht. Der Leser liest vom

Wechsel der Jahreszeiten und denkt an ein Eingebettetsein des menschlichen Lebens in Abläufe der Natur, die Darstellung ermöglicht ihm die Hoffnung auf einen neuen Sommer, der nach dem Winter und Frühling wieder kommen wird. Zugleich wird er den Gedanken des Ausgeliefertseins an eine eigene Endlichkeit nicht vergessen können, die auftauchenden Krähen erinnern ihn daran. Grundbestimmungen des Daseins, die im Gedicht im Mittelpunkt stehen, bleiben deutlich, selbst wenn man sich während der Lektüre und im Nachdenken über den Text immer stärker auf politische Spuren begibt und sich auf sie einlässt. Die Ausgesetztheit der Existenz, zu deren Eingedenken stets zurückgekehrt werden kann, gemahnt an die Relativität der Bedeutung von Politik und von historischer Welt. Die einzelnen Personen haben vielleicht im Sommer mehr Möglichkeiten mit vielerlei verschiedenen Lauten das Leben zu genießen, es kann dies vor allem draußen geschehen, nicht allein in der Zurückgezogenheit eines Hauses wie in anderen Jahreszeiten; mehr Möglichkeiten von Kommunikation scheinen geboten. Womöglich gibt es mehr Laute, die zufrieden machen, vernimmt man sie, weil sie unter Umständen sogar von der Freude am Leben berichten, die bei denen vorliegt, von denen die Laute rühren. Das Gedicht vermittelt eine Weite des Erwähnten und dagegen wirkt die Vorstellung ganz bestimmter Auffassungen, seien sie metaphysische Inhalte, die Bestimmungen einer Religion oder die Aussagen einer ideologischen Überzeugung als eine Verengung und Bedrohung; bestimmte Äußerungsformen von Leben geraten unter die Kandare von Anweisungen, Vorschriften und Geboten. Dieses Hinausstrahlen in Freiheit verliert das Gedicht zu keinem Zeitpunkt, so sehr die Krähen von Beginn an Schwierigkeiten anzeigen und damit ein einfaches Feiern oder Beglückwünschen bestehender Möglichkeiten weitgehend ausschließen. Der Leser verhakt sich schnell in das Anstellen von zahlreichen Überlegungen und merkt, dass das Gedicht nicht darauf abzielt, ihm die Lektüre einfach zu machen. Auch unabhängig von der Arbeit mit dem Gedicht ist nichts eingängig und leicht oder soll vom Text des Gedichts ausgehend jedenfalls nicht so erscheinen.

Was mag in Brechts Bewusstsein an Inhalten vorgelegen haben, wovon die Leser der Gedichte heute nichts wissen? Die haben nur die Gedichte vor sich oder jetzt eben dieses eine. Aber wenn wir, diese Leser, nicht wissen, weshalb Brecht nicht veröffentlicht hat, das immerhin wissen wir, da er das nicht getan hat, muss es Gedanken Brechts gegeben haben, die er nicht mitgeteilt hat; er hat nicht gesagt, was ihn umtreibt, die Gedichte zu verschweigen. Richtig verschwiegen hat er sie nicht einmal, sechs hat er herausgegeben; die anderen lagen herum, heißt es, Mitarbeiter haben sie gelesen. Hat niemand bemerkt, welches Potential in ihnen steckt? Hat Brecht gehofft, irgendeine verdammte List der Vernunft spülte sie an die Öffentlichkeit? Irgendeine Indiskretion?

Manches spricht eher für ein Kalkulieren Brechts. Am 20. 8. 1953 notiert er im „Journal":

„Aber nun als große Ungelegenheit, kam die große Gelegenheit, die Arbeiter zu gewinnen. Deshalb empfand ich den schrecklichen 17. Juni als nicht einfach negativ."[12]

Wofür Brecht bezüglich einzelner Inhalte eine Gelegenheit sah, davon handeln die Gedichte der *Buckower Elegien* und das einzelne Gedicht „*Laute*". Dass Brecht über Gelegenheiten nachgedacht hat und höchstwahrscheinlich auch über die besondere, die in den Ereignissen des 17. Juni zu erblicken war, belegt eine Notiz vom 7. 7. 1951, sie handelt von Gelegenheitsarbeiten für Künstler, die Bemerkung darf wohl trotzdem übertragen werden: „*Andrerseits ist es falsch, wenn man die Gelegenheit, statt beim Schopf zu packen, skalpiert.*"[13] Könnte man sagen, manches, was Brecht damals tat, inklusive der Veröffentlichung der sechs Gedichte, war der Versuch, die Gelegenheit beim Schopf zu packen? Mehr, z. B. die Herausgabe der restlichen Gedichte, wäre ein Skalpieren gewesen? Zudem, das darf man nicht vergessen, ging es auch um Brechts eigenen Skalp.

Acht Jahre war der Krieg vorbei. Noch traute kaum einer dem anderen, wenige sich wechselseitig, falls überhaupt. Nicht nur in den verschiedenen gegnerischen Frontstellungen war das so, sondern sogar innerhalb des jeweiligen Kreises der eigenen Leute. Wer sich keinen Kreisen hinzuzählte, für den galt genauso eine Vorsicht, oder erst recht - bei jedem Schritt. Ein Gedicht aus dem Kreis der *Buckower Elegien* trägt den Titel „*Vor acht Jahren*". Eine Metzgerfrau, ein Postbote und ein Elektriker werden vorgestellt. Verdächtigungen stehen im Raum. In Brechts Gedicht wird nichts klar entschieden. „*Und was war der Elektriker?*"[14], so endet das Gedicht. Die Frage hätte damals unter den Älteren jeder jedem stellen können: Und was warst du? Sie ist selbstverständlich gestellt worden, auch ohne sie auszusprechen, man hat gelebt mit der Frage. Schlimmer noch, man hat sich die Frage selbst gestellt. Und was war ich? Und den Jungen ist sie dann ebenfalls gestellt worden; von verschiedenen Seiten. Und was wärst du gewesen?

Ist es das? Ist es das zudem? Sind die „*Laute von Menschen rührend*" Anzeichen dessen, dass mit dem Reden begonnen worden ist, inmitten all der anderen Geräusche des Alltags, des Lebens? Sollten all die stillschweigend gehegten Vorwürfe ausgesprochen werden? Wahrscheinlich hat es eine Zeitlang so ausgesehen, als wäre da ein Anfang gemacht oder könnte er gemacht werden. Brecht muss die Zeit für die „*große Aussprache*", die er nach dem 17. Juni 1953 haben wollte und vorgeschlagen hat, dann doch nicht für gekommen angesehen haben. Jedenfalls hat er Zweifel gehegt. Er hat auf Veröffentlichungen verzichtet. Er hat die Gedichte geschrieben, und sie sind in einer gewissen Weise beides, sie sind

---

[12] BFA Bd. 27, S. 346f. Am selben Tag berichtet Brecht, woran er arbeitet und schreibt: „Daneben die Buckower Elegien." Eine wichtige Belegstelle dafür, dass er zumindest einen Zusammenhang von Gedichten gesehen hat, die damals im Sommer entstanden.
[13] Ebd. S. 322f
[14] BFA Bd. 12, S. 314

ein Teil der „großen Aussprache" und sie sind ein Indiz dafür, dass diese scheitert und nicht zustande kommt. Brecht forciert selbst wenig.[15]

Mit dem Sozialismus in der DDR stand es 1953 nicht gut, und mit dem Sozialismus, der von der Sowjetunion ausging, genauso wenig, und dass das beides so war, davon hat Brecht mehr als eine Ahnung besessen. Es hat ihn umgetrieben. Die Gedichte der *Buckower Elegien* und das einzelne Gedicht „Laute", sie sind ein Beleg dafür.

Verzweiflung überwältigte einen, würde die Aussicht auf Frieden trügen. Nach diesem Krieg. Nach den Verbrechen des Nationalsozialismus und des Stalinismus. Diese Furcht kannte Brecht. In der Wahl des Gattungsnamens „Elegien" ist sie zu greifen.

Die literarische Form der Elegie entstand im alten Griechenland im siebten Jahrhundert vor Christus, die Elegie wurde zunächst zusammen mit Flötenklang vorgetragen. Inhalte zeigten meist große Gefühle. Schmerz, Trauer und Klage wird ausgedrückt. Zu dieser frühen Tradition der lyrischen Form scheint das Auftauchen der großen Schwärme von Krähen in Brechts Gedicht zu passen. Eine schwermütige Stimmung eines Zuendekommens und Zuendegehens scheint angeschlagen. Das Künden davon enthält vor allem das Bereitstellen von Trost in der Trostbedürftigkeit. Kunst als Arznei. Kunst als ein Stück Leben, das neben dem Leben steht. Und danach wird es in Brechts Gedicht anders, zum elegischen Ton tritt ein antielegischer. Es war etwas gewesen, das die Äußerung von Zufriedenheit nach sich zieht, wovon in der Gegenwartsform berichtet wird, obwohl es zurückliegt und vor dem Auftauchen der Krähen stattfand. Als wäre noch einiges zu machen. Oder zu machen gewesen. Und ob man nicht erneut anfangen könnte, sogar jederzeit? Selbst nach der Nazizeit. Gerade. Erst recht. Es steht neben dem Dunkel das Helle. Gegen den Tod das Leben.

Brecht schreibt sich in eine Verlaufsform von Literatur und Geschichte ein. Von Ovid stammt die Anmerkung, elegisches Schreiben resultiere aus der Situation des unglücklich Liebenden. Das träfe auf Brecht zu; die Geliebte wäre der Sozialismus, die sich stark verändert hat. Unglück liegt in der Zuneigung, die man gehegt hat und weiter hegt, und in die eigene Vorstellungen von der Geliebten, ein Bild von ihr, würde Brecht sagen, eingegangen sind. Diese bleiben und werden überprüft.[16] In den Liebeselegien, die Ovid meint, war die Grundsituation vorausgesetzt (exclusus amator). Der Liebende wirbt, aber er weiß um die

---

[15] Brecht hat sich nicht völlig zurückgezogen. Selbst ein Jahr später, im Juli 1954, schaltet er sich ein. Man könnte sagen, er hat daran gearbeitet, Verhältnisse herzustellen, innerhalb derer eine Gelegenheit gewesen wäre, weitere Gedichte aus den Buckower Elegien zu veröffentlichen. Mit Begleitbrief vom 19. 7. 1954 schickt er Otto Grotewohl einen Text über die Arbeit der Volkskammer, Brecht initiiert Beschwerdebriefe aus der Bevölkerung, um die sich die Abgeordneten in Versammlungen, Sitzungen und Antwortbriefen in Kontakt mit den Leuten kümmern sollten, dies würde einen „kostbaren Überblick über die Stimmung, die Sorgen, die Ideen der Bevölkerung geben". Grotewohl leitet Brechts Anregungen nicht weiter. Vgl. BFA Bd. 23, S. 283 und S. 565.
[16] Vgl. Thomas Baier, Geschichte der römischen Literatur, München 2010, S. 64

Vergeblichkeit seines Werbens und um das Nichterhören der Liebe. Dies treibt ihn gerade in das elegische Schreiben und in das Belegen der Dringlichkeit seines Werbens. In diesem Sinne wäre Brecht ein Elegiker des Sozialismus.

Unglückliche Liebe kann vielfältig sein, sie muss nicht nur darin bestehen, dass der Liebende als Geliebter nicht angenommen wird. Die Geliebte weist den in besonderer Form um sie Werbenden ab. Sozialismus ist nicht so, wie Brecht wohl will. Er wird verschmäht. Andere haben sich der Sozialismus-Geliebten bemächtigt. Im Gedicht „Laute" wäre Brecht in mehrfacher Hinsicht ein unglücklich Liebender. Er will keinen Rückzug und weiter werben. Er fordert zur Liebe auf, zu der zum eigenen Leben und zum Genuss. Brecht reduziert nichts auf Klage und Trauer, bei Brecht ist der elegische Ton z. B. in keiner Hinsicht die Anbahnung eines selbstgewählten Abschieds aus dem Leben, wie einer der bekannten Leidenden an unerwiderter Liebe, am Nicht-Sex, Werther, sie verkündet (auch hier wären Auswege denkbar: Peter Altenberg hat den Hinweis gegeben, ach, hätte Lotte Werther wenigstens ein einziges Mal als Geliebten zugelassen, hätte er vielleicht überlebt).

Die Geliebten, von denen er verschmäht wird, sind für Brechts Alter Ego, das lyrische Ich, bezieht man Ovids Aussage auf das Gedicht „Laute", zunächst die Leute; deren Laute hört das Ich, aber mehr passiert nicht, auf die Spur dessen, was als Verbindung gedacht ist, muss sich der Leser setzen, der sich beherzt als Teil der genannten Leute begreifen kann. Zweitens sind Partei und Staat nicht-erhörende, störrische Geliebte; man glaubt es kaum, aber sieht man sie in der Tradition der Elegiendichtung, kommen sie einem so vor. Es mag sehr fraglich sein, ob man sich auf sie einlassen sollte und ob das vielversprechend ist, aber das, was Brecht will, ist Einfluss und Veränderung, eine Ausrichtung von Partei und Staat, die beide attraktiver macht für mögliche Liebhaber. Andere Partei, anderer Staat, anderer Liebhaber. Das ist als Geschichte unglücklicher Liebe beschreibbar, könnte sich Brecht gesagt haben. Ironisch gebrochen. Und eben elegisch. Lebensfreudiger müsste vieles werden. Nicht nur in der Literatur, auch in der Realität. Bei den Leuten. Drittens ist Gegenstand der unglücklichen Liebe die Literatur, die nicht genügend eingewirkt hat auf die Realität des Lebens, auf das geschichtliche Dasein des Menschen. Kein Erfolg, Misere von Kunst und Kultur. Es sind zu wenige Veränderungen geschehen. Das Scheitern von Aufklärung. Brecht erlebt es sein Leben lang, bis 1953; vom vermeintlichen Sieg im Krieg gegen den Nationalsozialismus war im weiteren Verlauf der politischen Entwicklung nicht lange zu zehren. Viertens das Autoren–Ich. Das hat nicht geschafft, könnte man sagen, die Fälle 1 bis 3 zu ändern und die Situation zu verbessern. Einzig das Spiel mit dem literarischen Subjekt, dem literarischen Ich, bleibt, man kann sich heraushalten, jedenfalls ein bisschen, sich distanzieren. Das Ich, das ich erfunden habe, ist von mir erfunden, zugegeben, aber, das bin nicht ich, der Erfinder. Nein. Was Brecht sucht, ist die Anzüglichkeit gegenüber allen möglichen Prätexten, die Verknüpfung verschiedenster Sujets, Assoziatives, Anspielungsreiches, Frappieren und Verwundern, hohe Spielfreude, ruchlos anarchoide Ästhetik. Auf Ovid bezieht sich Brecht zum Beispiel von vorneherein. Erstens war der ein Genosse der Verbannung unter den Schriftstellern, zweitens einer, der beklagt hat, dass die Leute als diejenigen gelten, auf deren Kosten Geschichte abläuft. Staatsvergottung als getätigte, wie als abverlangte, wird bei Ovid kritisiert, der so etwas wie ein Sponti zu Zeit des Augustus ist. Brecht stellt zudem Bezüge her zu Vergil und zu Dante, Marx und Nietzsche.

Brechts Gedicht beginnt ganz in der elegischen Tradition und entfernt sich allmählich von ihr. Krähen finden sich ein, Bedrohlichkeit und Furcht vor der Zukunft herrschen. In den ersten beiden Versen könnte eine Art Vogelschau alt hergebrachten Wahrsagens zitiert worden sein, die in den nachfolgenden Teilen des Gedichts destruiert wird. Die geäußerte Zufriedenheit wäre eine, die dem Überwinden des einfältigen Sehertums gälte. Die Erinnerung an die früheren Umgangsweisen aus alten Zeiten macht Erschrecken. Was ist womöglich verblieben? Das fragt sich der Leser. Geht es jemandem, der ein Gedicht damit beginnt, gar nicht gut, trotz der behaupteten Zufriedenheit?

Es gibt im Gedicht zunächst zwei Bezugspunkte für diese Zufriedenheit: dass es Laute gegeben hat, und dass das Ich sie gehört hat. Das Hören kann relativ genau und angestrengt gewesen sein, *„den ganzen Sommer durch"* heißt es, andererseits war da jemand vielleicht gar nicht am Hören interessiert, aber er streicht heraus, dass er es getan hat, das will er sagen. Die Laute wären unter Umständen als unüberhörbar einzuschätzen, eben *„den ganzen Sommer durch"* gab es sie, eine Insistenz könnte man gemeint sehen, die Interessen gelten würde, die für ein Berücksichtigen streiten. Zudem könnte man im Vollzug des Lesens nach dem proleptischen Bericht zu Beginn des Gedichts, dem bedrohlich wirkenden Auftauchen der Krähen, die Laute, die gehört werden, einfach als eine Geräuschkulisse nehmen, die etwas Beruhigendes hat. Etwas Entgegenstehendes war da immerhin. Das ist der Hauptinhalt des Gedichts, mit dem die Prolepse relativ unmittelbar verbunden wird, es ist Sommer vor dem Herbst gewesen und von diesem Sommer wird geschrieben. Ein erstes Argument für das Verzeichnen des Fehlens der Vögel wäre der Hinweis, wie wichtig die Menschenlaute sind.

Welche Menschen zu hören sind, wird nicht unterschieden. Das Verlauten der Gespräche, wenn es denn solche sind, aber es werden wohl welche unter den gehörten Lauten gewesen sein, ist die Kenntnisnahme eines Bemühens. Einer Kommunikation. Das lyrische Ich hat wenig Anteil daran. Es hört und beteiligt sich nicht weiter. Danach ist davon geschrieben worden. Das Ich, das hört, wird ein Kunstprodukt. Erfindung von einem, der schreibt. Sie sind zu zweit im Gedicht. Mindestens. Dem Leser des Gedichts bleibt die Frage, weshalb denn auf das Benennen von konkret Gehörtem verzichtet wird. Es ist einer der Bestandteile von Spannung, die er verspürt und die bleiben wird bei der weiteren Beschäftigung mit dem Gedicht.

Laute, die von Menschen rühren, wie es heißt, müssen nicht nur Töne und Fetzen von Gesprächen sein, sie sind nicht beschränkt auf Sprache. Lachen und Weinen sind möglich. Es kann Musik sein (die Laute ist ein Instrument und

Brecht hat in jüngeren Jahren - ich komme auf diese jüngeren Jahre später - Gitarre gespielt - „*Klampfe*" sagt er[17]), Singen, Tanzen. Motoren könnten Lärm machen, solche von Flugzeugen oder von Autos z. B.. Das alles ist nicht ausgeschlossen. Die Laute der Menschen stören das lyrische Ich keineswegs, obwohl sie vielleicht laut sind. Nirgendwo im Gedicht ist ein Schluss möglich auf Inhalte, die gehört werden. Selbst geradezu Unsägliches, z.B. Postfaschistisches kann unter den Lauten sein. Die Vielfalt des Lebens im Sommer ist erfahrbar, sie wird in einfacher Form aufgezeigt. Das lyrische Ich scheint eine Bereitschaft auszudrücken, sich auf die Laute einzulassen, sie zumindest zu hören. Das ist nicht viel. Darin läge ein zweiter Grund für das Ausblenden der Vogellaute und der Vögel. Ein spezifisches Hören wird hervorgehoben. Das lyrische Ich des Gedichts ist dessen zufrieden, zu hören, die Leute wahrzunehmen. Ihm ist das Hören nicht vergangen.

Brecht schreibt an zwei einigermaßen wichtigen Stellen im Gesamtwerk von der Bedeutung des Hörens und des Gehörtwerdens. Beide Notizen sind Mitte der 30er Jahre entstanden. Im Text „*Fünf Schwierigkeiten beim Schreiben der Wahrheit*", zuerst 1934 veröffentlicht, heißt es:

> „Die Wahrheit kann man nicht eben schreiben; man muß sie durchaus *jemandem* schreiben, der damit etwas anfangen kann. Die Erkenntnis der Wahrheit ist ein den Schreibern und Lesern gemeinsamer Vorgang. Um Gutes zu sagen, muß man gut hören können und Gutes hören."[18]

Eine Zuwendung zum Adressaten ist deutlich genannt, die einschließt, gut hören zu können; Gutes zu hören erscheint als wichtig, auszuwählen, wozu man etwas sagt, was man aufgreift, kommentiert oder kritisiert. Der Gegenstand künstlerischer Darstellung ergibt sich im Zuge eines Auswahlverfahrens, zu dem das Hören unbedingt hinzuzurechnen ist. Sonst gelingt jedenfalls keine „*Erkenntnis der Wahrheit*". Es gibt keinen Anlass, anzunehmen, dass Brecht 1953, als er die *Buckower Elegien* schrieb, den Sachverhalt anders gesehen hat. Den Kadern in Partei und Staat der DDR das Verlernen des Hörens vorzuwerfen, wie es in einem Gedicht bei Brecht heißt, erweist sich auch vor dem Hintergrund jener früheren Aussagen als heftige Kritik.

---

[17] Vgl. „Lieder zur Klampfe", BFA Bd. 11, S. 9ff, Brecht könnte sich durchaus erinnert haben, an diese Zeit des Nichtangepasstseins; auch die Figur Baal trägt in Kneipen Lieder vor und geriert sich als antibürgerlicher Kunstaufsässiger. Im Frühjahr 1953 schreibt Brecht den Text „Bei Durchsicht meiner ersten Stücke", den er im November 1954 veröffentlicht: „Die Lebenskunst Baals teilte das Geschick aller anderen Künste im Kapitalismus: Sie wird befehdet." (BFA B. 23, S. 241). Laute in der Begleitung mit der Laute vorzutragen, war für Baal Teil von Lebenskunst. In der anderen Umgebung des Nicht-Kapitalismus schreibt Brecht ein Gedicht „Laute" über „Laute von Menschen rührend". War es ihm Lebenskunst oder zumindest der Hinweis darauf, sozusagen eine Vertonung dessen zu liefern, was er hörte? Fürchtete Brecht ein vergleichsweises Befehden?

[18] BFA Bd. 22.1, S. 80. Hervorhebung Brecht

Die andere Betonung des Hörens bei Brecht findet sich am Beginn des Werks *„Buch der Wendungen"*. Der Text, der wahrscheinlich 1934 geschrieben worden ist, trägt die Überschrift: *„Auf einen Hauptpunkt hinweisen"*. Me-ti begegnet einem Jungen, der weint. Weil der Wind stark weht, kann man ihn nicht hören. Der Junge lässt das Weinen sein und es heißt von ihm, er hatte *„gehört zu werden, als einen Hauptpunkt erkannt."*[19]

Wenn jemand gehört werden will, muss er sich auf der anderen Seite des Kommunikationsprozesses, der eine Wahrnehmung und eine Veränderung des angesprochenen Sachverhalts einleiten will, der Anlass ist für die Aufmerksamkeit, die man bekommen möchte, ein Gegenüber vorstellen, das hört. Wer gehört werden will, sucht einen Hörer. Im Umkreis der Ereignisse im Sommer 1953 in der DDR ist das so gewesen. Andere sagen etwas oder produzieren Laute, ohne vielleicht allgemeine Aufmerksamkeit zu erheischen. Brechts Gedicht *„Laute"* unterscheidet Ausgangspunkte von Lauten wie diese selbst nicht. Gibt es jedenfalls den Hörer nicht, verelendet die Kommunikation und es ändert sich nichts am vielleicht Veränderungsnotwendigen. Alles bleibt beim Alten.

---

[19] BFA Bd. 18, S. 47

II
VOM HÖREN, EINE UNTERSCHEIDUNG

Ein wesentlicher Unterschied zu denjenigen, die im Gedicht: *„Die neue Mundart"* Gegenstand von Kritik sind, ist zu erkennen. Das Ich im Gedicht *„Laute"* hat eine andere Beziehung zu den Menschen, mit denen zusammen es sein Leben verbringt, als sie die *„Kaderwelsch"* [20]sprechenden Parteikader haben. Die Ich-Figur scheint die eigene Befähigung zu betonen. Die sinnliche Wahrnehmung des Hörens steht im Zentrum des Gedichts. In Vers drei heißt es: *„höre ich"*; die geäußerte Zufriedenheit hat damit zu tun. Die Laute, die von den Menschen kommen, sind der grammatische Bezug im Gedicht für die Zufriedenheit; jene haben dieses Gefühl zur Folge, damit ist das Hören ebenfalls umfasst. Eine Abgrenzung von den Kaderwelschlern wird bekundet und eine Kritik an diesen vorgebracht. Da kann man schon einmal die Vögel ausblenden wollen, als säße man in einem lyrischen Tonstudio.

Im Gedicht *„Die neue Mundart"*, das in allen Typoskriptsammlungen enthalten ist, die zur Zyklusidee der Buckower Elegien herangezogen werden können, heißt es in der letzten Strophe: *„Dem, der Kaderwelsch hört/ Vergeht das Essen./ Dem, der es spricht/ Vergeht das Hören."*[21] Die Kopie des Typoskripts aus BBA 357 trägt die Notiz von fremder Hand, dass Brecht dieses Gedicht, z. B. nach dem Zeugnis von Elisabeth Hauptmann, nicht veröffentlicht haben wollte. Inwieweit das stimmt, sei dahingestellt, inhaltlich ist dieses Gedicht das Herausarbeiten einer erheblichen Dissidenz. Auch im Gedicht *„Laute"* ist sie verzeichnet. Das Bekunden des Hörens durch das lyrische Ich im Gedicht *„Laute"* ist die Kritik eines Abweichenden. Vielleicht ein Stolz. Unterstellt ist, Brecht habe tatsächlich die Zyklusidee der Gedichte gehabt und neben dem einzelnen für sich stehenden Gedicht und dessen Bedeutung habe er selbst Bezüge, Zusammenhänge und wechselseitige Ergänzungen gesehen oder sogar gewollt.

Brechts Nichtveröffentlichen gerade der kritischeren Gedichte ist ein bedeutender Sachverhalt. Es lässt sich einreihen in die zweieinhalb Jahrtausende während Geschichte der Auseinandersetzung zwischen Macht und Intellektuellen im Abendland, vorausgesetzt, man sieht letztere in der Rolle des Künstlers oder Philosophen oder Wissenschaftlers verkörpert. Brechts *„Leben des Galilei"* ist z. B. ein stets erneut bearbeiteter Kommentar zu dieser Problematik. Brecht ist damit nicht fertig geworden, wie mit den *Buckower Elegien* nicht. Von den Herrschern zur Zeit Galileis ist weniger die Rede als von Galilei, wie von denen zur Zeit des Sokrates nicht, der den Gifttrank akzeptiert. Zu mutmaßen ist, von

---

[20] BFA Bd. 12, S. 311

[21] Ebd. In Brechts Manuskripten finden sich wiederholt Tippfehler, wie soll es anders sein. Zum Gedicht „Die neue Mundart" seien sie möglichen freudianisch inspirierten Liebhabern der Verschreibkunst mitgeteilt. Eine Fassung trägt den Titel: „Die neue Mudart", Brecht schreibt zudem „Kauderwelsch" und zweimal „Kaderwelch". Zu vergleichen sind die Mappen BBA 97, 153 und 357.

Brecht wird mehr gesprochen als z. B. über Ulbricht. Man könnte fast versucht sein, darin im Sinne von Kants Aufklärungsaufsatz oder Foucaults Differenzieren des Begriffs Parrhesia, des mitunter gebotenen selbstsorgerischen und freimütigen Wahrsprechens des Intellektuellen im Angesicht der Macht, ein Blochsches Hoffnungszeichen zu erblicken, das, im mehrdeutigen Sinn des Farbnamens, rot macht. Es wäre durchaus eine interessante Frage, ob Brecht der Lebensweise der Parrhesia[22] zuzurechnen ist. Er unternimmt in der literarischen Form der Lyrik, also mit Mitteln der Kunst, den Versuch einer Korrektur des revolutionären Diskurses, in der DDR wie generell, und riskiert die Beziehung zu denen, an die er sich wendet, Partei wie Bevölkerung, deswegen nicht, weil er nicht durchweg veröffentlicht. Der Sachverhalt ist heikel und diffizil und es ist kein Wunder, dass man sich manchmal wie ein Literaturdetektiv vorkommt.

Die am Schluss des Gedichts „Laute" bekundete Zufriedenheit bezieht sich auf beiderlei Teilnehmer an der Kommunikation, Sender wie Empfänger. Der Empfänger ist das Ich im Gedicht, Sender die Menschen, deren Laute zu hören sind. Die Zufriedenheit des Ichs hätte ihren Grund nicht im Selbstbezug und in der Selbstfeier, sie läge darin, einen Kontrast herausgearbeitet zu haben, der, nähme man das Gedicht „Laute" als das letzte in einem Zyklus, sogar am Ende das Ergebnis geleisteter Kritik zusammenfasste. Zugleich wird die Differenz zu den kritisierten Politkadern nicht nur mitgeteilt, sondern praktiziert. Laute zu hören und selbst lyrisch mit Lauten zu arbeiten, ist eine andere Weise des Umgangs mit den Leuten als er im Verlautbarungsstil der Partei gehandhabt wird; in den Mitteilungen derer, die das Hören verlernen oder verlernt haben.

---

[22] Vgl. Foucault, Die Regierung des Selbst und der anderen, F/M 2009 und: Der Mut zur Wahrheit, F/M 2010, bei deren Lektüre man schon gelegentlich einmal an Brecht denken kann. Nicht nur im Vergleich zu den Berichten über Sokrates dort, sondern z. B. auch bezüglich der Analyse kynischer Protesthaltung. Wahrscheinlich lässt sich Brechts Beziehung zur Antike nicht auf die Gelegenheit des Palimpsests reduzieren, selbst diese wäre mehr. Aufgegriffen werden antike Modi der Subjektivierung. Foucault nennt das „Ästhetik des Selbst", sehr gegen die später vom Christentum ins Werk gesetzte Pflicht des Gehorsams und der Relativierung der eigenen Person. Sorge um sich stünde als Ausüben von Freiheit gegen Funktionalisierung. Die Beziehung Brechts zu Sokrates ist nicht willkürlich aufgegriffen. In Brechts Exemplar von Platons „Gastmahl" ist das lobende Beschreiben des aufrechten und unerschrockenen Gangs des Sokrates vorbei an den Reihen der Gegner angesichts einer Kriegsniederlage von Brecht mit rotem Stift angestrichen worden. Was immer das heißen mag, ein Aufmerken war es Brecht, keinem Wertschätzer von Heldentum, wert und er hat eine Geschichte dazu geschrieben: „Der verwundete Sokrates". Parrhesia umfasst nicht nur Tapferkeit gegenüber Macht oder Übermacht, der Begriff beinhaltet Überlegungen zur Übereinstimmung von Bewusstsein und Lebensführung. Das ist z. B. das Thema von Brechts Drama „Der gute Mensch von Sezuan". In einem Brief an Cas Neher nennt Brecht Wedekind eine Persönlichkeit wie Sokrates und Tolstoi (GBFA Bd. 28, S. 45). Eine positive Sicht auf Sokrates scheint deutlich, von der Kritik Nietzsches an Sokrates, wie dieser sie in der „Götzen-Dämmerung" übt, ist nicht die Rede. Im Brief an Neher berichtet Brecht, dass er Wedekind im Kutscher-Seminar zur Laute hat singen hören; er selbst habe mit Freunden zusammen Wedekinds Lieder gesungen.

Der Lyriker als Empfänger wird seinerseits zum Sender und will ins Gespräch kommen; das gehört zu seiner Form der Kunstübung dazu, er ist darin nicht simpler Didaktiker, sondern gibt eine Methode vor. Diese hat nicht nur einen Zusammenhang zur Kritik an der Partei in der DDR und dem Versäumen dessen, was Brecht im Sommer 1953 als Möglichkeit, wie er gesagt hat, der *„großen Aussprache"* [23]gesehen hat, sondern erscheint zugleich als Element zeitgenössischer Kunst, die nicht darauf setzt, dass lediglich ein Genie in seiner Einsamkeit kreativ ist. Der Kunstkonsument sei vielmehr Mitproduzent. Was selbstverständlich Ansprüche an ihn stellt. Darin, diesen nachzukommen, soll er jener werden[24]. Viele Gedichte, die zu den *Buckower Elegien* gezählt werden können, enthalten mehr oder weniger diesen Zusammenhang. Auch in raffinierten und avancierten Formen verschiedenster Intertextualitäten und als Kulturturnier. Der erwünschte Leser reflektiere auf seine Lebensweise, bestenfalls entwickle er im Rahmen seiner Lektüre Orientierungen an Lebenskunst[25]. Der Prozess falle keiner Seite leicht, auch dem Autor nicht, und er lasse sich nicht auf eine unterstellt unproblematische sozialistische Agitation reduzieren.

Das Gedicht beginnt mit der Alliteration der Hauchlaute in *„Herbst"* und *„Hausen"* und einer Häufung von Zischlauten, diese Lautgestaltung läuft zielsicher auf das der Elision geschuldete und dadurch Beachtung erheischende *„s"* in *„Ich bins"* zu. Hauchlaute sind schwer zu hören, das Gedicht beginnt mit dem Auftakt einer Aufmerksamkeit. Ein Übergang zu Palatallauten erfolgt, in den Wörtern *„große"*, *„ganzen"*, *„Gegend"* liegen sie vor. Im ersten prominenten Subjekt ein Kehllaut: *„Krähen"*. Das Krähen kann auch eine Lautäußerung von Menschen sein, hell und leicht gequetscht klingt dann die menschliche Stimme, wenn sie „kräht", als äußere sie sich unter Druck oder in Not, in einer bedrohlichen Situation, für die das Auftauchen von schnabelstarken und vermutlich schwarzgefiederten Viechern wie den Krähen ein Zeichen sein kann. Die zusätzlichen zahlreichen Labiallaute im ersten und zweiten Vers geben zu erkennen, dass nahezu der gesamte Mundbereich des Menschen umfasst und auf verschiedene stimmliche Möglichkeiten (im Rahmen der bestimmten Sprache) verwiesen ist.

---

[23] Brecht verwendet den Begriff im Brief an Walter Ulbricht vom 17. Juni 1953 (BFA Bd. 30, S. 178). In einem Text, der am 23. Juni 1953 in der Zeitung „Neues Deutschland" erscheint, wiederholt Brecht den Vorschlag: „die so dringliche große Aussprache über die allseitig gemachten Fehler" (BFA Bd. 23, S. 250).

[24] Im Zusammenhang des Festivals „Deutsche Kammermusik Baden-Baden 1929" gibt es von Brecht damals schon vergleichbare Überlegungen. Der Begriff „Lehrstück" taucht auf. In Zusammenarbeit mit Hindemith kommt es zur Aufführung von „Das Badener Lehrstück vom Einverständnis". Brecht spricht von „Kunst für den Produzenten" (BFA Bd. 3, S. 411). Das Festival stand unter dem Slogan: Musik machen ist besser als Musik hören.

[25] Man findet ein diesbezügliches Orientieren Brechts vielfach in Äußerungen anderwärts. „Alle Künste tragen bei zur größten aller Künste, der Lebenskunst." (BFA Bd. 23, S. 290), heißt es, und im Mai 1955 anlässlich der Verleihung des Stalin-Friedenspreises spricht Brecht vom Frieden als Voraussetzung „aller Künste, einschließlich der Kunst zu leben." (BFA Bd. 23, S. 345)

Das beobachtete Lautgeben, wie das vom lyrischen Ich im Gedicht selbst geübte, scheint eine Empfehlung zu sein. Zurückhaltung und Verschweigen sind nicht angesagt. Nur nichts in sich hineinfressen.

Genau das wird praktiziert (und den lesenden Mitproduzenten des Gedichts anempfohlen), was, wie es hieß, den falschen Kadern *„vergeht"*: Das Hören und ein richtiges Reagieren auf dieses Hören. Hören wird getätigt, gewürdigt und ernst genommen. Eine weitere Reaktion verzeichnet das Gedicht nicht. Aber das Gedicht ist selbst eine. Die Aussage *„höre ich"* steht am Ende des dritten Verses im Gedicht, nahezu in der Mitte des Gedichts, sie strahlt nach vorne zurück und zum Ende des Gedichts hin aus. Das Gedicht besteht außer im Resümee des letzten Verses über fünf Verse hinweg aus einem einzigen Satz. Gesehen wird allerdings ebenfalls. Aber lediglich das Hören, das Hören der Laute, wie es der Gedichttitel bereits nahe legt, zieht eine Reaktion der Zufriedenheit beim Ich nach sich. Es muss nicht einmal eine real vorhandene Zufriedenheit sein, den Verdacht könnte man hegen, aber beteuert wird sie, vielleicht des Vergnügens wegen, sich als unterschieden sehen zu können im Vergleich zu anderen, die mit dem Hören Schwierigkeiten haben. Am Gedicht *„Laute"* ist bezüglich der literarischen Gattung Lyrik zu sehen, was Brecht über sein Theater geurteilt hat: *„Interesse am Verhalten und Meinen der Leute."*[26]

Der Leser denkt an den Sommer 1953 in der DDR, er kann sich vorstellen, Brecht greift sein an anderer Stelle formuliertes Verständnis für die Arbeiter im Gedicht auf. Unter die Menschen, deren Laute zu hören waren, sind diese Arbeiter zu rechnen. In einem Text vom 21. 6. 1953, der am 23. 6. in der Zeitung *„Neues Deutschland"* veröffentlicht wurde, hatte Brecht geschrieben, dass er Inhalte, Anlass und Art und Weise der Proteste bis zu einem gewissen Punkt teile. Wie an anderer Stelle fordert Brecht in diesem Text eine *„große Aussprache"*, er hofft, dass

> „die Arbeiter, die in berechtigter Unzufriedenheit demonstriert haben, nicht mit „Provokateuren" auf eine Stufe gestellt werden, damit die so dringliche große Aussprache über die allseitig gemachten Fehler nicht von vornherein unmöglich gemacht wird."[27]

Brecht verweist in diesem Text darauf, dass er bereits am Morgen des 17. Juni, seine *„Verbundenheit mit der Sozialistischen Einheitspartei Deutschlands ausgedrückt"* habe, er zitiert damit die Formulierung seines Briefes an Ulbricht von jenem Tag, in dem bereits die *„große Aussprache"* gefordert wird, allerdings lediglich über *„das Tempo des sozialistischen Aufbaus"*. Brecht stellt sich hinter die Partei, wie auf die Seite der Arbeiter, er spricht über die *„allseitig gemachten Feh-*

---

[26] BFA Bd. 25, S. 401. Die Bemerkung stammt aus der Textsammlung „Katzgraben-Notate" vom Frühjahr 1953. Brecht inszenierte Erwin Strittmatters Stück „Katzgraben" und begleitete die Probenarbeit mit Notizen. Im Mai 1953 wird einiges im Programmheft anlässlich der Premiere gedruckt. Vgl. ebd. S. 542.
[27] BFA Bd. 23, S. 250

ler", also von denen der Partei ebenfalls, und nicht lediglich solchen, die das Tempo des Aufbaus betreffen, und welchen der protestierenden Arbeiter, er räumt eigene Fehler ein, also auch persönliche, der Begriff *„allseitig"* schließt seine Person mit ein. Was Brecht will, ist ein Revolutionsdiskurs.

Wie er sich dieses Eingreifen in Theorie wie Praxis der Übergangsgesellschaft DDR vorgestellt haben mag oder nach 1945 generell), kann kaum beantwortet werden, aber die Gedichte der *Buckower Elegien* können als sein Beitrag im Sommer 1953 gewertet werden, als ein später, und einer der geleistet wird, als sich das Erhoffte offensichtlich nicht in der Weise positiv entwickelt, wie es in seinen Augen möglich gewesen wäre. Dass die Gedichte nicht nur spät sind, sondern vielleicht verspätet und zu spät, mag sich darin erweisen, dass sie Brecht bis auf sechs nicht veröffentlicht, vor allem die kritischen und deutlich von der Parteilinie divergierenden zurückhält. Brecht will sich nicht zum Ausgangspunkt des großen Diskurses, den er wollte, machen, als dieser scheitert. Er bricht ihn nicht nichtsdestotrotz vom Zaun, sondern betreibt ihn eher heimlich. Das Gedicht *„Laute"* ist zu Brechts Lebzeiten nicht herausgegeben worden. Die Art von Überprüfung, die Brecht in den Gedichten vornimmt, hat ihn womöglich weiter aus der Kurve getragen, als er beabsichtigt gehabt haben mag. Auch für den Autor selbst können die Gedichte Erkenntniswert besessen haben.

Im Gedicht *„Laute"* ist der Zusammenhang zu Brechts Teilhabe am Protest zu ermitteln. Im Wort „rührend" steckt Verschiedenes. Es heißt nicht einfach: Laute von Menschen stammend; zunächst kann dem Leser einfallen, dass es das Wort Aufruhr gibt, das Adjektiv aufrührerisch; es hat sich etwas gerührt im Sommer 1953 in der DDR. Im Wort Aufruhr steckt derselbe Wortstamm wie im Wort „rührend", das im Gedicht gebraucht ist. Die Aussage *„ich bins zufrieden"* bedeutet auf jeden Fall keinen vollständigen Widerstand des lyrischen Ichs gegen diesen Aufruhr, keine grundsätzliche Ablehnung. Das lyrische Ich des Gedichts scheint von den gehörten Lauten gerührt zu sein, das am Ende des vorletzten Verses platzierte Partizip Präsens *„rührend"* weist ausdrücklich auf die Bedeutung von Gefühlen hin. Nicht allein rationaler Diskurs steht im Fokus, zudem dessen Schwierigkeit. Gefühle können auch den Leser erfassen. Brecht hat dergleichen nicht durch eine andere Wortwahl versperrt.

Die Laute, die zu hören sind, werden als Ausschnitt der Gegenwart genommen und der Realität. Diese kommt zu Ehren und zu Wort. Es ist ein Stück Leben, das erfahren wird. Sowohl von denen, die Ausgangspunkt der Laute sind, wie vom anderen, der hinzuhört, der hört und literarische Person dessen ist, der ein Gedicht mit dem Titel *„Laute"* schreibt. Der Letztere schließt sich nicht aus. Ein Zuwenden zum Leben liegt vor; eine ganz und gar nicht lebensfeindliche Tendenz ist zu spüren. Umso verwunderlicher ist, dass die Vögel fehlen. Würden diese nicht in der Schönheit ihrer Gestalt, dem Fliegen und Gesang, eben ihren Vogellauten, geradezu als Bestandteil von ästhetischen Genussmöglichkeiten anzusehen sein oder wenigstens als Hinweis darauf?

Ich bin wieder bei der Behauptung der Vogellosigkeit im Gedicht. Ich denke, Brecht hat das als eine Herausforderung an seine Leser und Interpreten gedacht. Er könnte sich gefreut haben dabei und eine Sinnlichkeit des Schreibens genossen haben, die Kunstübung. Das Vergnügen der Ästhetik. Eine fröhliche Bestätigung, sein Projekt als lyrisches unternommen zu haben. Aber dabei bleibt es nicht. So wichtig das Beharren auf der Kunstform insgesamt auch ist.

III
DIE BEHAUPTUNG DER VOGELLOSIGKEIT

1. Der Traum vom Fliegen und das Ablehnen der Prophetie
Von den Vögeln wird offensichtlich gemeint, dass sie das Hören stören. Wären sie da, würde man nicht nur die Laute von Menschen hören. Die im Gedicht vorkommenden Krähen, die chronologisch im Ablauf des Jahres später auftauchen, sind nicht in ihren Geräuschen bezeichnet, sie kommen dem Leser eher vor wie ein vorangestelltes Anzeigen, der Behauptung der Vogellosigkeit nicht zu trauen, über sie nachzudenken. Sowieso bleibt ein Ausgeschlossenes nach dem Verfahren des Ausschließens dem Leser ein weiterhin Gegenwärtiges. Man denkt an das Negierte. Das Hinweggesetzte drängt sich auf. Die Vögel. Zudem stellt sich die Frage, was mit den anderen Tieren ist. Bellen nicht die Hunde, miauen Katzen, quaken Frösche oder summen Insekten im Sommer? Weshalb werden bloß die Vögel als absent erwähnt?

Sind die Krähen erst im Herbst gekommen? Wo waren sie im Sommer? Brecht meint im Gedicht vermutlich keine Kolkraben, sondern eher Rabenkrähen, oder es sind Saat- oder Nebelkrähen. Die Nebelkrähen erscheinen im frühen Winter aus dem Norden und Osten in Mitteleuropa. Anhaltspunkt dafür, die Krähen im Gedicht als Nebelkrähen anzusehen, wäre ihr Auftauchen im Herbst. Freilich liegt Buckow (wieder unterstellt, das ist die im Gedicht gemeinte Gegend) relativ östlich; Ornithologen sagen, Nebelkrähen fliegen von dort aus im Winter fort und über Rhein und Donau hinaus. Die Nebelkrähe ist eher graufarben gefiedert, die Saatkrähe hingegen schwarz wie die Rabenkrähe. Man wird mit genauen ornithologischen Befunden nicht weit kommen, will man das Gedicht interpretieren, dafür spricht zudem die Äußerung Brechts gegenüber Eisler. Was als die Hauptsache erscheint, ist ein Verunsichern des Lesers, der im Gedicht zuerst von Vögeln liest, den Krähen eben, und danach davon, dass es zuvor keine Vögel gegeben hat. Was soll er anderes tun, als über die Vögel nachzudenken?

Was kann das nicht alles beinhalten, diese Behauptung der Vogellosigkeit? Man geht als Leser Einfällen nach und zieht Erkundigungen ein. Es ist schwierig, sie der Reihe nach zu ordnen. Wie ein Kriminalist müsste man, um die Spuren zu ordnen, die Zettel mit Notizen an eine Wand pinnen oder vor sich auf den Boden legen und nachdenken.

Gäbe es die Vögel nicht, würden die Menschen den Wunsch, selbst fliegen zu können, vielleicht nicht verspürt haben. Der Traum wird gehegt, sich zu erheben über die irdischen Dinge und Angelegenheiten. Frei, unabhängig und unbeschwert etc. möchte man sein. Losgelöst. Wegfliegen können, schnell einen Ort verlassen. Die Idee, den Himmel zu erobern und in Besitz zu nehmen, breitet sich aus. Mit den Zwängen von Notwendigkeiten der Produktions- und Zirkulationssphäre kapitalistischer Gesellschaft wird sie unabweisbar und konsequent verfolgt. Die Vorstellung, in die Lüfte zu entschweben, bleibt keine Spinnerei. Flugzeuge werden technisch perfektioniert. Marx hat analysiert, das Wertgesetz mache den wissenschaftlichen und technologischen Fortschritt zum notwendigen Bestandteil der Produktionsweise. Jener wird ein Element, die Produktivkraft der Arbeit zu steigern. Was damit verändert werden kann, ist nicht die Länge des Arbeitstags, die trotzdem kalkulierbar bleibt, sondern die Teilung des Arbeitstags. Mit Marx gesprochen heißt das, der Anteil notwendiger Arbeit wird geringer, der Anteil von Mehrarbeit steigt. Marx spricht von der Produktion von relativem Mehrwert, gegenüber dem absoluten, unter dem die zeitliche Ausdehnung, Arbeitskraft insgesamt zu verausgaben, gefasst wird. Mit Hilfe von Wissenschaft und Forschung wird erreicht, dass ein geringeres Quantum Arbeit die Kraft erwirbt, mehr zu produzieren, mehr Gebrauchswert in Form von Waren.

Die Vögel gehören zum Gründungsmythos der Menschheitsgeschichte. Im Umkreis der Erzählung vom Sänger Orpheus sind entsprechende Geschichten überliefert. Am Anfang war der Vogel. Er ist in der griechischen Mythologie die Urnacht der Welt. Die Finsternis galt als mit schwarzen Flügeln gefiedert und sie überwölbte alles. Der Riesenschoß der Dunkelheit wird von der Bewegtheit des Windes befruchtet. Aus dem silberfarbenen Ei, das sich entwickelt, entsteht ein Gott, der die ebenfalls im Ei verborgene Welt, den Kosmos an das Licht bringt.[28] Als Sohn des wehenden Winds denkt man ihn sich mit goldenen Flügeln ausgestattet. Wer solche Geschichten nachblättert, kommt nicht umhin, ausgehend von Brechts Konstatieren der Vogellosigkeit sich an das Verzeichnen der Windlosigkeit zu erinnern, das im sogenannten *„Mottogedicht"* vorliegt:[29] *„Ginge da ein Wind"*, heißt es dort. Stellt man beide Abwesenheiten einander gegenüber, Wind- wie Vogellosigkeit, könnte es nach Maßgabe der Gedichte Brechts nicht zur Gründung der Welt kommen, jedenfalls nicht zu der bekannten mythologischen Erzählung davon. Wie von fern her zitiert Brecht anscheinend die alten Geschichten, um Abstand von ihnen zu nehmen. Er favorisiert ein anderes, ein nichtmythologisches Bild von der Welt.

Man mag durchaus einräumen, dass im Elegischen eine der Formen läge, dem Vergehen des Mythischen nachzulauschen. Abzusehen von der Gültigkeit, heißt nicht, abzusehen von der Kenntnisnahme. Schon um neue Mythensetzungen erklären zu können. Zudem kann man einem Abgelehnten weiterhin gewisse Schönheiten attestieren und sogar mit ihm zu tun haben wollen.

Ist Brechts Bestreiten der Anwesenheit der Vögel dies zuerst? Der Hinweis, sich um die Verhältnisse auf Erden zu kümmern und sich darum zu kümmern, sie zu verbessern? Nicht abzuheben? Die Frage nach der Gültigkeit des Fortschritts wäre gestellt, ob denn z. B. die Konstruktion von immer mehr Flugma-

---

[28] In größerer Ausführlichkeit erzählt wird diese Geschichte z. B. bei Karl Kerenyi, Die Mythologie der Griechen, München 1966, S. 20.

[29] Es findet sich als Typoskript in einer anderen Sammlung von Gedichten, in die viele der Gedichte eingereiht sind, die an anderer Stelle unter der Überschrift „Buckower Elegien" liegen, hier unter dem Titel „Neue Gedichte und andere" (BBA 153) auf der ersten Seite unten rechts angebracht, so als würde es in die Funktion eines Mottos gerückt sein.

schinen nicht ein Fortschritt, wie Brecht die Figur des Galilei sagen lässt, von den Menschen weg wäre. Viele Schlussfolgerungen sind möglich. Sich auf die Erde zu konzentrieren, die soziale Reform oder Revolution zu gestalten, die Galilei verrät, wie Brecht im Drama vorführt. 1953, im Sommer, war Anlass genug, sich dieser Tätigkeit zu widmen.

Selbst die Vögel wohnen nicht in der Luft. Will Brecht der Konstruktion eines Wolkenkuckucksheims[30] widersprechen? Der Ausgestaltung eines Ideenguts, von dem aus, gewissermaßen in luftiger Höhe, die Verhältnisse des Menschen in ein Maß genommen werden und es würde die Bodenhaftung verloren gehen, der

---

[30] In der Komödie von Aristophanes „Die Vögel" sind es zwei Athener, die gemeinsam mit den Vögeln diese Vogelstadt Wolkenkuckucksheim gründen, sie rüsten sich mit Flügeln aus und streben mit den Vögeln die Herrschaft über die Menschen und Götter an, sozusagen von der Mittellage in den Lüften aus sowohl nach oben wie unten. Das Stück ist eine richtige Klamotte, zur Zeit des absehbaren Niedergangs der Polis im Jahr 414 v. Chr. verfasst, kritisch gegenüber dem Wirken der Politiker wie der Intellektuellen; die Hauptfigur, Peithetairos, ist als eine Art sophistischer Tui lesbar, der „weltberühmten Luftstadt hoher Gründer". Keine Frage, dass er lächerlich gemacht wird. Es gibt nur noch, heißt es, Ornithomanen, „alles äfft/ Mit wahrer Herzenslust die Vögel nach", Zehntausende wollen sich mit Klauen und Flügeln ausstatten. Verbindungen zum Werk von Brecht wären zahlreich zu konstruieren (z. B. Fragen eines lesenden Arbeiters: „Wer trug den Lehm denn ihnen zu?" „Die Reiher in Kübeln." Es heißt, jemand spreche Kauderwelsch, wie einzelne Vögel, ein Poet ist ein „Honigsüßengesangausströmender" etc.), unabhängig von der vergleichbaren Grundsituation, der Künstler und Intellektuelle in der Konfrontation mit Herrschaft. Brecht hat allerdings das Stück wahrscheinlich gar nicht gelesen. In seiner Bibliothek findet sich eine alte Reclam-Ausgabe des Stücks, deren Seiten größtenteils unaufgeschnitten sind, außen auf dem Exemplar steht mit Rotstift: Stefan Brecht. Einzige ausführliche Beschäftigung Brechts mit Aristophanes ist der Plan einer Revue nach dem „Pluto" des Aristophanes (BFA Bd. 29, S. 162), eine der etwas ausgearbeiteten Szenen gilt einer besonderen Luftschutzübung während einer „Gartenparty des peloponnesischen Völkerklubs" (BFA Bd. 10.2, S. 830). Aristophanes tritt als Zeremonienmeister auf. Ein wenig ist, was dort dann geschieht, dem Gedicht „Laute" vergleichbar. Zunächst sind rosige Wölkchen auf der Bühne angestrahlt, später sieht man eine „riesige schwarze Wolkenwand". Aristophanes singt: „Hin und wieder ziehen kleine Wölkchen/ Hoch am heitern Himmel auf/ Und wir folgen ein zufriednes Völkchen/ Mit den Blicken ihrem Lauf./ Und wir sehen deutlich: es ist rosig!" Für unseren Zusammenhang ist es schade, dass Wölkchen und keine Vögel beobachtet werden. Dass die Leute sich einmischen, „Laute" geben sollten, ist klar; es wird gesungen: „Mischen Sie sich nicht in Ihre Angelegenheiten!/ Seien Sie doch nicht nur Ihrer Meinung!/ ... / Wenn es gelten wird, die Zeche zu bestreiten/ Treten Sie noch früh genug in die Erscheinung!/ Überlassen Sie die Politik den Ränken/ Unsrer so geübten Cliquen/ Sehen Sie, dann müssen Sie nicht selber denken/ Und Sie können ganz besorgt in Ihre Zukunft blicken!" Mit der Bedeutung des Worts „bestreiten", mit dem Wort „Erscheinung" oder dem Blick in die Zukunft könnte man sich befassen, muss es aber nicht. Die Verbindung ist deutlich. Eine Wolkenschau als Luftschutzübung ist im Text der Revue inszeniert. Im Gedicht gäbe es zwischen Vogellosigkeit und Erscheinen der Krähen eine Vogelschau als ebenso falsche Luftschutzübung. Bleibt die Frage, wie eine richtige „Luftschutzübung" zu veranstalten ist. Nietzsche schreibt in „Jenseits von Gut und Böse", wie schwer Aristophanes ins Deutsche, das überreich das „Gravitätische, Schwerflüssige, Feierlich-Plumpe" entwickelt hat, zu übersetzen ist und hält es Platon zugute, wenn es stimmt, was überliefert wurde, dass man unter dem Kopfkissen seines Sterbelagers Texte von Aristophanes fand (KSA Bd. 5, S. 47).

Realismus praktischer Lösungen? Es hätte sich der Fehler eingeschlichen, nicht von den tatsächlichen Gegebenheiten ausgehend zu urteilen und zu handeln; übergeordnete, über den Dingen schwebende Auffassungen würden den Ausschlag für ein bestimmtes Handeln geben, nicht allein die Diskussion des real Vorgefundenen.

Brechts Behaupten der Vogellosigkeit wäre als Hinweis zu werten, dass eine Vogelperspektive, ein Blick auf die menschlichen Angelegenheiten, wie sie in den gehörten Lauten wahrzunehmen sind, nicht als hilfreich gelten kann. Nicht von oben, nicht von Gnaden einer Idee und Auffassung, soll auf die Menschen herabgesehen werden. Dabei bleibt jedoch im Blick, wie schön Vögel sind, in ihren eigenen verschiedenen Lauten, ihrem Gesang, ihrer Farbigkeit und ihrer Flugbereitschaft. Ihr Dasein könnte man recht unmittelbar genießen.

Man bemüht sich als Leser von Brechts Gedicht um die Aufnahme von Fährten. Uralte Mythen und Geschichten zum Verhältnis der Menschen und der Vögel gibt es. Brecht hat sicher gewusst, welch ein umfassendes Thema er aufnimmt. Es gibt eine Reihe von Vogelgedichten von ihm, die das belegen. Aus Flugformationen haben seit langem sich als vogelkundig ausgebende Menschen Zeichen des Vorhersagens eines Kommenden ermittelt.

Wird eine Gegend als „vogellos" gekennzeichnet, ist zugleich der Aberglaube ausgeschaltet, sich an einem „Vogellos" zu orientieren, an einem Aberglauben oder einer Wahrsagung, es gibt eben keine Vögel, an deren Vorhandensein dergleichen ausgemacht werden könnte. Sie sind nicht da. Damit wäre ein wichtiger Gesichtspunkt für die Bezeichnung der Vogellosigkeit genannt. Politische Implikationen kommen ins Spiel. Lösungswege für das Rätsel von der Vogellosigkeit können angebahnt werden. Der interpretationsbedürftige Satz kann auf den Bereich der Mantik, der Seherkunst, bezogen werden. Da gibt es vielerlei. Neben Sprücheklopferei und Orakelhaftem, auch die Weissagung auf wissenschaftlicher Grundlage, was immer das bedeutete. Brechts Vers wäre diesbezüglich ein Stück Opposition.

Brecht nimmt sich heraus aus dem Kreis der Deuter von Vogelzügen und Vogelzeichen. In der antiken Mythologie war das der Job der Seher und Wahrsager, der kulturell und politisch prophetisch Tätigen. Brecht will damit nichts zu tun haben. Er sagt in dieser Weise nichts über die Zukunft, er will darüber nichts sagen. In der Antike deutete z. B. einst der Seher Kalchas aus Vogelzeichen die Opferung von Iphigenie und sagte den Sieg über Troja voraus (unter den Gedichten der *Buckower Elegien* gibt es ein Gedicht, das die Troer thematisiert). Schriebe man das Wort „vogellos" groß, veränderte also das adjektivische Suffix „ los" in ein Nomen, das Vogellos, meinte man die Bedeutung vom Los der Vögel, wäre deren Schicksal gemeint, also etwas, was ihnen als Unvermeidliches widerfährt. Das Los kann jedoch zugleich zweitens bedeuten und eine Andeutung dessen sein, dass Propheten verschiedenster Art aus dem jeweiligen Verhalten der Vögel Weissagungen für den weiteren Verlauf der Geschichte von Menschen getroffen haben, und drittens, dass man aus dem Verhalten der Vögel (im

Gedicht ihrem Nichtvorhandensein) gewissermaßen ein Los zieht, damit also in der Tradition des Brauchs der Seher und Wahrsager handelt.

Das ist ein schier ironischer Zug im Gedicht, dass der Leser als Interpret auf die Spur geschickt wird, als müsste er sich als Vogelschauer alter Art bewähren. Der Leser tut das dann vielleicht und müht sich, aus dem Diktum früherer Verhängnisse herauszugeraten.

Brecht greift im Zitieren die alte Weise kritisch auf. Und spielt mit ihr. Ein Los ist herkömmlicherweise ein Zettel, auf dem etwas geschrieben steht, das verdeckt sein sollte, damit diejenigen, die an der Auslosung teilnehmen, den Ausgang nicht beeinflussen können. Brecht spielt das Spiel z. B. in der *Mutter Courage*. Ein Zettel ist Brechts lyrisches Blatt auch. Aber im Unterschied zur Lotterie ist auf seinem Zettel zu lesen, was geschrieben steht. Die Leser entziffern gewissermaßen das Los und bestimmen ihr Los selbst. Das ist ihre Aktivität. Was geschrieben steht, ist als Rätsel zu lösen. Wenn sie in diesem Fall durch Nachdenken und Kommunikation Beweglichkeit erkennen ließen, würde das Brecht gefallen haben. *„Ich bins zufrieden."* Eine erste Bereitschaft, das Los in die eigene Hand zu nehmen, ist also verlangt. Insofern hätte das Gedicht *„Laute"* mit Geschichte zu tun, und konkret mit den, so wird das genannt, geschichtsträchtigen Tagen im Juni 1953 in der DDR und den Konsequenzen daraus. Politische Ereignisse sind kein Lesen von Vogelflug und kein Los und Schicksal. Brecht findet, viel ist das nicht, dass die Leute sich gerührt haben, aber gut ist es, vielleicht ist es ein Anfang (oder wäre es einer gewesen).

Davon, Zukunft zu weissagen, wie es von Propheten und Sehern nach dem Betrachten des Vogelzugs exerziert wurde, will die Ich-Figur des Gedichts sich absetzen. Man könnte daran denken, dass dies zugleich als eine Absage an die historisch materialistische Opferung gegenüber dem Gott Geschichte gemeint ist. Diese Sicht liegt nicht fern. Brecht mäße den Vorhersagen, die jene Weltanschauung in die historische Welt setzt, nicht viel mehr Gültigkeit zu als eine Vogelschau sie beanspruchen dürfte.

Die Konsequenzen wären bedeutsam. Das lyrische Ich sucht keinen Auftritt als Prophet, sieht sich nicht als Verbindung zwischen Präsens und Futur, sondern gewissermaßen als Spezialist für die Gegenwart, die hier und jetzt zu bewältigende Existenz. Hinzu kommt, dass ein Prophet meist nicht für sich selbst spricht, er ist ein Sprachrohr, das sich im Namen von etwas anderem vernehmen lässt, jedenfalls eher selten auf eigene Rechnung setzt; jener geriert sich als der Enttarner des ungewissen Schicksals, eines Gottes, oder auch derer, die sich als Entdecker der vermeintlichen Gesetze des historischen Ablaufs eine Weltanschauung gegeben haben. Das Ich des Gedichts ist also sicher nicht Sprachrohr der Partei, die jenes Entdeckertum in ihrer Programmatik feiert.

Es schließt sich die Frage an, wenn im Gedicht ein Absetzen vom Prophetentum, eine Distanz, gemeint ist, weshalb ein Sprechen in Rätseln (Vogellosigkeit, und auch: Zufriedenheit) geschieht, einer Äußerungsform, die zur spezifischen von Propheten gehört. Die Frage geht dann eher an den Autor. Warum?

Einfachste Antwort: Der Leser soll herausfinden, dass es nicht um Prophetentum geht, soll dieses kritisieren und das Kritisieren lernen. Zudem Spielfreude,
vielleicht auch: Versteckspiel.

Das Gedicht führt den Unterschied zu Aussagen von Propheten vor. Es räsoniert nicht über große Themen von Sein und Zeit, sondern beschränkt sich auf
konkrete Situationen und Sachverhalte und die beteiligten Leute. Im vorliegenden Gedicht werden jene Umstände angeführt in den Lauten, mit denen zumindest insoweit Beschäftigung geschieht, dass sie gehört werden. In den Lauten
herrscht Alltag. Dies ist Voraussetzung. Eine konkrete Form des Diskurses wird
nicht vorgeführt im Gedicht, der Leser erfährt von keinem einzigen konkreten
Inhalt der Laute. Eine Absichtserklärung ist gegeben. Im Bewerkstelligen der
„großen Aussprache" kann auf Vogelschauen aller Art verzichtet werden; Vogellosigkeit meint in dieser Hinsicht die Konzentration auf die Immanenz des Geäußerten, der Laute, kein Dozieren von Vorausgesetztem, von gehegter Auffassung.

Die Gründe für die Rätselform des Begriffs *„vogellos"* im Gedicht lassen eine Menge erkennen. Zusammengefasst kennzeichnen sie eine Absetzbewegung
von eher üblichen politischen Geschäftsgängen in der DDR. Diese werden kritisiert.

Eine solche falsche Politik birgt in sich die Strafe des Untergangs. Das lässt
sich heute leicht sagen. So ist es gekommen, die DDR gibt es nicht mehr, sie ist
vorbei.

Dass Brecht im Gedicht gegen das eigene Abwenden vom Prophetentum
verstößt, indem er am Anfang *„große Schwärme von Krähen"* verzeichnet, so als
träte der Beobachter des Gesehenen selbst als Weissager auf, Dunkles und Bedrohung kündend, könnte als Indiz gelesen werden, dass im Herbst verschiedene
Weisen der Schicksalsgläubigkeit, die im Sommer in Frage standen, wieder in
Gültigkeit waren. Das lyrische Ich berichtet in einer Form davon, die darauf
hinwiese.

Brechts Aufforderung, über das Vogellose nachzudenken, ist ein Hinweis
darauf, die Menschen, deren Lautgeben er konstatiert, nicht in die gewissermaßen vogelfreie Verfügbarkeit eines weltanschaulichen Käfigs zu setzen und ihnen
ihr Leben, das sie, in welch vielleicht fehlerhaften Weise auch immer, aber trotzdem führen und vielleicht sogar schätzen, nicht als ein Mittel vorzuschreiben für
jenseits dieses Lebens liegende Ziele. Von Seiten der Partei und des Staates läuft
das Vereinnahmen der Leute im Zuge einer Gesinnung ab, die Beweglichkeit
wird eingeschränkt, vorgeschrieben und festgelegt; diese Vereinnahmung wird in
die große Gültigkeit von auswendig zu lernenden Lehrsätzen gekleidet, als Kaderwelsch z. B., darin werden Elemente herausgesogen aus einem Ganzen und als
vorbildlich, einhaltenswert und prägend für ein gesamtes Leben abverlangt. Dies
erscheint nicht nur als einigermaßen trostloses intellektuelles Vorgehen, vergleichbar religiösem Versprechen, sondern zugleich als Äußerungsform einer
fehlerhaften Weise von Sozialismus. In dieser Lage kann man kaum mehr sagen,

dass es um die Leute geht, kann es vor allem denen selbst nicht mehr glaubhaft vermitteln, es geht um Weltanschauung und Auffassung und lediglich insofern um die Leute, wie sie in jener auftauchen und wie dort von ihnen gedacht wird.

Dieser Gegensatz war für viele erlebbar. Viele Leute lernten leicht, den gesamten Formelkram herzubeten und sich um ein Verständnis von Inhalten nicht zu scheren; es wären zudem ja auch die falschen gewesen. Gegenüber dem Alten, das in den Köpfen und Herzen vorhanden blieb, wie Gehorsam der Obrigkeit gegenüber (manchmal kam sich neue Untertänigkeit auf eine eigene Weise gewitzt vor), gab es insgesamt zu wenig Auseinandersetzung und Kritik. Und es gab sie falsch. Der nicht ausgetragene Konflikt hat eine Verlaufsform darin, dass die Partei dem Volk nicht traut[31] und ein staatlich organisiertes Spitzelwesen in Gang setzt. Die ausufernde Organisation des Ministeriums für Staatssicherheit tritt, könnte man sagen, an die Stelle dessen, was Brecht *große Aussprache* nennt. Zugleich scheint das gesamte Leben in Beschlag genommen, es wird einer Kontrolle der Zuordnung zu Herrschaft unterzogen. Darin besteht offensichtlich das gesamte Neue des Lebens unter der neuen Macht, es gibt neue Herren und die Formen des Arrangements mit ihnen sind neu zu erlernen. Und vieles bleibt beim Alten. Veränderungen der privaten Existenz werden nicht in Aussicht genommen und nicht in Aussicht gestellt, sie passieren höchstens im Zuge des Arrangierens, aber nicht in der Folge einer Herrschaftskritik, die erklärte, weshalb Herrschaft ausgewechselt worden ist und wie dieser Wechsel weiterhin zu bewerkstelligen wäre. Und was er bedeutet.

Es ist verrückt, betrieben werden soll der Abschied von einer Herrschaft, wie man sie früher kannte, und das merkt kaum einer. Es ändert sich wenig, mehr Strenge und Enge gibt es, also mehr Härte als in hergebrachter Herrschaft; sie wird vermeldet und abverlangt. Zudem zählt zum Vergleich mit früherer Macht der mit der NS-Diktatur. Es ist diesbezüglich kein umfassendes Thematisieren zu verzeichnen, und wenn, kein richtiges. Es gibt keine Freigeisterei, kein Schlagen über die Stränge. Was sind denn Stränge? Überall hätte man einsteigen können und den Anfang eines Neuen machen. Das wäre etwas gewesen, andere und neue Schreibweisen, besser Sprechweisen. Nein, keine Rechtschreibreform! Änderungen der Redeweisen und des Räsonierens! Neue Sprechweisen und insofern Schreibweisen. Dazu zählte, innezuhalten und nachzudenken; was hat man gesagt oder geschrieben? Was sind „Stränge"? Ketten, in die man gefesselt ist? An einem Strang ziehen? Eine Aussage volksgemeinschaftlichen Beabsichtigens? Der Strang des Henkers als Bild und Vorstellung staatlichen Strafens? Oder sind

---

[31] Im Gedicht „Die Lösung" aus den Buckower Elegien fragt Brecht: „Wäre es da/ nicht doch einfacher, die Regierung/ Löste das Volk auf und/ Wählte ein anderes?" (BFA Bd. 12, S. 310). Brecht schient darauf hinweisen zu wollen, die behauptete Einheit von Volk und Partei (und Regierung) besser aufzugeben, eben ein anderes zu wählen, am besten das real existierende, und mit dem sich tatsächlich kritisch auseinanderzusetzen, womöglich in andauernder Aussprache. Mit der ironischen Umkehrung des Wahlverhaltens, sonst wählt ja das Volk, fordert Brecht nicht die Abwahl der Regierung durch das Volk. Aber dass das Volk mit der Weise von Regierungspolitik nicht zu gewinnen ist, wie sie das Gedicht aufspießt, das ist gewiss.

Schnüre innerer moralischer Festgezurrtheiten gemeint (eine Strenge, die man sich selbst auferlegt), an denen man zerrt und schaut, wie es jenseits davon aussähe? Gäbe es nicht Freude an einem freieren Leben?

Es mag müßig sein, einem untergegangenen Staat wie der DDR Vorschläge von früheren Korrekturen hinterherzuwerfen. Aber erstens hat mit Brecht zu tun, was zu sagen ist, und zweitens geht es um den Blick auf Staatlichkeit und das Verhältnis von Gesellschaft und Staat und daran entscheidet sich historisch gegenwärtig und zukünftig einiges.

Es ist spannend, in Foucaults Vorlesung *„Die Geburt der Biopolitik"* nachzulesen, auf welche Weise er die Geburt der Bundesrepublik Deutschland nach 1945 darstellt[32] und diese Analyse zu vergleichen mit der Entwicklung in der DDR. Die interessante Frage bei Foucault gilt der BRD, aber die Spielform, die Gültigkeit zu wechseln, sei erlaubt. Bei Foucault steht:

> „Das Problem war folgendes: Angenommen, wenn ich so sagen darf, es gibt einen Staat, der nicht existiert. Die Aufgabe sei nun, einen Staat zu schaffen. Wie kann man diesen zukünftigen Staat gewissermaßen im voraus legitimieren?"[33]

Diese Überlegung lässt sich grundsätzlich für die spätere DDR genauso anstellen. Es macht einen Unterschied, ob man die Frage 1945, 1948 oder 1949 stellt, aber diese Differenzierung ist hier nicht Gegenstand. Es gab auf dem Gebiet der späteren DDR 1945 keinen Staat. Und während im Westen eine vorweggenommene Legitimation des Staates gelingt, der 1949 entsteht, indem, Foucault leitet das ausführlich her, eine deutsche neoliberale Theorie bereitstand und eine entsprechende Praxis begann und in wirtschaftlichen Verhältnissen die Voraussetzung späterer Zustimmung zum später gegründeten Staat schuf, entwickelte sich Vergleichbares in der sowjetischen Besatzungszone nicht. Im Gegenteil. Mancher Bewohner bekam die entwickelte Legitimation auf der anderen Seite mit und wünschte sie sich für die eigene Umgebung.

Was nicht gelang, war, den Aufbau gesellschaftlicher Verhältnisse zu bewerkstelligen, die für die Beteiligten einige Überzeugungskraft in sich getragen hätten (z. B. auf der Grundlage von Einfluss und Auseinandersetzung). Die Gestalt eines späteren Staates hätte entwickelt werden können, der ein ganz anderer Staat geworden wäre, als es der war, der dann installiert wurde. Brechts *Buckower Elegien* lesen sich streckenweise, als sei in ihnen ein Bewusstsein der vertanen Entwicklung ausgebreitet, dessen, was 1953 schon acht Jahre lang versäumt worden war. Insofern sind sie tatsächlich Elegien. Staat wäre gebraucht worden, die Gegnerschaft gegen eine kapitalistische Entwicklung ist nicht zu streichen, aber eben nicht so, wie er entstand und real existierte. Während im Westen sich Legitimität des Staats auf *„einen Raum der Freiheit der Wirtschafts-*

---

[32] Michel Foucault, Die Geburt der Biopolitik. Geschichte der Gouvernementalität II, Frankfurt/Main 2004, S. 149ff.
[33] Ebd.

partner"[34] gründet, wird im Osten nichts im Alltag und der Lebensweise Greifbares (so sehr sich diese ändert) legitimierende Grundlage, sondern die Theorie des dialektischen und historischen Materialismus (die selbstverständlich praktische Konsequenzen zeitigt, aber eben als diese Theorie). Sie wird zur alles überwölbenden Instanz. Nimmt man den vorletzten Vers aus Brechts Gedicht *„Laute"*, gab es im Westen einen Bezug auf das, was Brecht schreibt: *„Laute von Menschen rührend"*, ein Berücksichtigen wie Anerkennen (und schon auch Kalkulieren) in weit stärkerem Umfang, als das für den Osten galt. Was außerdem Bestandteil der Politik war, Foucault greift es auf, lässt ebenfalls Unterschiede erkennen. Im Westen war eine Analyse von Gegnerschaft zu der Entwicklung, die man plante und durchsetzte, vorhanden, von Hindernissen bis zu den Feinden, die man sah (wozu der Sozialismus in verschiedenster Gestalt gehörte), reichte sie, und es gab eine ausführliche operationelle Beschäftigung mit den zur Verfügung stehenden Ressourcen. In durchaus planwirtschaftlichen Anfängen entstand etwas, das dem planlosen Export von Ressourcen der SU im Osten schnell überlegen war.[35] Die BRD wird zu einem Rechtsstaat, zu dem die Bürger mehrheitlich stehen, Wahlergebnisse zeigen es. Die zahlreichen alten Nazis sehen das neue Erfolgsmodell mit Vergnügen, das Beibehalten eines Feindbilds auch, sie beteiligen sich maßgebend und bleiben kulturbildend einflussreich. Oder monieren folgenlos nationalen Verrat. Es muss an dieser Stelle keine Kritik jener Entwicklung vorgenommen werden. Sie sei unterstellt. Im Osten entsteht in der Kategorisierung von Foucault ein *„Polizeistaat"*, eine Mischung aus sowjetischer Machtbehauptung und vorliberalem 18. Jahrhundert. Was es nicht gibt, ist eine *„autonome Gouvernementalität des Sozialismus."*[36] Die Bürger erleben in der Gestalt gewinnenden DDR ein Erfasstwerden wie tatsächliche und behauptete Betreuung auf der Grundlage der weltanschaulichen Orientiertheit der gesamten Politik. Misstrauisch werden sie beäugt, ob sie denn der verkündeten Gesinnung nacheifern.

Das gesamte Leben in Beschlag zu nehmen war etwas, das Brecht abgestoßen hat am Versuch des Sozialismus in der DDR. Es ist eine Form der immanenten Kritik, die Brecht sich vornimmt, so, wie ihr, ihr Kaderwelschler, Politik macht, erreicht ihr, die, für die ihr diese machen wollt, nicht. Ihr behauptet es bloß in eurem Neusprech des Kaderwelsch. Ihr könnt nicht mehr gescheit hören! Und den anderen sagte er: Ihr kommt mit euren Lauten zu wenig vor! Äußert euch!

---

[34] Ebd. S. 155

[35] Die SU sah sich weiter als nationale Kriegspartei gegen die Deutschen. Ein Aufgreifen der Hoffnung Lenins nach 1917, eine Ausweitung des Sozialismus auf Deutschland möge gelingen, fand nicht statt. Unter den deutschen Kommunisten, durch die Verfolgung im Nationalsozialismus dezimiert, gab es keine der liberalen Theorie im Westen vergleichbare theoretische Vorbereitung, vielleicht weitgehend nicht einmal den Willen dazu.

[36] Ebd. S. 135

Die „*Laute von Menschen rührend*" zu hören, ist eine erkleckliche Differenz, die Brecht eröffnet. Es ist der Verweis auf einen anderen Weg und eine andere Wegstrecke. Es hätte daraus, wäre eine Auseinandersetzung begonnen worden, etwas anderes erwachsen können.

Später, im Jahr 1989, werden jene Leute, die In-Beschlag-Genommenen und Unter-Verdacht-Gesetzten kommen und auftreten und sagen, dass sie ganz anders sind als in der ideologischen Registrierung durch die Partei formuliert: „*Wir sind das Volk*". Schade, dass sie sich danach nur als Volk sehen und weiterhin Herrschaft gegenüber anbieten, selbst wenn es eine andere ist. Sie haben sich nicht aus der Untertänigkeit herausgearbeitet. Sie hätten vermutlich bereits zuvor mehr Selbstbewusstsein gebraucht. Dass sie es nicht hatten, daran hat der Staat, den sie verließen, einen Anteil.

Es ist keine Augurendichtung, die Brecht mit dem Gedicht „*Laute*" vorlegt, allerdings ein Spiel mit ihr. Am 12.6 1942 hatte Brecht im Journal Gedichte von Eliot und Auden als „*Augurendichtung*" bezeichnet und geschrieben: „*Sie beobachten ... den Flug der Vögel und kramen aus den Eingeweiden der Opfer böse Omen für die Herrschenden.*"[37] Brecht stellt sich eine andere Beschäftigung mit denen vor, den Opfern, auf deren Kosten der Ablauf von Geschichte geht.

Als eine Art Vogelschau wäre im Gedicht Brechts die Variante des historischen Materialismus kritisiert. Darin offenbarte das Gedicht Elemente einer Dissidentenschaft.

Brecht sitzt vergleichsweise im Käfig und möchte ins Freie. Die Laute der Menschen inmitten der Vogellosigkeit wären eine Ermutigung; verglichen mit den Krähen im Herbst. Es gibt ein Brecht-Gedicht unter den Tiergedichten, „*Kleine Lieder für Steff*" aus dem Jahr 1934, in dem sitzt ein singender Künstlervogel, ein „*Kanari*" im Käfig, der einem Raben sagt: „*Von Kunst/ Hast du keinen Dunst.*" Der Rabe antwortet: „*Wenn du nicht singen könntest/ Wärst du so frei wie ich.*"[38]Was könnte man sagen? Die Vögel, die schön singen können, die Künstler unter ihnen, wären im Sommer am liebsten weggefangen und eingesperrt worden, außer sie sängen irgendwo unter der Kuratel von Partei und Staat, jedenfalls nicht in Freiheit; die freien Gesänge wären wenig erwünscht. Das widerspräche dem anscheinend erfreulichen Befund von den Lauten der Menschen, die zufrieden machen. Hatten sich die Menschen im Sommer unabhängig von den Künstlern gerührt? Davon, dass andere Vögel im Herbst zurückkehren oder einfach wieder da sind, ist in Brechts Gedicht nicht die Rede. Bloß die Krähen hausen in den Bäumen. Außerdem ist jeder ein Künstler.

2. Vergil schickt Aeneas in die Unterwelt

Man kann manches drehen und wenden. Die Bezeichnung der Vogellosigkeit kann für Schlimmes stehen. Ist es irgendwo „*vogellos*", kann es irgendwann menschenlos sein. Es herrscht also Gefahr. Man kann vielerlei diesbezüglich aufzäh-

---

[37] BFA Bd. 27, S. 105
[38] BFA Bd. 14, S. 243

len; Realität wie Kulturgeschichte geben Beispiele. Es liegen in manchen Gegenden der Welt bedrohliche Höhen und Höhlen, die als vogellose gekennzeichnet worden sind, weil es dort tödliche Dämpfe gibt. Vogellosigkeit ist ein Negativum oder ein Anzeichen dafür.

In der griechisch-römischen Mythologie ist die Unterwelt von Hades, dem Totengott und Bruder des Zeus, beherrscht. Das Land der Toten stellte man sich unter der Erde liegend vor. Es gab eine Reihe von Zugängen, durch einen lässt Vergil Aeneas an einem See in Unteritalien in die Unterwelt steigen. Der See ist aus dem Krater eines erloschenen Vulkans entstanden, die Ausdünstungen sollen über ihn hinwegfliegende Vögel getötet haben. Der See hat den Namen „*Lago d'Averno*", Vogelloser, vom griechischen Aornos, Vogelloser. Dorthin hat Vergil den Zugang zum Totenreich verlegt. An einer am See angelegten Stätte wurden Opfertiere geschlachtet, um Geister zu rufen, die von künftigen Schicksalen Kunde tun sollten. Das bei Brecht so rätselhafte Adjektiv „*vogellos*" könnte als Anspielung auf Vergils Werk, die „*Aeneis*", den Averner See und die Unterwelt gelesen werden.

Die Aussage der Vogellosigkeit bei Brecht wäre in dieser Hinsicht ein Hinweis auf Sterben und auf Schicksalsgläubigkeit. Auf Religiosität und ein bestimmtes Bild vom Leben und vom Leben nach dem Tode. Menschen, die gläubig sind, leben ihr Leben als eines, das in Hinblick auf eine Zeit danach bemessen und beurteilt wird. Im christlichen Glauben gibt es die Vorstellung vom jüngsten Gericht. Nachwelt als Strafe oder Belohnung, jedenfalls Ausrichten und Beschränken des gegenwärtigen Lebens wegen des Rechnens mit ewigem Heil oder ewiger Verdammnis. Vertröstungen wären wie Vorhersagen als Abspeisung zu werten. Die Laute gebenden Menschen im Gedicht würden gemahnt an die Wahrheit des Diesseits. Solche Auffassungen will Brecht einbezogen sehen in seinem Gedicht. Und neben anderen Indizien (bereits die Titelbezeichnung „*Elegien*" ist ein solches) erschiene ein neues Indiz gewonnen, wie sehr Brecht die *Buckower Elegien* in den Zusammenhang der Kulturgeschichte des Abendlands gestellt haben wollte, wäre der Zyklus als fertiges Werk zustande gekommen. Vergils Epos gilt als ein Grundbuch europäischer Kulturentwicklung, Brecht hat es gekannt. In der Klasse VII des Realgymnasiums in Augsburg, die Brecht ab September 1914 besuchte, stand Vergils „*Aeneis*" im Lehrplan für das Fach Latein[39]. 1951 hat Brecht Vergils Lehrgedicht „*Georgica*" unter seinen Vorschlägen zu den Lehrplänen für den Deutschunterricht genannt.[40] Eifrige Deutsch- und Lateinlehrer könnten heute auf die Idee kommen, das alte literarische Kulturgut des Lehrgedichts mit Brechts Elegien zu vergleichen. Loblieder von Leben und Lebenskunst finden sich bei Vergil, aber auch solche auf eine Vorbildhaftigkeit des Bienenstaats, die in mancherlei Hinsicht Stalinisten erfreuen würden, Nationalsozialisten sowieso.

---

[39] Notiz bei Werner Hecht, Brecht-Chronik, S. 33.
[40] BFA Bd. 28, S. 659

Eingebettet ist Vergils „*Aeneis*" in einen Mythos von der Weltgeschichte. Das ist Brechts Thema: die Weltgeschichte. Vergil hat die Herrschaft gelobt, Augustus taucht bei ihm als gottgleich auf. Brecht unterscheidet sich von Vergil deutlich in der Stellung zur Herrschaft. Die Widmung von Vergils Werk an Maecenas schließt den Bogen zu Horaz, dem dieser Maecenas ebenso Mäzen war[41]; Horaz, auch er ein Hofdichter des Augustus, kommt an anderer Stelle der *Buckower Elegien* in einem eigenen Gedicht vor, einem mythen- und ideologiekritischen. Den deutlichsten Hinweis auf Vergil gibt es in einem Brief Brechts an Suhrkamp. Brecht schreibt in Anspielung an Vergils „*Bucolica*" von seinen „*Buckowlischen Elegien*"[42]. In den Spiegelungen zu Vergils Hirtengedichten könnte sich Brecht selbst ironisieren. In Vergils „*Bukolica*", um 40 vor Christus geschrieben, findet sich, nach Meinung mancher Interpreten, die Hoffnung auf einen Heiland, als der vermutlich später Augustus angesehen wurde, jedenfalls der Wunsch nach einem Erretter in historischen und politischen Wirren, den Brecht deutlich nicht respektiert. Kein Bedienen eines Führerglaubens.

Brecht widmet ab 1938 viel Energie und Arbeitszeit dem Romanprojekt „*Die Geschäfte des Herrn Julius Caesar*". Er beschäftigt sich also ausführlich mit der Vorgängerfigur des Mannes, auf den Vergil in seiner „*Aeneis*" setzt. Im Mittelpunkt stehen nicht so sehr unmittelbare Übertragungsmöglichkeiten auf Brechts eigene historische Umgebung, vielmehr scheint es um die Destruktion von Helden- und Genievorstellungen zu gehen, mit Witz und parodistischen Zügen wird die Auffassung, dass große Männer Geschichte machen, entlarvt. Zudem wird Brecht nicht müde zu kritisieren, wie sehr Macht mit Geschäft und persönlichem materiellem Vorteil verbunden ist. Selbstverständlich ist dies auch ein Kommentar zur Führerfigur Hitler und zu den Geschichtsauffassungen der Leute, die gerne Charismatiker am Werk sehen, bei denen zu überprüfen ist, wie viel Verehrung ihnen entgegengebracht werden soll. Keine, sagt Brecht. Was er feststellt, gilt zugleich für Stalin. Brecht schreibt im Roman, dass Caesar das Vorbild vieler Diktatoren sei. Bereits im ersten Buch wird dies mehrfach deutlich. Der fiktive Erzähler bei Brecht, der Unterlagen sammelt und aus Berichten eines Gerichtsvollziehers und eines Sekretärs schöpft, berichtet von Caesar: *„Es war schon klar, daß er das unerreichbare Vorbild aller Diktatoren werden würde*"[43] und kurz darauf wird Caesar als *„Gründer des Imperiums*" bezeichnet, einer „*der größten Männer der Weltgeschichte*"[44]. Brecht lässt im Roman sagen, worauf es

---

[41] Maecenas war mehr als ein Mäzen. Gelegentlich wird er als politischer Mitarbeiter von Augustus geführt, der in der Umgestaltung der römischen Verfassung von der Republik über Prinzipalstrukturen zur Monarchie mitgeredet hat. Es war zunächst darum gegangen, die Macht von Augustus zu sichern. Vgl.: Werner Eck, Augustus und seine Zeit, München 1998, S. 40f.

[42] BFA Bd. 30, S. 569

[43] BFA Bd. 17, S. 171

[44] Ebd. S. 197

ihm ankommt: *„Hinweise darauf entdecken, wie Diktaturen errichtet und Imperien begründet werden."*[45]

In der Zeit des Nationalsozialismus war das der Ablauf gewesen, einer der sich als großer Führer sah, begründete Staatsgewalt ganz aus dem Dasein der eigenen Person. Es gehört dies zu den Kennzeichen nationalsozialistischer Herrschaft, dass neben eine weiter bestehende Staatlichkeit die Führergewalt tritt, die tendenziell die andere ablöst, wozu es aber nicht kommt. Führer des NS-Staats zu sein, war nicht als staatliches Amt zu werten[46]. Um das Erobern des Staates von unten war es gegangen, das Volk hatte sich in einer Bewegung gerührt und der Führer sah sich als Teil derselben, an vorderster Front als Ausdruck des Volkswillens, er galt als der Vollstrecker. Im Erfolg des Nationalsozialismus in Deutschland traf sich auf sehr spezifische Weise, die weiter in der Entwicklung blieb, eine Kritik von oben mit einer von unten, die Theorie einer Kritik der Staatsmacht am Volk mit der aus dem Volk selbst am Staat. Die Reichsparteitage waren Feiern der Vereinigung beider Gewalten, Hochzeitstage. Riefenstahls Parteitagsfilm stellt ein Bild davon her. Das Herausstellen einer Führerfigur hat eine Tradition in der europäischen Politik und Hitler knüpft auch bewusst an diese Tradition großer auserwählter Männer an, zu denen nach Überzeugung mancher Historiker Augustus gehört. Hitlers Buch *„Mein Kampf"* beginnt mit der Apotheose einer solchen Heldenfigur: *„Als glückliche Bestimmung gilt es mir heute, daß das Schicksal mir zum Geburtsort gerade Braunau am Inn zuwies."*[47] Glück, Bestimmung, Schicksal, gleich dreimal wird die Kennzeichnung einer besonderen Auserwähltheit betont. Hitler wollte sich in die Reihe großer Männer stellen, die Geschichte geschrieben haben, z. B. an die Kaiser- und Reichsidee in der deutschen Geschichte anknüpfen. So wollte er gesehen werden und so sahen ihn offensichtlich die vielen Deutschen, die einen Neuaufbau der Staatlichkeit wollten, bzw. eine Umgestaltung. Und die setzten sie durch.

Ich will zweierlei aufzeigen. Zum einen, in welcher Weise Brecht in seinem Roman mit dem Thema befasst gewesen ist, das Vergil umgetrieben und zum Abfassen seines Epos veranlasst hat: die Gründung eines großen Imperiums. Brecht hat eine negative, kritische Position dazu, sein Ziel ist nicht, die Begründung eines großen Imperiums zu rechtfertigen, auch nicht die eines großen sozialistischen. Die Parallele, die dem Leser sicher zunächst einfällt, ist die zum 3. Reich. Aber Übertragungen auf spezifische Staatlichkeiten sind generell reizvoll, auch auf die der SU und der DDR. Vor allem ist interessant, Brechts politische Positionen genauer herauszuarbeiten. Sähe man im Caesar-Roman lediglich

---

[45] Ebd. S. 198

[46] Genau und ausführlich wird diese eigenartige und den Nationalsozialismus kennzeichnende Sonderstaatlichkeit z. B. dargestellt bei Hans Buchheim im für den Frankfurter Auschwitzprozess erstatteten Gutachten: Hans Buchheim und andere, Anatomie des SS-Staates, Olten und Freiburg im Breisgau, 1965

[47] Adolf Hitler, Mein Kampf, München 1935, S.1

„*Entlarvungsliteratur*" vermeintlich großer Politiker, „*Heldendämmerung*"[48], entginge einem vielleicht, wie genau Brecht stellenweise bei den fiktiven Schreiberstandpunkten gearbeitet hat (seinen eigenen wollte er in der Montage sehen, Brecht spielt zugleich mit den Möglichkeiten eines modernen und gerade dadurch in seinen Augen realistischen Romans). Ohne auf die Konstruktion des Romans Bezug zu nehmen, sei ein Zitat aus dem Tagebuch des Sekretärs Rarus angefügt:

> „ein Politiker großen Formats ist C. nicht und wird es nie sein. Bei allen seinen glänzenden Fähigkeiten! Was Rom mehr denn je braucht, der starke Mann, der unbeirrbar seinen Weg geht und der Welt seinen Willen aufzwingt, eine große Idee verwirklichend, ist er nicht. Er hat weder den Charakter dazu, noch die Idee."[49]

Was ist allein in dieser Aussage nicht alles beisammen! Die Knechtsperspektive des Untertanen, Größe und Format von Politikern zu beurteilen, die Sehnsucht nach dem starken Mann und der großen Führernatur, die dann Führungsaufgaben erfüllt, der Wunsch nach der Unbeirrbarkeit, da kann einer, von dem man das erwartet, sich seinen Weg einiges kosten lassen, z. B. Opfer und Tote, was sowieso schon deswegen eine Folge sein wird, weil er nach außen zuschlagen soll. Der Welt seinen Willen aufzwingen, heißt es, damit soll er die größtmögliche Identifizierung seines Volkes mit ihm in der Durchsetzung einer großen Idee herstellen, deren Verwirklichung ansteht. Aus solcherlei Darlegungen Brechts kann unschwer eine Analyse faschistischer Sehnsüchte von unten ermittelt werden. Insofern hat der Roman auf diese Weise mit der Zeit seiner Entstehung zu tun. Seine Stärke liegt nicht in Ergebnissen der Politökonomie, sondern in der Betrachtung von politischem Bewusstsein. Er widmet sich damit einem Thema, das ein bedeutendes in den *Buckower Elegien* und im Gedicht „*Laute*" ist. Wie kommt Regierungspolitik in den Köpfen der Leute vor? Inwiefern sind sie Objekt mannigfacher Staatsbürgeragitation im Verlauf der Geschichte? Foucault nennt dies die erfolgreichen Schachzüge der „*Gouvernementalität*".[50] Neben dem System des Gesetzes werden Disziplinarmechanismen und Sicherheitsdispositive untersucht. Der Begriff „*Gouvernementalität*" meint bei Foucault allgemein die

---

[48] Beides in: Sinn und Form, Sonderheft I Bertolt Brecht, S. 170f

[49] BFA Bd. 17, S. 286. Das liest sich, als würden heutige Journalisten „führende Politiker" beurteilen und zusammen mit ihren Lesern Untertanenräsonnements anstellen. Andererseits denkt man an die DDR. Dort hießen Stadtführer Stadtbilderklärer, aber die Bilder der führenden Genossen mussten bei allen sich bietenden Gelegenheiten auf Fotostaffagen einher getragen werden. Die Reaktion im DDR-Volk in einer der Parolen vom 17. Juni 1953 lautet: „Spitzbart, Bauch und Brille, sind nicht des Volkes Wille" (Ulbricht, Pieck und Grotewohl meinend). Wahrscheinlich haben die Kritiker den alten Boccia-Spieler vom Rhein als geeigneteren Führer angesehen.

[50] Der Begriff kommt bei Michel Foucault im Untertitel seiner zweiteiligen „Geschichte der Gouvernementalität" vor, „Sicherheit, Territorium, Bevölkerung" und „Die Geburt der Biopolitik", materialreiche Forschungen zur Geschichte der Beziehung von Regierungspolitik und Subjektivität. Beide Bücher: Frankfurt/Main 2004.

Art und Weise, wie das Verhalten von Menschen im Rahmen von Regierungsmaßnahmen gesteuert werden kann. Brecht weist in seinem Gedicht darauf hin, dass ein Befassen mit den Lauten der Leute beginnen könne, ein Abarbeiten, in Vogellosigkeit, ohne auf Mythen und Gläubigkeiten zu setzen. Der von den Lauten der Menschen Schreibende, *„Laute"* nennt er sein Gedicht, müsste sich hinzuzählen. Wie spätere Interpreten sich selbst.

Brecht bricht die Arbeit am Roman nach 1945 ab, der immerhin in seinen vier Teilen soweit angewachsen war, dass der Abdruck in der BFA fast 200 Seiten einnimmt. Inwieweit Schwierigkeiten, Caesar als Geschäftsmann in einer Perspektive von unten zu zeigen, für das Beenden des Projekts eine Rolle gespielt haben, sei hier nicht analysiert. Feststeht, dass sich Brecht mit der Untergangsphase der römischen Republik ausführlich befasst hat. Und mit falschen Bildern von Geschichte.

Brecht ist in Augsburg geboren und im geschichtlichen Umfeld einer Bedeutung von Augustus aufgewachsen. Die Stadt Augsburg ist eine Gründung des Kaisers, als Provinzhauptstadt Augusta vindelicorum nach den erfolgreichen Eroberungskriegen der Römer im Jahre 15 v. Christus. An der Statue von Augustus in Augsburg wird Brecht häufig vorüber gekommen sein. Das Jahr 27 vor Christus, das Jahr des Herrschaftsbeginns, wird im Latein- wie Geschichtsunterricht betrachtet worden sein. Augustus war, da hieß er noch Oktavian, das Jahr 27 bezeichnet seinen Namenswechsel, während des Bürgerkriegs ein begabter Mörder, so skrupellos wie brutal gegenüber Senatoren und ihren Anhängern wie gegen Sklaven. Seine Herrschaft, die er im Bürgerkrieg erringt, sichert er durch eine Bündnispolitik gegenüber dem Senat, also der Aristokratie in Rom. Das ist ein viel analysierter Vorgang. Spielte Brecht wirklich drauf an, könnte neben jeglicher selbstverständlichen Kritik an Vorgehen und Verläufen damals im Blick sein, auf welche Weise der Erfolg erreicht wurde. Die Diskussionen der aktuellen politischen Situation in vielen Zirkeln in Rom[51] hörten sich Augustus und seine Unterstützer an, manches wurde bei der Entwicklung von politischen Spielregeln berücksichtigt (oder es wurde so getan, als ob man es täte) und insgesamt gelang es, eine Akzeptanz des Regimes von Augustus zu erreichen. Engels hat einmal geschrieben, die Inferiorität des englischen Bürgertums habe in England die Monarchie gesichert. Im römischen Weltreich entwickelt sich die monarchische Alleinherrschaft zumindest nach Meinung der damaligen Aristokratie zu einem Instrument der Sicherung der eigenen Superiorität. Mit der Ausweitung der Macht, mit neuen Verwaltungsstrukturen in den Provinzen war eine Vielzahl neuer Jobs verbunden, die Macht und Machterhalt bedeuteten. Augustus hat sich zweimal erfolgreich behauptet, gegen die Mörder Caesars und gegen den Konkurrenten Antonius. Erst nach diesem Sieg beginnt Vergil mit der Verwirklichung seiner großen Erzählung. Etwa zehn Jahre, von 29 v. C. bis zu seinem Tod 19 v. C., arbeitet er daran. Er stirbt nach einer Begegnung mit Augustus in

---

[51] Werner Eck, Augustus und seine Zeit, München 2009, S. 32

Athen auf der Heimfahrt nach der Landung in Brindisi. Vergil hatte in Griechenland an seinem Werk geschrieben. Augustus hat die Arbeit von Vergil unterstützt, wiederholt Ausschnitte gelesen. Vergil hat vermutlich das sechste Buch dem Kaiser vorgetragen. Augustus hat später dafür gesorgt, dass das unvollendete Werk nach Vergils Tod herausgegeben wurde. Als Vergil im Jahre 19 stirbt, ist Augustus auf dem Höhepunkt seiner Macht. Die imperiale Gewalt, die er schon zuvor in der Zuständigkeit für die Provinzen verliehen bekommen hatte, wurde in der Gültigkeit ausgeweitet auf die Stadt Rom und die Gebiete in Italien.

Vergils „Aeneis" ist das Rechtfertigungsbuch römischer Macht und zugleich des siegreichen Usurpators Augustus. Auf diese Weise trägt sich ein Kümmern und Sorgen um das Gemeinwohl vor, das Vergil zu stützen antrat. Praktiziert wird dies, indem er den vermeintlich Herausragenden stärkt, die Person an der Spitze. Das Epos ist eine Verwandtschaftsgeschichte, die der Vergottung einer Herrschergestalt dienlich ist, eine Vorgehensweise mit politischen Konsequenzen für die gesamte europäische Geschichte. Vom vermeintlichen Gottesgnadentum der Kaiserfiguren, des Personenkults, dessen Dummheiten der Sowjetmarxismus übernommen hat bis in peinliche Witzerfindungen zu einzelnen Politikern heute reicht das. Brecht ist den Schergen von zwei Führerfiguren, die in jener Tradition stehen und sie bedienten und bedienen ließen, entkommen, Hitler und Stalin; Stalin ist im Frühjahr 1953 verstorben; gewiss sind die Buckower Elegien generell ein Hinweis, mit dem kultischen Verehren und Anbeten von Personen aufzuhören.

Unter Umständen ist der Bezug von Brechts *Buckower Elegien* zu Vergil außerhalb der bekannten Aussage von den „*buckowlischen Elegien*" gegenüber Suhrkamp nicht genügend gesehen. Wie vergleichbar zu Horaz kann entlang der Parallele Vergil und römische Staatsmacht auf der einen Seite und Brecht und DDR-Staatsmacht auf der anderen Seite einiges bedacht werden. Brecht ist auf eine andere Weise als Vergil in seinen Gedichten mit der Sorge um die Entwicklung des Gemeinwohls befasst, er kommentiert den Aufbau einer Übergangsgesellschaft und begleitet deren „Glücken"; die Gedichte belegen eher das Urteil eines Missglückens des Experiments. Auch in Vergils „*Bucolica*", auf die Brecht selbst direkt anspielt, kann man Darstellungen finden, die in Verbindung zu bringen sind zur Gestaltung der Übergangsgesellschaft DDR, die gerade 1953 in eine offensichtlich kritische Phase geraten war. Das Land Arkadien, das Vergil als Inbegriff eines „*buckowlischen*" Traumlands entwickelt, Fluchtpunkt aus den Auseinandersetzungen der Zeit, Rückkunft eines goldenen Zeitalters, hat eine Entsprechung in der Rede von den möglichen Zuständen der klassenlosen Gesellschaft, die Intention kommunistischer Politik ist.

In Vergils „*Aeneis*" sind häufig die Manen erwähnt, das waren im alten Rom die Seelen der Verstorbenen. Vergils Vorgehensweise kann als generell typisch für die Memorialkultur der Römer angesehen werden. Die Vorfahren (und ihr Leben) galten als Vorbilder in der Nachfolge. Vergils Werk, das eine agitatorische politische Seite besitzt, bezieht sich auf diese Weise deutlich auf Vorfindliches bei seinen Adressaten. An die Manen wird bei Vergil erinnert und sie werden den Lebenden als Vorbild im Einsatz für die Gemeinschaft Roms vorgeführt, an dem sich die Nachkommen ein Beispiel nehmen können. Nicht nur zu Lebzeiten, selbst nach dem Tod kann jederzeit mit dem Würdigen von Verdiensten gerechnet werden, auch deswegen sollte man sie erbringen. Dergleichen politische Strategie kann durchaus verglichen werden mit einfacher gestrickten oder zumindest vereinfacht den Leuten dargestellten Überzeugungen und Auffassungen des historischen Materialismus. Wer heutzutage an der Herbeikunft der klassenlosen Gesellschaft mitarbeitet und sie ersehnt, sie aber höchstwahrscheinlich nicht mehr erleben wird, der erfährt eine Rechtfertigung seines Lebens, weil er für das Gute war und seinem Leben einen Sinn gegeben hat. Brechts Thema in zahlreichen Gedichten der *Buckower Elegien*, geschichtstheoretisch unterlegte politische Auffassungen zu betrachten (das gilt, wie ausführlich zu sehen sein wird, auch für das Gedicht „Laute"), wäre insgesamt mit dem Bezug zu Vergil aufgegriffen.

Im Gedicht „Laute" liegt ein kaum abweisbarer Bezug zum Werk von Vergil, zur „Aeneis" vor. Ich wiederhole es. Im sechsten Buch der „Aeneis" steigt Aeneas am Averner See, dem See der Vogellosigkeit, in die Unterwelt. Eine Höhle dort ist der Zugang. Darüber ist eine ganze Menge zu sagen. Zunächst, dass die behauptet vogellose Gegend um Buckow dem Gedicht Brechts zufolge, ganz im Sinne eines kriminalistischen Spiels von Intertextualitäten, als ein Einstieg in eine spezifische Welt genommen werden könnte. Eine ganz andere als die vergilisch implizierte und in kritischer Beziehung zum antiken Kollegen. Die *Buckower Elegien* und ein ganz bestimmtes Unten im Visier, könnte man sagen: Eine Welt unten, an der Basis, die reale Lebenswelt, „Laute von Menschen rührend", steht gegen eine mythologische Überhöhung, oder eine ideologische. Das Diesseits gegen ein Jenseits.

Man mag den Helden Aeneas vielleicht insgesamt nicht schätzen, aber die erzählerische Darstellung bei Vergil ist spannend, z. B. in der Ausführlichkeit der Begegnungen in der Unterwelt. Nachdem Aeneas mit seiner Begleiterin Deiphobe (der Sibylle am genannten Averner See, dem Orakel dort) die verschiedenen Vorhöllen der Unterwelt durchschritten hat, und sie „zum seligen Sitze der Frommen"[52] kommen, treffen sie z. B. dort auf welche, die „tanzen im Reigen umher und sprechen Gedichte."[53] Das mag mit Lyrik Befasste schon sehr ermutigen, von so viel Bedeutung der Zunft in der Unterwelt zu hören.

Der Bericht vom Übergang in die Unterwelt, den Aeneas und die Sibylle nehmen, sei in dem Zusammenhang zitiert, der zu Brechts Aussage der Vogellosigkeit zu passen scheint. Es heißt bei Vergil:

„Dort war ein tiefes Geklüft mit furchtbar gähnendem Schlunde,/ Schroff und geschirmt von dem Dunkel des Sees und den düsteren Hainen./ Nie hatte ein Vogel

---

[52] Vergil, Aeneis, VI, 639
[53] Vergil, Aeneis, VI, 644

vermocht, ohne Strafe zu nehmen,/ Über die Kluft seinen Flug: betäubend ergoß sich ein Brodem/ Aus den finstern Schlünden und stieg zum Gewölbe des Himmels: Darum gaben die Griechen dem Ort den Namen Aornos." (VI; 236-241)

Zuvor schon war von dem *„scharfen Dunst des Avernus"* (VI, 201) die Rede gewesen. *„Aornos", das heißt auf griechisch „vogellos"*[54].

Der Bezug des großen abendländischen Epos zu Brechts Gedicht erscheint offensichtlich. Brecht hat den Text gekannt, dass eine absichtliche, bewusste Anspielung vorliegt, wird man kaum beweisen können[55]. Brecht hat seinen Bezug nicht selbst enttarnt. Das interessanteste Vergil-Exemplar aus Brechts Bibliothek ist folgendes. Es gibt neue Rätsel auf. Es ist eine lateinische Ausgabe: *P. Virgili Maronis Opera. Cum appendice in usum scholarium iterum recognovit Otto Ribbeck.* Die Ausgabe ist aus dem Jahr 1914. Zum einen ist auffällig, dass der in der Übersetzung von Voss wie Schröder in den Text integrierte Vers von der Vogellosigkeit, in dieser Ausgabe als eine Art Fußnote unten am Seitenrand auffällig und herausragend[56], selbst beim Durchblättern kaum zu übersehen, sich findet: *„unde locum Grai dixerunt nomine Aornon"* (S. 227). Dass Brecht in dem Buch gelesen hat, kann als sicher gelten, auf der vorletzten Seite findet sich in Brechts Handschrift die Notiz: *„Versammlung von Königen"*, darunter *„Geistige Despotie"*, vor dem Wort Despotie sind die Buchstaben *„Ti"* durchgestrichen, wollte Brecht notieren: „Timokratie"?, in einer dritten Zeile steht das Wort *„Genies"*. Weder kann genau ermittelt werden, wann Brecht diese Notizen im Buch angebracht hat, noch, was sie bedeuten. Es scheint aber ein Eintrag von ihm zu sein. Man muss sich davor hüten, den Schriftzug von der geistigen Despotie für eine Charakterisierung von verfehlt und falsch verlaufener marxistisch gemeinter Übergangsgesellschaft zu halten. Und dass Brecht irgendwann irgendwie Genies für etwas Tolles hielt, gar dergleichen anstrebte und sich hinzuzählen wollte, das zu sagen, verbietet sich ebenfalls. Kriminalistische Untersu-

---

[54] Erwähnt sei, dass in der Nähe des Sees, auf der Burg von Kumae, so beginnt der sechste Gesang bei Vergil, Daedalus auf der Flucht aus dem Reich des Minos, er war unterwegs „auf eilenden Flügeln", heißt es, „flog auf der seltsamen Bahn" (VI, 15f), gelandet ist. Er hat dort Apollon, bei Vergil Phoebus, einen Tempel erbaut, dem er seine „rudernden Schwingen" weihte. Einen Bezug zum Fliegen, gleich den Vögeln, gibt es also im sechsten Gesang zusätzlich.

[55] In Brechts Bibliothek gibt es zwei Übersetzungen der Aeneis, aus den Übersetzungen von Johann Heinrich Voss, Braunschweig 1799, die zwei Teilbände Aeneis I-VI und Aeneis VII-XII und die Übersetzung von Rudolf Alexander Schröder, die im Jahr 1952 (! DH) bei Suhrkamp erschien, dieser Band zeigt Lesespuren Brechts. Dass er das Wort „vogellos" mit rotem Stift angestrichen hätte, wäre zu viel verlangt. Außerdem sind in Brechts Besitz insgesamt mehrere Ausgaben des lateinischen Originals gewesen. Der für den Zusammenhang zu Brechts „Laute" wichtige Vers lautet im Original: „unde locum Grai dixerunt nomine Aornon". Schröder übersetzt: „vogellos, Aornos, heißt der Ort bei den Griechen." Sowohl Brechts Arbeit am Stück „Das Verhör des Lukullus" wie am Roman „Die Geschäfte des Herrn Julius Caesar" könnten Beschäftigungen mit Vergil nahe legen.

[56] Ohne darauf genauer Bezug zu nehmen, könnte es sich bei der Stelle um eine spätere Interpolation eines Vergil-Exegeten handeln.

chungen der Handschrift könnten erbringen, aus welcher Zeit sie stammt, aber was bedeutete das Ergebnis schon?

Noch rätselhafter als jene Wortnotizen ist auf der gleichen Seite eine kleine Zeichnung, die offensichtlich von Brecht stammt. Es ist die eines bäuchigen Strichmännchens, das womöglich in heftiger Bewegung begriffen ist. Wer oder was ist gemeint? Nicht genug damit, davor, vor dem Strichmännchen, ein wenig oberhalb, in der Nähe von dessen Rücken, findet sich die Abkürzung „*Fl.*". Selbstverständlich macht es Spaß, ein wenig zu spekulieren. Hat man das Bild eines Flüchtenden vor der geistigen Despotie vor Augen? Bezieht sich die Abkürzung auf irgendein anderes Wort aus jenem Wortzusammenhang vom Fliehen? Haut da einer ab vor den Staatsbeflissenen? Hießen Sie Aeneas, Vergil, Augustus. Oder Stalin und Ulbricht. Vielleicht hat allerdings bloß der junge Schüler Brecht mit der Skizze hinterlassen, wie gern er gerade den Anforderungen des Lateinunterrichts davonlaufen wollte, um sich mit anderen am Lech oder sonstwo zu treffen? Man könnte, am besten in einem Lexikon, durchsuchen, welche Worte mit den beiden Buchstaben beginnen und ihre jeweilige Eignung als Brechts Notiz überprüfen. Welche gebräuchlichen Abkürzungen sind bekannt? Jedenfalls, bei Brecht lässt sich die Abkürzung ansonsten nicht nachweisen. Abkürzungsbücher (z. B. Koblischke, Großes Abkürzungsbuch, Leipzig 1985) verzeichnen die Abkürzung Fl. Unter anderem steht sie für: Feldlazarett.[57]

Damit nicht genug. Auf derselben vorletzten Seite des Buchs finden sich längere Zeilen in Brechts sehr eigener Kurzschrift. Es gibt diese Schrift bei Brecht häufiger. Es wäre zu schlussfolgern, wenn die Kurzschrift von Brecht ist, sind die anderen Eintragungen wohl auch von ihm. Sicher als Brechts Schrift identifiziert, ist die gesamte Eintragung auf der Seite allerdings nicht. Herta Ramthun hat in BBA N03/022 notiert, dass die Schrift auf der gesamten Seite nicht die eines Obersekundaners ist, und eingeräumt, dass Ähnlichkeiten zur Handschrift von Emil Hesse-Burri vorliegen, einem Mitarbeiter Brechts in der Zeit vor der Emigration, den er um 1924 in München kennen lernte. Die Stenoschrift ist jedenfalls entziffert (BBA N 03/022 Protz):

> „Man sagt, die Sätze im Vergil, wo Äneas seinen Vater fortträgt, gereichen dem Sohn zur Ehre. Ich glaube dem Vater./ Ein Hochadliger läßt seinen Sohn rechts gehen, weil er einen Ahnen mehr hat."

Stammt die Notiz von Brecht, hielte er (oder ein anderer) den Zusammenhang zur Bedeutung von Ahnentum und Herkunft fest, es wäre angesprochen, worum es eben bei Vergil insgesamt geht: Rechtfertigung von Herrschaft aus Abstammung, sogar göttlicher.

---

[57] Man hat weiße Handschuhe an den Händen und blättert in den Büchern aus Brechts Bibliothek. Manchmal wäre ein Zylinder dazu wünschenswert, um Ergebnisse herbeizuzaubern, sonst wirft man sich leicht das Nachschleichen hinter Kulturgrößen vor. Was bedeutet Brechts Strichmännchen? Welch eine Frage! Wo war es gleich, als Joyce Sauerkraut mit Frankfurtern gegessen hat? Oder waren es Wiener? Nein, Knackwürste!

Die Schlussfolgerung insgesamt: Vorausgesetzt werden kann mit sehr hoher Wahrscheinlichkeit Brechts genaue Kenntnis von Vergils „Aeneis". Das Buch war in der Obersekunda Schullektüre, die Bücher I bis VIII sind gelesen worden, ganz sicher das wesentliche sechste Buch. Noch heute unterrichten Altphilologen, dieses berichte die Geschichte der Heldenschau, Aeneas erfahre von seiner Aufgabe und gewinne ein Bewusstsein davon. Er nehme die Herausforderung an, akzeptiere sein Fatum.

Lässt sich zusätzlich mutmaßen, Brecht könnte im Rahmen seiner Versuche, das „Kommunistische Manifest" ausgerechnet in Hexametern zu fassen[58], beim Kollegen Vergil, was formale Feinheiten betrifft, nachgeblättert haben? Wollte Brecht den Text von Marx und Engels in eine Form bringen, in der dieser neben Homer, Vergil, Dante als Fassung von Marx, Engels, Brecht bestehen sollte? Auch literarisch-kriminalistische Erkundigungen laufen nicht ab ohne das Aussprechen von Verdachtsmomenten. Wollte Brecht neben den großen Epen mit einer eigenen Form positiv bestehen? Oder eben anders, sein Kritikertum in den Versen des Manifests zusammengefasst wissen? Brecht hat den Versuch abgebrochen. Die ebenfalls nicht zu Ende geführten *Buckower Elegien* wären als ein weiterer Anlauf zu sehen, sich mit der großen abendländischen Mythengeschichte zu mühen, selbstverständlich in abträglicher wie nichtsdestotrotz würdigender Absicht. Was zustande kam, hat kennzeichnenderweise nicht das Runde und Abgeschlossene einer fertiggestellten Beziehung zur Welt. Es wäre dann selbst das Fragmentarische ein Zeichen. Es wäre gesetzt gegen das Ausgestattetsein mit den alten abgeschlossenen Geschichten.

Vergils Epos ist allerdings genauso ein Fragment wie Brechts *Buckower Elegien*. Vergil wollte die „Aeneis" der Öffentlichkeit vorenthalten, es scheint eine testamentarische Verfügung des Verbrennens gegeben zu haben. In der Unabgeschlossenheit sah er einen ästhetischen Mangel. Er zweifelte nicht an den politischen Absichten seines Werks. Augustus ist dafür verantwortlich, den Wünschen des Autors nicht nachgekommen zu sein, unter seiner Aufsicht geschieht das Bewerkstelligen der Herausgabe. Unvorstellbar, Ulbricht hätte Brechts *Buckower Elegien* veröffentlichen lassen.

Einmal in den Zusammenhang zum Epos von Vergil geraten, wird man nicht dabei stehen bleiben können, bloß von einer Anspielung Brechts zu sprechen. Die aufgegriffenen Beziehungen sind umfassend interessant.

Was will Aeneas in der Unterwelt? Zunächst lässt sich feststellen, Aeneas erhält in der Unterwelt eine Schulung in einer Art von antikem historischem Materialismus, ihm wird sein eigenes zukünftiges Wirken in der Geschichte, wie das seiner Nachfolger erklärt. Die Sonne Roms werde in der Weltgeschichte

---

[58] Im Januar 1945 beginnt Brecht die Versifizierung des Manifests, bricht die Arbeit im Frühherbst des Jahres ab, nimmt sie jedoch später wieder auf, sporadische Korrekturen reichen bis 1955 (vgl. BFA Bd. 15, S. 386). Bekannt ist, dass Brecht mit seinem Lehrgedicht Bezug auf Lukrez, De rerum natura genommen hat. Möglicherweise hat Brecht Klopstocks Oden zu metrischen Studien einbezogen. Ein Bezug auf Vergil ist konkret nicht nachweisbar.

ohne Unterlass scheinen. Der Abstieg des Aeneas am See der Vogellosigkeit in die Unterwelt ist das Ende des ersten Teils des Werks bei Vergil. Danach beginnt der zweite Teil, Aeneas und seine Krieger kämpfen mit Latinern und Etruskern um die Herrschaft, am Ende siegt Aeneas. Mehreres erscheint wichtig. Jene Stelle in Vergils Werk, der Zugang zur Unterwelt und der Aufenthalt dort, hat eine herausragende Funktion in der Konstruktion der gesamten Dichtung, sie ist zentral. Während in der inhaltlichen Aussage zur Historie die Überlegenheit Roms demonstriert wird[59], gestaltet Vergil in der Form seiner Dichtung ein eigenes Messen und Abarbeiten an der Dichtung Homers. Der erste Teil seines Buches umfasst sozusagen die Odyssee des Aeneas, die mit dem Eingang in die Unterwelt abgeschlossen wird, im zweiten Teil liefert Vergil seine Ilias mit der Beschreibung der kriegerischen Kämpfe. Unter Umständen ist der Beginn mit der Odyssee auch die Geschichte einer Vereinnahmung. Odysseus, an den vergleichsweise zu Aeneas zu denken ist, hatte mit Circe den Sohn Latinos, von dem der Stamm der Latiner sich herleitet. Das Ende aller Geschichte wird beschworen, Roms Aufstieg und Sieg wird gefeiert; ein kommendes mehr als tausendjähriges Reich wird vorausgesagt. Dass Roms Weltbedeutung aus dem Untergang Trojas, der Verlierermacht, hergeleitet wird, belegt die Überlegenheit Roms über das Griechentum.

Hinzu kommt etwas anderes. Erzählt wird die Geschichte einer grandiosen Heimkehr aus der Fremde. Dardanus, der Ahnherr der trojanischen Königsfamilie, war einst aus Etrurien, woher er stammte (das ist zwischen Tiber und Arno gelegen, etwa die Gegend der heutigen Toskana), nach Troja ausgewandert. Vor allem zu Beginn des 7. Gesangs wird bei Vergil deutlich auf diese Abstammung verwiesen (z. B. VII, 207 und 240). Zudem ist die Göttlichkeit des Dardanus als Sohn von Jupiter und Elektra kaum zu überbieten. Es heißt auch: *„Jupiter ist des Volkes Ahn"* (VII, 219). Die Niederlage in Troja kann als ein Unglück in der Fremde gewertet werden, jetzt ist man wieder angelangt an dem Ort, von dem ausgehend sich grandiose Herrschaft entwickeln wird: *„die glänzende Roma, welche die Macht mit der Erde begrenzt"* (VI, 781). Der trojanische Krieg wird bei Vergil als Ost-West-Konflikt beschrieben: *„durch welch ein Verhängnis getrieben die beiden/ Teile der Welt, Europa und Asien sich maßen"* (VII, 223f). Das Zitat stammt aus dem Bericht der Abgesandten des Aeneas bei Köng Latinus, erkennbar ist ein eurozentrisches Bild von der Welt, wie eine Erklärung geschichtlicher Vorgänge als Verhängnis, als Schicksal. Gegen letztere Ausfassung steht Brechts Gedicht. Es sind die *„Laute"* der Gegenwart, die entscheidend sind für einen Verlauf, sagt Brecht mit seinem Gedicht. Dem konkreten pragmatischen Planen von Machbarem helfen vorausgesetzte Gläubigkeiten kaum.

---

[59] Vergil bewerkstelligt eine mythische Verankerung Roms und des römischen Weltreichs unter der Herrschaft des Augustus. Er sieht sich als Künder von Größe. Es hat ihm Mühe gemacht. Vergil stirbt mitten in der Ausarbeitung. Bei Brecht ist dies vergleichbar und anders. Er stirbt während des Ausarbeitens der Nicht-Verehrung von Staatsmacht.

Der Beginn des zweiten Teils ist bei Vergil inhaltlich deutlich gekennzeichnet, jener umfasst die Gesänge sieben bis zwölf. Es heißt, *„Plötzlich verbreitet sich jetzt das Gerücht durch die Scharen der Troer,/ Heut sei gekommen der Tag, die Stadt der Verheißung zu gründen."* (VII, 144/145) Die Geschichte Großroms kann beginnen. Vergil vergewissert sich der Unterstützung der Musen für das, was er leisten muss: *„Da wächst mir größer die Folge der Taten,/ Höher entrollt sich mein Werk."* (VII, 44/45) Für den Zusammenhang zu Brechts Gedicht *„Laute"* erscheint hier zu Beginn des siebenten Gesangs, also des zweiten Teils von Vergils Werk, etwas anderes interessant. Es geht um die Verheißung der Stadt Rom. Aeneas gewahrt vom Meer aus einen mächtigen Hain, aus dem der Fluss Tiber in das Meer strömt. Aeneas beschließt, den Kurs zu wenden und landeinwärts dem Lauf des Stroms zu folgen. Der Zugang, jetzt also nicht zur Unterwelt, zu der jener über den See der Vogellosigkeit erfolgte, sondern zur neuen, erst aufzubauenden Welt Roms wird entlang des Flusslaufs genommen. Und Vergil gestaltet das Ankündigen von Positivem, indem er im Unterschied zum anderen Hineintreten und Anfang, dem in die Unterwelt, diesmal Vögel eigens auftreten lässt. Sie sind symbolische Zeichen des Neuen und Erfolgreichen, das bevorsteht, und wohl auch des Schönen: *„Buntfarbige Vögel ringsum und/ In den Höhn, an die Ufer gewöhnt und die Böschung des Flusses/ Füllen den Äther mit ihrem Gesang und schwirren im Haine."* (VII, 32-34)

Die spezifische Kombination von Vogellosigkeit und Vogelreichtum bei Vergil kann der Leser von Brechts Gedicht *„Laute"* schon für erstaunlich halten. Der Zugang zur Unterwelt erfolgt über den See der Vogellosigkeit, in der Unterwelt erfährt Aeneas die Zuversicht eines großen Gelingens, und der Anfang, der zu diesem Gelingen gemacht wird, wird ausgestattet mit Insignien von Vogelreichtum. Zunächst verfestigt sich die Meinung, Brecht habe tatsächlich eine Bezugnahme auf Vergils Werk im Bereich der Palimpsest-Ebenen seines Gedichts angedeutet sehen wollen. Zudem wäre auszuschließen, dass sich Brecht als Anhänger von Vogellosigkeit bekannt haben wollte. Vielmehr kann im Rahmen des Vergil-Zitats eine Form von Schönheit und geradezu Idyllischem erkannt werden, auf die Brecht mit dem Bedauern, die Vögel zu vermissen, hinwiese. Bei Vergil sind die Vögel nicht nur überhaupt dann da und vorhanden, sie sind buntfarben (gegenüber den schwarzen oder grauen Krähen bei Brecht), sie sind in der Höhe, haben Übersicht und die Freude der Beweglichkeit, es heißt zusätzlich, sie schwirren, sie sind an ihr Habitat gewöhnt, an Ufer und Fluss, mit dem Wechsel von Land und Wasser kommen sie zurecht, und, das wird am wortreichsten, ja, besungen, sie singen die Vögel. Ihre Laute sind zu hören. Die Vögel sind Sendboten von Lebenslust.

Der Leser von Brechts Gedicht sollte sich nicht zu schade sein, einige Übertragungen in Betracht zu ziehen. Das Gedicht Brechts täte im Vergleich zu Vergils Epos kund, dass die Umgebung, die im Gedicht genannt ist, in der sich das lyrische Ich aufhält, nicht die Gestalt besitzt, bereits auf eine leidlich erfüllte Welt, wie sie durch das Vorhandensein von Vögeln ausgezeichnet ist, zu verweisen. Auch bei Brecht gibt es im Gedicht Vogellosigkeit und Vogelreichtum, allerdings sind es Schwärme von Krähen, die auftauchen. Die Kombination von Vogellosigkeit und Schwärmen von Krähen ist bei Brecht ein Unterschied zu der Kombination bei Vergil. Sorge um die weitere Zukunft herrscht vor. Und die Zeichensysteme, die bei Vergil auf ein Vertrauen auf mythische Abläufe hinweisen, werden bei Brecht nicht als vorbildlich und hilfreich erklärt. Um die Welt der Vogellosigkeit und die lediglich von Krähen bevölkerte zu verändern, dazu bedarf es gezielter eigener Unternehmungen. Die schöne Genussmöglichkeit eines Lebens herzustellen, für das die Existenz der Vögel ein Bild sein mag, und bei Vergil in der „Aeneis" zu Beginn des siebenten Gesangs ein Bild ist, wird mit Anstrengung verbunden sein.

Verglichen mit dem Epos von Vergil leistet Brechts Gedicht einen eigenen Statusbericht, die Phase des Daseins in der Unterwelt wäre gewissermaßen noch nicht verlassen, weitere Auseinandersetzungen stünden bevor. Krähen sind nämlich aufgetaucht, aber die Absicht, nicht auf Vogelschauen und Voraussagung zu setzen, wäre ein Anfang nicht ohne alle Möglichkeit, irgendwann die wahre Welt eines Vergnügens mit Vögeln im Übermaß zu erleben, ohne dass diese als Anzeichen für irgendetwas Bevorstehendes genommen werden, sie sind ästhetisches Vergnügen wie Erfahrung mitkreatürlichen Genießens. Die DDR im Sommer 1953 wäre in der Kennzeichnung von Brechts Gedicht weitab davon, vielleicht sogar weitab von einem richtigen Weg, dahin zu gelangen, aber ohne jegliche Chancen wäre die Situation nicht. Gröbste Wegmarken sind dem Gedicht zu entnehmen. Mehr will es nicht, das Weitere müssen die Leser leisten. Was aus ihnen werden soll, ist klar. Es ist nichts anderes als *die Emanzipation des Individuums*", wie Brecht 1935 in Bezug auf sein Stück vom Schwejk geschrieben hat, es gehe um die *„große entscheidende Wandlung der Masse aus dem Objekt der Politik in das Subjekt."* [60]

Man könnte meinen, die Dialektik von Brechts lyrischem Verweisen auf Vögel entfaltet sich richtiggehend überhaupt erst, nimmt man hinzu, wie Vergil in seinem Werk Vögel im Zusammenhang eines geschichtsmythologischen Verfahrens einsetzt.

Vergils Epos ist Apologietext einer großartig gedachten und sich vorbereitenden Herrschaft. Das sei wiederholt. Die Grenzenlosigkeit der römisch geprägten Weltepoche wird bei Vergil als das Einlösen göttlicher Weissagung dargestellt, das Schicksal meint es am Ende gut mit den Römern, es ist auf deren Seite, so sehr sie durch den Zorn der Juno und deren Eingriffe in das Geschehen gebeutelt werden. Die Figur des Aeneas gleicht stellenweise der eines eifrigen und umtriebigen Parteikaders, inklusive kaderwelschender Töne, er erscheint nicht als großer selbsttätiger Heros, wie man dergleichen vielleicht bei Homer verzeichnet finden könnte, wo manchmal Individualität mit Götterglauben und Göttern rangelt. Aeneas ist ein Erfüllungsgehilfe der höheren Mächte, der Ge-

---

[60] BFA Bd. 22.1, S. 123

setzlichkeiten, die zur Bewältigung anstehen, er ist ein guter Funktionär. Den Weissagungen der Götter ist er ein folgsamer Ausführer, deren Wille geschehe in seinem Tun, darauf verweist er mehrfach. Auf solche Weise wird das moralische Modell einer richtigen Weltordnung vermittelt. Aeneas obliegt seiner Aufgabe, was ihm nicht durchweg leicht fällt, sein Schicksal ist ihm Gebot. Es ist ihm Pflicht und Schuldigkeit. Bei anderen Figuren in Vergils Text ist das anders, sie sind Verlierer, weil sie in allen Gestaltungsmöglichkeiten nicht akzeptieren, was über sie verhängt ist. Hätten sie dann noch Chancen gehabt? Die Götter, die in einer Art Parallelhandlung die Erzählung begleiten, liefern die Bestätigung der Morallehre.

Ein Verzichtleister ist Aeneas zudem, die Liebe zu Dido, der karthagenischen Königin, sein Privatleben, hat er aufs Spiel gesetzt zugunsten des grandiosen Auftrags. Er hat mit Dido ein Gespräch in der Unterwelt, sie weilt dort unter den Seelen der Selbsttöter, *„mit frischer Wunde noch"*.(VI, 450) Das Scheitern sozusagen einer großen Aussprache wird vorgeführt. Aeneas, soldatische Gesinnung hegend, die im zweiten Teil des Epos im Showdown des Duells mit Turnus gipfelt, Höhepunkt von Ehrenvorstellung eines Kriegers, weiß mit Rührung zu kalkulieren, ist wahrscheinlich durchaus innerlich zerrissen und leidet an seiner Entscheidung. Dido jedoch verzeiht den ihr wegen des Einsatzes für eine höhere Aufgabe zugefügten Schmerz nicht. Aeneas sagt, *„der Götter Gebot .../ Trieb mich hinaus mit gebietender Macht."* (VI, 461f) Aeneas, der Täter, der sich seiner Aufgabe entsprechend dem ihm ausersehenen Schicksal zuwendet und darin als grandioser historischer Führer bei Vergil gefeiert wird, hat eine Vorstellung vom *„gewaltigen Schmerz"*, den er Dido durch die Trennung bereitete und geht trotzdem konsequent seinen Weg. Größe habe damit zu tun, über Leichen zu gehen, erfährt man. Dido beeindruckt er nicht, sie bleibt *„/Regungslos wie ein harter Granit"* und lehnt ihn ab. Sie misstraut dem Vorhandensein von Reue. Recht hat sie. Ovid, der von Augustus verbannt wird (so recht weiß man nicht, warum[61]),

---

[61] Ovid wird von Augustus acht Jahre nach Erscheinen seiner „Ars amatoria" (bei der Übersetzung: Liebeskunst, denkt der Brecht-Leser gern an den Brecht-Begriff: Lebenskunst) nach Tomi am Schwarzen Meer verbannt. Der Text war angeblich Anlass dafür. Ovid gehört nicht mehr der Generation an, die noch bewusste Erinnerungen an den Bürgerkrieg besitzt, Pflichtbewusstsein und Rechtschaffenheit, wie sie Vergil dem Pius Aeneas zuspricht, den die Bindungen an Eltern, Götter und Vaterland kennzeichnen, stand er bereits mit wachsender Fremdheit gegenüber. Im Unterschied zu Aeneas, der sich als Soldat auf dem Felde in den Dienst der Gemeinschaft stellt, ist für ihn die Liebe im Einsatz für die Freuden der Geliebten und die eigenen das Feld der Bewährung. Aeneas ist der Sohn der Venus, Ovid ihr, der Liebesgöttin, fähiger Promoter; insofern ist Ovid ein „neuer Soldat", unter „Cupidos Gewehr", wie es heißt (Ars amatoria I, 35.Vgl. zudem: Ovid, Metamorphosen. Das Buch der Mythen und Verwandlungen. Nachwort von Gerhard Fink, Frankfurt/Main 1992, S. 403). Ovids Text ist keine Liebeslehre der anatomischen Anweisungen, sie widmet sich einer Kultur der Erotik, einer verfeinerten Psychologie des Genießens, dem sich das Subjekt anheimgibt. Bereits die Konstruktion von Ovids „Ars amatoria" lässt Raffiniertheiten eines literarisch auf Voraussetzungen Fußenden erkennen. Vermeintlich widmet er sein Buch nur denjenigen wenigen, die in Liebesdingen noch nicht so gut Bescheid wissen. Die Bereitschaft, einzubekennen, dass man in der

hat eine didoische Streitschrift gegen Aeneas verfasst, die eine heftige Kritik aeneasistischer Diensteifrigkeit und Staatsorientierung ist.[62]

Einige weitere Berichte zum Werk von Vergil sollen gegeben werden. Während der Lektüre Vergils wird dem Leser der Bezug zu Brecht deutlicher. Erstens ist etwas über das in der Form der Einschätzung Gesagte hinaus über Aeneas auszuführen und zweitens kommen im sechsten Gesang Vergils zweimal Vögel vor, zusätzlich zur Erwähnung des Sees der Vogellosigkeit und der Vögel am Tiber.

Aeneas ist der Sohn des Anchises und der Venus, also mütterlicherseits göttlicher Herkunft. Er will in der Unterwelt den Vater treffen. Was geschieht, liest sich wie eine Begegnung von Gottvater und Gottsohn, der Vater ist allerdings kein Gott, erweist sich aber wenigstens als genialer Weissager und Künder und setzt den Sohn davon in Kenntnis, was dieser alles wird vorbereiten müssen. Er erzählt ihm wichtige Entwicklungen späterer römischer Geschichte, die Vergil selbstverständlich bereits weiß, es ist ja alles bereits geschehen. Vergils Epos ist als eine vaticinatio ex eventu konstruiert. Eine Vorhersage aus dem Wissen um bereits Geschehenes heraus. Der Text ist eine Prophezeiung und Wahrsagung besonderer Art. Was in Gang gesetzt wird, ist ein Gründungs- und Rechtfertigungsmythos von Herrschaft. Aeneas stirbt nicht wie Jesus Christus, der wieder aufersteht, aber er geht zu den Toten und kommt zurück, um seiner Bestimmung gemäß zu handeln, er wird der Begründer der römischen Welt. Aeneas war unter den Toten, er kann den Lebenden sozusagen glaubhaft mitteilen, was abläuft.

Die Figur von Aeneas ist Bestandteil der Geschichte von politischen Führerfiguren im Abendland, inklusive Hitler. Hitler hat „*Mein Kampf*" damit eingeleitet, sich als Herrscher, der vom Schicksal ausersehen ist, vorzustellen und

---

Liebeskunst nie genug wissen kann, scheint beim Leserpublikum groß gewesen zu sein. Inwieweit Ovids erstes Werk, die „Amores", 50 Elegien (darunter eine, in der die Krankheit des Lieblingsvogels der Geliebten Corinna dargestellt ist), für Brechts Elegien einen mehr als gattungsgeschichtlichen Bezug besitzt, müsste untersucht werden.

[62] Vgl. Ovid, Heroides, das sind (insofern sogar hier ein weiterer Verweis auf Brecht) in der Form der Darstellung Elegien und zugleich Briefe von fünfzehn Frauen, die jeweils gegenüber dem abwesenden oder verlorenen Geliebten klagen, in welcher Form von Leiden sie zurückgelassen worden sind. Es sind bis auf Sappho mythische Frauenfiguren. Darunter eben Dido. Für den Bezug auf Brecht interessant ist, dass Ovid diese Texte auf mehreren verschiedenen Ebenen vorzuführen weiß, z. B. in Raffinesse mit dem Wissen des Lesers um mythische Vorgänge hantiert und ihm sehr individuelle Überlegungen zur Theorie des Erlebens von Liebe überlässt. Im Genießen des literarischen Spielens bleibt der Schmerz der Inhalte gegenständlich. Die private Form der Briefe lässt aus den Personen der Briefschreiberinnen Subjekte werden, eine mögliche Reaktion des Lesers auf das beschränkte Bewusstsein der Figuren, denen gegenüber er den Ablauf der mythischen Geschichte kennt, wäre ein Infragestellen des Mythos und der Wunsch nach einem freieren Handeln. Der immanente Umgang auf der Grundlage der mythologischen Kenntnisse bewirkte eine Bewusstseinsveränderung. Verschiedenenorts lassen literarische Strategien bei Ovid an Brecht denken. Vgl.: Thomas Baier, Geschichte der römischen Literatur, München 2010.

diese Tradition aufgenommen. Ich habe das zitiert. Viele Deutsche haben es ihm bereitwillig abgekauft. Bei Vergil wird im Bericht des Anchises, den dieser dem Sohn gibt, von der zukünftigen Größe römischer Weltmacht, von den *„wiedergewonnenen Fascen"* (VI, 818) gesprochen. Fasces waren Rutenbündel mit Beil, die als Zeichen der Gewalt über Leben und Tod die Machtbefugnisse der Beamten der römischen Republik kennzeichneten.[63] Mussolini leitete den Namen seiner Bewegung davon ab, die der späte Aufguss neuer römischer Macht sein wollte. *„Liebe zur Heimat, sie siegte"* (VI, 823), berichtet Anchises, das werden alle, die der faschistischen Bewegung in Europa anhingen oder ihr noch oder wieder sich hinzugesellen, gerne gelesen haben und lesen.

Bei Vergil dient die Beziehung auf die bereits bekannte sagenhafte Kunde von Aeneas der Begründung eines Nationalepos. Der Sohn von Aeneas, Askanius (Aeneas flieht mit diesem an der Hand und dem Vater auf dem Rücken aus dem brennenden Troja), erhält später den Namen Julus oder Julius. Vergil bekräftigt den Anspruch der Caesaren, den von Julius Caesar, dem Geschlecht der Julier zugehörig, und vor allem den des Augustus, göttlicher Abstammung zu sein, obwohl Oktavian Augustus lediglich Caesars Adoptivsohn ist und dies eine Zeitlang als politischen Mangel angesehen hat (Caesars leiblicher Sohn mit Kleopatra, Caesarion, wird auf Befehl von Oktavian hingerichtet). Caesar hat ihn auserwählt, insofern geht das Signum der Göttlichkeit auf ihn über. Augustus hat erhebliche Anstrengungen unternommen, seine Kämpferphase als politischer Mörder von seinem Dasein als späterer Friedensfürst zu unterscheiden. Brechts Anspielungen auf die Figur des Aeneas wären ein Kommentieren von Geschichte, die an Herrschaft ausgerichtet ist und auf Kosten der Menschen abläuft. Kaiser- und Reichsidee in der deutschen Geschichte knüpften an die Gestalt des römischen Reichs an. Kein Mythos, kein Schicksalsglaube und keinerlei ideologisches Konstrukt, das sich als Rechtfertigungshaltung von Opfern vorträgt, wäre davon ausgenommen, im Zug von Brechts Gedicht dem kritischen Überlegen des Lesers ausgesetzt zu sein.

Brecht hat sich mehrfach in seinem Werk mit der Kritik derer befasst, die als vermeintlich ruhmreich in die Geschichte eingegangen sind. Im Zusammenhang mit Vergils *„Aeneis"* und dem Unterweltaufenthalt von Aeneas und dem Betrachten der Frage, wer warum in welchen Gefilden der Unterwelt sich aufhält, ist Brechts Stück *„Das Verhör des Lukullus"*[64] interessant. Lukullus, ein

---

[63] Als im Jahr 19 v. Chr., im Todesjahr von Vergil, Augustus die Ausdehnung der Imperatorenausrufung erhielt, sie galt seitdem nicht mehr nur für die Provinzen, sondern jetzt für die Stadt Rom und das gesamte Italien zugleich, erhielt er das Recht, mit den Liktoren und deren fasces seine Macht zu kennzeichnen und tat das auch.

[64] BFA Bd. 6, S. 115. Ich bleibe bei dem Titel, den Brecht für die Veröffentlichung in Versuche 11 im Jahr 1951 beibehalten hat. Auf den Vergleich der Fassungen, vor allem der unterschiedlichen Schlussszenen, „Spreu und Weizen" in der frühen und „Das Urteil" in der späten Fassung nehme ich keinen Bezug, auch nicht auf die Probleme, die Brecht mit dem Text in der DDR hatte. Es sei lediglich erwähnt, dass Brecht, als es Bedenken gibt, sich brieflich an Ulbricht wendet und um Unterstützung bittet (BFA Bd. 30, S. 57). Brecht schreibt, Lukullus sitze als

römischer Feldherr in der Zeit vor Augustus, aus patrizischer Familie stammend, der kriegerisch Roms Herrschaft in Kleinasien durchsetzt, steht vor dem Totengericht und verhandelt um seine Aufnahme in das Totenreich. Sie wird ihm am Schluss des Stücks verwehrt. Es heißt: *„Ah ja, ins Nichts mit ihm und ins Nichts mit /Allen wie er!"*[65] Brecht spielt mit Glaubensformen der Antike wie christlichen Vorstellungen vom Jüngsten Gericht. Brecht führt im Bild einer Unterwelt einen historischen Prozess gegen einen militärischen Großtäter in der Geschichte. Bereits dieses Stück, an dem Brecht mit Unterbrechungen von 1937 bis 1951 arbeitete, kann als Anti-Aeneis bezeichnet werden, obwohl es den unmittelbaren Bezug auf Vergil nicht gibt. Ruhmreiche militärische Haudegen, die bei Vergil verehrt werden, unterliegen bei Brecht vernichtender Verachtung. Ein ganzer Vorstellungsbereich von Geschichte als Geschichte der Mächtigen wird kritisiert. In der Schlussszene taucht Volk auf, sogenannte kleine Leute, die Opfer der Geschichte gewesen sind, Sklaven sind dabei, ein Lehrer, eine Kurtisane, ein Bäcker, ein Fischweib, ein Koch, ein Bauer. Ihre Aussagen führen zur Verurteilung des Lukullus. Zwischendurch will Lukullus als seinen Zeugen Alexander den Großen, wie er genannt wird, aufrufen lassen, einen Täter wie er und wie Aeneas und Augustus, und Alexander kommt nicht. Ganz im Gegensatz zur Weltgeschichte und deren Darstellung in der Geschichtswissenschaft ist Alexander in Brechts Stück im Nichts verschwunden und nicht mehr auffindbar. Er hat keinen Platz im Totenreich gefunden. Die Nachwelt sollte aufhören, ihn zu verehren.

Unter den Gedichten der *Buckower Elegien* gibt es andernorts Bezüge sowohl zur Geschichte von Troja wie zur Herrschaft des Augustus. Das eine Gedicht heißt *„Bei der Lektüre eines spätgriechischen Dichters"*, das andere *„Beim Lesen des Horaz"*. In beiden Fällen beurteilt Brecht Politisches im Spiegel von Literatur und weist gewissermaßen auf sein Spiel mit der Bande wie beim Billard eigens hin. Selbstverständlich will er Übertragungen auf die Gegenwart. Der Leser soll sie im Wege einer Bewusstseinsbildung vornehmen. Was spricht dagegen, im Vergleich mit Vergils Nationalepos eines siegreichen Staats, Brechts gescheiterte Sammlung von Elegien über einen scheiternden Staat jenem gegenüberzustellen? Der Verweis auf die alten Geschichten (und die alte Geschichte) dient auch der Vorstellung von der Größe, Gewaltigkeit und Schwierigkeit der

---

Führer eines Raubkriegs vor „einem Gericht der Nachwelt" (ebd.). Ansonsten ist die Vorstellung hübsch, dass am 24. 3. 1951, Brechts Brief an Ulbricht ist vom 12. 3. 1951, Staatspräsident Pieck, Ministerpräsident Grotewohl, der Minister für Volksbildung Wandel (dem später ein Gedicht aus den Buckower Elegien zugeschickt werden sollte), der Staatssekretär für Auswärtiges Ackermann und der Leiter der Abteilung Kultur beim ZK der SED zusammen mit Brecht und Dessau an einer Diskussion über das Drama teilnehmen. Das ist fast ein Stück einer großen Aussprache. Es ist um Hitler gegangen und um Stalin als große Schlächter. Brecht erklärt sich bereit, zwischen Eroberungs- und Verteidigungskrieg zu unterscheiden (sh. BFA Bd. 6, S. 413).

[65] BFA Bd. 6, S. 173

anliegenden Veränderungen. Es wäre eine radikale Umkehrung des bisherigen Verlaufs. Geradezu eine Herkulesarbeit.

Allerlei Zusammenhänge ließen sich darin ermitteln, dass die „Aeneis" das Epos einer Nachkriegszeit ist, wie des Aufbaus einer neuen Staatlichkeit. Der trojanische Krieg ist vorbei und Aeneas widmet sich der Gründung eines neuen Trojas. Das gleiche gilt für die Zeit Vergils. Der Bürgerkrieg in Rom ist vorüber und Augustus verspricht als Monarch Friedenszeit[66]. Für Brecht, ein gern im „Turnier der Texte"[67] Umtriebiger, könnte das eindeutig ein Fundgegenstand gewesen sein, er war nach dem Zweiten Weltkrieg und angesichts des Aufbaus der DDR in einer vergleichbaren Situation wie Vergil und wollte kommentieren und zur weiteren Überlegung freigeben, welche Analysen vorgenommen werden sollten.

Man könnte noch weiter gehen und an die große Oktoberrevolution in Russland denken, sie ist das Ergebnis eines Krieges, des Ersten Weltkriegs, der Revolutionär Lenin, listig wie Odysseus, wird im Auftrag der deutschen Reichsregierung auf einer kleinen Odyssee von der Schweiz aus quer durch Deutschland nach St. Petersburg verfrachtet, um dort der russischen Regierung, dem Kriegsgegner der Deutschen, zu schaden. Das tut er auch. Es entsteht die bekannte historische Konstellation: Krieg, Nachkriegszeit, große Veränderung und

---

[66] Man wird daraus nicht große Schlüsse ziehen können, aber Marx hatte sich in seinem Abitur in Latein 1835 genau mit dieser Frage zu beschäftigen: Zählt man das Prinzipat des Augustus mit Recht zu den glücklicheren Zeiten des Römischen Reiches? Das war das Thema. Marx schreibt, Augustus habe „die verhaßte Macht eher milde ausgeübt." (MEW, Ergänzungsband, erster Teil, Berlin 1968, S. 597). Es soll in diesem Hinweis nicht um Marx gehen, jener Aufsatz ist eher als Indiz zu werten für den hohen Einfluss altphilologischer Bildung in Deutschland. Zu fragen wäre, welche Inhalte sie transportierte. Rechtfertigungen von Herrschaft von unten waren allenfalls gefragt als Verehrung großer Herrscherfiguren, die einen Staat mit Macht ausgestattet haben; lediglich in Relation dazu fiel ein Blick darauf, wie es denn der Bevölkerung ging. Aber dies letztere konnte von den Zöglingen im Zuge von Bildung und Erkenntnis in den Mittelpunkt gerückt werden. Marx tat dies, wie Brecht später ebenso. Bildungsprozesse, so absichtsvoll sie sich vorkommen mögen, sind für das einzelne Bewusstsein nicht planbar. Dass es andererseits eine weitgehend allgemein geteilte Akzeptanz der Absichten eines Heranziehens von guten Untertanen gegeben hat, dafür mag die Frage stehen, die Alfred Andersch in seinem Roman über Himmlers Vater, „Der Vater eines Mörders", stellt, Himmlers Vater war Altphilologe und unterrichtete auch den Autor Andersch: „Schützt Humanismus denn vor gar nichts?" Brechts vielfältige Bezüge auf die Antike im gesamten Werk müssten auch unter diesem Gesichtspunkt betrachtet werden, sie sind ein Entgegenarbeiten gegen jahrhundertelange Erziehungstraditionen.

[67] Marja-Leene Hakkarainen, Das Turnier der Texte. Stellenwert und Funktion der Intertextualität im Werk Bertolt Brechts. Frankfurt/M. 1994. Das Buch ist eines der häufig ausgeliehenen am BBA in Berlin. Die vergnügliche Beweglichkeit, die Brechts Literatur zeigt, und dem Leser seinerseits ermöglicht, ist, so wäre zu hoffen, nicht ohne grundsätzliche politische Konsequenz. Ein Abfahren auf simpel Parolenhaftes dürfte kaum mehr stattfinden.

Aufbau einer neuen Staatlichkeit.[68] In Deutschland war das nach 1918 genauso, mit dem Ergebnis anderer Staatlichkeit als in Russland und mit der Langzeitwirkung Nationalsozialismus, und es ist nach 1945 wieder ähnlich. Erneut im Einzelnen dann anders. Die Frage nach dem Charakter von Staatlichkeit und Regierungspolitik taucht auf. Das ist das Thema Brechts in den *Buckower Elegien*. Zudem, dass die sozialistische Revolution nicht, wie vielleicht im hehren theoretischen Modell gedacht, aus der Aktion des revolutionären Proletariats entstanden war, sondern aus dem Ergebnis eines Kriegs. Die Realität war anders, sowohl im frühen Sowjetrussland wie in der DDR.

Brecht war für Kritik allenthalben. Die DDR hielt nicht, was sie als historisch neue und besondere Herrschaftsform versprach, wie die Sowjetunion, die aus Lenins Wirken entstanden war, nicht gehalten hatte, was sie versprach; die später in ihrem militärische Kampf gegen Hitler und die Nazis immerhin im Krieg gesiegt hatte und half, jenen neuen Staat der DDR zu gründen. Brecht zitiert die antiken Schriftsteller-Kollegen Vergil und Horaz in vergleichbaren Situationen, hat jedoch inhaltlich Unterschiedliches zu sagen. Dass er die Form der Elegie wählt, begreift den Nachhall ein, Trauer und Enttäuschung zu empfinden, wie sehr sich Literatur in die Dienste von Macht gestellt hat, selbst große Literatur mit überragender kulturgeschichtlicher Bedeutung. Kunst sollte andere Zuständigkeiten wie Aufgaben etc. wahrnehmen wollen. Man könnte Brechts Versuch eingebettet sehen in die Tradition römischer Literatur von Imitatio, Nachahmung, und Aemulatio, Wettbewerb, Veränderung,[69] eine Tradition, die darauf gegründet ist, mit Konsumtionsvoraussetzungen beim Leser zu rechnen, die Teil der literarischen Strategie sind. Das passt zum literarisch spielfreudigen und spieltüchtigen Brecht. Selbst die Frage wäre zu stellen, ob er im Zuge des Einforderns der *„großen Aussprache"* nicht geliebäugelt oder wenigstens daran gedacht haben könnte, zusammen mit seinen Mitarbeitern eine vergleichbare und im Einzelnen ganz andere Rolle zu spielen, wie sie der Mäcenas-Kreis, zu dem die Autoren Vergil und Horaz gehörten, in der Nähe der Herrschaft von Augustus gespielt hat. Ganz und gar aufgegangen in ihrer Verehrung von Herrschaft sind die Autoren auch dort nicht. Der Mäcenas-Kreis ist ein Teil der Geschichte des Verhältnisses von Macht und Intellektuellen. Trotz Einflusses ist eine Gefährdung nicht auszuschließen.

Aeneas ist wie seine Nachfolger in der abendländischen Geschichte nicht lediglich der gute Funktionär. Ausersehen zu sein, reicht nicht, man muss sich bewähren. Es kostet Überwindung, der Pius zu sein und die Aufgabenstellung des Fatums zu bestehen. Er gilt bei Vergil vor allem als derjenige, der die Herausforderungen des Schicksals annimmt. Das soll seine Größe ausmachen. In moralischer Überzeugtheit, das Richtige zu tun. Für alle diejenigen, die unter der

---

[68] Eines der großen Themen der Buckower Elegien insgesamt ist die Frage nach der neuen Staatlichkeit der Übergangsgesellschaft. Wie spezifisch dies für das Gedicht „Laute" gilt, soll gerade betrachtet werden.
[69] Siehe: Thomas Baier, Geschichte der römischen Literatur, München 2010, S. 8 und passim.

Herrschaft solch einer Führungsfigur stehen, bedeutet das, sie sollen die Botschaft empfangen, ihr eigenes Schicksal ebenso beherzt zu tragen wie ihre Vorreiterperson. Schon in der Weissagung der Sibylle wird Aeneas gesagt: *„Forder das Schicksal/ Jetzt!"* (VI, 45). Für vorgelebte Untertanenmoral fällt genug ab bei Vergil: *„Laßt euch warnen und handelt gerecht und ehret die Götter!"* ist z. B. im Text die Quintessenz des Vorführens derer, die in der Unterwelt im Kerker der Strafe harren, weil sie diesem Prinzip nicht entsprachen. Nimmt man, wie es verschiedene moderne Betrachter heute tun, die Götter in den antiken Epen als Emanationen des Willens der Menschen, handelt man sich eine Reihe von Problemen der Konstruktion der Abläufe ein, aber dass zur Willensausstattung eine Orientierung an Obrigkeit gehören soll und demzufolge Bescheidenheit, Gefolgschaft und Opferbereitschaft, ergibt sich allemal genauso.

Im sechsten Gesang bei Vergil kommen noch zweimal Vögel vor. Einmal zwei Tauben, die Boten der Mutter Venus sind und den Weg weisen, sich aber, obwohl in göttlichem Auftrag unterwegs, aus Vorsicht in der Nähe des Dunsts des Averner Sees hoch in die Lüfte erheben, zum andern Schwärme von Vögeln, die an den Eingängen zur Unterwelt Charon vergebens bitten, hinüber gefahren zu werden. Unter den Menschen werden nur die nach dem Tode Begrabenen aufgenommen.

Wagt man das Insverhältnissetzen zu Vergil bei Brecht, wird nicht lediglich den reichlichen Bezügen zur Antike in den *Buckower Elegien* ein weiterer Bezug hinzugefügt. Berührungen, Anspielungen und Reminiszenzen, wie sie Brechts *Buckower Elegien* allgemein und umfassend kennzeichnen, verweisen am Beispiel von Vergil vor allem auf das Thema der Geschichte. Und auf Kunst. Schließlich stellt sich Brecht in die Konnexion zu Homer und Vergil, wie zudem zu Dante. Dessen Held ist neben der eigenen Person Vergil. Vergil begleitet Dante in Dantes Werk *„Die göttliche Komödie"* durch die Hölle und das Fegefeuer. Manches erinnert an Vergils *„Aeneis"*. Man trifft auf Sünder und Büßer. Die Dichter Homer, Horaz, Ovid etc. sitzen in einer Vorhölle, die straflos ist, dort wird Dante vielleicht selbst einmal Wohnung nehmen und auf ewig in der schönen Schule, wie es heißt, der Dichtkunst huldigen. Da können sie sich andauernd wechselseitig zitieren, die Dichter. Homers Held Odysseus sitzt übrigens im vorletzten Kreis der Hölle. Irgendwie schade, die Listigkeit seines Vorgehens im trojanischen Krieg scheint ihm nicht verziehen worden zu sein. Kein Wunder, könnte man meinen, sind doch Vergil und Alighieri zwei, die Überlegenheiten des Lateinischen und Dante des Christlichen von den Trojanern ableiten und nicht von den Griechen; von denen nur insofern, als man sie für ein Vorbild ansieht, über das man bereits um Stufen hinaus ist.

Es ist ein Stufenmodell, das Dante vorstellt: Inferno, Purgatorio, Paradiso. Mit zugegeben viel ulyssesischer Listigkeit, wofür einem, wie man bei Dante gelesen hat, die Hölle droht, könnte man die Reihenfolge jener Reinigung, zugleich die Form eines Bildungsmodells, in Brechts Gedicht *„Laute"* vorfinden. Es begänne mit der Hölle, den Schwärmen der Krähen, die Laute im vogellosen

Sommer der Gegend stünden für das Fegefeuer und die bedingte Zufriedenheit des Ich wäre ein Stück vom Paradies, ein Nichtnegieren gewisser Aussichten, jedenfalls eine Kundgabe von Lebenskunst. Bloß blöd, dass die Hölle zuerst vorkommt, aus der es bekanntlich kein Entrinnen gibt.

Die Kunst der Allusion und der Assoziation bzw. das Spiel mit Intertextualitäten sei weiter betrieben. Der Hinweis sollte nicht vergessen werden, dass Marx am Ende des Vorworts der Schrift *Zur Kritik der Politischen Ökonomie"*, gewissermaßen Vorstudie wie Erstfassung von *Das Kapital"*, Dante zitiert und den Eingang zur Hölle mit ironischen Anspielungen zuhauf dem Eingang in die Wissenschaft vergleicht[70]. *Hier mußt du allen Zweifelmut ertöten,/ Hier ziemt sich keine Zagheit fürderhin."*[71] Nicht ganz auszuschließen ist, dass Marx damit geliebäugelt haben könnte, die kapitalistische Wirklichkeit als eine Erscheinungsweise der Hölle[72] anzusehen, sollte jemand noch auf theologische Fassungen Wert legen. Angst vor der Hölle ziemt sich nicht. Marx spricht das Selbstbewusstsein seiner Leistung in spielerischer Form an. Auf der Grundlage wissenschaftlicher Erkenntnis seien politische Veränderungen erreichbar. Die Unterwelt, die Basis, so sagt Marx, ist analysiert, die kapitalistische Ökonomie. Das ist viel, aber für eine Veränderung der Welt reicht es alleine nicht. Marxens Anspielung auf Dantes Unterwelt im Blick auf das, was er Basis nennt, zu betrachten, erscheint vergleichbar der späteren Übung bei Brecht, Vergils Unterwelt die Realität der Laute der Menschen gegenüberzustellen, einer ebenfalls eigenen Basis. Zudem wäre Brechts Treiben ein innermarxistischer Kommentar. Vom Handeln jener bei Brecht genannten Basis hängt die geschichtliche Wirklichkeit einer Veränderung der kapitalistischen Ökonomie ab. Also sei auf sie Bezug zu nehmen und sie in den Mittelpunkt zu stellen. Um das Leben dort geht es. Das ist der Hinweis des Gedichts: *Laute von Menschen rührend."*

---

[70] Dieses Vorwort ist in der DDR als Beleg der „einzig wissenschaftlichen materialistischen Geschichtsauffassung, die klassische Definition des historischen Materialismus" angesehen worden. Vgl. MEW Bd. 13, Vorwort: Institut für Marxismus-Leninismus beim ZK der KPdSU, S. VII. Aus Marxens Satz z. B.: „In großen Umrissen können asiatische, antike, feudale und modern bürgerliche Produktionsweisen als progressive Epochen der ökonomischen Gesellschaftsformation bezeichnet werden" (S. 9), ist der Ablauf der Weltgeschichte als ein Treppenmodell fabriziert worden, das in zahlreiche Schul- und Lehrbücher in der DDR Eingang fand.

[71] MEW Bd. 13, S. 11. "Qui si convien lasciare cogni sospetto/ Ogni viltá che qui sia morta." In der Übersetzung bei Hermann Gmelin steht: "Hier muss man jeden Argwohn von sich lassen,/ Und jede Feigheit muss des Todes sterben." Dante Alighieri, Die göttliche Komödie, Stuttgart 2001, S. 15.

[72] An einer Stelle in „Das Kapital" (MEW Bd. 23, S. 261) nimmt Marx diese Übertragung selbst vor: „Dante wird in dieser Manufaktur seine grausamsten Höllenphantasien übertroffen finden." Marx beschreibt Industriezweige „ohne legale Schranke von Exploitation" und schildert die Verhältnisse in der Manufaktur von Zündhölzern, die „wegen ihrer Ungesundheit und Widerwärtigkeit" verrufen ist. Die Hälfte der Arbeiter sind Kinder unter 13. Der Phosphor in den Arbeitsräumen verpestet die Luft. Die Arbeitenden haben keine hohe Lebenserwartung.

Am Ende des Vorworts zur 1. Auflage von „*Das Kapital*" zitiert Marx einige Jahre später erneut Dante, diesmal eine andere Stelle, verändert dessen Aussage jedoch ein wenig. Es heißt: „*Geh deinen Weg und laß die Leute reden!*"[73] Diesmal greift Marx ein Zitat aus dem Purgatorium auf, nicht aus dem Inferno. Mit dem Satz ist nahezu umfasst, was in Brechts Gedicht „*Laute*" steht: Laute; die Leute reden (unter anderem), wie im Dante-Zitat bei Marx. Im Gedicht Brechts kommt einer vorüber und hört, ist ein bisschen zufrieden und geht weiter seines Wegs. Was danach passiert, bleibt offen. Nein, es ist schwieriger. Es kommt auf die Leute an. Und man kann auch unzufrieden seinen Weg gehen.

Durchaus interessant ist, auf welche Weise Marx den Vers bei Dante korrigiert. Im Werk „*Die Göttliche Komödie*" heißt es im fünften Gesang des Purgatorio, Vers 13, in der Übersetzung: „*Komm, folge mir, und laß die Leute reden*"[74], daraus macht Marx: „*Geh deinen Weg und laß die Leute reden!*" Die wichtige Veränderung besteht darin, eine Gefolgschaft nicht wiederzugeben, sondern sie aufzukündigen und zu negieren. Eine Person selbst, jemand für sich alleine, soll ihren Weg gehen. Bei Dante soll die Hauptfigur, die er selbst ist, dem „*Führer*" Vergil folgen. Ein Gefolgschafts- und Führerverhältnis gegenüber seiner Person und seinem Werk möchte Marx offensichtlich nicht; im Blick auf die Geschichte der sowjetkommunistischen Bewegung, in der es früh schon und reichlich und lange Exekutionen wegen mangelnder Gefolgschaftstreue gab (von 1948 bis 1954, während sich Brecht in der DDR niederlässt, gibt es Schauprozesse und Hinrichtungen), ist die Modifikation, die Marx am Ende des Vorworts mit Dantes Satz vornimmt, herausragend. Das veränderte Zitat kann zugleich als Selbstgespräch von Marx aufgefasst werden, er redete in der zweiten Person sich selbst an, bestärkte sich in seinem Weg der Unabhängigkeit, des Selbstbewusstseins und der Kritik. Aber dies alles gilt für den Leser genauso, den von Marx.

Brecht zitiert, wie Marx offensichtlich ebenso, gern aus Dantes „*Die göttliche Komödie*". Darüber hinaus ist der Bezug Brechts zu Dante in einer recht kennzeichnenden Weise interessant. Es ist Dantes Verbannung, die dem Emigranten zu wiederholten Überlegungen darüber Anlass gibt, wie er selbst denn dastehe, zuerst in der Emigration, aber vielleicht auch später in der DDR, als ein durch Kritik und Ablehnung von Seiten der Partei tendenziell Bedrohter. Damit ist deutlich, inwiefern die Beziehung Brechts zu Dante wichtig ist und sogar mit den *Buckower Elegien* zu tun hat. Dies ist vor der ausführlicheren Darlegung bereits ein offensichtliches Indiz. 1951 veröffentlicht Brecht in „*Versuche Heft 11*" acht „*Studien*", sämtlich Sonette, als deren erstes erscheint: „*Über die Gedichte des Dante auf die Beatrice*"; schon die Sonettform nimmt Bezug zu Dante. Brecht zählt diese Gedichte, so seine Notiz bei der Veröffentlichung, zum 23.

---

[73] MEW Bd. 23, S. 17. Interessant ist, dass Marx nicht etwa die deutsche Übersetzung ändert, nein, er verändert das italienische Original. Bei Dante steht: „Vien dietro a me, e lascio dir le genti!" Marx schreibt: „Segiu il tuo corso, e lascia dir le genti!" Das Zitat, das Marx neu fasst ist aus: Purgatorio, canto 5, 13, nicht 17, wie MEW Bd. 23, S. 846 angibt.

[74] Dante Alighieri, Die Göttliche Komödie, Stuttgart 2009, S. 153

Versuch; die sechs Gedichte aus den *Buckower Elegien*, die Brecht in „*Versuche Heft 13*" im Jahr 1954 herausgibt, ordnet er ebenfalls dem 23. Versuch zu.[75] Mit der Zählweise der Versuche, bei der sich die der Verlage von der Brechts unterscheidet, will ich mich nicht aufhalten, aber der von Brecht angegebene Zusammenhang ist wichtig, der Name „*Studien*" ist für Gedichte etwas ungewöhnlich, und die Frage wäre zu stellen, mit welchem Recht er auf die Gedichte der *Buckower Elegien* zu übertragen wäre.

Brechts Lieblingszitat steht in Dantes Werk ein paar Verse vor dem Zitat, das Marx für die oben genannte Schrift „*Zur Kritik der politischen Ökonomie*" ausgewählt hat. Beide Zitate sind aus dem Eingangsbereich zur Hölle, also zur Unterwelt. Brecht zitiert gern Vers 9, Marx zitiert Vers 14 und 15 des „*Dritten Gesangs*". Das erinnert an das Eintreten von Aeneas in die Unterwelt am See der Vogellosigkeit. Jetzt ist es ein anderes Eintreten. Brechts Zitat heißt in der Übersetzung von Hermann Gmelin: „*Lasst jede Hoffnung, wenn ihr eingetreten*", es ist der letzte Vers der Inschrift über dem Höllentor „*Lasciate ogni speranza, voi ch'entrate*" (Inferno 3/9). In den verschiedensten Formulierungen der Übersetzungen ist er Redensart und sogenanntes geflügeltes Wort geworden. Brecht variiert es an einigen Orten seines Werks.

Ein weiterer Zitatzusammenhang zum Dantebezug bei Marx ist erwähnenswert. Brecht zitiert an einer signifikanten Stelle genau die drei Verse aus Dantes Werk, die den beiden, die Marx herausgreift, nachfolgen im Text, die Verse 16 bis 18. Marx zitiert die davorstehenden, 14 bis 15, es war die Aussage: „Hier mußt du allen Zweifelmut ertöten,/ Hier ziemt sich keine Zagheit fürderhin." (Übersetzung aus MEW 13, S.11) Brecht äußert sich über Kafka und schreibt, dass Kafka ihn „*immer an die Aufschrift am Tor der Danteschen Hölle*" erinnere und zitiert danach Dante: „*Wir sind jetzt angekommen vor dem Tor des Lands/ wo alles wehrlos ist, was leidet/ das hat verspielt das Erbgut des Verstands.*"[76] Dazu zwei Anmerkungen. Brecht hat dies erschreckt, diese Aussage vom Verlust des Intellekts, als sehe er einerseits ein Bestreiten des eigenen Werks und den Versuch, dieses wirkungslos zu machen, wie anderwärts Verblendungsstrukturen, die Denken behindern, und befürchte in der Hölle der beginnenden nationalsozialistischen Gegenwart Vergleichbares, zweitens schreibt er Kafka zugute, eine geradezu prophetische Einsicht zu besitzen, soviel noch einmal zum Thema Weissagen. Brecht schreibt, Kafka schildere mit:

---

[75] Brecht zählt zudem die „Chinesischen Gedichte" zum 23. Versuch, das erscheint wegen der Auseinandersetzung um Kunsttheorie und Kunstpolitik innerhalb der sozialistischen Politik interessant.

[76] BFA Bd. 22.1, S. 38, geschrieben ist Brechts Text im Sommer 1934. Aus dem Versabschnitt: „wo alles wehrlos ist, was leidet", ließe sich ein Bezug zu Nietzsche herstellen. Kafka wäre sicher als ein Gewährsmann zu nennen, aus dessen Werk sich Spuren einer Kritik an falschen Entwicklungen von Sozialismus entnehmen ließen.

„großartiger Phantasie die kommenden Konzentrationslager, die kommende Rechtsunsicherheit, die kommende Verabsolutierung des Staatsapparats, das dumpfe von unzulänglichen Kräften gelenkte Leben der vielen einzelnen".[77]

Es ist nicht unbekannt, dass Kafka bei manchen Staats- und Parteileuten in der DDR kein geschätzter Dichter war. Zudem wird das Ringen darum deutlich, was allgemein für die *Buckower Elegien* gilt, sich das Denken nicht austreiben zu lassen und an einem eigenen individuellen Lebensverlangen festzuhalten. Die obige Formulierung Brechts, als wäre von zulänglichen Kräften gelenktes Leben zu akzeptieren, wäre umfassend gegenüber Kafka in Rechnung zu stellen, bei dem geradezu zärtliche Empfindungen derjenigen, die Macht unterworfen sind, dieser gegenüber zu den kritisierten Bewusstseinszuständen gehört, es ist jedoch zugleich eine Art kafkascher Solidarität zu diesen Schwachen festzustellen, die Orientierung suchen. Es gibt durchweg in seinem Werk Leute, deren Laute gehört werden. Das Üble ist die Macht, aber die lebt eben durch das Bewusstsein der Unterjochten, nährt sich davon und überdauert.

Ein Gedicht Brechts, das ohne Titel bleibt, nimmt die Situation am Eingang der Hölle Dantes auf. Brecht stellt die Frage Dantes an Vergil, was die Worte, die Hoffnung fahren zu lassen, denn bedeuten sollen, und der Bezug auf das Deutschland der Nazizeit ist dabei eindeutig, das Gedicht ist 1938 geschrieben. In der letzten Strophe heißt es: *„Wir sind jetzt angekommen vor dem Tor des Lands/ Wo alles wehrlos ist, was (ewig) leidet./Das hat verspielt das Erbgut des Verstands."*[78] Dreierlei ist anzumerken, erstens ein Stück Nationalismus bei Brecht, zunächst hatte das Gedicht sogar den Anfang: *„Zu ganz verlorenem Volke bin ich Pforte"*, das hat thomasmannsche Ausmaße, zweitens ist ersichtlich, wie Verstandestätigkeit als Hoffnung erscheint und drittens verweisen die beiden Klammern darauf, dass sich etwas ändern könnte.

Ich darf daran erinnern, dass es um den Zusammenhang des Zugangs zur Unterwelt geht, den Marx zitiert und den Brecht zitiert und den Aeneas in Vergils Epos durch die Pforte des Sees der Vogellosigkeit genommen hat.[79]

Zurück zum Dante-Zitat bei Marx in *„Das Kapital"*, das aus dem fünften Gesang von Dantes Werkteil *„Das Purgatorium"*[80] stammt. Es ist das von Marx

---

[77] Ebd.

[78] BFA Bd. 14, S. 422

[79] Vgl. BFA Bd. 14, S. 417. Die Herausgeber gehen davon aus, es habe tatsächlich Pläne Brechts gegeben, davon zu schreiben, wie er selbst als Figur mit Dante (wie dieser mit Vergil) die Unterwelt aufsucht. Brecht wäre wie Herkules, Aeneas, Paulus, Vergil, Dante und andere ein weiterer dort gewesen. Die Anmerkung von der Vogellosigkeit zitierte die Zugangsweise zu jenem Ort, den einer der Genannten, Aeneas, wählt. Brecht hat während der Emigration das Projekt einer „Dante-Revue" gehabt (BFA Bd. 10.2, S. 1268) und eventuell in einem „Salzburger Totentanz" (Vgl. Bd. 10.2, S. 1273), dessen Aufführung einer Untermauerung des Anrechts Brechts auf die österreichische Staatsbürgerschaft dienlich sein sollte, Verbindungen zu Dante erwogen.

[80] Wer ein Tagelöhner im Turnier der Texte ist, als Leser wie Autor, freut sich über ironische Krümel. Marx, der aus dem Anfangsteil der Hölle und aus dem Fegefeuer-Teil bei Dante im

korrigierte Zitat: *„Geh deinen Weg und laß die Leute reden!"* Dante und Vergil
werden von säumigen Büßern angesprochen, wie sie genannt werden. Die Leute,
die in Dantes Werk an jener Stelle des Purgatoriums abgewiesen werden sollen,
sind Verdammte, die sich Vergil und Dante aufdrängen und hoffen, durch ihre
Erzählungen ihr Schicksal zu verbessern, sie möchten z. B., dass Fürbitten für sie
gesprochen werden. Entgegen dem barsch anmutenden Rat, seinen Weg fortzu-
setzen, den Marx herausgreift, erfolgt bei Dante eine kleine Relativierung: *„Die
Leute ... kommen bittend zu dir .../ Doch geh nur weiter, und im Gehen höre."*[81]
Dieses letzte Anmerken, im Gehen zu hören, erinnert ein wenig an den Inhalt
von Brechts Gedicht *„Laute"*. Dort begegnet das lyrische Ich *„den ganzen Sommer durch"* dem, was es hört: Laute. Es führt zu weit, das Werk von Marx und
dazu das Gedicht von Brecht mit dem fünften Gesang des Purgatoriums zu vergleichen, in der Übersetzung von Hermann Gmelin lautet die Übersetzung:
„Läuterungsberg"[82], das lässt schon an Bewusstseinsveränderung denken, wie sie
Marx im Gang durch die Lektüre seines Buchs sich wünschte, wie an die erklärten Bemühungen der Übergangsgesellschaft der DDR, mit denen Brecht sich
befasst. Marx zitiert eine Heilsgeschichte in abträglicher Absicht. Er schreibt
eine gänzlich andere, gegensätzliche: eine andere Geschichte, andere Wege zum
Heil, anderes Heil, Kritik des Heils, gar kein Heil eben. Veränderte Ökonomie,
mit der vielleicht manches besser würde. Zudem käme es darauf an, was darüber
hinaus organisiert werden könnte und was sich für die Lebenswirklichkeit der
Leute ergäbe, vor allem jenseits der bislang bekannten und erlebten Organisiertheit.

    „Heil", das war die Grußformel im Nationalsozialismus, verbunden mit dem
Namen des Führers, dem man schon beim Grüßen Gefolgschaft entbot. Auf die
eigene Aktivität des Zuarbeitens, die Tatkraft im Heilen, für Führer und Volksgemeinschaft verwies man, wie auf die religionsähnliche Zielsetzung eines politischen Paradieses. Dafür, für dieses Ganze, brachte man seine Subjektivität zum

---

„Kapital" zitiert, greift an anderer Stelle zitierend den Eingang ins Paradies bei Dante heraus,
bei der eigenen Ableitung der Geldform (MEW Bd. 23, S. 118). Als hätte der Leser in der
Erkenntnis der Analyse der Geldform jetzt sozusagen als wäre er im Paradies einen wesentlichen Durchblick auf die Kritik kapitalistischer Ökonomie. Geld wird als Maß der Werte dargestellt und es wird gesagt, dass es Goldgestalt als „Wertemateriatur" habe. Dante hat in seinem
Werk Petrus gegenüber am Eingang zum Paradies die Glaubensformel aufgesagt, und Petrus
will danach wissen, ob wirklich Gold ist, was da glänzt. Man könnte jetzt hinzufügen, dass der
Eingang ins Paradies bei Marx erst z. B. die Analyse der Preisform sei oder auf das Buch vom
Günter Schulte verweisen (Kennen Sie Marx? Zur Kritik der proletarischen Vernunft, F/M
1992), das sich mit dem „Motiv einer Gegenfinalität" bei Marx befasst und diesen als eigenen
Erwanderer einer wertgesetzlich bestimmten Unterwelt sieht, einen Alternativ-Aeneas, der ein
Totes als das Übel sieht, gegen das sich die Menschen voller Lebendigkeit wehren müssten.
Schulte sagt, Marx sehe im Kapital das „vampiristische Gegenbild" von spezifischer Subjektivität und wirft ihm vor, er widerrufe „die Entfremdung, welche die menschliche Individuation
notwendig mit sich bringt" (S. 234).
[81] Dante, Göttliche Komödie, S. 154
[82] Dante, Göttliche Komödie, S. 135

Einsatz und war bereit, andere Subjektivität auszuschalten, die jenem Weg entgegenstand oder von der behauptet wurde, sie täte es. Die vielen Parteigänger waren bewusste Vollstrecker des Programms, dem sie anhingen, oder Täter im Ableisten von Gehorsam oder aus Bequemlichkeit. Bei den zuletzt genannten Gruppen war Anhänglichkeit in verschiedener Weise ausgeprägt. Sie reicht von der aktiven Teilnahme an den Verbrechen bis zum Verständnis, so dass das Interesse, auf Widerstand zu sinnen, nicht aufkam.

Jenes andere Werk von Marx, die Vorstudie *„Zur Kritik der politischen Ökonomie"*, war zugleich Landeplatz wie Abflugstelle von DDR-Interpreten.[83] Aus dem dortigen Vorwort wird die alles umfassende Wissenschaft des Historischen Materialismus gegossen. Die Beschäftigung damit wäre ein eigenes Thema. Der Dreischritt der Entwicklung findet sich dort ebenfalls: Kapitalismus, Übergangsgesellschaft, Sozialismus. Brechts Gedicht wäre in diesem Sinn sozusagen eine Wortmeldung aus dem Purgatorium der Übergangsgesellschaft. Es handelte davon, inwiefern überhaupt Paradiesesähnliches herzustellen ist (eben eher nicht, politische Kritik und Korrekturen zielen auf etwas anderes) und davon, dass auf dem Weg dahin etwas falsch läuft. Das ist vielleicht etwas viel für ein Gedicht. Dieses Gedicht *„Laute"*. Es verbirgt sich in der enigmatischen Form; u. U. sogar vor sich selbst. Eine recht eigene Ästhetik entsteht.

Marx verfertigt im Vorwort zu seiner frühen Studie aus dem Jahr 1859, acht Jahre vor dem Erscheinen von *"Das Kapital"* eine *„Skizze über den Gang meiner Studien."*[84] Wie sehr die Aussagen von Marx gegen eine Indienstnahme zur Weltanschauung zu retten wären, soll nicht Thema sein, für das spätere Hauptwerk fasst Marx das Vorwort anders, er spricht von seinem *„Standpunkt, der die Entwicklung der ökonomischen Gesellschaftsformation als einen naturgeschichtlichen Prozeß auffasst."*[85] Das tut Marx in kritischer Absicht, er gibt nicht die Prophetie eines weiteren naturgeschichtlichen Prozesses an, irgendwann danach dräue der Sozialismus, dafür wird die Analyse einer Produktionsweise betrieben und daran gedacht, dies ist die Kritik, dass die Menschen Verhältnisse ändern, denen sie wie

---

[83] Ansonsten wurde vor allem die Grabrede für Karl Marx von Friedrich Engels herangezogen. In der Absicht, Marx mit Darwin auf eine Stufe zu stellen und die Entwicklung der organischen Natur mit der Entwicklung von Geschichte zu vergleichen, hatte Engels gesagt: „Marx ist der Entdecker jenes grundlegenden Gesetzes, das den Gang und die Entwicklung der menschlichen Geschichte bestimmt", und Marx habe herausgefunden: „Es ist das Gesetz, demgemäß sich diese Gesellschaft organisiert, sich entwickelt, bis sie soweit über sich hinausgewachsen ist, dass sie untergehen muß (! DH) wie alle vorangegangenen historischen Phasen der Gesellschaft." (MEW Bd. 19, Berlin 1972, S. 333) Es sind diese Aussagen, die zu den einfachen Stufenmodellen historischer Abläufe und zur Formulierung einer Weltanschauung geführt haben, der des historischen Materialismus. Es gibt von Engels weniger weltanschaulich brauchbare Äußerungen und zudem wäre zu sagen, dass im Sinne eines Logikbegriffs, der an Hegel orientiert bleibt, von einer Logik des Wertgesetzes gesprochen werden könnte, die deutlich zu unterscheiden wäre von der realen Entwicklung, deren ergriffenen oder nicht ergriffenen Chancen und Unwägbarkeiten von allerhand Art.
[84] MEW Bd. 13, S. 11
[85] MEW Bd. 23, S. 16

vermeintlich naturgeschichtlich ablaufenden Prozessen unterliegen. Diese erscheinen ihnen in jener Weise gültig. Darin liegt das Elend. Dass die Verhältnisse so sind und jenes Bewusstsein in ihrem Vollzug aufscheint:

> „Ihre (den Austauschenden bei Marx, DH) eigne gesellschaftliche Bewegung besitzt für sie die Form von Sachen unter deren Kontrolle sie stehen, statt sie zu kontrollieren."[86]

Im Text „*Grundrisse der Kritik der politischen Ökonomie*" findet sich bei Marx der Satz: „*Der Wert ist das Subjekt.*"[87] Damit ist nicht lediglich ausgesagt, dass Werterhaltung und Vervielfältigung zum Verwertungsprozess von Kapital gehören, sondern etwas darüber herausgefunden, wie den Subjekten ihr gesellschaftliches Verhältnis erscheint. Im Hauptwerk hat Marx den Zusammenhang dechiffriert. Das bestimmte gesellschaftliche Verhältnis der Menschen selbst nimmt für sie die *„phantasmagorische Form eines Verhältnisses von Dingen"*[88] an. Im Kapitel „*Der Fetischcharakter der Ware und sein Geheimnis*" heißt es:

> „Das Geheimnisvolle der Warenform besteht also einfach darin, daß sie den Menschen die gesellschaftlichen Charaktere ihrer eigenen Arbeit als gegenständliche Charaktere der Arbeitsprodukte selbst, als gesellschaftliche Natureigenschaften dieser Dinge zurückspiegelt"[89].

Brecht hat zu den Marx-Texten beim Abfassen seines Gedichts keinen bewussten Bezug eingenommen, aber der Ermittler zu seinem Gedicht gerät in der Bewegtheit, gelegentlich auf den Leitplanken der Aussagen desselben rutschend, hierhin und dorthin. Wie als wäre man eine vom Autor des Gedichts absichtsvoll aufgedrehte Spielfigur, die in Rechnung gestellt ist. Der Bezugspunkt ist Vergil. Brecht ordnet sich Herrschaft nicht unter, wie es Vergil tut. Soweit, wie dieser es tut. Weder einer Auffassung von Herrschaft und deren Verkündung, Aussichtsreichtum auf immerwährenden historischen Erfolg wäre gegeben, weil man die Gesetzlichkeiten der Geschichte kenne, noch derjenigen, die Historie als Aneinanderreihung von wesentlich schicksalhaft ablaufenden Ereignissen sieht. Es ist, als ob Brechts Gedicht ein Wissen beinhaltet, wie sehr es Kommentar ist zu so vielem, was an ihm abzulesen ist.

Brechts orakelkritisches Gedicht besitzt ein dialektisches Bewusstsein davon, dass dergleichen leicht selbst orakelhaft daherkommt oder dessen geziehen werden kann; die im Gedicht aufgeführten Krähen sind ein Beispiel dafür, wie

---

[86] MEW Bd. 23, S. 89
[87] Grundrisse, S. 218
[88] MEW Bd. 23, S.86
[89] MEW Bd. 23, S. 86. Ausgangspunkt für Marx ist in der Darstellung die Ware; der Fetischcharakter derselben, wie er sagt, dass den Menschen ihre gesellschaftlichen Verhältnisse sich verkehrt darbieten, liegt allerdings am eigentümlichen gesellschaftlichen Charakter der Arbeit in der warenproduzierenden Gesellschaft. Jene erscheint nicht als unmittelbar gesellschaftliche Verhältnisse der Personen, sondern „vielmehr als sachliche Verhältnisse der Personen und gesellschaftliche Verhältnisse der Sachen." (S. 87)

bei Brecht seinerseits geweissagt, also orakelt wird, indem lyrischer Symbolgehalt zitiert wird. Der Ausweg Brechts, nicht in eigener Person als Prophet zu erscheinen und als solcher wahrgenommen zu werden, wäre, die Problematik an den Leser weiterzureichen; dieser hätte dafür zu sorgen (und wäre die Gewähr, wenn es denn eine gäbe), dass nicht historisch weiterhin den Leimruten von Orakeltum aufgesessen wird. Brecht hofft darauf, dass die Behauptung der Vogellosigkeit die Selbsttätigkeit des Lesers in Gang setzt. An jenem liegt es, was er gelesen hat, nicht im orakelhaften Sinn aufzulösen.

Die Unterwelt gesehen zu haben, ist ein Privileg. Wer dort war, genießt Autorität. Jemand, der dies von sich sagen kann (oder von sich sagen lässt), nimmt einen Auftritt als Wahrsager quasi mit Garantiemacht, seine Unterwelts- und Jenseitsreise hat ihn schauen lassen, wovon er schreibt oder spricht, er weiß, was er verkündet, wirklich; behauptet er. Er hat sich eine Verstärkung all seiner Aussagen besorgt. Göttlichkeit kommt nicht von oben über die Menschen, sondern von unten zu ihnen. Der christliche Gott Jesus Christus ist eine starke Ausgabe dieser Geschichte. Von oben als Gott geschickt und selber Gott, geht er, so heißt es, für die Menschen in den Tod, um sie zu erlösen. Als Toter ist er in der Unterwelt, was immer es für eine sei, und wie sie vorzustellen ist, und er kommt zurück, als Auferstandener von den Toten. Das ist das Programm. Wovon erlöst er die Menschen eigentlich? Im Leben von gar nichts. Sie sollen gläubig sein gegenüber dem Auferstandenen, ein entsprechendes gläubiges Leben führen, wie es die Religion, die entsteht, vorschreibt, dann erreichen sie die ewige Seligkeit, die Unsterblichkeit, also die eigene Auferstehung von den Toten, als solche gelten sie als erlöst. Als Erlösung wäre also der Tod zu rechnen, ein Befreitsein von der Mühsal des Lebens. Danach ist man bei Gott, in der verdienten Heimat nach einem gottgefälligen Leben. Hätten die Gläubigen den Glauben nicht, verblieben sie im Zustand der Sünde, der Erbsünde sogar, und hätten überhaupt keine Chancen. Der reale Unterweltaufenthalt von Jesus und seine Wiederkehr davon soll geglaubt werden und der Glaube befreit. Die Geschichte von Jesus Christus beginnt zur Zeit des Augustus. Es ist dessen Anordnung der Schätzung der Bevölkerung, die Maria und Joseph zum Aufbruch nach Bethlehem veranlasst. Zwei Jahrtausende hat christliche Kunst die Erzählung des Neuen Testaments ausgestaltet, mit zum Teil großartigen Werken, hoher Intelligenz und technisch handwerklicher Fertigkeit. Da stehen die 23 Gedichte Brechts zur Geschichte des falschen Sowjetmarxismus vermeintlich mickrig da. Wie die Beschäftigung des Interpreten damit im Vergleich zu Jahrhunderten von Bibelexegese.

Was man für einzelne Religionen jeweils genauer darstellen müsste, Nietzsche hat das bezüglich des Christentums versucht, lässt sich für die Auffassung des historischen Materialismus in vielleicht überraschender Weise parallelisieren. Diese erscheint in einer eigentümlichen Zugehörigkeit zum Orakeltum. Es gibt eine Verwobenheit des Tauschverhältnisses in jenes Gedankengut. Der Gläubige des Histomats kann sich in der Gegenwart als Schuldner betrachten, das hat er im Bewusstsein, für das Zukünftige, die Zukünftigen. Darin sieht er seine Erwartung. Genauso rückwärts betrachtet, nimmt er etwas Früheres auf, ist er Schuldner einer Vergangenheit, der er gerecht werden will, er betreibt das Ableisten von Verdiensten an einem Werk, an dem andere bereits teilhatten, er ist Schuldner in beide Richtungen der Zeit. Zusätzlich setzt er sich mit dem Schuldnertum in sein Gläubigerrecht, er sagt sich, er verwirke hoffentlich keine Ansprüche als Gläubiger, damit andere ihm ähnlich tun, ihrerseits schuldnerhaft, er spielt die eine Rolle, um die andere sich angedeihen zu lassen. Er fordert sie vielleicht tatsächlich seinen unmittelbaren Nachfolgern ab. Jener Praktikant des histomatischen Bewusstseins sieht sich in einem historischen Ablauf begriffen, der ihm als Bewährung auferlegt ist und den er als einen bekannten betrachtet, um das eigene Ich an der vorausgesetzten Sicht auf die Zeitschiene zu relativieren. Es ist nicht der konkrete Fall, der ihm dies oder jenes zu erwägen gibt. Die Figur eines überzeugten Histomatlers (wenn es sie denn real und nicht nur als mythische Schimäre gegeben haben sollte) lässt an Aeneas denken. Wie umgekehrt dieser an jene. Die Vermächtnisstruktur, auf die man sich eingelassen hatte oder einlassen sollte, meinten viele Bewohner der DDR 1953 und dann 1989 in finaler Form, hat sich nicht bezahlt gemacht. Man kann es anders ausdrücken. Der Mythos „Geschichte", dessen spezifische Inszenierung man in der DDR am Werk sehen kann, war weniger wirkungsmächtig als der Mythos „Wirtschaftswunder" im Westen.[90] Die Zukunft verliert gegen die Gegenwart.

In dieser Hinsicht erscheint Brechts Bevorzugung der Gegenwart im Gedicht *„Laute"* recht einschlägig. Es ginge gerade um das Berücksichtigen der *„Laute von Menschen rührend"*. Es wäre zu schließen, *„Große Aussprache"* bedeute ein Thematisieren der Bedürftigkeit, das Einbegreifen und Berücksichtigen derselben, Anhören und Zuhören. Insofern, es wird dies noch ausgeführt, ist Brechts Gedicht innerhalb des Rahmens einer Entmythologisierung zu sehen. Der Mythos des historischen Materialismus als Heilserwartung wird in Brechts lyrischer Kritik aus dem Programm genommen[91], der einzelne und seine gegen-

---

[90] Vgl. die Darstellung bei: Herfried Münkler, Die Deutschen und ihre Mythen, Berlin, 2009, S. 411ff

[91] Hier ist eine Kritik der Entwicklung der Sowjetunion nach der Revolution 1917 eingeschlossen. In der Apologie jener Entwicklung wird mehr auf die Überlegenheit gesetzt, die in der Erklärung des Ablaufs der Weltgeschichte gesehen wird, selbst die sich entwickelnde Bevorzugung des Nationalen wird darin eingebracht, die mannigfache Bedürftigkeit der einzelnen wird weniger aufgenommen, wie insgesamt kaum Veränderungen der Umgangsweisen von Macht mit Bevölkerung ersichtlich sind, schon gleich keine aus der Kritik herkömmlicher Umgangsweisen entwickelte und praktizierte oder zum Praktizieren vorgeschlagene. In der DDR war die Theorie des historischen Materialismus übernommen, sie verstand sich selbstverständlich selbst nicht als Mythos, sondern als Kritik von Mythos, wurde jedoch gehandhabt wie einer. Kritik am Histomat, wie sie sich bei Brecht erarbeiten lässt, wäre eine an einer unzulänglichen und unzureichenden Demythologisierung. Neben allen Versuchen von Wirtschafts- und Sozialpolitik, die zudem den Fehler eines falschen Bezugs auf Marx beinhalten, als wäre aus der Kritik der Ökonomie dort unmittelbar ein Maßstab einer eigenen Ökonomie zu gewinnen, und ohne eine vorausgesetzte Aussprache mit der Bevölkerung geschehen, bleibt die Politik des

wärtige Lebenserwartung, sein Lebensglück durch Lebenskunst wird in den Mittelpunkt gerückt, die Gegenwart wird Schauplatz.

Die vogellose Gegend aus Brechts Gedicht „Laute" wäre der Zugang zu einer Unterwelt eigener Art. Die Laute, die gehört werden, sind die Berührung mit der Wirklichkeit, sind Erfahrungstatsachen. Dies ist die reale Welt als Basis, die gegen die verallgemeinernden Anschauungen und Gesinnungen gestellt wird. Das Absehen von den Höhenflügen in geschichtsphilosophische Bereiche wäre als Umkehrung und Umdeutung von lauter falschen Auszeichnungen anzusehen. Die Opferkultur von den Kosten der Menschenleben wird nicht weiter verherrlicht. Schluss soll sein damit. Und anscheinend wäre womöglich im vogellosen Sommer des Jahres 1953 unter Umständen der Anschein vom Anfang einiger Chancen gewesen. Sie erscheinen vertan, aber nichts ist vertan für immer, das zu glauben, wäre gerade eine fehlerhafte Sicht. Brechts Gedicht aus den *Buckower Elegien* mit dem Titel „Große Zeit, vertan"[92] spielt mit den Mehrdeutigkeiten der Behauptung des Titels. Durch das Komma abgetrennt, wird die Aussage „Große Zeit" zu einem Zitat herkömmlicher Geschichtsauffassung. Anti-Größe hat eine Chance gehabt, weil sie weiterhin getan werden kann, ist sie mit einem einmaligen Vertun nicht vorbei. Falsche Geschichte als große Zeit, in der von der Macht von Staaten und von Herrschern berichtet und Untertänigkeit vorausgesetzt wird, wird kritisiert; richtige Geschichte, eine andere „große", von Grund auf veränderte, begänne erst, richteten sich die Leute gegen das Dasein von Größe auf ihre Kosten, es wäre ihr Tun, und sie könnten auf andere adjektivische Zuschreibungen zum Begriff der Geschichte Wert legen als die herkömmliche der Größe. Es wäre ihre Größe, nicht mehr Objekt, sondern Subjekt der Geschichte zu sein.

Das Problem des kriminologischen Interpreten ist nicht, inwieweit denn Brecht selbst daran gedacht hat, was man seinem Text entnehmen und ihm nachsagen kann. Sein offensichtliches Spielen mit Kontaminationen verschiedener Art, wie sie in den Gedichten der *Buckower Elegien* prinzipiell angelegt sind, kann durchaus als Aufforderung an den Leser angesehen werden, sich den Spaß von Ausweitungen des Spiels zu gönnen.

Insgesamt ist, ich wiederhole das, im Gedicht „Laute" Geschichte ein Thema. Deren Machbarkeit. Die Laute der Menschen und das Hören, mehr ist nicht im Angebot. Hören heißt nicht, dass zu befolgen wäre, was zu vernehmen ist. Vogellosigkeit ist verzeichnet. Gläubigkeit an Schicksal wie an vermeintliche Gesetze wird abgelehnt. Das ist bekannt, das hat der Leser am Gedicht ermittelt. In der Konsequenz bleibt wenig anderes vorstellbar als konkrete pragmatische Politik, sie wäre als Prozess Ausdruck einer Bewusstwerdung des menschlichen Subjekts als wirklich historisches. Dass daraus eine Veränderung der ökonomischen Basis der Gesellschaft erfolgen könnte, wäre möglich. Anknüpfen an ein-

---

Mythos bis zum Ende der DDR. In der Auffassung mancher ihrer letzten Anhänger, zu früh gekommen zu sein, west sie fort.
[92] BFA Bd. 12, S. 311

zelne Begebenheiten und an spezifische Erfahrungen ist das, was Brecht rät. Praktiziert er es selbst nicht nur in recht eingeschränkter Weise, indem er nicht sämtliche Gedichte aus dem Jahr 1953 damals zur Verfügung stellt?

Im Gedicht „Laute" müsste sich, wäre von bestimmten Inhalten der „Laute" die Rede, eine Auseinandersetzung mit denselben anschließen. Und all derer, die sich auseinandersetzen, mit sich selbst und den eigenen Interessen und Bewusstseinsinhalten. Das findet nicht statt. Ablesen ließen sich Sorge und Angst, was sich an Inhalten verbirgt. Es wird deutlich, welch ein anspruchsvolles Programm Brechts Aufforderung zur „großen Aussprache" beabsichtigte. Stünden wechselseitige Verletzungen und Erwartungen an Verletzbarkeit im Zuge der Therapie an, war dergleichen kurze Zeit nach den realen Verletzungen während der Nazi-Zeit und im Krieg ein schwerer Weg. Der Einfluss des Nationalsozialismus war nicht mit der militärischen Niederlage vorbei. Den Lauten der Leute wären vielleicht alte Standpunkte aus jener Zeit zu entnehmen, das muss eigentlich so ein, aber genau und gerade damit hilft nur der Streit. Zudem erscheint das Nichtbenennen von Inhalten als Verweis auf andere Gedichte Brechts, wo dergleichen geschieht.[93] Angegeben erscheint also etwas eher Prinzipielles oder in bestimmter Weise Allgemeingültiges, z. B. eine Vorgehensweise. Sonst müsste die konkrete Auseinandersetzung mit einzelnen „Lauten" aufgenommen werden. Zugleich ist das Gedicht jedoch eine spezifische und spezifizierbare Auseinandersetzung. Anders als es 1953 tatsächlich war, hätte die Beschäftigung mit der Aufstandsbewegung stattfinden sollen.

Andererseits stellt sich die Frage: Will man das denn selbst, die feine Theorie einer Kunst des Lebens in die Praxis umzusetzen, in welcher Art und Weise auch immer, und in einer gesellschaftlichen Umgebung, in der die alten Nazis mitmischten und alle diejenigen unter den eigenen Genossen, von denen man wusste, welche abweichenden Vorstellungen und welche stalinistische Vergangenheit sie hatten? War es da nicht eine anzuratende Lebensmöglichkeit, ein paar schöne Gedichte zu schreiben und ansonsten still zu halten. Trotzdem bestand das Risiko, dass einen jemand ans Messer lieferte, jederzeit.

3. Nietzsches „Lieder des Prinzen Vogelfrei"
Jemand, der sich aus der Schicksalsgläubigkeit herausgearbeitet hat, absieht von Wahrsagerei und sich die Gegenwärtigkeit seines Lebens nicht verdirbt und nicht verderben lässt, lebt, liest man Brechts Aussage „vogellos" auf diese Weise, als wäre er vogelfrei. Es ist ein gefährdetes Leben, das eine allgemeine Ächtung erfahren hat, ein jeder kann dieses Leben auslöschen, ohne selbst Strafverfolgung fürchten zu müssen. Nietzsche wusste bei der Titelwahl, was er meinte. Zusätzlich denkt er an die Schönheit der Vogelfreiheit, an die Gesetzlosigkeit, ihm gefällt ein anarchisches Moment in der Kunstübung, sich dem Lied zu widmen. Dem steht die Personalwahl ein wenig entgegen. Ein Prinz ist zwar ungebunden

---

[93] Z. B. im Gedicht „Der Einarmige im Gehölz" aus den Buckower Elegien. Dort wird der Leser mit einem SS-Mann und dessen Verhalten konfrontiert.

und vielleicht auch im Heranwachsen begriffen (man kann ihn sich kaum als gealterten Junggesellen vorstellen), aber immerhin zählt er zur Herrschaft und ist womöglich sogar zur Nachfolge berufen. Er könnte, ist er im Besitz der Macht, neue Erklärungen von Vogelfreiheit erlassen. Dann wären vielleicht die im Visier, die ihn in Ächtung gebracht haben. In der Personengestalt des Prinzen lauert das Potential einer Umkehrung der Verhältnisse. Nietzsches Figur des Prinzen könnte, wie andere Handelnde in einer Übergangsgesellschaft, historische Veränderungen ins Werk setzen

Man kann Verbindungen knüpfen zwischen den beiden Autoren, die im hauptsächlichen Anspielungsbereich des Gedichts „Laute" bei Brecht liegen, Vergil und Nietzsche. Während Vergil die Gültigkeit einer moralischen Ordnung vorführt, sie in der Götterwelt exemplifiziert, dort sind die Götter die Versicherer der Standards von Moral, sowohl in der historischen Welt wie in der privaten des einzelnen Subjekts, steht Nietzsche als Kritiker und Zerstörer eines gültigen moralischen Systems und von Gott und Religion dagegen. So möchte es Nietzsche jedenfalls, so sieht er sich. Nimmt man das Adjektiv „vogellos" in der Umformulierung im Wort „vogelfrei" wahr, erschließen sich in dieser Assoziation weitere Ebenen.

Der Wunsch zu fliegen wurde gedeutet als der Wunsch, frei und selbst wie ein Vogel zu sein, er ist einer der archaischen Träume der Menschheit. Ich habe schon erwähnt: Daedalus landet bei Vergil am Averner See; dort, wo Aeneas in die Tiefe steigt, war er von oben gekommen. In den Versuchen, Fluggeräte zu konstruieren, schwang in der Lust auf die Lüfte stets die Hoffnung des Genießens der Freiheit mit, über den Dingen zu schweben, sich zu erheben. Auch die Flatterhaftigkeit und die Suche nach schneller Ortsveränderung mögen in dieser Sehnsucht, frei wie ein Vogel zu sein, enthalten sein. Dass jemand, der dergleichen anstrebte oder sogar beherzigte, potentiell unter Verdacht stand, lässt sich wahrscheinlich aus der Bedeutung ermitteln, dass als „vogelfrei" derjenige gegolten hat, der generell der Verfolgung ausgesetzt war und ohne Gerichtsverfahren abgeurteilt werden konnte. Er hatte keine Heimstatt mehr und konnte jederzeit abgeschossen werden wie man es mit Vögeln als Nahrungsgrundlage tat. Man wollte die „los" werden, die abweichenden Verhaltens bezichtigt wurden. Oder dieses praktizierten.

Nietzsche hat mit den Bedeutungen des Wortes „vogelfrei" gespielt, als er seinem Werk „Die fröhliche Wissenschaft" einen „Anhang" von Gedichten unter dem Titel „Lieder des Prinzen Vogelfrei"[94] hinzufügte. Brechts Nietzsche-Kenntnisse sind bekannt, genauso seine Art der Lektüre, sich zu bedienen und ihm gelegen Erscheinendes zu übernehmen, ohne dass ein genaues Studium damit verbunden sein musste[95]. Liest man Nietzsches Gedichte unter der Voraus-

---

[94] Friedrich Nietzsche, Die fröhliche Wissenschaft, KSA Bd. 3, S. 639ff
[95] Blättert man durch die Nietzsche-Bände aus Brechts Bibliothek finden sich wenig Anstreichungen, geschweige denn Notizen (bei Brechts Hegel-Bänden z. B. ist das anders). Lesespuren, wie sie häufig benutzte Bücher zeigen, fehlen weitgehend. Das muss alles nicht viel heißen.

setzung, Brecht habe sie gekannt[96], wird der Begriff „vogellos" als „vogelfrei" hoch interessant. In Nietzsches Gedicht „Im Süden" aus „Die fröhliche Wissenschaft" gibt es ein Ich, das mit den Vögeln zusammen unterwegs ist. Das lyrische Subjekt berichtet: „Ein Vogel lud mich her zu Gaste,/ Ein Vogelnest ist`s drin ich raste." Und danach heißt es: „Ich lernte mit den Vögeln schweben", das ist eine einigermaßen beachtliche Aussage, schließt sich doch das Aufgeben von festen Plätzen, auch von Sicherheiten an, zumindest das zwischenzeitliche; im Schweben ist ein Stück Abenteuer angesprochen wie der Hinweis auf ein Risiko. Gelobt wird an den Vögeln: „so umgetrieben/ scheint ganz ihr mir gemacht zum Lieben". Man kann dann die Vögel mögen oder sagen, so wie die zu leben, ist gut zu leben. Und gut zu lieben. Vielleicht kann man an dieser Stelle die Rede vom Vögeln als Bezeichnung für den Sexualakt zitieren.

Das Ich des Nietzsche-Gedichts sucht am Beispiel der Vögel Genuss und Freude, ein Verändern und Verbessern seines Lebens, das wird deutlich ausgesprochen: „Schon fühl ich Mut und Blut und Säfte/ Zu neuem Leben, neuem Spiel."[97]. In den vierzehn Gedichten Nietzsches im Anhang zu „Die fröhliche Wissenschaft" kommen einzelne Vögel vor, der Vogel Specht z. B., der im beschriebenen ironischen und scherzenden wie auch höhnenden Umgang mit dem Dichter diesen lachen macht. Das Gedicht heißt „Dichters Berufung". An Nietzsches Loben des Lachens sei erinnert: „alle guten Dinge lachen" und: „Lernt über euch lachen, wie man lachen muß!"[98] Erinnert sei andererseits an Hitler, der drohte, dass einem das Lachen vergehen werde. Lachen wird der Distanzierung verdächtigt, die gegen die abgeforderte Selbstaufgabe für den Staat aufrechterhalten wird. Der sich unterlegen Wähnende, der radikale und fanatische Formen entwickelt, dies abzuwehren, fürchtet im Lachen die fortdauernde Überlegenheit dessen, gegen den er vorgeht. Jener Staatsfan als Kammerjäger ist schnell zu Steigerungen aufgelegt.

In einem anderen Gedicht kommt der „Vogel Albatroß"[99] hinzu, wieder ist das Fliegen Thema und die Höhe und das Schweben. Die „Tauben von San Mar-

---

Dass Brecht sich als Jugendlicher eine Zeitlang als ein Zarathustra gab und ein von Cas Neher gezeichnetes Porträt Nietzsches im Zimmer hängen hatte, ist bekannt. Das schon genannte Buch von Jürgen Hillesheim verfolgt unter anderem die Spur Nietzsches im Werk des frühen Brecht. Ebenfalls unter anderem bezeichnet dieser Essay jenseits von Brechts Gedicht „Orges Wunschliste", das Hillesheim aufführt, eine Nietzsche-Spur beim späten Brecht, eben in den Buckower Elegien.

[96] In Brechts „Der Messingkauf" steht in Entwürfen die Anmerkung: „die fröhliche Kritik" (BFA Bd. 22.2, S. 696) und gegen Eislers Kritik am Text „Anmerkungen zu den Stücken", sie seien zu „positivistisch", wie Brecht die Kritik Eislers wiedergibt, schreibt Brecht, jene seien „kleine Proben einer fröhlichen Wissenschaft" (BFA Bd. 27, S. 94).

[97] Der Bezug auf Goethes „Faust" ist ersichtlich, auch Nietzsche zitiert gern.

[98] Friedrich Nietzsche, Also sprach Zarathustra, KSA Bd. 4, S. 364

[99] Das Gedicht trägt den Titel: „Liebeserklärung".

co"[100] werden erwähnt, das eigene Werk des lyrischen Subjekts wird mit jenen Vögeln verglichen:

> "Schick ich müßig Lieder/ gleich Taubenschwärmen in das Blau hinauf -/ Und lockte sie zurück,/ Noch einem Reim zu hängen ins Gefieder/ - mein Glück! Mein Glück!"

Nimmt man das von Nietzsche selbst als zentral erachtete Gedicht (es kommt zudem in ihm der Titel des Werks vor) „An den Mistral" aus den Liedern am Ende von Nietzsches Text: *„Die fröhliche Wissenschaft"* hinzu, ein *„Tanzlied"* (wie später die Tanzlieder im *„Zarathustra"*), also dem Vergnügen am Leben zugewandt, in dem es z. B. Aufforderungen gibt, die verglichen mit den Lauten bei Brecht, die unter Umständen noch Trost verbreiten beim Hören, Jubelstöße sind: *„Jagen wir die Himmels Trüber,/ Welten-Schwärzer, Wolken-Schieber,/ Hellen wir das Himmelreich!"*[101], gerät man in wichtige Zusammenhänge. Nicht nur, dass diese bei Nietzsche Verjagten allesamt Propheten und Wahrsager sind, die einem das Tanzen, *„Zwischen Heiligen und Huren"*, verleiden, den Genuss des Gegenwärtigen madig machen. Zugleich wird bei Nietzsche eine differierende Form der Elitenbildung angeraten. Sloterdijk würde sagen, der Vertikalbewegung. Wenn es bei Nietzsche heißt: *„Stürm empor die Himmelsleiter"*, ist kein bloß intellektuelles Überfliegertum gemeint, sondern die Emphase von Lebenskunst beschworen. Der genossene Alltag der Existenz. Es steht eher der Genuss im Vordergrund denn der konkrete Alltag.

Alltag ist über die Zeiten hinweg nicht gleich geblieben und nicht als gleich bleibend anzusehen. Er umfasst vielmehr Lebensbereiche, von denen Foucault meint, sie seien in den sozialistischen Staaten nicht aus dem Zusammenhang herkömmlicher Herrschafts- und Disziplinierungstechnik herausgenommen und kritisiert, sondern mehr oder weniger unverändert weiter betrieben worden. Gewissermaßen ein Hauptfehler. Neue Regierungspolitik habe sich nicht genügend unterschieden von der alten.

Brechts Gedicht „Laute" ist in dem Hinweis auf Laute, die ganz unvoreingenommen zur Kenntnis genommen werden, das Anzeigen eines Fehlenden. Dass Staat, wenn schon, als Übergangsstaat ganz anders gemacht werden müsste. Zumindest nicht unter Beibehalten der alten seit Beginn der Neuzeit eingeübten und prägenden staatlichen Umgangsweisen mit Individualität. Die Zusammenhänge sind schwieriger, als hier angedeutet werden kann. Brecht als lyrischer Kritiker eines falschen, in kritischer Analyse wie praktischer Verwirklichung unzureichenden Sozialismus wäre noch zu entdecken, der in einer eigenen Ästhetik, ohne Eigentumsveränderungen und Ökonomiekorrektur, wie sie die Marxsche Kritik vorträgt, in Frage zu stellen, kulturelle Lebenspraxis und Lebensformen als eigenes Thema und als individuellen Erfahrungsbereich heraus-

---

[100] Zitiert aus dem Gedicht: „Mein Glück!"
[101] Friedrich Nietzsche, Die fröhliche Wissenschaft, KSA Bd. 3, S. 651

greifen will, das individuelle Selbstverständnis in Fühlen, Denken und Handeln nicht eingeknickt sehen will unter den Auspizien einer Weltanschauung.

Die Laute sollen eine Rolle spielen. Die Leute und ihre Lauten sollen geachtet werden, indem man sie vor allem respektiert. Darin liegt der Ausgangspunkt für Kritik, wird sie gehegt, und Veränderungen.

Das Tanzen bei Nietzsche und seine Tanzlieder werden später noch einmal Gegenstand sein. Wer nicht so gerne liest vom Zusammenhang von Brecht mit Nietzsche, sei an die schöne Aussage von Marx erinnert, dass man die Verhältnisse zum Tanzen bringen, ihnen ihre eigene Melodie vorspielen muss etc.. Brecht braucht nicht in eine Nähe zur Person Nietzsches gerückt zu werden oder dessen Gesamtwerk oder eines spezifischen Blicks auf dasselbe. Brecht greift das Verlauten von Lebenslust und Lebenskunst bei Nietzsche auf, das bedeutet zunächst einmal von seiner Seite eine Art von Vorsichtnahme, Lebenslust wird nicht auf eigene Rechnung dargestellt, sondern im Zitat, im Bezugsetzen, damit wird ein Prozess des Nachdenkens eingeräumt, wie dessen weitere Notwendigkeit erklärt. Das Standpunkthafte und Eindeutige wird der Aussage genommen. Das Gesinnungsmäßige.

Im späten Werk bei Nietzsche gibt es eine signifikante Stelle, die auf vielerlei zu beziehen ist (z. B. auf Eichendorff, der schreibt: *„Und ich mag mich nicht bewahren!"*[102]), unter anderem auf Brechts Gedicht *„Laute"*. Sie handelt davon, wie sehr einer Vorbildhaftigkeit der Vögel, wie sie aus den Liedern des Prinzen Vogelfrei zitiert werden kann, Einhalt geboten werden sollte. Es ist dies eine besondere, könnte man wieder sagen, Dialektik des Vogelreichtums und der Vogellosigkeit, wie sie in Vergils *„Aeneis"* aufzuzeigen ist und wie sie in Brechts Gedicht *„Laute"* vorliegt. Nietzsche lobt an dieser Stelle die Unabhängigkeit des *„freien Geistes"*[103], Nietzsche führt zahlreiche Erprobungen auf, jedes Mal dürfe, so heißt es, der freie Geist nicht *„hängen bleiben"*, und innerhalb der Darstellung kommen dann die Vögel vor:

> „Nicht an seiner eigenen Loslösung hängen bleiben, an jener wollüstigen Ferne und Fremde des Vogels, der immer weiter in die Höhe flieht, um immer mehr unter sich zu sehn: - die Gefahr des Fliegenden."[104]

Die Gefahr des Fliegenden wäre, sich in die immer weitere Entfernung einer Abstraktion von der Wirklichkeit zu flüchten, so dass in der Entfernung einer Gesinnung oder Ideologie aus immer mehr *„unter sich"* gesehen und absorbiert und einbegriffen werden kann und aus der Befreiung des Loslösens eine Fixierung von Verallgemeinern und Realitätsverlust wird. Nietzsche weist auf diese

---

[102] Mit diesem Vers beginnt die zweite Strophe des Gedichts: Frische Fahrt". Eichendorff, Gedichte, Frankfurt/Main 1988, S. 53

[103] KSA Bd. 5, S. 59, Nietzsche beschäftig sich im zweiten Hauptstück von „Jenseits von Gut und Böse" mit Bestimmungsmerkmalen des freien Geistes, so auch die Überschrift des Abschnitts: „Der freie Geist".

[104] Ebd.

Gefahr hin. Es wäre eine Vogelschau im Selbstversuch, in der man sich zum Ideologen und Gesinnungsträger aufwirft. Nietzsche rät also, bei allem ersichtlichen symbolischen Nacheifern der Lebensweise der Vögel, zur Korrektur einer Beschränkung. Bis dahin und nicht weiter. Danach sei Vogellosigkeit beherzigt. Die Empfehlung der Abwendung von der Gültigkeit eines Vorbilds in der Form einer Grenzziehung vor dem Verlust der Unabhängigkeit lässt an die Einsichten über Brechts Behauptung der Vogellosigkeit denken. Dort ist sie die Bezeichnung einer Gegend, in der Vogellosigkeit herrscht und meint unter anderem eine Ablehnung von Vogelschau als Bild herkömmlicher Metaphysik. Am Schluss des Aphorismus schreibt Nietzsche (da ist der Bezug auf Eichendorff möglich): *„Man muss wissen, SICH ZU BEWAHREN: stärkste Probe der Unabhängigkeit.“*[105] Ein freier Geist verliert sich, sprich, er ist keiner mehr, hängt er sich an eine allgemeine Auffassung von der Welt, eine Weltanschauung. Eingefordert bei Nietzsche ist die Selbstreflexivität jenes Geistes. Die *„Gefahr des Fliegenden"* ist der Verlust der konkreten Welt.

Es ist keine generell zu beantwortende Frage, wie weit man von einem einzelnen Gedicht ausgehend hinausrücken soll in umfassende Zusammenhänge, die es anspricht. Lebenskunst in der Formulierung Brechts meint nicht lediglich Wein, Weib und Gesang, zu ihr gehören Erkenntnis und Lust am Erkennen, zu ihr gehört ästhetische Gestaltung des Lebens. Brechts Begriff der Lebenskunst ist nicht von Einflüssen Nietzsches zu trennen, bis dahin, einem Lebenskünstler Momente eines Übermenschentums zuzuschreiben. Nietzsche will eine Steigerungsform von Subjektivität. Dagegen war ein falscher Sozialismus, der eine gute Moral von Gemeinschaftlichkeit predige. Bei Nietzsche steht sozial Wohlfahrtliches unter dem Verdacht, das Ich zu beschränken. Die Gegensätze sind klar: Nietzsche will die Befreiung der Individualität. Darin unterscheidet er sich nicht von Marx, der das Ende falscher gesellschaftlicher Organisation betreibt, um den Einzelnen aus der Unterordnung zu lösen, die ihm angetan wird und die er sich antut. Marx ist kein sozialfürsorglicher Apostel einer humanistischen Moral, der sich nach einer solchen Verkündigung andauernd daran bemessen sehen würde, wie toll denn seine Gesinnung sei. Der gute Mensch als bester. Trotzdem sind die Unterschiede zwischen Marx und Nietzsche ein Ganzes.

Liest man Nietzsche aus dem Blickwinkel, die bestimmte Radikalität eines Künstlers am Werk zu sehen, das wilde Umsichschlagen einer Individualität, die Platz für sich ertrotzen will, gegen alle Beschränkungen und gegen alles, was als Beschränkung angesehen werden kann, nicht um ein entsprechendes Leben zu führen, sondern vor allem um Voraussetzungen dafür abzuklären, findet sich das Behaupten eines Instinkts des Egos, der dieses eifernde und geifernde Schreiben in den späten Texten bei Nietzsche ausmacht, die erbitterte wie bittere Not-Wendigkeit der Verteidigung der privaten Existenz. Diese grundsätzliche Klage des Ichs steht im Gegensatz zu Marx. Marx ist der wissenschaftliche Analytiker

---

[105] Ebd., Hervorhebung Nietzsche

kapitalistischer Ökonomie und beschreibt die charaktermaskenhafte Ausgestaltung der Subjektivität, die im Vollzug der Gesetzlichkeiten dieser Ökonomie, der von den Menschen betrieben wird, sich entwickelt. Ablesbar ist die Tendenz einer Zerstörung von Individualität im Vernutztwerden, der Ware Arbeitskraft, und zusätzlich auch auf den Schauseiten der Verhältnisse. Gestalten wie Empfinden größerer Freiheit ist eingebunden in die vorausgesetzten Verhältnisse und treibt den Subjekten tendenziell aus, Kostenrechnungen eines Ichverlusts aufzumachen. Man gewinnt andererseits auch, sagt man sich. Das heißt, dass der ach so schönen neuen Welt viel Unbill zugehört. Ausgangspunkt bei Marx ist weder eine abstrakte oder emphatische Formulierung von Individualität und Ego, oder gar von Leben, wie sie bei Nietzsche erfolgt, noch die Ansicht, die Kritik der Platzierung im kapitalistischen Produktions- und Zirkulationsprozess ergäbe bereits eine vollständige Analyse des Daseins von Subjektivität. Zugleich wird kein Hinweis dergestalt empfohlen, es gäbe ein irgendwoher zugewachsenes ursprüngliches Widerständiges an der Person gegen ihre Verfügtheit.

Bei Marx ist der gesamte Bereich der Staatlichkeit nicht ausdrücklich Gegenstand der Analyse. Zu dieser Arbeit ist er nicht mehr gekommen. Dass über Subjektivität mehr zu sagen ist, als sie für eine Charaktermaske zu halten, war Marx bewusst, schon die Ankündigung weiterer Analysen weist darauf hin. Dass Herrschaft nicht heißt, ein Unerfasstes erliegt einer Unterdrückung, ein Oben und ein Unten seien in der Realität in einfacher Form zu trennen, das erbringt der Begriff der Charaktermaske schon. Der Vollzug der Realität affiziert das Subjekt, es wird kontaminiert von den Verhältnissen und das ist nicht ohne Folgen zu denken. Herrschaft wird zur Innenausstattung derjenigen, die von ihr überwältigt sind. Daraus erwächst die Gestalt einer Niederlage. Moral ist eine wie auch immer konkret praktizierte Form des Abfindens, genauer, sich ein Abfinden zu erklären, ein eigenes Wollen an einem Dürfen zu messen. Den Kopf einzuziehen, auf das Verfolgen eigener Interessen Verzicht zu leisten und zu sagen, das wäre es dann eben gewesen, es hat nicht sollen sein. Moral ist nach innen genommene Gewalt. Unterlassungen müssen nicht von außen verfügt werden. Die Binnenausstattung von Subjektivität lehrt, mit sich selbst moralisch abzumachen, was erlaubt zu sein scheint und sich gehört oder eben nicht. Was nicht bedeutet, dass nicht aus der Kritik der Moral sich gewissermaßen eine neue Moral ergeben kann. Das wäre genau, was anläge.

Bei Nietzsche steht die Kritik der Moral unter dem Aspekt der Verteidigung des Lebens. Und diese Verteidigung findet sich in Brechts avanciertem Begriff der Lebenskunst wieder. Es sei dies bei Nietzsche an dieser Stelle bereits dargestellt, zusätzlich, um den Kontrast zu Marx und damit die zwei wesentlichen Einflusskomponenten für Brecht formuliert zu haben. Es ist genau darauf zu achten, wie Nietzsche Leben verteidigt, in welcher Form er das tut und welche Konsequenzen dies enthält. Brecht übernimmt nicht unmittelbar. Man müsste sagen, selbst eine Kritik an Vorstellungen von Nietzsche kann bei Brecht zu einem Beibehalten, einem Aufrechterhalten von Vorstellungen von Leben und von Lebenskunst geführt haben. Das Gedicht „*Laute*" steht im Zusammenhang dieser Auseinandersetzung. Um diesen Nachweis geht es insgesamt. Zugleich ist darin ein Hauptmoment von Brechts künstlerischer Existenz zu sehen. Er bleibt bis zum Ende auch ein künstlerischer Gestalter der eigenen Existenz. Einer, der die ästhetische Bewältigung des Lebens für Grund genug hält, dieses zu schätzen und dergestalt zu leben, und es bleibt dieses Behaupten einer relativen Akzeptanz von Positionen Nietzsches und ein Spiel damit aufrecht erhalten; auch in der DDR, im wahrgenommenen gesteigerten Ruin. Wie die drei, Marx, Nietzsche, Brecht in ihrer Individualität zu Rande gekommen sind, ist eine ganz andere Frage. Dass sich nicht so lebt, wie man vom Leben spricht, in diesem Leben, in diesem konkreten Leben, haben alle drei gewusst. Das ist sowieso eine Erfahrung, die jeder macht und keine Auszeichnung.

Nietzsches Moral-Kritik als eine Großverteidigung des Lebens findet sich am Ende des Textes „*Ecce homo*", es gäbe andere Stellen. Nietzsche schreibt:

> Die ENTDECKUNG der christlichen Moral ist ein Ereignis, das nicht seines Gleichen hat, eine wirkliche Katastrophe. Der heilige Vorwand, die Menschheit zu „verbessern" als die List, das Leben selbst AUSZUSAUGEN, blutarm zu machen. Moral als VAMPYRISMUS ... Wer die Moral entdeckt, hat den Unwerth aller Werthe mit entdeckt, an die man glaubt oder geglaubt hat; ... Der Begriff „Gott" erfunden als Gegensatz-Begriff zum Leben, - in ihm alles Schädliche, Vergiftende, Verleumderische, die ganze Todfeindschaft gegen das Leben."[106]

Es geht hier nicht darum, ob Brecht diesen Text gekannt hat, sondern um den gedanklichen Zusammenhang, um den Begriff des Lebens und wie dieser insgesamt verschiedene Bestandteile enthält, wie sie in Brechts Begriff der Lebenskunst verzeichnet werden können. Es gibt zweifelsfrei ein Aufnehmen des Lebensbegriffs Nietzsches beim frühen Brecht, es muss an dieser Stelle nicht eigens nachgewiesen werden[107]. Dreimal wird im Nietzsche-Zitat das Leben verteidigt gegen den Anschlag von Moral. Der Gottbegriff wird perhorresziert und gegeißelt. Ziel ist keine Auseinandersetzung um das Christentum und lediglich in eingeschränkter Form um Nietzsche, sondern herauszuarbeiten ist, was Brecht neugierig gemacht haben könnte, das wäre zumindest interessant, und, was in der Verbindung zum Gedicht „*Laute*" bemerkenswert erscheint. Nietzsche spricht vom „*heiligen Vorwand, die Menschheit zu verbessern*", der zum Aussaugen des Lebens führe, dies ist der Gesichtspunkt, der herausgriffen wird.

Man kann in den Sätzen Nietzsches ein Verdächtigen von Menschheitsverbesserern ersehen, die zum Zweck ihres Bestrebens das Leben in Beschlag nehmen, es in eine Verfügung übertragen; das Leben verliert in der Vereinnahmung. Diese Kritik ist der Zugang Brechts. Die „*Laute von Menschen rührend*" aus dem Gedicht „*Laute*" sind wahrgenommene Elemente nichtvereinnahmten Lebens (das andererseits längst in den Verhältnissen vereinnahmt ist, es wird ihm jedoch

---

[106] KSA Bd. 6, S. 373. Hervorhebungen Nietzsche
[107] Auf die Darstellung bei Jürgen Hillesheim und anderen sei verwiesen

keine andere Vereinnahmung hinzugefügt oder das Austauschen einer solchen angeraten oder auferlegt, die Kritik der Vereinnahmung ist nicht selbst eine solche, die Vereinnahmten selbst sind entscheidend). Offensichtlich ist, dass dergleichen Einstellung gegen jegliche Ideologisierung steht und ein Marx-Bild beinhaltet, das diesen nicht als Menschheitsverbesserer und Quasireligiösen und sein Werk als Ersatz-Religion und Ersatz-Christentum nimmt. Der Kritiker der Realität ist eine andere Figur. Brechts Gedicht steht inmitten der Umgebung eines sich auf Marx berufenden Staates und einer Partei, die Marx nachfolgen will, in Distanz. Es verzeichnet Ideologisierung als ein Falsches. Gegenüber den Leuten und gegenüber Marx.

Ich will an dieser Stelle die Spur Nietzsches aufnehmen. Deutlich wird, zu welchen Folgerungen Nietzsche in der Theorie der Verteidigung des Lebens gelangt (wohin Brecht sicherlich nicht folgt), wie sehr etwas auftaucht, was andere aufgenommen haben und Nietzsches Denken in einen Zusammenhang führen, über den zu reden ist. Es ist der Zusammenhang einer späteren historischen Realität, der nationalsozialistischer Politik der Vernichtung. Die Sätze Nietzsches, die ich zitiere, sind heute ohne das Wissen um das, was später kam, in keinen Kopf aufzunehmen. Keine Diskussion um Nietzsches Werk ist ohne diese Sätze denkbar, sie sind auch viel zitiert, man könnte sie geradezu zum Pflicht-Zitat einer jeglichen Befassung mit Nietzsches Werk erklären. Schrecken wie Erschrecken gehören einbegriffen. Ich will keine exakte Verortung der Sätze im Gesamtwerk Nietzsches geben. Sie sind nicht als Absichtserklärung des Faschismus zu lesen, der jener als praktische Verwirklichung folgte. Im Ergebnis formulierte man eine falsche Erklärung des Nationalsozialismus und gelangte zu einer Verharmlosung und Entschuldigung von Terror und Barbarei, sie sei lediglich Ausführung einer grausam abseitigen Philosophie gewesen, gewissermaßen nietzscheanisch verkorkstes Beherzigen der 11. Feuerbachthese von Marx.

Im Zusammenhang mit Brecht ist es wichtig, aus dem nachfolgenden Zitat den Ausdruck von der *„Partei des Lebens"* aufzunehmen, diese stellt Nietzsche vor, er betreibt mit ihr eine Radikalisierung, eine Art Total-Eskalation des Lebens, das ganz in Abstraktheit und losgelöst von bestimmten Verhältnissen betrachtet wird. Darin liegt der große Unterschied zu Brecht, dort ist Leben eine Konkretionsstufe, die *„Laute von Menschen rührend"*, diese Menschen, die vorliegenden Laute, die zu hören sind, nicht losgelöst davon Aufgegriffenes, kein behauptetes Leben, in höchster Allgemeinheit, sondern konkretes, erlebtes. Bei Hegel gibt es die Aussage, gedanklicher Abstraktion entspräche in der Realität Zerstörung. Nietzsches Aussagen enthalten genau diese Folgerung, das Durchsetzen, der Vollzug der Abstraktion in der Realität führt zu Zerstörung, Vernichtung, Krieg. Nietzsche schreibt:

> „setzen wir den Fall, dass mein Attentat auf zwei Jahrtausende Widernatur und Menschenschändung gelingt. Jede neue Partei des Lebens, welche die grösste aller Aufgaben, die Höherzüchtung der Menschheit in die Hände nimmt, eingerechnet die schonungslose Vernichtung alles Entartenden und Parasitischen, wird jenes *Zu-*

viel von Leben auf Erden wieder möglich machen, aus dem auch der dionysische Zustand wieder erwachsen muss. Ich verspreche ein *tragisches* Zeitalter: die höchste Kunst im Jasagen zum Leben, die Tragödie, wird wiedergeboren werden, wenn die Menschheit das Bewusstsein der härtesten, aber notwendigsten Kriege hinter sich hat, *ohne daran zu leiden...*"[108]

Man könnte bücherlang über diese Sätze schreiben. Es ist alles falsch, schlimm, furchtbar. Man hört den jähzornig Schimpfenden, den protzenden Angeber, da schreit ein Zukurzgekommener, der sich echauffiert[109]. Keinem Nietzsche-Leser kann diese Gehässigkeit, dieses Giftige im Stil entgangen sein, dieses Schäumen und Keifen, es ist wie das Kläffen eines Underdogs, der Zetermordio plärrt. Der Tonfall ist bekannt, es ist oft genug darauf verwiesen worden. Eine Analyse ist das, soweit sie vor dem Hintergrund des Bezugs auf Brecht betrieben wird, noch nicht. Das Anmaßende, gleich zwei Jahrtausende in den Griff zu kriegen, die Klage über „*Widernatur*", die nichts anderes behauptet, als über das Wissen um eine „richtige", eben keine widrige, Natur zu verfügen, hier die Natur des Menschen, was bereits einschließt, von den gesellschaftlichen Umständen, in denen diese Natur stets lebt, davon ist sie nicht zu trennen, zu abstrahieren, und nicht zu erschrecken über die eigene Begrifflichkeit; „widernatürlich" zu sein, das war nicht erst später ein Nazi-Urteil mit der Konsequenz des „Ausmerzens", das Nietzsche nicht gekannt hat, über und gegen Juden, Homosexuelle und alle, die man als Gegner sah (auch Kommunisten galten als widernatürlich), nein, dieses Verdikt in rassistischen Maßstäben gab es bereits. Nietzsche konnte durchaus wissen, was er schrieb, er reiht sich ein in bestehendes Nomenklatieren. Ihm fehlt Selbstreflexivität. Auch im Begriff Menschenschändung ist das zu sehen, er kommt nicht auf die Idee, selbst „*Menschenschändung*" zu propagieren, eine

---

[108] KSA Bd. 6, S. 313. Hervorhebungen Nietzsche. Manfred Riedel verweist darauf, Nietzsche habe später korrigiert: „Zuletzt könnten wir selbst der Kriege entraten; eine richtige Meinung genügt unter Umständen auch." (KSA 13, S. 644) und moniert, dass keine „Nietzsche-Attacke" dies verzeichne. Dies tue ich hiermit. Es ändert nichts an der Notwendigkeit der Analyse der obigen Sätze. Vgl. Manfred Riedel, Nietzsche in Weimar. Ein deutsches Drama, Leipzig 2000, S. 269 und 354.

[109] Im „Ecce homo" brüllt Nietzsche die eigene Bedeutendheit dem Leser entgegen und changiert ins Hanswurstiadige. Zu fragen wäre, weshalb er so im Schwulst des Egos schreit. Wäre nicht die Antwort: Weil er nicht richtig lebt, nicht: richtig, sondern, neben dem Werk, nicht einmal richtig falsch im Falschen, wird er im Lauf seines Werks immer lauter. Es ist dies die Verzweiflung einer verhinderten Existenz, auch einer selbst verhinderten. Nietzsches Lautstärke ist derart, dass sie gewissermaßen bis in Brechts Gedicht „Laute" hinein zu vernehmen ist. Da tobt einer im Hintergrund. Komisch wirkt er. Insofern entspricht er noch der Charakterisierung des Übermenschen, die Fontane dem alten Stechlin in den Mund legt (der skeptische Pragmatiker meint: „Jetzt hat man statt des wirklichen Menschen den sogenannten Übermenschen etabliert."), der bloß noch Untermenschen sieht, die man zu einem „Über" machen will: „Ein Glück, dass es, nach meiner Wahrnehmung, immer entschieden komische Figuren sind, sonst könnte man verzweifeln," (Theodor Fontane, Der Stechlin, Frankfurt/Main 1975, S. 347) Das war später nicht mehr so, manche der komischen Überuntermenschen wurden veritable Verbrecher.

Schändung derer, die bei der Höherzüchtung keine Berücksichtigung erfahren. Und bei denen, die höher gezüchtet werden sollen, wäre es ebenfalls eine. Der Ausdruck „*Menschenschändung*", wie er ihn verwendet, mag Gesellschaftliches umfassen, beschreibt es jedoch als Verbrecherisches, gegen das ein Eigentliches gilt.

Die „*Partei des Lebens*", schreibt Nietzsche, formuliert man das ein wenig um, schreibt stattdessen „die Anhänger von Lebenskunst", wird deutlich, wie viel diese Darstellung mit Brecht zu tun hat, und wie genau und differenziert argumentiert werden muss. Es geht darum, Brechts Begriff der „*Lebenskunst*" als linken Begriff freizuräumen von Anhaftungen des Barbarischen, es ist dies eine Begriffsklärung, die in der Realität Entsprechungen zeitigen müsste, wie das für Brechts Gedicht ebenso gilt. Er wäre die Frage danach, wie mit den gehörten Lauten der Menschen umgegangen wird. Einer Partei des Lebens mag Brecht, allgemein gesprochen, angehören, und seinem Gedicht mag das zu entnehmen sein, aber dieser Partei, wie sie bei Nietzsche genannt ist, gehört er nicht an. Der Unterschied ist erheblich. Was bei Nietzsche im Zitat nachfolgt, ist Anlass einer Aufregung für den Leser und ein Aufreger. Zunächst die biologische Fassung, die Menschheit wird Angelegenheit von Züchtung. Nietzsche fordert also biologische Eingriffe, er sitzt da vielleicht auf dem Dampfer falscher Übertragung Darwinscher Erkenntnisse auf Mensch, Gesellschaft und Geschichte. Schlimm bleibt, was er schreibt, und es steht ganz dem entgegen, was ihn umtreibt, das Leben gegen eine Beschlagnahme zu verteidigen und es dann aber gerade in derbe biologische Beschlagnahme zu nehmen. Rechnet er sich der „*Partei des Lebens*" zu, die Täterin der Höherzüchtung ist, müsste er sich doch die Frage vorlegen, ob er bereits der Höhergezüchtete ist, als der er sich wähnt. Irgendwann könnte die Partei erklären, lieber Friedrich Nietzsche, mit dir ist es nicht so weit und nicht so weit her, wie du denkst, du wirst vom Subjekt zum Objekt des von dir angeratenen Prozesses degradiert, du verschwindest jetzt in allerhand Prozeduren. Die Dummheit dessen wird bei Nietzsche deutlich, der sich überlegen erklärt.

Der Leser Nietzsches hängt an der Frage fest, ob da nicht einer gegen Schwäche etc. Sätze auffährt, der selbst schwach ist. Oder der nichts mehr fürchtet, als es zu sein. Der statt über Schwäche und die vermeintliche eigene nachzudenken, sich und allen anderen die Schwäche austreiben will. Wäre Nietzsche nicht in solcher attestierter Schwäche vielmehr zu schätzen, worin immer sie festzulegen wäre? Hat er Angst gehabt, Stärke zu provozieren und sich vorsichtshalber auf die Seite der Starken geschlagen? Nietzsche, der sich im Fortgang der eigenen Darstellung selbst vorgestellter psychologischer Betrachtung unterzieht, legt eine solche Betrachtung nahe. Sie sei nicht weiter verfolgt.

Die Fährte des sich fürchtenden Verlierers, der in Worten zuschlägt, wäre sehr genau zu analysieren, es ergäbe sich manche dialektische Variation, so jemand ist nämlich unter Umständen zugleich der starke Haudegen, als der er sich geriert. Die der „*Partei des Lebens*" anempfohlene Höherzüchtung erfährt eine

Verhaltensnote, Schonungslosigkeit soll sie sich attestieren, man kann sich als heute Analysierender nicht freisprechen vom Beachten und Einbeziehen späteren Geschehens. War nicht das Adjektiv „rücksichtslos" eines der häufig gebrauchten von Hitler? Hört man ihn nicht brüllen? Das geht mit den Begriffen bei Nietzsche weiter, vernichtet soll werden, erster Schritt, muss man folgern, der Höherzüchtung, weil Vernichtung heißt, da wird jemand von der Teilnahme am Züchten ausgeschlossen, indem er Züchtervollstreckung erfährt, er wird zum *„Entartenden und Parasitischen"* erklärt; der Fanatismus zeigt sich im adjektivischen Attribut *„alles"*; nichts soll vergessen werden, auf Vollständigkeit des Erfassens ist zu achten. Beruhigung darüber ist nicht angebracht, dass die Formulierung nicht personifiziert dasteht: die Entarteten und die Parasiten. Die Formulierung ist weit ausgreifend gedacht und schafft Vollstreckungsspielräume, man unterliegt unter Umständen bereits züchterischer oder gleich vernichtender Behandlung, wenn man etwas vom vermeintlich *„Entartenden und Parasitischen"* an sich hat oder das einem im Zuge einer Züchteranalyse zugewiesen wird. Man darf sich nicht täuschen, wie sehr da jemand gegen Vermischung wütet. Da ist jemand für Morden aus Gründen der Selbststeigerung oder der Selbstbeweihräucherung als bereits Gesteigerter, der sich sorgt, Entartendes und Parasitäres bedrohe seine Gesteigertheit oder mögliche Weitersteigerung. Betrieben wird ein übles Sortieren und sortiert wird zum Zweck der Ausschaltung.[110]

Gesperrt gedruckt landet Nietzsche beim *„Zuviel von Leben"*, nachdem er qua Vernichtung sich für ein Stück weniger Leben ausgesprochen hat, es geht also um eine verbesserte Qualität, und das bleibt in den Aussagen beinhart, diejenigen, die man ausgeschaltet hat, wenn das Zuviel dann eingetreten ist, sind die erklärten Ursachen für das Zuwenig an Qualität zuvor. Die Sortiermaschine verrichtet ihr Werk und es wird alles gut, indem es besser wird. Es ist eine bestürzend monokausale Einseitigkeit in diesem Textabschnitt bei Nietzsche. Dafür, dass es an Lebensqualität fehlt (man kommt wiederholt auf Begriffe von heutzutage), werden nicht alle möglichen Ursachen diskutiert, es reicht hin, ein Biologisches zu behaupten; etwas Einzelnes, was mit der Gesamtheit eines gesellschaftlichen, ökonomischen, ökologischen, historischen etc. Lebens nicht in Verbindung gebracht wird, wird zum Entscheidenden gemacht, das zum Ausgelöschtwerden verdammt. Das Urteil der Zugehörigkeit zu einem Entartenden ist ein Todesurteil. Der Vernichtungsbeschluss ist Resultat der Reduktion. Der Begriff der Art macht die Differenz auf.

Wieder kann man Fragen stellen. Erstaunlich, dass jemand, dem es erklärtermaßen um seine besondere Subjektivität zu tun ist, auch im Textausschnitt wird das noch deutlich, *„mein Attentat"*, sagt Nietzsche, vollbringe er, *„Ich ver-*

---

[110] Wenn heute davor gewarnt wird, Deutschland schaffe sich selbst ab, und gewarnt wird vor Vermischung oder vor falscher Vermischung, es müsse auf die Reinheit seines Eigenen achten, sogar auf eine vermeintliche genetische Überlegenheit etc., ist die Vorstellung vom Sortieren von Menschen weiter bestehender Hintergrund. Was wäre schlimm daran, wenn Deutschland sich abschafft?

spreche" schreibt er, sich selber dermaßen als in die Art verhaust sehen will. Der Leser unterscheidet, ist er der Aufgeregtheit des Textes konfrontiert, kaum mehr zwischen der Autorenperson und dem im Text genannten Ich. Nietzsche selbst scheint in der Emphase eine Zugehörigkeit zu beanspruchen. Er meint sich selbst und will als Person gemeint sein. Zur Steigerung des Egos verkriecht sich jene Ich-Figur (egal, wie weit die Identifikation mit Nietzsche reicht) ausgerechnet im Wir, der richtigen Art, eben der nicht entartenden. Hat sie keine Sorge, dass beim *„Zuviel von Leben"* ihr nicht die anderen Übriggebliebenen der Reinigungsaktion in die Quere geraten und der gesamte Vorgang des Ausrottens weiterläuft und vielleicht sogar gegen sie? Warum, könnte man fragen, verwendet Nietzsche die vorliegenden Begriffe? Kann zur Qualität von Leben, das so sehr gelobt wird, dass dafür eigens eine Partei gegründet und eine *„Kunst im Jasagen zum Leben"* installiert wird, die *„höchste"* (wieder Nietzsches selektionistische Vorliebe für den Superlativ, da muss man manchmal lachen und möchte sagen, das ist Spitze, Nietzsche!), nicht Entartendes hinzuzählen und Parasitisches? Bleibt man einmal bei den Begriffen. Ich mag mein Wirtstier so gern, wir können gut miteinander? Ist Lebensbejahung vom realen Leben überhaupt trennbar, d. h. abziehbar, indem man eine besondere gesteigerte Art zum Beseitigen anderer scharf macht? Wer ist überhaupt wem Parasit? Der Parasit ist ein exzellenter Lebensbejaher! Woher dieses Wüten im Reinen und zum Reinen? Es ist ein erklärtes Reines, es existiert nicht, es ist eine Erfindung, eine Strategie dessen, der darauf abzielt.

Sind die Kriege, erneut ist ein Begriff mit superlativischen Ornamenten versehen (*„härtesten, aber notwendigsten"*), im Bewusstsein der Leute, der Menschheit heißt es, vorbei, hat sie das *„hinter sich",* beginnt das tragische Zeitalter, das Schmoren im Saft des vom Entartenden und Parasitischen gereinigten eigenen Leidens ist angebrochen, die Zeit der höchsten Kunst und des Dionysischen, jetzt beginnt das schöne Leiden, in dem man unter sich ist, und tragisch es betreiben und davon sprechen oder singen und musizieren kann, was eben alles ästhetisch anliegt. Der Weg ist frei für das Suhlen im gelungenen Misslingen. Die Tragik hat gesiegt; dass man nicht so gut ist, wie man zu sein meint, erweist sich, aber einbekannt wird, dass es so ist; indem man das darstellt. Die Aussage, die vom Bewusstsein getätigt wird, ist wichtig. Es reicht nicht, dass die Menschheit diese superlativischen Kriege hinter sich hat, sie muss das Bewusstsein davon hinter sich haben und dies, *„ohne daran zu leiden",* das kann nur auf das Bewusstsein bezogen sein, wie es im weiteren Satz benannt wird. Das Hintersichhaben ist im Bewusstsein, ohne dass daran, es hinter sich gebracht zu haben, es im Bewusstsein bewältigt zu haben, ein Leiden geblieben ist. Es ist abgeschlossen und es reut einen nicht, es abgeschlossen zu haben. Der Heroismus des Zuviel von Leben und der höchsten Kunst im Jasagen zum Leben ist damit erreicht. Versprochen, sagt Nietzsche. Diese freigesetzten Heroen sind unter sich. Sie sind verblieben, die höher „Gezüchteten".

Dies ist das falsche Bild und ein solcher Bildgeber zählte vielleicht den Brecht hinzu. Der könnte sich gebauchpinselt fühlen, nicht frei von aller möglichen Widersprüchlichkeit sein, aber er selbst würde sich nicht hinzuzählen. Sein Gedicht kann als Beleg angeführt werden. Die im Gedicht angeführten *„Laute von Menschen rührend"* sind das eminente Merkmal einer Gegenposition. Die Menschen, die sich per Laut rühren (was sie Unterschiedenes treiben, ist gleichgültig), sie gehören alle hinzu, zu dem, was gehört wird, niemand wird ausgemustert als Entartendem zugehörig oder Parasitärem, als nicht rechtgläubig oder schraubwinklig oder was immer behauptet wird. Der Autor, der sich per Laut, per Gedicht äußert, zählt sich, selbst reichlich schraubwinklig, als Besonderheit hinzu, seine eigene Lautgestaltung entartend und parasitär betreibend. Seine Äußerung fällt nicht passgenau aus, sie eckt an manche Kulturtradition an, vorderhand die der Elegie. Dass alle diejenigen, die beim Verlauten dabei sind und in einer ganzen unbegrenzten Bandbreite von Lauten aufgetreten sind, sich nicht verändern, in dem, was sie miteinander zu tun haben, ist nicht gesagt. Sämtliche Lautsprecher sind vorläufige. Keiner soll sich herausnehmen und herausgenommen werden. Und wie schwierig es werden könnte (an die Krähen sei erinnert), wird von Brecht nicht beschönigt. Nicht einmal in dieser vermeintlich wahrsagerischen Vogelschaumäßiges beinhaltenden Begrifflichkeit.

Brecht wird ein Bewusstsein davon gehabt haben, inwiefern er sich mit dem Bezug auf Nietzsche in die Nesseln setzt. Aber es kommt noch dicker. Ich werde später auf einen weiteren Nietzsche-Bezug in Brechts Gedicht aufmerksam machen, der als noch gewichtiger betrachtet werden muss. Es geht insgesamt nicht um die Figur Nietzsche, es steht bei Brecht ein Ringen um eine Vorstellung von Sozialismus im Zentrum, die sich deutlich unterscheidet von dem, der sich entwickelt hat. Das Gedicht *„Laute"* ist ein Element dieses Mühens.

Nach 1945 beginnt eine Verdammung Nietzsches bei einzelnen linken Theoretikern, die weit hineinreicht in die DDR, man könnte sagen, die zum Bestandteil einer Staatsdoktrin der DDR wird.[111] Es ist Brechts guter Bekannter Johannes R. Becher, der diese Verurteilung herausfordert und forciert, noch stärker gestützt wird sie durch die Werke von Georg Lukács, die Nietzsche durchweg in den Zusammenhang einer Vorbereitung des Faschismus rücken[112]. Becher, der von 1935 bis 1945 in Moskau die Zeitschrift *„Internationale Literatur"* redigiert, ist Präsident des Kulturbundes in der DDR und wird 1954 im Ergebnis der Sommerunruhen 1953 Minister für Kultur in der DDR. Becher beginnt den Kampf gegen Nietzsche bereits vor Kriegsende. Nietzsche ist ihm ein Haltloser und Nichtswürdiger, der sich Stärke zuspricht, Wille zur Macht, Übermenschentum; eine Stärke, die Saat sei und im Faschismus aufginge. Für Brecht muss es schrecklich gewesen sein, den Promoter der Nietzsche-

---

[111] Vgl. Manfred Riedel, Nietzsche in Weimar. Ein deutsches Drama, Leipzig 2000
[112] Der Kritik von Mazzino Montinari an Lukács soll hier nichts hinzugefügt werden. Lukács nimmt Nietzsche im Zuge einer „indirekten Apologetik", so Lukács, für eine Bejahung des Kapitalismus in Haftung. Vgl. Montinari, Nietzsche lesen, Berlin 1980, S. 193

Verfolgung, der damit zugleich versuchte, das Gift der Unterscheidung zwischen Ost- und Westemigration zu streuen, nach 1953 an der Spitze der Kulturpolitik in der DDR zu sehen. Sie beide verband bereits eine Vergangenheit expressionistischer Jahre. Könnte jetzt zwischen beiden ein Streit um Nietzsche entstehen, der zusätzlich einer wäre um diese Vergangenheit? Brecht führt eine solche Auseinandersetzung nicht. Hat er ein Bewusstsein der verbliebenen Nietzsche-Bezüge in seinem Werk gehabt, wird aus dieser Sicht das Nichtveröffentlichen z. B. des Gedichts *Laute* verständlich.

Die Frage ist, inwieweit Brecht mit Bewusstheit und Absicht die Nietzsche-Bezüge gesetzt hat. Dafür spricht viel. Er hat damit das Spiel eines Enttarnens ermöglicht, das er andererseits als gefährlich für sich angesehen haben muss. Der große Krach hätte sich schon ergeben können. Er scheint aber von beiden Seiten nicht gewollt gewesen zu sein, von Brecht nicht und von Seiten von Partei und Staat nicht. Ein komisches Verhältnis eines Patts. Eingebettet, das darf nicht vergessen werden, in die deutschlandpolitischen und weltpolitischen Umstände. Bezüglich Becher kommt etwas hinzu; 1953 verfasst Becher Oden an Stalin, sie werden im Heft 2 der Zeitschrift *„Sinn und Form"* veröffentlicht und sie sind ganz anders als das, was Brecht in Bezug auf Vergil und dessen Figur des Aeneas über die Herrschergestalt Augustus und deren Verehrer aussagen will, nämlich eine Kritik äußern an der Vergöttlichung politischer Führerschaft. Bechers Stalin-Gedichte sind genau dies, sie propagieren einen Kultus des Führers, hier Stalins.[113] Das Gedicht *„Laute"* verzeichnet ein Anti zu simpler Nietzsche-Verdammung wie zum Hochhalten des Spitzenpersonals. Im Film *„Abschied. Brechts letzter Sommer"* gibt es die Szene, die Brecht zeigt, als er die Nachricht bekommt, Becher sei am Telefon; er erschrickt sichtlich. Dieses Erschrecken erscheint durchaus verständlich.

Brecht hat, das kann man dem Gedicht *„Laute"* entnehmen, seine Nietzschekenntnisse nicht verheimlicht und hielt vermutlich die Befassung mit Nietzsche im Rahmen einer Auseinandersetzung um Sozialismus für richtig und notwendig. Er hat aber den Streit darüber nicht direkt herausgefordert. Diese Vermeidung könnte zu den Gründen für Brecht zählen, einzelne Gedichte nicht zu veröffentlichen. Das Gedicht *„Laute"* könnte ohne das Erschließen der Nietz-

---

[113] „Dort wirst du, Stalin, stehn, in voller Blüte/ der Apfelbäume an dem Bodensee,/ und durch den Schwarzwald wandert seine Güte,/ Und winkt zu sich heran ein scheues Reh." Gegen Ende des 27strophigen Gedichts, das sämtliche Gaue des Vaterlands abschreitet, heißt es: „So bleibt er unser und wir sind die Seinen,/ Und Stalin, Stalin heißt das Glück der Welt./ … und zu dir erhebt mein Deutschland sich." Zitiert nach: Robert Gernhardt und Klaus Cäsar Zehrer, Hell und Schnell. 555 komische Gedichte aus 5 Jahrhunderten, Frankfurt/Main 2004, S. 492ff. Becher ist im Buch in der Abteilung für unfreiwillige Komik vertreten, die Herausgeber teilen mit, dass „Becher weißgott nicht als Spaßmacher berühmt ist" (ebd. S. 520) und sowieso bei derart Komik der Blickwinkel des Betrachters entscheidet. Bert Uschner, der auf die schöne Fundstelle aufmerksam gemacht hat, hält folgende Strophe für unübertrefflich: „Wenn sich vor Freude rot die Wangen färben,/ Dankt man dir, Stalin; und sagt nichts als: ´Du!´/ Ein armer flüstert ´Stalin´ noch im Sterben/ Und Stalins Hand drückt ihm die Augen zu."

sche-Zusammenhänge (die sich noch gewichtiger im Gedicht ergeben), kommensurabel für Partei und Staat sein. Der Volksfreund Brecht äußere sich über die Laute der Leute, schön, und der Ausdruck der Zufriedenheit werde schon nicht den staatsabträglichsten Aufständischen gelten. Es ist sowieso vorbei mit den Unruhen. Aber was soll das mit den Krähen? Ein komischer Vogel, der Brecht!

Man könnte den Kampf gegen Nietzsche in der DDR nachzeichnen und darstellen, wie nah er neben Brecht verläuft. Es sind Leute, mit denen er zu tun hat, die jenen Kampf austragen und voranbringen. Man muss sich von heute aus sogar wundern, dass keiner von denen, die Brecht und sein Wirken misstrauisch beäugten, ihn wegen seines Propagierens von Lebenskunst in die Zugehörigkeit zu Richtungen der Lebensphilosophie gestellt hat. Propagieren von Lebenssteigerung, Lebensintensivierung und Riskieren des Lebens ist bei unterschiedlichen Autoren dort anzutreffen.[114] Es musste nicht gleich um Nietzsche gehen. Thomas Mann und andere haben gegen Nietzsche argumentiert, er betreibe eine Glorifizierung des Lebens auf Kosten von Geist und von Vernunft. Brecht ist wegen seines Lobgesangs auf die Lebenskunst nicht abgemahnt worden.

Leben sei kein Argument, sagt Nietzsche im Text *„Die fröhliche Wissenschaft"*[115], das Leben lebt auch nicht, es sind die einzelnen Menschen, die ihr konkretes Leben führen und Betrachtungen anstellen, wie zufrieden sie denn damit sind.[116] Und das ist Thema in Brechts Gedicht *„Laute"*. Das lyrische Ich hört Lebensäußerungen anderer und erwägt Beurteilungen von Zufriedenheit.

---

[114] Rüdiger Safranski, Nietzsche. Biographie seines Denkens, Frankfurt/M. 2002, S. 344 weist z. B. darauf hin, dass „Lebensintensivierung" Bestandteil der Vorstellung der sogenannten „konservativen Revolution" gewesen ist. Warum jene freilich gerade im Einsatz für Vaterland, Nation und Volk oder gar für den Führer und im Krieg stattfinden, dort geradezu gipfeln sollte, wird nicht beantwortet. Warum nicht für sich selbst intensiv leben, statt ausgerechnet als radikaler Untertan einer radikalen Obrigkeit?

[115] KSA 3, S. 475

[116] Adornos Buch „Minima Moralia", mit dem Untertitel versehen „Reflexionen aus dem beschädigten Leben" enthält als Motto zum ersten Teil das Zitat das Revolutionärs von 1848 Ferdinand Kürnberger: „Das Leben lebt nicht". Adornos Buch steckt voller Bezüge auf Nietzsche. In grundsätzlicher Moralkritik, die sich Monumenten der Kulturgeschichte wie Übungen im Alltag zuwendet, ist der Versuch unternommen, zunächst im Nachdenken, danach in empfehlenswerter Praxis, Lebenskunst zu huldigen. Das ideologiekritische Moment, nicht von großen Aussagen über das Leben auszugehen teilt Adorno mit dem Brecht der *Buckower Elegien*. Die beiden waren sich näher als sie vielleicht selbst wahrhaben wollten. Kürnbergers Satz steht in der Tradition konkreter pragmatischer revolutionärer Aktion, eine in der Verweltanschaulichung verschüttete Seite, darauf will Adorno hinweisen. Nicht nur mit dem Zitat, mit dem gesamten Buch. Eine Parallele zu Brecht ist auch hier offensichtlich. An vielerlei Stellen wären Bezüge von Adornos Buch zu Brechts *Buckower Elegien* möglich. Brechts Kritik der Vogelschau im Gedicht „Laute", das Monieren von Prophezeiung als falsch und menschenfeindlich in seinen verschiedensten Auftrittsweisen, nimmt aufs Korn, dass dessen Apologeten „bestimmtes Sein als Geist ausgeben", wie Adorno im genannten Buch in den „Thesen gegen den Okkultismus" geschrieben hat (a. a. O., Dritter Teil, Nr. 151).

Eine verwunderliche Wende nimmt die Geschichte der Nietzsche-Rezeption in der DDR in den sechziger Jahren. Giorgio Colli und Mazzino Montinari, zwei linke italienische Literaturwissenschaftler, erhalten die Erlaubnis, in der DDR mit den Manuskripten Nietzsches, die im Weimarer Goethe- und Schiller-Archiv liegen, zu arbeiten und eine kritische Gesamtausgabe des Werks zu veranstalten. Montinari hält sich jahrelang in Weimar auf. Das Darstellen der Entwicklung von Nietzsches Denken, vor allem die Einsicht, wie deutlich sich in den nachgelassenen Fragmenten Prozesse und Wege dieser Entwicklung in einzelnen Schritten und Abfolgen zeigen lassen, hat in der Befassung mit Nietzsche vieles verändert. Ob die Erlaubnis, innerhalb der DDR an der Nietzsche-Ausgabe arbeiten zu lassen, allein darin begründet lag, Nietzsche für eine eigene nationale Kulturtradition der DDR zu vereinnahmen (wie das z. B. Manfred Riedel feststellt, der auf die Beispiele Friedrich des Großen und Bismarcks verweist), kann bezweifelt werden. Die beginnende Auseinandersetzung mit der sogenannten Neuen Linken hat wohl eine zusätzliche Rolle gespielt, und seien es lediglich Überlegungen gewesen, dahingehend eine Politik der Bündnispartnerschaft auszubauen (wie dergleichen genannt wurde), oder einfach Unruhe in den Reihen der weltanschaulichen Gegner zu säen. Die Geschichte, wie Brecht mit seinem Gesamtwerk in der Auseinandersetzung um Nietzsche eine Rolle spielt, ist nicht geschrieben. Mutmaßlich ist es eine außerordentliche. Der Spur Nietzsches in Brechts Spätwerk müsste nachgegangen werden, gerade im Werk nach 1945.

4. Vögel als Nahrung 1945 in Buckow

Menschen sind im Laufe der Zeiten immer wieder in Umstände geraten (ob selbstverschuldet oder nicht), in denen einem Lebenslust vergällt und unmöglich gemacht wurde (falls man nicht Mord und Totschlag als Ausdruck derselben ansehen will). Es gab dagegen einen Trotz des Selbstbehauptens. Aber das gelang oft nur schwierig und schlecht. Brechts Figur des Schweyk ist ein Beispiel. Der Versuch von Lebenskunst im Angesicht von Hochgefährdung und Ruin des Lebens im Umfeld von Nationalsozialismus und Krieg, beidem ist Schweyk konfrontiert, wird nicht aufgegeben. 1953, als Brecht sein Gedicht schreibt, ist jene Zeit nicht lange vergangen. In der Erinnerung ist sie sowieso gegenwärtig. Es ist darauf hingewiesen worden, welchen Realitätsbezug die adverbiale Bestimmung „vogellos" gehabt haben könnte.[117]

Eine frühere Realität wurde einbezogen. Eine Erinnerung an den Sommer 1945 in Buckow könnte von Brecht aufgegriffen worden sein. 1953 war in Buckow im Sommer ein Stadtfest geplant. Der Ort feierte sein 700-jähriges Bestehen. Die Feier musste verschoben werden, weil nach dem 17. Juni Ansammlungen von Leuten verboten waren. Helene Weigel soll dann dort gewesen sein.

---

[117] Vgl.: D. Stephan Bock, Echo aus dem Vogelwald, in: ndl, 48. Jahrgang, 530. Heft, S. 147ff, dort wird die Geschichte von den ehemaligen italienischen Kriegsgefangenen der Deutschen in Buckow berichtet. Stephan Bock zählt in seinem Artikel Brechts Gedicht „Laute" zu den „herzklopfend aufregendsten poetischen Gebilden nicht allein dieses Dichters".

Brecht könnte manche Erzählung gehört haben. Vom April bis zum Herbst 1945 lebten in Buckow eine Zeitlang mehr als 20 000 Italiener, ehemalige Kriegsgefangene der Deutschen. Die Rote Armee hatte überall auf ihrem Vormarsch nach Berlin Kriegsgefangene der Deutschen befreit und hatte das Problem, sie unterzubringen und in irgendeiner Weise für sie zu sorgen. Buckow war anscheinend ausgewählt worden, weil dort viele Nazis und wohlhabende Leute gelebt haben sollten, und viele von beiderlei Sorten von Leuten waren auf und davon, nach Berlin oder weiter weg. Brechts Anmerken der Vogellosigkeit wäre ein Zitat der Nachkriegszeit 1945 in Buckow. Die vielen sind umfasst, die dort lebten, die einzelnen Italiener, wie die einzelnen Deutschen, unter ihnen überlebende Opfer wie Täter und welche, die sich für „normal" hielten, wenn sie „den" Italienern den Frontwechsel während des Kriegs als Verrat vorwarfen, nicht verziehen und sic das spüren ließen. Letztere Reaktionen hat es gegeben. Darüber hinaus Musik und Tanz und Fußballspiele und Liebschaften und nicht nur lediglich reservierte Deutsche. Jedenfalls herrschte Hunger. Zur italienischen Esskultur gehört das Zubereiten und Verspeisen von Vögeln. Ein Zusammenhang zu Armut ist Grundlage für diese Entwicklung über die Jahrhunderte hin gewesen, schließlich waren durch erfolgreiches Jagen Proteine zu erhaschen[118]. Wenn man sich in Buckow aufhält und ältere Leute befragt, erfährt man es, die Vögel sind gefangen und verspeist worden. So dass es kaum mehr Vögel gegeben hat. Das hat sich in den Jahren später wieder geändert. Sicher bis 1953. Was meinte Brecht, griffe er tatsächlich jenes Nachkriegsgeschehen auf? Das Los der Vögel in jenem Sommer am Ende des Krieges war an das Los der Menschen geknüpft. Die Vögel waren eine Nahrung, die vielen Menschen geblieben war[119].

Zitiert wäre auf diese Weise bei Brecht eine Form des Überlebenswillens und des Aufbruchs nach dem Krieg. Die selbsttätige Organisation des Überlebens könnte thematisiert sein wie die Feier des Siegs über Hitler und den Nationalsozialismus und die Sehnsucht nach Frieden. Wer nicht auf der Seite der Na-

---

[118] Das Tabuisieren des Jagens und des Verzehrs von Singvögeln ist in Deutschland nicht alt. Bis zum Beginn des 19. Jahrhunderts standen viele Kleinvögel auch hierzulande auf dem Speiseplan. Leicht lassen sich Rezepte finden für „Leipziger Lerchen" etc. Im südlichen Thüringen z. B. als ausdauernd armer Region sollen bis in die 60er Jahre der DDR Singvögel gejagt worden sein.

[119] In Vorstudien zum Tuiroman hat Brecht satirisch radikale Methoden des Gefressenwerdens im Krieg entwickelt, am Beispiel des Mörders und Kannibalen Karl Denk macht Brecht Witze mit dem Namen und schreibt: „Und doch litten in dieser Zeit Tausende den bittersten Hunger dadurch, dass ihre Ernährer an den Grenzen kämpften und fielen, und doch lagen eben diese Ernährer zu Tausenden gerade zu diesem Zeitpunkt eben dort bereit, sie zu ernähren – im eßbarsten Zustand." (BFA Bd. 17, S. 15) Brecht fügt in diesem Zusammenhang hinzu, dass jeder zweite Soldat den „Faust" oder den „Zarathustra" im Tornister hatte. Schöne Vorstellung, die kämpfende Truppe macht sich um das Vaterland nicht nur durch den Heldentod verdient, sondern zugleich dadurch, dass geholfen wird, als Leiche die Ernährungsgrundlage zu sichern. Eine umfassendere staatsbürgerliche Vollverwertung ist schwer denkbar. Der Vorschlag lässt an Brechts Gedicht „Die Legende vom toten Soldaten" denken, das, im Thema ähnlich, die weiteren Einsatzmöglichkeiten einer Soldatenleiche satirisch ausschlachtet.

zis stand, deren Opfer war und überlebt hatte, mag Empfindungen von Freude und Zuversicht gehegt haben. So jemand hat sich kaum gescheut, von Kriegsgefangenen in Zeiten der Not neue Sitten zu lernen. Brecht könnte 1953 das lyrische Ich des Gedichts „Laute" ausgerüstet haben mit der Erinnerung an jenen Neuanfang. Das selbstständige Organisieren des Ernährens mit Vogelspeisen mag eine spätere Parallele besitzen in den Ansätzen selbstbewussten Auftretens im Zuge des 17. Juni 1953 und den Möglichkeiten, die dadurch geboten gewesen waren, die zumindest Brecht gesehen haben mag. Ein Vergleichen mag Brecht eingefallen sein. Mehr ergibt der Hinweis auf die italienischen Kriegsgefangenen in Buckow 1945 nicht. 1953 waren die Vögel längst wieder da.

Höchstens könnte man noch daran denken, wie die Vögel wahrscheinlich gefangen worden sind. Leimruten sind ausgelegt worden und vielleicht hat jemand in einem Versteck Vogelrufe imitiert oder Pfeifen besessen, die jene nachahmten. Die Erinnerung an die Vogellosigkeit der unmittelbaren Nachkriegszeit in Buckow würde das Gedicht evozieren wollen. Jemandem auf den Leim zu gehen, davor würde genauso gewarnt, wie Rattenfängern hinterherzumarschieren.

5. Tiresias und der Bericht einer Vogelschau

Ich halte noch etwas Weiteres für wichtig in der Betrachtung der Charakterisierung „vogellos". Das bezieht sich unmittelbar, auf das bereits Gesagte: Brecht grenzt sich ab vom Prophetentum jeglicher Art. Eine Vogelschau, um die Zukunft zu ermitteln und Abläufe der Weltgeschichte zu bestimmen, lehnt er ab.

Wieder handelt es sich um ein Verhältnis zu einem antiken Stoff. Wieder ist die Parallele eindeutig: In der eigenen Nachkriegszeit Brechts die antike Geschichte einer Nachkriegszeit und das Anbieten diverser Spiegelungen, das nachdenklich machen soll und auf Erkenntnisse setzt.

Brechts erste Regiearbeit nach seiner Rückkehr aus den USA widmet sich dem Stück: „´Die Antigone des Sophokles´, nach der Übersetzung von Hölderlin". Premiere ist am 15. Februar 1948 in Chur. Nicht unerheblich ist, dass Brecht nach seiner Rückkehr das Drama einer Frondeuse gegen die Macht zur ersten Inszenierung wählt. Bevor Brecht sich der Macht der späteren DDR aussetzt, werden Positionen abgesteckt, die zwar damals eher dem Blick auf die Vergangenheit der Nazizeit gelten, sich aber auf Staatlichkeit in allgemeiner Form beziehen lassen. Und auf die Despotenherrschaft Stalins schon gleich gar. Im Stück gibt es einen Seher, Tiresias, und den Bericht einer Vogelschau: „Hört, was die Vogelschau/ Der Thebe ausmacht."[120] Brecht ist diese Regiearbeit gegenwärtig geblieben. 1949 kommt das Modellbuch zur Aufführung heraus, 1951 ist deutsche Erstaufführung in Greiz, 1952 erscheint der Text in Heft 5 von „Sinn und Form", 1955 gibt es einen Neudruck des Modellbuchs. Es kann also gut sein, dass Brecht im Sommer 1953 bei der Notiz der Vogellosigkeit an den Bericht der

---

[120] BFA Bd. 8, S. 229, dort auf den weiteren Seiten der Bericht der Vogelschau.

Vogelschau gedacht hat. So wichtig ist das jedoch nicht. Bedeutsamer erscheint das Ergebnis der Vogelschau, wofür die Vögel stehen, sie künden den Krieg, den Tod.[121] Das behauptete Nichtvorhandensein der Vögel im Sommer 1953 wäre ein Bild vom Ende des Wahrsagens und zugleich eines von Frieden und einer Aussicht auf diesen. Die Schwärme der Krähen im Herbst gälten hingegen als Bedrohung. Das Präsens („höre ich") im Vers 3 des Gedichts „Laute" gewänne zusätzlich Bedeutung; eine Gewährleistung von Frieden (gemeint in der Bezeichnung der Vogellosigkeit) läge im Lautgeben und Gehörtwerden der Menschen. Hintergrund der Aussagen bleibt der vergangene Krieg, wie schön die Laute der Friedenszeit sich jetzt anhören (selbst wenn Aufstand und Unruhe ist) und wie verteidigenswert das ist gegen die Bedrohungen, die es gibt, für die in Brechts Gedicht das Bild der Krähen gewählt wird. Geprüft wird von den antiken Sehern nicht nur der Vogelzug, es werden zusätzlich die Altäre der Opferfeuer auf die verbliebenen Reste untersucht, wie den Vogelkot etc.. Tiresias sagt, die Feuerstellen seien entweiht

> „von Hund und Vogel, die sich sättigten/ Vom unschicklich gefallenen Sohn des Ödipus./ Drum nicht mehr rauscht der Vögel wohlbedeutendes/ Geschrei her, denn es hat von totem Menschen/ das Fett gegessen."[122]

Tiresias, der blinde Seher aus Theben, ist nicht allein auf das Untersuchen von Vogelkot und Vogelflug angewiesen, er versteht anscheinend die Vogelsprache und kann seine Weissagungen darauf gründen, was er da gehört hat; deswegen kann er deren Geschrei für „wohlbedeutendes" halten. Immerhin scheint man im Mythos ein Vertrauen zu besitzen, in den Lauten der Vögel würde Wesentliches besprochen; das zu wissen, gut für die Menschen wäre. Tiresias ist gewissermaßen einer der besten unter den Propheten[123], weil er die Sprache der Botschafter

---

[121] Vögel, die Menschenleichen fressen, gibt es anderwärts erwähnt bei Brecht, in der Dreigroschenoper z. B. heißt es in der „Ballade, in der Macheath jedermann Abbitte leistet": „Zerpickt von einer gierigen Vögelbrut" (BFA Bd. 2, S. 306).

[122] BFA Bd. 8, S. 230

[123] Bei Dante Alighieri, „Die Göttliche Komödie", ist Tiresias ebenfalls ein Prominenter der Zunft. Wie seinesgleichen sitzt er im vierten Graben des achten Höllenkreises und ist wie alle Mitbewerber um Wahrsage durch eine Verrenkung des Körpers geschlagen, sie tragen das Gesicht nach hinten gewendet: „Zum Rücken nämlich standen die Gesichter/ Und alle mussten darum rückwärts gehen" (Inferno, 20. Gesang). Dante ist geschockt, als er sieht, dass „ihre Tränen herunterfielen auf die Hinterbacken", und bricht selbst in Tränen aus. Er muss sich seines Mitleids wegen von Vergil schelten lassen. Auch bei Vergil gibt es das Motiv des unzeitgemäßen Mitleids. Es wird daran erinnert, dass Tiresias, als er vom Mann zum Weibe wurde und wieder zurück, schon einmal seine Glieder ausgewechselt hat und jetzt die Strafe, „ihm seine Brust zum Rücken wurde;/ Weil er zu weit nach vorwärts schauen wollte"(ebd.). Am bei Dante ersichtlichen christlichen Strafmaß gemessen, kommen die Wahrsager und Seher in Brechts Gedicht „Laute" relativ gut weg. Der politischen Fehlerhaftigkeit in einem Gedicht geziehen zu werden, wird den Toten unter ihnen in der Hölle keinen weiteren Schaden zufügen. Bei Brecht gibt es im Oktober 1948 ein Beschäftigen mit dem Plan einer Dante-Revue (vgl. BFA 10.2 S. 954), Brecht war also mit Dante und Vergil vermutlich befasst, bzw. hatte

von Zukunft spricht. Unter dem Verdikt der Vogellosigkeit ist einem solchen Vorgehen bei Brecht eine Absage erteilt.

Wie Tiresias[124], der aus thebanischem Adel stammt und eine Nymphe zur Mutter hat, eine Fee, also eine junge und schöne Frau, zu seiner Blindheit kam, wird konkurrierend erzählt, seine Mutter Chariklo spielt manchmal eine Rolle. Die schönere Geschichte berichtet vom Streit zwischen Hera und Zeus, ob Mann oder Frau beim Sex das größere Vergnügen haben. Tiresias, der eine Zeitlang als Frau gelebt hat (d. h. wirklich eine war, der Bericht davon sei ausgeblendet), wird zum Kronzeugen berufen, Auskunft zu geben, er kenne sich doch aus. Als Hera von Tiresias mitgeteilt wird, die Frau empfinde neunmal mehr Lust, verfügt sie die Blindheit über Tiresias. Warum eigentlich? Es gäbe interessante Erklärungen. Zeus schaltet sich ein und schenkt dem Erblindeten die Gabe der Prophetie und das Verständnis der Vogelsprache. Den Vögeln wird wegen ihres großen Lebensradius´ und des Blickes von oben vertraut, und sie gelten als Tiere mit alter mythischer Geschichte. Jedenfalls erscheint die Vogelsprache als bedeutsam. Die Laute der Vögel.

Antigone will ihren Bruder Polyneikes bestatten, sonst wird er „grablos/ Süß´ Mahl den Vögeln"[125], d. h. ehrlos Fraß der Vögel und verwirkt den Zugang zur Unterwelt. Die Nicht-Bestatteten werden dort nicht aufgenommen. Hier ist ein Bezug zu Vergils Epos von Aeneas deutlich und dessen Besuch in der Unterwelt. Die Aeneas dort trifft, haben ein wie auch immer gestaltetes Weiterleben. Polyneikes wird es von Kreon verwehrt. Polyneikes und sein Bruder Eteokles haben sich im Stück Brechts nicht gegenseitig umgebracht, wie die Weissagung im Mythos war und wie es anderswo berichtet ist. Kreon will Polyneikes seine Einstellung bis über den Tod hinaus büßen lassen. Nicht nur Strafbedürfnis treibt ihn, Kreon will zukünftige Treulose, man könnte sagen Abweichler, Dissidenten, solche, die von der Fahne gehen, abschrecken. Man muss die Geschichte von Polyneikes vielleicht ein bisschen erzählen, gehört sie doch in ein Zentrum griechischer Mythologie, es ist die Geschichte der Inzestkinder des Ödipus, die berichtet wird. Unterschiedliche mythologische Berichte und Dramenfassungen verschiedener antiker Schriftsteller liegen vor. Und es gibt weitere Beschäftigungen mit der Geschichte, nicht zuletzt Freuds Konstruktion und Analyse des Ödipus-Komplexes. Brecht, seine Mitspieler und wohl auch die meisten Zuschauer 1948 in der Schweiz wussten, worauf sie sich einließen. Also

---

beide Autoren im Bezugrahmen eigener Arbeiten. In einer Regieanweisung Brechts aus dem Fragment der Revue erinnert Dantes Auftreten an den des Tiresias im eigenen Werk Dantes: „Dante geht, den Kopf in die Richtung zurückgewendet, aus der er kommt." Auch im Vorspruch des Gedichts „Als ich den beiden so berichtet hatte" (Bd. 14, S. 417) gibt es einen Verweis auf Dantes Gang durch die Hölle. Das Gedicht entstammt höchstwahrscheinlich einem Arbeitszusammenhang, zu dem Brechts Gedicht über Zarathustra gehört, das Fragment geblieben ist.

[124] Bei Sophokles und anderswo heißt der Seher Teiresias, ich behalte die Schreibweise von Brecht bei.

[125] BFA Bd. 8, S. 201

nichts vom Mythos, wonach die beiden Brüder sich töten sollten, einer Weissagung zufolge und sich danach wirklich getötet haben, sondern zum vorliegenden Stück und ohne Betrachtung dessen, was Brecht von Hölderlin und diesen wieder von Sophokles unterscheidet[126]. Das vielfältig gespiegelte antike Gewand des Stücks war Brecht offensichtlich wichtig. Im Stück sind die beiden Brüder Eteokles und Polyneikes im Krieg Thebens gegen Argos, den der Herrscher in Theben, Kreon, führt. Eteokles fällt im Kampf und Polyneikes flieht, er läuft davon, er desertiert. *„Weinend/ Reitet er aus unfertiger Schlacht.“*[127] Kreon verfolgt Polyneikes und *„zerstückt ihn“*[128]. Es ist Antigone, die Schwester von Polyneikes, die das zu Beginn des Dramas berichtet. Sie gewinnt nicht erst Größe, wenn man das so sagen will, indem sie den Bruder bestatten will und dabei den eigenen Tod riskiert. Sie äußert zuvor schon Verständnis für den Bruder, für einen Deserteur. Man kann die Bedeutung des Spiels abschätzen, wenn man z.B. daran denkt, welche Kämpfe es in der Bundesrepublik um ein Denkmal für Deserteure gab (z. B. in der Stadt München), wie umstritten die rechtliche Stellung von Deserteuren nach dem Krieg war und noch weiter ist. Es ist durchaus ein heißes Eisen, das Brecht mit seiner Inszenierung anpackte und kein Ausweichen in die Geschichte der Antike. Brecht hat durch Vorspiel und Prolog den aktuellen Bezug eigens hergestellt. Antigone sagt zu Beginn des Stücks über den Bruder: *„Weinend/ Reitet er aus unfertiger Schlacht, denn anderes andrem/ Bescheidet der Schlachtgeist, wenn der hart/ Anregend einem mit dem Rechten die Hand erschüttert.“*[129] Man kann sich mokieren über den Begriff *„Schlachtgeist“* (der auch ansonsten im Stück vorkommt), aber schön ist die Doppelung *„anderes andrem“*, das ist die Abweichler-Bezeichnung. Mit dem *„Rechten“*, etwas, dass er für richtig hält, ist ihm die *„Hand erschüttert“*, er kann nicht mehr weiter tun, was er bislang getan hat, kann nicht mehr stehen zu dem, was war. Die Fahnenflucht, so hat man das genannt, des Polyneikes, ist Ausgangspunkt des gesamten weiteren Dramas.

Genau genommen, ist im Drama des Sophokles Nachkrieg nach einer einzelnen Kriegshandlung. Gegen Argos wurde wegen des Streits um Grauerz gekämpft, der Krieg geht weiter und am Ende scheint Theben besiegt. Es ist nicht damit getan, Bezüge, als solche von vergleichbaren Zeitumständen herzustellen.

---

[126] Bei Sophokles töten sich Eteokles und Polyneikes gegenseitig, Ismene berichtet z. B. (Übersetzung Wilhelm Kuchenmüller), dass sie „unsre Brüder, /Unselig Paar, das gleiche Todeslos/ im Wechselmorde sich bereiteten!“ (Stuttgart 1955, S. 7). Hölderlin übersetzt: „Die beiden Brüder, die an Einem Tage/ Verwandten Tod mit Gegnershand bewirket.“ (Hölderlin, Werke und Briefe, Bd. 2, Frankfurt/M. 1969, S. 739) Die Änderung Brechts ist also eindeutig. Kreon tötet Polyneikes, der den Tod des Bruders erlebt hat und danach flieht. Da erwischt ihn Kreon. Für den Zusammenhang vieler Gedichte aus den Buckower Elegien und für das Gedicht „Laute“ ist hier die Mischung aus Übernahme, Anspielung und Änderung interessant, die Brecht betreibt. Dergleichen gehört zu seinem Kunsthandwerk.

[127] BFA. Bd. 8, S. 200

[128] Ebd.

[129] Ebd.

Verhaltensweisen von Menschen während des Kriegs und während der Nachkriegszeit sind zu beurteilen, jeder soll sein Ich vor sich selbst auf den Prüfstand stellen, zur Selbsterforschung und Korrektur. Davon handelt das Stück, das Brecht einrichtet, es unterbreitet eine Antwort. Brechts Gedicht „Laute" ist innerhalb der Vielfältigkeit und Vielseitigkeit des Einschätzens der historischen Lage eine vergleichbare Äußerung. Antigone wird herausgehoben als „*Ungehorsame …/ Der staatlichen Satzung.*"[130] Reserve gegen den Staat scheint empfehlenswert. Wenigstens.

Brecht betont die Bezugnahme auf die damalige Gegenwart nach 1945, indem er dem Drama ein „*Vorspiel*" hinzufügt, das im April 1945 in Berlin spielt, und 1951 einen neuen „*Prolog*" schreibt, in dem der Schauplatz charakterisiert wird; „*wo einst unter den/ Tierschädeln barbarischen Opferkults/ Urgrauer Zeiten die Menschlichkeit/ Groß aufstand.*"[131] Diese Sätze spricht im Stück der Darsteller des Sehers Tiresias. Das erinnert an die Orakelkritik im Gedicht „Laute". Daran, in bestimmter Weise orakelnde Orakelkritik zu liefern und den Leser herauszufordern. Der Tiresias im Stück ist nicht lediglich kritisierter Weissager, er ist ein resignierender Kritiker von Herrschaft etc., aber sein Vortrag, Geschichte als verfügtes Schicksal zu sehen, ist als Analyseverfahren, das es im Grunde ist, unzureichend. Im Prolog bittet er darum, sich den großen Aufstand der Menschlichkeit zu überlegen, ohne anzugeben, wie der aussehen soll. Tiresias ist im von Brecht 1951 hinzugefügten Prolog ein Seher in umgekehrter Richtung, er weissagt nicht, was werden wird, sondern er richtet, wie von jedem Einzelnen gerichtet werden sollte, über das, was in der Vergangenheit war. Sein Blick gilt also nicht der Zukunft, sondern der Vergangenheit, und der Blick rückwärts ist kein seherischer oder eben ein korrigiert seherischer, es ist ein analytischer. Zur Analyse wird aufgefordert. Tiresias als selbstkritischer Seher sagt im Prolog: „*Wir bitten euch/ Nachzusuchen in euren Gemütern nach ähnlichen Taten/ Näherer Vergangenheit oder dem Ausbleiben/ Ähnlicher Taten.*"[132] Gemeint ist die Tat der Antigone. Eine Abweichung aus staatlicher Ordnung und zugunsten eines anderen Abweichlers aus derselben. Die Umkehrung der Blickrichtung, die Tiresias vornimmt, ist ein Stück Veränderung der eigenen Position, die vermeintlich einfach daherkommenden Sätze, die er sagt, haben es in sich. Die Korrektur seines Sehertums kommt zudem im Stück vor, im Gespräch mit Kreon. Brecht spricht in der Analyse des Stücks vom Abfall des Sehers, der ist der „*ideologische Handlanger.*"[133] Brecht formuliert hier also einen Zusammenhang von Wahrsagerei und Ideologie.

Die Vorgehensweise im Gedicht „Laute" ist ähnlich: Das Konstatieren der Vogellosigkeit als Kritik an falschen Geschichtsbildern, als bildliche Fassung einer solchen Ansicht, und gepaart mit dem Auftauchen der Krähen den Leser

---

[130] Ebd. S. 209
[131] Ebd. S. 242
[132] Ebd.
[133] BFA Bd. 27, S. 264

durch eigenes Lesen auf Überprüfung wie Lösung zu verweisen. Es ist der Blick des geläuterten Sehers Tiresias aus dem Prolog des Antigone-Stücks, der im Gedicht „Laute" aufgenommen scheint, kein Sehertum, keine Vogelschau, kein wie auch immer gestützter Zukunftsoptimismus oder -pessimismus, sondern Aufklärung des Gegenwärtigen. Die Darstellung von Brechts Gedicht in der Zeitform der Gegenwart wäre von vornherein ein Absehen von den Spielarten des Hellsehertums.

In der Verbindung zum Gedicht „Laute" wie zu anderen Gedichten der *Buckower Elegien* ist der Schluss des Dramas interessant, dort haben „Die Alten" das Schlusswort. Die kommen zuvor schon vor, sind als Vertretung des Volks anzusehen und böten Anlass für allerlei Betrachtung zum Verhältnis von Volk und Herrschaft. Was sie am Ende sagen, ist ein Beschwören der Zeit, der Zeit-umstände der Geschichte, wie der Zeit eines einzelnen menschlichen Lebens und des Zusammenhangs von beidem. Zugunsten des Interesses an der eigenen Bio-graphie gälte es, sich einzumischen; für sich selbst und für die anderen wäre das besser, es hülfe vielleicht gegen das „Verhängnis":

> „Denn kurz ist die Zeit/ Allumher ist Verhängnis und nimmer genügt sie/ Hinzule-ben, undenkend und leicht/ Von Duldung zu Frevel und/ Weise zu werden im Al-ter."[134]

Am Ende eines zuvor falsch gelebten Lebens nutzt Weisheit zu gar nichts mehr. Brecht führt im Februar 1948 Regie in einem Stück, das Geschichtsbetrachtung eines antiken Stoffes ist, in der Übersetzung eines deutschen Schriftstellers vor-liegt, der Hölderlins, der in seinem eigenen Werk die Analyse einer Revolution, der französischen nach 1789, wiederholt zum Gegenstand macht, einen ganzen Roman darüber geschrieben hat. Die Aufführung will Auskünfte geben über die Zeit, die 1948 gerade soeben vorbei ist und widmet sich dem, was wird und wer-den könnte. Im Anmahnen der Kürze der Zeit und in der Kritik des „Hinzule-bens" klingt an, was Brechts *Buckower Elegien* umfassend aufgreifen, eine Kritik der Anschauung des Historischen Materialismus; das Verderben eines Lebens im Jetzt werde betrieben, weil es in die Biographiestruktur eines Opferdaseins abge-schoben wird, das der Heraufkunft einer später besseren Zeit gewidmet werden soll. Sich keiner solchen Anschauung und deren Durchsetzung fügen! Das legt Brecht nahe.

Im Drama ist es „vogellos"; nachdem die Vögel von der Leiche des Polynei-kes gefressen haben, ist ihr Geschrei nicht mehr zu hören, sie sind davongeflo-gen. Ich will nicht noch genauer über Brechts „Antigone" schreiben, der Zusam-menhang ist klar: Kritik des herkömmlichen Weissagens und der verschiedenen Schicksalsgläubigkeit. Und von Vögeln eben ist erzählt worden. Die Vögel ver-speisen tote Menschen und in besonderer Weise tun sie das auf den Schlachtfel-dern der Kriege. Und Menschen fressen Vögel (wie schon erwähnt). Dass die Vögel nicht da sind im Sommer, dieser Mitteilung im Gedicht Brechts käme auch

---

[134] Ebd. S. 241

die Bedeutung zu, Frieden sei zu konstatieren, die Vögel finden kein Menschen-
futter. Die Verhältnisse von Fressen und Gefressenwerden zwischen Menschen
und Vögeln wären im Gedicht „*Laute*" thematisiert. Gleichgültig, wer wann wen
als Kost sucht. Dass Brecht dergleichen nicht nur gewusst hat, sondern beachtenswert fand, zeigt eine Notiz im Journal vom 18. 2. 1941: „*Die norwegischen
Zeitungen bringen Kochrezepte neuer Art: wie man Krähen und Möwen zuberei-
tet.*"[135]

Der Bezug auf Geschichte wird jedoch als wichtiger angesehen werden müssen als insgesamt der Verweis auf Nahrungsverhältnisse zwischen Mensch und
Vögeln. Das Wenden gegen die Wahrsagerei. Die Ablehnung des Vogelschauens
(wäre sie gemeint mit dem Adjektiv „*vogellos*"), gälte als Indiz einer notwendig
anderen Gestaltung gesellschaftlicher Entwicklung. Das Starren auf das Walten
von Schicksalsmächten wäre kein Herausarbeiten aus dem Opferdasein, wie es
der Glaube an die Überzeugung nicht ist, auf den Kodex von Gesetzen sei zu
vertrauen, man sei mit einer Anhängerschaft auf der richtigen Seite. Es ist eine
Sackgasse, unausweichliche Wege zu prophezeien und zu prognostizieren. Das
Vorhandensein von Vögeln zur Vogelschau zu nutzen und damit in seiner Sicht
zu einem falschen Bezug auf Vergangenheit und Zukunft, damit zu Geschichte
und Zukunft, hat Brecht also gekannt. Und er war dagegen. Es ergäbe sich eine
Divergenz Brechts gegenüber jeglicher Form von Divinierung, in welcher Dog-
matik sie auch erscheinen mag.

Im Herbst ist es gefährlich geworden. Da hausen die Krähen in den Bäumen. Eine Bedrohung des Friedens scheint aufgetreten zu sein. Sähe man das
Auftauchen der Krähenvögel als Indiz dafür, als Vorboten kommenden Unheils.
Die Chance, als die Brecht die Ereignisse des 17. Juni 1953 gesehen hat, war
verstrichen. Sie waren ihm nicht lediglich eine Bedrohung des Sozialismus; notwendige Korrekturen, die einsichtig waren, sollten angestrengt und betrieben
werden. Die Schwäche der eigenen Seite sah Brecht mit Sorge. Brecht befürchte-
te den Dritten Weltkrieg. Es war zu spät für Veränderungen und es war vorbei.
Der Anfang vom Ende, hat jemand gesagt. Der westlichen Welt gelingt später
der Sieg im Kalten Krieg.

Den Leser beschäftigt lange nach der Lektüre des Gedichts weiterhin dieses
Bild der Vogellosigkeit. Es fällt ihm stets Neues ein. Er wechselt in der Vielfäl-
tigkeit der Bedeutung. Man kann es nicht glauben, dass der Himmelsliebhaber
Brecht[136] es allein als ein positives Zeichen des Friedens meint, wenn die Vögel

---

[135] BFA Bd. 26, S. 464

[136] Hannah Arendt hat darauf hingewiesen, das Vorkommen von Himmel bei Brecht einmal zu
analysieren. Schon der sehr junge Brecht schreibt: „Ich habe ein Verhältnis mit dem Himmel,
ich nenne ihn Azorl, herrlich, violett, er liebt mich. Es ist Männerliebe." (BFA Bd. 11, S. 28)
Arendt macht den Vorschlag in einer Brecht gegenüber nicht so freundlichen Arbeit (Benjamin
und Brecht. Zwei Essays, München 1971). Sie wirft Brecht vor, sich nach 1945 nicht genügend
mit Auschwitz befasst zu haben und meint, er sei dadurch gestraft, dass seine nach 1945 geschriebenen Texte nicht mehr viel taugen und an die Qualität der früheren nicht heranreichen.
Für die Gedichte aus dem Kreis der Buckower Elegien müsste man sagen, Auschwitz ist der,

fehlen und er ihr Fliegen in der Luft und ihr Singen vermissen muss. Man denkt daran, wie umgekehrt positiv und schön es wäre, wenn die Vögel da wären. Und auch von diesem Ausgangspunkt wäre Kritisches anzuschließen.

Der Gegend mangelt es an Fröhlichkeit, wenn die Vögel nicht zu hören sind, vielleicht ist es dort um die Pflege von Musikalität und Kunstgenuss nicht gut bestellt, es gebricht an Freude und Wohlgefallen. Genuss wie Muße wäre den Liebhabern der Vögel vermiest. Vielleicht läge in den Lauten der Menschen unter anderem eine Sehnsucht nach der Rückkehr der Vögel, und sie wären erwartet als Zeichen von Labsal und Lust eines schönen Lebens? Die Bibelstelle zum Lob der Vögel hat Brecht sicher gekannt:

> „Sehet die Vögel des Himmels an: sie säen nicht und ernten nicht und sammeln nichts in Scheuern, und euer himmlischer Vater ernährt sie doch. Seid *ihr* denn nicht viel mehr wert als sie?"[137]

Die Jünger, die Jesus anspricht, sollen in ihrem Trachten sich über irdische Sorgen erheben. Sie sollen das Leben, wie es heißt, als *„wertvoller"* erachten als die Nahrung, und den *„Leib wertvoller als die Kleidung."*[138] Trotz der Zuordnung zu Gläubigkeit und zu einem religiösem Auftrag lässt der Verweis auf das Vorbild der Vögel auf ein Vertrauen zum Leben schließen und auf die Empfehlung von Gestaltung des Lebens.

Die Laute, die von den Menschen rühren, wie es bei Brecht heißt, die zumindest insoweit positiv vorzukommen scheinen im Gedicht, dass ihr Vorhandensein das Urteil der Zufriedenheit nach sich zieht, würden im Zusammenhang der Vogellosigkeit an Schönheit und Kennzeichnung von Lebenskunst verlieren, sie könnten nicht mehr als dermaßen begrüßenswert gelten, wie es zunächst ausgesehen hat. Überwältigend fällt das Lob der Laute nicht aus, selbst wenn es eines bleibt. Es würden die Laute in ihrer Gesamtheit, auch da, wo sie Kundgabe von Vergnügen und Spaß enthalten, z. B. auf Musik und Tanzen verweisen, als der Anfang von etwas aufzufassen sein, was auszugestalten und weiterzuführen wäre. Und eben nicht unter Ausschluss der Vögel. Die Laute stehen nicht für das Konstatieren eines erreichten Ziels. Sie sind das Beobachten eines möglicherweise vielversprechenden Unterwegsseins. Wüsste man nicht von den Krähen im Herbst, sähe es vielleicht sogar gut aus.

---

wenn auch nicht genannte, so doch deutliche Hintergrund sämtlicher dieser Gedichte, jener ist das Horrorbild falscher Geschichte, das real gewordene Menetekel, wozu sie geführt hat. 1948 hat Brecht notiert: „Die Vorgänge in Auschwitz, im Warschauer Ghetto, in Buchenwald vertrügen zweifellos keine Beschreibung in literarischer Form. Die Literatur war nicht vorbereitet und hat keine Mittel entwickelt für solche Vorgänge." (BFA Bd. 23, S. 101)

[137] Matthäus 6, 26
[138] Matthäus 6, 25

6. Herakles wird nicht gebraucht

Lateinisch heißt er Herkules, der Gipfelheros der griechischen Mythologie. Man könnte an dieser Stelle an ihn denken. Er kämpft nämlich gegen böse Vögel. Herakles ist wie Aeneas ein Sohn, der sich seines Vaters würdig erweisen will, ganz in der Nachfolge stehen will. Sein Vater ist Zeus. Herakles will alles können, es mangelt nicht an Erziehern. Unter ihnen ist Linos, von dem Herakles lernt die Lyra zu spielen, Herakles ist nicht gut darin und haut seinem Lehrer das Instrument auf den Kopf. Als künstlerischer Verbreiter von Lauten scheint der Held nicht geeignet gewesen zu sein. Ein solcher Heroismus, wenn nicht einmal gesungen werden kann, das ist klar, wird bei Brecht nicht als Lösung ins Auge gefasst.

Die zweite Verbindung von Brechts Gedicht zu Herakles ist mit einer von dessen Heldentaten gegeben, so las man das früher noch: die Heldensagen des klassischen Altertums. Herakles kämpft mit den Vögeln. Die Stymphalischen Vögel sind eine richtig wilde Brut. Die Federn ihrer Flügel sind aus Eisen, damit können sie Menschen töten und die Ernten vernichten. Interessant ist, auf welche Weise Herakles siegt. Man kann sagen, mit Hilfe von Lauten. In Brechts Gedicht ist es nicht so, die Laute der Menschen vertreiben die Vögel nicht, es gibt diese nicht. Damit die Parallele nicht falsch gezogen wird.

Herakles lässt sich ein Klapperinstrument basteln, mit dem er offensichtlich leichter zu recht kommt als mit der Lyra, und betätigt sich als lauthalse Vogelscheuche. Die meisten der auffliegenden Vögel tötet er, andere haben sich flugs neue Ziele gesucht und sind auf und davon. Was sagt den Lesern Brechts diese Geschichte? Nun, auf jeden Fall das: Sind keine Vögel da, schon gleich keine, die Eisenpfeile schicken, man könnte bei solchen an Bomber denken, die oft als eiserne Vögel bezeichnet werden (in einem Gedicht aus den *Buckower Elegien* kommt ein Bomber vor: „*Der Himmel dieses Sommers*"), ist also der Krieg vorbei, geht es darum, einen erneuten zu verhindern, ist eigenes und selbstbewusstes bestimmtes Agieren der Menschen gefragt. Vogelbefragungen, Vogelschauen etc. und vogelgleiche Waffen benötigt man nicht. Der einzelne Held, die Führergestalt, Herakles gleich, wird genauso abgelehnt.

Ein dritter Berührungspunkt von Brechts Gedicht „*Laute*" mit Herakles vermittelt sich über dessen Verbindung zu Aeneas. Wie dieser war auch Herkules ein Besucher in der Unterwelt. Er soll den grauenhaften Wachhund der Hölle besorgen, Kerberos; ein Feind des Herakles erhofft sich ein Scheitern des Helden; der jedoch kämpft um seine Unsterblichkeit und siegt. Wir reden heute noch über ihn und so lebt er weiter. Als Herakles sich der eigenen Heldenhaftigkeit einigermaßen sicher ist, rechnet er mit allen wirklichen und eingebildeten Gegnern ab, er ist durchaus ein Beispiel dafür, dass nicht lediglich Verlierer eine Neigung zu gewaltsamen Lösungsmöglichkeiten entwickeln und manchmal bevorzugt praktizieren. Herakles siegt gegen Troja und setzt dort Priamos als Herrscher ein, der dann dort noch König ist, als der trojanische Krieg beginnt, dem Aeneas glücklich entrinnt. Der wird noch gebraucht. Bei Brecht werden sie als unbrauchbar beurteilt, diese Größen der mythischen Vergangenheit.

Es scheint, als müsse mit dem Betonen der Vogellosigkeit Schluss mit diesen Heroen sein und würde wert gelegt auf ein Herausarbeiten aus dem Mythos. Brechts Statement wirkt wie eine Bestandsaufnahme; eine Negation ist irgendwie erfolgt, aber es gelingt bislang keine weitere wesentliche Entwicklung bzw. ein falsches Betreiben derselben ist zu beobachten oder zu befürchten. Die Krähen sind ein Zeichen dafür, das, wie in leicht bitterem Spott, vergleichsweise im Bild der Mythologie erfolgt. Wie als ob ein geglückter Fortschritt nicht zu verzeichnen wäre. Die Krähen verweisen auf Sorge, sogar Verzweiflung. Brechts Gedicht lässt sich eine Fülle von Emotionen ablauschen. Es sind gemischte Gefühle. Trotz des vermeintlich hellen Schlusses, dem Mitteilen von Zufriedenheit, überwiegen die dunklen Schattierungen. Der Paukenschlag des Gedichtsauftakts wirkt lange nach. Die Krähen, die Unglücksvögel, sind nicht weg. Sie sind die früh verzeichneten, später gekommenen, noch gegenwärtigen. Alle Vögel könnten wieder da sein, wäre die Erledigung des Mythischen gelungen. Sie sind eine Freude, sie haben kein bewehrtes Federkleid, mit dem sie Menschen töten. Brechts Behaupten der Vogellosigkeit erschiene reichlich, man kommt in Versuchung zu sagen: dialektisch. Einerseits würde belobigt, war in jenem Sommer ein nicht von vorneherein schlechter Aufbruch zu sehen, aber gelungen ist danach wenig. Jetzt gilt andererseits, dass die Vögel fort sind und mit ihnen Lebensfreude etc.. Bloß die Krähen werden genannt. Sie sind im Herbst da. Dass es auch andere Vögel wieder gibt, diese Auskunft wird nicht gegeben. Es ist etwas Unzureichendes geschehen. Die einzige Weiterentwicklung, die Brecht im Gedicht bietet, sind die *„Laute von Menschen rührend"*. Sie sind an die Stelle der Vögel gerückt, sie sind zu hören, *„da"* heißt es, die Gegend *„vogellos"* ist. Also könnte man mit Brecht sagen, hinweg mit den historischen Entwicklungen der Prophetie und des Heldentums; die politischen Heilande wie die politischen Heilsversprechen, die bringen den Leuten nichts als Mord und Totschlag. Krieg.

7. Schwanengesang

Vögel und Vogellosigkeit lassen sich in vielfältige Verbindung bringen mit Eroberung und Krieg, jedenfalls mit Geschichte und mit dem Blick auf Geschichte. Brechts Behauptung der Vogellosigkeit greift diesen gesamten Zusammenhang auf.

Eine letzte Bezugsstelle sei angegeben, die zu einer abschließenden Betrachtung von Brechts Absichten führt. In Platons „Phaidon" ist an einer wichtigen Stelle von schweigenden Vögeln zu lesen, so dass man meinen könnte, es gibt sie nicht, und vom Gesang der Schwäne. Im „Phaidon" sind die letzten Stunden des Sokrates vor der Hinrichtung dargestellt. Echekrates lässt sich von Phaidon erzählen, wie es gewesen sei. Der berichtet von Sokrates. Was der gesagt hat. Platon schreibt das auf, von dem es im Bericht heißt, dass er nicht dabei war, Krankheit habe die Anwesenheit verhindert. Es ist dieses Buch Platons in mehrfacher Hinsicht interessant. Philosophiegeschichtlich ist es das erste Verzeichnen dessen, was Platons Ideenlehre genannt worden ist. Vorgetragen wird sie nicht in systematischer Form, sondern in dialogischer, nicht ausführlich und nicht geschlossen, es gibt, wenn man so will, nirgendwo bei Platon eine ideologische Fassung, sondern Offenheit. Der Tod des Sokrates ist ein Skandal in der Geschichte abendländischer Philosophie. Mit dem Werk Platons kann ein Beginn von Aufklärung als Pflege von Individualität gesehen werden, die ist greifbar als ein Zurechtmachen, das man sich zum Zweck der Eignung für die Polis leisten soll. Sie wäre Selbstzweck, aber einer mit Orientierung. Schließlich wird die Güte der Polis am Wohlbefinden der eigenen Seele gemessen. In den „Nomoi" verweist Platon darauf, dass die Sorge um die Seele das Wichtigste sei, sie stehe an erster Stelle, vor der um den Körper und um Besitz. Welche neuen Ausprägungen benötigt Subjektivität für das Leben in der veränderten Struktur der Stadt Athen? Auf diese Frage antwortet Platon. Das ist zweieinhalb Jahrtausende später Brechts Fragestellung auch, wie anders müssen die Leute werden in der Übergangsgesellschaft der DDR oder unabhängig von der marxistischen Bezeichnung, nach dem Nationalsozialismus und in einem Projekt angeknüpfter und fortgesetzter demokratischer Aufklärung, eines gesellschaftlichen und staatlichen Neubeginns nach dem Zweiten Weltkrieg.

Es passte nicht schlecht, ließe Brecht einen Bezug zu Platon erkennen. Brecht hat sich in einer Erzählung eigens mit der Figur des Sokrates befasst, „Der verwundete Sokrates" heißt sie[139], versucht wird, die besondere Tapferkeit des Sokrates zu ermitteln. Sie ist 1938 geschrieben, 1949 entsteht daraus eine illustrierte Fassung für einen Kinderbuchverlag. Die Stelle im „Phaidon", an der von den Schwänen und Vögeln erzählt wird, gehört in ein Stück große Aussprache; Sokrates hat Beweise für die Unsterblichkeit der Seele vorgetragen und merkt, dass einige seiner Schüler nicht recht überzeugt sind von seinen Ausführungen, er fordert sie auf, ihre Bedenken darzustellen, das tun zwei danach, Simmias und Kebes. Der Lehrer lernt, und er will das.

Sokrates sagt dem Simmias, er halte sein eigenes jetziges Geschick für kein Unglück (85 a)[140], er werde die Unsterblichkeit seiner Seele erleben. Es ist viel versammelt an dieser Stelle des Textes von Platon, was in den Zusammenhang von Brechts Gedicht gehört und zu den bislang herausgestellten Verbindungen. Von der Vogellosigkeit wird gesprochen, vom Wahrsagen und von der Unterwelt. Noch einmal also Konnexionen, die schon in anderen Zusammenhängen betrachtet worden sind. Sokrates meint gegenüber Simmias, die Menschen dächten, die Vögel sängen aus Trauer und Klage, und besonders die Schwäne täten dies im Angesicht des Todes. Er, Sokrates, stimme jetzt im Angesicht seines Sterbens einen eigenen Schwanengesang an. Wie auch derjenige der Schwäne ganz anders sei, als behauptet wird. Sokrates sagt:

---

[139] BFA Bd. 18, S.410ff
[140] Zitiert wird nach der verbesserten Übersetzung von Schleiermacher, der zweiten Auflage von 1826. Die üblichen Zähl- und Zitierweisen für andere Ausgaben sind übernommen.

„kein Vogel singt, wenn ihn hungert oder friert oder ihm sonst irgend etwas fehlt, auch selbst nicht einmal die Nachtigall oder die Schwalbe oder der Wiedehopf, von denen sie sagen, daß sie aus Unlust klagend singen, aber weder diese, glaube ich, singen aus Traurigkeit noch die Schwäne." (85 b)

Man könnte jetzt ausführen, welche Übertragungsleistungen Brecht dem Leser auferlegen möchte, den er damit zum erwünschten „Ko-Fabulieren" brächte[141], bezöge der Platons Ausführungen auf das Gedicht „Laute". Den Vögeln fehlt irgendetwas, heißt es, da ginge es ihnen wie den Menschen in der Nachkriegszeit nach 1945, und weitgehend 1953 noch, das Konstatieren von Vogellosigkeit verwiese auf schwierige wie ungute Verhältnisse. Den Vögeln fehlt etwas (wie den Menschen), dann singen sie nicht und man könnte meinen, sie seien nicht da und Vogellosigkeit wäre zu verzeichnen. Über die Mängel sei jedoch nicht lediglich Klage zu führen, sondern auf Veränderung sei zu sinnen. Also ein ganz anderes Verhalten und eine ganz andere Reaktionsweise wären zu fordern, als diejenige, die Sokrates übe und für vorbildlich halte, den Urteilsspruch zu akzeptieren. Aber die Sorge um das Selbst solle man schon übernehmen.

Noch einmal der Reihe nach. Sokrates sieht sich als „Dienerschaftsgenosse" (85 b) der Schwäne. Von ihnen sagt er, dass sie im Sterben „am meisten und vorzüglichsten singen, weil sie sich freuen, daß sie zu dem Gott gehen sollen, dessen Diener sie sind." (85 a) Für die Schwäne vom Schermützelsee scheint das nicht mehr zu gelten. Sie werden in Brechts Gedicht nicht erwähnt. Brecht zieht seine Leser in alle möglichen gedanklichen Zusammenhänge, jagt sie in eigene Aktivität. Brechts Darstellung wäre eine Kritik jeglichen Schwanengesangs, das Gedicht „Laute" (als möglicherweise gedachter Abschluss des gedachten Zyklus der Buckower Elegien) soll gerade kein eigener Schwanengesang sein, sondern Kritik eines solchen oder schon ein Schwanengesang, einer auf die DDR (aber in der Kritik an derselben kein Schwanengesang auf sozialistische Kritik an kapitalistischer Gesellschaft).[142] Auf diese Weise wäre Elegisches und Anti-Elegisches in Brechts Gedicht „Laute" wie in den Buckower Elegien insgesamt zusammengeführt. Bleibt man bei den Schwänen, wie Sokrates von ihnen redet, wäre es gleichgültig, ob sie vor Traurigkeit jammernd singen oder vor Freude auf ein Jenseits, ihr symbolisches Dasein wäre eher als hilfreich anzusehen, sähe man in ihm den Hinweis auf das Verhindern von Tod und Untergang. Ein Zeichen von

---

[141] Vgl. BFA Bd. 23, S. 301, Brecht korrigiert den Begriff des epischen Theaters und schreibt: „daß das Publikum in seinem Ko-Fabulieren den Standpunkt des produktivsten, ungeduldigsten, am meisten auf glückliche Veränderung dringenden Teils der Gesellschaft muß einnehmen können." Und zuvor hat es geheißen: „dichtet das Publikum im Geist andere Verhaltensweisen und Situationen hinzu."

[142] Mancher kennt von der Band „Karat" das Lied „Schwanenkönig", es erschien damals 1980 auch in der BRD. Im Refrain heißt es: „Wenn ein Schwan singt lauschen die Tiere/ Wenn ein Schwan singt, schweigen die Tiere./ Und sie neigen sich tief hinab, raunen sich leise zu:/ Es ist ein Schwanenkönig, der in Leibe stirbt." Die schönste Stelle: „Und er singt in den schönsten Tönen, / die man je auf Erden gehört,/ von der Schönheit dieser Erde,/ die ihn unsterblich betört." (magistrix.de/lyrics/Karat)

Liebe und Schönheit. Sokrates sagt von ihnen *„daß sie das Gute in der Unterwelt vorauserkennen, so singen sie und sind fröhlich an jenem Tag, besonders und mehr als sonst vorher."* (85 c) In der Schwanenrolle sieht sich Sokrates, er erkennt die Unsterblichkeit der Seele und davon will er seinen Schülern in seinen letzten Stunden künden. Er verweist darauf, wie die Schwäne zu sein und *„nicht schlechter als sie das Wahrsagen zu haben von meinem Gebieter, also auch nicht unmutiger als sie aus dem Leben zu scheiden."* (85 c) Der bereits eingehend betrachtete Zusammenhang von Vogeldasein und Wahrsagung fände sich also auch an dieser Stelle. Sokrates sagt, die Schwäne würden dem Apollon *„angehören"* und er sei *„demselben Gotte heilig"*; hat er das Wahrsagen von diesem Gebieter, muss er sich anstrengen durch Erkenntnisleistung der verliehenen Gabe zu entsprechen, also den Schülern gegenüber den Beweis der Unsterblichkeit der Seele zu führen, aber in der Zuordnung zu einem Gebieter ist eine Erkenntnis nicht mehr so frei, wie sie als solche sein sollte. Genau an diesem Punkt steigt Friedrich Nietzsche in eine Kritik an Sokrates ein und wirft ihm den Verrat des Menschen an Religion und Mythologie vor.

Worauf verweist Brecht insgesamt? Es ist eine Relativierung des Lebens, von Lebenskunst und Lebensgenuss, die Sokrates am Ende seines Lebens zum Programm erhebt, es ist ein Befürworten prächristlichen Verzichts, inklusive Leibfeindlichkeit. Er will einem Gott und Gebieter heilig sein und fordert die seelische Zurüstung der eigenen Person für ihre Eignung in der Unterwelt. Die so stark herausgestellte Sorge um die Seele ist also nur insofern eine Pflege der Seele im Leben, als sie der Unsterblichkeit der Seele dient, diese Unsterblichkeit sich zu verdienen, auf diese zu achten. Bei Foucault ist in der Analyse dieser Textstellen die Zuordnung selbstsorgerischen Arbeitens als Arbeiten an der Ausgestaltung von Subjektivität zu wenig in ihrer Beschränktheit bei Sokrates gesehen, bzw. eingebunden in das, was bei Foucault Regierung des Selbst und der anderen heißt. Auf diese Verbindung habe derjenige zu achten, der sich auf sich selbst bezieht, er soll sich die Frage vorlegen, inwieweit er an sich die Rechtfertigung und Güteklasse von Einwirkungen auf andere ausbildet. An der religiösen Überzeugung relativiert Sokrates das Ego und an den gesetzlichen Bestimmungen des Vaterlands. In beiderlei Hinsicht ordnet sich Sokrates unter. Es liegt darin ein Bescheiden der Ästhetik von Existenz. Rechtfertigen von Leben wegen seiner Schönheit, die zu leben und auszugestalten wäre, gerät auf diese Weise in Misskredit. Diesen Becher will Brecht nicht trinken, darauf wiese er hin, zu solchen Überlegungen will er den Leser des Gedichts hinführen. Dazu gehört der Schluss des Gedichts, in dem von Zufriedenheit gesprochen wird, eine in der Gegenwärtigkeit der Aussage vom lyrischen Ich festgestellte. Nicht sich durch Vogelschauen aller Art, durch eine ihnen folgende Zerrüttung und ein Destruieren des eigenen Lebens, abbringen lassen von der Ausgestaltung der eigenen Existenz, indem man sich auf Wahrsagereien verschiedener Art einlässt und auf diese abfährt, das wird gesagt. Sei es die Kundschaft von den vermeintlichen Schönheiten eines Unterweltlebens nach dem Tode, seien es diesseitige Bezüge, innerhalb derer Zukünftiges, das bevorstehe und auf das hinzuarbeiten wäre, ins Zentrum rückt und allein bereits durch die Versicherung eines angeblich wissenschaftlich gewissen Kommens einem das Jetzt relativieren und verderben kann. Was nicht heißt, dass an Zukunft nicht gedacht werden soll. Brecht behauptet mit seinem Gedicht nicht, dass das Leben in der Zeit einfach wäre. Er stellt die Gegenwart heraus. Die Aussage der Vogellosigkeit und die von der Zufriedenheit sind gegenübergestellt. Das ist ein Kontrastprogramm. Die „Laute von Menschen rührend" sind Äußerung von Leben, Geräusch gelebten Lebens, auf der gesamten Klaviatur zwischen Freud und Leid.

In Schuberts letztem geplantem Liederzyklus, der den Titel „Schwanengesang" erhält, heißt es im Text von Ludwig Rellstab: „Nie habt ihr ein klagendes Lied gehört,/ So wird Euch auch keines beim Abschied beschert!" Selbst wenn Klage sein sollte bei Brecht, ist sie Anklage und enthält die Möglichkeit von Veränderung. Die kann passieren. „Herz! Daß der Trost Dich nicht verläßt!" Wie Sokrates orientiert sich Brecht an der Wahrheit des eigenen Lebens, der eigenen Person. Insofern ist ein Verweis auf die Texte Platons zur Hinrichtung von Sokrates nicht ohne Sinn. Ein Ich, das zu sich selbst halten kann, darum geht es Brecht in den Buckower Elegien und im Gedicht „Laute". Bedingungen auszuloten, unter denen man Zufriedenheit behaupten kann. Sokrates stirbt, um nicht sein gesamtes Leben zu denunzieren. Er würde es, sagt er sich, als falsch und lächerlich deklarieren, das wäre peinlich. Ohne gerichtliche Verurteilung und ohne unmittelbar drohenden Giftbecher sucht Brecht im Gedicht „Laute" nach der Selbstgewissheit seiner Biographie. Weder Religiosität noch Staatsgläubigkeit prägen ihn.

Die Umgangsweise des Ichs, zunächst diejenige des im Gedicht genannten Ichs, mit sich selbst, ist wichtig, schließlich kulminiert der Blick auf das Selbst in der Feststellung von Zufriedenheit. Was aber zuvor und zunächst betrachtet ist und mit der Behauptung der Vogellosigkeit versehen wird, ist die „Gegend". Der Aufmerksamkeit dieser gegenüber gilt das Gedicht. Das Ich schildert seine Reaktionsbildung darauf. Versucht man eine Zusammenfassung zu geben, welche Auffassung von der „Gegend" vorgetragen wird, welche Kritik angebracht ist, kommt man nach den Auflistungen der möglichen Anspielungsbereiche zu einem Urteil, das kaum abzuwehren ist. Unterstellt der Leser eine Übertragung auf Staat und Gesellschaft der DDR, und steht diese Übertragung als unabweisbar, die DDR wäre also die genannte Gegend, erscheint das Markieren und Veranschaulichen durch die Bezeichnung der Vogellosigkeit wie ein Schwanengesang auf die DDR. Das könnte so gesagt werden. Das kleine Adjektiv „vogellos" im Gedicht wäre von großer Bedeutung. Mit der differierenden Bedeutung von Schwanengesang bei Sokrates müsste man sich gar nicht unbedingt befassen, dürfte es aber, indem man sagt, egal, was nach dem Tod kommt, nichts oder etwas, und egal, ob die Schwäne in ihrem Gesang Trauer oder Freude ausdrücken, das Attestieren der Vogellosigkeit ergäbe einen Blick darauf, was mit der DDR werden wird. Heute ist sie so tot, wie es die Schwäne werden nach ihrem angeblich, wie es in der Antike geglaubt wurde, letztem ergreifenden Lautwerden im Sterben. In der griechischen Mythologie spielt der Schwan darüber hinaus eine Rolle; er gilt als weissagend und war der heilige Vogel in Begleitung von Apoll, dem Gott für vielerlei, unter anderem der Weissagung und der Musen. Augustus hat Apollon zu seinem Schutzgott erklärt und ihm Bevorzugung angedeihen lassen. Apoll ist der Orakelgott von Delphi und zählt neben Aphrodite und Artemis zu den Göttern, die im trojanischen Krieg auf der Seite der Trojaner stehen. Aphrodite ist als Venus die Mutter des Aeneas, dessen Geschichte Vergil, der ihn am See der Vogellosigkeit in die Unterwelt schickt, schreibt, um Augustus politisch zu stützen. Die Cumäische Sybille, die Aeneas bei Vergil in die Unterwelt begleitet, verdammt Apollon, als sie ihn und sein Liebesverlangen ablehnt, ihn, der verglichen mit ihr der größere Orakelstatthalter scheint, zum Altern in mehr als tausendjährigem Leben. Apollon ist eine Art göttliche Personifizierung von historischem Materialismus. Innerhalb weniger Tage wächst er zum erwachsenen Mann heran, weil er mit Nektar und Ambrosia gefüttert wird. Er überspringt also mehrere Zeitstufen. Das müsste Honecker und anderen, denen das Konstatieren des Sozialismus nicht flott genug gehen konnte, gefallen haben. Bei Nietzsche wird die Bezeichnung des Apollinischen im Gegensatz zum Dionysischen, dem Ungebändigtem, zum Begriff von Abgeklärtheit gegenüber Ordnungsgefügen, auch selbstauferlegten.

Die Charakterisierung der Vogellosigkeit bezeichnet ein Abgehen von einem Mythos der Geschichte in der DDR. Geschichte wird nicht mehr als Schicksal gesehen, das in irgendeiner Form zu ertragen wäre und durch Prophezeien und Wahrsagen allenfalls zu lindern, indem man sich vorbereiten zu können scheint auf das, was bevorsteht. Wie andere sozialistische Übergangsstaaten im 20. Jahrhundert stand die DDR damit für eine neue Grundaussage in Betrachtung der Geschichte. Zugleich war man, und verkündete das auch, ein Produkt der Entwicklung von Aufklärung. Gestiegenes Selbstbewusstsein des Menschen, wie es z. B. bei Giovanni Battista Vico vorgetragen wird[143], der in der Auseinandersetzung mit Descartes eher als Gegner der Aufklärung erscheint, der aber daran festhält, Geschichte müsste zu erkennen sein, weil sie von Menschen gemachtes Werk sei. Ein Selbstbewusstsein, das zur Kritik der Gesellschaft führt und zu deren Veränderung, deren Produkt es zugleich in komplexer Weise ist. In der Realität verlaufen die Entwicklungen nicht so ideal wie in der Theorie gedacht. Die neuen Gesellschaften und Staaten waren eher Folgeprodukte von Handlungsweisen nach Kriegen als Revolution per se.

---

[143] Vico spricht „von jener Wahrheit, die man in keiner Weise in Zweifel ziehen kann: daß diese historische Welt ganz gewiß von den Menschen gemacht worden ist: und darum können (denn sie müssen) in den Modifikationen unseres eigenen menschlichen Geistes ihre Prinzipien aufgefunden werden. Dieser Umstand muß jeden, der ihn bedenkt, mit Erstaunen erfüllen: wie alle Philosophen … vernachlässigt haben, nachzudenken über die Welt der Nationen, oder historische Welt, die die Menschen erkennen können, weil die Menschen geschaffen haben." Vico, Die neue Wissenschaft über die gemeinschaftliche Natur der Völker, nach der Ausgabe von 1744 übersetzt, Rowohlt Klassiker 1966, S. 51f

Vogellosigkeit wäre in der beschriebenen Hinsicht als Kennzeichen eines Positivums zu werten. Aber dabei bleibt es nicht, das ist nicht alles. Das Negativum kommt hinzu. Es steckt ebenso in der Formulierung der Vogellosigkeit. In der Gegend der Vogellosigkeit ist die Abkehr von Schicksalsgläubigkeit erfolgt, aber eine andere und spezifische Gläubigkeit installiert, die zur Grundauffassung der neu errichteten Staatlichkeit wird, man propagiert, eine wissenschaftlich begründete Kenntnis vom Ablauf der Geschichte zu besitzen und macht sich auf, diesem Wissen und dem Ablauf, inklusive der andauernden Befassung damit, auf welchem Punkt der Entwicklung man gerade angekommen sei, und welche Konsequenzen das habe, das Leben der Menschen in ihrem gegenwärtigen Dasein unterzuordnen. Ein Ausrichten an Vorausgesetztem geschieht; weil als Gesetz gilt, was werden wird, relativiert sich die einzelne gegenwärtige Existenz in der Orientierung am großen Ziel. Das Generieren und Kreieren von Freude und eigener Lebenslust gerät in Verhältnisse von Einschränkung und Gedämpftheit. Es ist *„vogellos"*. Wofür die Vögel ein Bild sein können, ganz ohne ein Verweisen auf Vogelschauen und die Kunst des Wahrsagens, ein Bild für die Schönheit des Lebens und den Genuss derselben, das kommt zu kurz und steht nicht in Aussicht.

Alles, was an Vögeln auszumachen wäre, wofür sie bildreich im Rahmen einer Ästhetisierung der Existenz stehen könnten, die Kunst des Gesangs, die Farbenpracht und Formenvielfalt des Gefieders, und das Fliegen selbst, dessen Eleganz und Beweglichkeit, man erhebt sich über die Dinge und betrachtet sie in Abstand, egal, wohin je wieder zurückgekehrt wird; bei einzelnen Arten gibt es große Aufbrüche, unterschiedliches Leben in unterschiedlichem Gelände, die Gegenden wechseln, alles, was anzuführen wäre, bezeichnete eine Form von Genießen, ein Sich-Ausleben. Was in der Übertragung auf menschliche Biographie für diese als bedeutsam angesehen werden mag, deren Schönheit ausmacht, und in den unterschiedlichsten symbolischen Befassungen mit Vögeln in der Kulturgeschichte des Menschen zusammengetragen worden ist, all das ist fort und fehlt im Leben der Leute in einer Gegend, die als *„vogellos"* charakterisiert wird. Es ist nicht schön dort und dort nicht schön zu leben. Neben Richtigem läuft etwas ungeheuer falsch.

Das wäre die eigene interpretierende Vogelschau und mögliche Lösung des Rätsels der Vogellosigkeit, das Brecht den Lesern im Gedicht *„Laute"* auferlegt hat, die man anhand von Brechts Markierung der *„Gegend"* mit dem Ausdruck der Vogellosigkeit praktizieren kann. Es könnte sein, dass Brecht diese ganz andere, in kritischer Verwandtschaft ironisch dem Treiben der früheren wahrsagend Beflissenen gegenüberstehende Tätigkeit als Kunstübung anempfehlen wollte. Auf gesellschaftliche Umstände, die vieles verwehren und deren Verändern zu überlegen wäre, stieße der fleißige Täter allenthalben. Illusionslos, pragmatisch mit der Realität rechnend wäre er in der Lage und entwickelte den Willen dazu, diese zu verändern. Als aufgeklärten Menschen zeichnete ihn aus, sich in Distanz zu den alten Vergöttlichungen zu begeben, wie gegenüber nietzscheanischen Totalitarismen des Lebens und gegenüber histomatischen der Geschichte gefeit zu sein. Damit hätten die Probleme freilich kein Ende, sondern sie begännen erst.

Nicht einmal für ihn, den aufgeklärten Menschen, wäre alles palletti. Zeigt der den anderen den Vogel, zeigen diese ihn ihm zurück. Der hat einen Vogel, dies zu sagen, ist als Bezichtigung wenig hilfreich, so sehr Brecht im Bezeichnen der Vogellosigkeit den Abbau spezifischer Verrücktheiten insinuiert. Nicht einmal, den Rat zu streuen, ein komischer oder seltsamer Vogel zu werden, erscheint hilfreich, dann nimmt sich das mancher vor und es wird nur grässlich. Eher wären genaue Untersuchungen günstig, wer wen als verrückt bezeichnet, um der Selbstversicherung einer eigenen vermeintlichen Normalität Stärke zu verleihen. Exklusionen sind so eine Sache. Das lernt man bei Brecht.

Exkurs 1
Die Höllen bei Vergil, Dante, Brecht

A
Erotische Freiheiten in der Übergangsgesellschaft
Wie schon erwähnt, hat Brecht den Plan einer Revue erwogen, in der er selbst, sozusagen in die Rolle Dantes schlüpfend, mit Dante (in der Rolle Vergils), die Unterwelt aufsucht und daraus literarisch Kapital schlägt. Es geht um den Weg durch die Unterwelt, den auch Aeneas gegangen ist, und die er durch die Pforte des Sees der Vogellosigkeit betreten hat. Brechts Projekt gedeiht nicht. Brecht bezieht sich 1938 auf Dantes Werk und es heißt: *„Der Augsburger geht mit Dante durch die Hölle der Abgeschiedenen. Er spricht die Un-/tröstlichen an und berichtet ihnen, daß auf der Erde manches geändert ist.“*[144]

Vergil ist nicht zufällig Führer Dantes in der Unterwelt. Dante verdankt Vergils Darstellung der Unterwelt im 6. Buch der „*Aeneis*“ eine Reihe von Anregungen. Vor allem in der Ausgestaltung der Hölle könnte dies verdeutlicht werden. Etwas anderes tritt hinzu. Zur Zeit Dantes, der 1265 geboren ist, galt Vergil als Weissagender und Prophet, als Seher. Auch hier findet sich wieder ein Indiz für Brechts Betrachtung von Prophetentum, auf das er mit dem Orakelwort von der Vogellosigkeit im Gedicht „*Laute*“ hinweist. Der Bezug für die Einschätzung Vergils war nicht allein die „*Aeneis*“. Vergils „*Bucolica*“ belegten seinen Ruf. Dort hat Vergil vor allem im vierten Gedicht der Hoffnung auf einen Heiland, einen Erlöser, Ausdruck gegeben. Ich habe davon schon geschrieben, dass Augustus später als diese Figur angesehen werden konnte. Im Mittelalter galt Christus als die Erlöserfigur, auf die Vergils Werk hinzudeuten schien. Vergil ist also der bestmögliche Begleiter Dantes durch die Vorstadien bis zum Übergang

---

[144] Vgl. BFA Bd. 14, S. 417

zum Paradies. Als Vergil schon weg ist, sein Auftrag ist beendet, ruft ihm Dante in Purgatorium XXX noch einmal seine Verehrung hinterher:

> „Jedoch Virgil war schon hinweggegangen/ Von uns, Virgil, mein lieber, guter Vater, Virgil, dem ich zum Heile mich verschrieben."(XXX, 49ff)

Das Wort Heil ist hier das interessante. Vergil galt als Kenner eines korrekten Wegs, dem man sich anvertrauen konnte. Er schien so viel von Läuterung und Erlösung zu verstehen, dass Dante seine Fähigkeiten nutzen wollte. Vergil bestätigt im Werk Dantes das Vertrauen, das in ihn gesetzt wird. Er erfüllt seine Rolle. Wie Vergil in der „Aeneis" Aeneas seine Rolle spielen lässt und wie er selbst sie in der literarischen Prophezeiung der Größe Roms wahrnimmt. Brecht ist der Konterpart.

Die *Buckower Elegien*, und darunter vor allem das Gedicht „*Laute*" gegen die *Bucolica* gesetzt, geben einen klaren Unterschied zu erkennen. Brecht will nicht als Prophet gelten, sondern gerader als Kritiker des Prophetentums. Prophetentum sieht er nicht nur in der Gestalt antiker Mythologie am Werk und in der religiösen Überzeugung (Dante wäre als Autor zu nehmen, der mit seinem Werk gerade einen Zusammenhang jener beiden Entwicklungen markiert, auch hier ist ein Stufenmodell ersichtlich), sondern in der ideologischen Fassung von Geschichtstheorie, wie sie in der Theorie des historischen Materialismus formuliert ist. Brechts „*buckowlische Elegien*" stehen im Gegensatz zu Vergil und zu Dante. Zum Ereignis wird diese Kritik jedoch erst, fasst man sie als eine an der Verweltanschaulichung im Marxismus. Hätte Brecht eine Dante-Revue verfasst, hätte dazu etwas abfallen müssen, allein Vergil und Dante am Zeug zu flicken, hätte keinen recht hinter dem Ofen hervorgelockt.

Die schönste und komischste Identifizierung mit der Dante-Figur gibt es bei Brecht in den „*Hollywoodelegien*" (die sind ersichtlich nicht ohne Zusammenhang zu den *Buckower Elegien*, aber darauf sei kein Bezug genommen). In der vierten der Hollywoodelegien gehen zwei Männer auf den Strich, ein Musiker und ein Schreiber. Der Musiker wird Bach genannt (es wird wohl nicht falsch sein, sieht man Eisler und Brecht in der Rolle der beiden Hurenkünstler). Eisler wäre Bach und Brecht Dante. Die Arbeits- und Lebensverhältnisse in Hollywood werden beklagt. Brecht schreibt: *Dante schwenkt/ Den dürren Hintern.*"[145] Man stellt fest, wie selbstironisch Brecht sein konnte. Das erotische Thema ist aber damit nicht zu Ende. Ein dürrer Hintern ist auch nicht sehr erotisch. Es sind vielmehr zwei Sonette zu beachten, die sich mit Dante befassen. Mit der beabsichtigten Revue besteht kein unmittelbarer Zusammenhang.

Eines der Sonette, „*Als ich den beiden so berichtet hatte*"[146], nimmt die Geschichte eines Ehebruchs auf, die bei Dante im 5. Gesang des Infernos verhan-

---

[145] BFA Bd. 12, S. 115
[146] BFA Bd. 14, S. 417. Diesem Gedicht ist die schon zitierte Bemerkung vom Augsburger, der mit Dante durch die Hölle geht, vorangestellt. Bei Dante sitzt in jenem zweiten Kreis der Hölle auch Dido („Die nächste hat aus Liebe sich getötet/ Und brach Sichäus´ Asche ihre

delt wird. Dante bricht dort, als er die Geschichte erzählt bekommt, ohnmächtig zusammen, Brecht schreibt ein Sonett dazu und hält den Trost der Übergangsgesellschaft bereit, dass alles ganz anders geworden ist, bzw. man muss sagen, ganz anders werden wird. Brecht transponiert die Geschichte aus der Hölle bei Dante in die Welt zurück, in eine ganz andere Welt, in eine wie sie nicht existiert (außer man identifiziert die UdSSR damit), in das Purgatorium einer Übergangsgesellschaft, in der zumindest Eigentumsverhältnisse verändert sind. Brecht schreibt das Sonett im Jahr 1938, die Existenz der DDR war noch lange nicht abzusehen, es war Pogromnacht und Anschluss Österreichs und Vorbereitung des Kriegs. Aber die Übergangsgesellschaft der Sowjetunion gab es schon. Die von Stalin verantworteten Verfolgungen und Ermordungen fanden statt. Kurz die Geschichte bei Dante: Francesca Malatesta betrügt ihren Mann Gianciotto mit dessen Bruder Paolo, ihrem Schwager. Der Mann bringt die beiden Treulosen um, er erschlägt sie. Die beiden Liebenden, die bei Dante in der Unterwelt um ihr Seeelenheil bangen, sind Ansprechpartner in Brechts Sonett.[147] In seinem Text spricht Dante Francesca an und befragt sie nach ihrer Liebe. Brecht übernimmt diese Zuwendung bei Dante und lässt ihnen die Auskunft zukommen: *„Daß keiner um Besitz mehr oben tötet/ Weil keiner mehr besitzt."* Im Zuge einer Änderung der Produktionsverhältnisse hatte sich, so Brechts Hoffnung, eine Reihe von Konsequenzen im privaten Leben angebahnt. Eheverhältnisse gelten offensichtlich nicht mehr als Besitzverhältnisse, der *„Pakt zu wechselseitigem Gebrauch/ Von den Vermögen und Geschlechtsorganen"*, wie Brecht in einem anderen Sonett, das ebenfalls zu der Reihe der *„Studien"* gehört, mit dem Titel *„Über Kants Definition der Ehe"* schreibt, in dem er – neckisch, höhnisch, sarkastisch – das Einschalten des Gerichtsvollziehers bei Nichteinhalten jenes Pakts empfiehlt, würde in der gewohnten Weise nicht fortbestehen. Es wäre womöglich manchmal *„kein Verzicht mehr"*, tröstet er die unglücklich Liebenden. Das Gebot des Verzichts, an dem sie scheitern, besäße keine Gültigkeit mehr.

Brecht verweist auf eine Besserung der Verhältnisse. Dass er ausgerechnet 1938 die Möglichkeiten freierer Liebe anspricht, ist ungewöhnlich. Der Leser fragt sich, welche andere Gesellschaft Brecht verglichen mit den Umständen der Liebenden bei Dante meinen könnte. In Deutschland herrschte der Nationalsozialismus, in der UdSSR gab es die sogenannten Schauprozesse. Brecht strapaziert nicht die Parteinahme für die SU, der Zusammenhang ist ein anderer. Bei Dante sind die beiden Liebenden durch Lektüre zum Praktizieren ihrer Lieben gebracht worden: *„Verführer war das Buch und der´s geschrieben."* (Inferno, V.

<hr>

Treue" (Inferno V, 61f)). Auch Achill, Paris und Helena sind dort versammelt, wo die Wollüstigen büßen. Im Vorspruch zum V. Gesang schreibt Dante: „Der Höllensturm jagt hier die Sünder wie Vogelschwärme umher". Dante fragt Vergil: „Mein Meister, sag mir, wer sind jene Leute, die so die schwarzen Lüfte plagen?" (V, 50f).

[147] Brecht hat die Geschichte noch einmal aufgenommen, in „Terzinen über die Liebe", das Gedicht ist zugleich ein Duett in Brechts „Mahagonny" (vgl. die Anmerkung der Herausgeber in BFA 14, S. 470). Von Francesca und Paolo heißt es bei Dante: „die so leicht vom Wind getragen schienen" (V, 75)

137) Es ist die Geschichte Lancelots, die sie bedrängte. Dass Dante nach dem Bericht Francescas, währenddessen weint Paolo andauernd, ohnmächtig wird, kann nicht nur am „Mitleid", wie er sagt liegen, das er empfindet, sondern auch der Überwältigung durch so viel Wirkungsmacht von Literatur geschuldet sein. Vielleicht dachte er an Beatrice und daran, wie Literatur auf sie hätte wirken können. Das reale Vorbild von Beatrice, die wirkliche Beatrice, ist bereits tot, als Dante von ihr schreibt. Schon das Buch „Vita Nuova" ist ein Erinnerungsbuch an sie. Kann er sie nicht mit Literatur verführen, verführt sie ihn zu großer Literatur. Am Ende des Purgatoriums in der „Göttlichen Komödie" betreibt sie die Errettung Dantes von seinen weltlichen Verirrungen.

Brecht hat eine Reihe von Sonetten geschrieben, die er an Margarete Steffin richtete, darunter das 12. Sonett mit dem Titel „Über die Gedichte des Dante auf die Beatrice", Brecht führt das Gedicht ebenfalls in der Reihe „Studien" auf, im zweiten Vers heißt es: „die er nicht vögeln durfte", später wird korrigiert: „die er nicht haben durfte".[148] Das Gedicht belegt eine Orientierung an größerer erotischer Freiheit oder sogar an erotischer Freiheit überhaupt. Jedenfalls eine größere, als sie bei Dante vorstellig gemacht wird. Brecht lobt das Begehren im Gedicht, das sich ergibt, nachdem Dante „schon beim bloßen Anblick sang". Wie auch im anderen Sonett mit einem Dante-Bezug ist hier Brecht in gemischt ironischer Weise tätig („Um ihre Wege schlurfte", heißt es), und zugleich feiner Töne fähig („uns fürwahr nichts andres übrigblieb").

Im zuletzt erwähnten Gedicht bezieht sich Brecht auf Dantes Werk „La vita nuova", das neue Leben, in dem Dante die unerfüllte Liebe zu Beatrice darstellt. Der Titel (der als poetische Begrifflichkeit für Übergangsgesellschaft oder sogar für etwas von ihr Erreichtes genommen werden könnte), meint bei Dante ein Versprechen und eine Ankündigung zugleich. Er will von einer Frau berichten, wie kaum je zuvor von einer Frau geschrieben worden ist. Das ist der Plan. Das Projekt der „Göttlichen Komödie", in der Beatrice im dritten Teil die Begleiterin Dantes im Paradies ist, steht am Schluss jenes anderen Werks, „La vita nuova", das neue andere Werk will Dante schreiben.

Brecht versucht mit seiner Darstellung im bezeichneten Sonett eine Korrektur Dantes. Er rät, das sexuelle Vergnügen nicht als vernachlässigenswert zu erachten. Ersichtlich ist, dass Brecht in einer Übergangsgesellschaft von der Notwendigkeit der Veränderungen des alltäglichen Lebens ausgeht, die veränderte Ökonomie bewirke da keinen Automatismus. Die Gestalt der Liebesverhältnisse werde sich ändern. Alles wird schöner werden. Margarete Steffin ist Brechts Beatrice, ihr trägt er im literarischen Spiel eine Zuneigung an. Sie antwortet mit einigen eigenen Sonetten. Brechts Gedichte wollen zur physischen wie psychischen Stabilisierung der Geliebten beitragen, die krank ist und im Blick auf die historischen Zustände der politischen Welt wenig Zeichen von Hoffnung vorfindet. Brecht weist die Kommunistin Steffin auf das schöne Ziel

---

[148] Vgl. BFA Bd. 11, S. 190 und S. 269. In Brechts Bibliothek gibt es eine schwedische Ausgabe von Dantes Buch aus dem Jahr 1912, keine deutschsprachige.

hin, sich mit dem Ende des Kapitalismus den Wechsel von Privatem vorzustellen. Die Anstrengung der politischen Tätigkeit ist eine im eigenen Interesse, eine der eigenen Person, nicht ein Opfer für die Besserung der Welt oder für die Arbeiterklasse. Im lyrischen Dialog der beiden Beteiligten ist Selbstsorge ein Thema. Die bei Brecht-Exegeten beachtete „dritte Sache"[149] ist nichts, was die Klammer von Eins und Zwei, die eine Beziehung haben, darstellt, und wenn man der „dritten Sache" dienlich sei, dann komme man immer irgendwie miteinander aus. Notfalls sei, wie in bürgerlichen Verhältnissen mit dem Gerichtsvollzieher, im Verweis auf die Gültigkeit der gemeinsamen Überzeugung der Vollzug der Beziehung einzuklagen. Der Einsatz für die „dritte Sache" heilige sozusagen alles Private. Brechts Sonette geben eher Anlass für die Auffassung, wie sehr das Eigene in der „dritten Sache" vorkommen sollte, nicht als geglaubte Anschauung, sondern in der Gestalt eines Lebensverlangens.

Im Bemühen um Margarete Steffin, der sein Beitrag zur Theorie der Übergangsgesellschaft gewidmet ist, lobt Brecht nicht die existierende Übergangsgesellschaft der UdSSR, schließt allerdings nicht ausdrücklich aus, dass Margarete Steffin daran denkt, er will sie doch in aller Liebe aufrichten. Für den Zusammenhang der Gedichte der *Buckower Elegien* und für das Gedicht „*Laute*" sind beide Sonette Brechts (wie andere, hier sind lediglich die auf Dante bezogenen herausgegriffen) interessant. Ihnen ist die Gewissheit zu entnehmen, dass mit dem Ende der bürgerlichen Gesellschaft mehr enden müsste als nur eine falsche Ökonomie. Ohne Erwartungen in ein Übermaß zu schrauben, wird daran festgehalten, für das alltägliche Leben der Leute, den Bereich der „*Laute von Menschen rührend*", wird sich etwas ändern. Zugleich lässt die Art und Weise von Brechts Kommentierung in den Sonetten an die *Buckower Elegien* denken. Er knüpft sich Beschäftigung mit politischer Theorie ästhetisch vor, kleidet seine Aussage in einen literarischen Anspielungsreichtum ein und gestattet sich Unernst (den Margarete Steffin in seiner Ehrlichkeit überzeugend gefunden haben könnte). In der Vita Nuova der Übergangsgesellschaft, so kündet Brecht das an, wird sie, Margarete, wie Beatrice bei Dante, seine Begleiterin ins Paradies sein. Und ein bisschen etwas davon werden sie gleich ausprobieren. Brecht wird sich

---

[149] BFA, Bd. 30, S. 19. Im Brief ab Ruth Berlau vom 10. März 1950 schreibt Brecht: „Die *Dritte Sache* ist der Sozialismus und wichtig ist, was wir für den Sozialismus auf dieser Stufe und in diesen Jahren tun können, konkret." (Hervorhebung Brecht) Brecht schreibt: „das Persönliche und Private tritt wieder zurück." Es lässt sich nicht entscheiden, meint Brecht tatsächlich ein Relativieren des Privaten oder ist die Bemerkung eher ein taktisches Argument, um momentan eine Distanz herzustellen. Von der „dritten Sache" schreibt Brecht in „Lob der dritten Sache" im Stück „Die Mutter" (BFA Bd. 3, S. 374), dort rezitiert Pelagea Wlassowa: „aber ich/ behielt meinen Sohn. Wie behielt ich ihn? Durch/ Die dritte Sache." Im „Buch der Wendungen" wird der Begriff ebenfalls aufgeführt. Er umschreibt den Bereich eines gemeinsamen Interesses zwischen zwei Personen, mehr nicht. Dass es den gibt, ist für deren Beziehung nicht ungünstig, ableiten lässt sich daraus nichts. Das Wort „behielt" aus dem Gedicht bedeutet nicht, wenn zwei Personen sich trennen wollen, wäre die dritte Sache ein Argument beieinander zu bleiben. Die Anhängerschaft an eine Weltanschauung kann zu solch einer Sicht führen.

in seinem Äußern, das im literarischen Bezug nicht überanstrengt und angeberisch, sondern leicht daherkommt, von manchem Parteisprecher, den Steffin kannte, unterschieden haben. Auf eine feine Weise bleibt ihre Person, bleibt sie Gegenstand. Und Brecht selbst.

In Dantes „*Die göttliche Komödie*", einem Werk, das eine äußerst genaue mathematische Planung zur Grundlage hat (es geht um den Beleg eines zahlenmäßig ausgedrückten Lobs der schöpferischen Gottheit, ähnlich der, wie sie in der Mathematiktheorie des Mittelalters z.B. bei Augustinus vorliegt), gibt es zum Paradies eine mehrteilige Vorgängigkeit, es existiert eine Art von Letztpurgatorium oder eben ein Übergangsort für bereits Fortgeschrittene. Unter ihnen sind noch nicht vollständig Erlöste (Plackereien mit Hierarchien bleiben also erhalten, siehe die weiteren Abläufe in den Stufen zur Vollkommenheit). Dort also, im „*siebenten Kreise*" (Purgatorium XXV), halten sich die Seelen derer auf, die dem Vergnügen physiologisch vollzogener Liebe zugeneigt sind, Wertschätzer von Sex. Sie werden wieder die Wollüstigen genannt, wie jene anderen, die im zweiten Kreis der Hölle sind. Wie sie zu unterscheiden sind, darüber sei nicht weiter befunden. Im Purgatorium sind die, von denen es heißt, sie folgten „*einer tierischen Begierde.*" (XXVII, 84) Es steht zu befürchten, dass Brecht riskiert hat, sich mit obigem Sonett (und einigen anderen) in den Kreis derer hineinzuschreiben, die hier oder dort ihr Dasein fristen. Wo freilich der liebe Gott Kommunisten und ihrer Parteigänger unterbringt, ist eine ganz andere Frage. Vielleicht hat Dante in aller Rechnerei den Spruch aufnehmen wollen, dass im Hause des Vaters viele Wohnungen seien, wie es in der Bibel heißt.

B
Verbannung und Vergessen
Es gibt einen weiteren Bezug bei Brecht zu Dante, der erwähnt werden sollte. Es ist die Verbannung Dantes. Brecht sieht die Verbindung zur eigenen Biographie. 1938 in der Emigration schreibt er das Gedicht „*Besuch bei den verbannten Dichtern*"[150] und die Verbindung zu Dantes Werk ist offensichtlich. Im Gedicht werden in der Form eines Traumberichts verschiedene verbannte Dichter aufgesucht, eine Begegnung in der Unterwelt scheint gestaltet. Auch Dante zählt zum Kreis der Autoren, der wegen seiner Zugehörigkeit zur unterlegenen politischen Gruppierung in Florenz 1302 aus Florenz verbannt worden ist, ihm drohte deswegen sogar der Tod. Brechts Gedicht gibt den Traum einer Er-Figur wieder (das lyrische Ich kommt in der dritten Person vor). Am Ende des Gedichts tauchen aus der dunkelsten Ecke wehklagende Schriftsteller auf, von ihnen sagt Dante, der im Verlauf des balladesken Gedichts den Führer des lyrischen Ichs abgibt, so wie in seinem Werk Vergil dieser war und in Vergils „*Aeneis*" die Sybille die Führerin von Aeneas: „*Das/ Sind die Vergessenen ...*/ *Ihnen wurden nicht nur die Körper, auch die Werke vernichtet*". Klar ist, dass Brecht auf die Bü-

---

[150] BFA Bd. 12, S. 35

cherverbrennungen im Verlauf der nationalsozialistischen Herrschaft verweist und zusätzlich auf die bekannte Warnung Heines, wo Bücher verbrannt werden, würde man auch Menschen verbrennen. Im Gedicht hat der Träumende, am Ende heißt er „*Ankömmling*", Begegnungen mit Ovid, Po Chü-i, Tu-fu, Villon, Voltaire, Heine, Shakespeare und Euripides (in der Reihenfolge ihres Auftretens).

In Gestalt der dritten Person und in der Berichtsform des Traums gibt es also bei Brecht ein Gedicht über einen Gang in die Unterwelt. Den möglichen Plan eines umfassenden Werks eines solchen Wegs hat er nicht verwirklicht. Das Gedicht spielt in einer von den Werken von Vergil und Dante vorgezeichneten Szenerie, selbst wenn die Unterwelt oder gar die Hölle nicht genannt sind und die Unbestimmtheit der Atmosphäre eines Traums aufgezeichnet ist. Ovid tritt auf und warnt den Eintretenden, die Er-Figur des Gedichts, sich nicht zu setzen, er sei ja noch nicht gestorben: „*Wer weiß da/ Ob du nicht doch noch zurück-kehrst?*" Brechts 1938 geschriebenes Gedicht bildet, man ist versucht zu sagen als traumatisches Erlebnis, den Gang durch die Hölle aus Dantes „*Göttlicher Komö-die*" nach wie den von Aeneas bei Vergil. Brecht befindet sich in der Emigration, während er das Gedicht verfasst. Es hat Elemente von Selbstbehauptung und Stolz und zugleich von Furcht. Eine recht solidarische Clique ist beisammen. Es gibt „*Gelächter*", Heine schreit: „*Und misch Späße hinein!*", und es heißt, wer „*das Unrecht benannte*", sei hier versammelt. Am Ende des Gedichts ist dann wirklich allen das Lachen vergangen: „*Das Gelächter brach ab*", steht da, das geschieht, nachdem zuvor eine unbekannte Stimme unter den Dichtern von der Vernichtung („*vernichtet*", formuliert Brecht im Gedicht) von Körper und Werk zugleich berichtet, ein Namen-, weil Werkloser.[151] Hier ist spätestens klar, dass der gedichtete Traum Brechts ein Stück Angstbewältigung vorführt. Abwehr zur Ich-Stärkung. Es droht die Vernichtung des Körpers, wird im Gedicht gesagt, das meint nicht nur, dass am Ende der Verfolgungsjagd, der man ausgesetzt ist, wenn sie einen eingefangen haben, der Tod steht, sondern zudem leidet die eigene Gesundheit während der Flucht, man kann sich der Kraft seiner Körperlichkeit nicht gewiss sein.

Dante nimmt im Gedicht seinen Auftritt, indem er den Ankommenden beiseite nimmt und ihm sagt, seine „*Verse/ Wimmeln von Fehlern, Freund, bedenke doch/ Wer alles gegen dich ist!*" Man wird kaum verneinen können, dass jemand, der einen solchen lyrischen Selbstdiskurs (Fehler werden z. B. eingeräumt) um seine Situation 1938 führt, nicht weiterhin voller Aufmerksamkeit und Bedenken

---

[151] Der Verlust des Lebens und des Werks droht. In der deutschen Literatur nach 1945 gibt es manches Bemühen (vielleicht nicht genug oder nicht mit ausreichender Wirkung), während der Nazizeit verfemte Dichter wieder zu Wort kommen zu lassen und die Beschädigungen des Werks rückgängig zu machen. Schriftsteller gehen gern davon aus, dass es das Werk ist, das bleibt von ihnen. Auf den späteren Auftritt Zarathustras in der vorliegenden Untersuchung sei neugierig gemacht; Zarathustra ist stolz auf sein Werk, darauf, seine Biographie derart gestaltet zu haben.

gegenüber politischer Macht gewesen ist. In der Relativiertheit des Traumberichts und in der dritten Person gesellt sich Brecht den verbannten Dichtern in der Unterwelt hinzu, die Emigration erscheint als eine solche. Von Vergil und dessen Darstellung in der „Aeneis" unterscheidet sich Brechts Gedicht von den toten Dichteren beträchtlich und das lässt einen Blick zu auf seine Vergil-Anspielung im Gedicht „Laute". Bei Vergil ist zumindest Teil der Absicht die Begründung von Macht, Augustus erfährt eine Glorifizierung. In Brechts Gedicht von den Dichtern in der Totenwelt sind sie sämtliche Opfer von Herrschaft. Das Verhältnis von Kunst und Politik ist gegensätzlich dargestellt zu dem bei Vergil.

Brecht reiht sich mit seinem Werk ein in die Jahrhundertgeschichte der Auseinandersetzung von Vernunft und Macht, in die Entwicklung von Aufklärung.

Geht man davon aus, die Angst um das eigene Leben, wie die Angst um den Verlust des Werks, hat Brecht im Sommer des Jahres 1953, wie schon 1938, nicht unbeeinflusst gelassen, und beides hat eine Rolle gespielt bei der Entscheidung, die meisten Gedichte aus den *Buckower Elegien* nicht zu veröffentlichen, wären die anscheinend recht weit auseinanderliegenden Umstände der „Unterwelt"-Aufenthalte bei den verschiedenen im Gedicht genannten Autoren zu bedenken und zu vergleichen. Verbannung ist eine Form des Aus-der-Welt-Geratens. Brecht scheint im Anspielungsbereich des Gedichts „Laute" der Erzählung davon einen Stellenwert eingeräumt zu haben. Die verbleibende Fremdheit des lyrischen Ichs unter den Menschen, von denen die Laute rühren, rührte u. U. auch daher. Dieses Arbeiten mit Anklängen und Andeutungen ist, ich habe das schon gesagt, bei ihm sowohl Kunsttheorie, die Aktivitäten des Konsumenten einschließt, die gerade über dessen Konsumentendasein, indem er Mitproduzent wird, hinausführen soll, wie von politischer Konsequenz; Engstirnigkeit und Dogmatisierungen sind in der Vielfalt von Bezüglichkeiten schwieriger vorzuführen, da durch diese angegeben ist, dass man jene ablehnt. Differenzierungen sind aufzubringen.

Im Stück „Leben des Galilei" (dessen Bearbeiten Brecht bis zum Lebensende beschäftigt hat) wie im „Tui-Roman" finden sich Hinweise auf Dantes Werk. Liest man heute den „Galilei" und leistet sich die Lektüre in der Gestalt (eine Leseweise, die kaum zu vermeiden ist), dass man an Stelle der Inquisition die DDR-Staatlichkeit und die machthabende Partei setzt, und Brecht als Galilei, wird deutlich, wie sehr sich Brecht (im Vergleich zu Vergil und Dante) mit der eigenen Situation in der DDR auseinandergesetzt hat. Die Figur des Galilei besitzt viel von der Problematik des Autoren-Ichs.

Brecht hat genug Warnsignale in der Literaturgeschichte gesehen, wie mit unliebsamen und als störend angesehenen Schriftstellern und Intellektuellen umgegangen wird. Im Gedicht „Besuch bei den verbannten Dichtern" gibt er einen Hinweis auf die Gefährdung. Dante spielt dabei eine Rolle. Im „Galilei" ist an einer Stelle der Bezug auf Dantes Werk geradezu in der Weise von Marx hergestellt, der auf die notwendige genaue Befassung mit seiner Kritik hinweisen will. Brecht lässt Galilei sagen: *„ Ich sage: Lasst alle Hoffnung fahren, ihr, die ihr in die Beobachtung eintretet.“*[152] Das gemahnt an Marx, für den Kommunismus die reale historische Bewegung war und nicht eine Gebotspflicht, die aus Sätzen von Weltanschauung und Gesinnung abgeleitet ist; beobachtet soll werden und eine Lösung der konkreten Fragestellungen angebahnt und angestrengt werden. Galilei fügt hinzu, dass nicht mit Siebenmeilenstiefeln vorangeschritten werden kann, *„sondern millimeterweise“*.

Es fällt nicht schwer, darauf hinzuweisen, wie sehr die Laute, die in Brechts Gedicht *„Laute“* vom lyrischen Ich gehört werden, Bestandteile von realer Bewegung und deren Beobachtung sind, und hier einzutreten, hieße, die Hoffnung fahren zu lassen auf vorgeordnete oder übergeordnete Vorstellungen von der Welt und darauf, diese zur Richtschnur seines Handelns zu nehmen.

Sich an den großen Erzählungen Vergils und Dantes zu messen,[153] ist zugleich der Hinweis, Kenntnis von deren Werk und Ansichten zu besitzen und sie in der eigenen Kritik und im Hinausgehen über jene nicht in Vergessenheit geraten zu lassen. Von einfachen Vorgängen, meint Brecht, ist nicht zu handeln und sollte nicht gesprochen werden.

Im Umkreis des Anspielungsbereichs von Brechts Gedicht *„Laute“* erscheint Furcht. Der Bezug auf Vergil und den Unterweltsaufenthalt von Aeneas, wie er durch den Verweis auf eine Gegend der Vogellosigkeit vorgenommen wird, erinnert an Brechts Flucht und die Verfolgung durch den Nationalsozialismus. Er empfindet erneut beträchtliche Unruhe. Sein Bezug zu Herrschaft ist diametral unterschieden von dem Vergils. Brecht sieht sich 1953 womöglich in

---

[152] BFA Bd. 5, S. 78. Hier soll darauf verzichtet werden, einzelne weitere Bezüge auf Dante oder sogar auf den zitierten Ausspruch bei Dante in Brechts Werk nachzuzeichnen.

[153] Walter Benjamin schreibt in den Tagebuchnotizen vom Sommer 1938: „Brecht weist auf die Eleganz und Lässigkeit in der Haltung Vergils und Dantes hin und bezeichnet sie als den Fond, von dem der große Gestus Vergils sich abhebt. Er nennt die beiden ´Promeneure´- Er betont den klassischen Rang der ´Hölle´: ´Man kann sie im Grünen lesen.´“ (Walter Benjamin, Werke Bd. VI, Frankfurt/Main 1985, S. 534). In den Zusammenhang dessen, was Brecht mit dem Begriff „Fond“ bezüglich Vergil und Dante meint, könnte er mit dem Gedicht „Laute“ selbst gestellt werden. Eleganz und Lässigkeit kennzeichnen den gesamten Anspielungsreichtum des Gedichts. Man könnte viel über diese Sätze Benjamins schreiben, sie sind Beispiel eines Theoretiker- und Künstlerblicks auf die Welt. Die Hölle im Grünen. 1938 im Sommer, während Benjamin bei Brecht zu Besuch ist, befindet sich das nationalsozialistische Deutschland auf Kriegskurs, der Anschluss Österreichs ist vollzogen und in der Sowjetunion geschehen die Prozesse und Morde. Brecht und Benjamin sprechen darüber, was in der Sowjetunion vor sich geht. Es ist dies alles reale Hölle, und das Höllische in diesem Jahrhundert war nicht am Ende. Dies Höllisches zu nennen, trifft es nicht, das könnte Brecht gemeint haben. Weil es für den Zusammenhang der Darstellung von Brechts Kritik in diesem Buch einen interessanten Hinweis bietet, sei hinzugefügt, wie Benjamin Brechts Blick auf die Moskauer Prozesse schildert (ebd. S. 536): „Der russischen Entwicklung folge er (Brecht, DH.); und den Schriften von Trotzki ebenso. Sie beweisen, daß ein Verdacht besteht, ein gerechtfertigter Verdacht, der eine skeptische Betrachtung der russischen Dinge erfordert … Sollte er eines Tages erwiesen werden, so müßte man das Regime bekämpfen – und zwar öffentlich.“

neuer Sorge um eine Form von Verbannung und Wirkungslosigkeit. Als wäre er um alles gebracht oder würde um alles gebracht werden können. Wie die verbannten Dichter in seinem Gedicht „Besuch bei den verbannten Dichtern". Brechts Praxis des Nichtveröffentlichens erführe eine Begründung. Er exekutiert an sich, was er als Exekution der Herrschaft fürchtet. Ergebnis ist ein Verstummen. Die Sammlung der Buckower Elegien bleibt ein fragmentarisches Werk. Im Unterschied zu Vergil, dessen Aeneis Fragment geblieben ist und der sich für das Vernichten des Werks ausspricht, weil er die künstlerische Unvollendetheit der Nachwelt nicht zumuten will, vernichtet Brecht das Werk nicht, er setzt offensichtlich auf eine Langzweitwirkung. Brecht empfindet die Bedrohung des Lebens, die existiert, und die des Werks. Angst steht am Ende des Horizonts seines Gedichts „Laute". Vogellosigkeit wäre ein Signalwort auch dafür. Wie andererseits die Symbolkraft der genannten Krähen. Autotextuelle Bezüge ließen ein Ausmaß des Bewusstseins von Gefährdung erkennen, die an diejenige denken lässt, die Brecht mit dem Ende des Nationalsozialismus überwunden glaubte, auch für die eigene Person. Mit Distanzen und Kritik befasst, hat Brecht eine Ahnung davon entwickelt, dass es sein kann, darauf zu achten, wie schnell er notfalls wieder auf und davon muss. Er hat bereits einmal erlebt, wie es ihm als Gegner einer politischen Macht erging und damit, von dieser als solcher erklärt zu werden.

Stimmt das ermittelte Resultat, wäre es nicht lediglich interessant für die Biographie Brechts, sondern für die Sache des sozialistischen Aufbaus in der DDR. Brecht trieb die Sorge um, seine eingreifende Kritik, die zum Wohl der sozialistischen Entwicklung gedacht war, würde als bloße Gegnerschaft betrachtet und als Feindschaft angesehen werden. Seine Kritik ist geblieben. Geht es um Erörterungen sozialistischer Politik, ist die DDR nichts als ein falsches und abschreckendes Beispiel. So nicht wieder und so überhaupt nicht.

IV
LAUTE VON MENSCHEN

1. Laut und Leute

Ein Lyrikgenosse Brechts, Ernst Jandl, hat aus der Formulierung „laut und leise" die hübsche Zeile *„Laut und Luise"* gemacht[154]. Das ist nicht nur schön, darum geht es, um Luise, und darum, dass sie nicht leise sein darf. Und ihrem Lutger, Ludwig oder Liutpold etc. soll sie es auch erzählen. Schrei auf, sei laut! Jandl will den einzelnen, er will ihn mit Namen, also als besonderen, und er schreibt diesen Namen hin anstatt des Adjektivs leise, will ihn, denjenigen, den er mit Namen nennt, also nicht so, nicht leise, er will ihn möglichst selbstbewusst. Trotz einer Vorliebe für Sanftheit, die vielleicht sogar in der Kleinschreibung ausgedrückt sein mag, die Verhältnisse, sie sind nicht so. Protest liegt an. Die Helden werden abgeschafft, jeder sei sein eigener. Jemand soll ein Ich werden. Wie es im Wir steht, wird er schnell sehen, ausmachen und austragen müssen. Was sich aus Brechts Gedicht ergibt, der Einsatz für die einzelne Person, lässt sich unschwer aus einem Gedicht Jandls entnehmen: „Wien: Heldenplatz"[155]. Die Helden am Heldenplatz proben die Vereinigung mit dem, den sie als größten Helden sehen, dem GröHaZ. Ein Ich, das sich in der Konsequenz seiner Feierlichkeit sagt: Du bist nichts, dein Volk ist alles, hat sich auf einen gefährlichen Weg gemacht. Auch für sich selbst.

Brechts Gedicht „Laute" ist der Text einer Absetzbewegung Brechts von einer tausendjährigen Absetzbewegung derjenigen, die sich abgesetzt haben, aufgeklärte Eliten, wozu Brecht selber gehört. Er stellt sich mit den Gedichten in diese Tradition, er zählt zu den Externen, die das sogenannte einfache Leben verlassen haben. Er entfernt sich von den anderen Leuten, die zu solchen erklärt werden und an denen man das demonstriert, sie sind bei der Stange geblieben und im Trott der Herde[156]. Dass Brecht kein Propagandist des Herdendaseins ist und nicht wird, dürfte klar sein, er will Umgangsweisen verändern. Insofern trifft sein Werk die Kritik, er sei ein strapaziöser Didaktiker, dessen man schnell leid sei, nicht. Insofern Didaktik davon ausgeht, jemanden auf eine Stufe hoch heben zu müssen, auf der man selbst bereits angekommen sei, wäre der Brecht der *Buckower Elegien* gerade ein Kritiker derselben. Der Lehrer steht nicht außerhalb des Lernens. Er lernt seine Lehre durch Lehren. Die Positionen zu einem Gegenüber bleiben nicht gleich. Lernen kann man von denen, die man belehrt, man wird das wohl sogar tun müssen. Das wirkliche Leben, das, wie es im Gedicht *„Die neue Mundart"* heißt, *„In der Tiefe dennoch gelebt wird"*, ist im Ge-

---

[154] Es war der Titel von Jandls Gedichtband aus dem Jahr 1966. Durch eine Schallplatte wurden viele Gedichte aus dem Band und der Autor bekannt.

[155] Ernst Jandl, Laut und Luise, Stuttgart 1976, S. 37

[156] Man kann zu diesem Prozess einiges z. B. bei Peter Sloterdijk nachlesen, Zur Kritik der zynischen Vernunft oder neuerdings: Du mußt dein Leben ändern, Frankfurt/Main 2009.

dicht „Laute" unmittelbar gegenständlich. Es ist durch Laute vernehmbar und wird unvoreingenommen konstatiert.

„Laute" entspricht als Sammelname einer Vielfalt von Erfahrungen, die beim Hören gemacht werden können. Eine grundsätzliche Offenheit jenen gegenüber scheint bei Brecht empfohlen. Brechts Gedicht ist eine Berücksichtigungsrede, nichts wird als irgendwie unwürdig ausgeschlossen. Dieser Gestus steht gegen diejenigen, die Menschen ausgrenzen, die ihnen eine Zugehörigkeit streitig machen. Auch wenn ich erst später genauer auf Nietzsche zu sprechen komme, als ich es bereits angefangen habe, den Brecht deutlich und offensichtlich in den Anspielungs- und Bedeutungsbereich seines Gedichts einbegreift, ist eines an dieser Stelle bereits vorwegzunehmen: Nietzsches Invektiven gegen den Pöbel oder als entartet Betrachtete, sind in Brechts Gedicht nicht vorzufinden.[157]

Über die Laute erfährt der Leser des Gedichts wenig. Das lyrische Ich hört sie vielleicht besser, weil es nicht durch Vogelgeschrei gestört wird, das ist klar, und zweitens, die Laute waren *„den ganzen Sommer durch"* zu hören. Brecht hätte auch schreiben können: den ganzen Sommer über. Was spricht für die Alternative „durch", die er gewählt hat? Beide Partikelwörter sind als Präpositionen zu betrachten, manchmal sind Funktionszuschreibungen innerhalb der Wortart Partikel wechselhaft, gerade in lyrischer Sprache können Mehrdeutigkeiten gewollt sein und müssen berücksichtigt werden. Beide Wörter haben zugleich eine adverbiale Bedeutung. Außerdem wären andere Formulierungen denkbar, mit dem Partikel „während" könnte hantiert werden oder es könnte einfach heißen: im ganzen Sommer höre ich. Die adverbiale Bestimmung der Zeit ist sowieso gegeben. Im Sommer findet das Hören der Laute statt. Das Wort „durch" entwickelt das umfassendere präpositionale Potential, es löst sich aus dem Zusammenhang der adverbialen Bestimmung, in dem es steht, weiter als andere Ausdrucksformen, es weist auf Beziehungen von Substantiven oder Pronomen hin. Eine Verknüpfung von Sommer und Lauten und dem Ich wird in engerer Weise angegeben.

Da ist neben einer temporalen Umstandsangabe zum Verb etwas Weiteres wichtig. Zunächst ist das Verhältnis der Substantive Sommer und Laute bestimmt. Das Ich bekommt mit, was war. Den Sommer hindurch waren Laute, das ist die einfachste Aussage, zudem denkt der Leser daran, wenn etwas „durch" sei, dass es vorüber und vorbei ist, es ist beendet, die Präposition „durch" hat übertragene Bedeutungen, wenn etwas durch ist, kann es abgewetzt, verschlissen und abgetragen sein oder auch fertig gekocht etc.. Brecht gewinnt mit der Wahl des

---

[157] Bei Nietzsche gibt es den Begriff der Laute oder des Laut-Seins häufiger, vielleicht am schönsten in „Das Nachtlied" aus dem „Zarathustra": „Nacht ist es: nun reden lauter alle springenden Brunnen. Und auch meine Seele ist ein springender Brunnen. ... Ein Ungestilltes, Unstillbares ist in mir; das will laut werden." (KSA Bd. 4, S. 136). Gilt das nicht auch für Aufstände, wie den im Sommer 1953, Ungestilltes und Unstillbares wollte laut werden? Und wäre solcher Aufschrei unter die von Brecht verzeichneten Lauten zu rechnen? Und sind Nietzsches Sätze nicht Aussagen darüber, was zu der von Brecht avisierten großen Aussprache alles gehören würde?

Wortes zusätzliche Bezüge. Außerdem ist die Stellung des Wortes im Vers aufzugreifen. Die vorgesehene Stellung des Wortes „durch" als Präposition wäre vor dem zugehörigen Substantiv, im vorliegenden Vers könnte es also heißen: Aber durch den ganzen Sommer höre ich …. Das Nachstellen der Präposition zieht sie näher zum Verb, zum Hören und näher zum Ich. Das lyrische Ich hört etwas „durch", am Beispiel der Laute fällt ihm mancherlei auf, das Hören sagt ihm etwas, weswegen danach das Gedicht geschrieben wird. In den Lauten scheint mehr zu liegen als ihr bloßer Lautausdruck, wie er im Gedicht festgehalten wird, beinhaltet. Sie sind von Bedeutung und stehen für etwas. Darum zentriert das Gedicht seine Äußerung. Für den Leser hat das Konsequenzen. Er fühlt sich aufgerufen, den Aussagen des Gedichts, auf etwas hin, das „durch"-zuhören ist, zu folgen. Neben den Rätselaussagen der Vogellosigkeit und der Zufriedenheit und der ungewöhnlichen Zeitstruktur, die gewählt ist, macht er sich gerne auf, durchzublicken, er denkt sogar, die im Gedicht beschriebenen Sachverhalte und Abläufe zu durchleuchten und vielleicht sogar zu durchschauen. Die Aktivität des Lesers macht etwas aus den Lauten des Gedichts, wie schon im Gedicht aus den Lauten der Leute etwas geworden ist. Selbst das kleine Wort „durch" kann auf eine Spur zur spezifischen Thematisierung von Kommunikation führen. Dahin kann der Leser auf mehreren Wegen geraten. Sie sind insofern auch Wiederholungen.

Brechts Gedicht „*Laute*" wäre das Anraten, sich unter die Leute, die zu hören sind, zu mischen. Das bedeutet kein Aufgeben von Distanz, die im Gedicht zu erkennen ist. Distanz ist eine vorbildhafte Stellung auch für andere. Dass die Leute Laut gegeben haben, wohl also laut gewesen sind und sich nicht leise geduckt haben und hingenommen, was über sie hereinbrechen würde, löst eine Reaktion der Zufriedenheit beim lyrischen Ich aus. Eine grundständige Aufsässigkeit kann nicht schaden. Das Ich des Gedichts fühlte sich u. U. zufrieden, damit sich auseinander zu setzen und dabei womöglich selbst an Wissen zu gewinnen. Das kommt allerdings im Gedicht nicht vor, sondern wäre eine Folgerung des Lesers, der soll sich bemühen. Brecht will ein Vorurteil der Getrenntheit, Nichtzugehörigkeit und Überlegenheit beiseite rücken. Gegenüber einem Vertikalfliegertum bleibt er eher auf dem Boden der Tatsachen. Die Laute besitzen eine eigene Würde. Wenn die Leute unter anderem vom Wohnen reden oder vom Essen, die sich rührenden Menschen, von Gesundheit oder Sexualität oder den Kindern, sollte man sie anhören, ohne gleich zu meinen, da höre man sowieso bloß Unsinn, selbst wenn es solcher sein sollte. Auch Unsinn zeigt interessante Phänomene. Und beim Zuhörer nähmen Kenntnisse zu und damit veränderte er sich selbst. Er würde hineingeraten in eine Gefühls- und Erlebniswelt, von der er sich vielleicht bislang keine richtige Vorstellung gemacht hat.

Die Laute der Leute in Brechts Gedicht sind der Vorschlag eines Maßstabs, sind Wertung und Neubewertung, und ein Auffordern zum Überlegen, welch ein Umgang mit diesem Maßstab sein soll. Wie immer eine revidierte Betrachtung der Geschichte aussehen sollte, die bislang überwiegend wertgeschätzte, eine deutlich nach oben hin orientierte, sei es an den Aktionen vermeintlich großer Persönlichkeiten, sei es am Glauben an Schicksalhaftes oder an die Überlegenheit der Einsicht in feststehende Gesetze, eine solche erfährt im Gedicht zumindest eine Infragestellung. Ein weiteres Problem könnte sich daraus ergeben, dass im von unten Bekundeten, im in den Lauten zum Ausdruck Gebrachten, sich der Widerschein des Falschen von oben wird reichlich finden lassen. Und anderes Kritikables. Es gibt kein Gefeitsein einer vermeintlichen Basis. Wenn man es schon zuvor nicht gewusst hat, die Geschichte des Nationalsozialismus sollte es gelehrt haben, ein einfaches Lobpreisen von Volk und Leuten als Berufungs- oder gar Widerstandsinstanz ist fehl am Platz. Es gibt im Alltag grässliche Laute. Unter Umständen zugleich bei demjenigen, der sie hört, aufgreift und analysiert. Das Lernen des Lehrers wäre als Wichtiges bei allen Äußerungen über Didaktisches bei Brecht hinzuzuziehen.

Wenn heutzutage Vertreter der vierten Staatsgewalt, der öffentlichen Medien, zu allen möglichen Fragen Bürgern das Mikrofon unter die Nase halten, um sogenannte O-Töne zu bekommen, ist allerhand zu vernehmen. Niemandes Wissen und Willen außen vor zu lassen, schließt nicht aus, beides als veränderbar anzusehen. Und es heftiger Kritik zu unterziehen. Darin bestünde gerade Zuneigung.

Aber immerhin, eine Stoßrichtung gegen Obrigkeit besitzt Brechts Gedicht „Laute". Es hat etwas davon, Lyrik als ein Anti-Gebet auszuzeichnen. Von Fürbitten gegenüber einer Herrschaft wird abgeraten und von einem fürbittlichen Leben. Der Ausflüchte zu entraten, die in Religion, Schicksalsgläubigkeit und geschlossene Weltanschauung möglich sind, erschwert die Verhältnisse des jeweils einzelnen Lebens. So sehr freieres Leben erleichtern mag, es vereinfacht nicht.

Die Laute, die im Gedicht gehört werden, sind nicht unterschieden. Sie sind in Naturform wie Kunstform vorzustellen, auch als Geräusche von Menschenhand produzierter Technik, dem Vorstellen des Lesers ist nur die Grenze gesetzt, dass die Laute von Menschen rühren. Allen zu mutmaßenden Lauten ist gemein, dass sie ohne eine Legierung mit Sozialem, damit mit Politischem und Historischem, kaum zu denken sind.

Sie sind aber nicht von vornherein einer Zuordnung zu Gesellschaftlichem zugewandt und gelten ihm. Es ist dies nicht im Bewusstsein der Leute. Nicht alle von Brecht erwähnten Laute stammen aus den unmittelbaren Aktionen im Umkreis des 17. Juni 1953. Brecht spricht allgemein von Lauten. Als wollte er zusätzlich welche von denen unterschieden aufgezeichnet haben, die einen Nachrichtenwert für die Weltpresse geboten haben. Leben hat sich in jenen Tagen des Sommers weiter abgespielt, ohne in die bedeutsame Politik eingebettet gewesen zu sein. Politik ist nicht alles, selbst wenn sie alles erfasst, gibt es ein Jenseits von ihr, das sich zu behaupten versucht. Brecht spricht von Lauten verschiedener Art, die, wie es bei Lauten manchmal ist, zunächst vielleicht stören. Sie wollen unter Umständen überhaupt nicht zu einem größeren Zusammenhang gehören.

Zumal der Begriff Laute viel meint, nicht nur den mit Hilfe der verschiedensten Stellung der Sprechwerkzeuge und dem Atem erzeugten Schall, nicht nur Sprache.

Die „Laute", von denen im Gedicht geschrieben steht, können alles Mögliche umfassen, unter anderem Sprache. Die Leute, die zu hören waren, haben sicher auch gesprochen und miteinander geredet. „Laute" als Titel von Brechts Gedicht meint selbstverständlich diese Laute, die im Gedicht genannt sind, aber der Titel setzt eine zusätzliche Fokussierung. „Laute" als Überschrift bezieht sich zugleich auf die Laute, die nachfolgen, die Wörter und Sätze aus Buchstaben, aus Lauten, die im Gedicht stehen. Das Gedicht Brechts hat einen starken Bezug auf Sprache. Dieser besonderen Kommunikationsform gilt ein hohes Augenmerk. Es erfolgt die Reaktion auf die unterschiedlichsten gehörten Laute im Medium der Sprache bei Brecht. Was auch sonst noch alles ermittelt werden kann, dies lässt sich früh feststellen: Brechts Gedicht ist der Versuch eines Stärkens des sprachlichen Vermögens, dessen Bedeutung wird hoch gehalten; dass gesprochen werden kann, mit Sprache alle möglichen Gegenstände bezeichnet werden und ein Gespräch und eine Auseinandersetzung darüber, was gesagt worden ist, stattfinden können, das erscheint mit Zuversicht gesehen. Sonst hätte Brecht das Gedicht überhaupt nicht zu schreiben brauchen. Freilich wird klar, dass die fragilen Wesen, die Menschen, ein fragiles Mittel in der Hand haben. Es kommt darauf an, wie und worüber man sich äußert.

Den gehörten Lauten werden vom Autor eigene Laute in Schriftform hinzugefügt. Das Gedicht besteht bereits insofern aus Solidarität wie Distanz. Die relativ mimetische Reaktion gilt der Kritik und einer Absetzbewegung. Von denen, die nicht hören, wie von denen, die gehört werden. Letzteren gegenüber wird eine solche bereits im Wechsel des Mediums begangen. In der Reduktion auf das Medium des Gedichts, die Sprache.

Liest man das Gedicht laut, bildet es selbst hörbare Laute, die es in der Form von Buchstaben sowieso bereits enthält; insofern ist ein Laut auch zu sehen. Zum Gedicht gehört sein Rhythmus, sein Versmaß. Es sind Trochäen und Daktylen, die kenntlich werden. Der Daktylus ist als häufiger Versfuß in der antiken Literatur bekannt, sechshebig findet er Verwendung im Hexameter. Die trochäischen Maße mit ihrem abfallenden Ton streichen eine Lebhaftigkeit und Beweglichkeit heraus, heißt es oft. Das passt nicht schlecht zum Inhalt des Gedichts, zu dem das Lob des Störrischen gehört, das damit gegeben ist, auf eine individuelle Lebenskunst zu achten und sie sich nicht austreiben zu lassen. Die Laute der Menschen werden gehört, als solche berücksichtigt und das Urteil der Zufriedenheit wird gefällt. Der Daktylus findet sich in Brechts Gedicht an inhaltlich interessanten Stellen. Am Anfang und am Ende, jeweils zu Beginn des ersten und zu Beginn des letzten Verses, als schließe sich ein Kreis, und bei einzelnen Wörtern, die durch den Daktylus wie deiktische Signale herausgehoben sind. Es gerät ein tänzelndes Element in die Gestaltung des Gedichts; es ist tatsächlich aufregend, wovon geschrieben wird, das Hören der Laute der Menschen, die Abwesenheit der Vögel und später dagegen die Drohung der Krähen.

Nimmt man jeweils im ersten und im letzten Vers das Wort, das die betonte lange Silbe des Daktylus hat oder dieses betonte einsilbige Wort ist, findet man die Worte „*Später*" und „*Ich*", sie leiten jeweils einen Daktylus ein, beziehen sich insofern am Anfang und Ende des Gedichts aufeinander. Sie vermitteln zudem ein Betonen von dessen Zeitstruktur. Das Ich bleibt gut beieinander, hält sich aufrecht bis zum Ende des Gedichts, das, was später passiert ist, das Auftauchen der Krähen, ficht es an, hindert jedoch nicht am Bekunden von Zufriedenheit. Das Ich des Gedichts wappnet sich womöglich gegen ein tristes Später. Der wiederholte Daktylus mutet als tänzerischer Schritt wie ein spezieller Wechsel von Standfestigkeit und Beweglichkeit an innerhalb der Bewegtheit des gegenwärtig Geschilderten. Im Versfuß erscheint etwas Angeratenes. Leicht ist allerdings nichts. Die übrigen daktylischen Betonungen machen sowohl Bedrohung wie Hoffnungsschimmer deutlich, Modalitäten und Möglichkeiten von Widerständigkeit. Schreibt man eine skelettöse Fassung des Gedichts, in der die daktylischen Betonungen dominieren, sähe das wie folgt aus:

Später

              Schwärme

Aber   Sommer

  Laute

Ich

Signifikant ergibt sich die Herausgehobenheit der adversativen Konjunktion „*Aber*". Sie meint die Protestform, wie den Glückwunsch zu deren Vorhandensein, jene wird begrüßt. Gegen die Schwärme der Krähen stehen die Sommerlaute. Die Sommerlaute richten das Ich auf. Trotz aller Einschüchterung, die im Anblick der Krähenschwärme erfolgen mag, war etwas gewesen, das gegen den Zusammenbruch und die Verzweiflung steht; es wird in der Form des Präsens festgehalten, es besitzt weiterhin Geltung wie Gültigkeit. Möglichkeiten des Sommers sind nicht verhallt. Das Ich verlässt die Szenerie nicht. Die letzte Betonung in der Versmaßstruktur des Gedichts nach der vorletzten auf dem Pronomen der ersten Person liegt auf der ersten Silbe des Wortbestandteils „*-frieden*". Das nimmt sich dann fast etwas pathetisch aus. Kein Wunder, dass es Brecht gefallen haben mag, die Aussage durch intertextuelle Anspielung zu brechen oder besser gesagt, zu biegen. Die inhaltlichen meta- und hypertextuellen Bezüge sind an anderer Stelle erwähnt. Man könnte, in der Begrifflichkeit von Genette verbleibend, im Spiel mit dem Daktylus ein Element einer Architextualität sehen. Ersichtlich wird so die in hohem Maß erarbeitete ästhetische Form von Brechts anscheinend so unscheinbarem kleinem Gedicht.

Die Übung der Intertextualität (es ist nicht so wichtig, wie man den bei Brecht gern gewählten Usus bezeichnet, es gefällt ihm, in seinem Werk gelegentlich durch Bezugnahme geradezu vom Hundertsten ins Tausendste zu kommen), verwischt, könnte man sagen, die Spuren, sie verwischt die Unterschiede zwischen schreibendem und lesendem Ich. Das letztere ist ein Genosse des Gangs durch den Text.

So steht es in dessen Entscheidung, ob er beim dreisilbigen Wort „*vogellos*" einen Daktylus sehen will oder nicht. Das Enigmatische der Aussage bleibt. Läse man den Daktylus, nähme man die Betonung auf der Silbe „-los" hinweg, die man aber gerne hätte, weil man das Nomenhafte hören möchte, das Wort Los als Bezeichnung von Schicksal und Fügung etc., und bekäme eine Betonung auf dem Wort „*ist*", was man akzeptieren könnte, es wäre ein Hervorheben des Gegenwärtigen. Dieses Letztere hat man jedoch im gesamten Gedicht sowieso. Deswegen wird beim hiesigen Leser das Wort „*vogellos*" nicht in den Daktylus aufgenommen.

Laute bildet also das Gedicht selbst. Die Kunstform Gedicht ist selbst Bestandteil der im Gedicht erwähnten Laute, es gehört ihnen zu, ist ein ebenfalls von Menschen rührendes Produkt. Wäre es nicht so, dass im Gedicht vom Hören der Laute geschrieben ist, müsste man die gedruckten Laute der Buchstabenwelt jenen anderen Lauten hinzunehmen. Kunst als Bestandteil der Laute, die im Gedicht gemeint sind, bleibt jedoch sowieso erhalten, sie kann als Singen und Musik unter den Lauten gewesen sein und die Bedeutung des Wortes „*Laute*", ein Instrument zu meinen, weist diesen Zugang ebenfalls.

Brechts Äußerung „*Ich bins zufrieden.*" läse sich als Selbstvergewisserung einer Kunst, die gehört hat und dies sagt, ein Zu-Begreifendes und Zu-Veränderndes hat sie in der Form einer hinweisenden Geste herausgestellt und demonstriert.

Im Zusammenhang der Kunst des Singens und der Musik allgemein erscheint der große Sänger der griechischen Mythologie im Assoziationsbereich des Gedichts, Orpheus. Neben Herkules, Aeneas, Vergil und Dante ist er ein weiterer Begeher der Unterwelt in der Kulturgeschichte. Orpheus becirct mit der Schönheit seiner Kunst selbst die Herrscher der Unterwelt, aber seine Orientierung an der Gegenwart lässt zu wünschen übrig, er wendet sich um zu Eurydike, während er mit ihr noch auf dem Weg aus dem Hades ist, als suche er die Vergangenheit, statt zu warten, bis sie draußen, in der Realität der Gegenwart, angekommen sind. Die Geschichte von Orpheus lässt sich vielfältig lesen. Unter den Tieren, die dem Gesang von Orpheus lauschen, sind die Vögel; es gibt Darstellungen, auf denen er gemeinsam mit welchen und sogar vielen von ihnen zu sehen ist. Die Orpheus-Figur gehört in den Zusammenhang des mythischen Bereichs, der mit Brechts Behauptung der Vogellosigkeit angesprochen ist, der als zu überwinden anzusehen ist, obwohl es schön ist, weiterhin die alten Geschichten zu erzählen. Wie Sirenen mit Vögeln auftauchen oder in Vogelgestalt vorkommen, wer wann von wem in einen Vogel verwandelt und verzaubert wird. Die Rolle der Vögel in den Mythengeschichten der Menschheit allgemein. Ansonsten ist die Geschichte von Orpheus eine Geschichte von der Wirkungsmacht der Kunst. Sie nimmt Einfluss.

2. Der Solist entgegen dem Chor

Über das Gegenüberstehen von „*Laute*" als Titel des Gedichts und „*Laute*" in dessen Inhalt wäre noch anders nachzudenken. Das eine Mal sind die Laute die des Gedichts, es sind die Laute des Autors, so lautet die Überschrift des Gedichts, sie sind die Sprache, die Wörter, Buchstaben. Die Laute der Menschen, von denen er schreibt, sind andererseits mehr als lediglich Worte, sie sind die Laut-, Klang- und Geräuschkulisse eines Chors, einer Vielzahl von Menschen, entgegen der Sprache des Autors, sind diese Laute eher ein Konzert. Selbst wenn man die Lyrik der Laute des Autors als einen Übergang zum Gesang werten will, zur Musik, bleibt trotzdem die Differenz; es ist eine Begegnung von Einzelnem und Gemeinschaft dargestellt. Dem konkreten Instrument der einen menschlichen Stimme steht eine Vielzahl von unterschiedlichen Instrumentierungen gegenüber.

Die Begegnung ist zudem ein Versuch, etwas in Worte zu fassen, auf der einen Seite, und eine Kenntnisgabe von Leben, das jedoch zusätzlich mehr und anderes ist, auf der anderen Seite; es bleibt etwas Nichterfasstes oder etwas, das sich der Erfassung entzieht oder von dem zu akzeptieren wäre, dass es etwas gebe, das sich dessen entzieht. Es spräche nichts gegen den Versuch der sprachlichen Bezeichnung, selbst wenn man sich sagte, dass ein Unerledigtes bliebe, zumindest zunächst. Es ginge um eine Frage des Bewusstseins, der Scheu vor dem Anspruch der Totalerklärung.

Im Gegenübertreten von „*Laute*" und „*Laute*" im Gedicht (auch wenn der Titel selbstverständlich den Hinweis auf die berichteten Laute gibt), einmal vorne im Titel und einmal inmitten des Textes und in der bezeichneten Form Unterschiedenes meinend, könnte man die Spielform des antiken Theaters entdecken, der Held in einer Herausgesetztheit, dem im Bemühen, zur Tat zu kommen, der ein Begreifen vorausgeht, der Chor in einem Hinweisen auf Bescheidenheit und Rücksicht gegenübersteht, nicht alles für lösbar zu erachten, dafür die konkrete besondere Lösung im Auge zu haben und dessen eingedenk zu bleiben, dass außerhalb des genauen Falls ein brodelndes und nicht einfach in bestimmte Auffassungen zu gießendes Leben verläuft.

Es ist nicht gewiss, ob dem Theatermann Brecht, der in seinem Werk gelegentlich mit Chören gearbeitet hat[158], diese mögliche Kontrast- und Komplementärkonstellation bewusst gewesen ist.

Die Kontrapartner kann man in unterschiedlicher Weise bezeichnen und jeweils wäre ein weiter Kreis einer Problematik angesprochen, den das Gedicht Brechts in Augenschein nähme. In Ergänzung zu bereits Gesagtem oder in Neu-

---

[158] Für das Garbe-Projekt, im Rahmen dessen Brecht in einem Akt die Ereignisse des 17. Juni 1953 in der DDR behandeln wollte, scheint Brecht z. B. den Einsatz von Chören geplant zu haben. Das gesamte Projekt wird nicht realisiert. Vgl.: BFA Bd. 27, S. 324 und ebd., S. 349

formulierung ließe sich in erster Linie Vernunft und Leben kontrastieren, Erkennen in Relativität, kein Bescheiden, kein Zurücknehmen, aber vielleicht ein Bedenken. Es läge darin die alte kantsche Frage beschlossen, bis wohin und wie Erkenntnis vordringt, genauso die Sorge um die Dialektik der Aufklärung, die sich eines Umschlagpunkts in Barbarei als Skepsis ins Bewusstsein schreiben muss, wie es Adorno und Horkheimer entwickelt haben. Begriffe von Wahrheit und Leiden könnte man konfrontieren, und das Bestreben ausdrücken, der triumphierenden Behauptung des Totaleskamotierens des letzteren aus dem menschlichen Leben einen permanenten Unterzug von Zweifelmut hinzuzugesellen.

Weiter wäre der Gegensatz von Wissenschaft und Kunst aufzugreifen. Der ist durchaus prinzipiell bereits offensichtlich. Das Erfahrbare, die Wirklichkeit, wie sie im Gedicht durch die Laute der Leute wiedergegeben ist, erhält einen hohen Rang. Auf sie wird durch das Hören verwiesen. Die Realität ist zu achten. Zugleich wird mit dem Konnotieren der Vogellosigkeit ausgesagt, dass jenes Wahrnehmbare nie in einer abstrakten Form, die z. B. seherische Aussagen auszeichnet, vorliegt, sondern jeweils in einer bestimmten historischen, die wiederum eine Menge von Weiterungen umschließt, auch die, welche Aussagen über jene getroffen werden. Brecht praktiziert die Kunstform. Wissenschaft, wäre zu schließen, hätte die Laute der Menschen zu berücksichtigen, um sich der Aufgabe zu stellen, wie Brecht im „Galilei" schreibt, „die Mühseligkeit der menschlichen Existenz zu erleichtern"[159]. Widersprüche gegenüber der Orientierung an Herrschaft wären zu begreifen.

Betrachtet man die Konfrontation von „Laute" und „Laute" ein wenig weiter, stößt man erneut auf einen Zusammenhang zum Werk von Nietzsche, zu dessen Gegenüberstellen von Lebensmächten oder Lebenswirklichkeiten im Gegensatzpaar dionysisch und apollinisch. Diesen Kontrast entwickelt Nietzsche aus einem zunächst eher ästhetischen.[160]

Sozusagen präfreudianisch ist bei Nietzsche das Dionysische ein Triebhaftes, das elementar der Menschennatur zugehörig ist, es ist damit Leiden und Unglück umfasst, wie der Rausch und die Lust und das Begehren nach beidem. Apollinisch ist die kulturelle Einzäunung; wodurch, und wie sie erfolgt, bleibt unterschiedlich besetzbar. Der allgemeinste Begriff dafür mag (nun tatsächlich freudianisch formuliert) der der Kultur sein. Interessant wird die Darstellung jedoch und vor allem relevant bezüglich Brecht, nimmt man den Begriff des Staates und platziert ihn in den Bereich des Apollinischen. Es muss dann aller-

---

[159] BFA Bd. 5, S. 284

[160] Die Darstellung bei Nietzsche soll hier nicht genauer ausgeführt werden, auch auf einen Zusammenhang zu Freud sei lediglich verwiesen, dessen Studie „Das Unbehagen in der Kultur" greift so etwas auf wie ein Verbleiben von Unbehagen in der apollinischen Bewältigung von Dionysischem. Es ist kein Zufall, dass Rüdiger Safranski in seinem Buch: Nietzsche. Biographie eines Denkens, München 2000, bei der Erklärung von Nietzsches Konstruktion der beiden Sachverhalte, mehrfach den Begriff des Sublimierens gebraucht, der von Freud verwendet wird (vgl. z. B. Safranski, S. 61).

ding vom besonderen jeweiligen Staat und dessen historischer Ausprägung gesprochen werden.

Brecht griffe in seinem Gedicht in der Konfrontation von „Laute" und „Laute" eine Fragestellung auf, die von einiger Konsequenz wäre für eine marxistische Analyse. Unterstellt man jedenfalls, um diese sei Brecht weiterhin bemüht oder zumindest messe er die Realität der DDR daran. Brechts Problematisierung wäre, nietzscheanisch gesprochen, wie apollinisches Bewältigen gestaltbar ist in der Umwandlung dionysischer Schichten. Nichts wäre unabhängig von der ökonomischen Sphäre der Produktion zu sehen, aber Marxens Kritik wäre zu lesen als apollinische Befreiung des Dionysischen, die ein Bewusstsein der Tat behält. Durch eine Korrektur des bislang falsch Apollinischen wäre ein verändert Dionysisches nicht außer Acht zu lassen. Man könnte sogar sagen, in gewisser Weise müsste Übergangsgesellschaft bleiben für immer. Sie wäre als Prozess weiterhin im Gange. Die Selbstständigkeit und Unabhängigkeit einer Lebenswirklichkeit wäre in der Analyse dessen einzuräumen, inwieweit im Rahmen des weiteren Verbleibens von Leiden in der Welt der Versuch des Abschaffens desselben begründet werden kann. Politische Praxis hätte nach solchen Maßstäben eine Offenheit in Richtung Moralkritik, Kunst und Ästhetik einzubegreifen, in dionysische Feier- wie Festlichkeit, wie sie jedenfalls im Bereich sowjetkommunistischer Staatlichkeit wie Gesellschaft zu keiner Zeit eine Berücksichtigung, geschweige denn eine Traditionsbildung erfahren hat. Vielmehr galt jene Offenheit als konterrevolutionär und gefährlich. Brecht setzt sich mit seinem Gedicht tief in die Nesseln jener Malaise, tut dies in eleganter lyrischer Form, die selbst bereits als Hinweis gesehen werden kann, welche Umgangsformen möglich sind. Er stellt den Kunstakt neben die schlimme blutige Realität.

Marx spricht vom „civilizing influence of capital"[161], er setzt die Aussage nicht als Prophezeiung in die Welt, sondern leitet sie ab aus der Notwendigkeit kapitalistischer Ökonomie, Mehrwert zu generieren und als Profit zu realisieren, d. h. auf dem Markt durchzusetzen. Fragt man sich, welcher zivilisierende Einfluss aus den Regierungszeiten im Umkreis des Sowjetmarxismus geblieben ist oder als bleibend zu behaupten wäre, wird einem nicht viel einfallen. Nur die Kritik an dem, was war. Armutszeugnis und Niederlage. Über die Veränderung der Eigentumsverhältnisse hinaus ist wenig erbracht worden. Aber eine Suche nach Spuren könnte betrieben werden. Unter anderem geriete Brechts Werk in den Blickpunkt.

Und Nietzsche? Ihm ist das Befassen mit Problemen und Fragestellungen unter anderem Blickwinkel und anderen Begrifflichkeiten zu verdanken und die Reserve gegen Endgültig-Erklärungen und Großlösungen. Solcherart Kritik wäre gegen seine eigenen Aussagen zu richten. Weder das Erklären der Unvermeidlichkeit von Kriegen noch das Verteidigen der Notwendigkeit von Sklaverei (um auf zwei viel zitierte Darstellungen bei Nietzsche zu verweisen) ist möglich,

---

[161] MEW, Bd. 42, Berlin 1983, S. 323

ohne Reduktionen auf Biologismen vorzunehmen und die Wirkung kultureller und historischer Prägungen außer Acht zu lassen. Nietzsche sieht eine Fortexistenz von Leiden in verschiedensten Erscheinungsformen in Loslösung von politischen und historischen Bewältigungsversuchen, vermutlich weil er deren Bewerkstelligen für eine Gefährdung von Individualität und deren Lebenswirklichkeit gehalten hat. Genau darin, auf der Seite der Subjektivität zu stehen, hat für Brecht, den Nietzsche-Leser und Befassten mit dessen Denken, eine dauerhafte Aktualität jenes Bezugs auch in den späteren Lebensjahren bestanden. Seiner künstlerisch vorgetragenen Misstrauenserklärung gegenüber der DDR, die nach den Maßstäben immanenter Kritik erfolgt, ist eine weite und komplexe Operationsbasis eigen, zu der unter anderem die Auseinandersetzung mit dem Werk von Nietzsche zählt.

Die von Brecht vorgetragene Sorge um Lebenskunst, auf die von vielen Brecht-Interpreten verwiesen wird, ist ohne eine erhebliche Beigabe von Nietzsches Aussagen nicht formulierbar. Jener Begriff bedeutet in erster Linie, aus seinem jeweils eigenen Leben ein Kunstwerk zu machen, das hat sogar Verbindungen zu Nietzsches Begriff des Übermenschen. Foucault z. B. favorisiert diese Verbindung, sähe man in diesem Begriff die Aufforderung, sich neu zu erfinden, sich darauf einzulassen, ein anderer zu werden, jedenfalls nicht an Bestimmungen von Identität zu kleben. Das sind versäumte Versuchsstadien im historisch realisierten Antikapitalismus, allenfalls in hedonistischen Empfehlungen und Unternehmungen der sogenannten Neuen Linken taucht etwas davon auf und macht einen wesentlichen Teil von deren Differenz zum Sowjetmarxismus aus. Als würde gerade der Kritiker ein Gutmenschentum vorführen müssen, eine moralische Selbstdisziplinierung, zu der ein Verzicht darauf gehörte, was das Falsche an Genüssen bietet. Dazu zählt das eigene Ich. Im Notieren der *„Laute von Menschen rührend"* wäre etwas davon beinhaltet. Z. B. könnte sogar ein geschmackseliges Schmatzen bei vorzüglichem Essen solch ein Laut sein. Wenn schon mit Widersprüchen leben, dann heftig! Der Apologet der Verhältnisse mag es vermeintlich leichter haben, hält er die Miesigkeit der Realität für unausweichlich und sagt, der Mensch sei eben sehr fehlbar, blamiert er den Gutmenschen vor der Realität und kann andererseits genussvoll darauf verweisen, selber keiner sein zu müssen.

Die ästhetische Gestaltung des eigenen Lebens und eine Rechtfertigung desselben ist ein Ziel, dessen Verfolgung bei Brecht in der Verbindung mit dem Abklären und Erledigen behindernder politischer und historischer Zusammenhänge gesehen und gestellt wird. Das wäre der Unterschied zu Nietzsche. Die Konstellation *„Laute"* versus *„Laute"* bliebe vielleicht bestehen, darin läge ein Nietzscheanisches bei Brecht, aber sie sähe andauernd anders und immer neu aus, hätte eine veränderte Verlaufs- wie Erscheinungsform. Entwicklung und Ausweitung von politischem und historischem Bewusstsein vorausgesetzt. Der Kontrast von *„Laute"* und *„Laute"* wäre insofern auch einer von Brecht und Nietzsche.

Sieht man (wie oben) die Laute der Menschen als Äußerungen eines Chors und das lyrische Ich bevorzugt gegenüber dem Autor als den Solisten, ergeben sich Differenzierungen, u. a. die zwischen dem Autor-Ich und seinem Vertreter im Gedicht, dem lyrischen Ich oder Subjekt.

Gegen die Vielfalt der Laute, die das lyrische Ich hört, setzt es eine eigene Vielfalt, genauer gesagt, der Autor stattet das lyrische Subjekt damit aus bzw. führt sich selbst in Vielstimmigkeit vor, die in der vermeintlich so eindeutig einzelnen Stimme zu entdecken ist. In der Solistenperson steckt zudem eine Dirigenten- wie Komponistenperson, die gegenüber dem Chor ebenfalls Gültigkeit hat und gegenüber dem Leser. Die Textualitäten am Mischpult, die vom Autor künstlerisch gestaltet werden, sind ein eigenes chorisches Element. Es ist von einer ironischen wie gleichmacherischen Freundlichkeit. Und hat Humor.

Man kann, wenn man denn will, im Lexikon unter dem Wortbestandteil Poly- nachschauen und, ehe man beim Wort Pomade peinlich Einhalt nehmen muss, sich ein kleines Vergnügen gönnen. Für polyphon und polymorph wird man das bezeichnete Ich schnell halten müssen, hat man eine Reihe seiner Hintergründe ermittelt, die Bestandteile, aus denen es zusammengesetzt ist, aber auch für polikarp und polykladisch könnte man plädieren und für polyglott in den Bezügen möchte sich das lyrische Subjekt sicher gerne halten, so will es der strippenziehende Autor Brecht, es greift auf mehrere Sprachebenen aus. Ein lyrischer Polygamist sozusagen. Aber das alles ist nicht bloß ein Witz.

Der Stimmenreichtum des lyrischen Ichs ist ein Kunstprodukt, zugleich liegt in ihm eine Absicht des Autors, der sich in Abstand zu sich in einer bestimmten Gestalt erfindet. Es könnte der Versuch sein, einen formalen Gleichstand herzustellen: Habt ihr, meine Gegenüber, vielfältige Laute, gut, seht, das ist bei mir nicht anders. Auch in dem, was ich sage, in meinen Lauten, klingt vieles an und mit, was herauszufinden wäre, ihr könnt mich in diese Partikel zerlegen, die ich euch vorführe, ich will euch darin ein Übungsbeispiel sein für mehrere Umgangsweisen. Brecht betreibt ein Entgegenkommen, indem er mit verschiedenen Mitteln Bezugsstellen zu dem, was er sagt, einräumt und zum Nachforschen anregt. Darin besteht die besondere Auftrittsform der Artefaktialität seines Gedichts „Laute", dessen Exemplarisches. Unter anderem kann ein Moment von prinzipiell für Brechts Ästhetik Gültigem vorgeführt werden, eine Ästhetik nicht ohne politische Bedeutung. Zu mir gehören mannigfache Voraussetzungen, das gebe ich denen zu wissen, die mit mir in Kontakt treten wollen, oder ich zu ihnen. Diese Geste ist eine Zuwendung, die im bloßen Hören der Laute der Leute noch nicht zu entdecken ist, das Hören kann zufällig sein. Die Notiz davon ist bereits nicht zufällig, wie sie gemacht wird, lässt auf die Absicht schließen, mit jenen anderen in Verbindung treten zu wollen. Ich sage euch etwas über mich. Soweit ich vorkomme.

Mir erscheint nicht ratsam, teilt das Ich des Gedichts mit, so zu tun, als bestünde man aus einer Geradlinigkeit oder Einseitigkeit, man macht sich etwas vor oder etwas aus sich, womit es einem u. U. nicht gut geht. Ich würde euch gerne ebenfalls eine Vielheit attestieren. Euch einzelnen Chormitgliedern. Lässt man sich nicht auf eine Freiheit im Umgehen mit der eigenen Person ein, so entstehen leicht Zwänge, so und nicht anders sein zu wollen, zumindest sollte man darüber nachdenken, woher jene rühren, sich zu einer bestimmten Figur auszugestalten und zu bekennen. Andererseits wäre vor einem Zwang zur Offenheit zu warnen. Aber eine Freude am Spiel, den Genuss an einer Ästhetisierung des Ichs will ich nicht verhehlen.

Was Brecht im Bezugsreichtum seines Gedichts vorführt, im Verweisen und Anspielen in die verschiedensten Richtungen und Hinsichten, ist inhaltlich Teil des Beabsichtigten. Exemplifiziert werden Momente davon, wie *„große Aussprache"* gestaltet werden könnte und eine offene Lebensweise. Ich, Brecht, sage, inwieweit z.B. Vergil, Marx, Nietzsche und andere Autoren für mich eine bestimmte Bedeutung haben. Vogellosigkeit hieße demzufolge zugleich: Ich lege es nicht darauf an, Geheimnisse vor euch zu haben, ein Seher und Wahrsager zu sein, der irgendwelche besondere Befähigungen in seiner Hinterhand hält, die ihn weiß der Teufel warum und weswegen auszeichnen. Ich will darin nicht mit sogenanntem politischem Führungspersonal konkurrieren oder verwechselt werden. Nein: über alles kann gesprochen werden. Da wird ganz schön was los sein.

Brechts Vorschlag beinhaltet bereits durch den Rat zur umfangreichen Sorge für sich selbst Unterschiede zur Politik in der DDR und zielt auf Veränderungen. Er propagiert eine Herausforderung der Leute, will deren Offensive und wendet sich gegen deren Drücken in die Defensive, wie es durch die Ausübung von Herrschaft geschieht. Dabei zu bleiben und geblieben zu sein, hat die DDR und die vergleichbaren Staaten in ihrer Regierungstätigkeit gerade ungenügend unterschieden von überwundener. Und gegnerische Staaten im Kalten Krieg konnten leicht darauf verweisen, wie sehr ihre Bürger im Zuge des Wahlrechts Träger der Staatsgewalt sind und die Herrschaft akzeptieren, die ausgeübt wird

3. Abwehrverhalten durch Kunst, Störpotential

Das Gedicht *„Laute"* formuliert etwas von der Abwehr der Menschen gegen ihnen Abverlangtes, es stellt sich auf die Seite des Erfassten gegen die Erfassung. Die Laute besitzen etwas Selbstverständliches. Die Laute sind vielleicht vorüber, ehe ihr Inhalt verstanden ist, ihnen kommt etwas Flüchtiges zu, sie ergreifen, werden jedoch nicht ergriffen, wie um sie in Eigenständigkeit als bewahrenswert auszuzeichnen. Sie können derart vermischt sein in kakophoner Polyphonie, dass einzelnes kaum wahrgenommen werden kann.

Das Kunstschöne, das Brecht mit dem Gedicht gestaltet, bekundet einem Naturhaften am Menschen, Laut geben zu können, Verehrung, und verweist darauf, dass jegliche Arbeit, die mit Lauten aller Art bisher einherging, das Projekt Aufklärung, eines weiteren Fortschreitens bedarf, dieses zu praktikabel zu verrichtender Besserung führen sollte, und dass dagegen das Subjekt Mensch zum Objekt, zu dem dieses sich selber macht und gemacht hat, in Distanz tritt;

er ist mehr als das. Die ästhetische Erfahrung des Gedichts ist diese. Der Hinweis auf „*Laute*" wäre das Bezeichnen eines Rests des Nichteinverleibbaren, man könnte sagen, ein verbleibendes Rätselmoment[162], das gegen den Gestus zielt, jegliches Rätsel beseitigen zu können, anstatt mit ihm zu leben. Was nicht gegen die Lösungsversuche im Einzelnen spricht. Enigmatisches ist nicht auf Dauer erhaltenswert.

Sinnliche Kraft sagt, dass es sie nicht gibt, um die geistige Tätigkeit madig zu machen oder zu verhöhnen, z. B. Wissenschaft. Einem Stück Natur, Lautbefähigung wäre ein solches, einem im Gedicht formulierten (es gibt jenes nicht unabhängig, in den Lauten ist stets Inhalt und bloße Natur damit überformt, also zugleich Geistiges enthalten) verhilft der Autor im Kunstwerk des Gedichts zu einer Beachtlichkeit. Brecht, Lobredner des „*eingreifenden Denkens*"[163], warnt vor der Totalität, wie dem Fanatismus eines solchen, was nicht gegen dasselbe steht, aber diesem das Bewusstsein des eigenen Tuns verschaffen will. „*Laute*" wären in diesem Zusammenhang als Laute des Schmerzes vorstellbar; nicht nur welche der Freude im sommerlichen Dasein. Es war ja nicht einfach Sommer, sondern eben dieser spezifische des Jahres 1953 in der DDR. Die Laute der Menschen erscheinen in Brechts Gedicht als Kundgebung der Opfer gegen eine Macht, der sie ausgesetzt sind. Selbst für den Fall, dass Laute vorfindlich wären, die auf der Seite der Macht stehen und für deren Praktizieren sich stark machen. Wer sich in dieser Weise auslieferte, hätte politisches Belehren so nötig wie Kunst.

Im Gedicht Brechts wäre ein Moment dessen zu erfassen, weshalb es Intellektuelles in Kunstform vorträgt. Die Sinnlichkeit des menschlichen Verlautens, die hervorgehoben wird, indem die Sinnlichkeit des Vogelgeschreis ausgenommen wird, und so stark jene mit Politischem und Geistigen etc. vermischt ist,

---

[162] Adorno, den man nicht als vermeintlichen Tui-Antipoden Brechts nehmen sollte, sondern als Anreger, wie vielleicht umgekehrt auch, das Tiu-Projekt Brechts hatte spätestens nach 1953 mehr die „eigenen" Kader im Auge, verweist auf den Rätselcharakter von Kunst: „Alle Kunstwerke, und Kunst insgesamt, sind Rätsel; das hat von Alters her die Theorie der Kunst irritiert." (Ästhetische Theorie", F/M 1972, S. 182) Damit wird nicht der Irrationalität das Wort geredet, sondern vor allem darauf verwiesen, wie sogenannte Konsumenten moderner Kunst, geprägt von der Überwertigkeit des Realitätsprinzips, wie Adorno sagt, intellektuelle Einsicht nicht in ihre lebendige Erfahrung einzubringen vermögen und ein Beschäftigen ablehnen. Verstehen löscht jedoch den Rätselcharakter nicht. Es gibt den schönen Satz von Adorno: „Noch das glücklich interpretierte Werk möchte weiterhin verstanden werden" (S. 185). Nicht zufällig kommt Adorno im Weiteren auf Brecht zu sprechen. Adornos spätere Mahnung, sich nicht ums Fremde zu betrügen, formuliert Ästhetisches unter anderem als Bestandteil einer Lebensweise.

[163] Es wäre lohnend über vorhandene Ansätze hinaus das von Brecht unter diesem Begriff Gemeinte zusammenzustellen und zu analysieren. Z. B. hat Brecht 1930 unter den Überlegungen, Denken als ein Verhalten zu sehen, das „eingreifende Denken" gefordert (vgl. BFA Bd. 21, S. 422). In den Texten damals erscheint jenes als Ratschlag, sich stets zu rühren und zu wehren, gerade in einzelnen Angelegenheiten. Es war u. a. das Propagieren von Antifaschismus. Ohne Erfolg.

steht im Gedicht für die Verteidigung der Kunst. In den Lauten des Gedichts wird ein Inhaltliches mit der sinnlichen Anschauung verbunden. Die Vogellosigkeit gegenüber dem Hören der Laute im Sommer, wie die Krähen im Herbst, sind schön gedachte Bilder eines Gemeinten, sie lassen sich nicht trennen von diesem und dieses nicht von jenem, sonst hätte Brecht stattdessen einen Aufsatz schreiben können. Insofern ist die Assoziationsbewegung des Lesers vorgesehen. Sie ist seine durch den Text bedingte Freiheit, sich im Schönen zu bewegen; das Schöne, nach Hegel das *„sinnliche Scheinen der Idee"*. Fragt sich: welches Scheinen und welcher Idee? Brechts Gedicht *„Laute"* verweist auf die Schutzwürdigkeit des Äußerns, diese ist selbst eine Idee, gegen das Erfasstwerden von Ideen. Insofern wird der Hinweis auf ein ideologiekritisches Fundament erkennbar. Hegels Diktum spricht sich dafür aus, nachzuforschen, inwiefern Kunst, Hegel würde sagen, am Begriff Teil hat. Brechts Gedicht wie insgesamt die *Buckower Elegien* stehen der politischen wie wissenschaftlichen Welt nicht fremd oder gar abgewandt gegenüber, diese ist vielmehr Gegenstand.

Brechts Gedicht ließe sich als ein nachahmendes Verhalten verstehen, wovon wahrscheinlich jegliche Kunstübung einen Anteil hat. Das Lautgeben, das die Menschen praktizieren, unternimmt der Autor ebenfalls, durch sein Gedicht. Er gehört zu ihnen, und anderseits doch nicht, seine Laute sind andere und sie sind anders, seine Laute liegen schriftlich vor und sie sind in den Inhalten bekannt. So sehr der Inhalt der Mitarbeit und Aktivität des ausgestaltenden Lesers als Mitproduzenten bedarf. Bloß Kontemplatives wie Geschmäcklerisches lehnt Brecht ab, bzw. kritisiert es. Darin liegt der Ausgangspunkt der vorliegenden Darlegungen. Was Hegel in den *„Vorlesungen über die Ästhetik"* grundsätzlich riet, sich mit dem ästhetischen Gegenstand selbst ausführlich zu beschäftigen, wird zu tun versucht. Im Gedicht *„Laute"* wird ein identifizierendes Verfahren angewandt, das die anderen, die im Gedicht gehört werden, nicht identifiziert. Freiraum wird gewährt, den sie, wäre zu schließen, sich selber erobern müssen. Das Zitieren des Mimetischen bei Brecht bedeutet nicht, dass ein vermeintlich existierendes Glück, worin es auch immer gefunden werden könnte, in Kunstform verdoppelt wird. Es ist vielmehr das Nichtglück beklagt und die vorsichtige Frage gestellt, wie viel Glück denn möglich wäre.

Die Laute der Menschen werden als Störung aufgegriffen, als störend im Geschäftsgang, über sie zu verfügen; auf sie ist als jenseits von jeglicher weltanschaulichen Eingemeindung zu Belassendes verwiesen. Ihnen im Gedicht das Wort zu reden, macht Kunst zum Störfaktor.

Sie sollen die Sorge um sich lernen, diejenigen „unten", die „Basis", die „Massen" etc., mit all der Raffinesse, die Foucault z. B. in seinen Forschungen über solch ein Sachwalten von Sorge dargelegt hat. Nicht zuletzt kann eine gesellschaftsverändernde Kraft entdeckt werden, sich nichts gefallen zu lassen, die daraus erwüchse, sich nicht einzufinden und einzubringen in das Zurechtmachen und Zurechtmachenlassen, weil man das eigene Selbst als Dissens entdecken kann, Sachaufwandsträger von Verhältnissen zu sein, in denen man zunehmend Moment sachlicher Kalkulation ist und zur Sache wird und sich dazu macht.

Die bezeichnete Sorge um das Subjekt hat Brecht in der sozialistischen Politik der DDR nicht oder wenn, dann in falscher Weise betrieben vorgefunden. Was er feststellt, macht ihn bitter und traurig. Er ist zu Ende mit seinen Träumen. Auf diesen real existierenden Sozialismus konnte und wollte er nicht mehr bauen. Er hat ihn zusehends verabscheut. Die Seite gewechselt hat er nicht. Er ist nicht zum Parteigänger eines Antisozialismus geworden. Was er an künstlerischer Energie und Kraft aufbringen konnte, hat er z. B. in das Werk der *Buckower Elegien* gesteckt. Es sind Elegien geworden, in der Absicht, keine zu sein und zugleich doch welche. Es sollten Wege denkbar sein, die über Resignation und Niederlage hinausführen. Deswegen die Gedichte. Es mag Brecht ein Trost gewesen sein, dergleichen überhaupt versucht und veranstaltet zu haben, und im letzten Satz: *„Ich bins zufrieden"*, mag das ausgedrückt sein. Die Kritik eines falschen Sozialismus in feinen Nadelstichen einzelner kleiner Gedichte geliefert zu haben, war eine spezifische Form von Widerstand. Es ist die Geschichte vom Aufrechterhalten eines gelebten Lebens. Es ist Brechts Trotz gegen den verhunzten Sozialismus, wie er ihn erlebt, gegen dessen Elend und Ruin.

Des Rätsels Lösung, müsste man schließen, und hätte neben der Vogellosigkeit im Gedicht *„Laute"* die anderen Gedichte aus dem beabsichtigten Zyklus ebenfalls im Blick, beträfe die Wahrnehmung kritischer Absichten. Zudem die Art und Weise, wie sie wahrgenommen werden. In Kunstform.

4. „Große Aussprache", der 17. 6. 1953 in der DDR

Die *„große Aussprache"*, die Brecht Ulbricht gegenüber anlässlich der Ereignisse des 17. Juni einklagte[164], ist das nicht, aber gänzlich vorbei erscheint die Möglichkeit einer Aussprache nicht. Oder doch? Man könnte es anders formulieren: Wenn die *„große Aussprache"* nicht geschieht, organisiert man sich eben selber eine. Das hat Brecht mit den *„Buckower Elegien"* in ziemlicher Einsamkeit getan. Mehr als ein halbes Jahrhundert später kann konstatiert werden, dass an dieser Aussprache, zu der Brecht seinen Teil beigetragen hat, wenige teilgenommen haben. Brecht durch sein Nichtveröffentlichen auch nicht wirklich intensiv. Das Scheitern der großen Aussprache zeigt sich an seiner Person: Er schreibt, aber er gibt nicht heraus. Außer den Lauten im Sommer ist nicht viel gewesen. Nach dem Eingreifen der Roten Armee im Sommer 1953. Eigentlich bis zum Jahr 1989 nicht. Der Mauerbau 1961 war wie das Setzen eines Deckels auf den Topf, es geschieht das Ersticken der Aussprache und was an Aussprache unter dem Topfdeckel gewesen sein sollte, offenbarte die Zeichen der Unfreiheit. Selbst die Art und Weise wie der Deckel später 1989 gehoben wird, passt zu den Vorgehensweisen in der Zeit zuvor. Dass ein Vertreter der Staatsmacht wie Schabowski, anscheinend nicht mehr der Macht des Staats angemessen reagieren kann, wie

---

[164] BFA Bd. 23, S. 250

ihm von Freund wie Feind vorgeworfen wurde (und ins Stottern kommt, weil offensichtlich die Kommunikation zwischen den Parteileuten nicht funktionierte), liegt auch am Staunen über den Verfall, den man produziert hat. In der Staatlichkeit des Übergangsstaats war in Theorie wie Praxis nichts Gescheites gelungen. Das politische Führungspersonal musste sich vom Gegner der mangelnden Eignung bezichtigen lassen. Der hat es besser getroffen und führt das vor. Er kann sich in großem Umfang auf die Bevölkerung verlassen, die sich in der Zustimmung bestätigt sieht, weil andere Bevölkerung hinzukommen will, der gegenüber allerdings einige Vorsicht aufzubringen sein wird. Brechts Gedicht „Laute" ist unter anderem ein vergebens gewesenes Mahnwort aus längst vergangenen Zeiten.

Man wird sich das Bemühen einer „großen Aussprache" recht umfassend vorstellen müssen. Ein parlamentarischer oder plebiszitärer Diskurs hätte viele Orte, relevant gewesen wären sämtliche sozialen Begegnungsstätten. Hinzu zählte sicher der Rundfunk. Brecht übte heftige Kritik am Rundfunk der DDR, seine Versuche und die des Berliner Ensembles um ein spontanes Eingreifen mit Hilfe dieses Mediums am 17. 6. 1953 wird noch auf der Plenarsitzung der Deutschen Akademie der Künste am 16. 9. 1953 diskutiert, Brecht verlangt Auskunft „über das vollkommene Verstummen des Rundfunks am 17. Juni, worüber sich doch schließlich die ganze Republik gewundert hat."[165] Bemisst man die erhebliche Rolle, die der Rundfunksender RIAS im Zusammenhang des 17. Juni gespielt hat, ist die Diskussion, die Brecht vom Zaun bricht, kein Nebenkriegsschauplatz. Brecht arbeitet mit am Text eines Vorschlags für einen neuen Kurs in der Kulturpolitik, der am 30. 6. 1953 vorliegt, die Veröffentlichung wird zunächst untersagt, erfolgt auf Drängen Brechts danach am 12. 7. 1953. Vom 1. 10 1953 gibt es einen Brief Langhoffs, in dem steht: „Die Gruppe um Brecht ... droht wirklich mit einer offenen Fronde."[166] Es hätte Krach geben können und heftigen Streit. Der Beginn der „großen Aussprache" geschieht nicht. Brecht war nicht untätig in dieser Zeit. Es ließe sich vermuten, dass er ein Veröffentlichen der Buckower Elegien aufgeschoben hat, bis andere Möglichkeiten eines Einflusses bestanden hätten, eine öffentliche Diskussion in Gang gekommen wäre, in die hinein die Gedichte danach hätten gestellt werden können. Es muss keinen grundsätzlichen Beschluss Brechts einer Nichtherausgabe gegeben haben. Vielleicht hat er einen bestmöglichen Zeitpunkt abwarten wollen, den er dann allerdings für nicht gekommen gehalten haben muss; außer eben für die sechs veröffentlichten Gedichte. Sie wären ein Versuchsballon gewesen. Der verpuffte dann.

---

[165] Werner Hecht, Brecht-Chronik 1898-1956, Ergänzungen, Frankfurt/M 2007, S. 125. Dort sind zudem die Darstellungen zu Brechts Aktivitäten im Rahmen der Akademie der Künste interessant, sowie zur Darstellung des Ringens um das Zuweisen des Theaters am Schiffbauerdamm. Brechts Wortmeldungen und Interventionen auf den Sitzungen der Akademie sind zahlreich, zugleich gibt es dort Klagen über die Einflusslosigkeit der Akademie.
[166] Ebd. S. 126

Dass es 1953 zu keiner größeren Zuspitzung zwischen den Machtblöcken in Ost und West kommt, liegt zum einen daran, dass sie erst im Aufbau begriffen sind, die NATO war nach der Gründung 1949 genauso in der Entwicklung (1952 der Beitritt der Türkei und Griechenlands, 1954 der Beitritt der Bundesrepublik) wie das Bündnissystem im Osten. Der Warschauer Pakt erhält 1955 Vertragsform, zum anderen ist jedoch das Gleichgewicht des Schreckens, wie man später gesagt hat, bereits hergestellt, seit dem August 1949 hat die Sowjetunion die Atombombe ebenfalls, in Kasachstan waren die ersten erfolgreichen Versuche. Der Westen konnte die Drohkulisse, die er hätte aufbauen können, wenn er sie denn hätte aufbauen wollen, auf der Grundlage der Alleinverfügung über die neue militärische Technik nicht mehr herstellen, jene war vorbei. Es gab das atomare Patt, das den weiteren Verlauf des Kalten Kriegs prägte. SBZ und DDR waren erheblich am Zustandekommen der SU-Bombe beteiligt. Der Uranabbau im Erzgebirge schaffte die technischen Voraussetzungen. Viele Tausend Menschen sind dabei zu Tode gekommen. Auch über alle diese Vorgehensweisen und Zusammenhänge hätte ein großer gesellschaftlicher Dialog stattfinden müssen und Ergebnisse zeitigen können. Unter anderem, wie sehr sich die SU weiterhin als Kriegspartei sah. Die hatte insgesamt Anlass zu ihrem Standpunkt. In Korea war nach dem Krieg im Sommer 1953 ein Waffenstillstand verkündet worden, von dem niemand wusste, wie lange er Bestand haben würde.

Für Brecht war Form und Mittel der großen Aussprache selbstverständlich das Theater. Die entscheidende Kampfzeit um das eigne Theater, genauer um die Zuweisung des Theaters am Schiffbauerdamm an das Berliner Ensemble, fällt genau in die Zeit um die Ereignisse des 17 Juni 1953. Vom April 1953 gibt es einen Beschluss des ZK der SED, dieses Theater dem Ensemble der Kasernierten Volkpolizei (KVP) zuzuweisen[167], Brecht also zu übergehen; dieser protestiert, als er informiert ist, am 15. 6. 1953. Der Protest Brechts durchläuft die Instanzen, die Bezirksleitung der SED in Berlin beschäftigt sich damit und die Kulturabteilung des ZK. Am 25. 8. 1953 beschließt das Politbüro der SED, dass das Theater am Schiffbauerdamm dem Berliner Ensemble zur Verfügung gestellt wird. Am 1. 9. 1953 wird es Brecht mitgeteilt

Brechts Situation im Sommer 1953 ist schwierig. Er muss eine politische Kalkulation anstellen und eine Entscheidung fällen. Veröffentlicht er sämtliche Elegien, reißt damit weit das Maul auf und setzt sich in die Nesseln, nimmt er vielleicht gewaltig Einfluss, aber fraglich bleibt, mit welcher Konsequenz. Verliert er z. B. das Theater, ist eine starke Möglichkeit, so hat Brecht das wahrscheinlich gesehen, weiteren Einwirkens und Eingreifens, also eine Langzeitwirkung, verspielt. Brecht wird diese Abwägung nicht zum alleinigen Argument gemacht haben, die Veröffentlichungspraxis der *Buckower Elegien* zu überdenken, aber es ist sicher ein vorhandenes gewesen.

---

[167] Abläufe wie einzelne Termine bei Werner Hecht, Brecht-Chronik. Vgl. Briefe Brechts BFA Bd. 30, S. 178ff

Die historische Entwicklung jenes Sommers, auch die spätere, wirft ein böses Schlaglicht auf die eingeschränkte oder ironisch gekleidete Schlussaussage Brechts: „*Ich bins zufrieden.*" Aus der „*großen Aussprache*" ist in der Form der *Buckower Elegien* eher das Unternehmen einer lyrischen Untersuchung geworden, um die Wahrheit der Partei zu prüfen und sie auf die Probe zu stellen, es hat lange Verdachtsmomente gegeben für die Notwendigkeit einer solchen Untersuchung und verschiedene Kommentierungen und Sichtungen, jetzt im Sommer 1953 scheint unausweichlich, was zu tun ist. Insofern ist Brechts lyrisches Unternehmen eine Gegenmaßnahme. Während in den Jahren vor 1953 allerorten die verschiedensten kommunistischen Parteien Untersuchungen gegen Individuen einleiten und - die Schätzungen sind unterschiedlich – in tausend und mehr Fällen final mit dem Todesurteil gegen die Person abschließen, unternimmt Brecht einen Vorstoß in die Gegenrichtung. Er ist es, der an den Pranger stellt. Seine Verurteilungen sehen anders aus. Ein Abschluss erfolgt zudem nicht. Ein Ergebnis läge im eigenen Schreiben vor, es verbleibt dort, und durch Lesen wäre es aus diesem jeweils zu gewinnen.

Die eigene Person wird aus dem lyrischen Examen nicht ausgenommen. Lebenskunst gilt als geistiges Tun, das als Selbsterkenntnis ins eigene Fleisch schneidet und auf weitere praktische Folgen zielt. Mit sich selbst abzumachen, wovon man befürchtet, dass es die Partei gegen einen anstrengt! Die Untersuchung dem Ego gegenüber geschieht im Gegensatz zu herkömmlicher Selbstkritik, wie sie Praxis war im sogenannten real existierenden Sozialismus. Das Gedicht „*Laute*" gibt kein Lob des Verzichts auf sich zu erkennen, zugunsten einer großen Idee oder Weltanschauung, das lyrische Ich steht für sich selbst. Ein Ich bleibt beim Ich, es widersetzt sich einer Indienstnahme.

Im Gedicht ist das kleine Zeichen von Positivität am Ende hingeschrieben, eine bestimmte Zufriedenheit; dem zeitlichen Verlauf, der im Gedicht enthalten ist, ist das Signum nicht zu entnehmen. Das Gedicht ist nicht so positiv, wie es den Anschein hat. So wie die Abläufe in der historischen Wirklichkeit es nicht gewesen sind. Es ist Herbst geworden, und die Krähen sind gekommen, von den Stimmen der Menschen ist nicht mehr die Rede, die Krähen haben sich eingenistet. Es heißt, sie „*Hausen*" in den Silberpappeln. Die Krähen, die wunderlichen Tiere; schwarz und krächzend, geben kein Bild ab, das so leicht mit Positivität verbunden werden kann. Ihr Krächzen mag die Laute der Menschen übertönt oder gestört haben, und die im Gedicht nicht benannte schwarze Farbe der Vögel, die der Leser sich vorstellt, lässt an die „*schwarzen Gewässer*" denken, die anlässlich der Lektüre von Horaz[168] erinnert werden. Es ist ein Verderben, für das die Krähen stehen. Untergang und Tod. Brecht schreibt schon im sehr frühen Gedicht „*Herbstmoor*" die Verse: „*Horch, wie die Krähe trauernd singt/ Über das schweigende Moor.*"[169]

[168] BFA Bd. 12, S. 315
[169] BFA Bd. 13, S. 60

Jedenfalls sind im Herbst die sommerlichen Laute der Menschen abgelöst vom Bild der hausenden Krähen. Es mag sein, dass nach der sommerlichen Aufbruchsstimmung (und Lust zu Ausflügen an einen See, unterstellt, der Leser denkt an die Umgebung des Schermützelsees) im Herbst weniger Neigung entfaltet wird, hinauszugehen und allem möglichen Schönen zu frönen. Das Gedicht Brechts produziert ein Oszillieren sowohl bezüglich des Begriffs „*Gegend*" wie bezüglich des Begriffs „*Laute*". Als gemeinte Gegend kann sowohl die unmittelbare Umgebung in Buckow angesehen werden, wie die gesamte gesellschaftliche Wirklichkeit der DDR, und unter den Lauten können solche von Schmerz und Trauer sein, das ist nicht ausgeschlossen. Die vermeintliche Idylle wie die historisch verzeichnete Unruhe, beides ist ein Bezugspunkt. Brecht scheint es gewollt zu haben, beides zu implizieren. Manchmal neigt man beim Lesen dazu, gegenüber den Krähen die vernommenen Laute positiver einzuschätzen, als sie gewesen sind. Zudem lösen sie das Urteil relativer Zufriedenheit aus.

Was stellt man sich vor? Es ist schön, im Sommer an einem See umherzuspazieren und miteinander zu sprechen. Sich zu berichten, was man in seinem eigenen Leben im Umkreis aller möglichen Probleme und Einschränkungen gerade für Lösungen sucht oder gefunden hat. Politisches Räsonieren in verschiedener Gestalt wird geübt worden sein.

Was für die gesamte Problematik der DDR in jenem Sommer gilt, gilt auch für die nähere Umgebung, für Buckow und die Gegend dort, sie gehört ja hinzu. Die genannten Silberpappeln sind im Gedicht das Indiz dafür, dass Brecht sein Grundstück in Buckow und den Ort einbegreift. Dort gibt es im Garten am See Silberpappeln. Sie stehen heute noch. Bereits indem die vermeintliche Idylle durch das Auftauchen der Krähen konterkariert wird, ist in der Bezeichnung des lyrischen Symbolgehalts dieser Vögel, die für Bedrohlichkeit stehen, auf Allgemeines verwiesen und die Begrenzung auf die Nähe überschritten.

In zwei anderen Gedichten aus den *Buckower Elegien* kommen Silberpappeln vor. Es sind die Gedichte „*Der Blumengarten*" und „*Böser Morgen*". Auch hier sind die Bäume nicht einfach Bestandteile eines Naturgedichts. Im einen Gedicht ist der Blick auf die Silberpappeln positiv, sie gehören zur Anlage des Gartens, die als weise beurteilt wird, und das lyrische Ich nimmt den Blick auf den Garten zum Anlass, sich zu sagen, selbst „*Dies oder jenes Angenehme*"[170] zu zeigen. Im anderen Gedicht ist der Blick ein böser Blick. Es ist nur von einer einzigen Silberpappel die Rede, es heißt von ihr, sie sei „*eine ortsbekannte Schönheit/ Heut eine alte Vettel.*"[171] Ein nächtlicher Traum hat dem lyrischen Ich die Petersilie verhagelt. Die Idylle des Gartens, die auch im anderen Gedicht nicht in reiner Form vorgestellt wird, sie erscheint als Verpflichtung und Ansporn bezüglich der eigenen Tätigkeit, wird nicht mehr als solche wahrgenommen. Im Traum wird dem lyrischen Ich eine Schuld zugewiesen, zugleich werden diejeni-

---

[170] BFA Bd. 12, S. 307
[171] BFA Bd. 12, S. 310

gen als „*Unwissende*" kritisiert, die Vorwürfe unterbreiten. Sie weisen mit Fingern auf die Ich-Figur des Gedichts, die „*zerarbeitet*" und „*gebrochen*" sind. Unterstellt man, die Traumgestalt greift Erlebnisse aus der Wirklichkeit des Tages auf, und sieht diese Wirklichkeit als die der Vorgänge im Sommer in der DDR und auch im Gedicht „*Laute*" aufgenommene, wäre zu schließen, dass unter den Lauten, die dieses Gedicht aufführt, keineswegs nur angenehme zu zählen sind.

Die Laute von Menschen könnten trotzdem ein Stück Verzeichnen von Lebenskunst sein, geht man davon aus, neben Gespräch und Diskussion gehörten Musik, Gesang und Spiel hinzu, oder wenigstens vom Wunsch danach, der in den Äußerungsformen ersichtlich wäre. So unzureichend, weil unentwickelt und vielleicht sogar falsch er vorgetragen worden ist. Über diesen Vortrag äußert sich das Gedicht nicht. Es werden keine Beurteilungen im Einzelnen vorgenommen. Aber das, was war, wird begrüßt, es wird ihm zu Gute gehalten, was es darstellt und wozu es vielleicht darüber hinaus führen könnte.

Rekurriert man auf die ermittelten Anspielungsbereiche, könnte man sagen, die „*Laute von Menschen rührend*" sind Äußerungen der Basis, solche von „unten", im DDR-Jargon der „Massen", sie sind Laute eines ganz eigenen Unterweltbesuchs, eine Unterweltwahrnehmung sui generis. Gemessen am Unterweltaufenthalt von Aeneas, dessen Reise voll von historischer Zuversicht ist. Diese wird zitiert, indem ein anderer Ausdruck von Hoffnung dargestellt wird, es sind die Leute, sie sind dort, wo „*In der Tiefe dennoch gelebt wird*", wie es im Gedicht „*Die neue Mundart*"[172] heißt. Es wird gefragt, inwieweit diese eine Rolle spielen können, aber es ist ihre, nicht die auf der Grundlage eines vorgeordneten Bekenntnisses vorgesehene. Zu den Leuten und ihren Lauten gehört der Autor mit seinen eigenen Lauten hinzu. Er hält sich auf diese Weise unter den Leuten auf und ließe sich auch auf Lernen ein, käme es zu weiterem Kontakt.

---

[172] BFA Bd. 12, S. 311

V

DAS GEWICHT DER GEGENWART

Interessant ist die Zeitform im Gedicht *„Laute"*. Vom Herbst ist im Präsens berichtet. Die Krähen, sie *„Hausen"*. Im dritten Vers, er gibt die Erinnerung an den Sommer wieder, heißt es: *„höre ich"*. Würde die Zeitdarstellung grammatikalisch korrekt berücksichtigt, müsste Brecht eigentlich ein Präteritum setzen: hörte ich. Das tut er nicht. Konsequent müsste auch der letzte Vers dahingehend verändert werden: Ich wars zufrieden. Das wäre eine ganz andere Aussage: Einer, der zufrieden war, ist es nicht mehr. Seine Zufriedenheit gehörte der Vergangenheit an. So sieht es aber aus, denn das, was Grundlage der Zufriedenheit ist, wird vom Sommer berichtet; es fand in der Vergangenheit statt. Es wird nichts darüber gesagt, dass es jetzt im Herbst noch vorzufinden ist, d. h., ob weiterhin Laute von Menschen zu hören sind. Es wäre lediglich zu unterstellen, da die letzten vier Verse des Gedichts im Präsens stehen, habe fortgedauert, was im Sommer war, es könnten die Laute der Menschen im Herbst weiterhin zu hören gewesen sein. Der Zeitunterschied zwischen Sommer und Herbst aber bleibt, und der Herbst ist nicht mehr *„vogellos"*. Die Krähen sind aufgetaucht. Und sie haben ein Zeichen gesetzt. Vielleicht doch ein Zeichen? Oder die Erinnerung an ein Zeichen? Ein Zeichenzitat. Jedenfalls scheint klar: die weitere Zufriedenheit des Ichs wird versichert. Ebenfalls im Präsens. Obwohl es wieder Vögel gibt, eben die Krähen, und die Menschen deren Vorhandensein zum Anlass von allerlei Vorahnungen im Sinne einer Vogelschau nehmen können, womit das Gedicht selbst spielt und weswegen und worum es den Leser um Aufmerksamkeit bittet.

Das Gedicht beginnt mit der Aussage von den Krähen im Präsens. Im Kontext des Gedichts kann dieses Präsens als Futur interpretiert werden. Als wisse das lyrische Ich vom Kommen der Krähen. Ihr Hausen hat etwas Unweigerliches. Das Präsens, auf dem Brecht beharrt, meint keine Gleichzeitigkeit der Chronologie, es ist kein Messen einer physikalischen Einheit. Bezeichnet ist vielmehr eine Gleichzeitigkeit des Aussagezeitpunkts.[173] Und das ist als solches interessant.

Das von Brecht verwendete Verb „hausen" ist mehrdeutig. Es meint einerseits ein Zuhause, jemand ist heimisch geworden, im Fall des Gedichts die Krähen; sie haben eine Gegend bezogen, die als *„vogellos"* tituliert worden ist. In den Silberpappeln sind sie in Schwärmen zu sehen und zu hören. Andererseits drückt das Wort „hausen" aus, dass jemand ein Zuhause ganz schön verunstaltet, es ist kaum wiederzuerkennen, verlässt es der Hausende wieder. Im Gedicht wird den Krähen ein solches Hausen zugeordnet. Jemand kann es sich durchaus gutgehen lassen, nimmt er eine Umgebung in solcher Weise in Besitz; er fühlt sich wohl. Im Gedicht sind es nicht Menschen, für die das in Betracht gezogen ist, sondern die Krähen. Die Menschen, von deren sommerlichen Lauten im Gedicht später

---

[173] Metzler Lexikon Sprache, herausgegeben von Helmut Glück, Stuttgart 2010, S. 530

die Rede ist, haben sich anscheinend nicht gut genug auf den Herbst vorbereitet, es wird nämlich nicht dergleichen von ihnen gesagt, hingegen von den Krähen deutlich, dass das getan worden ist. Kann sein, so ließe sich lesen, dass die Krähenvögel die Gegend derart zurichten, dass dort zu leben schwieriger wird. Brecht meidet die Vokabel „nisten" vielleicht nicht nur, weil er die ornithologische Fehlerhaftigkeit fürchtet, er will mit dem Wort „hausen" beim Leser den Vergleich mit der Befindlichkeit der Menschen evozieren. Ihnen ist nicht ein Zuhause oder ein Stück mehr Zuhause gelungen, obwohl das im Verlauf des Sommers möglich zu sein schien. Im Sommer waren die Laute der Menschen beherrschend, als wären sie auf dem Weg, sich eine Gegend anzueignen und als die ihre zu gestalten. Die Vögel werden nicht nur nicht erwähnt, es wird gesagt, es gibt keine. Die Menschen stehen im Zentrum. Aus diesem Zentrum werden sie, wenn es Herbst geworden ist, hinausgerückt. Jetzt sind es die Krähen, die sich häuslich niederlassen. Eigentlich müssten die Menschen mit ihrer Situation unzufrieden sein. Sie sind nicht heimisch geworden. Ihr sommerliches Leben, worüber das lyrische Ich seine Zufriedenheit äußert, hatte offensichtlich nicht die Konsequenz, die Bewohnbarkeit der Gegend zu verbessern. Das Kommen der Krähen wirkt wie ein Hohn gegenüber den Anstrengungen des Sommers und der belobigten Bewegtheit.

Das Bild von den Krähenschwärmen liest sich wie die Inszenierung einer Vogelschau; der Leser soll ermitteln, weshalb es im Herbst nicht mehr so gut aussieht wie im Sommer, und was damals in der früheren Jahreszeit anders war, Vogelschauen werden wieder betrieben, selbst vom lyrischen Ich. Aber von ihm weiß man, dass es dies für falsch hält, nicht nur das, wofür die Krähen stehen, was als Negativum droht (es wäre allemal noch veränderbar), sondern vor allem den Glauben an die Unheilsverkündung. Aber dennoch wird die Bildlichkeit von Orakelhaftem zitiert. Als sollte der Leser sich daran beweisen und als lernfähig erproben. Der Leser von damals ermittelt also womöglich eine eigene Niederlage wie eine für den Sozialismus und sieht sich auf einen angefangenen Weg verwiesen. Heutige Leser können dem Gedicht, das einen historischen Bezug nicht ausdrücklich benennt, allemal eine Orientierung am eigenen Wohlbefinden gegenüber dessen Gefährdungen ablesen.

Die adversative Konjunktion „Aber" am Beginn des dritten Verses leitet einen Gegensatz ein, zumindest eine Einschränkung. Begibt man sich auf die Suche nach dem Gegensätzlichen, das mit der Konjunktion eröffnet wird, wird man nicht leicht fündig. Asymmetrisches lässt sich erkennen. Am einfachsten ist, vom Gegensatz von Herbst und Sommer auszugehen, so erklärte sich das Wort „Aber", es verwiese auf ganz spezifische Unterschiede beider Jahreszeiten, nicht nur darauf, dass jene überhaupt unterschiedlich sind. Auf die Inhalte des Ausgesagten wird verwiesen, sie sind interessant. Und dass zunächst die spätere Jahreszeit vor der früheren genannt ist. Zuerst ist Herbst. Die Bezüge der Konjunktion „Aber" am Beginn des zweiten Teils des Gedichts, der Darstellung des Sommers, nach dem Herbst der ersten zwei Verse und vor der Schlussbekundung der Zufriedenheit im dritten Teil, sind vielfältig. Am augenscheinlichsten ist der Bezug auf die Krähen des Herbstes. Ist es im Sommer in der Gegend „*vogellos*", besteht ein Gegensatz. Dieser Gegensatz steht aber im Gedicht im Nebensatz, und eine neue Konjunktion wird gewählt, die ihn einleitet, „*Da*", heißt es, die beiden Konjunktionen stehen jeweils untereinander am Versbeginn; die kausale Konjunktion „da" hat nicht die Nachdrücklichkeit der Konjunktion: weil, aber eine Begründung für den übergeordneten Satz scheint angegeben; in diesem müsste sich das mit dem „*Aber*" eingeleitete Gegensätzliche finden. Man liest weiter und stellt fest: die Verse drei bis fünf formulieren den gesamten weiteren Satz. Vor der Schlussbemerkung besteht das Gedicht aus einem einzigen Satz. An den Beginn des Verses fünf stellt Brecht das Adverb „*Nur*", wieder mit einem Versalbuchstaben versehen. „*Aber*", "*Da*", „*Nur*", die Wörter stehen jeweils untereinander am Anfand der drei Verse, alle drei erfordern den Nachvollzug eines Gedankengangs durch den Leser, sie stehen vorneweg. Nicht die Bezeichnungen des hörenden Ichs oder der Menschen, von denen Laute rühren. Das Adverb „*Nur*" ist nicht leicht auf eine Bedeutungsebene zu reduzieren, vermutlich will das der Autor nicht, es sind jedoch Differenzierungen, die das Wort umfasst; gemeint ist eine Reduktion, nichts anderes als und nichts weiter als menschliche Laute sind gehört worden, setzt man die Bedeutung von „nur" im Sinne von „nichts mehr als" hinzu, ergäbe sich eine Hoffnung, mehr zu hören, z. B. richtige Aussagen, das wäre schön gewesen. Das Adverb hat als modales die Bedeutung einer Einschränkung und damit zugleich Hervorhebung, herausgehoben wird, dass die Laute der Menschen zu hören sind. Neben dem Gegensatz von Herbst und Sommer und dem von Krähen und Vogellosigkeit bleibt einer des Hörens und dessen, was zu hören ist: die Laute.

Sommer und Herbst sind deutlich unterscheidbar. Man müsste schließen, nähme man das Wort „aber" streng in seiner Bedeutung, im Herbst war das nicht mehr, was von der Zeit des Sommers gesagt wird, weder das Hören, noch die Laute. Jedenfalls mit der Vogellosigkeit ist es vorbei. Im Gedicht Brechts steht aber nicht, wie es ansonsten im Herbst gewesen ist, es kann weiterhin Laute gegeben haben, lediglich die Konjunktion „*Aber*" gibt Anlass für jenen genannten Schluss. Es war jedenfalls im Herbst nicht mehr so schön. Die Krähen, die in Schwärmen auftauchen, sind ein Bild dafür. Die krächzen vermutlich und sind nicht still. Die Konjunktion „*Aber*" sticht, je länger man Grammatik wie inhaltliche Aussage betrachtet, immer mehr hervor. Ließe man sie weg, wäre der Druck, die Aussage in der Vergangenheitsform zu fassen, stärker. Etwas zeitlich nachrangig zum vorher Gesagten Stehendes noch im Präsens zu behaupten, fiele schwer. Das Gegensatzwort unterstützt die Gegenwärtigkeit. Inhaltlich gesehen unterstützt die Vergangenheit, das, was im Sommer war, ein Relativieren der Gegenwart - jetzt ist Herbst im Gedicht - und der Zukunft.

Hoch interessant ist diese Zeitgestaltung im Gedicht. Zusammenfassend lässt sich sagen: Der Gedichtauftakt mit dem Temporaladverb „*Später*" verweist von der Position des Sommers aus gesehen auf ein Futur und zugleich leitet es das Aufzählen einer zeitlichen Reihenfolge von etwas bereits Gewusstem ein, das Kommen der Krähen im Herbst ist bekannt. Der Herbst muss also schon stattgefunden haben.

Man könnte sich noch eingehender mit der Stellung des Wortes „Nur" befassen, es steht am Anfang des Verses und zugleich vor dem Nomen, auf das es sich bezieht: „Laute". Ein Grammatiker nennt dergleichen Modaladverb oder Modalpartikel in dieser Stellung Fokuspartikel, es wird etwas betont, ein besonderer Hinweis wird gegeben: Laute. Es werden keine Sätze berichtet, keine Inhalte, die das Ich des Gedichts gehört hat; das wäre erst ein nächster Schritt des Zuhörens und des Berichtens. Und ein Kommentieren läge an. Zur Kenntnis genommen ist eine menschliche Geräuschkulisse, die zufrieden macht; wie man vielleicht ansonsten das Singen der Vögel schön fände, wäre es zu vernehmen. Vielleicht ist mancher bunte Vogel unter den Menschen und man würde ihn besonders wertschätzen, grundsätzlich alle.

Die Menschen sind ganz für sich so wie sie sind. Hörte man genauer hin und ärgerte sich über konkrete Aussagen, gälte es, diese am besten an Ort und Stelle und am Beispiel zu kritisieren, nicht den Leuten die straffe und feste Decke einer Anschauung, die sie sich angedeihen lassen sollten, überzuzurren. Zudem reden sie nicht nur, sondern treiben alles Mögliche, was in Lautgestalt zu hören ist.

Brechts Hervorheben der Gegenwart verführt zu einer Reihe von Überlegungen. Spätestens seit Goethe ist bekannt, dass ein Augenblick vergeht, man allenfalls zu ihm sagen kann, er möge doch verweilen, weil er z. B. so schön war. Genau dies geschieht andererseits, der Augenblick verweilt (auch der nicht schöne), nicht in dem Sinne, dass die Zeit angehalten wird, sondern in einer anderen Weise, in der Erinnerung, der Augenblick ist der Beginn von etwas, was einen weiteren Verlauf nimmt, in welcher Weise und in welcher Zeitdauer ist gerade eine spannende Geschichte. Von einer vermeintlichen Eingleisigkeit scheint Brecht nicht ausgehen zu wollen.

Anders gesagt, er beharrt auf der besonderen Singularität eines Gegenwärtigen gegenüber einer Schienenförmigkeit, so wie der Zeitstrahl könnte man sagen in der Theorie des Historischen Materialismus eine zwangsläufige Ausrichtung in Richtung Vorwärts und Aufwärts zugeordnet bekommen hat. Wie als scheine Brecht eine Unmittelbarkeit betonen zu wollen, ein Herausfallen aus der Zeit, ein Erlebnishaftes. Das mag sogar dem Beobachten des Unsteten im Fliegen mancher Vögel vergleichbar sein. Die Einbildung, obwohl sie im Raum der Luft taumeln und wie tanzend schwingen, könnte es ein Überwinden des Vergehens der Zeit sein. Giorgio Colli hat darauf hingewiesen[174], dass Nietzsches Vision von Wiederkunft hier verortet werden könnte: Der Wunsch nach dem Hinaus

---

[174] Vgl. Friedrich Nietzsche, Also sprach Zarathustra, KSA Bd. 4, Nachwort, S. 416, wo es heißt: „daß das Unmittelbare außerhalb der Zeit ... in das Gewebe der Zeit eingeflochten ist, so daß in dem, was vorher oder nachher wirklich erscheint, jedes Vorher ein Nachher und jedes Nachher ein Vorher ist und jeder Augenblick ein Anfang."

aus der Zeit, das unmöglich ist. Genauso wie mit Nietzsche könnte Brechts Dehnung der Zeit im Gedicht „Laute" mit Vergil und dessen Epos in Verbindung gebracht werden. Dort findet sich eine Betonung der Gegenwart in ihre Aufhebung hinein. Aeneas erfährt in der Belehrung durch den Vater in der Unterwelt, was in der Zukunft Roms bevorsteht, das ist in der realen Zeit des Autors Vergil wie des Lesers Vergangenheit, zugleich dient die Darstellung der Glorifizierung der Zukunft. Selbst dem am aufopferungsvollen Gehorchen des auferlegten Schicksals orientierten Aeneas bleiben jeweils gegenwärtige Möglichkeiten des korrekten Erfüllens oder Übererfüllens des Solls. Brechts auffälliges Herausstreichen der Gegenwart im Gedicht „Laute" wäre genauso wie inhaltliche Bezüge zu Nietzsche und zu Vergil in Verbindung zu bringen.

Klar scheint, dass auf die Wichtigkeit eines Präsens verwiesen ist, eines Sommers im vorliegenden Fall, die Jahreszeit des erwachsen gewordenen Jahres, es ist geäußert und gehört worden, „Laute" gab es; auf Voraussetzungen des Umgehens damit, den Ansätzen von Diskurs und Auseinandersetzung, die spekulativer Art in irgendeiner Form wären, dafür steht die Kennzeichnung der Gegend als „vogellos", darauf, egal, ob dies in welchen Arten von Weis- oder Wahrsagung immer erfolgt, ist verzichtet worden; das wird dargestellt als Chance, wie als eine Art Anleitung.

Die Aussage der Zufriedenheit steht genauso im Präsens, wie alle Aussagen des Gedichts trotz der offensichtlichen Zeitstruktur im Präsens stehen. Die Zufriedenheit ist nicht vorbei am Ende des Gedichts. Der Vers heißt nicht: „Ich wars zufrieden." Sie hat Bestand gegen die Eintrübung im Herbst, die angedeutet ist mit dem Erscheinen der Schwärme von Krähen. Zumindest hat sie als Aussage Bestand. Die Formulierung von Gefährdungen, die erfolgt, ist eine, die dem Leser Reaktionen auferlegt. Wollte der seinerseits Zufriedenheit erlangen, könnte er sich Orientierungen suchen, die im Angebot des Gedichts unterbreitet sind. Allerdings auf besondere Weise. Die Konsequenzen, die ein Leser zöge, lägen, das empfiehlt Brecht, im Einbezug der Zeitstufe, die das Gedicht bevorzugt. Die Gegenwart stünde im Überlegen des Lesers, seine Gegenwart, die der Lektüre, nicht lediglich die Vergangenheit der Zeit des Abfassens eines Gedichts und die Bezüge auf eine damalige zeitgenössische politische und gesellschaftliche Umgebung.

Gegenwart muss etwas sein, etwas werden oder gewesen sein, das sich lohnt oder gelohnt hat für diejenigen, die sie erleben werden oder erlebt haben. Sich nicht abspeisen lassen mit Erinnerung oder mit Aussichten. Brechts Kritik hat in der Reduktion auf die grammatische Gegenwart im Gedicht formal einen Ausdruck gefunden.

Über den konkreten Bezug auf den Sommer 1953 in der DDR weist das Gedicht also hinaus. Es gilt für diesen und kritisiert, was war; eine vertane Möglichkeit, lautet die Schlussfolgerung; außerdem enthält das Gedicht eine umfangreichere Bedeutung, auch in politischer Hinsicht. Vergangenheit und Zukunft kommen als Größen des Bedenkens im Gedicht ebenso vor wie die in ihrer Gewichtigkeit herausgestrichene Gegenwart. Das Gedicht beginnt mit dem Temporaladverb „*Später*", damit ist eine Zukunft angesprochen, der Herbst, der auf den Sommer folgt. Der Herbst der Krähen. Zugleich erscheint, vom offensichtlich bereits erlebten Herbst ausgehend, der Sommer als Vergangenheit. Die Enttäuschung über Versäumnisse überwältigt einen, Gegenwart ist anscheinend nicht genutzt worden. Zukunft ist erheblich in Mitleidenschaft gezogen worden. Die Zufriedenheit, von der die Rede ist, erscheint damit als eine allenfalls bedingte. Sie bezieht sich darauf, einen möglichen Weg anzugeben, ihn als Laut auszumachen: Er könnte gangbar sein, wenn man ihn ginge. Der Verweis auf den Sommer der Laute zählt als Beispiel, in dem verunglückte, was hätte sein können. Insofern ist der geäußerten Zufriedenheit des lyrischen Ichs weitgehend der Boden entzogen. Dieses Subjekt erscheint als illusionsbehafteter als das Autorsubjekt, das jenem anderen Subjekt Gestalt gegeben hat. Welche Rückschlüsse auf den Autor dies zuließe, wäre eine andere Frage. Wieder käme der Sachverhalt des Nichtveröffentlichens ins Spiel.

Die schwierige Suche nach dem Augenblick, der verweilen[175] soll, ist im Gedicht aufgenommen; die Gegenwart ist im Prinzip entweder gerade vorbei oder noch nicht geworden[176], sie ist ein Umschlagspunkt, eine schwierige Zeit, so

---

[175] Vgl. Goethe, Faust I, Vers 1699f: „Werd´ ich zum Augenblicke sagen:/ Verweile doch! du bist so schön!" Für den Fall, dass er dies sagt, nimmt Faust den Tod in Kauf, „dann mag ich gern zu Grunde gehn!" (1702) Er kann es nur sagen, der Augenblick als Augenblick verweilt nicht, höchstens wird er Erinnerung. Faust will die tollen Augenblicke Schlag auf Schlag: „Wie ich beharre bin ich Knecht" (1710). Wettgegenstand wie Wetteinsatz werden erklärt. Faust fällt in die Entscheidungsgewalt Mephistos, findet er einen Augenblick erhaltenswert. Mephisto soll ihm zu den Sensationen verhelfen und setzt darauf, Faust in das Superlative zu treiben oder ihn zu ermüden. Die unstete Ausschau eines zum Modernen erklärten Menschen nach neuen aufregenden Events, Aufgeregtheit wie eigentliche Ziellosigkeit, ist an der Faustfigur entdeckt worden, wie Charaktereigentümlichkeiten von Unternehmergestalten, die sich nach stets erneut neuen Anlagesphären ihres Kapitals umsehen, den Bedingungen der Konkurrenz ausgesetzt.

[176] Würde man aus dem Vorkommen der Gegenwart in Brechts Gedicht eine umfangreiche Theorie des Augenblicks bauen wollen, müsste man außer auf Goethe u. a. sicher auf Nietzsche kommen. Im „Zarathustra" gibt es eine Bezeichnung des Augenblicks als Torweg, die einem einfällt, liest man Brechts Gedicht von der Beklemmung der Gegenwart zwischen Vergangenheit und Zukunft. Zarathustra ist in Auseinandersetzung begriffen mit seinem „Erzfeind", dem „Geist der Schwere", der sitzt „halb Zwerg, halb Maulwurf" auf ihm und träufelt „Bleitropfen-Gedanken" ins Hirn: „Siehe diesen Thorweg! Zwerg! Sprach ich weiter: der hat zwei Gesichter. Zwei Wege kommen hier zusammen … Sie widersprechen sich diese Wege; sie stossen sich gerade vor den Kopf: - und hier, an diesem Thorweg, ist es, wo sie zusammen kommen. Der Name des Thorwegs steht oben geschrieben: ´Augenblick´." (KSA Bd. 4, S. 200) Ich will nicht darauf eingehen, wie im Weiteren bei Nietzsche von Wiederkehr etc. die Rede ist, aber bezüglich Brechts Auszeichnung der Gegenwart im Gedicht ist Nietzsches Darstellung interessant. Der Weg der Vergangenheit stößt am Torweg der Gegenwart den Weg der Zukunft an und geht in diesen über. Brechts Weise der Huldigung der Gegenwart wäre ein Innehalten am Torweg und der Versuch des Betrachtens der Gegenwart des Sommers 1953 in der DDR. Was bedeutet jene Gegenwart in Hinsicht auf Vergangenheit und Zukunft? Längst

triumphierend sie grammatisch auftritt, inhaltlich ist sie im Gedicht verwischt, der Sommer, eher positiv wegen der Laute der Menschen und des Hörens, ist Vergangenheit, vom Herbst aus gesehen, der bereits bekannt ist. Das Gedicht erweist sich als eines von der Relativität der Gegenwart, fast ein wenig generell von Relativität. Es soll nicht überschätzt werden, was machbar ist. Auch Erinnerung an Versäumtes und Hoffnung auf Gelingendes gehören zum Leben. Mit Niederlagen muss gerechnet werden. Und sei es der Utopierest in der Verwirklichung.

Im überlegten Spiel der Zeitdarstellung wird eine hohe Konstruiertheit des Gedichts greifbar, der eine Bewusstheit innewohnt von der Problematik der modernen Kunstübung.

Der Gebrauch des Präsens im Gedicht kann in den Zusammenhang der Kritik des Prophetentums gerückt werden, von der schon die Rede war, und der politischen Implikationen, die diese Absetzbewegung nach sich führt. Im Beharren auf der Bedeutung der Gegenwart erschließt sich ein weiterer Aspekt des Rätsels von der Vogellosigkeit. Es geht nicht um die Vorausschau der Zukunft, sondern um das gelebte und zu lebende Leben. Es geht um das Jetzt.

Man könnte sagen, die Zeitdarstellung im Gedicht zeichnete sich durch eine gegenüber dem Vorher- und Wahrsagen umgekehrte Richtung aus. Während der Seher in die Zukunft schaut, blickt das lyrische Ich aus dem Herbst zurück in den Sommer.

Noch etwas lässt sich ausführen. Brecht besteht auf einer Vorläufigkeit und Unübersichtlichkeit, indem er den Sprechzeitpunkt des Gedichts in das Präsens setzt. Das gewählte Tempus ist eines der Anteilnahme; der Verlauf des Geschehens, die Laute von Menschen inmitten der Vogellosigkeit eines Sommers, die Krähen im Herbst, alles wird von einem Standpunkt des Beteiligtseins aus betrachtet, jemand ist dabei, wenigstens insoweit, dass er hört, und sozusagen noch oder weiterhin im Geschehen mit einbegriffen ist. Auch wenn im Gedicht keine Befassung mit den verzeichneten Lauten geschieht, scheinen sie dem lyrischen Ich nicht gleichgültig, so dass ein Beschäftigen eigentlich angezeigt erscheint und als empfehlenswert gilt.

Die zeitliche Relation zwischen der sprachlichen Äußerung, die im Text des Gedichts vorliegt, und der Wirklichkeit besitzt eine Konsequenz. Führe ich sprachwissenschaftliche Begriffe ein, ist zu sagen, die Aktzeit liegt deutlich vor der Sprechzeit. Der Sommer ist Vergangenheit, von der in einer Gegenwart berichtet wird, die zumindest einen weiteren Bereich von Vergangenheit umfasst, nämlich wenigstens den Beginn des Herbsts, in dem die Krähen auftauchen. Die Sprechzeit unterscheidet sich also von der Betrachtzeit. Indem im Tempus des Präsens berichtet wird und grammatische Wiedergaben von Vorzeitigkeit und Nachzeitigkeit in der Tempusform des Verbs vermieden werden, sie sind lediglich durch deiktische Benennungen und das Temporaladverb deutlich, bleibt eine

---

verläuft die reale Zeit weiter fort, aber in der Analyse wäre sie festzuhalten. So wird probiert, die große Aussprache zu initiieren.

Unüberschaubarkeit bestehen, weder der Anfang, noch das Ende eines Vorgangs, noch was seine einzelnen Verläufe miteinander zu tun haben, wird gekennzeichnet, bzw., bleiben die Angaben recht allgemein. Im Sommer ist etwas geschehen, im Herbst ebenso. Was war im Frühling? Was wird im Winter sein? Weshalb herrschte Vogellosigkeit und wurde sie von den Krähen gestört? Weder das lyrische Ich im Gedicht noch der Autor treten als Bescheidwisser auf, insofern sie genaue Auskünfte über Abläufe innerhalb einer Zeitschiene erteilen. Es liegt ein Unterschied zu denen vor, die mit Hilfe der Gesetzlichkeiten argumentieren, die der historische Materialismus behauptet.

Das Gedicht hat nichts Endzeitliches, nichts Ganzheitliches, es steht vielmehr gegen dergleichen Auffassungen und kritisiert sie, auch dadurch, dass es ganz in der Gegenwart angesiedelt spielt. Es ist nicht seinerseits eine große Gesamtheit Umfassendes oder diese Meinendes, dem es sich zuwendet, bei allem Ernst der Lage, der das Gedicht gilt, das wäre seine spezifische Gesamtheit, legt es Wert auf Unernstes. Die Bekundung von Zufriedenheit ist ein Indiz dafür. Das Unernste als Reaktionsform im Gegenwärtigen steht nicht im Mittelpunkt, es drängt sich nicht als Wichtigstes auf, aber es kommt vor.

Die Form des Präsens ist von Brecht offensichtlich gewollt. Das Unabgeschlossene gemeinter und angesprochener Handlungen, inklusive derer, die im Vorstellungs- und Orientierungsraum des Lesers aufgerufen werden, wird betont, insofern dessen Aktivität auch auf diese Weise erwartet. Der Leser des Gedichts wird selbst einiges bringen müssen.

Das Unabgeschlossene ist unvollendet. Man kann über die Zeitform in Brechts Gedicht zusammenfassend sagen, dass ein Fehlerhaftes, ein Imperfektum der Menschen eingeräumt und eingeschlossen wird, weswegen nicht unterschieden werden müsste, welche Laute zu hören sind, es werden selbstverständlich „falsche" dabei gewesen sein, zudem ist viel, wenn nicht sogar alles veränderbar und machbar, ein Eingreifen ist trotz des Auftauchens der Krähen nicht zu spät. Selbst wenn Brecht die Vergangenheitsstufe des Imperfekts wählte, was er nicht tut, läge manches offen. Das Verwenden des Präsens ist diesbezüglich eine Steigerungsstufe. Ein Anzeichen von Spannung wie von Dringlichkeit.

Dringlichkeit ergibt sich auch aus der auffälligen Überkreuzstellung im Gedicht. Am Ende des Gedichts sagt das lyrische Ich, dass es zufrieden sei, am Anfang war von Bedrohlichem zu lesen. In der Chronologie der Wirklichkeit ist es anders als in der Reihenfolge des Aufzählens. Da wird es am Schluss gefährlich. Der Leser könnte sich sagen, was anläge. An den Lauten und am Hören festzuhalten und beides weiterhin zu betreiben.

VI
DIE BEKUNDUNG VON ZUFRIEDENHEIT

1. Die Relativität der Zufriedenheit

Dass die Zufriedenheit eine relative ist, ist dem Leser klar. Zu lesen ist der Vers: Ich bin dessen zufrieden. Bezüge für das Pronomen dessen sind mehrerlei möglich. In den Versen 3 bis 5 kann man sich Aussage für Aussage vornehmen. Dass Laute von Menschen zu hören waren, ist Anlass für jenes Urteil; dass gehört worden ist, und die Tatsache der Vogellosigkeit, bei aller Polyvalenz der Aussage, nähme man sie als Absage an Formen von Schicksalsgläubigkeit und Indiz für gewachsenes Selbstbewusstsein, könnte ebenfalls auf Zufriedenheit deuten. Auf einen Sommer wird geblickt, in dem ein beachtliches Stück Leben anzutreffen war. Diese Sicht wird im Gedicht nicht gelöscht, sie wird nicht hinweggetan, jedoch in Frage gestellt. Der Sommer hatte eine Tendenz, immerhin. Aber auch: höchstens. Was ihn relativiert, steht im Gedicht. Die Krähen des Herbstes zeigen auf, dass die soziale Realität des Sommers wenig weiterentwickelt worden ist; nicht einmal festgehalten werden konnte, was gewesen war. Die genannte Vogellosigkeit kann, wie schon ausgeführt, als Verweis auf Mängel im sommerlichen Leben gelesen werden. Das Gedicht schmückt die Ansätze vielleicht auf Glück ausgerichteter Existenz im Sommer kaum aus, es ist karg im Bericht. Denkt man an Jubel und Jauchzen oder dergleichen, ist das verborgen im Begriff „Laute", zu dem genauso Unfröhliches gezählt werden müsste, Trauer und mangelnder Trost.

Am Ende des zweiten Verses ist kein Punkt gesetzt im Gedicht. Die fünf Verse, die dem letzten Vers voranstehen, der von einem Zufriedensein berichtet, bilden insgesamt einen einzigen Satz. Das dort Geäußerte steht der Aussage im letzten Vers, dem sechsten, gegenüber.

Ein Gefühl oder Zustand von Zufriedenheit ist im Gedicht unmittelbar genannt; es steht geschrieben. Sorge oder Furcht vor Gefahr sind nicht direkt angesprochen, sondern dem Bild der Krähen zu entnehmen. Das Deutlichere, Kräftigere, das relative Aussagen relativer Zufriedenheit, bezieht sich auf die Realität der Laute im Sommer. Was war, hat jedoch anscheinend nicht vorgehalten oder ist überlagert worden.

Es sind im Verlauf des Textes bereits eine Reihe von Aussagen zu dem letzten Vers aus dem Gedicht vorgenommen worden. Was noch fehlt, ist ein genaues Aufzeigen seiner Stellung im Text des Gedichts und das Mitteilen von Bezügen, das zu einer Zusammenfassung des Einbekennens im Gedicht führen wird: „Ich bins zufrieden." Diese Aussage gibt es anderswo, bei einem anderen Autor, bei Nietzsche, und Brecht bezieht sich womöglich ausdrücklich darauf. Dass er sie gekannt hat, kann lediglich als ein Indizienbeweis geführt werden. Man muss kein bewusstes Zitieren und Anspielen Brechts behaupten, obwohl das vorliegen könnte; die Zusammenhänge sind insgesamt erhellend genug.

Zum Inhalt des letzten Verses in Brechts Gedicht gib es eine entscheidende Frage. Für welche Aussagen im Gedicht, die zuvor gefallen sind, gilt er? Auch wenn keine eigene Strophentrennung vorliegt, ergibt es anscheinend wenig Sinn, den letzten Satz auf das gesamte Gedicht zu beziehen. Die Zufriedenheit wäre dann zugleich eine von der Wahrnehmung der Schwärme von Krähen. Das, was als Bild von Angst und Düsternis gelesen werden kann, wäre einbegriffen in eine Auskunft von Positivität, dem Hören der Laute, das scheint nicht gut möglich zu sein. Die Negativität wäre aufgelöst in jener. Man wird vorziehen, den Schluss-Vers Brechts lediglich für die Hälfte des Gedichts als gültig anzusehen. Für die Zeit des Sommers wird er als verständlich erachtet, für die Zeit des Herbsts nicht mehr. Dass man als Leser mit solcher Aufteilung nicht seinerseits zufrieden ist, liegt daran, dass, wie schon ausgeführt, die Aussage von der Vogellosigkeit der Gegend im Sommer nicht allein als Mitteilen von Erfreulichem anzusehen ist. Gewissermaßen ist bereits im Sommer ein Stück Herbst implantiert. Als eindeutig und zurecht zufrieden kann man jemanden nur zögerlich und zweifelnd bezeichnen, der dies wegen und jedenfalls inklusive der konstatierten Vogellosigkeit ist, er hätte sich bereits darauf eingelassen, einen Verzicht auf Momente von Schönheit nicht mehr als solchen zu betrachten.

Beim Leser bleibt ein Ungenügen bezüglich des letzten Verses. Er sieht sich nicht am Ende seiner Ermittlungen. Man kann stets erneut anfangen und einen Fall aufrollen. Schon die Präsensform des Gedichts kann als Warnung genommen werden, mit etwas fertig zu sein, weder für die Sache gälte das, noch für das ihr gegenüberstehende Subjekt im Gedicht. Und für das Leser-Subjekt eben auch nicht. *„Ich bins zufrieden"*, das hieße, sich des unterstellten Dessen, des Anlasses von Zufriedenheit immer wieder neu oder überhaupt erst zu versichern. Die Vorgänge können kaum als einfach erscheinen.

Weitgehend auszuschließen ist, bei der Analyse des letzten Verses mit Satzzeichen zu spielen. Setzt man nach den ersten beiden Wörtern: *„Ich bins"* ein Komma oder einen Punkt, wird die Zufriedenheit zu einer vollständigen, sie wäre eine peinliche Bekundung. Zumal die Ich-Identifizierung in den Vordergrund rückte. Als ginge es nur noch um diese. Das müsste ironisiert werden. Es wäre also mindestens ein Fragezeichen am Ende anzuschließen. Das steht aber nicht da und die Veränderung reicht zu weit. Zudem hat Brecht zahlreiche Gedichte aus dem Umkreis der *Buckower Elegien* mit einem Fragezeichen beendet, dieses Stilmittel also bewusst überlegt, und im vorliegenden Fall eben ausdrücklich nicht. Das Ego bleibt sowieso nicht außen vor. Aber auf welch feinere Weise wird es thematisiert. Ein *„Ich bins"* bleibt.

Erinnert man sich beim Überlegen des insgesamt Betrachteten und Herausgefundenen, so wie ein Kriminalist seine Erkenntnisse betrachten mag, der weiß, dass er noch nicht am Schluss seiner Ermittlungen angelangt ist, daran, an welcher Stelle der deutlichste Beleg für die Faszination durch die Vögel gewesen ist, für deren Stellung im Verhältnis zum menschlichen Leben, wird man zum Werk von Nietzsche zurückkehren. Eine wie immer vermittelte Zufriedenheit ist das

Ausweisen eines Erlebens von Schönem, zumindest von Begrüßtem. In relativ gemäßigter Form ist ein Urteil des Beglückwünschens zum Ausdruck gebracht. Es gilt dem eigenen Ich und seinen bestimmten Verhältnissen. Dem lyrischen Ich.

2. Der hässlichste Mensch aus Nietzsches „Also sprach Zarathustra"
Die Aussage des letzten Verses in Brechts Gedicht *„Laute"*, *„Ich bins zufrieden"*, findet sich bei Nietzsche an prominenter Stelle, am Ende des Werks *„Also sprach Zarathustra"*. Das Kapitel trägt den Titel: *„Das Nachtwandler-Lied."* Bei Nietzsche ist die Aussage, die in Brechts Gedicht wortgleich zu finden ist, ausführlich hergeleitet, vieles führt auf sie zu. Zarathustra ist nach manchem Umherstreifen auf dem Heimweg zu seiner Höhle. Es gibt im Zusammenhang des Werks einen wiederholten Rückzug in die Einsamkeit. Zarathustra war eine Zeitlang auf der Suche nach dem Notschrei (ohne hier an dieser Stelle auszuführen, was es damit auf sich hat). Als er der Höhle nahe ist, hört er den Notschrei. Zarathustra beschließt, diejenigen, von denen der Schrei kommt, als *„höhere Menschen anzusehen"*. Die höheren Menschen sind Zarathustra zuvor begegnet und er hatte sie in seine Höhle eingeladen (wie Nietzsche, von dem die Auswahl der erlesenen Schar stammt, seine Leser zum Lesen). Später feiert er mit ihnen das *„Eselsfest"*, als *„Abendmahl"* eine dezidiert blasphemische Veranstaltung. Unter den Leuten ist einer, der heißt *„der hässlichste Mensch"* und spielt die Rolle, die in Brechts Gedicht *„Laute"* hineinreicht.

Im Aufgreifen des biblischen Tons (den gibt es häufig, genauso wie Bezüge auf Goethe oder Hölderlin etc.) ist bei Nietzsche das blasphemische Moment nicht zu Ende: *„Da aber geschah Das, was an jenem erstaunlichen langen Tage das Erstaunlichste war"*, heißt es. Es ist der Tag des Eselsfestes. Die höheren Menschen feiern es, zusammen mit Zarathustra. Der Esel wird als Gott verehrt. Selbst Zarathustra (der am Ende von Nietzsches Buch zu anderen Konsequenzen kommt), hatte sich nicht, wie es heißt *„bemeistern"* können, er *„schreit selber I-A, lauter noch als der Esel, und sprang mitten unter seine tollgewordenen Gäste"*[177].

Die andere Zitatstelle, die berichtet, was *„das Erstaunlichste war"*, sei fortgeführt, sie ist die für den Zusammenhang des Brecht-Gedichts *„Laute"* entscheidende: *„der hässlichste Mensch begann … eine gute tiefe klare Frage, welche Allen, die ihm zuhörten, das Herz im Leibe bewegte."*[178] Die Antwort gibt der hässlichste Mensch selbst, er sagt den anderen, wie es um ihn steht. Er teilt nach der Feier des blasphemischen Festes seine Befindlichkeit mit, und die Antwort ist der Satz aus dem Gedicht *„Laute"* von Brecht: *„Ich bins zufrieden"*. Nietzsche lässt den hässlichsten Menschen reden:

---

[177] KSA Bd. 4, S. 395
[178] Ebd.

„Meine Freunde insgesammt, sprach der hässlichste Mensch, was dünket euch? Um dieses Tags Willen – *ich* bin´s zum ersten Mal zufrieden, dass ich das ganze Leben lebte."[179]

„Um dieses Tags Willen" ist er zufrieden, das Eselsfest ist also der Bezug. Das also sagt der hässlichste Mensch: *„ICH bin´s zum ersten Mal zufrieden."* Brechts Gedicht erscheint damit in einer zusätzlichen Beleuchtung. Es liegt diese jedoch nicht völlig außerhalb von bereits Festgestelltem; dass in jenem von Brecht im Gedicht gemeinten Sommer nicht alles so ganz ohne und falsch war, jedenfalls nicht insoweit, dass nicht mit dem Urteil der Zufriedenheit darauf reagiert werden konnte, das meint Brecht. Es wäre vieles ausbaubar gewesen. Und eine Liebe zum Leben und weniger zum Ideologischen war vernehmbar. Die Auffälligkeit, dass Brecht in seinem Vers die, laut Duden etc., veraltete oder veraltende Form wählt „ich bin es zufrieden", statt „ich bin dessen zufrieden" oder „ich bin damit zufrieden", wie die mit dem Satz bei Nietzsche identische Elision des Buchstabens „e" im Pronomen „es", erhöhen stark die Wahrscheinlichkeit eines Bezugs von Brecht auf den Text Nietzsches.

Es hätte eine prächtige komische Kraft, würde Brecht eine Betrachtung des 17. Juni 1953 in lyrischer Form ausgerechnet in einer konkreten Verbindung zu einer Formulierung Nietzsches aus dem *„Zarathustra"* angestellt haben. Selbst die bei Brecht nicht erscheinende zeitliche Bestimmung *„zum ersten Male"* könnte man sich hinzudenken, es wäre im Sommer des Jahres 1953 eine erste Zufriedenheit Brechts, stimmte er dem lyrischen Ich seines Gedichts zu, mit der Entwicklung der DDR verzeichnet. Wäre der einzelne Tag, der 17. Juni, herausgegriffen, könnte man die Aussage bei Nietzsche: *„Um dieses Tags Willen"* im Bezug sehen. Nach ihrer Gründung schien zum ersten Mal im Zuge des Eingreifens der Bevölkerung ein weiterer Weg aufgezeigt und gangbar, wenn er nur gegangen werden würde.[180] Er ist danach nicht gegangen worden. Brecht mag zudem keine Illusionen gehegt haben. Sein Gedicht *„Laute"* spielt auf der Klaviatur der Möglichkeit des Machbaren, es tanzt auf des Messers Schneide zwischen Zuversicht und Resignation. Dieser Tanz besitzt unter Umständen eine Schönheit. Richtig zu genießen ist er nicht.

Es liegt an, eine Reihe von Schlüssen zu ziehen, sowohl zur Äußerung der Zufriedenheit bei Nietzsche wie zu der bei Brecht; ob sie nun bewusst zitiert ist oder nicht, sie wird im Lichte des Bezugs zu Nietzsche betrachtet werden können. Der hässlichste Mensch fügt noch etwas hinzu; falls Brecht wirklich an diese Stelle gedacht hat bei Nietzsche, sie ihm nicht lediglich unterlaufen ist (ich werde später noch einen Bezug anführen, der als unwahrscheinlich erscheinen lässt, dass sie ihm lediglich unterlaufen ist; es geht dann ein weiteres Mal um Vogellosigkeit; und auch eine frühere Beschäftigung Brechts mit dem Abwägen

---

[179] Ebd., Kursivsetzen des Pronomens bei Nietzsche
[180] Im „Journal" hat Brecht unter dem Datum des 20. 8. 1953 geschrieben: „Aber nun, als große Ungelegenheit, kam die große Gelegenheit, die Arbeiter zu gewinnen." BFA Bd. 27, S. 346

von Zufriedenheit gibt es), könnte er gelacht haben über die Posse, den sogenannten hässlichsten Menschen am Ende seines Gedichts „*Laute*" vorkommen
zu lassen. Am Schluss des Eselsfests schreit Zarathustra: „*Oh ihr Schalks-Narren
allesammt und Possenreisser!*"[181]. Sie sind bei Nietzsche eine Versammlung komischer Vögel. Der hässlichste Mensch führt aus:

> „Und dass ich so viel bezeuge, ist mir noch nicht genug. Es lohnt sich auf der Erde
> zu leben: Ein Tag, Ein Fest mit Zarathustra lehrte mich die Erde lieben."[182]

Die zweimalige Betonung, das irdische Leben zu mögen, erinnert an Brechts Lob
der Lebenskunst. Sein Anführen der Aussage des hässlichsten Menschen im
Stilmittel der Allusion, „*Ich bins zufrieden*", wäre leicht zu erklären. Der hässlichste Mensch lernte die Erde zu lieben. Es heißt: Zarathustra „*lehrte mich*";
selbst diese Aussage gehört in den Gestus des Gedichts von Brecht. Die Aussage
der Zufriedenheit ist auf das Hören der Laute der Menschen bezogen, auf beides,
auf die Laute, wie auf das Hören, beides ist im Gedicht ein Stück gelebtes Leben.
Als würde das lyrische Ich angesichts des Sommers auf eine mit der Zarathustras
vergleichbaren Lehre verweisen wollen. Die „*Laute von Menschen rührend*" werden beachtet. Als müssten die Leute der Erde hinzugezählt werden, der Liebe
entgegengebracht wird. Etwas von der Reaktion des hässlichsten Menschen auf
das Eselsfest wäre bei Brecht aufgegriffen. Das Aufwühlende, das die eigene
Kunstübung möchte, die umfassende Beschäftigung beim Leser hervorrufen will,
indem sie diesen bewegt, erscheint zugleich aus anderer Quelle zitiert.

Der „*alte Wahrsager*", der zu den „*höheren Menschen*" zählt, „*tanzte vor Vergnügen*", als er den hässlichsten Menschen sprechen hört, und er war (stärker
noch als voll vom Wein) „*voller des süßen Lebens*"[183]. Fellinis Filmtitel mag einem
einfallen.

Dass das süße Leben nicht in reiner Form zu haben oder jedenfalls schwierig ist (davon handelt Fellinis Film), spricht nicht gegen das Singen eines Lob-
lieds darauf. Gesungen wird bei Nietzsche im Zarathustra–Buch häufig. Es gibt
zwei Tanzlieder, und der Abschnitt, in dem das Zitat der Zufriedenheit fällt,

---

[181] Vgl. KSA Bd. 4, S. 393. An anderer Stelle werden die gar nicht närrischen Gelehrten kritisiert, manchmal fühlt man sich an Brechts Tuis erinnert, einmal kommen Vögel als Zeichen
von Leben etc. vor: „Sie (die Gelehrten, DH) haben kalte vertrocknete Augen, vor ihnen liegt
jeder Vogel entfedert." (S. 361)

[182] Ebd. S. 396. Es heißt im Fortgang des Zitats: „´War *Das* – das Leben?´ will ich zum Tode
sprechen. ´wohlan! Noch Ein Mal!´" (Hervorhebung Nietzsche). Es klingt hier deutlich an
und macht das Gewicht der Stelle in Nietzsches „Zarathustra" aus, dass die Aussage des hässlichsten Menschen im Zusammenhang von Zarathustras Lehre der ewigen Wiederkehr steht.
Was Nietzsche damit zeigen will, erscheint einschätzbar. So gelebt zu haben, dies sich sagen zu
können, dass der Wunsch einer Wiederholung auftauchen kann. Man müsste sich keiner Versäumnisse zeihen und sich nicht vorwerfen, nicht gelebt zu haben. Eine andere Sicht auf den
Tod wäre eine Konsequenz. Wer eine gescheite Existenz hatte, hat eine andere Scheu vor dem
Sterben und dem Tod. Er muss das Ende nicht verdrängen und hinweglügen, aus Angst, sein
Leben ist nichts gewesen.

[183] Ebd.

heißt „*Das Nachtwandler-Lied*"[184]. Das Singen hat einen Zusammenhang zum Brecht-Gedicht. Der Titelbegriff „*Laute*" lässt auch an das Instrument Laute denken, mit dem zum Tanz aufgespielt werden kann. Gesang wird begleitet. Frank Wedekind hat „*Lieder zur Laute*" geschrieben (wie Brecht „*Lieder zur Klampfe*"), die Brecht vorgesungen bekommen und die er selbst gesungen hat und die in eine Verbindung zu rücken sind zu Nietzsches „*Zarathustra*" wie zu dessen Philosophie.[185] Bei aller eingeschlossenen Melancholie wird bei Wedekind eine Feier des Lebens gegeben. Es ist denkbar, dass unter den Lauten, die in Brechts Gedicht im Sommer zu hören waren, unter anderem Tanzmusik gewesen sein könnte. Bei Wedekind heißt es: „*Denn das Weib wie die Welt zeigt ganz die gleiche höchste Präponderanz zum Tanz.*"[186] Und: „*Das ist einfach wundervoll in unseren Tagen, dass man wieder tanzen soll, nicht nur sich plagen.*"[187] Zum Teil sind diese Lieder geschrieben, bevor der Erste Weltkrieg beendet war. Im Lied „*Junges Blut*" wieder eine Aufforderung zum Genießen: „*Tanz mein Liebchen so wild du tanzen kannst, tanzen kannst*" und am Ende des Lieds: „*Lustbeflügelt derweil zuckt dein Hinterteil.*"[188] Wer beim Wort „*beflügelt*" bereits an die Vögel denkt, die Brecht in seinem Gedicht hinweggezaubert hat, sei bestätigt, sie kommen bei Wedekind an anderer Stelle deutlich vor: „*Komm hinaus zum lauschigen Plätzchen, wo sich die Vöglein längst gepaart!*"[189] Dass weltanschauungskritische wie politische Implikationen bei Wedekind nicht ausgeschlossen sind, wird gelegentlich deutlich. „*Hurtig, tummle dich, wie kein Satan tanzt!*", heißt es. Religiöse Rücksichten sind daraus nicht abzuleiten, eher eine Stellung gegen Vertröstungen durch die Religion und gegen Angstmacherei. Ein Lied trägt den Titel: „*Der Anarchist*", es führt die Aufsässigkeit nicht nur im Titel, der Sänger singt über sein Todesstunde, will nichts Religiöses, sondern von den Lippen „*des Weibes ... trinken noch einmal!*"[190]

Auf Vergleichbares verweist der Vers Brechts: *"Wir tanzten nie mit mehr Grazie/ Als über die Gräber noch.*"[191] Brecht hat das Gedicht, aus dem der Vers stammt, „*Philosophisches Tanzlied*" betitelt, wollte also offensichtlich eine Verbindung zu den Tanzliedern aus Nietzsches „*Zarathustra*" herstellen. Nach In-

---

[184] Unter dem Titel „Das trunkene Lied" kennen es die Nietzsche-Leser der Ausgabe von Alfred Baeumler (Vgl. Stuttgart 1969, S. 351). In der KSA von Colli/Montinari heißt es: „Das Nachtwandler-Lied". Auf die Unterschiede der Nietzsche-Ausgaben, so interessant das wäre, wird nicht eingegangen. Grundsätzlich gelten die Ausgaben der KSA.

[185] Auf den Bezug der Lautenlieder Wedekinds zu Nietzsche wie zum jungen Brecht hat bereits Jürgen Hillesheim hingewiesen. Vgl. Jürgen Hillesheim, „Ich muß immer dichten". Zur Ästhetik des jungen Brecht, Würzburg 2005, S. 194f

[186] Frank Wedekind, Lieder zur Laute 1917/18, Wedekind Werke I3, Darmstadt 2007, S. 260

[187] Ebd. S. 258; das Lied trägt den Titel „Das ist einfach wundervoll"

[188] Ebd. S. 264

[189] Ebd. S. 268

[190] Ebd. S. 239

[191] BFA, Bd. 13, S. 113; der Vers findet sich in verschiedenen Fassungen, er ist auch aufgenommen in die „Lieder zur Klampfe", dort unter dem Gedichttitel „Lied der müden Empörer" (BFA 11, S. 9).

formationen von Jugendfreunden hat Brecht das Lied selbst zur Gitarre gesungen.[192] Der Titel belegt eine gute Kenntnis Brechts von Nietzsches Buch. Dem Gedicht ist eine an die Figur Zarathustras erinnernde lebensgenießerische Aufsässigkeit zu entnehmen, das Leben soll herausgefordert werden, inklusive der Todesgefahr: *„Wer nie sein Leben aufschnaufend wegwarf/ Dem hat es auch nie gehört.“*[193] Wenn es zwischendurch heißt *„In Staub zerfällt dein Schuh:/ Der ganz wie du nur für Fußtritte war/ War glücklicher doch noch als du!“*[194] ist deutlich ein anderer Tonfall als der Nietzsches zu entnehmen; wenn die Schuhe als glücklicher bezeichnet werden, waren die Fußtritte nicht nur solche, die das angesprochene Du selbst austeilte, sondern auch welche, die es zu spüren bekam, es lebte insofern in keiner glücklichen Welt, aber trotzte dieser mit Tanz und Grazie ein eigenes Vergnügen ab und ein eigenes Leben. An den Tod wird lediglich gedacht, um das zuvor gelebte Leben hochzuhalten, der Schuh zerfällt in Staub, nicht die Person. Und die Fußtritte stünden für Aufbruch und Unterwegssein. Und für das Tanzen. Sind die Schuhe hin, besorgt man sich neue oder tanzt barfuß weiter. Ist das Leben vorbei, ist es zu spät, ihm etwas abzugewinnen. Brechts *„Philosophisches Tanzlied“*, von dem mehrfach bezeugt ist[195], wie sehr er es gemocht hat, das in verschiedenen Fassungen 1918 entsteht, ist ohne Bezug auf Nietzsche nicht zu betrachten. Nach dem Krieg wird auf Lebenslust bestanden. Nach dem noch schrecklicheren Krieg 1939-1945 findet Brecht 1953 neben den Anwandlungen von Verzweiflung und Depression im Darstellen der Laute der Menschen und der bedingten Zufriedenheit, inmitten der Vogellosigkeit, zu einem Rückbezug auf Nietzsche wie zu einem auf das eigene Werk.

In Zusammenhang des Tanzens lässt sich an Marx denken und seinen oft zitierten Ausspruch: *„man muss diese versteinerten Verhältnisse dadurch zum Tanzen zwingen, dass man ihnen ihre eigene Melodie vorsingt!“*[196] Im Verb *„zwingen“* ist ein Variante des Tanzens angelegt, die mit Brecht und Wedekind an dieser Stelle weniger zu tun hat, obwohl das Vergnügliche von Kritik, wie das Beharren auf Lebenswertem mitschwingt; interessant an der Aussage von Marx ist das Betonen der konkreten Analyse, der Ausgangspunkt an der vorliegenden Realität, um deren Melodie es geht, nicht um das Vorausgesetzte einer richtigen Gesinnung.

---

[192] Vgl. Münsterer, Bert Brecht. Erinnerungen aus den Jahren 1917-1922, Zürich 1963
[193] BFA, Bd. 13, S. 112
[194] Ebd. S. 113
[195] Vgl. BFA 13, S. 439
[196] MEW Bd. 1, Zur Kritik der Hegelschen Rechtsphilosophie. Einleitung, S. 381. Zu Beginn des Kapitels vom „Fetischcharakter der Ware“ in „Das Kapital“ gibt es bei Marx das Beispiel vom Tisch, der tanzt und wunderlich wird, sobald er als Ware auftritt. Man könnte sagen, ohne derweilen auf es zu verzichten, ein eigenes Tanzen wäre gegen das Tanzen der Sachen durchzusetzen, wenn die dann in ein Tanzen der Auflösung gebracht wären. Marx schreibt vom Tisch als Ware: „Er steht nicht nur mit seinen Füßen auf dem Boden, sondern er stellt sich allen andern Waren gegenüber auf den Kopf und entwickelt aus seinem Holzkopf Grillen, viel wunderlicher, als wenn er aus freien Stücken zu tanzen begänne.“ MEW Bd. 23, S. 85

Zurück zu Nietzsche und dem Zitat des hässlichsten Menschen. Wer ist dieser hässlichste Mensch? Er erhält im 4. Teil von Nietzsches Werk ein eigenes Kapitel und wird als der Mörder Gottes vorstellig gemacht. Er gehört in die Reihenfolge der Begegnungen, die Zarathustra im 4. Teil von Nietzsches Buch hat. Diejenigen, denen Zarathustra begegnet ist, kommen dann zu ihm und feiern gemeinsam das Eselsfest.

Der Leser, in der Gestalt des Ermittlers unterwegs auf den Spuren der Rätsel von Brechts Gedicht „Laute", könnte den Atem anhalten, wenn er liest, in welcher Umgebung Zarathustra den hässlichsten Menschen antrifft. Das Kapitel über den hässlichsten Menschen steht vor dem Bericht des Eselsfestes und vor dem Nachtwandler-Lied. Das Indiz ist wahrgenommen worden, aber erst mit der Enttarnung von Brechts letztem Vers aus dem Gedicht „Laute" als Zitat oder zumindest Anspielung oder als jedenfalls vorfindlich in der Aussage des hässlichsten Menschen, soll eine Rückkehr erfolgen zum anderen Indiz, zur anderen Fundstelle. Es ist dies alles zusammen eine Entdeckung.

Als Zarathustra in die Gegend kommt, in der er dem hässlichsten Menschen begegnet, heißt es bei Nietzsche:

> „Als aber der Weg wieder um einen Felsen bog, veränderte sich mit Einem Male die Landschaft, und Zarathustra trat in ein Reich des Todes. Hier starrten schwarze und rothe Klippen empor: kein Gras, kein Baum, keine Vogelstimme."[197]

Zarathustra trifft auf den hässlichsten Menschen in einer Gegend der Vogellosigkeit, sie ist charakterisiert wie die Gegend in Brechts Gedicht „Laute". Wie in der anderen Bezugsstelle für eine Gegend der Vogellosigkeit, in Vergils „Aeneis" (Aeneas betritt über den See der Vogellosigkeit die Unterwelt), gerät auch Zarathustra zumindest symbolisch in ein „Reich des Todes". Bei Nietzsche wird die Gegend als Friedhof geschildert; nur bestimmte Schlangen kommen hierher, um zu sterben. Ohne die artifizielle Konstruktion bei Brecht zu überschätzen, ist der Befund der Parallelen eindeutig. Hat er dergleichen bewusst gestaltet, rückte er in die Nähe der Arbeitsweisen von James Joyce. Es geht nicht anders, als ausführlich zu bedenken, was das Auffinden der Verbindung zu Brechts Gedicht „Laute" alles bedeutet.

Der hässlichste Mensch trifft Zarathustra und stellt ihm die Rätselfrage: „Was ist DIE RACHE AM ZEUGEN?"[198] Der Zeuge ist Gott, der „alles" sah, der „Über-Zudringliche, Über-Mitleidige". Bei Zarathustra gibt es am Ende dieses Abschnitts den Schluss auf „Selber-Liebe", die den Menschen prägt, der doch „wie häßlich, wie röchelnd, wie voll verborgener Scham"[199] existiert. Der hässlichste Mensch ist eine einzelne Figur, aber in seiner superlativischen Bezeichnung wirkt er wie eine Art Gestalt gewordenes Kompendium dessen am Menschen, was nicht der Betrachtung und der Überprüfung sich ausgesetzt sehen will, was

---

[197] KSA Bd. 4, S. 327
[198] Ebd. S. 328. Hervorhebungen Nietzsche
[199] Ebd. S. 332

geheim und für sich allein bleiben will, nicht ans Tageslicht gezerrt und keiner Öffentlichkeit vorgeführt, all das hat jener anscheinend auf sich geladen wie der Heiland der Bibel die Sünden der Welt. Ihm ist der Schmutz und Schlamm von Privatem und Intimem aufgepackt: *„-dazu bin ich zu REICH, reich an Grossem, an Furchtbarem, am Hässlichsten, am Unaussprechlichsten!"*[200]. Der Bürde entsprechend sieht er dann auch aus, soweit der Leser davon Mitteilung bekommt: *„Etwas, das am Wege sass, gestaltet wie ein Mensch und kaum wie ein Mensch, etwas Unaussprechliches"*[201]. Drei Lastenträger spielen im Eselsfest eine Rolle. Der Esel, das Lasttier als der blasphemisch gefeierte Gott, der christliche Gott, der die Sünden der Welt auf sich genommen hat und der hässlichste Mensch. Der hässlichste Mensch wendet sich gegen ein Erfasst-Werden, dagegen, in Beschlag genommen zu werden. Der Mensch will manchmal für sich ganz allein sein, darum geht es. Jenseits der Zuständigkeit von Religion oder staatlicher Behörde. Der hässlichste Mensch ist der radikale blasphemische anti-weltanschauliche Täter und er beglückwünscht sich in seinem Feier-Spruch „ich bins zufrieden" in geradezu anti-faustischem Sinn zum genossenen und gelebten Leben. Selbst wenn es bloß das Eselsfest war. Er sagt zu den Augenblicken, die waren, dass sie eine beachtliche Gegenwart gewesen sind. Sie wird als Vergangenheit nicht vergehen und in die Zukunft hineinstrahlen.

Das Feiern von Partys in Discos etc. hat heute ein anderes Format als zur Zeit Nietzsches, auf jeden Fall im Veranstaltungshaften. Stimmung ist angesagt. Das Beharren auf *„Lebenskunst"* mag reichlich obsolet und altbacken wirken. Zahlreich erscheinende einschlägige Ratgeberliteratur scheint immerhin auf Nachfrage wie Unsicherheiten eines Leserpublikums zu verweisen. Es ist so eine Frage, wie es im 21. Jahrhundert mit der Freude steht. Wer im Wohlstand lebt, lebt angenehm. Fragt sich, welcher Wohlstand existiert, wo, wie angenehm und für wen? Laut World-Food-Report der FAO[202] sterben jeden Tag auf der Welt 37 000 Menschen an Hunger. Die Landwirtschaft auf dem Globus könnte ohne Probleme mehr als die derzeit existierende Weltbevölkerung ernähren. Mit einem einfachen Bekennen zur Lebensfreude und Lebenskunst ist es gewiss nicht getan. Die umfassende Organisation von Fun als Dienstleistung in den reichen Ländern der Welt in allen möglichen und sich ständig neu ergebenden Spielarten lässt von Seiten derer, die ein vermeintlich selbstbestimmtes und ach so unabhängiges Leben zu genießen sich vornehmen, ein starkes Bedürfnis, sich nach Realisierungsmöglichkeiten zu richten, vermuten. Selbst solche Freiheit könnte repressiv sein. Sie hätte sich zum Zweck umfassender Funktionstüchtigkeit etabliert. Man müsste ihr also die Widersprüchlichkeit ansehen.[203]

---

[200] Ebd. S. 329. Hervorhebungen Nietzsche
[201] Ebd. S. 327
[202] Süddeutsche Zeitung Nr. 169 vom 25. Juli 2011, S. 11
[203] Man kann darin in verschiedener Weise ein eigenes Thema sehen. Volkmar Sigusch hat in einem neuen Buch, Auf der Suche nach der sexuellen Freiheit. Über Sexualforschung und Politik, Frankfurt/Main, 2011, S. 165, auf die" Genussfeindschaft im Genuss" verwiesen, die

Man könnte auf die Idee verfallen, ob Brecht es nicht den Arbeitern vom 17. Juni 1953, die, wie Brecht das sah, berechtigte Interessen vorgetragen haben und darin Protestformen eines Aufstand wählten, ins Stammbuch schreiben wollte, aufzupassen, das nicht nur ein Eselsfest war, was sie veranstalteten und dem nichts nachfolgte, herkömmlich orientiert an Obrigkeit trotz allem Lustvollen an Aufsässigkeit. Das Pro im Anti überwogen habe. Bei Nietzsche ist es umgekehrt. Das Eselsfest ist von einiger satirischer Kraft. Den Aufständischen vom 17. Juni und ihren Gegnern wäre also auch vorzuwerfen, es nicht so weit gebracht zu haben. Der Bezug zum Eselsfest lieferte auf jeden Fall eine böse und ironische Betrachtung zum 17. Juni. Brecht wäre Zarathustra vergleichbar, der die Menschen aus den Fängen des Christentums und des Mitleidens befreien will, Brecht will sie aus den Fängen der Gläubigkeit an den historischen Materialismus lösen und aus anderen Gläubigkeiten. Wenn der hässlichste Mensch zu Zarathustra sagt, dieser wisse gut, wie dem *„zu Muthe ist, der ihn tödtete, - dem Mörder Gottes"*[204], könnte das als Betrachtung zumindest des lyrischen Ichs genommen werden, es wüsste, wie denen unter den Menschen, die Laute hören lassen und protestieren, zu Mute ist. Viele Bezüge können hergestellt werden. Es gab Parolen am 17. Juni. Bei religiösen Prozessionen waren Litaneien üblich, Fürbittgebete etc..

Der hässlichste Mensch löst mit einer *„Litanei zur Lobpreisung des angebeteten und angeräucherten Esels"*[205] das Fest aus. Er sagt z.B.: *„Und Lob und Ehre und Weisheit und Dank und Preis und Stärke sei unserm Gott, von Ewigkeit zu Ewigkeit!"* (ebd.). Jeder gut trainierte Christ wird am Ende einfallen wollen: Amen. Es schreit aber der Esel: *„I-A."* An verschiedener Stelle ist deutlich, welcher Zusammenhang zwischen der Litanei und dem Eselsfest in der zitierten Aussage des hässlichsten Menschen besteht. Die Anordnung entspricht einer Liturgie der Handlungen. Vor dem Beginn der Litanei *„begann der hässlichste Mensch zu gurgeln und zu schnauben, wie als ob etwas Unaussprechliches aus ihm heraus wolle"*[206]; ehe er die Worte äußert, die sich in Brechts Gedicht vermeintlich zitiert finden, wiederholt Nietzsche den Gestus: *„der hässlichste Mensch begann … zu gurgeln und zu schnauben, und als er es bis zu Worten gebracht hatte"*[207], ja, da sagt er den zitierten Satz. Die Parallelbetrachtung von Brechts Gedicht und Nietzsches Darstellung führt den Leser dazu, im Gurgeln und Schnauben des hässlichsten Menschen, neben der Dringlichkeit eines Willens zum Überleben und der Parodie von Feierlichem und Wichtigtuerischem, Laute zu sehen, die danach in Worte übergehen. Der Vorgang scheint den Lauten der Menschen in Brechts Gedicht ähnlich. Als hätten diese noch nicht oder nicht insgesamt zu

---

heutzutage zu beobachten sei. An anderer Stelle findet sich der Satz: „Im Grunde sind unsere Erotik und unsere Sexualität Kunstwerke." (S. 95)
[204] KSA Bd. 4, S. 329
[205] Ebd. S. 388
[206] Ebd. S. 388
[207] Ebd. S. 395

Worten gefunden und spielte das Hören eine Rolle. Der Zuhörer könnte lernen. Dass es z. B. falsch wäre, ihnen die Reduktion auf Worte aufzuerlegen.

Nietzsches Kapitel, in dem die Litanei des hässlichsten Menschen vorgetragen wird, hat die Bezeichnung *„Die Erweckung"*. Der Name steckt voller Anspielungen. Ein Aufwachen ist gemeint, der Loslösungsprozess vom Religiösen schreitet weiter voran. Erweckung hört nicht auf, sobald sie getan ist. An den Morgen ist zu denken, dem der Tag folgt; die Helligkeit, in der genauer gesehen werden kann, weil bessere Sichtverhältnisse vorhanden sind. Nietzsche, der ein Buch mit dem Titel *„Morgenröte. Gedanken über moralische Vorurtheile"*[208] geschrieben hat, sucht mit der Titelwahl den Anschluss an den Prozess der Aufklärung. Er will zu diesem hinzugehören, wie Brecht auch. Der Name *„Die Erweckung"* verhöhnt zugleich den religiösen Begriff. Von Religionsstiftern, wie von ihren werdenden oder wechselnden Anhängern gibt es Berichte von Erweckungserlebnissen. Der Erweckung zu Gläubigkeit steht das Erwecken zur Anti-Gläubigkeit gegenüber. Dafür setzten sich Brecht wie Nietzsche ein.

Es ist ein Ringelreihen von Spott und Parodistischem, das Brecht aufgreift. Das Eselsfest bei Nietzsche ist beides, Verhöhnung und Selbstverhöhnung, die feiernden höheren Menschen sind unfrei im karnevalesken Ersatzhaften, sie, die Spottenden, sind selbst zum Verspotten. Aber sie erscheinen liebenswert. Es sind *„Laute von Menschen rührend"* zu vernehmen. Der 17. Juni 1953 in der DDR und das Eselsfest bei Nietzsche. Daran lässt sich denken, ist man auf die mutmaßliche Herkunft der Aussage der Zufriedenheit in Brechts Gedicht gestoßen. Womöglich als Eselsanbeter wären beide Seiten der Aufstandsbewegung zu betrachten, die Staatsvertreter wie die Widerständigen; diese Ansicht wird von Brecht als Spielform ermöglicht. Zudem wird das Ich des Gedichts nicht völlig ausgenommen, es hat Teil an der Aufstandsbewegung, die es gehört hat, wie am Anspielungsreichtum des Gedichts, das sowieso. Es identifiziert sich per Zitat mit der Äußerung des hässlichsten Menschen, übernimmt dessen Aussage, bleibt jedoch in Distanz. Sowohl zu sich, seiner eigenen Zufriedenheit, sie ist nicht direkt ausgesagt, wie zum Zitierten, eine Befassung mit diesem ist dem Leser anheimgestellt.

Brecht hielte, zitierte er tatsächlich aus Nietzsches *„Zarathustra"*, Abstand zu den Beteiligten am Fest des 17. Juni. Er rückte ein wenig in die Rolle Zarathustras. Dabei zu sein, aber ein Ungenügen zu haben. Brechts Gedicht ist keine theoretische Analyse, weder der Aufstandsereignisse, noch erst recht des Werks von Nietzsche, diese Analyse ist nicht angestrengt und dem Leser des Gedichts nicht direkt auferlegt, zugleich steht der Text des Gedichts im Zusammenhang einer solchen Analyse. Den Hinweis darauf, dass an den Bewusstseinsinhalten wie -zuständen in Partei wie Volk etwas auszusetzen ist, macht das Gedicht möglich, darauf wird der Leser über die Pfade der Anspielungen und des Verrätselns aufmerksam gemacht. Brecht streicht kein ironisches Über-den-

---

[208] KSA Bd. 3

Dingen-Stehen heraus, er hält sich mit seinem Gedicht mitten unter den Leuten auf und bemerkt Streitfragen, er will die Wunde offenhalten, es könnte ihm um die Fortsetzung des Streits gegangen sein, um die weitere Entwicklung in der DDR. Dem Gedicht wächst trotzdem etwas Zynisches zu, jedenfalls denen gegenüber, die während jener Tage und Wochen im Sommer 1953 in der DDR Leid erfahren haben. Sie sind Gegenstand von Kunst geworden.

Brecht könnte die Ereignisse im Sommer 1953 als Tragödie angesehen und bedauert haben, wie kommunikationslos der Umgang miteinander bei den Kontrahenten war, zu denen er selbst gehörte. Die nicht mehr dem Hören zugewandten Parteikader hat er erwähnt, und in der Gegenüberstellung von „*Laute*" und „*Laute*" in seinem Gedicht, denjenigen der Leute und denen Brechts, mag ein Zeichen diesbezüglich zu entdecken sein. Es bleibt jedoch nicht bei der Konstatierung von Tragik, auch wird keine Theorie von der Lage der Welt daraus geschmiedet, vielmehr wird im Anklang zu Nietzsches Narrentreiben im Eselsfest das Infragestellen letzter Gültigkeiten anempfohlen. Es wäre eine Empfehlung, von der nicht zu behaupten wäre, sie erleichtere etwas. Dann fiele man zurück auf das Standpunkthafte. Tragisches kann geschehen, aber der Glaube an Tragik ähnelt dem der Betreiber von Vogelschauveranstaltungen.

Brecht zitiert in seinem Gedicht die Aussage des hässlichsten Menschen, des Blasphemikers bei Nietzsche; das ist von Seiten Brechts eine eigene blasphemische Tat, sie ist gegen die Partei und Staatlichkeit der DDR gerichtet. Sein trotziges „*Ich bins zufrieden*" ist in Wahrheit eine Provokation, wenn man entdeckt, woher der Spruch stammt. Was Brecht treibt, ist nicht bloßes Versteckspiel; die Art und Weise, wie er sein Bekenntnis vorträgt, verweist auf ein Moment des Ironischen und damit des Distanzierens, nicht dass die parteilich Sprechenden, darunter die Kaderwelschler, glauben, er bediene sich seinerseits parteiisch verlautender Sprache; es herrscht kein Brustton der Überzeugung bei Brecht, sondern es findet sich ein Zitat, mit dem eine ganze Fülle von Andeutungen und Weiterungen gesetzt ist. Das reizt zu weiterem Spiel und damit zur Abkehr von übergroßer Ernsthaftigkeit. Wer dabei an die Pflege von Formen moderner Kunst denkt, liegt nicht falsch.

Diese jubelnde Aussage des hässlichsten Menschen, „*ICH bin's zum ersten Male zufrieden, daß ich das ganze Leben lebte*", passt nicht nur als Fundstelle einer Anspielung zum letzten Vers in Brechts Gedicht, sie passt auch zur Betonung der Gegenwart im Gedicht: „*Um dieses Tags Willen*" wird die Zufriedenheit geäußert. Vieles von dem scheint auf, was als Lob von Lebenskunst bei Brecht wiederholt anklingt. Selbst die Mickrigkeit der Revolte, die das Suhlen des hässlichsten Menschen im Vergnüglichen insofern hat, als es an religiösen Feiern weiterhin orientiert bleibt, kann konzediert werden. Von der Möglichkeit der Reinheit und absoluten Losgelöstheit eines Festes ist nicht auszugehen.

Es könnte gefragt werden, worin die Zufriedenheit des hässlichsten Menschen besteht. Die Antwort wäre nicht ohne Belang für Brechts Gedicht und vielleicht sogar für die Zustände, auf die es rekurriert. Der hässlichste Mensch gibt den Grund an: „*dass ich das ganze Leben lebte.*" Er genießt ein Stück realisierter Lebenskunst. Interessant ist, dass er nicht ein Ganzes erfindet, als zu erreichen und als kommend bevorstehend, das „*ganze Leben*", es ist jetzt, es kulminiert im Begehen des Eselsfestes. Der hässlichste Mensch spricht nicht über Glück, das kann noch ein anderes Erleben sein, seine Zufriedenheit hat eine deutliche Konkretion. Was ist sie ihm? Die Rede vom „ganzen Leben" kann bedeuten, er lebt im Eselsfest etwas für ihn Rundes und Gültiges und es kann meinen, dass er jetzt, an diesem Tag eine Zusammenfassung seines Leben erkennt, sogar eine Krönung, und ihm das Ankommen an einem bestimmten Punkt der Entwicklung deutlich wird. Das Leben, das er lebte, wie er sagt, ist kein in voluntativer Sinngebung konstruiertes Ganzes im Sinn von Vollständigkeit oder des modernen Begriffs von Ganzheitlichkeit, es ist vielmehr die satirisch-kritische Variation von etwas, das bekannt ist, von etwas, das es gibt.

Der Bekanntheitsgrad liegt nicht lediglich im Beobachtbaren von Sachverhalten, z. B. der liturgischen Feierlichkeit in Religiösem, er liegt zugleich im eigenen Inneren, in den Bewusstseinsinhalten und Befindlichkeiten, mit denen man ausgestattet wurde und sich selbst ausgestattet hat. Mit dieser Voraussetzung im eigenen Selbst erlaubt sich das Ich einen spielerischen Umgang, es ist einer, der Distanz beinhaltet und damit eine Ablehnung oder zumindest ein Infragestellen von Verfestigtem und Verhärtetem. Das führt im Bespiel des hässlichsten Menschen zum Ende des Gottglaubens und der Religiosität. Er ist Gott nicht einfach dadurch los, dass er ihn gemordet hat. Man streicht ihn nicht so leicht aus seinem Bewusstsein, hat man einmal an ihn geglaubt. Vielleicht ist das Streichen sogar falsch und eher eine Orientierung an Hegels dreifaltiger Vokabel vom Aufheben zu empfehlen. Weg sei etwas und fort und trotzdem aufbewahrt und noch vorhanden, aber hochgehoben, auf einer anderen Ebene oder Stufe. Das sagt sich leichter, als es zu leben ist. Im Eselsfest gesteht sich der hässlichste Mensch viel zu, was er in seinem Herkommen hat und arbeitet es ab, er bewerkstelligt während des Festes Formen von Bewältigung, und es gefällt ihm und er erreicht einen Punkt der Zufriedenheit. Das ist „*das ganze Leben*", das er „*lebte*". Insofern ist auch sein ganzes bisheriges Leben, in der Form des zeitlichen Verlaufs gesehen, an einem Zielpunkt angelangt. Die Feier des Eselsfestes ist ein Stück Selbsttherapie und die Zufriedenheit ist eine auch darüber, zu dieser Selbstsorge fähig gewesen zu sein.

Das ist es, was das Eselsfest ausmacht: Die Verleugner von Altem und Bisherigem feiern ihre Negation ohne von einem Neuen zu wissen, ihre Anleitung ist die geäußerte Kritik, diese praktizieren sie in der Parodie des Bekannten. Die höheren Menschen sind in gewisser Weise Menschen eines Übergangs. Ob Brecht diese Parallele irgendwann gesehen hat? Sie orientieren sich nicht an der Programmatik einer vermeintlich gesicherten Alternative, sie wechseln nicht die Anschauung und werden zu neu Gläubigen, sie probieren aus.[209] Das Eselsfest

---

[209] Zarathustra sagt in Nietzsches Text den „höheren Menschen", wie sehr er mag, dass sie in der Art, wie sie leben, keine Vorsätze hegen oder Vorschriften folgen: „Und wahrlich, ich liebe

kann tatsächlich als eine Veranstaltung von Übergang angesehen werden. Der Nicht-mehr-Pöbel und Noch-nicht-Übermensch feiert. Zarathustra tadelt und lobt die höheren Menschen zugleich, weil sie sich fromm wie die Kinder geben. Das Eselsfest bezieht seinen Reiz aus seiner Anti-Orientierung. Nachdem der hässlichste Mensch seine „Litanei" vorgetragen hat, reagiert Zarathustra und spricht mit den Feiernden. Er fasst zusammen: „Aber wir wollen auch gar nicht in´s Himmelreich: Männer sind wir geworden,- so wollen wir das Erdenreich."[210]

Das Eselsfest lässt erkennen, worin der Notschrei, dem Zarathustra ausgesetzt wird, von Seiten der Schreienden besteht. Für Zarathustra ist es ein Erproben, von der Sünde des Mitleids gegenüber den höheren Menschen zu lassen. Die höheren Menschen selbst haben das Problem, wie sie denn jetzt leben sollen, nach dem Verneinen von Metaphysik und Religion. Das ist ihre „Menschen-Noth"[211]. Die „Welt ist ohne Sinn, Wissen würgt"[212], wie es heißt. Begriffene Kritik versperrt Bisheriges und bietet trotzdem keine automatische Befreiung zu Neuem.

Die höheren Menschen veranstalten eine Selbsttherapie. Zarathustra beobachtet sie dabei und kommentiert. Wie in einer großen Aussprache beflissen äußern sich einige von ihnen; z. B wird ein ganzes Kapitel lang über Wissenschaft verhandelt; Zarathustra lehnt Wissenschaft nicht ab, gibt aber zu erwägen, sie erwüchse aus Furcht, er aber fordere Mut. Zarathustra gefällt nicht alles, was er hört, mitunter überkommt ihn „ein kleiner Widerwille", aber insgesamt ist er sich sicher (Nietzsche lässt Zarathustra reden): „Wo ist nun ihre Noth hin? . . . – bei mir verlernten sie, wie mich dünkt, das Nothschrein!"[213] Das Urteil wird gefällt als die höheren Menschen bereits in der Vorbereitung des Eselsfest begriffen sind, es steht im Kapitel „Die Erweckung" und am Ende des Kapitels gibt es die schon verzeichnete „Litanei zur Lobpreisung des angebeteten und angeräucherten Esels", die der hässlichste Mensch vorträgt. Blickt man von Brechts Gedicht „Laute" aus auf das 4. Kapitel aus Nietzsches Buch kann man in ihm den Diskurs einer Übergangsgesellschaft entdecken, sowie das Praktizieren von einem Stück Lebensweise in einer solchen. Das exorzistische Spiel, das gerade dem Abarbeiten von alter Gläubigkeit zugewandt ist und in dem das Lachen und der Spaß am Ich entdeckt werden und darin das Verwirklichen von wachsender Unabhängigkeit, ist ein Bewältigungsversuch in der Notschrei-Existenz. Brecht wird das mit Vergnügen gelesen haben. Sein Gedicht-Versuch über Zarathustra belegt seine Kenntnisse.

Man kann in Nietzsches Kapitel „Der Nothschrei" zwei relativ unmittelbare Bezüge zu Brecht entdecken. Zum einen ist es ein Wahrsager, der Zarathustra

---

euch dafür, dass ihr heute nicht zu leben wisst, ihr höheren Menschen! So lebt ihr – am Besten!" (KSA Bd. 4, S. 358, Hervorhebung Nietzsche)

[210] KSA 4, S. 393
[211] KSA 4, S. 301
[212] Ebd. S. 300
[213] Ebd. S. 386

den Bericht vom Notschrei liefert. Auf die Wahrsagerei verweist im Gedicht „Laute" Brechts Anmerken der Vogellosigkeit. Interessant ist, wie der Wahrsager bei Nietzsche charakterisiert wird. Einmal ist er der „Verkündiger der grossen Müdigkeit", an anderer Stelle nennt ihn Zarathustra „du Wahrsager der grossen Müdigkeit."[214] Brecht hat das Gedicht mit dem späteren Titel „Philosophisches Tanzlied", von dem schon die Rede war, in einer ersten Fassung als „Lied der müden Empörer" veröffentlicht (in der Sammlung: „Lieder zur Klampfe")[215]. Zu belegen ist zunächst eine genaue Kenntnis von Nietzsches Zarathustra-Buch bei Brecht. 1953 könnte ihm die Erinnerung wie der Bezug wichtig gewesen sein: Die Müdigkeit des Empörers. Der ist nach seiner Kritik müde und ratlos. Was ist an die Stelle des Kritisierten zu setzen, wie kann dieses verändert werden? Der hässlichste Mensch ist im Feiern des Eselsfests ein praktizierender müder Empörer. Seine relative Zufriedenheit könnte Brecht tatsächlich aufgegriffen haben. Es wäre zugleich eine unter Umständen gar nicht vorhandene, bei Brecht nicht vorhandene, schließlich ist es das lyrische Ich, das sich mit diesem Satz äußert, sondern eine, die überhaupt erst anzustreben wäre. Brecht fragte, was hätte sein können, wäre der 17. Juni 1953 wenigstens ein gescheites Eselsfest gewesen. Brecht verwiese im Gedicht „Laute" mittels des Anspielungsraums auf vergleichsweise Trainingsbedingungen für Probleme der Politik der Übergangsgesellschaft bei Nietzsche.

Die Müdigkeit des Empörers lässt sich in mehrfacher Hinsicht erläutern, bezieht man sie auf Brechts Gedicht „Laute", in dem das Wahrsagen moniert wird wie der Glaube daran. Der Notschrei, von dem der Wahrsager in Nietzsches „Zarathustra" kündet, ist einer nach genauen Einzelheiten revolutionären und postrevolutionären Lebens. Die Empörer der Tage im Juni in der DDR wissen ebenfalls nicht recht weiter, sie sind in Müdigkeit verfallen. Auch Brecht wäre ein müder Empörer. Er schreibt mit seinen Gedichten den Aufständischen wie den Genossen in Partei und Staat verschiedene Kritik ins Stammbuch und muss überlegen, was denn danach werden soll. Zuallererst, ob und wie er veröffentlicht. Schon dabei kann einen Müdigkeit überwältigen. Das Schlimmste: Die Müdigkeit des Empörers wäre eine Zustandsbeschreibung für die gesamte DDR. Die Übergangsgesellschaft ist müde. Erstens nach der Kritik an der Nazi-Zeit und dem Sieg im Krieg. Zweitens in der Kritik des Kapitalismus. Unabhängig von der jeweiligen Analyse und wie diese aussieht und ihrer Richtigkeit, jetzt ist Müdigkeit die zentrale Empfindung. Was soll denn werden? Und wie? Sind nicht die Genossen in ihren Tätigkeiten dem Wahrsager bei Nietzsche vergleichbar? So sehr sie dieser Hinweis vermutlich befremden würde. Ist nicht viel zu wenig Veränderung, zu wenig Aufbau, vor allem zu wenig durch Experiment und Überraschung? Sind sie nicht in der Bequemlichkeit gelandet, die Prophetie einer historischen Zukunft als Weltanschauung zu vertreten? Bei Brecht liegen keine Analysen vor, außer in den Gedichten ersichtliche. Aber zu erkennen ist, wie

---

[214] Ebd. S. 300 und 301
[215] BFA Bd. 11, S. 9

wenig er gemocht und geteilt hat, was er erlebte. Der Hinweis auf das Eselsfest bei Nietzsche wäre mehr als eine Anregung.[216]

Bliebe für Ex-Bürger der DDR die boshafte Frage, ob denn 1989 ein Eselsfest gewesen ist. Gemessen an Nietzsches Darstellungen sicher nicht, ansonsten schon. Mancher könnte sich als Esel vorkommen, fiele ihm auf, dass er dazu beigetragen hat, Herrschaft auszutauschen und nun heftig darum ringen muss, Vorteile seines neuen Lebens zu entdecken. Er kann sich als Lasttier fühlen, auf dessen Kosten mancherlei Entwicklung verläuft.

Nietzsche lässt Zarathustra am Ende des Kapitels „*Das Eselsfest*" sagen, was die Feiernden sind; sie sind „*Genesende*".[217] Das gilt für die anderen Teilnehmer des Eselsfestes ebenso. Die meisten hat Zarathustra befragt, wie ihnen denn zumute gewesen sei. Sie sind eine illustre Gesellschaft. Versammelt sind Personifikationen von Lebensbewältigung, wie sie in Religiosität, Wahrsagerei und Zauberei existieren, zugleich Vertreter individueller Macht und Herrschaft. Hier ist eine Verbindung zum anderen wesentlichen Anspielungsbereich des Brecht-Gedichts, zu Vergils „*Aeneis*" zu erkennen. Mit der Beziehung des Schlussverses aus seinem Gedicht auf Nietzsches hässlichsten Menschen ist Brecht auf dem Weg, das Ende von Mythologien einzuläuten. Oder sie unter Verdacht zu stellen, tauchen sie in neuen Formen weiter auf. Über den Bezug ausgerechnet auf Nietzsche ist Brecht unterwegs zu Marx, indem er mit seinem Gedicht der Übergangsgesellschaft der DDR den Spiegel vorhält. Im Zitat der Aussage des hässlichsten Menschen, dem Gott nicht mehr heilig ist, wird klar, dass es ein falscher Weg ist, um Erlaubnis und Gewährung als Orientierung zu ringen.

Das Leben in der Übergangsgesellschaft wäre wie ein Leben des hässlichsten Menschen. Was über das Spiel von Zufriedenheit hinaus läge, gehörte in den Bereich des Privaten, das so privat nicht ist, weil es soziale Implantate enthält, aber in der Selbstbehauptung den Anschein erwecken will, es wäre privat.. Das Geheimhalten ist in mehrfacher Hinsicht ein Verstecken, folgt man den Befind-

---

[216] Am 10. 8. 1793 ist in Frankreich das erste Fest der Revolution gefeiert worden, am 10. 11 1793 das „Fest der Vernunft", am 8. 6. 1794 „Das Fest des Höchsten Wesens." Robbespierre stoppt die Entchristianisierung und versucht eine Art Staatskult als Kompromiss zu initiieren. Auch daran kann gedacht werden. Bei Nietzsche sind es höhere Menschen, die das Eselsfest feiern. In der französischen Übergangsgesellschaft wird zunächst versucht, aus der Kritik der bestehenden Religion neue kulturelle Formen herzuleiten. Z. B. ersetzen die Revolutionäre die christliche Zeitrechnung. Eine bukolische Bezeichnung der Monate und Tage wird verkündet. „So wird auf einen Schlag der seit Jahrhunderten gewohnte Rahmen des Alltags gesprengt" Wie ein Beteiligter schreibt, wird „ein Verzeichnis der Lüge, des Betrugs, der Scharlatanerie" beendet. Furet/ Richet, Die Französische Revolution, Frankfurt/Main 1968, S. 310. Von François Furet stammt das bemerkenswert Buch der Analyse eines Scheiterns, es ist insgesamt ein Nachruf: Das Ende der Illusion. Der Kommunismus im 20. Jahrhundert, München 1996.

[217] KSA Bd. 4, S. 394. Schon zuvor hatten sie „Genesende" geheißen, da gesperrt gedruckt und Zarathustra hat von ihnen gesagt: „Nicht lange noch, und sie denken sich Feste aus und stellen Denksteine ihrer alten Freuden auf." (S. 387) Jeder, der sich geniert, zu den alten Schlagern seiner Jugendzeit („Marmor, Stein und Eisen bricht, aber unsere Liebe nicht...") zu tanzen, sollte sich das sagen lassen. Es hindert nicht am Tanzen zu Neuerem.

lichkeiten des hässlichsten Menschen und folgt man der ermittelten Spur zu Brechts Gedicht. Man will nicht alles zu erkennen geben und lehnt das Offenbaren des Ichs gegenüber vorausgesetzten Instanzen ab. Außerdem ist objektiv versteckt, was sich an intimen Inhalten weiterhin herausbilden kann; man weiß nicht alles über sich selbst, bleibt neugierig auf die eigene weitere Entwicklung und möchte sich überraschen lassen. Man muss sich nicht outen und damit eine Festlegung tätigen. Der hässlichste Mensch lebt in der Widersprüchlichkeit einer individuellen und biographischen Verlaufsform, er lebt in der Veränderung, ohne einem festliegenden Fixpunkt zu entsprechen, einer Vorbildlichkeit oder einem überprüfbaren Heroismus. Der Einzelne kann sein, wie er mag, unfein und hässlich, er ist auf dem Quivive, sich Standards zu widersetzen, den hergebrachten wie zugleich neu abverlangten. Zur Selbstbehauptung gehört ein Bestandteil der Verteidigung von „Altem" im eigenen Denken und Verhalten. Die Auseinandersetzung mit Veränderung ist nicht denkbar ohne einen Schauplatz im Bewusstsein. Auch das bedeutete Brechts Wort: „große Aussprache": Sie wäre nicht an einem Tag X vorbei. Das Optimum des freien Geistes könnte darin bestehen, der Hässlichste zu sein, mitten unter den Schönen, die den Anforderungen entsprechen wollen, die an sie gerichtet werden. Und denen entgegenzutreten. Es gäbe viele Möglichkeiten, weiter danach zu suchen, wie der hässlichste Mensch zu seiner Bezeichnung kommt. Wie hat Brecht geschrieben: *„Auch der Haß gegen die Niedrigkeit/ Verzerrt die Züge."*[218]

Schaut man sich in Nietzsches Buch *„Also sprach Zarathustra"* umfassender um, verfestigt sich die Spur, die man ermittelt hat, noch weiter und erheblich. Fündig wird man bei beiden Tanzliedern. Zarathustra ist mit seinen Jüngern, so heißen sie, im Wald unterwegs (über Zarathustra als Lehrer, Aufklärer und Agitator und wie es ihm damit geht, wird später noch zu reden sein). Auf einer Lichtung trifft Zarathustra auf tanzende Mädchen und singt ein *„Tanz- und Spottlied auf den Geist der Schwere"*[219]. Darin heißt es:

> „Ach, und nun machtest du wieder dein Auge auf, o geliebtes Leben…. Von Grund aus liebe ich nur das Leben – und, wahrlich, am meisten dann, wenn ich es hasse!"[220]

---

[218] BFA Bd. 12, S. 87

[219] KSA Bd. 4, S. 140. Das ist nicht ohne Selbstbezüglichkeit, Zarathustra ist wie sein Autor eine zugleich bedeutungsschwer sich vortragende Figur. Dazu gehört Angeberei: „Ich habe der Menschheit das tiefste Buch gegeben, das sie besitzt, meinen *Zarathustra.* " (Friedrich Nietzsche, Götzen-Dämmerung, München, KSA Bd. 6, S. 153, Hervorhebung Nietzsche), oder: „ als höchster Wunsch das Auge *Zarathustra`s*, ein Auge, das die ganze Thatsache Mensch aus ungeheurer Ferne übersieht – *unter* sich sieht." (Friedrich Nietzsche, Der Fall Wagner, KSA Bd. 6, S. 12) Wenn es heißt „die ganze Thatsache Mensch", verweist die Aussage, wie anderes auch bei Nietzsche, darauf, dass ihm eine Form von Systematischem oder gar Enzyklopädischem nicht fern war.

[220] KSA Bd. 4, S. 140

Mit der letzten Aussage über den Hass wäre eine Diskussion von Nietzsches gesamter Philosophie möglich (inklusive eines Einbeziehens der Wirkungsgeschichte), in der der Pöbelhaufen (wie Nietzsche sagen würde) einen Hass auf die Welt wegen eines tatsächlichen oder empfundenen Zukurzgekommenseins etc. diese und ausgesuchte Bewohner mörderisch rasend spüren lässt, indem er sich der eroberten Staatsmaschinerie bedient. Hier im Zusammenhang von Brechts Gedicht und dem Zitat des hässlichsten Menschen ist wichtig, wie das Leben als geliebt bezeichnet wird.

Das zweite Tanzlied, es heißt „Das andere Tanzlied" ist eine Steigerung bereits dadurch, insofern es ein dialogisches Lied ist: das Leben antwortet dem Sänger Zarathustra. Nietzsche lässt das Leben sagen: „Wir sind Beide zwei rechte Thunichtgute und Thunichtböse. Jenseits von Gut und Böse fanden wir unser Eiland"[221]. Das Zitieren des Titels eines weiteren Werks von Nietzsche ist zu bemerken. Das Leben scheint sich wie Zarathustra auch vom Leben insgesamt auf ein Eiland, eine kleine Insel zurückgezogen zu haben, als wäre das Leben dort schöner zu führen. Das Lob der Weisheit, das im Anschluss das personifizierte Leben als Mitsänger gibt, das Absehen von moralischen Implikationen, Moral als Moralkritik etc., führt zum hoch interessanten Vorwurf des Lebens an die Adresse Zarathustras: „Du liebst mich lange nicht so sehr wie du redest"[222], der einen abgründigen Blick in Nietzsches Biographie werfen ließe[223] (wie man vielleicht

---

[221] KSA Bd. 4, S. 284

[222] KSA. Bd. 4, S. 285. Nietzsche hat, verzeichnet man neue Bücher über ihn als Beleg, momentan Konjunktur. Längere Lektüre Nietzsches führt zu Momenten von Liebe oder Zuneigung, wie zu Abscheu oder sogar Hass. Weil es ein Seitenthema ist zu Betrachtetem sei das Lied zitiert, das der Wanderer im vorletzten Kapitel vor dem Eselsfest singt. Es verliert nichts an lyrischer Großartigkeit, bezieht man es auf Nietzsches Biographie: „Moralisch brüllen!/ Als moralischer Löwe/ Vor den Töchtern der Wüste brüllen!/ Denn Tugend-Geheul, /Ihr allerliebsten Mädchen,/ Ist mehr als Alles/ Europäer-Inbrunst, Europäer-Heisshunger!/ Und da stehe ich schon,/ Als Europäer, /Ich kann nicht anders, Gott helfe mir!/Amen!" (ebd. S. 385). Mit dem Schluss, einem Luther-Zitat, verweist Nietzsche auf Sachverhalte, die ihn zeitlebens gehemmt haben mögen, dem Heisshunger der Mädchen, wie dem eigenen, nachzugeben. Das Kapitel, in dem dieses Lied gesungen wird, trägt den Titel: „Unter Töchtern der Wüste". So weit entfernt musste sich offensichtlich ein Einsamer wie Nietzsche Mädchen vorstellen, zugleich baut er ein Wunschbild von Hitze und Zugänglichkeit auf, in den Wüsteneien ist u. U. manches einfacher, und wenn man sich selber nicht traut, trauen sich vielleicht die erträumten wüsten Geliebten in ihrerseits nicht europäischem Heißhunger und in Inbrunst.

[223] Dass Nietzsche um diesen Zusammenhang weiß, ist bereits dem Text „Vom Nutzen und Nachteil der Historie für das Leben" zu entnehmen. Dort heißt es: „Denn da wir nun einmal die Resultate früherer Geschlechter sind, sind wir auch die Resultate ihre Verirrungen, Leidenschaften und Irrtümer, ja Verbrechen; es ist nicht möglich, sich ganz von dieser Kette zu lösen. Wenn wir jene Verirrungen verurteilen und uns ihrer für enthoben erachten, so ist die Tatsache nicht beseitigt, daß wir aus ihnen herstammen." Was Nietzsche sagt, ist wichtig für jede Betrachtung und Analyse des Nationalsozialismus unter den Nachlebenden und es ist wichtig für Maßgaben von Lebensverhältnissen einer Übergangsgesellschaft. Nietzsche spricht vom Versuch, eine „zweite Natur" anzupflanzen. Und meint: „Aber hier und da gelingt der Sieg doch, und es gibt sogar für die Kämpfenden, für die, welche sich der kritischen Historie zum Leben

an Korrekturversuche Brechts, die eigene Biographie betreffend, denken kann).
Nietzsche hat keineswegs derart libertär gelebt, wie er es seinen Schriften zufolge getan haben müsste. Deutlich werden soll, wie sehr eine spezifische Sicht des Lebens und auf ein Feiern desselben im Spruch des hässlichsten Menschen laut wird. Im Kapitel „Der hässlichste Mensch" heißt es: „Da aber wurde die tote Öde laut."[224] Die tote Öde ist die Figürlichkeit des hässlichsten Menschen, der sich meldet wie die Menschen in Brechts Gedicht: „laut"; „Laute" sind insoweit laut, weil sie hörbar sind; selbst wenn ihre Lautstärke gering sein sollte. Die zitierte Aussage von der Zufriedenheit steht im Zusammenhang der Gesamttendenz des Werks von Nietzsche und ist keine apokryphe Zutat. Brechts letzter Vers aus dem Gedicht „Laute" greift ins Zentrum des Buchs von Nietzsche. Und falls er das wirklich getan hat, dann hat er gewusst, was er tut, wenn er die Abschweifungen auf alle möglichen Fährten eröffnet.

Eine Fährte kann in diesem Zusammenhang verfolgt werden, wenn man das Ende des Abschnitts „Das Nachtwandler-Lied" aus Nietzsches „Zarathustra" einzubeziehen, es ist das bekannte Schlusslied „Zarathustra`s Rundgesang". Ehe er die höheren Menschen auffordert, das Lied zu singen, belobigt er die „süsse Leier"[225], gemeint ist der Ton der Mitternachtsglocke und die Wiederholung des Hörens, aber trotz der Beziehung auf den Ton der Glocke kann zugleich an das Saiteninstrument gedacht werden, das mit dem Wort Leier bezeichnet ist und der Laute oder Gitarre ähnelt. Die Zeilen des Rundgesangs ergeben einen Blick auf das Betonen der Gegenwärtigkeit in Brechts Gedicht und einen Blick auf Leiden und Lust. Beide Bestandteile menschlichen Lebens kommen in Nietzsches Gedicht vor, ohne dass sie an konkrete gesellschaftliche oder historische Verhältnisse angebunden werden (das ist Nietzsches Sache nicht gewesen). Es heißt im „Rundgesang":

> „Die Welt ist tief,/ Und tiefer als der Tag gedacht./ Tief ist ihr Weh -,/ Lust – tiefer noch als Herzeleid:/ Weh spricht: Vergeh!/ Doch alle Lust will Ewigkeit -,/ -will tiefe, tiefe Ewigkeit!"[226]

---

bedienen, einen merkwürdigen Trost: nämlich zu wissen, daß auch jene erste Natur (das ist die ererbte angestammte, DH) irgendwann einmal eine zweite war und das jede siegende zweite Natur zu einer ersten wird." Friedrich Nietzsche, Unzeitgemäße Betrachtungen, Stuttgart 1964, S. 125

[224] KSA Bd. 4, S. 291
[225] Ebd. S. 399
[226] Ebd. S. 404. Ich habe die Anführungszeichen zu Beginn jedes Verses weggelassen, die in der KSA stehen, genauso wie ich den gesperrten Druck nicht übernommen habe. In Nietzsches Text ist das Lied ein Selbst-Zitat, eine Wiederholung aus dem Schluss von „Das andere Tanzlied". Einzelne Verse werden an verschiedenen Stellen variiert oder neu bedacht und eingefügt, vor allem im Kapitel „Das Nachtwandler-Lied" geschieht dies, aber auch zuvor. Ich kann das alles hier nicht aufnehmen. Nietzsches Gedicht ist viel interpretiert. In „Ecce homo" sagt Nietzsche, „Zarathustra" sei Musik, aus der Art und Weise des Vorkommens der Verse des Rundgesangs sind vermutlich sinfonische Züge zu ermitteln, wie an anderen Stellen auch. Es ist

Leiden und Lust haben einen deutlich unterschiedlich benannten Zeitbezug. Während vom Weh gesagt wird, ihm gehöre zu, vergehen zu wollen, ist von der Lust genau das andere gesagt, sie will nicht vergehen, sie will ewig währen. Weh und Lust werden hier subjektiviert; das beides erlebende Subjekt, ein Mensch, wird nicht aufgeführt. Damit ist die größtmögliche Entfernung von sozialen Sachverhalten erreicht. Wichtig in Bezug auf Brechts Betonung der Gegenwart im Gedicht „Laute" ist, dass bei Nietzsche im Leiden Gegenwart schnell vorbei sein soll, ihre Dauer geringstmöglich, und in der Lust sie andauern soll, der Chance nach auf immer. Nietzsches Gedicht ist Ästhetisierung einer ästhetischen Lebensbetrachtung. In der Anspielung auf die Aussage des hässlichsten Menschen, die genau in dem Abschnitt getätigt wird, dessen Schluss der „Rundgesang" bildet, und die vielleicht sogar Glücksmöglichkeiten umschreibt, zumindest Zufriedenheit, umfasst Brecht in seinem Gedicht Nietzsches Gedicht mit. Man kann in Brechts Gedicht sogar beides benannt finden, Leid und Lust. Die Schwärme der Krähen sind symbolische Hinweise auf „Herzeleid", wie Nietzsche schreibt, und die „Laute von Menschen rührend", unter denen gewiss Wehlaute und Wehklage sein können, sie werden nicht unterschieden, aber es sind Laute von Freude als zusätzlich gemeint zu denken. In der Schwierigkeit der Zeitabfolge gesehen ist im Herbst der Krähen das Leid gekommen, und das, was auf Dauer gerichtet war, liest man es vor dem Hintergrund der Verse Nietzsches, was ewig währen sollte, das war vorbei. Die Lust einer Freude, die unter den Lauten des Sommers gewesen sein mag, die zufrieden gemacht haben, wie das Hören der Laute insgesamt, war vorüber. Im weiteren Befassen mit Vergangenheit und Gegenwart will Brecht den Gewinn einer besseren Zukunft. Ein Aufrechterhalten der Chance. Mit einer Metaphysik der Geschichte, dem Aufstellen gesetzlicher Abläufe von Vergangenheit, Gegenwart und Zukunft ist nichts zu erreichen.

Vor dem Rundgesang-Lied lässt Nietzsche Zarathustra einiges sagen über Lust. Das ist auch eine Fassung der Theorie der ewigen Wiederkehr. Diese ist als Resultat einer Analyse menschlichen Willens formuliert, nicht als Prophezeiung oder Wahrsagung ewig gleichbleibender historischer Verlaufe. Diese Auffassung wäre von der Formulierung im „Zarathustra" aus gesehen falsch, so schön sie als Gegenposition zur Behauptung der Theorie des historischen Materialismus passt (und deren Anhänger auf die Palme bringen konnte, lasen sie Nietzsche auf diese Weise). Für Brecht ließe sich schließen, dass in seiner Absage an das Wahrsagen, die das Gedicht „Laute" zu erkennen gibt, beide Positionen als erledigt gelten, weil sie zum Schaden des Menschen gereichen. Nietzsche ist ein Theoretiker der Lust:

---

mehrfach darauf hingewiesen worden, Nietzsche habe sich um einen Anti-Parzival, als Gegenentwurf zu Wagner bemüht.

„- *was* will nicht Lust! Sie ist durstiger, herrlicher, hungriger, schrecklicher, heimlicher als alles Weh, sie will *sich*, sie beisst in *sich*, des Ringes Wille ringt in ihr,-"[227]

Ein paar Zeilen weiter wird gesagt, dass Lust „*nach Wehe durstet*". In der Charakterisierung der Lust als heimlich ist aufgenommen, was den hässlichsten Menschen zu der Ablehnung Gottes bewegt. Der Mensch will in seiner Lust ohne Gott sein. Ihr vermeintlicher Gegensatz, Wehe, ist in der Lust nicht ausgeschlossen, so sehr sie sich unterscheidet. Im Rundgesang-Lied fällt die Aussage, dass Lust Ewigkeit will. Der gewünschten Dauer ist im Zitat, das sich kurz vor dem Rundgesang in Nietzsches Text findet, auf andere Weise Ausdruck verliehen. Das hervorgehobene Reflexivpronomen „*sich*" kann zum Ausgangspunkt der Analyse genommen werden: Lust will sich. Wenn des „*Ringes Wille*" in ihr „*ringt*", will sie in ihrem Verspüren kein Ende. Da dieses Ringen im Augenblick vergeht, gewinnt Lust die Gestalt der Vorlust und will Wiederholung. Sie saust im Kreis wie der Hamster im Rad. Was sie will, gelingt ihr unmittelbar nicht. Mit der Figur des Rings ringt sie vergebens. Sie sagt sich, es ist schön gewesen, aber ich habe den Moment der Schönheit nicht beibehalten können. Dauer verwandelt sich in eine andere Form, die Form der Wiederkehr. Die Freude, etwas erlebt zu haben, führt zum Wunsch nach Erneuerung der Freude. Was als Reflexivform der praktizierten Lust nicht zugehört, ist im Gedanken über sie möglich, man kann etwas über sie aussagen. Ein gegenwärtig Gewesenes wird beurteilt, das Urteil fällt positiv aus, und die Wiederholung wird angestrebt. In der Verteidigung der Heimlichkeit gegen Zudringlichkeit und Zeugenschaft ist bezüglich der Lust der hässlichste Mensch ein Lustmolch.

Man kann es für eine hübsche Kombination von Gegensätzlichem halten, was Brecht in seinem Gedicht veranstaltet. Da kommt im Anspielungsbereich der Sohn von Venus, der Göttin der Schönheit vor, Aeneas, und ihm an die Seite gerückt der hässlichste Mensch, der als Gottesmörder geführt wird. Wäre einem nicht bewusst, wie sehr gegen Systemdenken ausgerichtet Brechts Gedicht gelesen werden muss (und die *Buckower Elegien* insgesamt), könnte man fast auf die Idee kommen, das Gedicht greife einen systematischen Zusammenhang auf. Brecht würde in beabsichtigter Weise sich nacheinander jeweils Mythos, Religion und Wissenschaft vornehmen und dem Leser entsprechende Positionen zu Welt und Geschichte, die jeweils impliziert sind, zur Betrachtung anheimstellen wollen. Nach der mythischen Bewältigung von Geschichte, wie sie bei Vergil aufgegriffen ist, und sie dort in realpolitischer Absicht der Beförderung der Macht des Augustus steht, gerät die religiöse ins Visier, wie sie beim Religionskritiker Nietzsche aufgenommen wird, und danach die Begrifflichkeit des historischen Materialismus, die im Zuge des erwünschten Erfassens jeglicher Lebensregung, vergleichbar den vorhergehenden anderen beiden Usancen, versucht, den Menschen in ein Korsett von Auffassung und Betrachtung, Anleitung und Zwang zu drängen, so dass tendenziell keine „*Laute von Menschen rührend*" außerhalb der

---

[227] Ebd. S. 403. Hervorhebungen Nietzsche

vorgesehenen Bahnen mehr akzeptiert werden und nicht mehr möglich sein sollen. Stalin ist tot, als Brecht im Sommer 1953 sein Gedicht schreibt; an eine Zustimmung zu einer quasi-augusteischen Anhängerschaft ist längst nicht gedacht.

Die schon zuvor häufig angesprochene Parallele zwischen Vergil und dem neuen römischen Staat des Augustus auf der einen und Brecht und der neuen Übergangsgesellschaft und Staatlichkeit der DDR auf der anderen Seite könnte um Nietzsche erweitert werden, in seinem Fall wäre die Position zum neuen Kaiserreich Bismarcks aufzuführen. Nietzsche ist im Laufe der Entwicklung des Kaiserreichs, so viel lässt sich wohl sagen, immer weniger ein Staatsfreund; aus Sorge um die Kultur, die er ins Hintertreffen geraten sieht, wendet er sich zusehends stärker gegen das Reich, wie sowieso gegen Bismarck[228]. Das, was Vergil betreibt, sich der Ausgestaltung einer kulturellen Unterfütterung gelingenden Staatlichkeit dienlich zu erweisen, damit ein wirklich starker Staat entsteht, mag eine Rollenzuschreibung sein, für die sich Nietzsche in einer spezifischen Weise hätte erwärmen können. Aber er hat es nicht getan.

Die Wege zu anderen Werken, die Brechts Gedicht nahe legt, scheinen dem Gedicht zugehörig und eine Aufforderung an den Leser, sich einigermaßen ungehörig aufzuführen und eigene Wege zu gehen. Eben sich, indem man sich in

---

[228] Der Sachverhalt ist eindeutig. Manfred Riedel hat wie andere nachgezeichnet, wie es die Naumburger Inbetriebnahme Nietzsches für das nationale deutsche Anliegen gegeben hat, die in die Zeit des Ersten Weltkriegs reicht und darüber hinaus (und zum Teil aufgegriffen wird von den alliierten Kriegsgegnern). Manfred Riedel, Nietzsche in Weimar. Ein deutsches Drama. Leipzig, 2000. Dort wird z. B. berichtet, Nietzsches Schwester Elisabeth habe gesagt, Nietzsche sei der Einfall der Lehre vom Willen zur Macht 1871 während des deutsch-französischen Krieges gekommen. So wird eine vaterländische Zuordnung konstruiert. Der Bericht der Schwester wird deshalb hier erwähnt, weil er ein Beispiel gibt, wie einige Kritiken innerhalb von SU und DDR auf diesem Nietzschebild fußen. Bei Riedel, S. 218ff wird berichtet, dass im Januar 1947 in der Zeitschrift „Neue Welt" unter dem Titel „Also sprach Nietzsche" einer der Angriffe auf Nietzsche erfolgt, die danach weiter geführt werden. Für Riedel geschieht eine ideologische Bindung durch den Aufbau eines Staatsfeinds der DDR. Dort in jenem Text aus dem Jahr 1947 ist der Bericht der Schwester so ausgestaltet, dass Nietzsche im Lärm der Schlacht die Idee des Willens zur Macht in den Sinn kam und er sie dem entsprechend kriegerisch ausgestaltete. Offensichtlich ist, dass eine von Staat und Partei anempfohlene Ächtung des Werks von Nietzsche in der DDR betrieben worden ist, Brecht hat dies selbstverständlich gewusst. Die Nietzsche-Bezüge in seinem späten Werk - wie im vorliegenden Gedicht - wären insofern von vornherein eine Abweichung. Und ein Risiko, man hätte ihm ja auch auf die Spur kommen können. Ich habe das schon erwähnt. Vergleichsweise offener ist Anfang der 50-er Jahre von Ernst Bloch und Hans Mayer in Leipzig über Nietzsche geredet worden. Es ist nicht so, dass es keine Diskussion über den Verfemten gegeben hat. Riedel greift in seinem Buch als „Drama" sowohl den Umgang mit Nietzsche im Nationalsozialismus wie in der DDR auf. Brecht, falls er davon erfahren hat, könnte erschrocken sein z. B. zu lesen, Grotewohl habe in einem Referat SS-Schergen als „Kinder Zarathustras" bezeichnet (Riedel, S. 211), hat er doch nicht nur früher ein Zarathustra-Gedicht geschrieben, in dem er jenen als „zarten Geist" titulierte, sondern offensichtlich an eigenen Auffassungen über Nietzsche weiter festgehalten.

eigener Person zu Gehör bringt, nicht auf Hören im Sinne von Gehorchen zu kaprizieren. Es wäre das Ungehörte und das Unerhörte, was in den Lauten des Gedichts aufgegriffen wäre oder in seinem Titel bedacht werden möchte. Die zurückhaltende Zeugenschaft des lyrischen Ichs erscheint als eine, die Interessen des hässlichsten Menschen berücksichtigt hat. Der Hinweis auf diesen ergibt einen auf das eigene Tun und auf das Umgehen mit anderen.

Nietzsche lässt Zarathustra in „*Zarathustras Vorrede*" sagen, wem dieser sich gern „*zugesellen*" will. Es sind „*Gefährten*", er sucht sie, nachdem er die Ablehnung des Volks erfahren hat. Er will zu den

> „Schaffenden, den Erntenden, den Feiernden . . . und wer noch Ohren hat für Unerhörtes, dem will ich sein Herz schwer machen mit meinem Glücke."[229]

Die Vorrede deutet voraus auf die Gefährten, die im vierten Teil als die höheren Menschen bezeichnet werden, zu denen der hässlichste Mensch hinzuzählt. Man darf diese illustre Gesellschaft ruhig einmal Revue passieren lassen, die Nietzsche in hoher Ironie auswählt (zu jedem einzelnen wäre viel zu sagen, manche haben eigene Kapitel im Buch):

> „der König zur Rechten, der König zur Linken, der alte Zauberer, der Papst, der freiwillige Bettler, der Schatten, der Gewissenhafte des Geistes, der traurige Wahrsager und der Esel; der hässlichste Mensch aber hatte sich eine Krone aufgesetzt und zwei Purpurgürtel umgeschlungen – denn er liebte es gleich allen Hässlichen sich zu verkleiden und schön zu tun."[230]

Beachtlich ist, dass der hässlichste Mensch offensichtlich zum Spiel mit Altar und Thron fähig ist. Dass er sich eine Krone aufgesetzt hat, muss nichts weiter als Faschingsprinzenhaftes bedeuten, aber ehrerbietend gegenüber Herrschaft ist es nicht. Eine Zuspitzung von Zarathustras Lehrversuchen setzt im 4. Teil von Nietzsches Buch ein; Zarathustra meint, die besten greifbaren Ansprechpartner vor sich zu haben. Er hat aber von Beginn an die Gewissheit, dass ein augenblicklicher Erfolg, dessen Höhepunkt das Eselsfest ist, lediglich den Abschluss einer Zwischenstrecke bezeichnet:

> „Aus eurem Samen mag auch mir einst ein echter Sohn und vollkommener Erbe wachsen: aber das ist ferne. Ihr selber seid die nicht, welchen mein Erbgut und Name zugehört."[231]

Bis zum Ausbruch des Eselsfestes ist Zarathustra im Ansprechen der Gefährten begriffen und in Auseinandersetzungen mit diesen verwickelt (wie danach auch),

---

[229] KSA Bd. 4, S. 26f
[230] KSA Bd. 4, S. 346. Nietzsche vergisst die Frauen. Unter den höheren Menschen ist keine Frau. Sabine Appel hat das in ihrem Buch angemerkt: Sabine Appel, Friedrich Nietzsche. Wanderer und freier Geist, München 2011. Man könnte sich einige der Figuren vielleicht als Frauen denken. Sogar den hässlichsten Menschen. Immerhin sagt Zarathustra zu den höheren Menschen: „ihr musstet Mütter sein." (KSA Bd. 4, S. 362)
[231] KSA Bd. 4, S. 351. Ja, eine Tochter wird nicht erwähnt.

einzelne von ihnen melden sich zu Wort, es ist dies insgesamt und das ist die grundsätzliche Verbindung und die Vergleichbarkeit zu Brechts Gedicht „*Laute*" eine Agitationsveranstaltung, eine „*große Aussprache*". Noch während des Eselsfests wendet sich Zarathustra an einzelne der höheren Menschen und fragt sie, was sie denn zu ihrem Tun treibt und was ihnen gefällt. Am Schluss spricht er zum hässlichsten Menschen, der sich dann in der zitierten Weise äußert, wie es sich in Brechts Gedicht höchstwahrscheinlich aufgenommen findet.

Drei Themen seien aufgegriffen, die im Zusammenhang mit den Fragestellungen zu Brechts Gedicht wichtig erscheinen und darüber hinaus weisen. Es sind dies: der Pöbel, das Lachen, die Unbedingten. Der Kontext zu Brechts im Gedicht zum Ausdruck gebrachter Zufriedenheit, deren Bezeugen dort, wird sich herausstellen; es sind gewissermaßen Spuren einer Zeugenschaft. Das Ausweiten nimmt seinen Ausgangspunkt im Genitivpronomen der Aussage im Vers: „*ich bins zufrieden*", ich bin dessen zufrieden, heißt das; der thematische Umkreis des Dessen ist abzustecken als vom Autor beabsichtigte Bereitschaft des Lesers zu verschiedenen Ausflügen und Abweichungen. Brecht könnte, glaube ich, kaum genug davon bekommen, was Leser mit seinen Versen alles anfangen, sein Ärger eingeschlossen. Aus dem vorgängigen Diskurs, der dem Eselsfest vorausgeht, das den hässlichsten Menschen zu seinem Freuden-Ausbruch führt, sind die drei angegebenen Bereiche interessant. Alle haben es in sich und einen Bezug zu Brecht und zur DDR des Jahres 1953, wie vielleicht damit generell zu jenem Staat. Zugleich werden entgegenwirkende Einschränkungen deutlich zur einfachen Feier eines Freut-euch-des-Lebens. Prost, Prost Kamerad, Prost, Prost. Nein das ist es nicht. Zumindest müsste man sich die Mitsäufer genau aussuchen. Das Wort „Kamerad" kommt einem nach der Nazi-Zeit sowieso nicht positiv über die Lippen.

Zum Pöbel also; Nietzsche spricht vom „*Pöbel-Mischmasch*" und der „*Knechtsart*"[232], und er kritisiert damit eine Form von Leben, wie sie gerade später in der Gesellschaftlichkeit der DDR noch viel zu sehr üblich war; das alte, nur zu gut Bekannte. Knecht sein, Untergebenheit zeigen. Staatsanbetung. Es könnte diese letztere sein, die dem Staat der DDR ein längeres Überdauern gesichert hat. Ein schwieriger Punkt der Kritik ist zu benennen, weil selbstverständ-

---

[232] Ebd. S. 358. Nietzsche zählt die „Weibsart" zur „Knechtsart" hinzu. Nichts über die Peitsche, außer den Hinweis, sich vorstellen zu müssen, dass die Frau die Peitsche zum Benutzen gegen den Mann erhält. Es gibt ein schönes Foto aus einem Atelier in Luzern (es soll auf Nietzsches Wunsch geknipst worden sein), auf dem Rée und Nietzsche als Kutschpferde die peitschenbewehrte Lou Salomé auf einem Wagen ziehen.
Zum hier behandelten Thema gehört der Hinweise auf ein Bild der Frauen als Vögel, das Nietzsche zeichnet. Die Anmerkung ist aus "Jenseits von Gut und Böse", KSA Bd. 5, S. 174: „Die Frauen sind von den Männern bisher wie Vögel behandelt worden, die von irgend welcher Höhe sich hinab zu ihnen verirrt haben: als etwas Feineres, Verletzlicheres, Wilderes Wunderlicheres, Süsseres, Seelenvolleres, - aber als Etwas, das man einsperren muss, damit es nicht davonfliegt." Lou Salomé hat sich nicht einsperren lassen, sie war eine Gegnerin jener Praxis. Umgekehrt, sie hat in einem Buch über Nietzsche dessen Flüge analysiert und kommentiert.

lich nicht eine Totalität eines Lebens darunter gefasst werden kann und auch nicht soll, es geht um Spuren bei Brecht, darum, was er ungenügend fand, also seine Einwände. Dass es Ansätze eines Transzendierens gegeben haben mag (inklusive individueller, vielleicht sogar revolutionärer Redlichkeit), eines Ausprobierens in der theoretischen Leerstelle, die Marx und Engels gelassen haben, könnte unbenommen bleiben. Insgesamt ist ein Stück von dem zu greifen, was Brecht gestört haben könnte; der Erregungsgrad des Neuen, des Veränderten, kam bei den Leuten nicht an, weil er gar nicht verdeutlicht worden war, es war viel zu wenig Abenteuer und Abweichung von Gewohnten. Unter die Gedichte der *Buckower Elegien* zählt eines mit dem Titel „*Gewohnheiten*", das den Habitus falsch gepflegter Mahlzeiten in der Tradition militärischer Disziplin kritisiert. Die alte, nach innen genommene Gewalt, die politische Moral, war weitgehend unverändert in Geltung, schlimmer noch, sie hatte die fanatische Unterfütterung der Nazizeit und bei einigen die des Stalinismus, ohne da jetzt über Unterschiede zu reden. Die falsche Pflege von Staatlichkeit, in ihr liegt ein Mangel, ein Grundübel, in sozialistischer Theorie wie Praxis.

In einen literaturgeschichtlichen Zusammenhang versetzt, in den Zusammenhang einer früheren Epoche, als deren Weiterentwicklung und Abschluss man das Ergebnis des Werks von Marx sehen kann, ist, was Brecht aufnimmt am Werk von Nietzsche, wiederum etwas von jenem Zusammenhang, was - ohne ein direkter Bezug zu sein - als Ergänzung zu Marx gelesen werden kann, eine bekannte Frage aus der Zeit der Romantik. Die Frage, was denn nun die Revolution in Frankreich für ein verändertes Leben gebracht habe, was dieses historische Großereignis nun bedeutet für das jeweilige Leben des einzelnen, dessen Alltag. Dessen Erfasstheit durch Regierungtätigkeit. Man kann in der deutschen Philosophie diese Spur verfolgen, wie sie in der Kritik von deren Entwicklung zu Marx führt, dessen frühe Schriften stark geprägt sind von dieser Fragestellung, all die Verhältnisse aufzuheben, in denen der Mensch ein geknechtetes etc. Wesen ist.

In der Literatur könnte man auf die Werke von Hölderlin, E.T.A. Hofmann, Kleist oder Jean Paul verweisen, bemerken, dass dort in der Kunst manche Widerständigkeiten sich rühren gegen den Vortrag von Gedankengut in systematischer Form, man lese z.B. die Komik der Fluchtbewegungen vor dem Philosophen Fichte im Werk bei Jean Paul nach. Die Infragestellungen der absoluten Wirkungsmacht der Vernunft, wie sie sich später z. B. bei Schelling finden, einem von deren früheren Anhängern. Es ist nichts ganz und gar Neues und hat einen Vorlauf, was Nietzsche an Moralkritik aufführt, die sich aus dem Vorwurf speist, Subjekte als Opfer in eine Gesamtheit einzuspannen, und wovon Brecht im Gedicht „*Laute*" einiges übernommen hat.

Wie als wären schon die „*Laute von Menschen rührend*" solche von großer und deutlicher Abweichung. Jedenfalls der Hinweis auf die Leute als in Eigenständigkeit zu sehende ist eine solche. Brecht trägt sie vor. Fragen wären zu stellen und Konsequenzen wären zu ziehen. Was hat die andere große Revolution, die Revolution in Russland 1917 für die Leute tatsächlich erbracht, in deren Nachfolge die Gründung der DDR anzusiedeln ist? Brechts Gedicht ist Teil eines postrevolutionären Diskurses, über den seit 1789 einiges bekannt ist. Der Intellektuelle, Künstler oder Philosoph, beschäftigt sich mit der Maßgabe und den Maßstäben einer vermeintlichen neuen Obhut. Das geschah von vornherein als eine *„große Aussprache"* über Staatlichkeit und Regierungstätigkeit. Was ergibt sich, wenn das Neue eine gesellschaftlich Selbstgestaltetes werden soll? In welchen Positionen und Kalamitäten finden sich Intellektuelle wieder, sobald sie plötzlich Machtpositionen innehaben? Die Figur Trotzkis erscheint als Paradebeispiel aller möglichen Probleme. Es ist nicht ganz und gar historisch neu, was Brecht 1953 aufgreift, neu ist, wie er es in Gedichtform tut. Brecht reagiert auf das, was früher war, wie darauf, was aktuell 1953 ist.

Bezogen auf die Realität des Sommers 1953 in der DDR lag in den Lauten der Menschen womöglich zu wenig Selbstbewusstsein und wenn etwas davon war, hat man sich nehmen lassen, was war, und nicht weiterentwickelt und ausgebaut und nicht in Hinsichten und Richtungen, die sogar Beckmessern nach Maßstäben von Marx, Nietzsche und Brecht eine Reaktion der Zufriedenheit vergleichbar der in Brechts Gedicht entlockt hätte. Aber um ein genaues Befassen mit geäußerter Kritik und vorgetragenen Interessen im Sommer 1953 in der DDR kann es hier nicht gehen. Es ist Brecht, der sozusagen die Verlaufsform von Aufsässigkeit und Ängsten in seinem Gedicht aufgreift: *„Laute"*. Aber er unterscheidet Inhalte nicht. Welche Aufsässigkeit gewesen ist, und was neben ihr noch alles. Er möchte eher eine eigene Auseinandersetzung der Beteiligten. Freilich zählt er sich hinzu.

Zu Nietzsche und seiner Kritik der kleinen Leute und des Pöbels. Zarathustra beschimpft sie: *„Heute nämlich wurden die kleinen Leute Herr: die predigen Alle Ergebung und Bescheidenheit und Klugheit und Fleiß und Rücksicht und das lange Und-so-weiter der kleinen Tugenden"*, später hält er sie für zu überwinden, die *„kleinen Tugenden, die kleinen Klugheiten, die Sandkorn-Rücksichten, den Ameisen-Kribbelkram, das erbärmliche Behagen."*[233] Das kann für falsch befunden werden, was Nietzsche meint, die kleinen Leute seien keineswegs *„Herr"*, man kann andererseits sagen, nach der bürgerlichen Revolution in Frankreich war das ein Teil der historischen Entwicklung, die Bürger, dazu gehörten *„große"* und *„kleine"*, die kleinen waren größer in der Zahl, man kann sie die kleinen Leute nennen, wurde Träger und Täter von Politik und legten sich eine neu gestaltete Staatsbürgermoral zu. All das, was Nietzsche nicht passt, die ganze Erbärmlichkeit der Tugend, soll von den höheren Menschen überwunden werden. Sie sollen sich darin vom Pöbel unterscheiden. Das Problem, das Zarathustra sieht, sagt er den höheren Menschen: *„Es giebt verborgenen Pöbel auch in euch."*[234] Wieder ist die Schwierigkeit desjenigen im Leben angesprochen, der als Kritiker vom Alten und Kritisierten weg will, aber selbst allzu sehr dem Kriti-

---

[233] KSA Bd. 4, S. 357
[234] Ebd. S. 350

sierten noch entspricht. Er wird sich in Formen der Selbstkritik bewegen müssen. Illusionslos ausprobierende Praxis mit anderen wäre zu pflegen. Das Eselsfest ist später im Werk bei Nietzsche ein Beispiel. Die zitierte Kennzeichnung des Pöbels nimmt Nietzsche im Kapitel „*Vom höheren Menschen*" vor, da stellt er diese Menschen vor und sagt, wie sehr er sie sich unterschieden wünscht von jenem Pöbel und wodurch sie sich unterscheiden. Sie sind auf einem weiteren Weg. Wann und wo und wie hat es das in der DDR gegeben, das Gespräch darüber, was man noch vom Althergebrachten in sich trägt? Auch und gerade das wäre „*große Aussprache*" gewesen. Die Parteilinie gab vor, mit Veränderung der Produktionsverhältnisse würde sich weitgehend automatisch das Bewusstsein verändern. Brecht war offensichtlich nicht dieser falschen Auffassung.

Für den Bezug auf Brechts Propagieren von Lebenskunst wie im Zusammenhang des Aufgreifens vom Feiern des Lebens dürfte nicht unwichtig sein, was Zarathustra in seinem Appell gegen die Untertänigkeit des Pöbels Staatsabträgliches folgen lässt. Nietzsche rät gegen die Moral eine Allmacht des Selbst und den höheren Menschen „*Kraft zu EUREM Eigennutz*"[235]. Nietzsche lässt Zarathustra ganz mephistophelisch sagen: „*Denn das Böse ist des Menschen beste Kraft. ´Der Mensch muss besser und böser werden´ - so lehre ICH.*"[236] Nur so viel. Erstens, es ist nicht Nietzsche, der spricht, sondern seine Figur, zweitens, es ist im Rahmen von Moralkritik gegen ein Gutsein als Unterordnung gesagt, drittens, gibt es eben den Bezug auf Goethe. Viertens ist nicht alles gerechtfertigt, was es Böses gibt. Trotzdem muss ein Moralkritiker die Weiterung Zarathustras nicht mitmachen, das Schäumen in den Superlativ: „*Das Böseste ist nöthig zu des Übermenschen Bestem.*" (ebd.)

Bei Nietzsche sind unter dem Begriff Pöbel u. a. Moralgläubige gefasst, die sich zur Untertänigkeit bekennen und sie praktizieren. In der Übergangsform zum Übermenschen sieht Zarathustra die „*höheren Menschen*". Die scheint er ein bisschen zu mögen. Schon er kennt den Spruch Adornos, wie schwierig es ist, in falscher Umgebung fröhlich ein richtiges Leben zu gestalten. Zarathustra hat zur Kenntnis genommen, dass die höheren Menschen seine Adressaten sind, insofern ist der vierte Teil von Nietzsches Buch die Geschichte einer erfolgreichen Suche eines Lehrers, der nach Lernwilligen Ausschau gehalten hat, er spricht von „*Jüngern*". Er und die höheren Menschen unterscheiden sich von den kleinen Leuten, dem Pöbel, über deren Klein-Leute-Moral sie sich erheben. Das ist etwas, das Brechts Werk kennzeichnet: die Auseinandersetzung mit der Kleine-Leute-Moral. Wenn Brecht „*Laute von Menschen rührend*" aufgreift, macht er keine Differenz auf. Sie läge allenfalls zwischen den Menschen, deren Laute gehört werden, und dem lyrischen Ich, das einen Kommentar dazu abgibt.

Jene höheren Menschen wissen nicht, was sie tun und wie sie leben sollen: „*ich liebe euch dafür, dass ihr heute nicht zu leben wisst*". Das Eselsfest richtet sich

---

[235] Ebd. S. 362. Hervorhebung Nietzsche
[236] Ebd. S. 359. Hervorhebung Nietzsche

in Kritik und Travestie am üblichen Gottesdienstgebaren aus. So sehr es davon weg will, bleibt es dem Abgelehnten verbunden. Bestformen völliger Veränderung sind nicht zu erwarten. Auch in Brechts Gedicht unter den Lauten der Leute nicht. In der Polyphonie des Gehörten sind sicher falsche Anhängerschaften zuhauf. Brecht hat die Furcht davor bis zum Lebensende nicht verloren. Im Jahr nach dem Begrüßen der Laute in der Reaktionsform der Zufriedenheit schreibt er am 7. 7. 1954 in sein *„Journal"*: *„Das Land ist immer noch unheimlich."* Selbst jungen Leuten aus der Dramaturgie, die in Buckow zu Besuch sind, traut er zu, das sie ihn zur NS-Zeit der Gestapo übergeben haben würden, *„schnurstracks"*.[237] Vielleicht nahm er trotzdem Tastformen von Abweichlertum wahr in den Lauten, derer er das lyrische Ich zufrieden sein lässt. Das setzt ihn auf Spurensuche und auf Fährten. Und uns Leser auch. Etwas anderes als *„große Aussprache"* hielt er nicht für sinnvoll.

Das zweite Thema ist das Lachen. Sein Gedicht belegt, dass Brecht dafür ist. Lachen muss nicht die Konnotation des Schenkelschlagens und gar des Militärischen haben, die es im Deutschen so gerne zugewiesen bekommt, „Bombenstimmung" und „Lachsalven" etc., aber Brechts letzter Vers ist einer, den Humor auszeichnet, da hat sich einer das Lachen nicht verbieten lassen und sagt das auch. Es ist ihm nicht vergangen. Der Hinweis auf den hässlichsten Menschen ist ein komischer wie komödiantischer. Zarathustra hat das im Programm: *„Lernt über euch lachen, wie man lachen muß!"*[238] und: *„alle guten Dinge lachen."*[239] Zarathustra kann am Ende des Kapitels *„Vom höheren Menschen"* gar nicht genug bekommen vom Lob des Lachens: *„Das Lachen sprach ich heilig; ihr höheren Menschen, LERNT mir – lachen!"*[240] Zum Lachen wird das Tanzen gesellt, das in den Anmerkungen zu den Tanzliedern bei Nietzsche schon aufgegriffen wurde: *„Wer aber seinem Ziele nahe kommt, der tanzt."* Der schreibt keinen Katechismus, keine Programmatik, oder wenn er sie schreibt, vergisst er das Tanzen nicht. Bei Nietzsche wäre das Tanzen eine Art Rezept für Mixturen aus Apollinischem und Dionysischem.

Der Höhepunkt der Darstellung von Lachen in Nietzsches *„Zarathustra"* (und in seinem gesamten Werk) ist das Lachen des Hirten aus dem dritten Teil. Das Kapitel hat den Titel *„Vom Gesicht und Räthsel"*. In diesem Kapitel tut sich vieles auf, es ist eine Stelle zur Diskussion dessen, was Nietzsche mit der Denkfigur der Wiederkehr in die Welt gesetzt hat, wie zur Problematisierung des Mitleidsbegriffs und nicht zuletzt der besonderen sprachlichen Darstellung Nietzsches generell wie besonders im Zarathustra-Buch. Zarathustra ist zunächst in ein Gespräch mit einem Zwerg verwickelt, der sagt u. a.: *„Alles Gerade lügt ....*

---

[237] BFA Bd. 27, S. 350
[238] KSA Bd. 4, S. 364
[239] Ebd., S. 365
[240] Ebd. S. 368. Hervorhebung Nietzsche

Alle Wahrheit ist krumm, die Zeit ist selber ein Kreis."[241] Nietzsches antiideologische Auffassung, Geradlinigkeit verdächtig zu finden, könnte der Äußerung entnommen werden, selbst wenn Nietzsche hier nicht einmal als Zarathustra redet, sondern der Zwerg es ist, der in der Kennzeichnung der Zeit als Kreis einen Teil der Lehre Zarathustras mitteilt. Diese Mitteilung ist zugleich eine von der Relativität einer Theorie. Sie dürfte nicht „gerade" daherkommen. Zuvor im Text hatte es geheißen:

> „der Muth schlägt auch das Mitleiden todt. Mitleiden ist der tiefste Abgrund: so tief der Mensch in das Leben sieht, so tief sieht er auch in das Leiden."[242]

Der Satz „*Muth ist der beste Todtschläger*"[243] taucht mehrfach auf bei Nietzsche. Wer wollte, könnte aus der Begeisterung, die Nietzsche ob des Satzes erfasst, Anweisungen für kämpferisches Totschlägertum erschließen. So ist er jedoch nicht gedacht. Er gehört bereits zur Geschichte des Hirten, die berichtet wird. Zarathustra erweist sich als zur tätigen Hilfe fähig, indem er erfolgreich Selbsthelfertum anrät und gerade nicht im hilflosen Mitleid erstarrt und sich in der Abgrenzung vom Hilfesuchenden lediglich selbst feiert, dazu fähig gewesen zu sein.

Es geht hier an dieser Stelle um das Lachen. Es ist ein Lachen voller Lebensfreude. Dem Hirten hängt eine schwarze schwere Schlange aus dem Maul. Sie ist ihm in den Schlund gekrochen und hat sich dort festgebissen. Würgend, zuckend, mit verzerrtem Antlitz windet sich der Mann. Zarathustra versucht die Schlange herauszureißen, scheitert und rät dem Hirten, der Schlange den Kopf abzubeißen. Das tut der Hirte und speit den Kopf der Schlange aus. Danach lacht er: „*Niemals noch auf Erden lachte je ein Mensch, wie ER lachte.*"[244] Das liest sich wie eine Apotheose des Lachens als vielfältige Freude, hier nach einem Gleichnis derber Lebensbewältigung.

Das Thema Lachen führt zurück zur Figur des hässlichsten Menschen. Die Frage, wie er zum Mörder Gottes geworden ist, wurde nicht beantwortet. Zarathustra beschuldigt ihn in dem Kapitel, in dem die Figur vorgestellt wird: „*DU BIST DER MÖRDER GOTTES!*"[245] Erst im Kapitel „*Das Eselsfest*" erfährt der Leser, etwas Genaueres über die Mordaktion. Auch wenn bereits zuvor vom Tod Gottes gesprochen wird, das Ausführen der Tat geschieht auf dem Eselsfest. Es steht wirklich im Gegensatz zum Gottesdienst, der die Existenz Gottes feiert. Insofern ist das Herausheben des Festes und das Betonen der Feierlichkeit durch den hässlichsten Menschen verständlich, er sagt: „*Um dieses Tags Willen – ICH*

---

[241] Ebd. S. 200. In den Seiten danach wird die Geschichte des Hirten und der Schlange berichtet. Die Schlange erinnert an Adam und Eva und daran, dass, wiewohl sie sich länglich erstreckt, sie sich gerne zum Kreis kringelt, wie Menschen sich vor Lachen kringeln …

[242] Ebd. S. 199

[243] Ebd.

[244] Ebd. S. 202. Hervorhebung Nietzsche

[245] Ebd. S. 328. Hervorhebung Nietzsche

bins zum ersten Male zufrieden", er lobt diesen Tag des Eselsfestes und kommt auf das Lachen zu sprechen: *„Eins aber weiss ich, -von dir selber lernte ich´s einst, oh Zarathustra: wer am gründlichsten tödten will, der LACHT.*[246] Die Aussage fällt im Kapitel *„Das Eselsfest"*, es wird noch einmal wiederholt: *„durch Lachen tödtet man."*[247] Der Bezug auf das Lachen über Gott innerhalb der Prozedur des Eselsfestes ist deutlich. Im Spaß der Litanei, die der hässlichste Mensch aufsagt, liegt das Delikt. Und in der Zufriedenheit über sein Vorgehen. In der Verbindung zu Brecht, der dieses Bekunden von Zufriedenheit des hässlichsten Menschen vielleicht aufgenommen sehen wollte, hat die Einschätzung der Mordtat des hässlichsten Menschen Folgerungen. Brecht verwiese auf das Lachen und machte es sich zu einem eigenen Lachen. Er lachte über Partei und Staat und ihre gottähnlich angesehene Weltanschauung. Die destruierende Kraft des Lachens gewinnt er durch die literarische Bezugnahme. Das Lachen ist Selbstverteidigung gegen die totale Einvernahme, wie sie der hässlichste Mensch Gott vorwirft, dem Zeugen von jeglicher Aktion und Befindlichkeit. Auch Partei und Staat, wäre im Sinne Brechts zu schließen, sind als Gott vergleichbare Zeugen abgelehnt. Es geht um den Menschen selbst. Ein Gegensatz zu Anschauungen, die anempfehlen, diesen im Lachen als verdächtig zu erachten. Während also z. B. Hitler, wenn er droht, jemandem werde das Lachen schon noch vergehen, ein Ausschalten des Lachenden ankündigt, den töten will, der lacht, und es auch tut, tötet der Lachende keine Menschen, er will sie vor dem Tod bewahren, davor, dass politische Praxis auf Kosten ihres Lebens geht, indem er die Auffassungen, die Grundlage dieser Praxis sind, wie die Praktizierenden lächerlich macht. Hitler wie Stalin etc. dem Lachen auszusetzen, ist insofern korrekt.

Diejenigen, die höchstwahrscheinlich nicht lachen, jedenfalls tanzen sie nicht gescheit, sind unter anderem die *„Unbedingten"*, das ist der dritte Gesichtspunkt, der dritte aus der Vorbereitung des einstweiligen Agitationserfolgs, den Zarathustra im Eselsfest als gelungen sieht. Die moralische Ausstattung des sogenannten Pöbels soll man sich nicht antun, Lachen ist zu pflegen. Die fanatische Reduktion einer Ausrichtung auf ein Einziges und Einzigartiges wird als Verneinen von Lebensfreude kritisiert. Zarathustra warnt: *„Geht aus dem Wege allen solchen Unbedingten! Sie haben schwere Füße und schwüle Herzen: sie wissen nicht zu tanzen."*[248] Brecht hat mit einem Verweisen (wenn er es getan hat) auf die Äußerung des hässlichsten Menschen nicht lediglich vorführen wollen, wie gekonnt er sich in Anspielungen und einen kulturellen und historischen Diskurs einzufädeln weiß, er wollte, dass Gedankengänge in Bewegung kommen. Die Frage, wie denn in der DDR der 50er-Jahre gelacht worden ist, wer gelacht hat und worüber, und wer über sich selbst lachen konnte und das getan hat, soll gestellt werden, genauso wie die nach den Unbedingten, den Exekutoren innerhalb der Partei, den Tschekisten, den „harten Hunden" oder wie man sie immer

---

[246] Ebd. S. 392. Hervorhebung Nietzsche
[247] Ebd.
[248] Ebd. S. 365

nennen möchte. Es sei darauf verwiesen, dass Michael Wildt seinem ausführlichen Werk zur Täteranalyse über das Führungskorps des Reichsicherheitshauptamts den Titel gegeben hat: *„Generation des Unbedingten.“*[249]. Zu entdecken sind hier keine Anpasser und Mitläufer, Gehorsam Ableistende aus Bequemlichkeit oder aus autoritären Strukturen heraus (die hat es gegeben und in verschiedenen Bewusstseinsstrukturen), vielmehr forsche, fanatische, entsetzliche Terrorbeamte, die sich der „geschichtlichen Aufgabe“ (so hieß das bei Heydrich und anderen) verpflichtet sahen, mit großer Bewusstheit für die „Reinheit des deutschen Volkskörpers“, gegen die verfaulte und morsche Welt des Alten und Vergangenen eine neue Zeit zu propagieren und polizeilich und soldatisch für deren Verwirklichung jegliche Grenzen zu überschreiten. Sie waren Verbrecher aus Gesinnung, Weltanschauungstäter.

Zarathustra ist kein Unbedingter und Brecht scheint darin mit der Figur zu sympathisieren. Es ist zu zitieren, wie jener sich sieht, oder besser, von Nietzsche gesehen wird, weil es wieder zur Aufnahme der Spur von Vögeln und Vogellosigkeit führt, er ist

> „der Leichte, der mit den Flügeln winkt, ein Flugbereiter, allen Vögeln zuwinkend, bereit und fertig, ein Selig-Leichtfertiger ... kein Ungeduldiger, kein Unbedingter, einer der Sprünge und Seitensprünge liebt.“[250]

Konstatiert Brecht Vogellosigkeit im Sommer der DDR 1953, könnte das heißen - walzt man die Fundstelle bei Nietzsche aus - Brecht hätte sich mehr Flugbereite und am Beispiel der Vögel Orientierte unter den Genossen in Partei und Staat und wohl auch unter den Künstler gewünscht. Das Urteil der Zufriedenheit gälte jenen Gruppen weniger, obwohl auch von ihnen Laute rührten. Das Konstatieren von Vogellosigkeit wäre eine Vermisstenanzeige eigener Art.

Selbst als Verkünder der Theorie von der ewigen Wiederkunft des Gleichen wird Zarathustra kaum als Gesinnungstäter zu rechnen sein, jene ist mehr ein Vorschlag, eine Hypothese und antimetaphysisch gedacht oder besser: ein Resultat antimetaphysischer Kritik. Wieder scheint eine Verbindung zu Brecht und zu Brechts Gedicht auf. Es geht um den Zusammenhang der Beurteilung eines Lebens, vor allem des eigenen. Nietzsches Schriften sind seit *„Menschliches, Allzumenschliches“* ein Bericht vom Ende der Metaphysik und der Moral und im Versuch, Vernunft und Geist Platz zu schlagen, drängt sich ihm die Fragestellung auf, was denn jetzt gelten könne, wenn die Realität eines Lebens, dessen Verlauf ohne Rekurs auf Metaphysik bejaht werden soll. Dies hat Nietzsche interessiert;

---

[249] Michael Wildt, Generation des Unbedingten. Das Führungskorps des Reichssicherheitshauptamtes, Hamburg 2002. Wildt bezieht sich in der Begrifflichkeit nicht direkt auf Nietzsche. Lediglich im Anschluss an Helmut Lethens Buch „Verhaltenslehre der Kälte“ und der dort analysierten „kalten persona“ findet sich ein Verweis auf Nietzsche, dessen Idolisierungen von Charakteren einen Anteil an der Faszination von Kälte und Härte hätten. Das wird nicht ausgeführt. Vgl. Wildt, S. 124
[250] KSA 4, S. 366. Das Wort von den Unbedingten wird wiederholt.

wie die Realität wirklich ausschaut, wie sehr sie im Einzelnen eine ökonomisch und politisch falsch oder fehlerhaft organisierte ist, war nicht im Vordergrund seines Nachdenkens. Der konkrete gesellschaftliche Bezug zieht ein Verschwierigen der Lebensmöglichkeiten nach sich, das hat er schon gesehen. Die Hauptfrage war: Wie kann ein in die Gottlosigkeit und Anti-Religion hineingeratenes Leben gerechtfertigt werden? Was ist schön daran? Zarathustras Lehre von der Wiederkunft ist die Denkfigur eines Maßstabs, nach dem Ende von Transzendenz und Teleologie bei Nietzsche[251]. Es ist eine Ersatzformulierung, die kein Ersatz sein will, sondern die nachrangige anfallende Fragestellung. Diejenigen, die an der Theorie der ewigen Wiederkunft sich orientieren, *„drücken das Abbild der Ewigkeit auf ihr Leben, sie würden sich sagen, so zu leben, daß wir nochmals leben wollen und in Ewigkeit so leben wollen"*[252]; für sie erweist es sich als Notwendigkeit, das Leben wie ein Kunstwerk zu gestalten. Hierin liegt der Übergang zum von Brecht so geschätzten Begriff der Lebenskunst. Bei Nietzsche verändern spätere Ausführungen zur Kritik der Metaphysik seine frühere Sicht, wie sie z. B. im Tragödienbuch noch deutlich wird, Kunst als Metaphysik anzusehen.

Das lyrische Ich in Brechts Gedicht ist eine Figur, die in der Konsequenz der Aussage von Zufriedenheit in die verschiedensten Beziehungen verknüpft wird. Die Figur gehört nicht zu denen hinzu, die sie hört, ihre Laute sind eigene und unterschieden, sie ist Betrachterin und Beschreiberin des Lebens, ihre Weise der Zugehörigkeit ist eine herausgesetzte, ein Verweis auf den Reichtum des Lebens in dessen Lautgestalt ist für sie ihr Reichtum des Lebens. Sie lebt getrennt von den anderen. Es kommt darauf an, wie sie das tut. Nietzsche hat aufgeführt, dass die Kunst *„dem Asketischen viel grundsätzlicher entgegengestellt (ist) als die Wissenschaft."*[253] Spiellust und Neigungen zum Kommunikativen, Diskursiven und zum Maskieren gelten als Beispiele. Der Glaube an das asketische Ideal wird bei Nietzsche in einer Verlaufsform dort gesehen, wo nach dem Ende des Bezugs auf Gott und auf Religion von einem eigenen Wert der Wahrheit ausgegangen wird, nicht von der Wahrheit einer Aussage und der Methode jeweiliger technischer Handhabbarkeit derselben, sondern eben von einer Wahrheit getrennt von einem konkreten Gegenstand; Wahrheit gilt als hohe Instanz, als

---

[251] Für Mazzino Montinari liegt darin die Faszination des Werks von Nietzsche und dessen Bedeutung auch für sozialistische Fragestellungen. Mazzino Montinari, Nietzsche lesen. Berlin 1982, S. 78 und passim.

[252] Friedrich Nietzsche, Nachgelassene Fragmente 1884-1885, KSA Bd. 11, S. 161. Mazzino Montinari stellt in seinem Buch, Friedrich Nietzsche. Eine Einführung, die Rede von der ewigen Wiederkunft in diesen Zusammenhang bei Nietzsche und schreibt, was er zugleich für den Begriff Übermensch erklärt, der für ihn nur in Verbindung mit dem anderen von der Wiederkehr sinnvoll erscheint, der Übermensch sei derjenige, der ohne Ekel und Verzweiflung in der Lage wäre, sein Leben so zu leben, dass es einmalig und ewigkeitswert ist: "Beide Begriffe sind vielmehr Grenzbegriffe am Horizont einer antimetaphysischen antipessimistischen Vision der Welt, nach dem Tod Gottes" (S.92).

[253] KSA Bd. 5, S. 402

Gottersatz. Das Leben, so wie es jeweils ist und sich in einigermaßener Unterschiedlichkeit wiederholen wird, sei der wahre Gegenstand von Kunst. Der Beschädigung des Künstlers, von der Nietzsche handelt, dessen Indienstnahme für die angebliche Wahrheit einer Gläubigkeit, für Priestertum wie Prophetie, wollte Brecht entgehen. Wie manches andere Werk in seiner Kunst thematisieren und kritisieren die *Buckower Elegien* diese Inanspruchnahme der Kunst. Darin liegt nicht persönliche Vorliebe, darin ist eine Vielzahl von entscheidenden politischen Implikationen zu sehen.

VII
ICH: SITUATIONEN UND POSITIONEN

1. Sturmvogel und Totenvogel bei Brecht
1954, im zeitlichen Umkreis der Herausgabe von sechs der Elegien, hat Brecht das Gedicht *„Sturmvogel"* geschrieben. Der Sturmvogel wird als der stolze und kühne *„Vogel Sturmverkünder"* verherrlicht, *„Frei!"* sei er, heißt es von ihm: *„Und er schluchzt vor reiner Freude."*[254] Der Sturmvogel begrüßt und feiert den Sturm und sich selbst, im Gegensatz zum *„Tauchervogel"* im Gedicht: *„Freude an des Lebens Stürmen/ Ist ihm gänzlich unverständlich."* Ein Gedicht mit einem anderen zu erklären gestaltet sich schwierig und ist hier nicht die Intention. Lediglich ein Verweisen auf von Brecht geschätzte Lebenskunst im Hier und Heute ist möglich, und die Behauptung, in der Notiz der Vogellosigkeit im Gedicht *„Laute"* wäre etwas davon zu erkennen. Und vor allem im Zusammenspiel mit dem Herausstellen von Freude und Genuss in Nietzsches *„Also sprach Zarathustra"* wird das verstärkt. Das Leben, das man zu führen hat, man hat ja kein anderes, steht im Mittelpunkt, und es wird gerühmt; nichts ist zu delegieren an Vogelkundler als Geschichtspropheten diverser Observanz. Auf einen Bezug zum sogenannten Motto-Gedicht der *Buckower Elegien* sei hingewiesen, dort ist die Abwesenheit von Wind genauso interpretationsbedürftig wie im Gedicht *„Laute"* die der Vögel im Sommer. Man könnte sagen: fehlt der Wind, ist das Leben nicht so schön. In der *Steffinschen Sammlung* gibt es ein später unter dem Titel *„Der Totenvogel"*[255] veröffentlichtes Gedicht. Darin heißt es: *„Nach dem Aberglauben der Bauern/ Setzt das Käuzlein die Menschen davon in Kenntnis/ Daß sie nicht lange leben."* Im Wort *„Aberglauben"* ist der gesamte Bereich angesprochen, der ausgeschlossen erscheint, ist es *„vogellos"*. Wichtig ist der Verweis auf die Kürze des menschlichen Lebens; daraus ist die höchste Relevanz der Gegenwart zu erschließen.

Brechts lyrisches Ich meint im Gedicht *„Der Totenvogel"*, *„daß ich die Wahrheit gesagt habe"*, z.B. auch jene (den ursprünglichen Zusatz: *„über die Herrschenden"* in der früheren Fassung, lässt Brecht später auf Anraten von Hanns Eisler weg[256], der hier als Nachfragender und Kommentierender tätig ist), sich die Gegenwart nicht zu vermiesen durch Schicksalsgläubigkeit. Diese erscheint gleichermaßen falsch, wie sich in der Warteschleife einzufinden, bis der Sozialismus in seinem Lauf angekommen ist (den bekanntlich weder Ochs noch Esel aufhalten. Was übrigens ein Bebel-Zitat ist). Im Gedicht vom Totenvogel ist das Mitteilen der Wahrheit verknüpft mit der Auskunft des Totenvogels den Menschen gegenüber, dass diese nicht lange leben, also bitteschön, antihistomatisch,

---

[254] BFA Bd. 15, S. 281. In einer der Typoskriptsammlungen, in der Manuskripte der Buckower Elegien liegen, findet sich auch der Text des Gedichts "Der Sturmvogel". Es ist die Mappe BBA 153.
[255] BFA Bd. 12, S. 120
[256] BFA Bd. 12, S. 406

das Jetzt genießen sollten. Jene Wahrheit, von der im Gedicht gesprochen ist, das kann erschlossen werden, liegt im selbstsorgerischen Pflegen des eigenen Lebens in der Gegenwart. Damit aus der sowieso stets unmittelbar bevorstehenden Zukunft etwas wird.

Es ist nicht schön in einer Gegend, in der die Vögel fehlen. Sagt man den Leuten, deren Laute man gehört hat, dass sie nicht aus dem Vorhandensein der Vögel falsche Schlüsse für ihr Leben ziehen oder sich aufreden lassen, sprich: diverse Formen von Vogelschau weiter absolvieren, könnte man die Vögel wieder genießen, die real sowieso 1953 nicht fort waren. So positiv das Hören der Laute angesehen werden kann, vielleicht war im Umkreis der Aufständigkeit wirklich hier oder dort ein richtiger Ansatz von Selbstbewusstsein, auf jenes Hören folgt im Gedicht der Schluss auf Zufriedenheit, damit ist beileibe nicht alles positiv; eher ist zu konstatieren, wegen der Laute der Menschen ist nicht alles negativ. Die Perspektiven sind nicht gänzlich verhagelt. Aber eben nur die Perspektiven; beherzigte man sie, wäre es gut. Die Realität im Herbst taugt nicht.

Die behauptete Vogellosigkeit ergibt sich als ein Fokussieren auf die Laute der Menschen; so wie Verlauten und Hören im Gedicht geschehen, sollte es in der sozialen und politischen Realität sein. Und eben ohne auf Vogelschauen als Erklärungsmuster zu sinnen. Nennt man, wie oben, das Adverb „Nur" Fokuspartikel, gerät man auf die Spur dieses Verweisens hinsichtlich der sprachlichen Formgestalt des Gedichts.

Die Laute des Gedichts sind ebenfalls Laute. Es ist eine komische Form von Dialog, die dargestellt ist. Einer schreibt Laute über Laute, die er von Leuten hört, sagt nicht, was er hört, und nicht, dass er selbst gehört werden will. Er will damit jedenfalls eine gewisse Zeitlang nicht gehört werden, er veröffentlicht nämlich seine Laute nicht. Aber in die Welt gesetzt sind sie. Da stünden zwei Seiten, ginge man von einer Kommunikationsbereitschaft aus, reichlich schief zueinander. In Formen von verbliebener Zurückhaltung. Mehr ist nicht, es reicht gleichwohl dem lyrischen Ich zum Konstatieren von Zufriedenheit. Trotz aller Kritik, die wahrscheinlich geübt werden müsste, hörte man genau, was gesagt wird und vernähme z. B. bekannte Versatzstücke faschistischer Ansichten.

Brecht erweckt beim Leser die Erinnerung an die Kenntnis seiner frühen Lebenszeit, als er mit der Gitarre in der Heimatstadt Augsburg am Lech und in den Wirthäusern unterwegs war und Freunde wie Frauen beeindrucken wollte. Der späte Spieler mit Lauten verleiht einer Zufriedenheit Ausdruck, bei dem geblieben zu sein, was er früh angefangen hatte; für ihn persönlich war es keine völlig falsche Form der Existenz. Das könnte er sagen wollen. Mehr war halt nicht, aber das, was war, war es: Das Dasein als Künstler.

Ob das so viel war, wäre schon eine wichtige Frage. Die geradezu nietzscheanische nach einem eigenen Leben. Hat es das denn gebracht, sich mit Horaz, Vergil, Dante und Nietzsche zu messen (nein, mit Marx nicht), und wie die Genannten aus der Kulturgeschichte vorzukommen, und die Deutschlehrer aller

Länder jagen einem hinterher, und sie nehmen das Werk, das man hinterlassen hat, als taugliches Mittel, um Kinder zu sortieren. Brechts Unzufriedenheit haust im gespielten und ertricksten Zuweisen einer Zufriedenheit an eine Ersatzfigur der eigenen Person, an das lyrische Subjekt, das man sich erfindet. Dieses eh schon abgesonderte wird in die Nähe von Nietzsche gerückt, von Zarathustra und des hässlichsten Menschen. Eine schöne Nähe sieht anders aus. Aber die will Brecht nicht. Höchstens in allerlei Spielerischem.

Brecht will seine Position in lyrischer Form erklären, jedenfalls steht er in Differenz zur Theorie des historischen Materialismus. Unterscheiden will man sich. Und nicht Opfer sein. Und wenn schon, dann lieber eines der eigenen Personalität.

Insgesamt ist lediglich eine Form gewahrt, das ist verzeichnet im Gedicht „Laute". Das ist nicht viel. Eine andere Verständigung war nicht, als die es ist, Laute zu hören. Setzt man auf die eine Seite der Kommunikationsteilnehmer die Kaderwelschler, die nicht hören (denen es „vergeht"), wäre die Kommunikation als gestört zu bezeichnen. So könnte sich ein Schlusskommentar anhören. Keine frohe Botschaft. Aber nicht das Ende. Kein Verstummen.

Freilich wird man die Kommunikation zwischen Partei und Brecht ebenfalls als gestört bezeichnen können. Brecht hat die Laute, nicht nur das Gedicht „Laute", auch die, die er in anderen Gedichten von sich gegeben hat, größtenteils nicht veröffentlicht, sie wären an Leute gerichtet gewesen, über die er das Urteil gefällt hat, sie hörten nicht gescheit. Warum sollten sie ihn „hören"? Gleichzeitig drohten diese Leute, wie es im Gedicht „Die neue Mundart" heißt. Sie sprechen ihr Kaderwelsch mit „drohender" Stimme, steht in jenem anderen Gedicht.

Lyrik besteht aus Lauten, und außerdem kann der Leser daran denken, wenn die Laute als ein Instrument gesehen wird, zu dem gesungen werden kann, dass dieses Instrument in einem Verhältnis der Verwandtschaft steht zur Lyra, zum altgriechischen Instrument, der Leier, woraus der Gattungsbegriff der Dichtung gewonnen worden ist. Lyrik ist Brechts Form seines Äußerns und Kommentierens. Das sind wirklich seine Laute. Jedenfalls Brecht hat sich geäußert. Insofern mag sein Versichern von Zufriedenheit ein wenig der eigenen Person gelten. Bei aller Relativiertheit, in der das betrachtet wurde. Ein letzter Rest vom Festhalten am eigenen Ich.

Liest man das Wort „Laute" in der Bedeutung von Ton, Geräusch, Klang, wird mit einzubeziehen sein, was im Sommer des Jahres 1953 in der DDR auch zu hören war. Schüsse und Schmerzensschreie[257]. „Ich bins zufrieden", das läse

---

[257] Jan Knopf schreibt: „Das – wohl fröhlich vorzustellende – Treiben der Menschen in der Landschaft und am See zeigt ein zufriedenstellendes Verhalten in der Natur an. Immerhin: 1953 konnte man also wieder Natur genießen." Jan Knopf, Bertolt Brechts Buckower Elegien. Mit Kommentaren von Jan Knopf, Frankfurt/M. 1986, es 1397, S.120. Knopf engt an dieser Stelle die Bedeutung von Lauten ein, später allerdings schreibt er, Weinen könne zu den Lauten hinzugehören. Den Bezug zum 17. Juni 1953 nimmt Knopf nicht auf, dessen Geräuschkulisse müsste genauso mitgedacht werden, wie an den – im Gedicht nicht genannten – See gedacht werden darf. Die Aussage, dass 1953 „wieder", also offensichtlich zwischendurch nicht, Natur

sich als Kommentar hierzu nicht so gut, es sei denn, man verstünde ihn als Einverständnis mit dem Vorgehen der Staatsmacht der DDR im Sommer, die Rote Armee zu Hilfe zu rufen. Zur Verteidigung des weiteren Aufbaus des Sozialismus. Solch eine stalinistische Sicht ist auszuschließen. Brecht wollte einen Umgang mit dem Gehörten, die „große Aussprache", damit gerade nicht geschossen wird. Gewalt ist kein Argument, wäre als Gegengewalt jedoch nicht auszuschließen etc.. Es ist nicht so, dass man sich Brecht in diesem Sommer als Überlegenen vorstellen muss, der alles besser weiß. Das insinuiert das Gedicht nicht. Brecht riet mit seinem Vorschlag, den Anschluss und Zugang zu einem Wissen zu suchen, dem der Arbeiter und der Bevölkerung, ohne von vornherein und sofort zu verfügen, was denn richtig und falsch daran sei. Hören wäre eine Voraussetzung; Aussprache hieße: kritische Begegnung. Und man müsste schauen, was werden können würde. Es war dann wenig.

2. Goethes Vögelein und die Krähen bei Nietzsche und Müller/Schubert

Noch eine schlimme Variante. Mancher Leser mag beim Vers: „Da die Gegend vogellos ist" an Goethes Vers denken: „Die Vögelein schweigen im Walde"[258]; ist es so, wirkt eine Gegend ebenfalls vogellos, und sich der letzten beiden Verse erinnern: „Warte nur, balde/ Ruhest du auch". Dieser letzte Satz aus Goethes Gedicht lässt sich unter anderem als Todesahnung oder Gewissheit von der Unausweichlichkeit des Sterbens interpretieren und Brechts anspielendes Aufnehmen des Goethebezugs oder der unter der Hand Geschehene wäre als seinerseits solche Sicht Brechts zu sehen. Goethes Gedicht wurde 1780 in das Holz der Hütte auf dem Gickelhahn geritzt, Goethe überlebte sein Gedicht um 52 Jahre, Brecht starb drei Jahre nach dem Sommer 1953. Irgendwie tröstlich, andererseits gar nicht, dass sich Brecht 1927 im Gedicht „Liturgie vom Hauch" mit Goethes bekanntem Achtzeiler auseinandergesetzt hat, dort aber explizit; Brechts Gedicht ist ein Revolutionsgedicht und es endet, indem Goethes Gedicht im Refrain variiert wird: „Da schwiegen die Vöglein nicht mehr/ Über allen Wipfeln ist Unruh/ In allen Gipfeln spürest du/ Jetzt einen Hauch."[259] Es heißt zuvor in Brechts Gedicht, dass die Vöglein im Walde aufgefressen worden sind. Wie können sie weiterhin Laut geben, wenn sie tot sind? Es sind wahrscheinlich nicht alle gefressen worden oder neue gekommen, es war jedenfalls nicht „vogellos" in diesem

---

zu genießen war, erscheint wegen des Weglassens des Bezugs zum Aufstand etwas schräg. Wie lang und warum konnte man vermeintlich zuvor die Natur nicht genießen? Muss man in Krieg und Nachkrieg moralisch an sich halten, soldatischer Aufrüstung ergeben, und darf keinen Kontakt mit Natur pflegen? Wäre so die Naturbegegnung nicht erst nach dem Aufstand im Sommer wieder erlaubt gewesen? Der war nicht unkriegerisch, Brecht war nicht der einzige, der einen dritten Weltkrieg fürchtete. Brechts Gedicht meint ausdrücklich den „ganzen Sommer". Was soll zudem bei Knopf das Urteil: „ein zufriedenstellendes menschliches Verhalten"? Wäre es z. B. kein solches, sich gegen staatliche Aktionen zu wehren, die eigenes Interesse verletzen?

[258] Goethe, Wandrers Nachtlied. Ein Gleiches. In: Goethe, Gedichte, München 1981, S. 141
[259] BFA Bd. 11 S. 49ff

anderen Gedicht Brechts. Gefressen hat sie *„ein großer roter Bär".* Der hat zwar nicht die große Revolution geschafft, als deren Bild er gelten könnte, aber immerhin die Vögel gefressen und Goethes Gedicht gehörig durcheinandergebracht. Wie häufiger bei Brecht wird ein innerlyrischer Diskurs veranstaltet.

Bezöge sich Brecht 1953 auf sein eigenes Gedicht aus dem Jahre 1927, wäre das Verneinen des Vorhandenseins der Vögel auch das Konstatieren des Fehlens von Unruhe, wie sie sich 1927 gedacht hatte und als schätzenswert betrachtet hat. Darin läge der Verweis auf eine Bereitschaft zu Auseinandersetzungen anderer Art, als sie im Sommer 1953 stattfanden. Ich muss das Gedicht von 1927 jetzt nicht unruhe- und aufstandstheoretisch einordnen. Damals 1927 und in den Jahren zuvor waren auch Unruhen, Aufstände von rechts zu verzeichnen. Und 1953? Die Chance auf grundsätzliche Veränderungen sollte nicht nach dem Zweiten Weltkrieg ebenso ungenutzt unvollendet und mit dem Sieg der Gegenrevolution verstreichen wie nach dem Ersten Weltkrieg. War nach der Niederlage 1945 wirklich eine neue Gelegenheit? Muss man als Marxist die Gelegenheiten nützen, wie sie kommen? Das mag Brecht vielleicht geglaubt haben. Dass er kritische politische Gedichte schreibt, spricht dafür, dass er sie nicht veröffentlicht, dagegen. Dass sie inhaltlich große Distanzen eröffnen, erscheint ihm sicher bedenkenswert. Überhaupt haben die späteren Gedichte, die *Buckower Elegien,* bei aller weiterhin vorhandenen Spielfreude in der Konstruktion nicht mehr die spöttische Leichtigkeit mancher früheren, z. B. jenes zitierten aus dem Jahr 1927; dessen Ausufern in Länge macht es allerdings unverbindlicher. Gerade in solchen Vergleichen wird ersichtlich, welche Form von Ernsthaftigkeit zum Tonfall der Gedichte der *Buckower Elegien* gehört, als ginge es ums Ganze. Spott, Unernst und Spiel, die es nichtsdestotrotz gibt, und die recht bewusst dem Anschein gelten, als wäre es möglich, eine Totalität einzubegreifen, deswegen die vielen Bezüge auf irgendwo Geschriebenes, Gesagtes, Gehörtes, Gesehenes, sie haben etwas Erschrockenes, Ans-Ende-Gekommenes, sogar Verzweifeltes. In ihrem elegiekritischen Auftritt, bezogen auf die Tradition der Literaturgeschichte, sind sie zugleich tatsächlich Elegien. Brecht sucht insgesamt ein Ausweichen vor dem Ernst im Gedicht „*Laute*", vor Untergangs- und Endzeitahnung. Deswegen als trotziger Restbestand die bekundete Zufriedenheit und die Distanzen zu Wahrsagereien.

Brecht hat Nietzsches Gedicht „*Vereinsamt*" gekannt (es ist unter verschiedenen Überschriften veröffentlicht, eine lautet: „*Der Freigeist*"). „*Die Krähen schrein/ Und ziehen schwirren Flugs zu Stadt:/ Bald wird es schnein -/ Wohl dem, der jetzt noch-Heimat hat!*", heißt es dort. Das Auftauchen der Krähen ähnelt ihrem Auftauchen in Brechts Gedicht. Es wird Winter, einem Einsamen geht es nicht gut: „*Wer das verlor,/ Was du verlorst, macht nirgends Halt!*" und mit dem Ton großer Bedrohung endet das Gedicht: „*Weh dem, der keine Heimat hat!*"[260] In den Gedichten, die im Konvolut der *Buckower Elegien* zu verzeichnen wären,

---

[260] Nietzsches Gedicht ist in zahlreichen Anthologien vertreten. Ich zitiere nach: lyrische signaturen. zeichen und zeiten im deutschen gedicht, Bamberg 1976, S. 197.

herrscht ein erkennbares Prinzip der Intertextualität. Brecht bezieht sich grundsätzlich und absichtlich auf vielerlei anderwärts Geschriebenes. Sprach- und
Leseübung als Training in Beweglichkeit und Offenheit. Das kann bereits so
bewertet werden, bevor man einzelne Bereiche aufgreift und konkrete Zusammenhänge entschlüsselt. Das Gedicht Nietzsches passte zu Brechts Befindlichkeit im Sommer 1953, soweit sie aus dem Gedicht „Laute" und aus weiterer dieser Zeit ersichtlich ist. Jedenfalls ist das poetische Ich des Gedichts „Laute" allein
und es sind mit dem Bild der Schwärme der Krähen keine guten Aussichten zu
erkennen. Dieses Ich erlebt sich als ähnlich vereinsamt wie das gedachte Ich aus
Nietzsches Gedicht (das vielleicht nur mit sich selbst reden kann, jedenfalls
zweimal als „du, Narr" angesprochen wird). Zu einer respondierenden Kommunikation mit den Menschen, deren Laute es hört, kommt auch Brechts lyrisches
Ich nicht. Ihm scheint die Kraft oder der Wille dafür zu fehlen. Es äußert zumindest keine Bereitschaft.

„Wohl dem, der jetzt noch Heimat hat!" heißt es bei Nietzsche im letzten
Vers der ersten Strophe; Heimat hatte Brecht in der DDR keine, falls er sie je
hatte oder gesucht gehabt hätte. Unterlegt man den Palimpsesttext des Gedichts
von Nietzsche und bezöge man das lyrische Subjekt auf ihn, erwiese sich Brecht
als Privatmann, nicht als Schriftsteller, der gerade vorführen will, wie er auf der
Höhe ist, nicht in guter Form. Das lässt sich kaum genau bestimmen und die
Person nicht in Bestandteile zerlegen. Es kann sein, dass das Ich des Gedichts
nicht nur hört, was im Sommer draußen an Geräuschkulisse besteht. Es kann
früher Gehörtes im Gedächtnis haben, zumindest beim Erheben der eigenen
Stimme, beim Lautgeben im Gedicht, daran gedacht haben. Eine Aufforderung
an den Leser kann enthalten sein, seinerseits anderswo Vernommenes zu erinnern und einzubeziehen, andere Lyrik z. B., die Vergleichbares thematisiert. In
den Gedichten aus dem Buckower Sommer 1953 betreiben einige ebenfalls dieses
Spiel, dass sie auf andere Gedichte oder Texte gemünzt sind und aus dem Kontakt ein Eigenes gewinnen wollen. Der Leser der Brecht-Gedichte ist von vorneherein darauf verwiesen, sich umzuschauen. So wie es der Autor Brecht auch tut.

Es gibt im Werk Brechts einen eindeutigen, sogar mehrfachen Bezug auf
Nietzsches Einsamkeits-Gedicht. Daraus ist nicht nur zu ersehen, dass Brecht
das Gedicht gekannt hat und sich gerne auf literarischen Spielwiesen aufhielt, es
ist mehr auszumachen. In Nietzsches Gedicht geht es um eine lyrische Figur, die
in der zweiten Person Singular angesprochen wird. Das kann vielerlei heißen, ein
Selbstgespräch des Autors sein, das wiedergegeben wird, ein solches des literarischen Subjekts oder eine Anrede eines jeweiligen Lesers oder eines vorgestellten,
gedachten. Die Figur hat jedenfalls, soviel ist klar, jemanden und etwas verlassen,
sie ist aufgebrochen, „vor Winters" heißt es, ist sie „in die Welt entflohn"; Brechts
Gedicht ist ebenfalls eines, in dem der Winter ausgespart ist, aber Krähen aufgetaucht sind als Vorzeichen. Warum das Ich bei Nietzsche unterwegs ist, wohin
es will, wird nicht gesagt, es wird eine Gefährdung berichtet, wenn der Winter
kommt: „Weh dem, der keine Heimat hat!" Das lyrische Ich aus Brechts Gedicht

„Laute" hat genauso draußen einen Aufenthalt und vernimmt „Laute", was im Winter wird, ist ungewiss.

Die letzten beiden Verse aus der 4. Strophe bei Nietzsche übernimmt Brecht von 1920 an in seinem Werk mehrfach. Die gesamte Strophe sei zitiert, weil die Du-Figur des Gedichts charakterisiert ist und die Parallele zur Ich-Figur des Brecht-Gedichts spannend ist, man kann das Auftauchen der Krähen bei Brecht als eine Art Fluch lesen, und das lyrische Ich bei Brecht wird weiter unter den Menschen sein, deren Laute es im Sommer gehört hat, und im Winter das Problem des Heimischseins haben. Bei Nietzsche steht: „Nun stehst du bleich,/ Zur Winterwanderschaft verflucht,/ Dem Rauche gleich,/ Der stets nach kältern Himmeln sucht." Die beiden Schlussverse der Strophe sind bei Brecht im Refrain des Gedichts „Der Gesang aus der Opiumhöhle" zu entdecken, das Brecht um 1920 geschrieben hat; Brecht hat den Titel in einem Typoskript später eingeklammert, Nietzsche kommt gleich auffällig dreimal vor: „Rauch den schwarzen Rauch/ Der in kältre Himmel geht! Ach sieh ihm/ Nach: so gehst du auch." Interessant, dass Brecht die Figur der zweiten Person aufgreift und zugleich an Goethes „Wanderers Nachtlied" erinnert. Beide Gedichte, auf die sich Brecht bezieht, sind Gedichte einer Todessicht, sein eigenes Gedicht ist eines der Lebensbehauptung, des Carpe Diem, es heißt bei Brecht z. B.: "ward mir die Bekehrung:/ Daß kein Hahn schreit, wenn ich auch verrecke"[261]; diesen Verweis auf den Gestus des Genießens des Lebens in der Gegenwart kennzeichnet das Gedicht, genauso die Kritik eines Aufschiebens oder Spekulierens mit der Zukunft.

Allgemein kann man sagen, dies ist ein nietzscheanisches Moment bei Brecht (ganz gegen Nietzsches Gedicht „Vereinsamt", außer man entnimmt diesem die Botschaft, sich vor Einsamkeit zu hüten) und zugleich eines, das den Ausgangspunkt zumindest einer Vorsicht beschreibt, was Neigungen beträfe, sich auf den Standpunkt des historischen Materialismus einzulassen, soweit der eine Anschauung bezeichnet, sich individuell als historischen Durchgangspunkt zu empfinden und einer politischen Vernutzung preiszugeben. Brecht schreibt: „Wenn doch keiner mehr den Tamarinden-/ Baum, wenn ich gestorben bin, weiter wässert?" und zuvor: „Sollen wir den roten Mohn nicht pflücken/ Weil er abends hinwelkt in den Händen?" Es ist Zukunftsskepsis, wie Skepsis gegenüber Theorien, die mit Zukunft spekulieren, was Brecht meint; so sehr man sagen könnte, dass wir hier, seine Leser, die Tamarinde, einen Baum der afrikanischen Steppe, kräftig weiter wässern.

Brecht vergisst die Nietzsche-Verse nicht, die an Vergänglichkeit gemahnen. Er greift sie im „Lied vom Rauch" wieder auf, das zunächst für das Stück „Der gute Mensch von Sezuan", an dem Brecht zwischen 1939 und 1941 arbeitet, geschrieben wurde, und später als eigenes Gedicht erscheint. Dort heißt es: „Sieh den grauen Rauch/ Der in immer kältre Kälten geht: so/ Gehst du auch." Brecht verschlimmbessert von „Himmel" zu „Kälten", lässt aber den Nietzsche- wie

---

[261] BFA Bd. 13, S. 192

Goethebezug stehen, wie auch die Betrachtung der Zeit: *„Denn nur Zeit schafft´s und an Zeit gebricht´s.*"[262] Das Stück *„Der gute Mensch von Sezuan"* erscheint 1953 in *Versuche 12*, das ist das Heft vor *Versuche 13*, in dem die sechs *Buckower Elegien* veröffentlicht sind. Während Brecht im Sommer 1953 das Gedicht *„Laute"* schreibt und dort die Schwärme der Krähen notiert, gibt er ein Stück in Druck, in dem sich die Anspielung auf Nietzsches Krähen-Gedicht findet. Brecht wird der Alternativtitel Nietzsches *„Der Freigeist"* nicht missfallen haben; man kann davon ausgehen, er hat sich gegenüber Staat und Partei selbst als solch einer empfunden und empfinden wollen. Nietzsches anderer Titel *„Vereinsamt"* eröffnet andere Zugänge zum Gedicht. Wer auf seine Unabhängigkeit pocht, muss mit dem Alleinsein rechnen. Was nicht gegen jene spricht. Aber nicht heroisch gesehen werden soll.

Brechts Sezuan-Stück ist ein kompliziertes Spiel, wie es denn mit der Empfehlung von Lebenskunst in einer gesellschaftlichen Umgebung steht, in der das Praktizieren jener Empfehlung zynische Aspekte hat. Was nicht funktioniert, muss nicht als Empfehlung falsch sein. Widerständigkeit bildet sich vielleicht aus.

Liest man Nietzsches Gedicht als die Geschichte eines Menschen, der weggegangen ist und nicht weiß, wo er ankommen wird, findet man Vergleichbares in einem andern bekannten Gedicht Nietzsches, und auch dieses könnte mit Brechts Gedicht *„Laute"* in Verbindung gebracht werden. Bei Nietzsche wird die Frage nach Freunden oder Gefährten nicht selten aufgeworfen (auch *„Also sprach Zarathustra"* ist die Geschichte so einer Beziehungssuche). Das gemeinte Gedicht von Nietzsche heißt: *„Aus hohen Bergen"*. Es sei daran erinnert, dass Brecht im Gedicht *„Die Wahrheit einigt"*, das zur Sammlungsplanung der *Buckower Elegien* gehört, zweimal, am Anfang und am Ende des Gedichts, *„Freunde"* anspricht (nicht Genossen, obwohl die gemeint sind, Brecht zitiert Lenin im Gedicht und will es einem Brief an Paul Wandel zum *„inneren Gebrauch"* beilegen[263], ob es dazu gekommen ist, ist unklar), wie als möchte er sich einer fortdauernden Übereinstimmung versichern oder seinerseits deutlich machen, wie sehr er sich sorgt, ob denn jene immer noch bestünde. Außerdem fürchtet er ein Erstarken des Gegners und weiter vorhandene faschistische Überzeugungen bekümmern ihn.

Nietzsche fragt im Gedicht *„Auf hohen Bergen"*: *„Wo bleibt ihr Freunde? Kommt! `s ist Zeit! `s ist Zeit!"* und einige Verse später schreibt er, und damit ist ein Übergang zu Brechts Gedicht *„Laute"* möglich: *„Nach euch zu spähn aus*

---

[262] BFA Bd. 6, S. 192, bzw. Bd. 15, S. 37. Im Stück hat Brechts Lied zunächst den Titel „Lied der verarmten Familie", es ist eine Kritik, sich nicht auf Vertröstung einzulassen. Brecht zitiert sich also zusätzlich zum Nietzsche- und Goethe-Zitat selbst, indem er den alten Refrain seines Gedichts von 1920 übernimmt; man könnte sagen, um seine unveränderte Wertschätzung von Gegenwart zu betonen.

[263] Brecht schreibt an Wandel Mitte August 1953 aus Buckow, vgl. BFA Bd. 30, S. 191, und sagt, dass er das beiliegende Gedicht nicht veröffentlichen will und meint in Klammern: „(wir haben unsern eigenen Westen bei uns!)"

fernster Vogelschau."[264] Da fällt das Wort, das so gut passt zu Brechts Gedicht, geht man davon aus, Brechts Behaupten der Vogellosigkeit wäre eine Vogelschau genuiner Art und demzufolge würde der Leser die Abwesenheit der Vögel vogelschauartig in sein Überlegen einbegreifen müssen. Ich komme noch einmal auf diese Vogellosigkeit in Brechts Gedicht zurück. Es ist dies ein Indiz dafür, wie viele Fährten ausgeschritten werden können und wie viel Aufenthalte unterwegs wahrzunehmen wären. Ich greife heraus, welche unterschiedliche Wahrnehmung von Freunden im Nietzschegedicht sich findet, welches Ergebnis also die „*Vogelschau*" dieses Gedichts zeitigt und denke daran, dass in Brechts Gedicht „*Laute*", ein vergleichbares Moment der Überprüfung von Freundschaft sich zeigen lässt, indem das lyrische Ich, im Unterschied zu Parteikadern, die das Hören verlernen, von seinem Autor Brecht ausdrücklich attestiert bekommt, zu hören, sogar „*den ganzen Sommer durch*", dies also mit einem Nichtnachlassen und einer Interessiertheit praktiziert. Selbst für den Fall, dass die Laute in ihrer Dauer aufdringlich oder unschön gewesen sein sollten.

In Nietzsches Gedicht „*Aus hohen Bergen*" ist das Ende ersichtlich: „*Der Freunde harr ich, Tag und Nacht bereit,/ Der neuen Freunde! Kommt! `s ist Zeit! `s ist Zeit!*". Nietzsche nimmt im letzten Vers seines Gedichts den letzten Vers der ersten Strophe wieder auf, jedoch verändert, es sind neue Freunde, die erwartet werden, die einen Unterschied ausmachen, in der vorherigen Bezeichnung „*Freunde*" bleiben die früheren weiterhin gemeint, sollten sie nicht gleich geblieben sein, werden sie weiterhin als solche geschätzt. Was den Unterschied ausmacht, hat Nietzsche angesprochen: „*Nur wer sich wandelt, bleibt mit mir verwandt.*" Jetzt darf man wirklich ein wenig lachen, liest man bei Nietzsche das Wort „*wandelt*" und weiß, dass Brecht ein vergleichbares Gedicht an Paul Wandel schicken wollte. Bei Nietzsches Beharren auf Wandlung und Fortentwicklung des Individuums denkt man zudem an Brechts Geschichte vom Herrn Keuner, die den Titel „*Das Wiedersehen*" trägt. Herr Keuner wird von jemandem, der ihn lange nicht mehr gesehen hat, mit den Worten begrüßt: „*Sie haben sich gar nicht verändert.*" Herr Keuner erschrickt. Brecht schreibt: „ ´*Oh!´ sagte Herr Keuner und erbleichte.*"[265] Im Sinn von Nietzsches Gedicht wäre die Freundschaft der beiden aus der Keuner–Geschichte (wäre sie eine) extrem gefährdet.

Brecht hat mit den *Buckower Elegien* und mit dem Gedicht „*Laute*" als einzelnem unter anderen und in den einzelnen weiteren Gedichten unterschiedliche, auch mit unterschiedlichem Gewicht und auf unterschiedliche Weise, und in hoher Differenzierung und nicht als einziges Unternehmen, aber schon als ein wichtiges, eine Überprüfung von Positionen der Partei im Sinn, das ist den Gedichten abzulesen. Dies geschieht vor dem Hintergrund der Ereignisse des 17. Juni, die jenes lyrische Verfahren Brechts auslösen, dessen Inangriffnehmen sicherlich einen längeren oder gar langen Vorlauf hat. Es ist nicht so, dass Brecht

---

[264] Ich zitiere aus: Hausbuch deutscher Lyrik, S. 257, auch um zu zeigen welche Verbreitung beide Gedichte Nietzsches hatten; das Buch ist in einer Auflage von über 300 000 erschienen.
[265] BFA Bd. 18, S. 21

plötzlich vom kritischen Einreden übermächtigt wird und ihm etwas wie Schuppen von den Augen fällt. Er mag vielleicht eine gute Darstellbarkeit von Kritik am Beispiel jener Ereignisse gesehen haben, zumindest zunächst; er hat die Möglichkeit eines Eingreifens und eines Korrigierens begrüßt. Brecht hat von berechtigter Kritik auf Seiten der Aufständischen gesprochen und eine Gelegenheit nicht nur der *„großen Aussprache"*, sondern auch für resultierende Veränderungen gesehen. In den Wochen nach dem 17. Juni ist er mit dieser Einschätzung weitgehend allein geblieben. Die *„große Aussprache"*, wie er sie wollte, fand nicht statt. Man könnte sagen, Brecht war ähnlich vereinsamt wie der Vereinsamte aus Nietzsches Gedicht. Die Frage nach aufrecht zu erhaltenden Freundschaften und Beziehungen dürfte sich gestellt haben. Die Situation war andererseits gefährlich, der Umgang mit Abweichlern war ganz und gar nicht sanft[266], und sie war zusätzlich dahingehend zu reflektieren, sich nicht falsche Freunde auf den Hals zu rufen, denen gegenüber dann Distanzierungen anderer Art, aber neuerlich, anliegen würden.

Liest man Nietzsches Gedichte *„Vereinsamt"* und *„Aus hohen Bergen"*, erscheint die Bedrohlichkeit der Krähen in Brechts Gedicht um einiges verstärkt und die Selbstvergewisserung des letzten Verses fragwürdiger als sowieso schon: *„Ich bins zufrieden."* Die Lebensfreude, die in der gleichlautenden Aussage des hässlichsten Menschen bei Brecht zitiert ist (falls sie das ist), wäre stark in Mitleidenschaft geraten. Dass sie schätzenswert ist und angestrebt bleibt, das gilt weiterhin unbestritten und nichts wird zurückgenommen. Aber die Verhältnisse, dafür stünde als Beleg im Gedicht das Auftauchen der Krähen, behindern das Genießen.[267]. Die Verhältnisse, sie sind nicht so. Aber deshalb mag die kritische Beschäftigung mit ihnen ausdrücklich geboten sein. Das jeweilige besondere Eingeschränktsein des Egos kann diesem das Überlegen einer Widerstandslinie erforderlich erscheinen lassen.

Der Einbezug gesellschaftlicher Verhältnisse führt zu einer kritischen Sicht auf Nietzsche. Der hässlichste Mensch sieht außerhalb seiner eigenen Hässlichkeit kaum wirklich hässliche Verhältnisse. Im Zentrum seiner Kritik steht der polizeiliche Gott. Den kann man sich als Garanten von Staatlichkeit denken. Selbst wenn man unterstellte, der hässlichste Mensch vertrete alle anderen Menschen, das sei Konstituens seiner Hässlichkeit, bleibt die Leerstelle des Verwei-

---

[266] Ulbricht gelingt nach dem 17. Juni das Ausschalten der Opposition in der Partei nach der Verurteilung und späteren Hinrichtung von Berija im Dezember 1953. Nachzulesen sind die Vorgehensweisen, die Brecht zur Kenntnis genommen hat und in deren Ablauf hinein eine vermeintlich tapfere Veröffentlichung der gesamten Gedichte der Buckower Elegien geraten wäre, z. B. in zwei Büchern: Das Herrnstadt-Dokument. Das Politbüro der SED und die Geschichte des 17. Juni, Hamburg 1990 und: Irina Liebmann, Wäre es schön? Es wäre schön! Mein Vater Rudolf Herrnstadt, Berlin 2008.

[267] Dass Brecht um solche Zusammenhänge gewusst hat, verdeutlicht das Gedicht „An die Nachgeborenen", in dem es heißt: „Was sind das für Zeiten, wo/ Ein Gespräch über Bäume fast ein Verbrechen ist/ Weil es ein Schweigen über so viele Untaten einschließt!" BFA Bd. 12, S. 85

sens auf gesellschaftliche Verhältnisse bestehen. Bei Brecht hingegen ergäbe sich vergleichsweise und bezogen auf das Gedicht „*Laute*" ein Beurteilen der Situation in der DDR nach dem Sommer 1953. Obwohl er, darin doch Nietzsche ähnlich, den konkreten Bezug nicht nennt, ist der Bezug offensichtlich. In Brechts Gedicht steht als nächste Jahreszeit der Winter bevor. Die Aussichten auf die nächste Jahreszeit sind nicht günstig. In Nietzsches Gedicht ist das Üble bereits eingetreten: „*Zur Winterwanderschaft verflucht*". „*Versteck, du Narr,/ Dein blutend Herz in Eis und Hohn!*" Wenn Brecht in seinem Verzeichnen der Krähen an die Krähen in Nietzsches Gedicht „*Vereinsamt*" gedacht hat, dann wollte er mitteilen, in welchen Zuständen das lyrische Ich seines Gedichts sich befindet: „*Wer das verlor,/ Was du verlorst, macht nirgends halt.*"[268]. Nietzsches Person des Du findet niemand mehr, der Unterstützung böte. Sie will das nicht und sie sucht auch nicht. Übertrüge man die Beurteilung auf die Person des Autors Brecht, müsste man konstatieren, wie schlecht es ihm geht.

Eine weitere Lektüre könnte dem Leser spätestens an dieser Stelle einfallen. Wieder ist es ein Thematisieren des Winters und der schlimmen Situation eines Einzelnen. In Wilhelm Müllers Zyklus „*Die Winterreise*" begegnet er im Gedicht „*Die Krähe*" diesem Tier, das in Brechts Gedicht „*Laute*" gleich in Schwärmen auftaucht. Die Ich-Figur bei Müller ist in besonderer Weise ein unglücklich Liebender. Er weiß eine ganze Menge, aber das hilft ihm nicht so recht. „*Die Liebe liebt das Wandern*", sagt er am Anfang, wie um auch dem eigenen Aufbruch eine Begründung zu verleihen. Vielleicht findet er neue Liebe? Die Frau, die er liebt, ist eine „*reiche Braut*"; soziale Unterschiede spielen also eine Rolle. Er merkt, wie sehr ihm gefällt zu lieben und wie sehr er die Liebe liebt. Dagegen will er deren Gegenstand festhalten, die Geliebte, „*ihr Bild darin*". Die Wanderschaft, die ihn zu neuen Ufern führen könnte, weist immer weiter in Eis und Schnee. Sich selbst zu entdecken, scheidet ihn noch stärker von den Menschen: „*Was vermeid ich denn die Wege,/ Wo die andren Wandrer gehn*". Das Erinnern an die erfahrene Kränkung beherrscht ihn, er sieht sich „*tödlich schwer verletzt*". Seine Lebensfreude wird das Ausloten von Schmerz und Weh. Er versteht viel von seinem Leid und kann davon nicht lassen. In seiner Selbstbezogenheit fürchtet er, die Geliebte zu vergessen. Momente von Wunderlichkeit wechseln mit solchen von heller Kritik an Verhältnissen, in den er sich sieht. Im Lied „*Die Nebensonnen*" singt er:

> „Drei Sonnen sah ich am Himmel stehn,/ Hab lang und fest sie angesehn;/ Und sie auch standen da so stier,/ Als könnten sie nicht weg von mir."

Später sagt er sich: „*Klagen ist für Toren*" und „*Will kein Gott auf Erden sein, Sind wir selber Götter.*" Was Auftakt von Selbstbewusstsein sein könnte und Widerstand gegen moralische Festlegungen durch Religiöses ist nur ein letztes Auf-

---

[268] Alle Zitate des Gedichts aus: Hausbuch deutscher Lyrik, S. 257

bäumen vor dem Untergang. Der ist früh eine Ahnung. z. B. als er bemerkt, dass eine Krähe mit ihm einherzieht und er von ihr „*Treue bis zum Grabe!*" verlangt. Die Krähe erscheint ihm als Hohn auf seine weiter vorhandene Vorstellung von Treue und als Bild des Sterbens:

> „Krähe, wunderliches Tier,/ Willst mich nicht verlassen?/ Meinst wohl bald als Beute hier/ Meinen Leib zu fassen?"[269]

Schuberts Lied von der Krähe nach dem Text von Wilhelm Müller ist in der Kulturgeschichte eine Wegmarke des Symbolgehalts beim Benennen dieses Vogels. Er steht für die Düsternis kommender Wintertage, das Unheil von Ende und Nichts.

In Brechts Gedicht „*Laute*" sind es sogar „*große Schwärme von Krähen*", das bedeutete vergleichsweise Bedrohlichkeit und Gefahr in hitchcockigen Ausmaßen. Die Krähen des Herbstes wären die zum Leichenfraß bereiten Vögel. Sogar als unmittelbare Anspielung könnte man das Auftauchen der Krähen in Brechts Gedicht lesen, der Müller/Schuberts Lied wohl kannte. Der Figur des Scheiternden aus dem Liedzyklus „*Die Winterreise*", der verzweifelt in abgelehnter und unglücklicher Liebe, könnte man die Figur des Ichs aus Brechts Gedicht oder die Figur des Autors selbst parallelisieren. Die Ablehnung, die erfahren wird, durch den im Herbst 1953 ersichtlich als falsch gemacht zu beurteilenden Sozialismus, die Chance des Sommers ist nicht ergriffen worden, erscheint als eine auf Leben und Tod. Das gilt nicht in erster Linie persönlich für den Autor. Die kritisierte Politik wäre als eine des falschen Wappnens gegen Kriegsgefahr beanstandet. Die Vielstimmigkeit des Sommers ist vorüber, im Herbst tauchen die Krähen auf. Das Gedicht scheint sagen zu wollen, was vertan und vorbei ist. Zugleich gibt es Einschätzungen zu erkennen, was ins Werk zu setzen gewesen wäre, damit Friedfertigkeit und Friedensfähigkeit hätten gelten können oder unter Umständen zu erwarten gewesen wären. Brecht veröffentlicht das Gedicht „*Laute*" nicht, wie als hätte er selbst keine Möglichkeiten mehr gesehen.

3. Brecht, Vergil, Nietzsche und deren Hauptfiguren

Zieht man eine Reihe von Schlüssen aus dem Ermittelten, wird man gelegentlich die Person des Autors Brecht in den Fokus nehmen dürfen. Der Autor ist es schließlich, der mittels des erfundenen lyrischen Subjekts Berührungspunkte und Anbindungen herstellt. Er liefert dadurch ein Bild der eigenen Person. Außerdem bleibt zu erinnern, welch wichtige Figur der Leser ist. Die Adressaten zählen als Teilnehmer an der Kunstaktion und als Personen, deren politisches Bewusstsein einbegriffen (und womöglich angegriffen) wird, dieses unterschiedene Du ist der Bereich, auf den hin das Gedicht Brechts in Fortsetzung gedacht ist. Es endet nicht mit seinem letzten Zeichen oder Laut. Laute sollen nachfolgen. Beschäftigt man sich mit den zentralen Vernetzungen und Zuordnungen,

---

[269] Alle Zitate von Schuberts Liederzyklus aus: Wilhelm Müller, Die Winterreise, Frankfurt/M. 1986.

die das Gedicht möglich macht, wird ersichtlich, wie sinnvoll sie gewählt erscheinen und dass sie einiger Ausführungen bedürften. Darin läge die Mitarbeit
dessen, dem Kunst zugedacht ist. Einer der Bestimmungsgründe moderner
Kunst zeigte sich. Auf den Zusammenhang zu einer Theorie der Ästhetik ist
bereits verwiesen worden.

Beziehungen Brechts sind sowohl interessant bezüglich der Autoren, zu denen das Gedicht Kontakt aufnimmt, Vergil und Nietzsche in erster Linie, als
auch bezüglich der Hauptfiguren der Werke, die in der ausgewiesenen Verqui-
ckung erscheinen, Aeneas und Zarathustra. Es sei ein wenig ausgeführt, welche
Brücken geschlagen werden können[270].

Zu Horaz hat Brecht den Bezug der *Buckower Elegien* selbst hergestellt, das
Gedicht *„Beim Lesen des Horaz"* gehört in die Reihe der Gedichte der *Buckower
Elegien*. Der Kontext zu Vergil ist am Gedicht *„Laute"* aufgezeigt worden. Vergil
und Horaz waren beide Autoren, die im Zusammenhang einer Staatsbildung eine
literarische Rolle gespielt haben. In der Umbruchssituation nach dem Ende eines
Kriegs, dem Bürgerkrieg in Rom, steht der Aufbau eines neues Staates an, später
sprechen Historiker vom historischen Übergang von der Republik zur Monarchie. Die politische Figur, zu der beide Autoren in Verbindung getreten sind, ist
Augustus. Er wird unterstützt in der Annahme, eine Epoche des Friedens könnte entwickelt werden. Was Vergil mit der *„Aeneis"* versucht, ist, die Bildung des
römischen Weltreichs durch das Verfassen eines nationalen Epos in welthistori-
sche Bedeutung zu rücken. Die Bewohner des Staates sollen sich im Mythos der
Göttlichkeit der Führungsfigur[271] einfinden zur Mitarbeit am großen Machtpro-
jekt.

Brecht lehnt eine vergleichbare Position ab.[272] Das ergeben die Gedichte der
Buckower Elegien, auch das Gedicht *„Laute"*. Nach dem Zweiten Weltkrieg wird
der Aufbau des neuen Staates der DDR betrieben. Brecht soll die Rolle des Na-
tionaldichters übernehmen. Das tut er nicht oder allenfalls bedingt. Oder anders
als gedacht, eben nicht lediglich in der Unterstützung von Herrschaft. Die Ereignisse des 17. Juni 1953 wären parallel zu setzen zum Bürgerkrieg in Rom, wie
die Niederlage der Arbeiterbewegung gegen den Nationalsozialismus parallel zu
setzen wäre. Während Augustus am Beginn seiner politischen Karriere steht, ist
Stalin am Ende, er stirbt im Frühjahr 1953. Die Umbruchszeiten erscheinen in

---

[270] Es sei zumindest darauf hingewiesen, dass weitere noch gebaut werden könnten, z. B. die zu
Ovids „Metamorphosen", dort gibt es u. a. die Geschichte der Vergöttlichung des Aeneas.

[271] Der Senat in Rom erklärt nach dem Tod von Augustus im Jahr 14 n. Chr. dessen Mitglied-
schaft in der Versammlung der Götter. Er ist damit vergöttlicht, wird Teil des religiösen Kultus, erhält eine Priesterschaft zugeordnet und soll angebetet werden.

[272] Im Gedicht „Briefe über Gelesenes" aus dem Jahr 1944 beschäftigt sich Brecht mit Lobsän-
gern von Herrschaft, berichtet von Horaz-Lektüre, dort ist Varius genannt, ein Lobsänger auf
Augustus, der Vergil in den Kreis des Mäcenas eingeführt hat. Horaz und Vergil und wohl sich
selbst nimmt Brecht ein wenig heraus, es scheint so zu sein, wie es am Ende des Gedichts
heißt, es wäre die „edlere Kunst" entwickelt worden, „mit/ Feineren Versen zu schmähen"
(BFA 15, S. 114).

einer gewissen Parallelität aufgegriffen zu sein. Allein schon, damit genau unterschieden werden kann.

Als Brecht 1954 den Stalin-Preis erhält und annimmt, er mag das Ansprechen von Lebenskunst in seiner Dankesrede für Widerborstigkeit gehalten haben, immerhin verwendet er im Angesicht der Mächtigen in Moskau ein nietzscheanisch deutbares Wort, schenkt ihm Elisabeth Hauptmann anlässlich der Auszeichnung eine bibliophile Horaz-Ausgabe, Brecht hatte sie mit Brief vom Juli 1952 aus Buckow um das Auffinden einer Horaz-Ausgabe gebeten[273], und schreibt eine Widmung *„An Bertolt Brecht/ zu dem Stalinpreis/ Dezember 1954/ von/ Elisabeth Hauptmann"*[274] hinein, voller Süffisanz oder sogar Häme, ob Brecht denn, der sich auf Distanzen etwas zu Gute hält, sich nicht vergleichsweise dem Verhältnis von Horaz zu Augustus (das übrigens gar nicht so voller Ergebenheit war, wie es gemeinhin heißt, Vergil oder auch Ovid wären gesondert zu betrachten) ebenfalls eine viel zu große Nähe zu Macht, Herrschaft und eben zu Stalin hat zu Schulden kommen lassen. Dass Brecht diese Verbindung ebenfalls gesehen hat, scheint zumindest Elisabeth Hauptmann gewusst zu haben. Oder hatte es Brecht unter die Nase reiben wollen.

Aeneas ist eine Hauptfigur, die nahezu jegliches Orientieren an einem privaten Wohl zurückweist zugunsten seines Funktionierens für die Entwicklung Roms, bzw., ist ihm dieses Funktionieren das private Wohl und weiteres privates Wohl muss dazu passen. Er erscheint als ein Held, wie ihn sich Propagandisten des sozialistischen Realismus von Brecht erhofft haben mögen. Das Ich des Gedichts *„Laute"* ist dieser Held nicht. Und die verschiedenen Ich-Figuren in den anderen Gedichten der *Buckower Elegien* sind solche Helden ebenfalls nicht. Würde man sie zu einer Art Sozialcharakter fügen wollen, ergäbe sich manches, aber die Figur eines problemlos positiven Parteigängers entstünde sicher nicht.

---

[273] BFA Bd. 30. S. 133

[274] Nachlassbibliothek Brechts Buch Nr. 2223. Brecht hat im Sommer 1952 Horaz gelesen, im Sommer 1953 schreibt er unter den Buckower Elegien ein Gedicht mit dem Titel: „Beim Lesen des Horaz". Mit Datum vom 15. 7. 1952 notiert Brecht im Journal (BFA Bd. 27, S. 332), dass er Satiren von Horaz lese, „die zu sorgfältig geschrieben sind, um nur für den Tag gemeint zu sein." Überträgt man die Äußerung auf Brechts Buckower Elegien, kann zumindest gesagt werden, ein Bewusstsein davon, etwas sorgfältig Geschriebenes nicht nur als „für den Tag" gedacht geschrieben zu haben, hat Brecht besessen. Nähme man Brechts Gedicht „Die Lösung", das unter den Buckower Elegien deutlich satirische Züge trägt und ganz sicherlich sorgfältig geschrieben ist, hätte es im Sinn von Brechts Urteil über Horaz eine Gültigkeit über den Tag hinaus. Das ist dann am Inhalt aufzuzeigen. Am 30. 8. 1952 verzeichnet Brecht im Journal (BFA Bd. 27, S. 333): „aber die Zufriedenheit des Horaz mißfällt mir mehr und mehr." Interessant ist hier, dass Brecht ein Jahr bevor er selbst das lyrische Ich eines eigenen Gedichts eine wenn auch reduzierte Zufriedenheit ausdrücken lässt, diese Befindlichkeit moniert. Sie gefällt ihm nicht. Umso wahrscheinlicher eben, dass Brecht beim Ausdruck von Zufriedenheit im Gedicht „Laute" sehr „sorgfältig" gearbeitet hat, um die Gefühlsbezeichnung genau zu verorten. Vom 8. 10. 1942 berichtet Brecht im Journal (BFA Bd. 27, S. 15) von einem Gespräch mit Feuchtwanger u. a. über Horaz; Feuchtwanger bewundert, wie „Horaz den Augustus `gemacht`" habe. Am Ende der Notiz bezeichnet Brecht Horaz wie Feuchtwanger als „Tui".

Soviel scheint klar, es sind Distanzierte, sie üben sich in Kritik, sie geben die Orientierung am eigenen Selbst nicht auf, sie sind, als literarische Gestalten gesehen, Spieler mit Identitäten. Sie sollen nicht einfach identifizierbar sein, als könnten sie auf diese Weise leichter entkommen, auch Einfügungen in Loyalitäten. Ihr Tun ist offen, unvorhersehbar und unberechenbar: ein Lebenselixier.

Sie sind zugleich Spielfiguren des Spielers Brecht. Sie sind Kunstfiguren in einer gänzlich anderen Künstlichkeit als Aeneas Kunstfigur ist. Der wird als Held zwar an den Heldengesängen um Troja gemessen, aber durchweg ist es eine Auseinandersetzung im Positiven, die passiert. Aeneas soll der Beste sein. Er steht für ein Pro zur Herrschaft, er soll sie begründen. Die Ich-Figuren der Gedichte Brechts stehen in den verschiedensten Verhältnissen zur Kulturgeschichte, aber sie negieren und sie unterscheiden sich; das soll so sein und ist beabsichtigt; es wird erklärt, das sei gut so. Schon gleich wird keine Anhänglichkeit von Publikum und Leser erwartet, keine Identifikation mit jenen; ein Gegensatz dazu wird ersichtlich: Im Zuge sich entwickelnden und formulierenden Selbstbewusstseins soll sich eine neue Subjektivität ergeben, die eine veränderte Stellung in der Geschichte behauptet und einnimmt. Das gestärkte Ego stößt sowieso auf den Sachverhalt des Gesellschaftlichen und wird sich reiben und wehren müssen. Der freie historische Tätige entsteht nicht von heute auf morgen. Wenn überhaupt.

Ein Übergang von Vergil und seinem Helden Aeneas zu Nietzsche und Zarathustra als vielleicht angepeilte Anspielungsrahmen wie Palimpsestsituationen zu Brechts Gedicht „*Laute*" liegt relativ auf der Hand. Aeneas ist der Heiland der römischen Welt und Zarathustra bei Nietzsche der Anti-Heiland, den, wie die größten Kritiker der Elche, die früher selber welche waren, Heilandiges auszeichnet. Er hat in Nietzsches Buch Jünger um sich gesammelt, orientiert sich an Sprachformen der Bibel etc.. Zarathustra ist der Kritiker von Glaubensrichtungen verschiedenster Art, von Religionen wie Weltanschauungen oder Gesinnungen. Er steht für die Realität des Lebens ein. Seine Feier desselben ist eine des Künstlers und Intellektuellen, der es im Leben zu seinem Werk bringt.[275] Schon

---

[275] An mehreren Stellen der vorliegenden Arbeit gibt es Übergänge zum Werk von Thomas Mann, vor allem zum Roman „Dr. Faustus". Sie seien nicht ausführlich beschritten. Es herrscht viel Selbstmitleid des Künstlers bei Mann, der Leverkühn vom Teufel die Liebe verbieten lässt und eigentlich das Leben, damit er zu seinem großen Werk gelange. Das ist die Konstellation des goethischen Faust, den unter anderem Überdruss an der Wissenschaft und Zweifel an deren Wirkungsmacht in die Hände des Mephisto treibt, damit er endlich mit dessen Hilfe das Leben lernt. Goethes Drama endet in Faust II anders als Manns Roman, der im Eingeständnis der verkümmerten Liebesfähigkeit als Zeichen der Misere bürgerlicher Kultur ein Stück Faschismuserklärung sein will. Goethe endet nietzscheanischer. „Fröhliche Wissenschaft" wäre ein Gegenprogramm zu Mann (einem kenntnisreichen Nietzscheleser), im gleichnamigen Buch schreibt Nietzsche zur „moralischen Aufklärung": „Man muß den Deutschen ihren Mephistopheles ausreden: und ihren Faust dazu. Es sind zwei moralische Vorurteile gegen den Wert der Erkenntnis" (Die fröhliche Wissenschaft, S. 161). Die Mythoskritik in Brechts Gedicht „Laute" wie in den Buckower Elegien insgesamt wäre als eine Kritik des Mythos vom Verlust der Liebe bei Mann zu sehen, der bereits im Roman „Der Zauberberg" am Schluss fragt, ob denn

am Beginn des 4. Teils von Nietzsches „Zarathustra" ist von dieser Wichtigkeit des Werks zu lesen. Am Ende wird es wiederholt. Darin kristallisiert sich die Schlussaussage heraus. Das Werk. Das Getane und Vollbrachte.

Ein Zusammenhang von Vergil mit Nietzsche bleibt lediglich anzudeuten. Eine umfassendere Rezeption des Werks von Vergil findet in der Renaissance statt, dort wird er geschätzt. Wenn Vergil als literarischer Führer bei Dante auftaucht, ist das kein Zufall; derjenige, der den Aufenthalt von Aeneas in der Unterwelt gestaltet, führt jetzt Dante dorthin (im Paradies braucht er ihn danach nicht mehr, dann ist Beatrice zu ihm gekommen). Die Renaissance ist eine Epoche, deren Bestreben Nietzsche schätzte und die er durch Luther und die Reformation in Deutschland und ihre Ausbreitung um ihre weitere Wirkung gebracht sah[276]. Man beachte den Unterschied: zur Zeit der italienischen Renaissance wird Vergil bewundert, weniger Aeneas, also mehr der Autor, weniger die Figur. Petrarca und Boccaccio kümmerten sich um das Grab von Vergil in Neapel etc.. Es existieren allerdings keine vergleichbar deutlichen Bezüge auf Vergil bei Nietzsche wie es sie z. B. bei Raabe, Hauptmann, George oder gar Broch gibt. Greift man die Zeitläufe umfassender auf, könnte man Brechts Galilei-Figur als einen Renaissance-Helden auffassen. In Brechts Drama finden sich eine Reihe von Nietzsche-Spuren.

---

der Krieg nicht etwas Gutes gehabt habe: „Wird aus diesem Weltfest des Todes, auch aus der schlimmern Fieberbrunst, die rings den regnerischen Abendhimmel entzündet, einmal die Liebe steigen?" Das ist einigermaßen grässlich: „Weltfest des Todes" und „Fieberbrunst", Krankhaftes als vermutete Ursache, auch noch das Kompositumwort „-brunst", Tierisches, Mann würde schreiben, tierische Geschlechtlichkeit, und statt Kritik und Erklären, Liebe als Hoffnung wie Therapie ansehen. Nach dem Ersten Weltkrieg wird im „Zauberberg" konstatiert, dass aus dem „Weltfest des Todes" nicht die Liebe gestiegen ist. Leverkühn wird sie beispielhaft verwehrt. Dem armen Künstler, dem schon im sprechenden Namen eine Bedeutung von Lebenskunst angeheftet wird. Auf Thomas Manns 1947 gehaltenen Vortrag „Nietzsche im Lichte unserer Zeit" wie insgesamt auf die Bedeutung des Werks von Nietzsche für Thomas Mann wird nicht eingegangen. Am Interessantesten wäre eine Spurensuche in Manns „Betrachtungen eines Unpolitischen". Die Verbindungen zum Bruder Heinrich Mann bezüglich Nietzsche wären im Vergleich der Nietzsche–Rezeption genauso interessant, wie der Vergleich zur Nietzsche-Rezeption bei Brecht. Bemühungen der Brüder Mann, nach 1945 Nietzsche aus der Vereinnahmung durch den Nationalsozialismus herauszulösen, spielen innerhalb der DDR im weiteren Vollzug, am Feindbild Nietzsche festzuhalten, keine Rolle. Brechts Eingreifen wäre ein Seitwärtiges und Eigenes in seinem Werk und dort herauszuarbeiten. Es dürfte einige Fundstellen geben.

[276] Vgl. Friedrich Nietzsche, Der Antichrist, München, 1999, S. 250: „Die Deutschen haben Europa um die letzte grosse Cultur-Ernte gebracht, die es für Europa heimzubringen gab, - um die Renaissance". Sie war die *Umwerthung der christlichen Werthe"* (Hervorhebung Nietzsche). Luther, dieser „Mönch mit allen rachsüchtigen Instinkten eines verunglückten Priesters im Leibe, empörte sich ... *gegen* die Renaissance." (S.251, Hervorhebung Nietzsche) Schön übrigens für alle Deutschtümler, die sich auf Nietzsche berufen wollen, die Bemerkung auf derselben Seite: „Es sind *meine* Feinde, ich bekenne es, diese Deutschen." (Hervorhebung Nietzsche)

Nietzsches Verteidigung des Lebens, die Liebe zum Leben, äußert sich nicht antiintellektuell und antiwissenschaftlich. Die Leidenschaft der Erkenntnis, von der Nietzsche spricht, ist etwas, das auch den Galilei Brechts kennzeichnet. Der Anschluss an Nietzsche von rechts, der ihn als Kombattanten der Lebensertüchtigung gegen Geist und Bewusstsein und für Kraft und Kampf eingemeindet, ist Nietzsche jedenfalls nicht unmittelbar anzulasten. Das Antirationalistische mannigfacher rechter Theorie, die hier und da als Background nationalsozialistischer Praxis genannt wird, ist bekannt; wenn es Bezugnahmen auf Nietzsche gibt, wären sie genau zu untersuchen. Bei Nietzsche ist der Intellekt ein Teil des Lebens, kein bloßes Gegenüber, jener ist im Leben ein Besonderes in diesem; verhandelt wird Selbstbezüglichkeit. Der Begriff Leben, wie ihn Brecht in seinem Lob von Lebenskunst aufgenommen hat, meint Selbsterkenntnis, Selbsterfahrung, Selbstverständnis und Spielformen davon. Dass Masken wie Verstecke sein können, und es jeweils darauf ankommen mag, wie sie in der konkreten Spielform ausgestaltet sind, hat Nietzsche wiederholt formuliert. Brecht folgt ihm dabei. Lebenskunst ist kein hehres Ziel, sondern immer Auseinandersetzung.

Der Bezug zu Nietzsche und Zarathustra erscheint bei Brecht nach der Jugendzeit nicht sinnvoll herstellbar ohne Zusammenhang einer Erörterung des wissenschaftlichen Sozialismus, wie er von Marx und Engels entwickelt worden ist, das eingeschlossen, was im Laufe der Zeit und in der Reihe der Nachfolger, vor allem derer an der Macht, daraus geworden ist. Nietzsche ist ein von Brecht geschätzter Gegner von Gläubigkeit und Religiosität und ein Kritiker von Moral. Für Nietzsches gesamte Philosophie interessiert sich Brecht vielleicht eher wenig, man mag darüber streiten können, aber sein Interesse geht weit, und er trifft sich mit Nietzsche in der Verteidigung von Lebensgenuss und Lebenskunst gegen die Politik einer Beschlagnahme. Hier knüpft Brecht an frühe Phasen seiner Entwicklung an, der künstlerischen wie der politischen. Er hat Nietzsches Texte vor denen von Marx gelesen. Zum Systemdenker oder Ideologiebegründer hat Brecht es nicht bringen wollen, genauso wenig wie Nietzsche. Die Laute im Gedicht „Laute" sind ein Aufzeigen von unabhängigem Leben in einem Sommer der Abhängigkeiten oder wie das zu sagen wäre; die reine Unabhängigkeit ergibt sich nicht, die existiert nicht, aber das Kämpfen gegen ein totales Erfassen, sowohl das Kämpfen durch den Einzelnen selbst, wie durch künstlerische Vertreter, im vorliegenden Fall das lyrische Ich des Gedichts wie dessen Autor, die für jenen einstehen, wird empfohlen. Dass Hitlers Buch „Mein Kampf" heißt, hat nicht vom Kämpfen gegen Hitler abgehalten. Aber so viel gälte schon, in der bewussten Kritik zu dem, was bei Hitler „Kämpfen" meint, müsste ein anderes Kämpfen jederzeit stehen.

In verschiedener Hinsicht wäre, um noch einen wichtigen Gesichtspunkt aufzugreifen, die Staatskritik in Nietzsches „Zarathustra" interessant. Im I. Teil des Buches unter der Überschrift „Vom neuen Götzen" wird davon gehandelt. Es ist im Zusammenhang der Staatsvergottung, die sich in der deutschen Geschichte entwickelt und in Auschwitz resultiert, ein erstaunlicher Text. Selbst im Zusammenhang mit der Geschichte der DDR, hier mit deren Ende, gebührt ihm Aufmerksamkeit. Das entscheidende Zitat Nietzsches findet sich gleich am Anfang des Abschnitts:

> „Staat heisst das kälteste aller kalten Ungeheuer. Kalt lügt es auch; und diese Lüge kriecht aus seinem Mund: ´Ich, der Staat, bin das Volk.´"[277]

Wer denkt bei diesem Satz nicht an die Parole von 1989: *„Wir sind das Volk!"*? Die Parole ist eindeutig gerichtet gegen einen Staat, der genau die schon laut Nietzsche lügenhafte Behauptung der Identität aufgestellt hat. Im Umgang mit Staatlichkeit ist in der Übergangsgesellschaft der DDR etwas erheblich falsch gelaufen, das ist festzuhalten. Und im Umgang mit den Leuten und ihre Lauten. Brecht hat dies früh gesehen. Es ist keine marxistische Staatsgegnerschaft ausgetragen, sondern eine vermeintlich marxistische Staatsverehrung betrieben worden. Zumindest in der Praxis ist eine Staatsvergötzung Ergebnis gewesen. Die Bilder sind noch in Erinnerung, auf denen zu sehen ist, wie Volksangehörige riesige Fotos der Personen aus Partei- und Staatsführung einhertragen, die, auf Balkonen oder Brüstungen stehend, ihrer eigenen angeordneten Verehrung beiwohnen und sie beklatschen. Die Leute haben die ihnen verkündete Identität nicht und immer weniger geglaubt, mehr noch, sie haben vorgeführt, wie wenig eine Auseinandersetzung mit Staatlichkeit zu ihrem Ausbildungsprozess gehört hat, indem sie sich, zumindest die große Mehrheit unter ihnen, einem anderen Staat, den sie für besser angesehen haben, als neue Staatsbürger angebiedert haben. Zur Vorsicht hätte gereicht, ein wenig Nietzsche zu lesen. Nietzsche schreibt weiter über den Staat: *„Falsch ist Alles an ihm"* und später:

> „Staat nenne ich`s, wo Alle Gifttrinker sind, Gute und Schlimme: Staat, wo Alle sich selber verlieren, Gute und Schlimme: Staat, wo der langsame Selbstmord Aller – ´das Leben´ heisst."[278]

Nachdenken in Hinblick auf das eigene Leben, schon gleich Bestrebungen einer individuell ausgerichteten Lebenskunst, das sieht erheblich anders aus, in den Fängen des Staates ist dergleichen zum Scheitern verurteilt, das lässt sich erschließen, dort herrschen Einschüchterung und Gefährdung der Individualität. Die bei Nietzsche mit *„Alle"* angesprochenen, sie haben ein Anti zum Staat zu berücksichtigen, ansonsten droht, nach Nietzsche, sich selber zu verlieren, der *„langsame Selbstmord"*. Man müsste hinzufügen, dass zum Götzendienst, wie es Nietzsche nennt, das Morden gehört, im Auftrag des Staates bereit zum Krieg zu sein. Nietzsche schließt: *„Dort, wo der Staat aufhört, da beginnt erst der Mensch."*[279] Was man als aufklärerisches liberales Engagement für das Subjekt

---

[277] KSA Bd. 4, S. 61
[278] Ebd. S. 62
[279] Ebd. S. 63. Es ist damit auch klar, dass Baeumlers Blick auf diese Staatskritik Nietzsches falsch ist, Nietzsche geht es um den einzelnen Menschen, gerade die Stellung des Subjekts gegen den Staat, das alte liberale Bild der Aufklärung. Eine spezifische Fortsetzung und Varian-

lesen kann, hat nach Marx wenig Traditionsbildung im deutschen Sozialismus erfahren, bei dem sie sich durchaus findet. Es wäre das gesamte fichteanische Element bei Marx ins Feld zu führen und zu diskutieren. Das Subjekt soll sich befreien von der Unterwelt des Wertgesetzes, die es stetig mehr affiziert und der toten Sachlichkeit gleich macht, die es vollzieht und zusehends funktionaler vollzieht[280].

Die Misstrauenserklärung Nietzsches gegen den Staat ist eine erklärte Staatsgegnerschaft, wie sie einem Marxisten gut anstünde. Was Nietzsche Zarathustra verkünden lässt, gehört zur Genese des Begriffs vom Übermenschen, wie es in der Realität zu dessen Ausbildung zählen mag. Immerhin ist dieser Übermensch also nicht Staatstäter und in diesem Zusammenhang als Extremist des Willens behilflich beim Ausbau von dessen Macht gedacht. Wie manchmal bei Nietzsche gibt es jedoch auch andere Fährten, die hier nicht aufgegriffen werden. Die Götzendiener werden beschimpft im zitierten Abschnitt. Das könnte man hingehen lassen, das mag einem sogar gefallen. Wie sie beschimpft werden, dann vielleicht allerdings doch nicht. Nietzsche nennt sie die „*Überflüssigen*", die „*Unvermögenden*", „*Wahnsinnige*", "*kletternde Affen*", „*übelriechen sie mir alle zusammen, diese Götzendiener*", heißt es (in der Reihenfolge des Vorkommens aus dem Abschnitt zitiert). Nun mag man sagen, entzögen die Bezeichneten sich der Verfügung des Staates, entwickelten sich also, würden von den Besiegern des alten Gottes, wie Nietzsche einmal sagt, zu Besiegern auch des Staatsgötzen, wären sie die „*grossen Seelen*" und führten ein „*freies Leben*", sie sähen „*den Regenbogen und die Brücken des Übermenschen*".[281] Es bleibt in der

---

te. Baeumler, der NS-Verherrlicher Nietzsches und Nachkriegsherausgeber, der an der Kompilation des Werks "Der Willen zu Macht" festhält, hatte geschrieben, das sei eine „echt germanische Empfindung", nämlich die „Verteidigung des Volks gegen den Staat." Zitat bei Montinari, Nietzsche lesen, Berlin 1982, S. 185

[280] Bei Peter Sloterdijk findet sich in der Abwägung von „Marxens zweiter Chance" (S. 110) eine in einer Verbindung zur Darstellung bei Peter Schulz, Kennen Sie Marx? Kritik der proletarischen Vernunft, Frankfurt/Main 1992 stehende Aussage, die in der obigen Formulierung als Anspielung aufscheinen soll: „Der Kern seiner Kritik der politischen Ökonomie ist Nekromantik. Als Heros, der ins Totenreich hinabsteigt, um mit Wertschatten zu ringen, bleibt Marx auch für die Gegenwart auf unheimliche Weise aktuell." Peter Sloterdijk, Philosophische Temperamente. Von Platon bis Foucault, München 2009, S. 109. Die Darstellung bei Sloterdijk passte schön zur Beschäftigung mit der Unterwelt, wie sie ausgehend von Brechts Gedicht in dieser Analyse dargestellt worden ist, erinnert sei an das Vorkommen von Marx als Dante-Zitierender etc.. Sloterdijk sieht eine „immer gründlichere Durchdringung der Lebenden vom ökonomischen Spuk." Marx sollte nicht als Heros und die Ökonomie nicht als Spuk gesehen werden, das, was Sloterdijk vermutlich meint, wäre ausführlich an Marxens Begriff vom „Fetischcharakter" zu exemplifizieren. Das genannte Buch von Peter Schulz beschäftigt sich ausführlich mit dem Vergleich von Tisch und Weib, es gibt sogar (S. 211) die Zeichnung von einem „FeTisch". Leider doch kein Fee-Tisch. Sloterdijks Auskunft besagt, Marxens Werk sei nach dem Tod des realen Sozialismus und dem Untod des Kapitalismus, dessen Siegertum, Stärke und Lebensfreude, nicht tot. Das hätte der Brecht des Gedichts „Laute" 1953 wohl ebenfalls gemeint.

[281] KSA Bd. 4, S. 64

198

Charakterisierung durch Nietzsche seinerseits ein übler Geruch. Jene gilt Menschen, die es vermeintlich nicht bringen, sie werden abgekanzelt, weil unterstellt wird, dass sie für ihr Unvermögen allein verantwortlich sind. Man kann diese Verantwortlichkeit nicht einfach streichen, aber über Verhältnisse, in denen sie geschieht, müsste geredet werden. Was in vielerlei Hinsicht leidvolle Verhältnisse sind, wäre zu analysieren. Und es wäre etwas in Hinsicht auf Abhilfe zu tun.

Neben dem Blick auf seine Kritik von Staatlichkeit interessiert bezüglich Nietzsche einer darauf, was er urteilt und vorschlägt, wenn es den Leuten schlecht geht.

Wieder ergeben sich aus dem Blickwinkel von Brechts Gedicht „Laute", das unterschiedslos von den Lauten „von Menschen rührend" spricht, sie nicht in welche aufteilt, die zu beschimpfen wären oder nicht, Korrekturen eines fälschlicherweise zur Weltanschauung geronnenen Bildes von Marxismus. Die Ausrichtung auf Staatlichkeit gehört nicht zu Marx. Das wäre, könnte man sagen, bei Nietzsche zu lernen, hat man es bei Marx nicht mitbekommen.

Leiden ist in der Geschichte nicht als total beseitigbar zu behaupten, das wäre ein weiterer Gesichtspunkt bei Nietzsche. Diese Sicht bereitet ein Vereinnahmen der Leute vor, das sie in Opferstrukturen von endgültigen Lösungen bindet, damit verbietet sich allerdings ein Loblied des Leidens (im Sinne seiner Unvermeidbarkeit, die Dominanz einer Existenz von Leid ist permanent jeden Hinweis wert), ganz umgekehrt, die andauernde Aufgabe entsteht, Leiden zu analysieren und veränderbar und vermeidbar zu machen. Selbst nietzscheanisch könnte man sagen, auch wenn Leid ständig wiederkehrt, gibt es die Anstrengung des Arbeitens an seiner Überwindung; man könnte das als Begründung des Übermenschentums bei Nietzsche lesen; es ist nicht alles als lösbar zu postulieren, was nicht gegen Lösungsversuche in allen Angelegenheiten spräche. Es geht eher selten etwas mit einem Mal. Und wahrscheinlich nicht einmal dauerhaft, es muss stets wieder neu errungen werden. Es wechseln ja auch die Individuen mit der Zeit.

Die Parallele Brechts oder die seines lyrischen Ichs zur Figur des Zarathustra ist nicht zu übersehen. Der ist als Lehrer ein gescheiterter Aufklärer und Agitator, zu Beginn des zweiten Teils des Buches zieht er sich zurück, um seinen Jüngern, wie sie genannt werden, die Chance zu geben, ihr Gelerntes zu beweisen. Der Bezug auf diese Jünger war im ersten Teil des Buchs eine Art Kaderprogramm, eine Minderheit sollte überzeugt werden, nachdem ein Scheitern an der großen Masse eingeräumt werden musste. Das gesamte Buch hindurch wechselt Zarathustra zwischen Einsamkeit und Zuwendung. Wie sehr sich sozusagen das Gesamt-Ich der Buckower Elegien von einer Figur wie Zarathustra unterscheidet, müsste Gegenstand einer eigenen Untersuchung sein. Schlagseiten von Nietzsches Buch in Fehlerhaftes wären einzubegreifen.
Eine Verflechtung mit Brechts Behaupten der Vogellosigkeit ist noch fortzuführen. Zarathustra steht am Ende von Nietzsches Buch (egal, ob Nietzsche an Fortsetzungen gedacht hat) vor seiner letzten großen Einsicht (die wieder mit

Brecht zu tun hat). Zarathustra mutmaßt, dass ihm ein Zeichen erscheint, ein Löwe taucht später auf, aber ehe das geschieht, kommen in Schwärmen die Vögel. Während Brecht, nähme man das Gedicht „*Laute*" als das letzte eines gedachten Zyklus, in Vogellosigkeit endet, oder anders gesehen, inmitten der Schwärme von Krähen, einer einzelnen Vogelart, endet Zarathustra im Reichtum der Vögel, inmitten von Vögeln im Übermaß. Die Vögel können als erste Boten oder erste Erscheinungsform des erwarteten Zeichens gelesen werden und es wäre eben gut möglich, dass Brecht in beabsichtigter Anspielung dazu, seinerseits Vogellosigkeit als Zeichen gesetzt hat, das er dem Leser als Rätselaufgabe erteilt. Bei Nietzsche heißt es: „*da aber geschah es* (wieder die Bibelanspielung, DH), *dass er* (d. i. Zarathustra) *sich plötzlich wie von unzähligen Vögeln umschwärmt und umflattert hörte*".[282] Es mag als eine Anspielung Nietzsches gewertet werden, wenn Zarathustra die Vögel als „*Wolke von Pfeilen gleich*" empfindet, die Bezeichnung erinnert an die Stymphalischen Vögel, die mit ihren Federn aus Eisen, Pfeilen gleich, Menschen töten können; Herakles bekämpft sie erfolgreich. Bei Nietzsche ist der Unterschied interessant, die Vögel sind „*einer Wolke von Pfeilen gleich, welche sich über einen neuen Feind ausschüttet. Aber siehe, hier war es eine Wolke der Liebe*".[283] Hier Feindschaft, dort Zuwendung. Der Held Herakles muss mit den Vögeln kämpfen, Zarathustra wird von ihnen ausgezeichnet

Im Zusammenhang mit Brecht ist interessant, dass Zarathustra die Vögel hört und dass sie gar nicht real sein müssen, „*wie*" umschwärmt, heißt es, „*hörte*" er „*sich*", es kann also durchaus seine Einbildung sein, er kommt sich umschwärmt vor; als er die zärtlichen Vögel abwehrt, greift er zugleich in das Fell des Löwen.

Das Herausstellen des Hörens ist auffällig bei Zarathustra. Es sei daran erinnert, dass es in Brechts Gedicht um das Vorführen eines Hörens geht, gerade auch in Unterschied zu Parteikadern, in diesem Fall jedoch Vogellosigkeit vorausgesetzt ist. Bei Zarathustra sind gerade Vögel da, „*daß er sich ... umflattert hörte*", steht bei Nietzsche. Das ist eine interessante Formulierung. So könnte man es vom lyrischen Ich des Brecht-Gedichts sagen, es hörte sich umgeben von Lauten. Sagt jemand, er hört sich, ist er selbst Ausgangspunkt des Geräuschs. Das klingt im Fall von Zarathustra so, als hörte der sich im Flattern der Vögel ein bisschen selbst (und das wäre wieder übertragbar auf Brechts Gedicht). Gemeint kann sein, das Flügelflattern der Vögel zu hören oder sogar ihre Laute, ja, aber dann macht das Reflexivpronomen „sich" wenig Sinn, es steht aber da bei Nietzsche. Bei einem reinen reflexiven Verb gilt das jeweils bezeichnete Geschehen nicht einem Vorgang außerhalb des Subjekts, sondern die Aussage weist durch das Reflexivpronomen auf das Subjekt zurück. Hören ist kein reines reflexives Verb. Es gibt die Bezeichnung, etwas lässt sich hören, das könnten die Vögel bei Nietzsche sein, der Ausdruck meint, etwas sei von Bedeutung; von

---

[282] KSA Bd. 4, S.406
[283] Ebd.

sich hören lassen, das kann man sagen, es gibt also eine Nachricht oder Auskunft, was nahezu stets als Ergebnis erscheint als Rückbezug auf den Hörenden, wäre tatsächlich als Zeichen, ja, zu bezeichnen. Die Zeichenhaftigkeit dessen, was Zarathustra hört, er spricht selbst von einem Zeichen, ist herausgehoben durch die ungewöhnliche reflexive Formulierung; wie nahe das Zeichen zum Subjekt gehört, wird verdeutlicht. Das Zeichen ist ein starkes Zeichen. Inwieweit gälte das für Brecht im Vergleich? Einem aufmerksamen Leser, Brecht war einer, fällt die ungewöhnliche Reflexivstellung bei Nietzsche im Umgang mit dem Verb hören auf, und sie steht im Zusammenhang mit einem Vogelschwarm. Das ist genau die Konstellation von Brechts Gedicht, Hören und Vögel, bloß in seinem Fall die ausdrückliche Absenz der Vögel. Umso mehr scheint gerechtfertigt, diese Vogellosigkeit bei Brecht als Zeichen zu werten, als sein Zeichen. Ein Zeichen der bewussten Abgrenzung des Autors von der Übung der Vogelschau. Ob sich Brecht bewusst auf die Zeichenhaftigkeit des Vergleichbaren bei Nietzsche bezieht oder nicht.

Man könnte das Bild, als wären Schwärme von Vögeln da, die Zarathustra umringten, hinüberführen in das Bild, als wären alle Vögel weg und davon und woanders. Brechts Vogellosigkeit wäre ein Bild und Zeichen wie die Vogelschwärme bei Nietzsche (und danach die herbstlichen Krähenschwärme bei Brecht wieder). Das bedeutet, dass Brecht auf einen Unterschied aufmerksam machen möchte und dessen Überlegen dem Leser übereignet. Der Leser kennt die Konstellation von Vogellosigkeit und Vogelreichtum (bei Brecht dem von Krähen) bei Vergil, dort betritt Aeneas die Unterwelt am See der Vogellosigkeit und Schwärme von Vögeln weisen ihm den Weg zu Landung, den Weg zur Stadt Rom, jetzt findet er sie in Nietzsches *„Also sprach Zarathustra"*. Zarathustra war als er dem hässlichsten Menschen begegnet, in eine Landschaft gekommen, die wie ein *„Reich des Todes"* wirkt, es gibt dort *„keine Vogelstimme."*[284] Am Ende ist Zarathustra von Schwärmen von Vögeln umflattert. Bei Nietzsche tauchen zudem am Ende verglichen mit der konkreten Vogelart der Krähen bei Brecht die Tauben auf.

Als Zeichen begrüßt Zarathustra den Löwen, der erscheint, *„ein gelbes mächtiges Tier"*, *„es leckte immer die Tränen"*, welche Zarathustra am Ende weint, auch die Tauben liebkosen Zarathustras Haar in *„Zärtlichkeit und Frohlocken."*[285] Die Tiere zollen Zarathustra eine Dankbarkeit, und das ist u. a. eine Ehrbezeichnung Nietzsches gegenüber den Tieren, sie sind die evolutionäre Stufe vor den Menschen gewesen und sollen nicht in ihrer Rolle vergessen werden, ihr Dasein ist im Dasein der Weiterentwicklung des Menschen nicht verschwunden. In der Vorrede des Buchs hat Nietzsche den *„Übermenschen"* unter anderem als Stufe des Fortgangs der Evolution gesehen. Das ist allerdings nicht sein alleiniger Bestimmungsgrund. Als Zarathustra noch mit dem Volk spricht und scheitert, *„Sie*

---

[284] Ebd. S. 327
[285] Ebd. S. 361

verstehen mich nicht, ich bin nicht der Mund für diese Ohren" [286], die Aussage wird wiederholt, es ist ein dem Brecht-Gedicht „Laute" vergleichbarer Vorgang verzeichnet, die Problematik des Hörens, wirft er ihm vor: *„und ihr wollt die Ebbe dieser großen Fluth sein und lieber noch zum Thiere zurückgehen, als den Menschen überwinden?"* [287] Später ist vom Menschen die Rede, der wie ein Seil ist, *„geknüpft zwischen Thier und Übermensch."* [288] Der innige Kontakt zwischen Tieren und Zarathustra am Ende des Buchs von Nietzsche wirkt wie die rührende Selbstfeier von Lebewesen, eingedenk der Evolution, von der keiner weiß, was sie weiter hervorbringt. Was immer die Menschen aus sich machen werden, sie wird auf jeden Fall einen Fortgang haben. Zarathustra ist bei Nietzsche eine Figur in jenem Übergang, ein bisschen scheint er bereits der Übermensch, von dem er kündet, die Verehrung durch die Tiere am Ende könnte eine Präsentation der Rolle sein, die er gespielt hat. Begreift man Zarathustra als eine Figur des Übergangs, drängt sich die Frage auf, ob nicht Brecht tatsächlich beim Bedenken der Fährnisse von Übergangsgesellschaft, wie sie im Sommer 1953 in der DDR auftraten, an eine Bezugnahme auf Nietzsches Buch gedacht hat. Interessant ist, festzuhalten, dass es bei Nietzsche einen Begriff von Geschichte gibt, die Lehre von der Wiederkehr meint nicht die des Ewig-Gleichen, als könnte sich nichts verändern und gäbe es keine Entwicklung..

Der Leser Nietzsches erinnert sich an das Löwentier an anderer Stelle im Werk. Gleich am Anfang des ersten Teils, in der Geschichte *„Von den drei Verwandlungen"* [289] wird gleichnishaft von ihm erzählt. Er steht für das Rauben. Nietzsche sagt, worauf abgezielt werden sollte: *„Freiheit sich schaffen und ein heiliges Nein auch vor der Pflicht: dazu, meine Brüder, bedarf es des Löwen. Recht sich nehmen zu neuen Werthen."* [290] Von *„Pflicht"*, einer der großen Ehrbegriffe deutscher Gefolgschaftskultur, soll abgegangen werden, von der Entsagung und der Ehrfürchtigkeit, all die Begriffe sind angesprochen, die Menschen als ein *„Heiligstes"*, als die Befehle des *„Du-sollst"*, angesehen haben, wie Nietzsche sagt; in seiner Rede vom heiligen Nein schwingt im Anti weiter fort, was war. Heiligung, die religiöse Verbrämung bleibt, sie west in der Negation fort. Nicht ohne Selbstironie, die man bei ihm durchaus häufiger finden möchte, teilt Nietzsche mit, dass Zarathustra die Geschichte vom Löwen in einer Stadt erzählt mit dem Namen: *„Die bunte Kuh."*

Wie endet das Buch von Zarathustra? Mit welcher Einsicht? Was dasteht, kann zitiert werden, was es aussagt, darüber wäre zu reden. Und darüber, wie sich

---

[286] Ebd. S. 18
[287] Ebd. S. 14
[288] Ebd. S. 16
[289] Ebd. S. 25-27, Hillesheim hat darauf hingewiesen, dass Brechts Gedicht „Orges Wunschliste" (BFA Bd. 15, S. 297), das Brecht 1956 schreibt, als er die Hauspostille neu herausgeben will, ein Anspielen der Überschriften aus Nietzsches „Zarathustra" enthält. Die Verse Brechts haben alle den Anfang: „Von den ...", so lauten zahlreiche der Anfänge der Überschriften in Nietzsches Buch.
[290] Ebd. S. 30

Brecht unterschieden sehen wollte, und das wollte er, wenn er die umschwärmende Zuwendung der Vögel in seinem Fall gegenüber seinem lyrischen Ich nicht haben wollte und davon abgesehen hat.[291] Bei Nietzsche sagt sich Zarathustra, das ist eine Schluss-Apotheose: *„Trachte ich denn nach GLÜCKE? Ich trachte nach meinem WERKE!"*[292] Das kann vielerlei meinen. Z. B. kein Absehen vom Glück. Der Begriff *„Werke"* wäre zu erläutern. Er steht nicht im Plural, es sind nicht Werke gemeint. Das kann aber sein. Und die einzelnen Werke wären Bestandteil des großen einen Werks, gehörten ihm zu, stünden in einem Zusammenhang. Die Formulierung *„Werke"* ist durchaus eine im Pathos. Eine Glorifizierung von Kunst könnte man annehmen, eine Belobigung der künstlerischen Existenz, würde man Zarathustra wesentlich als Künstler sehen. Das ist er zweifellos, aber er ist Philosoph, Lehrer etc., vielleicht auch einfach nur Mensch: Stellvertreter. Das Werk muss nicht allein künstlerisches Schaffen meinen und dessen Ergebnis. Tätigkeit kann belobigt sein. Hat Brecht eine Reduktion für den Schluss gehalten und wollte sich davon abheben? Kein bloßes Zelebrieren der Kunst unterstützen? Soll der Brecht-Leser nachdenken über eine Zarathustra–Verwandtschaft wie eine Zarathustra-Kritik Brechts? Bloß eines einzigen kurzen Gedichts wegen?[293]

Zarathustra ist seinerseits selbst Kritiker. Sein Ziel ist, wie das seines Autors, Aufklärungserfolg. Hierin läge der Zusammenhang der Autoren Vergil, Nietzsche, Brecht. Infrage steht, welcher Aufklärung sie jeweils zum Erfolg verhelfen wollen, und welchen Gegenstand dieselbe hat.

„Werke", das muss nicht heißen, dass allein theoretische Praxis gemeint ist, der Begriff kann die gesamte biographische Existenz Zarathustras umfassen, das Werk wäre sein Leben, die Ästhetik einer einzelnen besonderen Existenz angesprochen. Was übrig bliebe, wäre das Herausstellen des Subjekts und dessen Sorge um sich. Empfohlen wäre also nicht die besondere künstlerische Produktion, sondern Gestaltung des eigenen Lebens. Leben als Kunstwerk.

Diese Sicht auf den Begriff „Werke" ergibt sich aus einer anderen Textstelle bei Nietzsche ebenfalls. Zarathustra mahnt die höheren Menschen, dass sie auf ihr Werk achten sollen, er nimmt nicht allein für sich in Anspruch, dass dies ein Ziel ist. Die Selbstsorge für das eigene Leben wird angestrebt, ohne sich Ein-

---

[291] Es ist das Bild einer Kitschpostkarte, wie Nietzsches Buch endet, Zarathustra weinend auf einem Stein sitzend, zu Füßen den tränenleckenden Löwen, umschwärmt von umschmeichelnden Tauben. Der Löwe lacht, wenn ihm eine Taube über die Nase huscht etc..

[292] KSA Bd. 4, S. 408. Hervorhebungen Nietzsche

[293] Bei Brecht gab es in früher Jugend den Plan eines Sils-Maria-Romans. In den Notizbüchern heißt es einmal „Er liest Zarathustra." (BBA 813/21) Das kann kaum als Aussage über das eigene Ich gewertet werden. Der Text belegt eher eine Absicht, über einen Zarathustra-Leser zu schreiben, womöglich einen Roman. Auf der gegenüberliegenden Seite des Notizbuchs Brechts von 1920, auf der Doppelseite also, auf der rechts die Zarathustra-Notiz ist, steht links eine solche Absicht festgehalten. Ein Zusammenhang muss jedoch nicht vorliegen. Der Romanplan ist mit verschiedenen Titeln aufgeführt. Die BFA gibt an dieser Stelle nicht den gesamten Zusammenhang der fortlaufenden Seiten im Notizbuch wieder. Vgl. BFA Bd. 26, S. 215

schränkungen und Abhängigkeiten einzureden, wie sie Orientierungen an Tugend nach sich ziehen. Zarathustra sagt:

> „Verlernt mir doch diess ´Für´, ihr Schaffenden: Eure Tugend gerade will es, dass ihr kein Ding mit ´für´ und ´um´ und ´weil´ thut. ... Euer Werk, euer Wille ist *euer ´Nächster´*: lasst euch keine falschen Werthe einreden!"[294]

Tugend ergibt sich aus Tugendkritik und das selbstständige Werk der eigenen Existenz ist zu organisieren und zu verwirklichen.

Brechts Formulierung der Lebenskunst hat in verschiedener Hinsicht eine klare und deutliche Beziehung zu Nietzsches Zarathustra. Eine lebenslange Beherzigung dieser Tradition ist bei Brecht signifikant. Selbst das allerdings spezifische Lehrerhafte bei Brecht ist ein Anschließen an Nietzsches literarische Figur. Selbst der Inhalt von Zarathustras Bemühen, Verkünder der Lehre von der ewigen Wiederkehr des Gleichen zu sein, ist nicht ohne Bezug zu Brecht zu sehen. Sähe man in jener unter anderem eine Warnung vor der Grundauffassung der Abschaffbarkeit allen Leidens in der menschlichen Geschichte, hätte das zu tun mit Brechts kritischer Absetzbewegung gegenüber der Theorie vom historischen Materialismus. So wenig wie im Begriff Entwicklung, ergäbe sich allerdings für Brecht auch im Begriff Wiederkehr kein Eintrag im Buch für Glaubensregistrierung.

Mitleiden mit den Menschen, den „*höheren Menschen*", das hätte seine Zeit, sagt Nietzsche, das ist nicht untersagt, aber relativiert. Ins Faschistische umgebogen erscheint es nicht, kein Mitleid als Schwäche ausgegeben, der gegenüber Härte triumphieren müsse, eher das Beharren auf dem Ich, das sich nicht aufgibt, im Mittelpunkt. Das faschistische Ich gibt sich auf, zugunsten der Kampfgemeinschaft seines höheren Seins, seiner Zugehörigkeit zu Rasse und Volksgemeinschaft. Bereit sein zum Wir gilt ihm über alles. In Nietzsches Zarathustra-Buch bleibt das Zarathustra-Subjekt übrig. Am Ende kommt häufig das Possessivpronomen vor: „*mein*". Das Ich ist wichtig, das Ich, das in Selbst-Liebe bleibt. Am Schluss heißt es: „*meine Kinder*", „*meine Stunde*", „*MEIN Morgen*", „*MEIN Tag*."[295] Die Sperrungen bei Nietzsche scheinen auf eine Bedeutung der Gegenwart zu verweisen, vom großen Mittag ist die Rede, als würde der Tag bleiben sollen in seiner Mitte und nicht vergehen, das ist nicht chronologisch, sondern als Programm gemeint.

Am Ende sagt Zarathustra: „*Der Löwe kam, meine Kinder sind nahe*."[296] Das ist deutlich die Erinnerung an den Anfang des Buchs, die Geschichte der drei Verwandlungen, Verwandlungen des Geistes, das lässt fast an Hegels Weltgeist denken, der Geist wird zum Kamel, zum Löwen und zum Kind. Auf dieses Kind verweist das Ende von Nietzsches Buch zurück, im Kind wäre ein „*Neubeginnen*" hatte es geheißen, eine „*erste Bewegung*". Die Kinder am Ende des Buches könn-

---

[294] KSA Bd. 4, S. 362. Hervorhebung Nietzsche
[295] Ebd. S. 408
[296] Ebd.

ten als heranwachsende Übermenschen gesehen werden. Sie sind gemeint, aber sie erscheinen nicht. Sie seien nahe, sagt Zarathustra. Die Kinder werden in der Geschichte *„Von den drei Verwandlungen"* ganz zu Beginn des Textes als die letzte Verwandlung des Geistes angesehen.[297] Ersichtlich wäre zweierlei, erstens ist Zarathustra selbst dieser Übermensch nicht, sondern dessen Prophet, man müsste sagen, auch Zarathustra ist im Zusammenhang des Brecht-Gedichts *„Laute"* der Zunft der Wahrsager und Propheten zugehörig, die mit dem Rätselwort von der Vogellosigkeit angesprochen ist, und deren Bedeutsamkeit abgelehnt wird. Zweitens, die *„höheren Menschen"* wären ebenfalls keine Übermenschen, aber immerhin stünden sie in der Weiterentwicklung dorthin begriffen, darauf scheint ihre Bezeichnung hinzuweisen. Unter ihnen sind selbst Zunftverwandte des Zarathustra, ein Wahrsager, ein Zauberer etc., davon war schon die Rede. Am Ende das Buchs wehrt sie Zarathustra ab: *„das sind nicht meine rechten Gefährten!"*, *„Aber noch fehlen mir meine rechten Menschen!"*[298]

Der Agitationserfolg, den Zarathustra im Buch feiert, wird ihm schal, er wird ihm vergällt, er will ihn nicht als solchen sehen, er sieht das Mitleiden mit den höheren Menschen als seine letzte Sünde. Deswegen das Warten auf die Kinder. Er, wie sein Autor, mag sich uns, seine zukünftigen Leser, als diese Kinder vorgestellt haben. Nietzsche hat an anderer Stelle geschrieben, dass er bestimmte Agitatoren nicht mag, schreibt jedoch mit dem „Zarathustra" selbst das Buch eines agitierenden Aufklärers. Das wird bereits in der Vorrede verkündet: *„Ich lehre euch den Übermenschen."*[299] Nietzsche wird berücksichtigt haben, was er ablehnt und wie schwierig insgesamt ein Lehren ist. Und Brecht steht im Bezug dazu. In *„Die Genealogie der Moral"* schreibt Nietzsche:

> „Das dort zum Beispiel muss wohl ein Agitator sein, will sagen ein Hohlkopf, Hohltopf: was auch nur in ihn hineingeht, jeglich Ding kommt dumpf und dick aus ihm zurück, beschwert mit dem Echo der großen Leere."[300]

Dies einbegreifend musste Zarathustra aus anderem Holz geschnitzt sein. Kein heiseres, aufdringliches und kein lautes Reden: *„Ein Geist aber, der seiner selbst gewiss ist, redet leise."* Vorher war von *„Etwas"* die Rede, *„mit dem man reden kann, ohne LAUT zu reden"*[301]. Das Adjektiv *„laut"* gemahnt an Brechts Gedicht, in dem allerdings nicht erwähnt wird, dass die Laute der Menschen laut gewesen sind, laut genug, um gehört zu werden, sind sie gewesen, mehr ist nicht ersichtlich. Auch das Gedicht insgesamt, der Vortrag des lyrischen Ich kommt nicht

---

[297] KSA Bd. 4, S. 31: „Unschuld ist das Kind und Vergessen, ein Neubeginnen, ein Spiel, ein aus sich rollendes Rad, eine erste Bewegung, ein heiliges Ja-sagen,/ Ja, zum Spiele des Schaffens, meine Brüder, bedarf es eines heiligen Ja-sagens: *seinen* Willen will nun der Geist, *seine* Welt gewinnt sich der Weltverlorene." (Hervorhebung Nietzsche)
[298] Ebd. S. 406
[299] Ebd. S.14, Hervorhebungen Nietzsche
[300] KSA Bd. 5, S. 353f
[301] Ebd. S. 353

laut daher, sondern gewitzt, als wüsste jemand recht genau davon, von welchem Rollenfach Abstand zu nehmen ist.

Und Brechts Beziehung zu Zarathustra also? Eine Erinnerung an die Beschäftigung mit der Figur des Zarathustra, die einmal war, in jungen Jahren, der Zeit z. B. des Stückes „Baal"? Die Lust an der Provokation, sich als Marxist auf Nietzsche zu beziehen? Sicherlich. Das Bestehen auf einem Abweichen, auf einer Nichtvereinnahmung? Gewiss. In mir habt ihr einen, auf den könnt ihr nicht bauen. Kein Petrus, auf den ein Gott seine Kirche baut. Erwogen wird etwas Differierendes. Ein Ausscheren aus der Phalanx von verschiedenem Auferlegtsein und einer Legendenbildung vom Opfertum für ein Allgemeines und eine Zukunft. Dafür Orientierung am Jetzt. Am gelebten und zu lebenden Leben. Hell aus dem dunklen Vergangenen leuchtet die Zukunft hervor? Eher nicht. Kritik von Vergangenheit und Gegenwart. Zukunft ist zu gestalten ohne Gewissheiten irgendwelcher Art. Brecht behauptet nicht, jene zu besitzen. Wie Zarathustra ist er, der am Ende mit nichts dasteht als mit seinem Werk, seinem Lebenswerk. Eine von Nietzsche belobigte Übergangsfigur. Jeder habe auf sich selbst zu achten. Das wird dem Leser bei Brecht bedeutet.

Traut man sich zu, sich auf dem Weg der Mutmaßungen ein Stück zu tummeln, wäre eine weitere Nähe von Brecht zu Nietzsches Figur des Zarathustra zu behaupten. Sie läge in der Betrachtung von Agitation. Es ergäbe sich eine zusätzliche Argumentation, weshalb Brecht bestimmte Gedichte nicht veröffentlicht hat. Er hätte sein Eingreifen für gescheitert angesehen. In Bezug auf Lyrik ist der Begriff Agitation trotz der Existenz verschiedener politischer Lyrik eher ungewohnt, aber er ist für Brecht ein im Umfeld der Geschichte des Sozialismus gebräuchlicher und bekannter Begriff, und er steht mit Absichten seiner künstlerischen Praxis in einer Verbindung. Brecht wollte das Scheitern nicht als endgültig betrachten. Die vermeintliche Fröhlichkeit des letzten Verses seines Gedichts, die der Leser sowieso im Ohr behalten hat, „Ich bins zufrieden" nähme das Lachen auf, das bereits bei Nietzsche verzeichnet ist. Der hässlichste Mensch hatte zu Zarathustra gesagt, als der ihn fragt, weshalb jener denn als der Mörder Gottes beim Eselsfest, liturgisch wie einst, mit so viel Pro im Anti eben, als gäbe es Gott noch, handelt, es ist der hässlichste Mensch, der während des Fests eine „Litanei" singt „zur Lobpreisung des angebeteten und angeräucherten Esels", Weihrauch von brennenden Pinienzapfen war produziert worden: „wer am gründlichsten töten will, der LACHT."[302]. Brechts Vers wäre herausgegriffen aus dem Resümee, das der hässlichste Mensch am Ende des Eselsfestes zieht. Da würde nichts zurückzunehmen sein, es ist ein schönes Fest gewesen, der hässlichste Mensch hatte in jener Litanei Gott gehöhnt: „Hat er nicht die Welt geschaffen nach seinem Bild, nämlich so dumm als möglich?" und den Esel als Gott verehrt: „Du liebst Eselinnen und frische Feigen, du bist kein Kostverächter.[303]" Aber das, was Zarathustra zunächst als Erfolg erschien, „das ist mein Sieg", hatte er geru-

---

[302] KSA Bd. 4, S. 392. Hervorhebung Nietzsche
[303] Ebd. S. 389

fen, *„Sie beißen an, mein Köder wirkt"*,[304] war nichts als ein Zwischenerfolg, etwas Erfreuliches. Es fällt nicht leicht, dies zu übertragen. Auf parallele Umstände, auf die Brecht angespielt haben könnte, kann immerhin verwiesen werden.

Brechts Laute, die das lyrische Ich von den Menschen im Gedicht hört, wären ebenfalls eine Zwischenbilanz. Sie sind zu hören und sie werden gehört. Wie das lyrische Ich hält sich der Autor zurück. Vielleicht lernen die Menschen, deren Laute zu hören gewesen sind, im Zuge weiterer Auseinandersetzungen. Und diejenigen, die hören, ebenfalls. Andererseits lehren jene ersteren nämlich und geben ihrerseits zu lernen auf. Es soll nichts auf die lange Bank der zukünftigen historischen Abläufe geschoben werden, das Gedicht versteht sich als eine Form gegenwärtigen Eingreifens, aber ohne die Menschen und ihre Laute aufzunehmen und zum Gegenstand zu erklären, entwickelt sich kaum etwas Sinnvolles.

Die Ereignisse des 17. Juni 1953 betrachtete Brecht vergleichbar als Zwischenbilanz, wie für Zarathustra die Begegnung mit den *„höheren Menschen"* eine ist. Im Verweis auf die Laute konstatiert Brecht ein vorfindliches Selbstbewusstsein, endlich, hofft er, gerät etwas in Bewegung.

Brecht wehrt sich in seinem Gedicht gegen die Tristheit, die er feststellt, es drohen die Krähen, und die Vogellosigkeit steht neben vielen anderen Bezügen für entgangene oder verdorbene Schönheit. Er landet am Ende des Gedichts beim Eingestehen von Zufriedenheit, es ist der Bezug auf das Zitieren eines Mörders, der die personelle Gegenständlichkeit von Gläubigkeit, Gott, umgebracht hat, das ist die Bezeichnung eines intellektuellen Todes, einer gelungenen Kritik, eines Aufklärungserfolgs; es kann Brecht gefallen haben, darauf gekommen zu sein, dieser Einfall erschien ihm schön, und das hat eben den Hinweis ermöglicht, ob nicht der seinerseits Zufriedene, das lyrische Ich des Gedichts, mit einem Mord in Verbindung zu bringen ist, dem an der falschen Gläubigkeit, der gegenüber es auch keine richtige gibt, in der von der Partei angeleiteten Übergangsgesellschaft der DDR; einem Mord an gehegter und gepflegter Auffassung und Gesinnung. Damit wäre nicht das Beenden des Experiments ins Auge gefasst, es müsste sich nicht um eine grundsätzlich antisozialistische Untat handeln, aber den gegenwärtigen praktischen Versuchen wäre eine recht fundamentale Absage erteilt. Schluss, aus, davon verspricht man sich nichts mehr. Schöner sogar, diese eigene Absetzbewegung, diese Bereitschaft zur Dissidenz wird nicht in Bausch und Bogen verkündet, nicht in den Standpunktsätzen und dem Kaderwelsch-Gebaren der Parteisprache, auch vom sogenannten „Predigtstil", der gelegentlich in Nietzsches *„Zarathustra"* herrscht, weicht man ab, und eine eigene Form der künstlerischen Aussage gelingt. Das wird in hoher Relativität vorgetragen und es macht nicht unbedingt wirklich zufrieden. Verzweiflung und Ärger, vielleicht Zorn und Wut, sind nicht deswegen hinwegkatapultiert, weil ein kleiner letzter Rest von Feststellbarem bleibt, der nicht Schweigen ist. Laute und Hören stehen gegen die Stille eines verpufften Fehlschlagens. Der

---

[304] Ebd. S. 387

Leser kann mit der kleinen kläglichen Sorge einer antielegischen Elegie als Weise der Kritik etwas anfangen, wenn er mag.

Den Gedanken, als neuer hässlichster Mensch zumindest in den Augen der Partei und der Staatlichkeit der DDR aufgeführt zu werden, mag Brecht gescheut haben, das hätte gefährlich werden können, mag er sich gedacht haben, und hat auf das öffentliche Eingestehen seines Schönheitsverlusts keinen Wert gelegt. Freilich ist damit der weitere Verfall sowjetmarxistischer sozialistischer Theorie und Praxis und vielleicht generell der einer Gegnerschaft gegen die kapitalistische Welt nicht aufgehalten worden und Aussichten auf Veränderungen wurden nicht gestützt. Die Gegnerschaft gegen die kapitalistische Welt hat insgesamt eine Niederlage erlitten. Man sollte die Rolle Brechts jedoch nicht überschätzen.

Exkurs 2
Über den Begriff „Notschrei"

A. Brechts Lehrstück „Die Maßnahme"
In „Ecce homo" schreibt Nietzsche über Zarathustra:

> „ich habe als Versuchung Zarathustra´s einen Fall gedichtet, wo ein großer Notschrei an ihn kommt, wo das Mitleiden wie eine letzte Sünde ihn überfallen, ihn von *sich* abspenstig machen will. Hier Herr bleiben, hier die *Höhe* einer Aufgabe rein halten von den viel niedrigeren und kurzsichtigeren Antrieben, welche in den sogenannten selbstlosen Handlungen thätig sind, das ist die Probe, die letzte Probe vielleicht, die ein Zarathustra abzulegen hat – sein eigentlicher *Beweis* von Kraft ..."[305]

Hierzu fällt zweierlei auf. Erstens, wie wichtig Nietzsche seine Figur, wie sein Buch gesehen haben möchte, im Vorwort von *„Ecce homo"* sagt er, der *„Zarathustra"* sei das *„höchste Buch, das es gibt, das eigentliche Höhenluft-Buch"*, er nennt es das *„TIEFSTE"*[306] etc. Man mag die Superlative nicht gern lesen, sie finden sich häufiger vor allem im späteren Werk bei Nietzsche. Interessant ist, dass Nietzsche an dieser Stelle wiederholt davon spricht, dass das Hören für das Verständnis dessen zentral ist, was Zarathustra sagt, man müsse *„den Ton, der aus diesem Munde kommt ... richtig HÖREN"*[307], es sind die *„stillsten Worte ...*

---

[305] KSA Bd. 6, S. 270, Hervorhebungen wie Schlusspünktchen Nietzsche. Es sei gestattet, darauf hinzuweisen, wie sehr fünferlei Formulierungen an eher „rechte" Ausdrucksweisen denken lassen: „Herr" zu bleiben, etwas „rein" zu halten, die Höhe von Antrieben von niedrigen zu unterscheiden, eine geradezu existenzielle Probe zu bestehen und sich in seiner Kraft zu beweisen. Es müsste dies alles sehr genau untersucht werden. Woher rührt diese Auffälligkeit der Begriffe bei Nietzsche? Woher rühren sie? Oder haben in ihrem Ausmachen eigene kaderwelschige Verfestigungen des Lesers einen Anteil?
[306] Ebd. S. 259, Hervorhebung Nietzsche
[307] Ebd. Hervorhebung Nietzsche

welche den Sturm bringen."[308] und: *„es ist ein Vorrecht ohne Gleichen, hier Hörer zu sein.*"[309] Hören ist auch im Gedicht *„Laute"* etwas, worauf Brecht wert legt und er kreidet den Kadergenossen, die Kaderwelsch sprechen, an, das Hören zu verlernen. Als Hörer wird ein Lernender in den Wissenschaften an der Universität bezeichnet. Man muss sich etwas aneignen, um Urteilen zu können. Brecht wie Nietzsche schätzen das Hören und die Hörer, an deren verschiedenster Erscheinungsform sie allerdings unter Umständen manches auszusetzen haben. Wer auch unterschiedlich im Werk der beiden Autoren jeweils als Hörer gemeint ist. Die höheren Menschen z. B. scheinen gut gehört zu haben. Im Eselsfest führen sie den Agitationserfolg Zarathustras vor, sie verlernen „das Nothschrein"[310], wie Zarathustra ihnen attestiert. Sie sind Genesende vom Leid und benötigen kein Mitleid mehr. Das Eselsfest ist insofern nicht nur Therapie für die höheren Menschen, sondern zugleich für Zarathustra, er bewältigt die von Nietzsche ihm auferlegte Versuchung des Mitleids, indem er Veränderung vorangebracht hat.

Zweitens erinnert die Erprobung des Zarathustra durch den Notschrei als Versuchung des Mitleids an Brechts Lehrstück *„Die Maßnahme"*(und Thema ist ebenfalls ein Agitationserfolg und richtige Therapie). Dort wird der *„junge Genosse"* durch Mitleid verführt. Er gefährdet damit die anderen Genossen und *„die Sache"*; setzt man voraus, der junge Genosse hält die Sache der Revolution für die seine, kann man sagen, er macht sich von *„SICH abspenstig"*, wie Nietzsche es bezüglich Zarathustra sagt. Brecht hat 1953 den Plan eines Stückes über den Aktivisten Garbe gehegt, das im Zusammenhang zu den Ereignissen des 17. Juni stehen sollte, und wollte damit an den Stil der *„Maßnahme"* anknüpfen[311]. Der junge Genosse im Stück *„Die Maßnahme"* verfällt dem Mitleid. Die vier Agitatoren warnen ihn:

"Verfalle aber nicht dem Mitleid! Und wir fragten: Bist du einverstanden, und er war einverstanden und ging eilig hin und verfiel sofort dem Mitleid."[312]

Der Begriff des Einverständnisses kommt im Stück mehrfach vor, er bedeutet, einverstanden zu sein mit dem Interesse des Kommunismus, mit der großen Tat, mit dem Kaderdasein des Agitators. Das will der junge Genosse sein. Der Begriff des Einverstandenseins fällt im Stück als Reaktionsform des „Kontrollchors" bei der Begutachtung der Geschichte des jungen Genossen. Dieser macht im Emp-

---

[308] Ebd.
[309] Ebd. S. 260. Nietzsche bezieht sich hier in der Darstellung seines eigenen Werks in „Ecce homo" auch auf den Abschnitt „Die stillste Stunde" in „Also sprach Zarathustra". Dort am Ende des 2. Teils des Buchs ist Zarathustra vorläufig am Ende, er ist gescheiterter Agitator, der nicht gehört wurde: „Noch versetzte mein Wort keine Berge, und was ich redete, erreichte die Menschen nicht. ich gieng wohl zu den Menschen, aber noch langte ich nicht bei ihnen an." (KSA Bd. 4, S. 188)
[310] KSA Bd. 4, S. 386
[311] BFA Bd. 3, S. 445
[312] BFA Bd. 3, S. 106

finden des Mitleids einen Fehler, aus dem er nicht lernt. Auch in weiterer Erprobungen im Stück versagt er, er scheint seiner Aufgabe nicht gewachsen. Vielleicht will er ihr nicht gewachsen sein? Sein gesamtes Scheitern hat mit dem Empfinden des Mitleids zu tun; er sagt von den Arbeitslosen *„Ihre Leiden sind ungeheuerlich"*[313] und, dass er zu viel gesehen habe davon und sich dem Beschluss, zu warten, widersetze. Er zeigt sich *„offen und arglos"*, entkleidet sich der Maskierung und verrät das Dasein als Agitator, als Kader. Er gibt zu, wer er ist. Das ist ein Fehler. Die „Maßnahme" im Stück ist, ihn von der Notwendigkeit, sein Leben für die Sache zu opfern, zu überzeugen. Er ist einverstanden. Er wird erschossen und in eine Kalkgrube geworfen, damit die Agitation der anderen Agitatoren weitergehen kann. Wäre er gefangen genommen worden, wären jene gefährdet gewesen, hätten sie ihn über die Grenze zu bringen versucht, hätten sie die aussichtsreiche Agitation versäumt. Brechts Stück ist eine Versuchsanordnung darüber, was jemand sich antun muss, welches Bewusstsein seines Tuns er gewinnen muss, verschreibt er sich einer großen Aufgabe. Insoweit ist es ein Lehrstück. Die Darsteller, so hat sich Brecht das gedacht, professionelle Schauspieler sollen es eher nicht sein, verhandeln darüber, wie sie mit ihrem „Einverständnis" umgehen wollen. Das Stück ist ein theaterpraktischer Versuch, sich zu erklären, was man wird, wenn man sich für das Kaderdasein des Berufsrevolutionärs entscheidet: *„Wer den Verzweifelten hilft/ Der ist der Abschaum der Welt."* [314] Brechts Lehrstück *„Die Maßnahme"* kann als Abgesang auf die Rolle des leninistischen politischen Funktionärs oder als Rollenausschreibung gelesen werden. Zugleich beinhaltet das Stück ein Bewerbungsgespräch.

Interessant ist neben der Parallele zu Nietzsches Notschrei-Versuch manches Weitere. Brechts Stück ist das Stück einer Selbsterprobung, was man in der Konsequenz einer Entscheidung für die eigene Person unter Umständen auf sich nehmen müssen wird. Schon die Spielanordnung macht das klar. Die Figur des jungen Genossen existiert eigentlich im Stück nicht. Er wird abwechselnd von einem der vier Agitatoren gespielt (es sind überhaupt nur diese vier Darsteller vorgesehen bei Brecht). Das zeigt, wer Kader wird, muss neben sich treten und ist Maske von vornherein. Brecht hat jene Entscheidung für sich nicht getroffen, er ist kein Politkader geworden, es sei denn, er hat sein künstlerisches Wirken als ein solches Dasein gewertet, selbst das unterstellt, war es ein anderes als eines in der Partei und als deren Soldat etc., mehr noch, es war eine Kritik des Daseins als Kader. Mit den *Buckower Elegien* und mit dem Gedicht *„Laute"* bleibt Brecht weiterhin im Rahmen der gewählten Biographie.

Vom 30. 10. 1947 berichtet Brecht im *„Journal"* von der Befragung vor dem *„Un-American Activities Committee"* am selben Tag, es ist dabei unter anderem um das Stück *„Die Maßnahme"* verhandelt worden. Brecht kennzeichnet in der Notiz sein Stück, und er muss diese private Niederschrift jetzt nicht mehr taktisch meinen, sie bestätigt eher seine mündliche Aussage, der Bericht hat kaum

---

[313] Ebd. S. 118
[314] Ebd. S. 123

etwas von Selbstbeweihräucherung, wie gut man sich denn relativierend aus der Affäre gezogen habe. Am nächsten Tag fliegt Brecht nach Paris. Von der „Maßnahme" schreibt er im „Journal", er

> „gebe als Inhalt an die Hingabe an eine Idee und verneine die Ausdeutung, es handle sich um einen disziplinarischen Mord mit der Richtigstellung, es handelt sich um eine Selbstauslöschung."[315]

Die Anmerkung ist interessant. Sie ermöglicht eine Übertragung des Inhalts des Stücks aus der Bezugnahme auf die Konzeption der leninistischen Kaderpartei auf andere Lebensbereiche. Überall dort, wo eine „Hingabe an eine Idee" zu beobachten ist, wäre zu schließen, droht die Konsequenz der „Selbstauslöschung" für den, der den totalen Anschluss gesucht hat.

Es könnte sogar die Figur des Aeneas in jene Kategorisierung einbegriffen werden. Wie jeder Zeitgenosse genauso, von dem gesagt wird, er sei fähig, über Leichen zu gehen oder wenigstens im Gebrauch seiner Ellenbogen allzeit bereit. Zum Kader in seinem Leben kann man sich auf vielfältige Art aufschwingen. Aeneas schiebt im Verfolgen seiner großen Aufgabe Dido beiseite, Vergil sieht ihn jedenfalls so. Er leistet Musterhaftes als historischer Täter. Klar, dass die marxistischen Kader in der „Maßnahme" etwas Besonderes sind. Die Härte, die diese sich abzuverlangen haben, ist eine auf dem Weg, Härte zu beenden, Herrschaft. Aeneas hingegen will die Härte der erfolgreichen römischen Herrschaft durchsetzen; das ist sein Auftrag, den ihm Vergil auf den Leib schreibt.

Der herkömmliche bürgerliche sich kadermäßig zurichtende Karrierist ist ein Planerfüller von mehr oder weniger vorgegebenen Anforderungen der Gesellschaft, er mag darin sein Lebensglück oder eine Lebensfreude finden und für Lebenskunst halten, was er treibt; begreift er irgendwann oder erfährt es, wie sehr er sich zum Werkzeug und Mittel gemacht hat, und riskiert Zusammenbrüche aller Art, die in medizinische, psychologische oder religiöse Behandlung hinüberführen, wird an seinem Beispiel die Schwierigkeit eines richtigen Lebens im falschen deutlich. Eine große Zielvorgabe zu haben, beweist nichts über deren Richtigkeit wie Aussichtsreichtum. Genauso, wie Lebenskunst allgemein zu loben, ein billiger Slogan ist. Darum geht es nicht. Wer unter welchen Umständen lebt, und wie er sich auf diese bezieht, ist ausschlaggebend.

In den Nachträgen zum „kleinen Organon" hat Brecht 1954 notiert, dass Theater die Dialektik zum Genuss machen kann,

> „Unstabilität aller Zustände, der Witz der Widersprüchlichkeiten usw., das sind Vergnügungen an der Lebendigkeit des Menschen, Dinge und Prozesse, und sie steigern die Lebenskunst, sowie die Lebensfreudigkeit. Alle Künste tragen bei zur größten aller Künste, der Lebenskunst".[316]

---

[315] BFA Bd. 27, S. 247f
[316] BFA Bd. 23, S. 290

Es mag zynisch sein, gegenüber dem scheiternden Eiferer um Erfolg im bürgerlichen Leben Vergnügen zu empfinden, bezöge man die Aussage „Vergnügungen an der Lebendigkeit" auf ihn, Brechts Zitat macht immerhin einleuchtend, dass Freude, Vergnügen, Witz - alles drei ist genannt - in der künstlerischen Betätigung, als Führen eines bestimmten Lebens, einem unterkommen kann, dass es aber darüber hinaus allerhand anderes gibt (jenes ist nichts Vorbildliches, sondern nur eine Möglichkeit), und dass es nicht einfach ist mit den Festlegungen von irgendetwas Vollbrachtem. „Unstabilität aller Zustände" wäre ein Risiko, das einzugehen und auszuhalten wäre, auch in einer Existenz jenseits der Kunst.

Das abgelehnte Mitleid kommt im Stück Brechts an anderer Stelle noch einmal vor. Der Kontrollchor im Stück versichert den Agitatoren: „Erzählt weiter, unser Mitgefühl/ ist euch sicher."[317] Im Binnenverhältnis der Kader darf offensichtlich sein, was gegenüber der Ausbeutung der zu agitierenden Klasse schon hochgehalten wird, aber als handlungsleitende Maxime nicht gelten kann, weil es Kalkulationen des richtigen Vorgehens über den Haufen wirft. Der Kontrollchor als Kaderkommission äußert: „Wer für den Kommunismus kämpft, hat von allen Tugenden nur eine: Daß er für den Kommunismus kämpft."[318] Dieser Satz Brechts dürfte in der Spätphase der 68-er Zeit ein häufiger Brecht-Satz auf diversen Demonstrationen gewesen sein. Er bestätigte denjenigen, die ihm anhingen, einen Übergang ins Dasein der sogenannten K-Gruppen. Die Tugend, das Leiden zu empfinden, das im Imperialismus angerichtet wird, wurde nicht als zureichend betrachtet, es sollte überführt und eingebracht werden in eine zentrale Tugend, die, ein Kommunist zu werden. Immerhin bleibt das in der Wortformulierung Brechts eine Tugend. Man machte sich zum leeren Blatt als Kader, auf welches, wie es bei Brecht heißt „die Revolution ihre Anweisung schreibt."[319] Schon diese Auskunft, dass nicht die Revolutionäre selbst, sondern die Revolution die Anweisung schreibt, erscheint problematisch, noch mehr eine weitere; im Song „Ändere die Welt: sie braucht es" von Hanns Eisler vertont, heißt es: „Versinke in Schmutz/ Umarme den Schlächter, aber/ Ändere die Welt: sie braucht es!"[320] Man soll sich nicht auf den Notschrei des Schlachtopfers einlassen, sondern notfalls den Schlächter umarmen, dazu bereit sein, weil es nicht anders zu gehen scheint, auf andere Weise der Fortgang der Weltveränderung nicht zu betreiben ist. Wichtig erscheint die Formulierung danach. Ein viel zitierter Spruch Brechts: „Ändere die Welt: sie braucht es!" Warum denn: die Welt? Was braucht denn die Welt Änderung? Was hat sie davon? Korrekt wäre: Ändere die Welt: du brauchst es! Ziel wäre nicht, die Welt für die Welt schöner oder besser zu machen, sondern für die eigene Existenz. Es klingt, als wäre ein Mitleid mit der Welt Ausgangspunkt fürs Handeln und nicht das Begreifen der eigenen Situation. Das Bewusstsein der Kritik erscheint auch im Spruch gemildert: „NUR BELEHRT

---

317 BFA Bd. 3, S. 124
318 Ebd. S. 105
319 Ebd. S. 104
320 Ebd. S. 116

VON DER WIRKLICHKEIT KÖNNEN WIR/ DIE WIRKLICHKEIT ÄNDERN."[321] Kursiv gedruckt bei Brecht, also als wichtig erachtet, trotzdem verbesserungsbedürftig; gemeint ist, dass aus der Wirklichkeit zu greifen sei, was als Kritik sich ergebe, diese keine von außen an die Wirklichkeit herangetragene Auffassung und Gesinnung sei, aber die Aktivität des Belehrens bleibt beim Belehrer, der sich selbst oder andere belehrt. Brecht weist darauf hin: Klar, es muss die Kritik eine richtige Kritik der Wirklichkeit sein, insofern ist deren konkretes Vorhandensein ein Maßstab, aber mehr nicht. Es liegt keine Berechtigung der Kritik in der Wirklichkeit in dem Sinne, dass die Wirklichkeit sich auf einem Weg befinde, den es lediglich herauszufinden gälte. Es gibt keine menschenunabhängige Selbsttätigkeit menschlicher Wirklichkeit, sonst würde in einer vorgängigen Auffassung von der Wirklichkeit die Beweiskraft des jeweils konkret zu Ermittelnden gesucht. Auch der Subjektersatz durch das Wertgesetz, das Entstehen und Gedeihen einer ökonomischen Logik des kapitalistischen Systems wird von den Subjekten getätigt und vollzogen. Brechts Gedicht *„Laute"* hat seinen Ausgangspunkt im Verweis auf die Wirklichkeit der Laute der Leute, die zu hören sind.

Als Maßstab der *„Maßnahme"* ist die Wirklichkeit gedacht. Es wird keine Opferideologie aufgefahren, keine Ontologie eines Revolutionärs verbreitet, ein konkretes Problem wird verhandelt, das ansteht; so wird das Theaterstück zum Übungsstück, zum Durchspielen eines bestimmten Falls. Dass jeder konkrete Fall als solcher zu betrachten wäre, das ist zu lernen. Im Zweifelsfall des Einzelfalls kann die *„Selbstauslöschung"* drohen, das ist ein Unterschied zu einer Hingabe, die im Grundsatz gefordert wird und die in der Wirklichkeit keine Einzelfälle mehr sehen will. Wer für Lebenskunst sich einsetzt, kann, praktiziert er das Leben als Berufsrevolutionär in der Partei oder sonstwo, die *„Hingabe an eine Idee"*, gezwungen sein, sich zum Verstoß gegen die Lebenskunst bereitzufinden. Im Stück heißt es: *„Welche Niedrigkeit begingst du nicht, um/ Die Niedrigkeit auszutilgen?"*[322]

Setzt man Brechts Stück *„Die Maßnahme"* in Bezug zu den Ereignissen des Sommers 1953 in der DDR - und zu Brechts Gedicht *„Laute"* - wäre als erstes zu sagen, dass 1953 in den Kategorien des Stücks von Brecht eine Zeit nach der Revolution ist. 1953, wie immer betrachtet, dient die Agitation nicht mehr dem Ziel, eine solche zu erreichen, der neue Staat existierte bereits; allerdings war die Revolution ohne Revolutionäre von statten gegangen. Waren es überhaupt welche, wurden sie 1945 eingeflogen ins gemachte revolutionäre Nest und sollten Wege finden, dieses zu dem zu machen, was es sein sollte. Agitation war also weiter und erst recht notwendig. Gerade das wäre anzustreben gewesen, was im Stück Brechts der Kontrollchor ablehnt:

---

[321] Ebd. S. 125
[322] Ebd. S. 116

„Aber es ist nicht richtig, zu unterstützen den Schwachen/ Wo immer er vorkommt, ihm zu helfen/ Dem Ausgebeuteten, in seiner täglichen Mühsal/ Und der Unterdrückung!"[323]

Was bezüglich politischer Überlegungen vor einer Veränderung der Herrschaft in anderer Weise gelten mag, sich nicht zu verzetteln, gilt danach wieder anders. Konkretes pragmatisches Erklären an jedem einzelnem Punkt und veränderndes Einschreiten. Brechts Gedicht „Laute" nimmt die Laute auf, von denen es handelt, weil sie als zu berücksichtigende betrachtet werden. Anders gesagt, würden Notschreie darunter sein, bedürften sie nicht des Mitleids, sondern der diagnostischen wie therapeutischen Beschäftigung. Was ein Stück Lebensfreude sein könnte, wäre erst herzustellen und würde vielleicht während dieses Prozesses laut. Ein Diagnostiker und Therapeut wäre nicht frei von vergleichbaren solchen Prozessen. Er ist davon nicht als separierter Höherleister ausgeschlossen. Was an Lebenskunst vorläge, könnte bestätigt werden.

Das Lehrstück „Die Maßnahme", das „ohnehin das prekärste aller Stücke" ist, wie Brecht geschrieben hat[324], ist nicht allein darin prekär, welche Missverständnisse unter Umständen produziert werden, sondern prekär ist es für die im Stück trainierenden vier Agitatoren, die abwechselnd den jungen Genossen spielen. Die Maßnahme ist, einen zu töten, der sich so verhält, wie der junge Genosse es tut, dem aus Mitgefühl der lange Atem des Aushaltens von gegenwärtigem Leiden fehlt. Er kann nicht warten und ist „dafür, daß jedem Elenden gleich und sofort und vor allem geholfen wird."[325] Man kann die Agitatoren als Erprober des Lebensstils des Berufsrevolutionärs verstehen, dieser Lebensweise, wenn man will, dieser Lebenskunst. Sie sind darin der Figur Fatzer bei Brecht ähnlich, der ein Ausprobierender einer Biographie als Wahrheit ist und sich die Frage vorlegt, ob es das geben kann und wenn, in welcher Weise. Nahezu gleichgültig, auf welche Weise man mit sich selbst und mit anderen als revolutionärer Agitator umgeht, wie z.B. in der „Maßnahme", man ist der „Abschaum der Welt",[326] nicht nur in den Augen der Gegner, sondern auch vor sich selbst. Soviel ist nötig, um die Welt zu verändern; die Möglichkeit dieser Existenz wird im Stück exemplifiziert.

Brecht untersucht und prüft also die Lebensweise des Berufsrevolutionärs im Lehrstück „Die Maßnahme". Für seine eigene Biographie wählt er sie nicht. Dass das Bezeugen einer Wahrheit des eigenen Lebens (der von Foucault analysierte platonische Begriff der Parrhesia könnte wieder betrachtet werden) dem Künstler, der er geworden ist und der er bleibt, schwer fallen kann, erlebt Brecht z. B. 1954, als er den Stalin-Preis annimmt. Er mahnt die Kunst zu leben an.

Brecht hält an einem nietzscheanischen Rest der eigenen Selbstgestaltung bei aller Nähe zu kommunistischer Politik fest. Die Figur des jungen Genossen im Stück ist eine, mit der er 1930/31, als er das Stück schrieb, sozusagen mit sich

---

[323] Ebd. S. 109f
[324] BFA Bd. 29, S. 65
[325] BFA B. 3, S. 119
[326] Ebd. S. 123

selbst gespielt hat, und für sich selbst. Im Personenplan des Stücks heißt es von den vier Agitatoren: *„nacheinander auch als…"*[327]; es werden dann alle restlichen Rollen des Stücks aufgeführt, die sollen also allesamt ebenfalls alle von den vier Agitatoren gespielt werden. Brechts Anmerkung muss hier nicht besetzungstechnisch überprüft werden, er will jedenfalls keine genaue Festlegung auf einzelne Rollen und jeder Darsteller sollte alle Rollen spielen oder spielen können (und das dann vorführen). Wer spielt in jedem Stück alle Rollen? Doch wohl der Autor. Der steht abwechselnd auf allen Seiten. Die vier Darsteller, die offensichtlich sämtliche Rollen abwechseln, sind alles Agitatoren. Agitation ist das Thema und eben, was man mit sich macht, wird man ein Agitator.

1956 hat Brecht sich zu den Lehrstücken und besonders zur *„Maßnahme"* geäußert. Er schreibt, dass die Stücke für *die DARSTELLENDEN lehrhaft sind. Sie benötigen so kein Publikum."* Über die Art der Lehre äußert sich Brecht nicht. Da bleibt die genaueste Angabe die in der Notiz vom 30. 10. 1947 aus den USA. Auf die Lehre wird aber in der Äußerung von 1956 noch einmal verwiesen:

> „Der Stückescheiber hat Aufführungen der `Maßnahme´ immer wieder abgelehnt, da nur der Darsteller des Jungen Genossen daraus lernen kann und auch er nur, wenn er auch einen der Agitatoren dargestellt und im Kontrollchor mitgesungen hat."[328]

Das klingt, als würde im Spiel nur ein Einziger lernen, der Darsteller des jungen Genossen. Soviel Aufwand, könnte man meinen, andererseits wäre das schön, man kann um einen einzelnen Menschen nicht genug Aufwand machen. Vielleicht ist dies das Thema des Stücks: der notwendige Aufwand mit sich selbst und den anderen. Im Stück ist es so, dass jeder Darsteller einmal den jungen Genossen spielt und zusätzlich alle anderen Figuren, da hat man mit dem Wechsel der Person ganz schön zu tun. Alle Beteiligten könnten also lernen, da sie abwechselnd irgendwann den jungen Genossen spielen. An der Figur sind Einsichten zu gewinnen. Exerzieren die Darsteller das Spiel durch, hetzen sie von einer Selbstauslöschung der Figur, die man gerade war, zur nächsten, zur nächsten Selbstauslöschung. Schon die Spielidee macht die Absicht, die mögliche Auslöschung einer individuellen Figur in der Hingabe an eine Idee zu zeigen, deutlich.

Selbst wenn anzunehmen wäre, dass Brecht im Laufe der Zeit zu seinem Stück vielleicht einige Distanz bezogen hat - er selbst hat nicht die Biographie des Berufsrevolutionärs gewählt und ist nicht in die Partei eingetreten - , er hat nicht zu der Form der Selbstkritik gefunden, sich vorzuwerfen, das Stück geschrieben zu haben. Er hat es nicht nachträglich später abgelehnt. Warum auch? Die grundsätzliche und unkündbare Hingabe an eine Idee, eine ein für alle Mal und mit Haut und Haaren, bleibt zu kritisieren. Aber kann, was Brecht im Vorspruch zum Stück schreibt, das Stück sei der *„Versuch"*, *„durch ein Lehrstück ein*

---

[327] Ebd. S. 100
[328] BFA 23, S. 418, Hervorhebung Brecht

bestimmtes eingreifendes Verhalten einzuüben"[329], nicht für den Einzelfall gelten? Schließlich ist von einem „bestimmten" Verhalten die Rede, muss darin die endgültige Bestimmung zum Kaderdasein beinhaltet sein? Was ist eine „Maßnahme"? Ein Maß und ein Maßnehmen, beides ist zu überlegen. Eine punktuelle *„Hingabe an eine Idee"* kann notwendig sein, die in der konkreten Wirklichkeit keine andere Reaktionsmöglichkeit lässt, als das Risiko des eigenen Lebens, der *„Selbstauslöschung"* einzugehen. Es kann sich im einzelnen Fall, in der Logik der Kritik gesehen, losgelöst von der stets vorhandenen Unsicherheit des realen Vorgehens, um die Bewahrung eines Selbst handeln, des eigenen oder des anderer, was ein Eingreifen erforderlich macht. Es ist also eher ein Gegen denn ein Für, auf das sich, so gesehen, *"eingreifendes Verhalten"* bezöge. Es wäre nicht eine Durchsetzung der Idee die Frage, sondern der notwendige Widerstand gegen eine dem Selbst feindliche Wirklichkeit, in der dessen Auslöschen erkennbar ist. Es findet nämlich statt oder droht bevorzustehen. Im großen Rahmen war *„eingreifendes Verhalten"* im Kampf gegen Hitler geboten, da war der Eingreifende *„belehrt von der Wirklichkeit"*, er sah, was vor sich ging. In der Wirklichkeit eine Bedrohung seiner Person zu erleben, sollte handeln machen. Es gibt kein anderes antifaschistisches Programm oder wie man das nennen will.

B. „Die Hoffnung der Welt"

Im Sommer 1938 entstand ein längeres Prosagedicht Brechts, das sich ausführlich mit dem Thema Mitleid beschäftigt (wie überhaupt der Begriff bei Brecht noch anderwärts zu verzeichnen wäre). In jenem Gedicht, das ohne Titel vorliegt[330], liest sich Brechts Darstellung wie eine Auseinandersetzung mit Nietzsches Kritik des Mitleids. Brecht kommt zu einer Wertschätzung von Mitleid, kennt aber offensichtlich Nietzsches Kritik. Die besteht insgesamt nicht darin, Härte zu propagieren. Mitleid nützt dem Leidenden nicht, meint Nietzsche, dem vorliegenden Leid wird vom Mitleidenden eigenes Leid hinzugefügt, eben sein Mitleid. Aber dieser ist darin ganz mit sich selbst befasst und kommt sich moralisch überlegen vor. Nietzsche setzt dagegen ein handelndes geradezu ärztliches Kümmern um das Leid; Abhilfe soll geschaffen, die tatkräftige Beseitigung der Ursachen für das Leid ermöglicht werden. In solcher Anstrengung kann Härte vonnöten sein. Jeder Arzt, der z. B. zu einem Unfall gerufen wird, kennt das.

Brecht greift den Zusammenhang von Leiden und Mitleid in seinem Gedicht in eigener Weise auf. Im letzten Abschnitt des Gedichts schreibt er:

> „Alle, die über die Mißstände nachgedacht haben, lehnen es ab,/ an das Mitleid der einen mit den andern zu appellieren. Aber das/ Mitleid der Unterdrückten mit den Unterdrückten ist unent-/ behrlich. Es ist die Hoffnung der Welt."[331]

---

[329] Ebd. S. 100
[330] BFA Bd. 14, S. 410. Die Titelbezeichnung richtet sich nach dem ersten Vers: „Ist die Unterdrückung so alt"
[331] Ebd.

Der Zusammenhang ist deutlich. Brecht betrachtet Bewusstsein. Das Mitleid der Unterdrückten mit den Unterdrückten spielt für ihn eine entscheidende Rolle für das Bewusstsein von „Mißständen", das politische Bewusstsein von Unterdrückung. Es sind damit die „Mißstände" nicht abgeschafft und die Unterdrückung nicht, aber es ist ein erster Schritt dazu, sich nicht abzufinden und tätig zu werden. Das ist die Hoffnung. Mit dem Satz, der durch die adversative Konjunktion „Aber" eingeleitet wird, setzt sich Brecht ab von der Missachtung von Mitleid. Darin liegt eine Nietzsche-Kritik beschlossen, die sich zudem darin äußert, Leiden nicht als natürlich erscheinen zu lassen; darauf weist Brecht zu Beginn des Abschnitts drei des Gedichts hin: „Je mehr es sind, die leiden, desto natürlicher erscheinen ihre Leiden" und seine Antwort ist klar: „Soll man ihnen nicht/ mehr helfen, da es viele sind?"[332] Selbstverständlich soll man helfen! Das gesamte Gedicht ist ein Aufruf zur Selbsthilfe, also dazu, es gerade nicht beim Mitleid zu belassen und bei der Hinnahme von Leiden als anscheinend unvermeidlich. Das Beharren auf dem Gefühl des Mitleids bei Brecht ist kein Abwiegeln, sondern ein Betonen von dessen Stellenwert im Verlauf eines Aufbegehrens gegen Unterdrückung und Leiden. Brecht verurteilt, Leiden als unvermeidlich zu akzeptieren. Diese Auffassung führt zu Härte gegen sich selbst und gegen andere. Sie ist im Ergebnis eine falsche Sicht auf historische Vorgänge. Als seien sie insgesamt schicksalhaft.

Das Gedicht spricht sich also dagegen aus, Leiden als natürlich anzusehen; so beginnt das Gedicht im ersten Abschnitt und es endet mit der Feststellung: „Die Unterdrückung ist wohl wie das Moos und unvermeidlich." Da sind Wut und Ingrimm in der ironischen Umkleidung erkennbar. Ein Aufbegehren gegen die Aussage dieses Satzes wird im Gedicht inszeniert. Brechts Gedicht handelt von der Rolle des Mitleids im Verlauf der möglichen Abschaffung von Leiden; Mitleid verhilft zu einer Form von Bewusstseinsbildung: „Es ist furchtbar, daß der Mensch sich mit dem Bestehenden so leicht abfindet, nicht nur mit dem fremden Leiden, sondern auch mit seinem eigenen." Es kann also durchaus sein, dass, wer leidet, ein Bewusstsein davon erfährt, und das ihm zu Schritten des Vorgehens gegen dieses Leiden verhilft, wenn er ein Mitleiden mit sich durch andere erfährt.

An anderer Stelle gibt es zweimal Notizen von Brecht über eine transmittorische Rolle des Mitleids. Akzeptiert ist, wie wichtig das Empfinden von Mitleid sein kann, und die Kritik Nietzsches an einem Mitleid, das nichts als Mitleid bleibt, wird geteilt. 1944, im Zuge des Verfertigens von weiteren Fotoepigrammen für die „Kriegsfibel", schreibt Brecht „Und alles Mitleid, Frau, nenn ich gelogen/ Das sich nicht wandelt in den roten Zorn."[333] und einige Jahre später: „Ich halte nichts von Mitleid, das sich nur in Hilfsbereitschaft und nicht auch in Zorn verwandelt."[334] Schon früher, im „Buch der Wendungen" hat Brecht das Mitleid fast nietzscheanisch als „dumpfe Wehmut" bezeichnet und angemahnt, dass man

---

[332] Ebd.
[333] BFA Bd. 12, S. 246
[334] BFA Bd. 23, S. 100

Hilfe nicht versagen dürfe: *„Ich versetze mich in den Leidenden nicht, um zu leiden, sondern um ihre Leiden zu beenden.*"[335]

Das Gedicht von der *„Hoffnung der Welt"* ist im zeitlichen Umkreis einer Auseinandersetzung mit Nietzsche geschrieben. Nietzsche zitiert als Motto des vierten Teils von *„Also sprach Zarathustra"* aus dem zweiten Teil seines Werks unter anderem den Satz: *„Wehe allen Liebenden, die nicht noch eine Höhe haben, welche über ihrem Mitleiden ist!"*[336] Brechts Höhe wäre, die Analyse der Ursachen von Leid anzustrengen und Möglichkeiten der Veränderung auszuloten.

C. Brechts Gedichtversuch über Zarathustra

1938 hat Brecht, vermutlich im Rahmen von Versuchen, die er *„Studien"* nennt[337] (in Bezug auf Dante war davon schon die Rede), ein Gedicht unter dem Titel *„Über Nietzsches ´Zarathustra´"* angefangen, es war als Sonett geplant[338], im Typoskript sind leere Zeilen, die später gefüllt werden sollten. Das ist unterblieben. Aus dem fragmentarischen Gedicht lässt sich nicht viel ermitteln, aber ein wenig spekulieren. Es erbringt in der Verbindung mit Brechts Gedicht *„Laute"* nichts wesentlich Neues. Aber einiges ist interessant. Vor allem zwei Verse stechen heraus. *„Für jeden nicht bestimmt, nun misset jeden"*, heißt der eine, *„Was dem gehört, der nicht dazu gehört"* der andere[339]. Hier sind zwei Problembereiche angesprochen, die für Brecht bleiben und die ihn 1953 im Sommer wieder bewegt haben dürften. In der Figur Zarathustra will Brecht aufgreifen, was er nicht fortführt, jedenfalls nicht zu einem Ende im Gedicht über diese Figur bringt. Im ersten zitierten Vers ist die Problematik einer Vermittlung herauszulesen, welche Nachricht oder Botschaft es auch sein mag. Der Leser des Fragments erfährt, dass ein *„zarter Geist"* *„Gipfel"* bestiegen habe. Es kann sein, vorausgesetzt, geistige *„Gipfel"* sind gemeint, dass nicht für jeden bestimmt ist, was Inhalt sein könnte, es eine Elite ist, eine Kadergruppe, die als Adressat erscheint, was aber leidig und unschön wird, weil dann alle anderen vermisst werden, *„jeder"*. Der Vers berichtete von einer Crux aufklärerischen Wirkens, er wäre diesbezüglich eine Anmerkung.

---

[335] BFA Bd. 18, S. 133
[336] KSA Bd. 4, S. 294
[337] Vgl. BFA Bd. 11, S. 267ff, dort sind allerdings die beiden früheren Entwürfe Brechts nicht verzeichnet, in BFA Bd. 14, S. 420 ist nur die letzte Arbeitsstufe Brechts an dem Fragment gebliebenen Gedicht gedruckt, der Vers „Was dem gehört, der nicht dazu gehört" (vgl. Brecht, WA, Bd. 9, S. 614) fehlt.
[338] Die Entstehungszeit für ein Beschäftigen mit Nietzsche ist durchaus bemerkenswert, Brecht ist in der Emigration, in einem Text von Lukácz wird die sogenannte Expressionismus-Debatte zusammengefasst, man wird ganz allgemein sagen können, Nietzsche hat mit dieser Epoche einen Zusammenhang (unter dem Begriff „Vitalismus" wird Nietzsches Philosophie von zahlreichen Literaturhistorikern als einflussreich abgesehen), der Einmarsch der deutschen Armee in Österreich hat stattgefunden und die Moskauer Prozesse werden veranstaltet. Vgl. dazu Hecht, Brecht Chronik, S. 542.
[339] WA, Bd. 9, S. 614; später heißt es: „Nicht jedem zugedacht, nun misset jeden", BFA Bd. 14, S. 420.

Der andere Vers nimmt diesen Sachverhalt auf; wer nicht dazu gehört, weswegen ist nicht klar, im Gedicht nicht genannt, außer eben er ist der zarte Geist auf den Gipfeln oder jemand, der sich von diesem hat anregen lassen und in ähnlicher Weise sich zu unterscheiden begonnen hat, dem gegenüber wird die Frage gestellt oder von ihm berichtet, was ihm denn gehöre. Was bleibt dem, der sich unterscheidet oder sich als unterschiedlich behauptet? Da wird kaum etwas genannt, das ist am Gedicht nicht genau zu klären. Nicht einmal, wie ähnlich sich Brecht der von ihm herausgegriffenen Figur gesehen haben mag. Soviel lässt sich sagen, im geplanten Zarathustra-Gedicht Brechts, das nicht beendet wird, ist wesentlich von einer Entfernung von den Menschen die Rede, die im Gedicht „Laute" insofern Gegenstand sind und vorkommen, weil sie es sind, von denen die „Laute" „rühren". Jene Laute zu hören führt zum Bejahen einer Zufriedenheit. Diese Zustimmung wird in eine zitathafte Anspielung gekleidet, in der eine Relativierung aufrechterhalten ist, und orientiert an Feier und Verehrung des Lebens, an Lebenskunst und Lebenslust, wie sie in Nietzsches Zarathustra-Buch vorgeführt werden. Man könnte schließen, dieses Betonen und Herausheben muss Brecht 1953 erneut wichtig gewesen sein; er hat eine Unterlassung oder einen Missstand ausgemacht, der ihn aufgebracht hat.

Brecht hat kein abgeschlossenes, fertig gestelltes Gedicht zu Nietzsches „Zarathustra" hinterlassen, dies wird im handschriftlichen Manuskript BBA 16/20 eindeutig klar, dort ist nach den Ziffern 1 und 2 ausgeführter Text und nach der Ziffer 3 bleibt leerer Raum übrig. Leerer Raum findet sich auch in manchen Zeilenabständen anderer handschriftlicher Dokumente zu diesem Gedichtversuch. Mutmaßungen darüber, was Brecht an der Figur des Zarathustra aufzeigen wollte, sind wegen des Fragmentarischen des Textes sehr schwer möglich, es scheint der Versuch vorzuliegen, die Situation Zarathustras, in die er von Nietzsche gebracht wird, zu verstehen. Mehr lässt sich kaum sagen. Drei weitere Verse seien herangezogen. Zum einen derjenige, der sich wiederholt findet (in BBA 09/45, in 16/20 und 101/03): *„Du zarter Geist, daß dich nicht Lärm verwirre"*[340] (einmal heißt es: *„oh zarter Geist"*). Das klingt der Darstellung in Brechts Gedicht „Laute" ein bisschen ähnlich. Dort ist der zarte Geist des lyrischen Ichs ebenfalls Geräuschen ausgesetzt, Laute sind es, er ist allerdings nicht verwirrt, zumindest sagt er das nicht. Das ist auch die von Brecht erdachte Zarathustra-Figur nicht, Brecht schreibt, diese befürchte, verwirrt zu sein, deswegen besteigt

---

[340] Ein Vers im Gedicht heißt: „Jenseits der Märkte liegt nur noch die Irre", der Vers belegt Brechts genaue Kenntnisse von Nietzsches „Zarathustra", vor allem auch des vierten Teils des Buchs. Dort nämlich, bevor die Entwicklung zum Eselsfest ihren Fortgang nimmt, klagt Zarathustra, seine „Thorheit": „ich stellte mich auf den Markt.", „auf dem Markt glaubt niemand an höhere Menschen", er empfiehlt: „geht weg vom Markt!"(S. 356) Zarathustras Ablehnung des Markts steht am Anfang des Kapitels „Vom höheren Menschen". Da sind diese schon bei ihm versammelt, die er zu sich gelockt hat, wie ihn Nietzsche sagen lässt, und Zarathustra hat den „Notschrei" von ihnen gehört. Sich nicht mehr auf den Markt zu stellen, ist eine Kader-Strategie Zarathustras. Er geht nicht mehr hin und die höheren Menschen sollen es auch nicht tun.

sie (Brecht schreibt „*jene*" oder „*solche*", kann sich nicht entscheiden, lässt beide Wörter stehen) „*gipfel, wo ein reden, nicht jedem zugedacht.*" Zarathustra war auf Gipfeln, zugleich erinnert die Aussage an Nietzsches Gedicht „*Auf hohen Bergen*". Wieder kommt Brecht auf den Sachverhalt einer Auswahl von Adressaten zu sprechen. Die Frage drängt sich auf, ob dies nicht die Situation Brechts ausmacht, dass die Laute im Sommer 1953 ihn nicht verwirren sollen. Er schreibt das Gedicht „*Laute*", um eigene Positionen auszudrücken, aber eben auch dafür, jene anderen Laute kenntlich zu machen, ob derer er Zufriedenheit äußert. Die Einschränkung: „*nicht jedem zugedacht*", meinte eine bestimmte Exklusivität, nämlich die, dass der, der dies hört oder liest, sich um ein paar Voraussetzungen seiner Lektüre kümmern möge, darum komme er nicht umhin, z. B. nicht um das genaue Schauen auf existierendes Leid.

Im Manuskript BBA 16/19 ist folgender Vers von Brecht durchgestrichen: „*das bürgertum versinkt in barbarei*". Er ist zwar etwas allgemein gehalten, aber entwickelt man nicht eine Neigung, ihn in der Betrachtung der Geschichte des Nationalsozialismus für gültig zu erachten? Vielleicht hörte er sich für Brecht zu sehr nach vergleichbaren Aussagen von Thomas Mann an, dessen Thema im Roman „Dr. Faustus" man als eine Art mannsche Ausdifferenzierung jenes von Brecht durchgestrichenen Satzes bezeichnen könnte.

Ein weiterer Vers im lyrischen Konvolut Brechts zur Zarathustra-Figur wäre für wichtig zu erachten. Er liefert die Begründung, weswegen das Gedicht-Fragment an dieser Stelle aufgeführt wird. Es ist der erste Vers in BBA 16/19: „*das mitleid wird kassiert, das leid bestätigt*", danach ist im Manuskript ein mehrzeiliger Abstand, am Rande dessen steht, in Brechts Handschrift korrigiert: „*groß bestätigt*". Wenn man der Auffassung ist, der Begriff des Leidens ermögliche einen sinnvollen Zugang zum Gesamtwerk von Nietzsche und dieses sei vielleicht sogar insofern im Zusammenhang zur Theorie des Sozialismus nicht unerheblich[341], wäre Brecht mit seinem Vers nicht nur auf einer Fährte im Werk

---

[341] Der Herausgeber von Nietzsches Werk, Giorgio Colli, schreibt in einem Nachwort: „Das Thema des Leidens zieht sich also wie ein roter Faden durch das Werk". Kritische Studienausgabe Bd. 5, München 1999, S. 419. Es könnte wirklich ein roter Faden sein. Der andere Herausgeber, Mazzino Montinari, hat berichtet, wie er mit anderen zusammen in den Jahren antifaschistischen Kämpfens 1943-1944 Nietzsches „Also sprach Zarathustra" gelesen hat, dass „die schlechte (weil ideologische) Gleichung Nietzsche = Faschismus ... nicht galt." In: Nietzsche lesen, Berlin, New York 1982, S. 10. Im selben Buch steht ein Aufsatz zum Werk von Georg Lukács, Die Zerstörung der Vernunft. Die Kritik, die sich bei Montinari findet, hätte längst zu einer weit ausführlicheren Beschäftigung mit Nietzsche auf Seiten der Linken führen sollen. Das Buch von Lukács ist im Jahr 1952 erschienen, war also im Vorfeld von Brechts Niederschrift der Buckower Elegien bekannt. Durchaus möglich, dass neben kunstästhetischen Überlegungen Brecht dieser Sachverhalt, der ein Verstärken der Nietzsche-Verfemung in der DDR nach sich zieht, bewogen hat, seine Gedichte so zu verfassen, wie er sie verfasst hat. Zumindest erscheinen Überlegungen zur Veröffentlichungspraxis verständlich. Erwähnt sei, weil es etwas zur Nietzsche-Rezeption besagt, dass, während Montinari 1943/44 mit seinen antifaschistischen Genossen Nietzsche liest, Hitler Mussolini zum 60. Geburtstag Nietzsches gesammelte Werke zukommen lässt.

Nietzsches, die erstens Beachtung verdienen müsste, zweitens darauf verwiese, Brecht habe von Unerledigtem in sozialistischer Theorie wie Praxis eine Vorstellung gehabt, sondern drittens, wäre, fast ein wenig sensationell, ein inhaltlicher Beleg zu finden, weshalb Brecht an Nietzsches Werk in gewissem Umfang weit über die sogenannte frühe Zeit hinaus festgehalten hätte. Er hat es als theoretische Befassung mit Leiden betrachtet und ihm das Postulat entnommen, durch beharrliches wissenschaftliches Arbeiten jegliches Leiden zu lindern; es sollte allerdings dabei nicht jegliches Leiden für aufhebbar angesehen werden. Letztere Zurückhaltung hält von Diagnose wie Therapie nicht ab. Meint man eine Therapie, wäre Mitleid der falsche Weg. Verallgemeinernde, ins Totale zielende Auskünfte genauso. Erinnert sei an die Versuchsanordnung bei Nietzsche, die Zarathustra dem Notschrei aussetzt. Mitleid fügt dem existierenden Leid das Leid des Mitleidenden hinzu; abgesehen von allem, was diesen moralisch bewegen mag. Gründe und Ursachen des Leids zu beseitigen, würde womöglich nicht mehr angestrengt; es reicht, sich im Mitleid zu suhlen. Nietzsche hat schon im Werk *„Die fröhliche Wissenschaft"* eine *„Vergutmütigung"* *„des europäischen Geistes"* beklagt, welche das *„Wagnis des Erkennens"* versperrt. Das ist gegen Religionen gesetzt:

> „umgekehrt wäre eine Lust und Kraft der Selbstbestimmung, eine Freiheit des Willens denkbar, bei der ein Geist jedem Glauben, jedem Wunsch nach Gewissheit den Abschied gibt, geübt, wie er ist, auf leichten Seilen und Möglichkeiten sich halten zu können und selbst an Abgründen noch zu tanzen. Ein solcher Geist wäre der *freie Geist* par excellence."[342]

Wir müssen uns das lyrische Ich in Brechts Gedicht *„Laute"* wie den Autor im Wunsch begriffen vorstellen, dem Bild eines solchen freien Geists nahe zu kommen. Es gibt keine erfüllte Welt und kein erfülltes Ich in einer solchen. Das wird nicht und das gilt nicht. Arbeit und Anstrengung ist nicht auszuweichen.

Das Behaupten der Vogellosigkeit steht hierfür; gemeint ist eine Kritik des mannigfachen Glaubens, in den Worten Nietzsches der *„Hypnotisierung"* und *„Hypertrophie"*,[343] sich auf dergleichen Orientierung zu verlassen, wie sie Bilder von Vögeln bieten mögen, und wofür diese Bilder in den Augen von Gläubigen der verschiedenen Wahrsagerei stehen. Das führt dazu, Verlassenheit nicht auszuhalten. Erklärungen sind manchmal erst später möglich und Zuflucht zu

---

[342] KSA Bd. 3, S. 583. Hervorhebungen Nietzsche
[343] Beide Begriffe in: Die fröhliche Wissenschaft, Buch V, Nr. 347, KSA Bd. 3, S. 583. Nietzsches Aphorismus trägt den Titel: „Die Gläubigen und ihr Bedürfnis nach Glauben." Aufgeführt ist neben Metaphysik und Religion, im *„Verlangen nach Gewissheit"*, nach „Halt, stütze", auch die „Vaterländerei". Nietzsche moniert das Fehlen einer „Lust und Kraft der Selbstbestimmung, eine *Freiheit* des Willens" (Hervorhebungen Nietzsche): „je weniger Einer zu befehlen weiss, um so dringlicher begehrt er nach Einem, der befiehlt, streng befiehlt, nach einem Gott, Fürsten, Stand, Arzt, Beichtvater, Dogma, Partei-Gewissen." (ebd. S. 582). Im Sinne von Brechts Gedicht wäre anzuschliessen, statt auf die Selbstbestimmung ist in der DDR auf das Partei-Gewissen gesetzt worden.

Weltbildern falsch. Nietzsche kennt die Fähigkeit des Gläubigen zum Fanatismus und fürchtet sie. Er nennt die Schwachen und Unsicheren, denen gegenüber er die Freien sieht, die im Begriff stünden, sich abzunabeln von Wert und Wohltat der vermeintlichen Medizin der Moral. Man könnte formulieren: die Übermenschen im Willen zur Macht, halste sich damit jedoch eine Diskussion über Nietzsches Begrifflichkeiten auf. Mit Bezug auf die Bilderwelt von Brechts Gedicht „Laute" müsste man sagen, die Freiheit wäre, das Vorhandensein der Vögel zu genießen (u. U. selbst das Rabendasein der Krähen) und in den Vögeln nichts mehr zu sehen als diese selbst sind; so dürften die Vögel wieder auftauchen, sie existierten als Momente einer zu genießenden Schönheit. Was nicht verböte, mit den Bildern, die sich andere machen, zu spielen. Das ist reizvoll. Lyrische Therapie hat viele Gesichter. Wie heißt das Volkslied? Alle Vögel sind schon da. Alle Vögel alle.

Exkurs 3
Marx, Nietzsche und Brecht

Bei Max Horkheimer, in einem Werk, das sich bereits im Titel auf Nietzsche bezieht, „Dämmerung" heißt es, als aphoristische Sammlung ein Kommentar zu Nietzsches "Morgenröte", man könnte sagen, wo dieser etwas aufgehen sieht, ahnt jener Untergang, gibt es unter dem Titel „Nietzsche und das Proletariat" eine Aussage, die bereits eine Menge von dem enthält, was den Nutzen eines Befassens mit Nietzsche in sozialistischer Theorie und Praxis hätte ausmachen können. Selbstverständlich kann das weiterhin als eine Frage von politischer Tagesordnung angesehen werden. Es muss nicht der Verehrung einer Person dienen, bezieht man sich auf richtige Kritik, die von ihr kommt. Horkheimer hält über Nietzsche fest: „nirgends erscheint er als wirklicher Gegner des Systems, das auf Ausbeutung und Elend beruht." Aber für anderes hält er Nietzsche für brauchbar. Darin wäre die Parallele zu Brecht zu sehen. Das, was Brecht an Nietzsche interessiert hatte, und ganz offensichtlich weiterhin interessiert hat, nicht lediglich in früher Jugendzeit, lässt sich mit den Sätzen ausdrücken, die Horkheimer schreibt. Nietzsche als Kritiker von Feigheit und Untertänigkeit, der sich gegen eine Moral des Opferdaseins und des Hinnehmens und des Vertröstens wendet, gegen all den Biedersinn (der sich z. B. in der Geschichte der deutschen Arbeiterbewegung, in Parteien wie Figuren, in der Zeit nach den Bonvivants Marx, Engels, Lasalle, die Frauen wären ein anderes Kaliber, zur Genüge zeigt), als Beharrer auf einer kritischen liberalen Form von Individualismus, das ist Brechts Zusammenhang. Horkheimer schreibt:

> „Aber es (das Proletariat, DH) kann sich merken, dass die Moral, welche ihm anempfiehlt, verträglich zu sein, nach diesem Philosophen ... nur Irreführung ist. Er selbst prägt den Massen ein, dass nur die Furcht sie abhält, diesen Apparat zu zer-

brechen. Wenn sie wirklich verstehen, kann sogar Nietzsche dazu beitragen, den Sklavenaufstand in der Moral in proletarische Praxis zu verwandeln."[344]

Horkheimers Buch ist 1934 in der Schweiz unter Pseudonym erschienen, es umfasst Aufzeichnungen, die in den Jahren 1926 bis 1931 entstanden sind, also vor dem Sieg des Nationalsozialismus in Deutschland. Die Befassung mit Nietzsche in der sozialistischen Theorie war eher marginal[345]; nimmt man Horkheimers Anregung und bezieht sie auf das, was Nietzsche in *„Ecce homo" „Entstselbstungsmoral"* nennt, kann man eine Ahnung davon bekommen, was sich hätte entwickeln können: Selbstbewusstsein gegen Gemeinschaftssinnigkeit und brave Einordnung des Ichs, die wächst und zu fanatischem Parteigängertum von Staatlichkeit führt und insofern zur Entselbstung.

Zunächst kann festgehalten werden, welche Formen von Übereinstimmungen zwischen Brecht und der Kritischen Theorie der Frankfurter Schule zu bemerken sind. Nähme man die Befassung mit Nietzsche in Adornos und Horkheimers *„Dialektik der Aufklärung"* hinzu, wären interessante Verbindungen zur Nietzsche-Sicht bei Brecht zu ermitteln.

Das deutsche Proletariat hat insgesamt ziemlich anders gehandelt, als es Horkheimer als Möglichkeit aufgezeigt hat. Die moralische Anempfehlung, *„verträglich zu sein"*, hat es einerseits fanatisch beherzigt und andererseits als obsolet angesehen. Dem eigenen Staat gegenüber hat es sich (inwieweit mehrheitlich, soll nicht die Frage sein, aber zweifellos hat sich diese Politik durchgesetzt und der mangelnde Widerstand gegen sie ist genauso ein Zeichen) verträglich gezeigt, indem es sich für die völkische Aufgabe gerüstet hat, mit aller eigenen Zuwendung der Macht eines starken Staates zu dienen, was ein Vorgehen gegen den der Weimarer Republik einschloss; in der Einbindung in die angebotenen Formen von Volksgemeinschaft ist es den Verheißungen der überkommenen Moral durchaus gefolgt, in radikaler sozialer Gemeinschaft und durch die versprochene nationale Einheit (als tendenziell überwunden angesehene Klassengesellschaft) den Wiederaufstieg der Nation zu betreiben. In der Geschlossenheit dieser Mobilisierung wird der selbstständige Bürger generell zum Feind-

---

[344] Max Horkheimer, Notizen 1950 bis 1969 und Dämmerung. Notizen aus Deutschland, Frankfurt/M., 1974, S. 248

[345] Interessant wäre, bezüglich Horkheimers Aussage, die Diskussion um Franz Mehrings Aufgreifen der Moralkritik bei Nietzsche zu betrachten. Oder wie sich Kurt Eisner und Gustav Landauer ein Einbegreifen von Auffassungen Nietzsches vorstellen können. Es ist nicht so, dass es diese Sorte linker Diskussion um Nietzsche in Deutschland nicht gegeben hat, dass sie „zur Herausbildung eines `linken' Nietzscheanismus in Deutschland" geführt hätte, wie Manfred Riedel schreibt (a. a. O., S. 57), ist eher zu bestreiten. Unterstellt man Sozialismus als „höchste Moralität", wie es Riedel in Anschluss an Nietzsche tut, wäre das ein falscher Ansatz. Gefragt wäre Kritik und nicht das beste Gutsein. Und, dass die englische „Fabian Society", trotz aller Einflüsse von Shaw, die Zusammenführung von Marx und Nietzsche war, jenes „bis dahin entzweite Brüderpaar", wie Riedel sie nennt, ist zumindest nicht die entscheidende Charakteristik dieser Organisation. Jedenfalls ist das, was Horkheimer sich vorstellen konnte, nicht passiert.

bild, wie auch diejenigen, von denen ersichtlich ist, dass sie auf ihrem Ich bestehen, oder die dessen verdächtigt werden oder von Beginn an im Zuge völkischer und rassischer Exklusion als Gegner betrachtet werden. Die Moral solcher Verträglichkeit wird also gewalttätig.

Im militärischen Zuschlagen hat diese radikalisierte Binnenmoral ihr Pendant nach außen gefunden, da lässt sich nicht mehr sagen, dass den Empfehlungen, verträglich zu sein, nachgekommen worden sei; nennt man Unverträglichkeit, was passierte, ist sie eine aus der Konsequenz des Maßes heimischer Verträglichkeit, die bereits das Mittel der Gewalt wählt. Die Verbesserung der eigenen Lage als fanatisierter Staatsteilnehmer im Erfolg nach außen zu suchen, mag eine logische Zwangsläufigkeit des staatlichen Vorgehens auf der Grundlage der gehegten Gesinnungen gewesen sein; erhoffte wie versprochene Segnungen mussten angesichts der Gefahr, ansonsten die errungene Macht zu verlieren, realisiert werden, und der soldatische Konkurrenzauftritt gegen die Welt war notwendig. Das kriegerische Vorgehen zu betreiben, und es in der bekannten bestimmter Form zu betreiben, bleibt das Werk politischer Entscheidung der einzelnen tätigen Personen. Der Schlächter ist stets das Ich. Moral als nach innen genommene Gewalt wird eine des Draufhauens. Die angestellte Kalkulation ist eine um materiellen Gewinn, der, national ermöglicht, sich individuell auszahlen soll. Man gehört zum besten Ganzen und ist darin, dies sich zu sagen, gut, und es geht einem gut als Teil davon, so hofft man. Eine reduziert moralische Argumentation wäre gegenüber diesem Zusammenhang erklärungsfeindlich. Verhältnisse, in denen internationaler Geschäftserfolg sich als Stärke von Staaten vorträgt, sind hinzunehmen, aber man will sich an die Spitze stellen. In der Idee, die homogenste Nation auszubilden und dadurch in der Konkurrenz zu bestehen, entwickelt sich ein spezifisch deutscher Beitrag.

Für das Beibehalten von Moral und für eine Anständigkeit, die sich allein am Erledigen staatlichen Auftrags ausrichtet, der aus so gesehener völkischer Erfordernis erwächst, muss sich neben der SS-Generalität etc., die unmittelbar Adressat der Rede ist, gewissermaßen auch die deutsche Arbeiterschaft später von Himmler in seiner Posener Rede 1943 loben lassen[346]. Trotzdem die Arbeiter

---

[346] In der Rede findet sich die Formulierung der Spitzenproduktion deutscher Kulturentwicklung als Staatsbürgermoral. Himmler am 4. 10. 1943 in Posen auf einer Tagung von Gruppenführern der SS: „Ich will hier vor Ihnen in aller Offenheit auch ein ganz schweres Kapitel erwähnen. Unter uns soll es einmal ganz offen ausgesprochen sein … Ich meine jetzt die Judenevakuierung, die Ausrottung des jüdischen Volkes. Von Euch werden die meisten wissen, was es heißt, wenn 100 Leichen beisammen liegen, wenn 500 daliegen oder wenn 1000 daliegen. Dies durchgehalten zu haben und dabei – abgesehen von Ausnahmen menschlicher Schwächen – anständig geblieben zu sein, das hat uns hart gemacht. Dies ist ein niemals geschriebenes und niemals zu schreibendes Ruhmesblatt unserer Geschichte." (zitiert nach: Peter Longerich, Heinrich Himmler, München, 2008, S. 709) Wer die Rede kennt, dürfte sein Leben lang nicht mehr positiv von Anstand reden. Anständigkeit ist im Vollzug des radikalen staatlichen Mordauftrags in die Praxis umgesetzt worden, man hat nicht abgelassen davon, das lobt Himmler. Er bewundert die Gemeinschaftsleistung im völkischen Auftrag, die als Staatsgewalt praktiziert

nicht unmittelbare Adressaten sind, hören auch sie (wie alle Deutschen, die sie lesen und über die Vergangenheit nachdenken, die persönliche wie nationale), welchem Begriff von Anstand sie in der Teilnehmerschaft am Regime nachgekommen sind. Die Arbeiter haben in ihrer Mehrheit zu Volk und Nation gestanden und zur nationalsozialistischen Bewegung. Auschwitz ist unter anderem der böse Höhepunkt gelungener gesellschaftlicher und politischer Integration, wie sie in der deutschen Geschichte eine Tradition besitzt, spätestens seit Bismarck Sozialgesetzgebung und dem Einsatz der deutschen Arbeiter für Staat und Vaterland im Ersten Weltkrieg, als der Kaiser meinte, nur noch Deutsche, keine Parteien mehr zu kennen, ist dies deutlich, über die verschiedenen abwiegelnden Pakte der Revolution 1918, vor allem das sogenannte Stinnes-Legien-Abkommen ist aufzuzählen, bis zur Politik der Deutschen Arbeitsfront der NSDAP.

Die Bitterkeit über den radikalen Weg in den nationalsozialistischen deutschen Staatsfanatismus, den weite Teile der deutschen Arbeiterklasse nehmen, es gibt nicht nur die vielen Parteigänger, sondern zudem die vielen, die auf Widerstand verzichten und an verschiedenem Ort Teilhaber der Entwicklung werden, findet sich in Brechts Werk verzeichnet. Von Heiner Müller gibt es die beinharte Sottise, die das Ereignis auf den Punkt bringt: *„Der Nationalsozialismus war eigentlich die größte historische Leistung der deutschen Arbeiterklasse."*[347] Es ist ein

---

wurde, die Fähigkeit dazu. Dass Anhängerschaft so weit gehen kann, dieser Anstand eben so groß sein kann, sieht Himmler als Ruhmesblatt. Zugleich gibt er der Erwartung Ausdruck, wenn er sagt, „das hat uns hart gemacht", dass weitere Großleistungen in der angesprochenen Hinsicht zu verlangen sind. Schließlich waren im Herbst 1943 die Ansprüche gewachsen, den Krieg im weiteren Verlauf siegreich zu führen. Himmlers Lob war, man zögert, das Wort zu schrieben, eine Anfeuerung. Allein von Seiten der SS, denen, die in radikalisierter Gesinnung kämpfen, erwartet Himmler zum Zeitpunkt der Rede, noch eine Möglichkeit, den Krieg zu gewinnen. Von der insgesamt mehrere Stunden dauernden Rede Himmlers liegt eine Tonaufzeichnung vor. Unruhe ist zu hören, aber als er jene zitierten Sätze sagt, wird es leiser. Einige SS-ler hatten sich im Zuge der Verbrechen persönlich bereichert. Es gab gegen einzelne deswegen sogar Strafverfahren. Für diejenigen, die jene abgeforderte Anstandsleistung insofern unzureichend erbrachten, indem sie z. B. zuerst an ihren privaten Vorteil dachten (oder eben jetzt bereits, vor dem „Endsieg"), also an sich selbst statt an Volk und Staat, enthielt die Rede eine Drohung. Jene würden sich außerhalb des Ganzen stellen, und wie mit solchen Gegnern umgegangen werde, das sei ihnen, den Vollstreckern des Umgangs, wohl bekannt. Himmler drohte wegen jener Vergehen den eigenen Leuten mit dem Tod. Eroberter Reichtum sei an das Reich abzuführen, das sei „moralisches Recht, die Pflicht gegenüber dem Volk." Die materielle individuelle Aufrechnung sei also insofern zu unterlassen, damit das große Ziel, der Sieg im Krieg, nicht gefährdet werde. Dieser bringe erst für das Volk die Blüte und damit für diejenigen, die hinzuzuzählen seien. Danach wäre erst Ernte. Die weitere Anstrengung des Mordens für das Uns wird moralisch abverlangt. Und geschwiegen wird darüber werden. Das wird den Vollstreckern versichert.

[347] Heiner Müller, Auschwitz kein Ende, in: Drucksache 16, Berliner Ensemble, Juni 1965, S. 605. Hier ist der Zusammenhang schön, der über das Berliner Ensemble zu Brecht gegeben ist, wie das Erschrecken des Interviewers, der Müller offensichtlich konsterniert unterbricht: „Ist das Ihr Ernst?" Müller bleibt bei seiner Formulierung.

Gipfelpunkt nationaler Integration erreicht worden. Der schlimmste Prozess als Exzess.

All jener deutliche Einsatz und jenes Praktizieren der Beschlagnahme des eigenen Lebens für das Ganze der nationalen Gemeinschaft, wie sie stattfand, und wie man sie sich vorstellte und sie haben wollte, ist in Hinblick auf Brechts Gedicht (und auf Brechts Verhältnis zu Nietzsche und soweit dies aus Brechts Gedicht als ein fernerer Hallraum gesehen werden kann) zu kennzeichnen als ein Fehlen an Nietzsche, ein Fehlen an antimoralischem Individualismus, ein Fehlen am Beharren auf persönlichem Eigenen. Im Unterschied zu Italien und Frankreich, dort gibt es dergleichen Entwicklungen vielleicht bemerkenswerter, kann Brecht herangezogen werden für eine linksnietzscheanische Traditionsbildung in Deutschland, formuliert man das einmal in Begrifflichkeiten, wie sie z. B. bezüglich Hegel eingeführt sind. Weitere Forschungen zum Verhältnis von Brecht und Nietzsche könnten hier interessante Ergebnisse zeitigen. Nietzsche steht für Brecht vor allem gegen die Indienstnahme für ein Ganzes.

Genau für diese Indienstnahme ist Nietzsche selbst herangezogen worden. 1914 z. B. erscheint eine Kriegsausgabe des „Zarathustra" in einer Auflage von 150 000, die an deutsche Soldaten verteilt wird. 1934 im Sommer wird das Buch Nietzsches anlässlich des 20. Jahrestags von Hindenburgs Sieg im Grabgewölbe des Tannenberg-Nationaldenkmals neben Hitlers „Mein Kampf" und Rosenbergs „Mythos des 20. Jahrhunderts" als drittes verehrungswürdiges Werk in Stein eingeschlossen. Ein paar Wochen später feiern die Nazis Nietzsches 90. Geburtstag in Weimar. Hitler macht dem Nietzsche-Haus und der Schwester Nietzsches seine Aufwartung.[348] Man sollte es sich nicht zu einfach machen und die gesamte Vereinnahmung Nietzsches durch die NSDAP der Schwester auf das Konto schreiben. Das philologisch korrekte Vorgehen, Nietzsches gesamtes Schrifttum im Zuge eines fortlaufenden Arbeitsprozesses darzustellen, zieht keinen Automatismus des Exkulpierens einzelner Aussagen nach sich.

Es findet sich bei Nietzsche ein Begrüßen von Krieg und Kampf, von Stärke und Macht, all diesem wird ein Moment des Reinigens zugeordnet. Nietzsche verachtet die Masse und den Pöbel und will eine Art Sklaventum, das einer als höherwertig angesehenen Menschenart zuarbeitet, erhalten wissen. Im späten Werk Nietzsches ist das Beglückwünschen jener Höheren stark ausgeprägt. Der Leser hört die schrille aufgeregte Stimme eines Menschen, der anderen an die Gurgel geht, weil er glaubt, es gehe ihm an dieselbe. Viele Nietzsche-Leser kennen das Erschrecken über ein Vokabular, das von früh an in den Umkreis der völkischen Bewegung zu gehören scheint und in dem des Nationalsozialismus wieder auftaucht und weiter fortwuchert (es sind dies nicht durchweg Übernahmen von Nietzsche, man bedient sich nicht allein bei ihm). Hitler z. B. hat Nietzsche vermutlich wenig gelesen, wenn überhaupt höchstwahrscheinlich in Landsberg während der Haft, also immerhin während der Niederschrift von

---

[348] Eine Darstellung dieser Bezugnahme bei Manfred Riedel, Nietzsche in Weimar. Ein deutsches Drama, Leipzig 2000

„*Mein Kampf*". Für Alfred Rosenberg wie für Goebbels ist Nietzsche-Lektüre nachgewiesen. Nietzsche spielt als wirklich gelesener und analysierter Autor der NS-Bewegung nicht die Rolle, die man mutmaßen möchte und von Seiten der Linken früher gemutmaßt hat. Es hülfe nichts, als an einzelnem Vokabular und der theoretischen Umgebung, zu der es gehört, abzulauschen und zu interpretieren, in welcher Weise es in das Wörterbuch des Unmenschen gehört. Z. B. die Rede vom Zugrundegehen, die bei Nietzsche häufig gebraucht wird, wäre zu betrachten, wie vieles andere auch. Jener Ausdruck meint eine Gefährdung eines Untergangs, wie durchaus die Inkaufnahme eines solchen, sogar die Aufforderung, etwas müsse untergehen, es sei dazu verurteilt und deswegen sei der Untergang zu betreiben etc.. Nietzsches Vokabel vom Zugrundegehen klingt wie die Überlegung eines Anschlusses an Darwin: wer nicht Aktivität zeige, dem drohe Stillstand und Untergang. Selbst z. B. der Religionskritiker liest dergleichen Radikalismus bei Nietzsche in Bezug auf das Christentum und die Religionen mit Zögern, meint er doch vielleicht – der Bezug sei ein weiteres Mal herangezogen - im Sinne von Hegels dreifaltigem Begriff des Aufhebens[349], dass am Ende der Religionen, etwas von ihnen auf einer anderen, womöglich höheren, höher gehobenen Ebene bleibt.

Nietzsches kennzeichnender Satz über das Zugrundegehen steht am Ende von „*Ecce homo*":

> „Endlich - es ist das furchtbarste - im Begriff des *guten* Menschen die Partei alles Schwachen, Kranken, Missrathnen, An-sich-selbst-Leidenden genommen, alles dessen, *was zu Grunde gehen soll* -, das Gesetz der *Selektion* gekreuzt, ein Ideal aus dem Widerspruch gegen den stolzen und wohlgerathenen, gegen den jasagenden, gegen den zukunftsgewissen, zukunftsverbürgenden Menschen gemacht – dieser heißt nunmehr *der Böse* ."[350]

Das Gesetz der Selektion wird angeführt, um das Zugrundegehen zu begründen, es herrscht pure Biologie, der Einzelne wird daran bemessen und sortiert, nicht dieser steht im Zentrum, sei er schwach und krank oder wohlgeraten, sondern das ermittelte und geglaubte Gesetz; es wird umstandslos übertragen auf menschliche Angelegenheiten. Nietzsche, der um die Freiheit des Individuums kämpft, der ein freier Geist sein will, zumindest einmal war, und sich darin gefährdet sah, lässt sich anscheinend auf so etwas in der Hoffnung ein, selbst zu

---

[349] In der frühen Studie: „Vom Nutzen und Nachteil der Historie für das Leben", die darstellt, inwiefern das Leben den Dienst der Historie braucht und ein „Übermaß der Historie dem Lebendigen schade" (Unzeitgemäße Betrachtungen, Stuttgart 1964, S. 111, Absatz 2, eine Bemerkung, die einen Ansatz einer Kritik gegenüber der Theorie des historischen Materialismus ergibt), formuliert Nietzsche eine „Dreiheit der Beziehungen zwischen Historie und Leben" und folgert eine „Dreiheit von Arten der Historie". Er unterscheidet „eine *monumentalische*, eine *antiquarische* und eine *kritische* Art der Historie" (S. 112, Hervorhebungen Nietzsche). Es wäre interessant, diese Anmerkung, wie insgesamt Nietzsches Text auf Hegels Philosophie der Geschichte zu beziehen.
[350] KSA Bd. 6, S. 374, Hervorhebungen Nietzsche

den Gesunden zu gehören, den Wohlgeratenen etc.. Man sagt, man habe das Stärkste auf der eigenen Seite, die Natur, an der Wirklichkeit ihres Wirkens blamiere sich das Ideal wie der Idealist, der gute Mensch, der zu diesem wird, indem er sein Ideal aus dem Widerspruch gegen den Apologeten des Gesetzes gewinnt. Der gute Mensch wird wegen seiner Gesinnung kritisiert, er hat anscheinend, wenn er nicht selbst Kritiker ist und bleibt, kaum andere Möglichkeiten, als auf der Güte derselben zu beharren. Dieses Problem haben sich zahlreiche Sozialisten als gute Menschen anhängen lassen. Vom Gutmenschen wird hänselnd bis höhnisch gesprochen, der ist ein Kümmerer um Opfer und macht sich selbst zu einem. Der Begriff „Opfer" hat in Deutschland neuerdings eine Karriere als Schimpfwort genommen (perfiderweise ist auch „du Jude" ein immer häufigeres Schimpfwort, „schwul" als abwertendes Wort ist ebenso inflationär vertreten), das von Seiten der Harten und Jasagenden verwendet wird, es sind dies oft Leute, die selbst Opfer sind und anderen vorwerfen, sich nicht zu wehren, was sie immerhin täten, indem sie andere denunzieren und attackieren. Ein Sieger hat meistens das Beschimpfen des Opfers nicht nötig, es sind besondere Täter, die dies tun, die darin durchaus siegen können, dass sie jemand umbringen und das für einen Sieg halten, sie demonstrieren ihr Täter- wie Siegertum durch ihr Vorgehen. Gemeinsam ist den Gutmenschen wie ihren Verabscheuern, dass sie sich um die Gründe, weshalb jemand schwach, krank etc. ist, kaum scheren. Die Realität der Verhältnisse und Erklärungen, weshalb diese so sind bzw. so geworden sind, tauchen innerhalb der Reduktion auf Selektion nicht auf. Auch wer sich für gut hält, selegiert und denkt bestenfalls danach an politische Zustände.

Nietzsche wird mit obiger Äußerung (wie anderen) als Apologet sozialhygienischer wie staatshygienischer Maßnahmen brauchbar, die ihren exzessiven Höhepunkt in den Verbrechen des Nationalsozialismus finden. Ein Bewusstsein eigener gesundheitlicher Schwäche hätte ihn auch zur Verteidigung von Benachteiligung und Handikaps führen können. Seine Flucht in die vermeintliche soziale Bedeutung von Gesetzen in Natur und Biologie ist jedoch keine in die politische Anordnung, jedenfalls nicht prinzipiell.

Wer für Selektion sich ausspricht, suhlt sich leicht in der Gewissheit, auf der Seite der Überlegenheit zu stehen. Aus dieser Sicht rührt der Satz von Nietzsche. Die Durchblicker des Gesetzes sind deshalb auf der richtigen Seite des Gesetzes der Selektion, weil sie Durchblicker sind, ihre angemaßte geistige Überlegenheit wird zum Feldzug gegen diejenigen, die als missraten erklärt werden und gegen diejenigen, die sich für diese stark machen. In der Konfrontation stehen sich Gesinnungstäter gegenüber, die von der konkreten Beschäftigung mit den näheren Umständen von Wohl wie von Wehe und Missgeratenheit absehen. Wer in welcher Weise, warum und in welchen Fällen diese Begriffe verwendet, positioniert sich häufig in völkischer wie präfaschistischer Theoriebildung. Hier ist es Nietzsche, der sich unter Verwendung dieser Begriffe mit dem Verweis auf eine behauptete Realität, die der Selektion, gegen ein „*Ideal*", wie er sagt, ausspricht, den Triumph des Überlegenen auskostend, wie es für den sich gehöre, der sich auf der richtigen Seite weiß, ohne für diese etwas getan zu haben; er stellt sich auf diese Seite, es ist die „gute" Seite der Selektion, die dann leider von den angemaßten Guten, den Idealisten, als böse bezeichnet wird, dabei ist sie bloß Natur; man gehört eben zu den Wohlgeratenen und Erfolgreichen, dumm gelaufen für die anderen. Als Alphatier hat man sich durchsetzen können gegen die Betas, denen die Kraft fehlt. Der schale Genuss eines Siegers wird vorgetragen, der sich in Schale wirft und Selbstbewusstsein gewinnt und die anderen verabscheut, die dem Zugrundegehen anheimfallen sollen. Diejenigen die sich nicht damit abfinden, werden zum Feindbild. Unter denen mögen einige tatsächlich ein „*Ideal*" hegen, wie Nietzsche meint (eine Weltanschauung, also falsch liegen im Sinne der Kritik, die aus Brechts Gedicht „*Laute*" zu entwickeln ist), z. B. auch, indem sie darauf verzichten, sich Ursachen für Schwachheit und Leid zu überlegen, aber indem sie tätig sind, indem sie Unterstützung praktizieren und vielleicht damit Erfolg haben, bewerkstelligen sie unter Umständen etwas, das die falsche Absolutheit des Gesetzes der Selektion offenbart. Es gilt keineswegs lediglich Biologie, man kann mit tatkräftiger Hilfe jemand aus seiner Schwäche befreien (und oft dieser sich selbst), Schwache, wie Ex-Schwache und Nicht-Schwache, in der Bezeichnung Nietzsches Idealisten, werden zu Bestreitern des Gesetzes in den Augen von dessen Anhängern und geraten in die Schusslinie.

Man kommt im Zusammenhang von Brechts Gedicht „*Laute*" zu einer interessanten Konsequenz. Wer sich nicht um Schwäche, Bedürftigkeit etc. sorgt, nicht hört, welche Laute von dort zu hören sind, weil er angesichts eines Selektionsgesetzes, an das er glaubt, das Hören verlernt hat (vielleicht wäre hörend etwas davon zu vernehmen, weshalb jemand schwach, krank etc. ist) und über die Unterlegenen Häme ausgießt, hat kaum etwas anderes mehr zu tun, als dem Gesetz seinen Lauf zu überlassen. Er kann sich als der Überlegene aufführen, als der er sich vorkommt, der über Probleme jenseits des Beobachtens des Gesetzes hinaus ist, man zählt dann, so schreibt Nietzsche, zu den „*zukunftsgewissen, zukunftversprechenden Menschen*". Als dieser wäre Nietzsche glatt zu einem Aufnahmeantrag ins Politbüro der SED der DDR in der Lage gewesen, die dortigen Hüter der Gesetze des historischen Materialismus waren sich ebenfalls der Zukunft gewiss und verbürgten für sie. Wieder wäre ein Gegner des Sozialismus dort untergebracht. Der ist Nietzsche, trotz mancher richtigen Kritik an den Erscheinungsformen einer falschen Weise eines solchen.

Nietzsche setzt in der Verteidigung des Sklavendaseins und im Einsatz für dessen Beibehalten auf die entgegengesetzte Position im Vergleich mit Marx. Sie sind darin klare Antipoden. Ergreift alle das Wissen, gibt es den Boden der Sklaverei nicht mehr, diese Unterwelt und diese Tiefe, auf der die Kulturentwicklung der wenigen bei Nietzsche aufbaut, überhaupt erst möglich ist, wie er sagt. Es ist eine ganz eigene Unterwelt, die bei Nietzsche formuliert ist, kein Jenseits, eine im Diesseits. Zu Formulierungen und Deutungen vom Hades in der antiken Kultur steht das insofern im Gegensatz. Bei Marx sind die Arbeiter, der Vergleichbarkeit halber, die Sklaven der kapitalistischen Welt, die reale Negation; der Arbeiter steht als Eigentümer der Ware Arbeitskraft gegen das Kapital, den Besitz von mehr als lediglich Arbeitskraft. Marx analysiert ein gesellschaftliches Verhältnis; die Personen auf der einen Seite, die Arbeiter, können es revolutionär ausheben, nicht weil sie tolle Individuen sind, sondern weil sie die machtvolle Position der Negation im unmittelbaren Produktionsprozess innehaben, sie können sich ihm entziehen. Sie sind die Produzenten des Reichtums, der ihnen als fremder Reichtum gegenübergestellt wird. Auf der anderen Seite steht nicht nur die Gegenseite des gesellschaftlichen Verhältnisses, das Kapital, sondern auch die erkennende Wissenschaft als getrennte, aber zugleich dem Produktionsprozess zugeordnete Sphäre; jene Wissenschaft entwickelt unter anderem Kritik; so wie Kritik zugleich auf Seiten der Arbeiter auftaucht, sie sind nicht die stummen Hunde der Vollzugsprozesse. Die Wissenschaft als Kritik der politischen Ökonomie sagt, auf wessen Kosten diese Ökonomie verläuft - prinzipiell auf Kosten aller - aber der herausgehobene Kostenfaktor ist die Ware Arbeitskraft. Die Kritik teilt jener realen Negation mit, was Sache ist, und die sozialistische Revolution kann in die Startlöcher. Auch Kritiker und persönliche Vertreter des Kapitals müssen keine tollen Individuen sein. Es ist keine Frage nach einem Gutmenschentum gestellt, das wäre ein falscher Sozialismus, der sich die Frage vorhalten ließe, moralisch überlegen oder integer oder dergleichen zu sein, man habe doch solch ein positives Bild vom Menschen etc.. Der Kritiker hat eine richtige Kritik, oder eben nicht.

Nietzsche sieht die Sache genau anders herum als Marx. Ganz, ohne sich um eine wissenschaftliche Analyse der kapitalistischen Ökonomie gekümmert zu haben. Dass die Wissenschaft das Unglück sieht und um es weiß, ist hingegen bei Nietzsche als eine saure Bewusstheit für die beteiligten Intellektuellen unterstellt, und im Wissen derart in geistiger Vergälltheit und Verhageltheit das Dasein fristen zu müssen, könnte den Arbeitern gegenüber als den Sklaven Nietzsches, erkundigten diese sich, so wie sie bei Marx nach Theorie dürsten sollten, die materielle Kraft wird, das eigene unglückselige Bewusstsein des Intellektuellen als Demonstration dienen, es selbst in der eigenen leidigen Profession nicht sehr viel besser getroffen zu haben als sie, die Sklaven im realen Elend. Man sei schlimm gezeichnet von der Kenntnisnahme des Elends und dem Wissen darum. Nietzsches Sklaventheorie ist die Umkehrung der Lehre vom Klassenbewusstsein. In der Verteidigung phänomenaler Einmaligkeit und Unnachahmlichkeit von Individualität färbt Nietzsche von da aus alle Bereiche des Sozialen, Politischen und Historischen ein. Um deren Extraordinärität kreieren zu können und sie zu bewahren, streicht er sie als Möglichkeit für eine beachtliche Zahl von Individualitäten aus. Die wahrhaft Großen bräuchten kleine Zuarbeiter.

Nietzsche mutmaßt ein allenthalben entdeckbares lebensfeindliches Vorgehen. Unter dem Begriff der Moral subsummiert er alle Täter von Sokrates bis zu den Sozialisten. Es ist keine pure Konfrontation von Denken und Leben, die er betreibt, er verteidigt Leben, wie er es versteht, inklusive des Denkens, das des

Künstlers z. B. in der Eigensinnigkeit angemaßter wie zugemuteter Überlegenheit. In diesem rückwärtsgewandten Abstecken von eigenen Anforderungen, dem Interesse des Bewahrens einer eigenen Position, der gegenüber man überall Feindschaft am Werke sieht, folgt Brecht Nietzsche ausdrücklich nicht. „*Laute von Menschen rührend*" heißt es, das Gedicht nimmt unterschiedslos wahr und nimmt gerade ein Unten ebenfalls wahr, nichts wird als Pöbelhaftes oder Missratenes ausgegrenzt, sondern ganz beschimpfungslos zum Gegenstand eines Gedichts gemacht. Diese Geste des Gedichts gewinnt gegenüber den Invektiven bei Nietzsche eine eigene Bedeutung, die Würde der Wahrgenommenen wird nicht gestrichen, sie sind Thema und sie sind gern gesehen. Die Aussage gilt Leuten („*ich bins zufrieden*", sagt in ihrer Wahrnehmung das lyrische Ich), denen bei Nietzsche ein Existenzrecht bestritten wird, richteten sie ihre Existenz nicht danach aus, sich im Dasein als Deklassierte einzuschränken. Nietzsche setzt im Spätwerk zusehends weniger auf das Denken, das er immerhin weiterhin betreibt; er konstruiert eine Radikalisierung der Vorstellung von Leben und reduziert seine Auffassung insofern stärker auf Biologisches. Auswahl und Selektion begründen Überlegenheit. Der Selbstverwirklichungsprozess, den man veranstaltet, wird von Nietzsche als einer des Durchsetzens der Person angesehen, auch mit dem Mittel des Intellekts (Veränderungen von sozialen Verhältnissen, die Individualität freisetzen, geraten nicht ins Visier). Denken ist bei Nietzsche ein Instrumentarium des Lebens, kein Gegensatz[351], wie andere das über Nietzsche gesagt haben. Das Ich bei Nietzsche will damit vorankommen, beschäftigt sich jedoch nicht hinlänglich mit den äußeren Umständen, in denen es lebt, sondern denkt sich das Leben als Auswahlkriterium aus. Der Verteidiger der Subjektivität gegen deren Beschädigung, inklusive derjenigen, die sich Subjektivität mit moralischen Erklärungen selbst antut, sei es, man schmückt Niederlagen oder Siege damit, wird zum Bestreiter der Subjektivität anderer. Die denunzierten Missratenen werden bei Nietzsche zu den Tschandalas.

Manche Sottisen Nietzsches gegen den Sozialismus lesen sich wie eine treffende und triftige Charakterisierung des Sozialismus, wie er sich spätestens als Staatsmacht im 20. Jahrhundert entwickelt hat, oder eine von Spielarten des Sozialismus, wie Nietzsche sie aufnahm oder vernommen hatte, die meist ganz und gar nicht dem entsprachen, was in der Kritik der kapitalistischen Ökonomie bei Marx und Engels entwickelt worden war. Z. B. nimmt Nietzsche Vorstellun-

---

[351] Ernst Nolte ist unter den eher Nicht-Linken wahrscheinlich einer der Heftigen, der nach 1945 Nietzsche in die Vorgeschichte des Faschismus platziert: „Dem politischen radikalen Antimarxismus des Faschismus hat Nietzsche Jahrzehnte zuvor das geistige Urbild gegeben, dem selbst Hitler sich niemals voll gewachsen zeigte." (Ernst Nolte, Der Faschismus in seiner Epoche, München 1971, S. 5359 Interessant die Hitlerkritik. Was wäre denn gewesen, hätte Hitler sich Nietzsche gewachsen gezeigt? Hätte der Führer besser auf seine philosophischen Grundlagen wert gelegt, hätte er dann als Vernichter besser funktioniert? Nolte trennt bei Nietzsche die Vorstellung von Leben gegenüber der vom Denken; vgl. S. 531: Nietzsche „vollzieht nun entschiedener den Gedanken, daß die Abstraktion des Lebens letzten Endes der Abstraktion des Denkens entspringt."

gen von Sozialismus auf, wie sie mit dem Namen Eugen Düring verknüpft sind, gegen die Engels ein ganzes Werk lang argumentiert[352], die deutlich eher auf Vorstellungen von Sozialismus der NSDAP verweisen und dorthin gehören. Nicht bloß, weil Dühring Antisemit war.

Durchaus ein interessantes Vorgehen wäre, die ausführliche Kritik von Marx und Engels an falschen Vorstellungen von Sozialismus, wie sie z. B. in den Schriften „Die deutsche Ideologie", „Die heilige Familie" und „Das Elend der Philosophie" enthalten ist, einzelnen Kritikpunkten Nietzsches gegenüberzustellen. Mutmaßlich ergäbe sich manche interessante Kritik bei Nietzsche und zugleich manche Anhängerschaft Nietzsches an eine rechte antikapitalistische Kulturkritik. Nietzsche war kein Apologet von Geld und Hab und Gut und auch kaum von Markterweiterung und Industrie. Er meinte, solche Bezüge beengten und führten zu einer Schwächung von Individualität. Im Einsatz für das romantische Bestreben, die Selbstverwirklichung des einzelnen zu behaupten und einen vor-, anti- oder unpolitischen Lebensbereich zu reklamieren, gehört Nietzsche in den geistesgeschichtlichen Zusammenhang der Diskurse um die Fortführung von Aufklärung wie in die Diskussion um die Konsequenzen der Revolution in Frankreich. Es gibt bei Nietzsche eine Unterstellung der Lebensverneinung im Sozialismus. Dessen vermeintliche Gegnerschaft zur Lebensbejahung, der Aufforderung, aus dem jeweils eigenen Leben ein genuines Kunstwerk zu gestalten, ist ein Moment von Nietzsches Kritik, die Brecht im analysierten Gedicht genauso aufnimmt wie insgesamt in seinem Werk. Das Beharren auf Lebenskunst ist sicherlich die nietzscheanische Konstante im Werk von Brecht. Bei Foucault wird aus dem Bezug auf Nietzsche die Theorie einer „Ästhetik der Existenz".[353] Eine falsche Art und Weise von Sozialismus dürfte sich den Vorwurf mangelnder Pflege der Freude am Leben von Nietzsche wie Brecht und Foucault verdient haben. Und von Marx, nicht zu vergessen.

Bei Nietzsche führt die Lebensbejahung zugleich zum Verteidigen von Ausbeutung, Unterlegenheit, Schwäche etc., dies wäre wieder die Verbindung zum so häufigen Sprechen vom Zugrundegehen. Als passiere hier alles mit einer Naturnotwendigkeit. Der Fehler findet sich, Leben als eine abstrakte Realität zu setzen und nicht stets vermischt zu sehen, geprägt von jeweiligen ökonomischen, sozialen und politischen Verhältnissen und in der Zugehörigkeit zu ihnen. Wie gelebt werden könnte, außerhalb jener Bedingungen, lässt sich unabhängig

---

[352] Vgl. MEW Bd. 20, Berlin 1972

[353] In einem Interview mit A. Fontana in „Le Monde" aus dem Jahr 1984 verwendet Foucault den Begriff „Ästhetik der Existenz", er meint, dass „die Idee einer Moral als Gehorsam gegenüber einem Kodex von Regeln jetzt dabei ist zu verschwinden" und diesem Fehlen von Moral „muss eine Suche entsprechen, nämlich die nach einer Ästhetik der Existenz." (Michel Foucault, Ästhetik der Existenz. Schriften zur Lebenskunst, Frankfurt/Main 2007, S. 282) Unter dem Titel, der aus dem Interview gegriffen ist, sind eine Reihe von Aufsätzen und Interviews von Foucault versammelt. Seine Auffassung, dass ein jedes Subjekt seine Biographie doch als Kunstwerk anlegen könne, kommt deutlich von Nietzsche her und hat mit Brecht eine Verbindung.

von ihnen nicht sagen. Wie es relativ unsinnig ist, neben das Leben zu treten, wie es abläuft, und nach dem Sinn seines Lebens zu fragen, als existierte es nicht bereits und lebte man es doch. Man hat teil an dem, was vor sich geht und müsste sich dem konfrontieren. Was noch fragwürdig genug wäre. Wenn nach Maßstäben der Verwertung des Werts, wie Marx sagen würde, jenes eingerichtet ist, bestünde darin der Sinn des Lebens. Das kann man ändern wollen, insofern es einem nicht passt.

Vielleicht liegt im Absehen von genauen gesellschaftlichen Umständen, wie es bei Nietzsche vorkommt, ein Moment seiner Wirkung auf einzelne Leser, die es bei der Betrachtung der eigenen Biographie für eine Form von Heroismus im Umgang mit dem Ego halten, sich nicht auf jene Umstände als Ausrede eigener Fehlerhaftigkeit oder eigenen Versagens hinaus zu reden und vor der Verantwortung zu flüchten. Bei Fichte und Schelling gibt es vergleichbares Abfordern von Tapferkeit beim Blick auf das Selbst.

Nietzsche ist als Gegner des Sozialismus zu werten, erstens soweit und in den Bezügen, in denen er ihn kannte[354], zweitens insoweit er Erscheinungsformen dessen in ihm entdecken kann, wozu er anderwärts Gegnerschaften entwickelt hat, drittens ist diese Gegnerschaft kein ausdrückliches Fan-Dasein für die existierende Gesellschaft. Viertens, und das wäre das Interessante, das wäre das gewissermaßen linksnietzscheanisch im Sozialismus unzureichend Aufgearbeitete, steht Nietzsche für ein Verteidigen von Subjektivität und Individualität. Das Wort von der Selbstverwirklichung, wie es im Zuge der Entwicklung einer Neuen Linken 1968 Karriere macht, greift jenen Zusammenhang auf. Ein Durchstreichen des Selbst kennzeichnet den falschen Sozialismus der Nazis und führt dort zur Belobigung von Kampf, Kraft und Stärke, letztere sind im rassistisch begründeten Aufgehen in der Gemeinschaft zu erwarten und eben zu realisieren.[355] Du bist nichts, dein Volk ist alles. So will man etwas werden. Die Unterscheidbarkeit wäre damals größer gewesen, wenn auf der Linken der Figur des Ichs jene Bedeutung zugesprochen worden wäre, die sie im Rahmen der Marxschen

---

[354] Bei Urs Marti, ´Der große Pöbel- und Sklavenaufstand´. Nietzsches Auseinandersetzung mit Revolution und Demokratie, Stuttgart 1993, findet sich eine ausführliche Spurensuche. Sicher scheint, dass Nietzsche die spezifische sozialistische Kritik bei Marx und Engels nicht gekannt hat, obwohl sich z. B. im Literarischen Zentralblatt, dessen Mitarbeiter Nietzsche war, 1868 eine Vorstellung des Buches „Das Kapital" von Marx fand, obwohl 1869 die Internationale Arbeiterassoziation in Basel tagte und bei Düring Marx häufig vorkommet, so dass man auf ihn aufmerksam hätte werden können. In Nietzsches Bibliothek, darauf weist Marti hin, gibt es das Buch von Leopold Jacoby „Die Idee der Entwicklung", in dem ebenfalls viele Marx-Zitate beigebracht sind, dort hätte Nietzsche auf die bei Marx von anderen abweichenden Meinungen von Sozialismus stoßen können, ist er aber nicht gestoßen. Obwohl er vielleicht mit eigener Hand auf der Seite 15 des Buches den Namen Marx unterstrichen hat.
[355] Georg Lukácz sucht in erster Linie in seinem genannten Text über Nietzsche eine Zuordnung zu Klasseninteressen und triumphiert bei Funden. Der Befund bei Marti ist: „Der Überblick über Nietzsches gesammelte Ansichten zum Thema Sozialismus und sozialistische Revolution ergibt ein widersprüchliches und verwirrendes Bild." (a. a. O., S. 167)

Kritik besitzt; das Subjekt befreit sich aus den Fängen falscher Verhältnisse. Vielleicht hätte manche Verwechslung nicht stattgefunden.

Brecht zieht kein umfassendes Resümee seiner Beschäftigung mit dem Werk von Nietzsche. Im Zusammenhang zum vorliegenden Gedicht „*Laute*" und Nietzsches Werk „*Zarathustra*" ist die Spur einer Bezugnahme und einer positiven Zitation im Zuge einer Ablehnung von Prophetie und Wahrsagerei auf Nietzsches Kritik von Metaphysik zu ermitteln, ein Verweis auf das Dasein des Menschen in der Welt, auf das, was vorgegeben ist und die Auseinandersetzung damit, ohne auf theoretische Konstrukte als Grundsatz und vorgängige Handlungsanweisung zu verfallen (trotz aller notwendigen Analyse), die den empirischen Bezug pragmatischer Lösung verlassen haben und zur Gesinnung, Auffassung oder Weltanschauung geronnen sind. Der Blick auf die Realität des Lebens, der Laute, die von Menschen rühren, zieht für Brecht ein Wertschätzen einer ästhetischen Gestaltung nach sich: Kreativität des Einzelnen. So gewissermaßen verdienen sie die Gegenständlichkeit in einem Kunstwerk, Brechts Gedicht, und es wird ihnen vorgeschlagen, in welcher Hinsicht sie eine Ausgestaltung ihres Lebens weiterhin anstreben und betreiben könnten.[356]

Das Antiideologische und Antiweltanschauliche bei Nietzsche hat Brecht geschätzt. Es liegt darin eine umfassende Diskussion um sozialistische Theorie wie Praxis beschlossen. Im Werk von Marx - es ist darin nicht leichter als das Nietzsches, eher ist der Sachverhalt noch komplexer - existieren neben einzelnen Aussagen, die zu Einflussschneisen für weltanschauliche Orientierungen herangezogen worden sind, klare Abgrenzungen zu Theoretikern eines solchen Schlags, den Ideologen verschiedener Provenienz. In der gesamten Durchsetzungsphase der eigenen politischen Position hat Marx das zum Ausdruck gebracht, es war wesentlicher Inhalt der Kritik an falschen Positionen. Das wichtigste, sozusagen einen sozialistischen Pragmatismus begründende Zitat dazu findet sich nicht zufällig, weil es darin um Kritik als falsch angesehener Auffassungen geht, im gemeinsamen Werk mit Engels: „*Die deutsche Ideologie*". Es ist häufig angeführt. Darin ist von der wirklichen Bewegung die Rede und das liest sich, als ginge es gerade um die Wahrnehmung der Laute, die in Brechts Gedicht gehört werden, als seien sie es, die zu jener wirklichen Bewegung gehören und

---

[356] Den Gedanken einer ästhetischen Rechtfertigung hat Nietzsche wiederholt formuliert;, z. B. im Werk „Die fröhliche Wissenschaft": „Als ästhetisches Phänomen ist uns das Dasein immer noch *erträglich*, und durch die Kunst ist uns Auge und Hand und vor Allem das gute Gewissen dazu gegeben, aus uns selber ein solches Phänomen machen zu *können*." (KSA Bd. 3, S. 464, Hervorhebung Nietzsche) Bemerkenswert, dass der Moralkritiker Nietzsche hier das „gute Gewissen" anspricht. Er kontert das im Weiteren, indem er die „Freiheit über den Dingen" lobt, inklusive Narrentum und Schelmenkappe, und davor warnt, „zu tugendhaften Ungeheuern und Vogelscheuchen zu werden" (ebd. S. 465) Vielleicht wäre das noch eine unterschätzte Möglichkeit der Betrachtung. Individualität ist hoch unentfaltet und unfrei in Brechts Gedicht „Laute" in der Gestalt von Vogelscheuchen unterwegs gewesen und dadurch sind die Vögel aus der Gegend vertrieben worden und jetzt erscheint sie „vogellos". Die begrüßten Laute müssten dann die Vögel zurückbringen. Es kommen jedoch nur die Krähen. Etwas ist falsch gelaufen.

Ausdruck davon sind und der Wahrnehmung, Beschäftigung, Betrachtung und Analyse harren. In der Gegenwärtigkeit des Jetzt.:

> „Der Kommunismus ist für uns nicht ein *Zustand*, der hergestellt werden soll, ein *Ideal*, wonach die Wirklichkeit sich zu richten haben wird. Wir nennen Kommunismus die *wirkliche* Bewegung, welche den jetzigen Zustand aufhebt. Die Bedingungen dieser Bewegung ergeben sich aus der jetzt bestehenden Voraussetzung."[357]

Man könnte tatsächlich meinen, Brechts Gedicht „*Laute*" läse sich wie ein lyrische Fassung dieser Sätze und dagegen wäre der Versuch Brechts, die Hexameterisierung des Kommunistischen Manifests zu erstellen, ein überflüssiges Unterfangen gewesen. Die Laute sind ein Teil der jetzt bestehenden Voraussetzungen, zu denen zusätzlich das Dasein der Krähen und ihre symbolische Bedeutung zählen. Sie stünden für einen Blick auf Geschichte von einem Ideal aus, das entweder negativ ist, Schicksal ist gemeint, oder positiv; erkannte Gesetze auf der Grundlage der Lehre vom historischen Materialismus stellt man sich vor. Die Zufriedenheit des lyrischen Ichs aus Brechts Gedicht wäre darin zu vermuten, dass sich aus den Lauten der Leute ein Verbessern der Bedingungen entwickeln ließe.

An Brechts Gedicht ist ein nichtideologisch gesehenes und von Brecht nicht falsch interpretiertes eminentes Moment der Marxschen Kritik zu erweisen. Mit Blick auf die ideologischen Vorgehensweisen, die in der DDR nicht unüblich waren, ist es so eine Sache, mit Marx-Zitaten zu hantieren. Soviel sei aber immerhin gestattet, um feststellen zu können, dass Brecht mit seiner Weise der Kritik nicht außerhalb einer der Marxschen Analyse verpflichteten Kritik steht. In der ausführlichen Auseinandersetzung mit Hegels Staatsrecht heißt es bei Marx:

> „Wichtig ist, dass Hegel überall die Idee zum Subjekt macht und das eigentliche, wirkliche Subjekt, wie die ‚politische Gesinnung', zum Prädikat. Die Entwicklung geht aber immer auf Seite des Prädikats vor."[358]

Den Ausgangspunkt bei der abstrakten Idee, aus dem konsequent die Wirklichkeit als Resultat der Idee entwickelt wird, greift Marx genauer auf; er kennzeichnet einen Fehler, der für anderes Ausgehen von der Idee, statt von der Wirklichkeit, ebenfalls gilt. Dass Denken aus dem Gegenstand zu entwickeln ist, und nicht dieser aus einem mit sich fertig gewordenen Denken, beschäftigt Marx. Interessant ist, wie Marx, was er Mystifikation nennt, mit einer Reihe von Be-

---

[357] MEW, Berlin, 1969, Bd. 3, S. 35, Hervorhebung Marx und Engels. Im Gedicht „Der Kommunismus ist das Mittlere", um 1931 geschrieben, heißt es bei Brecht: „Der Kommunismus ist wirklich die geringste Forderung/ Das Allernächstliegende, Mittlere, Vernünftige." (BFA Bd. 14, S. 137) Die Aussage ist anders akzentuiert, aber der Begriff: das „Allernächstliegende" hat eine Verbindung zu dem, was Marx die „reale Bewegung" nennt. Etwas Un-Ideologisches, Nicht-Weltanschauliches ist beiden Aussagen gemein, wie eine pragmatische Orientierung.
[358] MEW Bd. 1, S. 209

trachtungen zu Staatlichkeit verbindet, die manche Relevanzen hätten für eine Staatlichkeit, wie sie die DDR aufgebaut hatte. Bereits die Hinweise von Marx in der Kritik Hegels hätten, richtig bedacht, zu allerlei Überlegungen führen müssen, wie welche Staatlichkeit im Prozess einer Übergangsgesellschaft aufzubauen gewesen wäre, z. B. eine der Organisation permanenter großer Aussprache etc.. Zwei Hinweise seien gegeben, in welche Bereiche und Umfänge eines Diskurses politischer Veränderungen Brechts kleines Gedicht hineingehört. Marx kritisiert:

> „Wäre Hegel von den wirklichen Subjekten als den Basen des Staates ausgegangen, so hätte er nicht nötig, auf eine mystische Weise den Staat sich versubjektivieren zu lassen." [359]

Der Staat ist keine Größe jenseits der besonderen Subjektivität der Bürger. In welch einer (jene wiedergegebene Kritik berücksichtigenden) Weise ein Staat zu machen wäre, hat Marx wenigstens in der Negation kurz angegeben: *„Aber die Arbeiterklasse kann nicht die fertige Staatsmaschinerie einfach in Besitz nehmen und diese für ihre eignen Zwecke in Bewegung setzen."*[360] Ein Wissen darum, dass das allgemeine Wohl in einer Staatsform, die sich auf der Grundlage einer kapitalistischen Ökonomie erhebt, die Sicherung und Entwicklung von privatem Reichtum an Geld ist, dessen Wachstum seinerseits den Staat befördert und stärkt, kann man dem Werk von Marx durchaus entnehmen.

Es wären die Mythengläubigen, so müsste man im Anschluss an Brechts Gedicht, das die realen Laute der Menschen herausstreicht und betont, es wären die Vertreter des Ideals und des Herstellens eines Endzustands, die für das Vorgehen gegen Individualität verantwortlich waren, gegen das konkrete Vorgefundene gerichtet und ausgerichtet am Korrekten der eigenen Auffassung, die Mord und Totschlag befahlen. Nichts Ungewöhnliches in der Weltgeschichte. Im 20. Jahrhundert gibt es die gläubigen Täter in einem Ausmaß und in einer Radikalität und in einem Fanatismus, als würde sich die Anhängerschaft an den Mythos mit einem großen Knall von der Weltbühne verabschieden wollen. Aber so ist es nicht gewesen. Die Laute, die in Brechts Gedicht vernommen werden, wären welche nach dieser politischen Eruptivität und sie kommen von den Leuten, die an ihr teilhatten, als Täter wie als Opfer. Nichts ist vorbei, was einmal war, auch davon erzählt Brechts Gedicht *„Laute"*.

Um sozusagen die Randzonen des Gedichts von Brecht weiter zu beschreiben, zu denen es hingeführt hat, sei angemerkt, wozu Inhalte ideologischer Auffassungen in der sozialistischen Bewegung beigetragen haben. Es waren meist

---

[359] MEW Bd. 1, S. 224, es heißt im Fortgang, dass Hegel „die Souveränität als den Idealismus des Staats, als die wirkliche Bestimmung der Teile durch die Idee des Ganzen auffaßt" (S. 225), eben nicht umgekehrt aus der Realität des gesellschaftlichen Daseins der Subjekte die Wirklichkeit des bestimmten Staates analysiert.

[360] MEW Bd. 17, S. 336, „Der Bürgerkrieg in Frankreich". Marx hat den Hinweis für so wichtig gehalten, dass er ihn 1872, im Jahr darauf, wiederholt, im Vorwort zur Neuauflage des „Manifests der kommunistischen Partei" zitiert er sich selbst (MEW Bd. 18, S. 96).

Ausgestaltungen und Fortentwicklungen von schon bei Marx Kritisiertem. Und einigermaßen spannend wird sein, zu sehen, in welcher Weise ein gewissermaßen brechtisch vermittelter Nietzsche eine Rolle spielen könnte. Inwiefern ausgerechnet im Nationalsozialismus, der den Namen des Sozialismus für sich in Anspruch nimmt, sich Fortführungen und Ausgestaltungen des Falschen finden, das Marx eben bereits moniert, wäre ein verbleibendes Thema.

Mit reichlich Bösartigkeit in der Stimme ließe sich sagen, in den falschen Entwicklungen, die angegriffen werden, bilden sich frühe Formen von Auffassungen heran, die später Anhängerschaften an den Nationalsozialismus ermöglichen wie für mangelnde Widerständigkeit verantwortlich zeichnen. Marx hat sich in der „*Kritik des Gothaer Programms*" 1875, Marx nennt es „*Randglossen zum Programm der deutschen Arbeiterpartei*", äußerst kritisch mit den für ihn falschen Ansichten befasst. Marx kritisiert den „*Untertanenglauben der Lasalle-schen Sekte an den Staat*" [361] und wendet sich gegen das Programm der Partei, das

> „statt die bestehende Gesellschaft (und das gilt von jeder künftigen) als Grundlage des bestehenden Staats (oder künftigen, für künftige Gesellschaft) zu behandeln, den Staat vielmehr als ein selbständiges Wesen behandelt, das seine eigenen GEISTIGEN, SITTLICHEN, FREIHEITLICHEN GRUNDLAGEN besitzt."[362]

Allein im Aufgreifen des Adjektivs „sittliche" ließe sich eine ganze Menge von Versäumnissen in Praxis und Theorie der sozialistischen Bewegung behaupten, Marx spricht von „*wüstem Mißbrauch*".[363]

Einer Bravheitsmoral des sozialistischen Staatsbürgers fehlt die nietzschea-nische Aufmischung, fehlt ein egozentrisches hedonistisches Moment einer genuin eigenen Kulturbewegung. Freilich, das sagt sich leicht. In den Armuts- und Ausbeutungsverhältnissen, die Marx betrachtet, war dergleichen eine andere Angelegenheit als in den späteren Staaten, wie dem Staat der DDR, die mit dem Anspruch angetreten sind, Voraussetzungen einer sozialistischen Gesellschaft zu schaffen. In letzterem Staat wäre es leichter gewesen, sollte man meinen, eine solche Kulturbewegung ins Werk zu setzen. Das war aber nicht so oder bloß in Ansätzen oder in der Zuordnung zum Staat. Brechts Gedicht ist ein vergebens gewesenes dagegen Widerständiges. Wenn also Marx und Engels die „*allmähliche Auflösung der mit dem Namen Staat bezeichneten politischen Organisation*"[364] befürworten, ist das wohl schwerlich mit Anhängern zu betreiben, die dem Staat eine eigene sittliche Grundlage zusprechen. Als gehörten zu ihm positiv zu sehende Elemente von politischer Gemeinschaftlichkeit oder gar Geschlossenheit und Gefolgschaft, die aufzugreifen oder zu berücksichtigen seien.

---

[361] MEW Bd. 19, S. 31
[362] Ebd. S. 28. Hervorhebung bei Marx Zitat aus dem Programm.
[363] In der Ausführung des hier Gesagten wäre zu entfalten, was Brecht mit dem Begriff „Murxisten" gemeint haben könnte, nicht damit allein diejenigen, die von Marx kaum eine Ahnung haben, triumphierend den Begriff besetzen und denen es nach dem polemischen Zitat nicht mehr um Einzelheiten geht.
[364] MEW Bd. 19, S. 344, aus dem Text „Zum Tode von Karl Marx" von Friedrich Engels.

Bei Nietzsche wäre zu begreifen gewesen, in welcher Weise moralische und sittliche Normen als Strategien von Herrschaftlichkeit fungieren, das heißt nicht, dass schon allein eine Befassung mit Nietzsche eine Freisetzung antimoralischer Energien ermöglicht hätte. Im Zuge des Waltens der „Regierungsmaschine" Staat, so Marx, der das beabsichtigte Buch über den Staat nicht mehr geschrieben hat, hat ein Aufgreifen und Erfassen der staatlichen Subjekte bis in deren Psyche und Körperlichkeit ein Wohlverhalten im Sinne von Macht durchsetzen können. Es ist dieses Wohlverhalten jedenfalls mehrheitlich erbracht worden. Angesprochen ist damit der gesamte Bereich, den Michel Foucault in der späteren Phase seiner wissenschaftlichen Tätigkeit aufzuarbeiten unternommen hat. Dort wird eine Disziplinar- und Biomacht von Regierungstätigkeit analysiert. Herrschaft ist längst nichts mehr den Beherrschten Äußerliches, diese sind darin Herrschaftsträger geworden, dass sie ein Bewusstsein und Befindlichkeiten ausgebildet haben, eine entsprechend erscheinende Macht nicht in Zweifel zu ziehen. Sie sehen in ihrem Mitwirken diese als die eigene an. Bei Foucault wird unter anderem erschlossen, in welcher Weise der NS-Staat beides aufgegriffen und eingesetzt hat, Disziplinar- und Biomacht. An dessen Beispiel sei zu sehen, wie seit dem 18. Jahrhundert entwickelte Machtmechanismen auf die Spitze getrieben worden sind. Entwickelt habe sich hier „die vollkommenste Entfesselung der Tötungsmacht" und eine „universelle Auslieferung der Gesamtbevölkerung an den Tod". Die Zerstörung der anderen Rassen sei der Plan gewesen und dazu bedürfte es einer Politik, die der eigenen Rasse die absolute Todesgefahr zumutet und diese ihr aussetzt.[365] Foucault hat angefügt, dass ihm darüber zu sprechen schwer fiele, aber er hält fest, das

> „Thema der Biomacht ... wurde vom Sozialismus nicht nur nicht kritisiert, sondern wurde in der Tat wiederaufgegriffen, weiterentwickelt, reimplantiert und in einigen Punkten modifiziert, aber keineswegs im Hinblick auf seine Grundlagen und in seinen Funktionsweisen einer Überprüfung unterzogen."[366]

Dies gälte, sagt Foucault, insofern der Sozialismus nicht in erster Linie „ökonomische und juridische Probleme nach dem Eigentumstypus und der Produktionsweise aufwirft."[367] Greift man diese Aussagen auf, könnte man sagen, Brecht unternimmt in den Gedichten der *Buckower Elegien* das künstlerische Vorhaben, Probleme der Mechanik von Macht anzusprechen, wie sie in der Übergangsgesellschaft der DDR in Praxis wie Theorie falsch angegangen worden sind. Das Gedicht „Laute" wäre ein Stück hochkomplexe Verdichtung dieses Unternehmens, die erst im Einvernehmen eines Anspielungsreichtums des Gedichts ausführlich entdeckt werden kann.

Die Autoren, die bei Brecht in den Einzugsbereich des Gedichts „Laute" gehören, können in einen Zusammenhang gestellt werden, der interessant ist, es

---

[365] Michel Foucault, In Verteidigung der Gesellschaft, Frankfurt 1999, S. 306f
[366] Ebd. S. 309
[367] Ebd.

ist insgesamt der von Geist und Macht, nimmt man die eingeführten Bezeichnungen dafür, Brecht hätte wohl gesagt, der Gegensatz von Wissenschaft und Staat und von Kunst und Künstlertum zum Staat. Vergil hat beim Verfassen der „Aeneis" beabsichtigt, die künstlerische Grundlegung eines werdenden Großstaats zu betreiben, er hat sich als Künder der Taten des Augustus gesehen und des Ruhms des römischen Reichs. Vergil ist in den Dienst getreten. Was er selbst getan hat, ist Marx und Nietzsche angetan worden; zu Weltanschauungen zurechtgestutzt, in das Entstehen von Großstaaten ideologisch hineingepasst und hineingebettet, wird deren Werk für Staatsdienlichkeit in Anspruch genommen und tauglich gemacht. Marx für das stalinistische System und das spätere der DDR, Nietzsche für das des Kaiserreichs und des Naziregimes. Nicht, dass Denken sich rein halten sollte von Politik, oder das überhaupt könnte, meinte Brecht, würde er wirklich mit seinem Gedicht jene Zusammenhänge aufgegriffen haben wollen, aber in der Art und Weise, wie diese Verbindung von Denken und Macht als Ideologisierung betrieben worden ist, lehnt er sie ab. Sie ist ihm ein Entsetzen. Kritik Brechts wäre, jene fiele zu Lasten der Leute und ginge auf ihre Kosten. Die Laute der Menschen in seinem Gedicht stünden dafür. Das gemeinte Thema wird in Brechts „Galilei" abgehandelt, einem ihm wichtiges Werk, der Wissenschaftler Galilei und die Macht, die gegen ihn vorgeht. Hauptfigur des Dramas ist unter anderem das Kollektiv der Bevölkerung, die umfangreiche Rede Galileis in der Landhaus-Szene hat diese zum Gegenstand. Der Großteil der Bevölkerung werde von der Herrschaft „in einem perlmutternen Dunst von Aberglauben und alten Wörtern gehalten", die Wissenschaft, die „neue Kunst des Zweifelns entzückte das große Publikum", im Vorgehen gegen gewalttätige Herrschaft lobt Galilei „das kalte Auge der Wissenschaft auf ein tausendjähriges, aber künstliches Elend", das die Wissenschaft zu beseitigen helfen könnte. Ziel der Wissenschaft wäre, „die Mühseligkeit der menschlichen Existenz zu erleichtern".[368]

Nicht die Schriftsteller, Theoretiker und Wissenschaftler stünden im Zentrum, sondern die Leute. Die „Laute von Menschen ruhrend". Freilich ist es nicht so gewesen im 20. Jahrhundert, wie Galilei das im Stück berichtet (und Brecht ihn sagen lässt, der vielleicht Hoffnungen, aus den Lauten der Leute ergäben sich erfreuliche Entwicklungen, nicht aufgegeben hatte), dass das große Publikum von der Wissenschaft des Zweifelns entzückt war. Es hat sich eher für Anhänglichkeit an die Staatsgemeinschaften entschieden.

Ohne den Anschein zu erwecken, das gesamte Gebiet ausschreiten zu können, in welcher Weise Nietzsche Formeln eines Begriffs von Sozialismus aufnimmt, welche das sind, und was er damit macht, sei ein Aspekt hervorgehoben, der als eine Korrektur von falsch geratenem Sozialismus angesehen werden kann. Einer Entwicklung von Sozialismus, die sich ergeben hat. Nietzsche hat dazu eine kritische Stellung. Und es ist eine Kritik, die der von Marx in den Jahren der Durchsetzung seiner Vorstellung von Sozialismus ähnelt. Man mag mit dem

---

[368] BFA Bd. 5, S. 283

Blick auf das 20. Jahrhundert bereitwillig sagen, Marx habe im Resultat diese Auseinandersetzung verloren, das, was er als falschen Sozialismus bekämpft habe, das habe zumindest eine Zeitlang gesiegt, am schlimmsten in der national-sozialistischen Ausprägung des Sozialismus. Nietzsche stünde mit manchem seines Werks dagegen als mögliches Korrektiv, mit manchem nicht. Wie der Künstler Brecht mit einzelnen seiner Werke. Im vorliegenden Fall mit einem kleinen Gedicht, das ein Berücksichtigungsruf zugunsten der einzelnen Menschen ist, die in den Lauten, die von ihnen rühren, zu vernehmen sind. Der Schein einer Glorifizierung wird um sie gelegt, sie werden hochgehalten gegen Partei und Staatlichkeit. Sie sind die Heiligen und Gebenedeiten, ihnen kommt das zu, was fälschlich über die beiden genannten Großorganisationen gesagt wird. Sie müssten sich der Auszeichnung würdig erweisen. Das ist das Problem.

In Nietzsches Werk „*Menschliches Allzumenschliches*" gibt es einen Aphorismus unter dem Titel „*Der Sozialismus in Hinsicht auf seine Mittel*", er trägt die Nummer 473, es ist dies nicht die Summe dessen, was Nietzsche über den Sozialismus sagt, die existiert nicht, ich habe das an anderer Stelle gesagt, und wieso auch sollte es sie geben oder sollte sie gewünscht werden, wieso denn, die Betrachtung der einzelnen verschiedenen Aussagen wäre insgesamt interessant genug, die herausgegriffene ist gemessen an Originaltönen von Marx eine der trefflichen Beschreibungen dessen, was der Nietzsche-Herausgeber Montinari eine „*Abart von Sozialismus*" nennt[369], eines falschen solchen. Die Vielfalt der verschiedensten politischen Auseinandersetzungen ist lange nicht vorbei. Brecht steht mitten darin mit seinem Werk. Nietzsche schreibt über den Sozialismus:

> „Seine Bestrebungen sind also im tiefsten Verstande reaktionär. Denn er begehrt eine Fülle der Staatsgewalt, wie sie nur je der Despotismus gehabt hat, ja er überbietet alles Vergangene dadurch, daß er die förmliche Vernichtung des Individuums anstrebt: als welches ihm wie ein unberechtigter Luxus der Natur vorkommt und durch ihn in ein zweckmäßiges *Organ des Gemeinwesens* umgebessert werden soll."[370]

Wie viel ist da beisammen, wie sehr hätte das (um einen Begriff von Brecht zu zitieren) den „*Wert einer Verwarnung*"[371] besessen, hätte es in Auseinanderset-

---

[369] Montinari, Nietzsche lesen, Berlin 1982, S. 47, dort als „sehr deutsche Abart von Sozialismus" charakterisiert, „Feuerbach + Proudhon + (bei Wagner) Bakunin, Linkshegelianismus und französischer Sozialismus". Was auffällt und vielleicht nicht zufällig so gewählt ist, in den Versatzstücken des Falschen kommen lauter Namen und Richtungen vor, zu denen eine ganze Fülle von kritischen Darstellungen von Marx zu zitieren wäre. Zum Teil ausführliche Bücher, die sich einzelne Argumente sehr genau vornehmen und sie zu zerpflücken versuchen. Große Aussprachen in Buchform.

[370] KSA Bd. 2. Menschliches, Allzumenschliches, VIII. Der Blick auf den Staat Nr. 473, Hervorhebung Nietzsche

[371] BFA Bd. 30, S. 296. In einem Brief an Peter Suhrkamp vom Januar 1955 kündigt Brecht das Zuschicken einer Reihe von Gedichten an, die, wie Brecht schreibt, „die nächste Zeit vielleicht den Wert einer Verwarnung haben können". Welche Gedichte geschickt wurden, lässt sich nicht nachvollziehen. Weder im Nachlass von Elisabeth Hauptmann noch beim Suhrkamp

zungen um sozialistische Theorie eine größere Rolle gespielt! Es sollte der Gegensatz zu Marx verständlich sein, dem es um die Befreiung des Individuums gegen die Funktionalisierung als Vollzugsorgan der Erfordernisse kapitalistischer Gesellschaft zu tun war. Nietzsche sagt, der Sozialismus betreibe die „Vernichtung des Individuums". Es ist tatsächlich starker Tobak, den Nietzsche liefert; den falschen Sozialismus, den er kritisiert, kritisiert er richtig[372]. Er sagt, „umgebessert" soll der Einzelne werden; alter Traum, Verbesserung des Menschen. Aber nicht um diesen geht es, sondern um das Gemeinwesen - um ihn allenfalls in Verbindung zu diesem; in dieser Verbindung soll er nämlich stehen, ein Organ dessen soll er werden. Das, behauptet Nietzsche, will der Sozialismus. Da ist vieles unterstellt, quasi Natürliches z. B., ein „Organ" soll das Individuum werden, die Zugehörigkeit zum Gemeinwesen ist wie das Zusammenwirken einer Körperlichkeit; zudem ist ein Dienstverhältnis ausgesprochen, eine Unterordnung, ein Verzicht auf Eigenes, das Gemeinwesen besitzt Vorrang und Vorgängigkeit, die „Vernichtung des Individuums" sei angestrebt, sagt Nietzsche. In Nietzsches Begriff eine Entwicklung zum „Despotismus". Brecht nicht außen vor lassend, könnte man argumentieren, im Aufgreifen der „Laute von Menschen rührend", im Hören, sei ein Einsatz für aktuell lebende und sich äußernde Individualität beabsichtigt, die jenseits einer Absicht despotischer Unterjochung liegt.

Der umbesserungspflichtig gesehene Mensch sei zugleich verbesserungsfähig, das ist zweckmäßig, wie es bei Nietzsche heißt, so ist er bestens rüstbar und einsetzbar; der Mensch gelte von Natur als dermaßen ausgestattet, so werde er angesehen im Sozialismus (wie ihn Nietzsche meint, ist zu ergänzen), es sei ein von Natur aus guter Mensch, ein Luxusgut. Das alte anthropologische Bild in der Welt des falschen Sozialismus. Als vermeintlich guter Sozialist muss man den Menschen für gut halten, für verbesserbar; weil er gut ist, kann er immer noch besser werden, und am besten wird er im Einsatz für das Gemeinwesen, ein Altruist, ein liebenswertes Du, das sich aufzehrt für das Ganze. Das ist die Zielvorstellung, das Vollbild. Polemisch formuliert, gelang die bestausgestaltete Fassung

---

Verlag ist eine Liste der geschickten Gedichte, noch sind gar diese selbst greifbar. Im Zuge der Analyse des Gedichts „Laute", die ich entwickle, ergibt sich für dieses Gedicht sehr wohl der Wert einer Verwarnung, der Verwarnung eines falsch verlaufenden Sozialismus. Suhrkamp lehnt die gedachte Zusammenstellung von Gedichten ab, er schreibt, es hätte „keinen Wert, eventuell nach Ereignissen festzustellen, man hätte vorher `verwarnt`" (ebd. S. 595). Der Äußerung ist nicht zu entnehmen, ob in der Manuskript-Sendung Buckower Elegien gelegen haben, es wäre interessant zu wissen, ob Brecht 1955 doch ein Veröffentlichen einzelner Elegien in Aussicht genommen gehabt hätte.
[372] Man könnte glatt auf die Idee kommen, dass diejenigen unter z. B. DDR-Sozialisten, die sich u. U. von dergleichen Kritik getroffen fühlten und getroffen waren, nicht weil sie einen anderen Sozialismus planten, sondern genau den, den Nietzsche aufspießt, die waren, die deswegen gegen Nietzsche vorgingen. Hinzukommt, dass die Nazis den Sozialismus gemacht haben, den Nietzsche kritisiert, genau den Despotismus und die Vernichtung des Individuums in ein Organ des Gemeinwesens und dann ein Zuschlagen des gestärkten Despotismus.

dieses Bildes im Nationalsozialismus, er ist in gewisser Weise die extremst mögliche Ausprägung des von Nietzsche aufs Korn genommenen falschen Sozialismus. „Du bist nichts, dein Volk ist alles", darin liegt wirklich im Sinne von Nietzsches Darstellung des Sozialismus die *förmliche Vernichtung des Individuums*" und dessen Aufbereitung zum „*Organ des Gemeinwesens*". Das Zerrbild, das Nietzsche sich vorstellt, ist im Nationalsozialismus Realität geworden. Dies ist der Sozialismus des Nationalsozialismus.

Im Nachkriegs-Sozialismus ist vielleicht zu wenig beachtet worden, welches Vernichtungspotential der Nationalsozialismus in der Vollstreckung seines Begriffs von Sozialismus angerichtet hat, um daraus Konsequenzen in Hinblick auf das Verhältnis von Individualität zum Gemeinwesen zu ziehen. Der falsche Sozialismus des Nationalsozialismus, der besiegt war, wäre ein Anlass gewesen über den eigenen anderen nachzudenken und über eigene Unzulänglichkeiten und Fehler. Sogar über peinliche Ähnlichkeiten. Eine Orientierung am enormen liberalen Erbe im Sozialismus ist im größeren Ausmaß nicht erfolgt. Obwohl es Ansätze dazu in der Bewegung von 1968 gegeben hat.

Es lag nach 1945 nicht nur eine Kritik an Stalin und dem Stalinismus an. Jedoch diese auch. Sie war sowieso lange fällig, aber man konnte argumentieren, im antifaschistischen Bündnis gegen Hitler war sie hintanzustellen. Brechts Aussage fällt einem ein: *„Im Faschismus erblickt der Sozialismus sein verzerrtes Spiegelbild."*[373] Die Notiz Brechts ist keine Analyse, aber sie wäre Ausgangspunkt für eine. Als er sie am 19. 7. 1943 zu Papier bringt, hat er *„Souvarines niederdrückendes Buch über Stalin gelesen."* Im Zusammenhang des Berichts der Lektüre fällt der zitierte Satz. Brecht schreibt, der Blick auf die Bürokratie in der SU gewönne *„durch das Auftreten des Faschismus tatsächlich eine neue Beleuchtung"*. Dass Brecht hier Ahnungen und Fährten aufnimmt, wird man sagen können, eine genaue Kritik legt er nicht vor, aber in seinem künstlerischen Werk ist aufzufinden, was ihn verstört hat.[374] Interessant ist, wie Brecht den zitierten Satz fortführt. Es heißt: *„Im Faschismus erblickt der Sozialismus sein verzerrtes Spiegelbild. Mit keiner seiner Tugenden, aber allen seinen Lastern."* Unabhängig davon, dass Brecht nicht in Erwägung stellt, welche Tugenden und welche Laster er meint, ist eine Betrachtung in moralischen Kategorien durch ihn, den Nietzsche–Leser, überraschend. Manchmal entdeckt man, wenn man einen Menschen als Kronzeugen für etwas nehmen will, dessen Widersprüchlichkeiten. Das ist stets schön und nicht zu bedauern. Außerdem hat es Tugenden und Laster im Sozialismus gegeben (und man könnte darüber unabhängig vom durch Nietzsches

---

[373] BFA Bd. 27, S. 158

[374] Dass es die Analyse bei Brecht nicht gibt, dafür die Kunstwerke, ist insgesamt Ausgangspunkt vieler Betrachtungen (vgl.: Rot gleich Braun. Brecht Dialog 2000. Nationalsozialismus und Stalinismus bei Brecht und Zeitgenossen. Theater der Zeit, Recherchen 4, Berlin 2000). Summierungen unter einem politologischen Begriff von Totalitarismus erscheinen als unzulänglich. Brechts Werk wäre dagegen geradezu aufzumeiseln unter dem Begriff einer Sozialismus-Kritik.

Kritik Verdeutlichten weiter schreiben) und Brechts Aussage hat lediglich den Charakter einer kurzen Anmerkung. In der Notiz im *„Journal"* schreibt Brecht, das *„deutsche Kleinbürgertum"* habe einen *„Staatskapitalismus"* geschaffen und das *„russische Proletariat"* einen *„Staatsozialismus".* Gleichgültig, wo immer und welche Diskussionen und Auseinandersetzungen über den Sozialismusbegriff im Nationalsozialismus waren, zu wenig könnte man sagen und zu sehr von politischen Absichten und Rücksichten bestimmt, zu Korrekturen z. B. in den Staatlichkeiten des Ostblocks wie auch in der DDR ist es deswegen nicht gekommen.

Was ist hingegen in den beiden deutschen Nachfolgestaaten von verschiedener Seite gesagt und angestrengt worden? Es müsse besser und sauberer gehen, darauf liefen manche Vorschläge hinaus, die Funktionalisierung von Individualität habe anständiger zu geschehen als im Nationalsozialismus, Individualität wär auf eine sanfte Tour mit dem Aufgehen im Gemeinwesen, mit ihrem Werden zum Organ einverstanden. Was ist dies anderes als der Inbegriff des Nationalsozialismus: Volksgemeinschaft? Es ist Volksgemeinschaft light in starker Form; ich habe meine Leistung abrufen können, heißt das im Sportler-Deutsch; die Individuen vernichten sich derart eingehend selbst, dass außerhalb dieser Selbstvernichtung - Vernichtung, den Begriff gibt es bei Nietzsche, daran sei erinnert - keine abseitig Außenstehenden oder zu solchen zu Erklärende und Anzugreifende mehr bleiben, das ist das Ideal, die dann, gibt es sie doch weiterhin, von denen zu „vernichten" wären, die auch in dieser Hinsicht sich als Organe des Gemeinwesens bewähren würden, dass sie diese Leistung erbrächten, dass dies jenen möglich ist, sie in der Organisation der Vernichtung von nicht zum Organ Gewordenen oder nicht mit dem Attest der Würdigkeit des Organwerdens ausgestatteter Individualität sich einsetzten. Selbstverständlich ist in den beiden deutschen Staaten alles ganz anders gesagt und gemeint worden, auf einen antifaschistischen Leumund achtend etc.. Zweierlei wäre dem gegenüber eine Übung. Darauf zu achten, was von Vergangenheit geblieben ist und Beiträge von Kritik, seien sie von Marx, Nietzsche, Brecht, nicht unter den Tisch fallen zu lassen. Es ist nichts bloß gewesen und vorbei und nicht mehr auf der historischen Tagesordnung.

Über Brecht ist nur unzureichend zu schreiben, tut man es mit dem Fernglas antiquarischen Interesses. Das ist nicht nur ihm nicht angemessen, es liegt im Interesse von Lebenskunst und Lebensgenuss, es anders zu halten. Am Tage nach seiner niederdrückenden Lektüre schreibt Brecht im *„Journal",* er plane einen Zyklus *„Lieder des Glücksgotts":*

> „preisend ´das gute Leben´ (in doppelter Bedeutung). Essen, Trinken, Wohnen, Schlafen, Lieben, Arbeiten, Denken, die großen Genüsse."[375]

---

[375] BFA Bd. 27, S. 159. Der geplante Zyklus bleibt Fragment. Vgl. ebd., S. 387. Der Plan einer Oper unter dem Titel „Die Reisen des Glücksgotts" in Zusammenarbeit mit Paul Dessau wird nicht verwirklicht. Dessau berichtet, Brecht habe noch 1950 mit ihm über die Oper gesprochen (Vgl.: BFA Bd. 10.2, S. 1258). Ich habe schon geschrieben, dass Brecht im Frühjahr 1953 an diesem Projekt noch festgehalten hat.

Ohne eine ganze Palette anzubieten, was denn Brecht mit dem geschätzten Begriff der Lebenskunst umfasst wissen wollte, sei der Bezug auf Brechts Gedichte des Glücksgotts und den Plan einer Oper, der dieser Figur gilt, aufgenommen. Zudem ist ein Zusammenhang zum Begriff der Zufriedenheit nicht zu leugnen. Unter den Ratschlägen eines Glücksgotts sollten wenigstens welche vorkommen, die Zufriedenheit möglich machen. Wie sehr Brecht vorschwebt, wie er selbst andeutet, eine Figur in der Fortsetzung der Baal-Figur seiner frühen Zeit zu schaffen, wie sehr er an individualistischen, liberalen bis anarchistischen Bemühen offensichtlich festhalten wollte (und damit am Störfaktor von Kunst und Ästhetik), sollen einige Zitate aus den 1939 geschriebenen Liedern des Glücksgotts nahelegen. An eine vorgängige Orientierung an eine Gemeinschaft und eine Zuordnung des Lebensverlangens an Weltanschauliches oder Religiöses wird nicht gedacht, dies sogar verhöhnt:

> „Ach, ich liefere fürs Leben gern/Ein Schiff und nicht nur einen Hafen./ Freunde, duldet nicht nur keinen Herrn/ Sondern auch keinen Sklaven."[376]

Brecht schreibt das „*Lied des Glücksgotts*" im Dezember 1939, die vielen überzeugten Sklaven des nationalsozialistischen Herren hatten sich - ausgestattet mit Überzeugungen, die ihnen als sicherer Hafen erschienen - in einem Krieg aufgemacht zu offenbaren, dass ihnen als Glück das nichts wert ist, wovon Brecht schreibt. Der ist für ein geistiges Unterwegs, nicht für den Hafen einer festgelegten Auffassung, und die Bekundung unternehmerischer Offenheit galt nicht dem Krieg. Zudem wird gesagt, wie sehr gläubige Mitarbeit an Herrschaft Glück untergräbt. Die 5. Strophe aus „*Siebentes Lied des Glücksgotts*"[377] sei angeschlossen:

> „Wen ein gelungener Hintern entzückt/ Was sind dem die frühesten Metten?/ Wer sich so tief zum Irdischen bückt/ Der ist schon nicht mehr zu retten."

Zumindest ein Zusammenhang zwischen dem, was Brecht im Gedicht das Irdische nennt, und der Aussage aus dem Gedicht „*Laute*" wird sich behaupten lassen, die „*Laute von Menschen rührend*" können alle möglichen Anhängerschaften an Überirdisches enthalten, sogar Metten könnten statt Eselsfesten gefeiert worden sein - Brecht unterscheidet eben die Laute nicht - , aber er nimmt sie in ihrer Gesamtheit als Geräuschkulisse gelebten Lebens auf, und das lyrische Ich des Gedichts reagiert mit Zufriedenheit auf die Wahrnehmung dieses dann doch Irdischen. In der letzten Strophe des Glücksgotts-Gedichts bleibt diese Hervorhebung erhalten:

---

[376] BFA Bd. 14, S. 441
[377] Ebd. S. 442, auf Brechts Zählweise wie insgesamt auf das gesamte Fragment sei kein weiterer Bezug genommen. Das hier zitierte Lied ist jedenfalls Bestandteil des Opernmaterials nach 1945 und Dessau vertont es 1947. Das Gedicht ist Margarete Steffin gewidmet, auch ein Zusammenhang zu den Sonetten, von denen schon die Rede war, könnte hergestellt werden. Die Gedichte für Steffin sind die Feier einer Liebe, zugleich ist ihnen ein politisches Moment zugehörig, das eine aufrechterhaltene Differenz Brechts zu einem Parteiauftrag umfasst.

„Ich bin der Gott der Niedrigkeit/ Der Gaumen und der Hoden/ Denn das Glück liegt nun mal, tut mir leid/ Ziemlich niedrig am Boden."[378]

Das Gedicht setzt sich deutlich ab von dem, was es die *„höhren Regionen"* (Strophe 1, Vers 4) nennt. Glück ist ohne relativierenden Bezug zu einer Auffassung und Anschauung zu haben, sagt der Glücksgott in Brechts Gedicht. So ein Bezug ist hinderlich bis glücksfeindlich, der nach Glück Strebende ordnet das Glücksstreben konstruktiv zu, es wird amtshalber Kundendienst an einem größeren Ganzen. Serviceleistung dessen, der sich der Integration verpflichtet hat. Es ist an dieser Stelle günstig, den unmittelbaren Ausgangspunkt der Darstellung nicht aus dem Auge zu verlieren, er lag in Nietzsches Denunzieren des Sozialismus, wie er ihn sah, als eine Bewegung, die in der *„Vernichtung des Individuums"* dessen Umbesserung zu einem *„Organ des Gemeinwesens"* anstrebt, sich dazu einer *„Fülle der Staatsgewalt"* bedient und diese zum *„Despotismus"* ausbaut. Verdeutlicht sollte werden, wie fremd Brecht eine Fremd- wie Selbstdomestizierung der Individualität zu Gunsten von Gemeinschaftlichkeit war; die Beihilfe zur Staatlichkeit, die das Ich zum Faktotum und Lakaien herabsetzt, war ihm ein Gräuel. Fan zu sein von Herrschaftlichkeit war als Bedingung von Glück, über das einiges gesagt wird, ausgeschlossen. Einem Bild von Sozialismus, wie es Nietzsche abliefert, entspricht der Nietzsche-Leser und Sozialist Brecht ganz und gar nicht. Leben ist ihm kein Administrationsgang. Er ist kein Dienstbote von Staatlichkeit. Und damit, was Nietzsche an anderer Stelle moniert, dass die guten Menschen, die sich für die schwachen einsetzen, ein *„Ideal"* haben, hat er nichts zu tun. In Brechts Herausstellen der *„Laute von Menschen rührend"* und in der Konsequenz der Zufriedenheit, die eine Anspielung auf den hässlichsten Menschen als Gottesmörder beinhaltet, ein Mord, der die Gestalt des Irdischen, des Glücksgotts möglich macht – eselsfestähnlich wird der Begriff Gott beibehalten – ist eine hohe politische Konsequenz enthalten. Es ist schon nahezu ein Unterschied ums Ganze, würde man den Begriff nicht - brechtbelesen - gerne meiden wollen. Was Nietzsche beschreibt unter dem Label Sozialismus mag als Nazi-Sozialismus oder SU- und DDR-Sozialismus durchgehen, Brecht müsste sich den Schuh nicht anziehen. Eine Beruhigung ist ihm das nicht gewesen, Unruhe wird in den *Buckower Elegien* vielleicht stärker als zuvor Antriebsmoment künstlerischer Produktion. Brecht weiß, er hat falsche Spielarten von Sozialismus zum Gegenstand.

Der schlimmste Nazi konnte sich als dienstbares Organ des Gemeinwesens eminent gut vorkommen, moralisch an der Spitze; genau wie der Antifa-

---

[378] Ebd., wie Strophe zuvor. In einem anderen Lied des Glückgotts („Drittes Lied des Glücksgotts", BFA Bd. 15, S. 88) ist nicht nur der „Boden" genannt, sondern dann der Bereich darunter: „unterm grünen Rasen/ Ist zu wenig Abwechslung." Brechts Aufforderung, das Glück in der Gegenwart zu pflücken, ist anderswo ebenfalls zu finden, z. B. in der Gegenwartsorientierung im Gedicht „Laute". Dass einem Glückzustände nicht wie gebratene Vögel ins Maul fliegen, hat er angemerkt: Im „Lied vom Glück" (ebd., S. 256) steht: „Will doch das Glück erst erkämpft sein/ Kommt es doch nicht von allein."

Kämpfer, der seine Bemühungen, statt sie an der Individualität zu orientieren, an deren Interesse und Unabhängigkeit und Freiheit, an der Zurichtung und am Aufbereiten eines noch besseren und mit besseren Organen konstruierten Gemeinwesens ausrichtet, wenn eben jeder zum Gemeinwesen hinzugezählt wird und dazu gebracht wird, sich hinzuzuzählen und - das wäre doch gelacht, er täte dies nicht - geht man mit ihm so um, dass er sich als gleich geachtetes Organ unter den anderen Organen sehen kann. Es sind feindliche Brüder[379] der Installation des perfekten Gemeinwesens. Dieses wird geschätzt als schöne neue Welt der ungeheuren Anhäufung von Staatsgewalt, als geballte Macht; die Gewalt ist nach innen genommen, sie ist Ichausstattung der verlorenen Individualität, die sich ein gutes Gewissen verschafft hat, indem sie sich den Verzicht auf die Berücksichtigung des Egos antrainiert hat, so gut, bis sie nicht mehr weiß, dass es etwas jenseits vom erreichten Zustand geben könnte. Im Feldgeschrei des Wir hat sich das Ich aufgehoben. Das ist der Kritikpunkt Nietzsches und der Künstler Brecht ist darin ein Partner.

Zwei Aspekte aus dem zitierten Aphorismus von Nietzsche seien weiterhin aufgegriffen. Der Sozialismus, heißt es bei Nietzsche, strebe die *„förmliche Vernichtung des Individuums"* an. Das Wort „förmlich" ist interessant, es liest sich wie ein ferner Anklang von Hegels Rechtsphilosophie. Staat als Ausbildung von formeller Allgemeinheit, das ist ein Anspruchsniveau. Durchgesetzt wird es mit Gewalt oder - freundlicher gesagt - mit Macht, Prozesse der Staatsbildung werden heute so beurteilt oder Staaten, die es nicht geschafft haben, die Realität einer formellen Allgemeinheit auszubilden, die Bestand hat. Die DDR gehört dazu, wie alle Staaten des realen Sozialismus, sie sind gescheitert an der richtigen praktischen Kritik der formellen Allgemeinheit. Keine Regierungspolitik ist entwickelt worden, die in jeder Äußerungsform ersichtlich die Aufhebung von Regierungspolitik in Aussicht hätte stellen sollen. Ein Staat ist als formelle Allgemeinheit umso stärker, umso einverstandener seine Bürger mit ihm sind und ihn tragen, sie sich als *„zweite Natur"* eine Sittlichkeit angeeignet haben, die die Gestalt ihrer individuellen Interessen dem ständigen Abgleichen mit dem allgemeinen Interesse unterzieht (oder der jeweiligen Vorstellung davon) und damit einverstanden ist; solange das gut geht, läuft das. Es ist die Frage, wie umfassend Zucht und Selbstzucht moralischer Überzeugungen gelingen. Und ob sie gelin-

---

[379] Der Begriff der „entfernten Verwandtschaft" kann einem einfallen, den Wolfgang Schivelbusch für eine Untersuchung gewählt hat, die totalitäre Elemente in demokratischen Gesellschaften analysiert und davor warnt. (Wolfgang Schivelbusch, Entfernte Verwandtschaft. Faschismus, Nationalsozialismus, New Deal 1933-1939) Die Wassermassen des River Tennessee sollten in den USA nutzbar gemacht werden. Das Projekt wird verglichen mit dem Bau der Reichsautobahn in Deutschland. Wie antiliberal hier Manipulationen mit Begriffen vom Gemeinschaftlichen geschahen, wird aufgeführt, vgl. z. B. S. 156ff. Selbst in dieser Darstellung lässt sich an Brechts Buckower Elegien denken. Diesmal ist es ein veröffentlichtes Gedicht. Im Gedicht „Bei der Lektüre eines sowjetischen Buches" greift Brecht den Plan des Stalingrader Staudamms auf. Scheinbar werden stalinistische Erfolge begrüßt, aber eine genauere Lektüre ergibt manch Entgegenstehendes.

gen können. Das liegt jedoch nicht an der Logik kapitalistischen Wirtschaftens, sondern an der Handlungsbereitschaft der Individuen und welcher Art sie ist. Moralisches Sinnen hat eine materielle Basis von Erfolg oder Misserfolg. Sozialistische Staatlichkeit hätte durchwegs eine Differenz in der Versuchsreihe auszeichnen sollen, sie wäre nicht anders als auf der Grundlage des Berücksichtigens der „Laute von Menschen rührend" zu haben gewesen. Im Nachhinein charakterisiert Brechts Gedicht „Laute" die Geschichte einer Niederlage und eines Misslingens.

Der zweite Aspekt, der bei Nietzsche angesprochen ist, führt wieder zu einer Nähe zu Brechts Gedicht. Man landet mit Nietzsche wieder bei Cäsar, bei Augustus, bei Vergil und dessen künstlerischer Ehrerbietung für diesen, und dabei, dass Brecht das alles im Zitat der Vogellosigkeit angesprochen haben wollte. Der falsche sozialistische Staat, wie ihn Nietzsche kritisiert, den es zu seinen Lebzeiten nicht gab, ist der vergilsche Gewaltstaat, das Großreich. Brecht will diesen Großstaat nicht, weder als das Dritte Reich Hitlers und der Nazis noch als Großreich unter Stalins Führung oder der seiner Nachfolger und Anhänger. Der Sozialismus, meint Nietzsche und er meint den falschen, der „Despotismus" ausbaut, befinde sich „in der Nähe aller exzessiven Machtentfaltungen ...; er wünscht ... den cäsarischen Gewaltstaat dieses Jahrhunderts, weil er ... sein Erbe werden möchte."[380] Es wird niemand leugnen wollen, in welchem Maß sich Stalin als neuer Cäsar inszeniert hat und Moskau als neues Rom gesehen werden sollte, und wie dies zugleich für Hitler wie für Mussolini gilt, Cäsar als Vorbild zu sehen. Über diesen Cäsar hat Brecht einen Roman geschrieben, ich habe davon berichtet, und im Gedicht „Laute" ermöglicht er an Vergils Geschichte des Gangs in die Unterwelt zu denken, den Aeneas unternimmt, um sich die Zukunft von der Größe Roms weissagen zu lassen. Ein Sehertum wird praktiziert, das Brecht im Gedicht kritisiert. Die „alleruntertänigste Niederwerfung aller Bürger vor dem unbedingten Staat"[381], wie Nietzsche im vorliegenden Aphorismus schreibt (ich erinnere an den schon betrachteten Begriff des Unbedingten wie an die Kritik der Staatlichkeit bei Nietzsche), unter welchen Auspizien sie immer erfolge, ist das Schreckbild in Brechts Gedicht.

Nationalsozialismus wie Stalinismus lassen sich unter dieser Begrifflichkeit Nietzsches subsummieren. Brechts Aufgreifen Nietzsches im Gedicht „Laute" ist das Prinzip einer Kritik an den beiden fürchterlichen Staatlichkeiten des Jahrhunderts eingeschrieben. In der Neigung zu den „Lauten von Menschen rührend" liegt die Abscheu jenen Monströsitäten gegenüber. Das Hören der Laute wie das Bekunden der Vogellosigkeit sind zwei lyrische Vorschläge zu allerlei Überlegungen, mehr nicht. In Nietzsches Aphorismus steht schon, dass ein solcher Staat, wie viel Prachtentfaltung er in Vollstreckersubjekten und -taten vorstellen mag, als „äußersten Terrorismus" inszenieren muss, was er durchsetzen will, es

---

[380] KSA Bd. 2, Friedrich Nietzsche, Menschliches Allzumenschliches, (dort: VIII. Ein Blick auf den Staat, Nr. 473)
[381] Ebd.

hält wohl nicht lange, meint Nietzsche. So war es auch. Was bleibt, ist, wie Nietzsche schreibt, *„vor dem Staat selbst Mißtrauen einzuflößen".* Das ist ein Aufenthaltsort von Aufklärung heute noch, zu Beginn des 21. Jahrhunderts, nach den Staatsexzessen des 20.. Bloß, nach welchen Abwägungen welche Individuen welchem Staat gegenüber misstrauisch werden oder geworden sind, das ist eine ganz andere Frage. Viel lässt sich nicht sagen, aber dass die Abwägungen mit dem Stand und den Befindlichkeiten des internationalen kapitalistischen Geschäfts zu tun haben, könnte sicher aufgezeigt werden.

Zur Kennzeichnung der Konfrontation und zur Differenzierung soll hier ein letztes Zitat Nietzsches angeführt und analysiert werden, wieder eine Feindschaftserklärung Nietzsches gegen den Sozialismus. Dieser Feind ist er gewesen und als einen solchen hat er sich gesehen und sogar stilisiert. Das ist nicht einfach zu handhaben. Man könnte sagen, ätsch, der Sozialismus, den du drischst, Nietzsche, bin ich nicht, weit gefehlt, ich bin ganz anders; das hülfe wenig, wenn trotzdem auf einen eingedroschen wird. Eine sozialistische Korrektur wäre eher die Bedingung eines verbesserten Zurückdreschens, alles ganz als intellektuelle Vorgänge gedacht.

> „Wen hasse ich unter dem Gesindel von Heute am besten? Das Socialisten-Gesindel, die Tschandala-Apostel, die den Instinkt, die Lust, das Genügsamkeits-Gefühl des Arbeiters mit seinem kleinen Sein untergraben, - die ihn neidisch machen, die ihn Rache lehren ... Das Unrecht liegt niemals in ungleichen Rechten, es liegt im Anspruch auf ´GLEICHE´ Rechte ... Was ist SCHLECHT? Aber ich sagte es schon: alles, was aus Schwäche, aus Neid, aus RACHE stammt."[382]

Das ist die derbe Aufnahme einer Gegnerschaft. Wie sieht sie aus? Betrieben wird nicht lediglich eine intellektuelle und politische Auseinandersetzung, vielmehr eine Erklärung von Hass und vom Verunglimpfen des Gegners als Gesindel. Für irgendeine Nietzsche-Verehrung von links ist kein Anlass, das hindert jedoch nicht, in der Betrachtung seiner Aussagen Bemerkenswertes zu finden. Ich greife heraus, was Nietzsche über den Arbeiter sagt. Der empfinde ein *„Genügsamkeits-Gefühl"* mit seinem *„kleinen Sein"*, das werde von Sozialisten untergraben, ebenso wie Instinkt und Lust. Das Untergraben geschehe, indem Neid gepredigt werde und Rache gelehrt. Es gibt viele Möglichkeiten, wo und wie man hineinsticht. Die Lehre von Rache gibt es bei Marx nicht. Man findet bei ihm Aufklärung und wissenschaftliche Kritik, die im Ergebnis (unter anderem) darlegt, diejenigen, die Besitzer von Ware Arbeitskraft sind und im Produktionsprozess lediglich damit ausgestattet sind, sie sind die Gelackmeierten, auf ihre Kosten läuft dieser Prozess. Kritisiert wird diese Organisiertheit, nicht das üble Tun einzelner Kapitalisten, was nicht heißt, dass nicht aus erster letzteres sich ergeben kann, aber es geht an keiner Stelle um den Neid auf die Personen auf der anderen Seite oder um Rache an ihnen. Kritisiert wird ein gesellschaftliches Ver-

---

[382] KSA Bd. 6, S. 244, Hervorhebungen Nietzsche. Über den Tschandala-Begriff bei Nietzsche wäre eigens zu schreiben.

hältnis[383]. Die Einsicht in die Kritik der Ökonomie reicht aus. In der Tat würde diese Einsicht Instinkte untergraben und auch Genügsamkeits-Gefühl. So ist es nicht gekommen. Die Arbeiterschaft hat in ihrer Mehrheit an den Schulungen in nationalem Gehorsam mit großem Erfolg teilgenommen, das ist der Tatbestand des 20. Jahrhunderts[384].

Es mag einfach gewesen sein, diejenigen, die ihr *„kleines Sein"* im Auge hatten und verteidigen wollten, in diesem Dasein von Instinkt, Lust und Genügsamkeit zu bestärken; ihr seid in Ordnung so, wie ihr seid, die Bedrohung eures Daseins kommt von außen, für die staatliche Wappnung dagegen müsst ihr euch stark machen. Dergleichen abzuverlangen, ist angenommen worden, die Position, das *„kleine Sein"* in Frage zu stellen, weniger. Was aus Schwäche, Neid und Rache stammt, jagt auf in Emotion und in moralisches Echauffieren; das war nicht der Weg von Marx, sondern des verhunzten Sozialismus. Brecht hat eine Ahnung von dem, was Nietzsche schreibt. Im schon erwähnten Gedicht *„Die neue Mundart"* aus dem Zusammenhang der Buckower Elegien, das Gedicht, in dem von den Kaderwelschlern gesagt wird, sie hätten das Hören verlernt (das Hören, das vom lyrischen Ich im Gedicht *„Laute"* gerade gepflegt wird), heißt es, dass *„das unerträgliche Leben/ In der Tiefe dennoch gelebt wird"*[385], vor der Zeit der Übergangsgesellschaft war dies, innerhalb der alten Herrschaft, die *„Seufzer, die Flüche, die Witze"*, schreibt Brecht, seien noch verstanden worden, man könnte schließen, das wäre u. a. das *„kleine Sein"*, wie Nietzsche sagt. Zu hören wäre auf dieses Unten, diese Tiefe, dies vor allem. Ausdruck davon ist in Brechts Gedicht *„Laute"*, dass die *„Laute von Menschen rührend"* gehört werden. Das ist der Anfang eines schwierigen Prozesses. Über die Tiefe die Glocke einer Auffassung zu stülpen, ist der falsche Weg. Das meint Brecht. Ob die Glocke die Aufschrift Gemeinschaft trägt oder die Aufschrift Geschichte. Das Gedicht *„Laute"* hat durchaus viel mit Nietzsche zu tun, inklusive der Ebene, Nietzsches Auffassungen ein anderes Bild von Sozialismus entgegenzuhalten, als dieser es gewonnen hatte.

Von Marx hatte Nietzsche offensichtlich wenig Ahnung. Er scheint ihn nicht gelesen zu haben. Sonst wäre er vielleicht auf die Idee gekommen, dass eine Aussage aus dem Zitierten auf die Zustimmung von Marx hätte bauen können. Es ist der Satz über Recht und Unrecht. Marx war kein Kämpfer für Gerechtigkeit; gegenüber dem Satz von Nietzsche *„Das Unrecht ... liegt im Anspruch auf*

---

[383] Neid wäre gerade eine Empfindung (wie Rache auch), die zum Sozialismus des Nationalsozialismus führt.

[384] Das nationalsozialistische Deutschland war die Gestalt einer Nation, die Rache und Neid stark antrieb, so dass eine Bewegung des falschen Sozialismus im Sinne von Nietzsches Auffassung die Staatsmacht übernahm und den deutschen Anteil auf der Welt vergrößern wollte. Im Inneren wurde die „Vernichtung des Individuums" praktiziert (von entgegenstehenden oder rassistisch als entgegenstehend erklärten Individuen), und versucht den Konkurrenzerfolg nach außen zu erzwingen. (Vgl.: Götz Aly, Warum die Deutschen? Warum die Juden? Gleichheit, Neid und Rassenhass, Frankfurt/Main 2011)

[385] BFA Bd. 12, S 311

´gleiche´ Rechte" wäre die Auffassung von Marx zu stellen, dass er nicht Unrecht moniert, sondern bestimmte gesellschaftliche Organisation der Ökonomie kritisiert, und dort treten sich die gesellschaftlich handelnden Subjekte durchaus mit gleichen Rechten gegenüber. Er sieht dies jedenfalls nicht als Unrecht, wie Nietzsche unterstellt, als Rechtssubjekte unterscheiden jene sich nicht. Dass in Wegen und Irrwegen von Justiziabilität dann Unterschiede auftreten, ist eine andere Frage. Der Arbeiter in seinem Genügsamkeits-Gefühl kann z. B. keinen teuren Anwalt bezahlen. Marx beweist in vielen Aufsätzen, dass es nicht davon abhält, gegen Ungerechtigkeiten zu kämpfen, wenn man das Banner der Gerechtigkeit nicht aufgezogen hat.

Nietzsche ist nicht aus dem Grab zu zerren und der falschen Vorstellungen von Sozialismus zu zeihen, derer er sich angenommen hat, was geblieben ist, sind seine Texte und damit kann man sich auseinandersetzen. Einer, der das getan hat, ist Brecht. Und es könnte durchaus sein, dass Brecht seine spezifischen Nietzsche-Kenntnisse (wie sie z. B. im Gedicht „Laute" entbergbar erscheinen) davor bewahrt haben, hineinzusumpfen in realsozialistische Vorstellungen von Ideologie, von Auffassung, von Gesinnung und Weltanschauung. Die große Aussprache über Brecht Gedicht „Laute" hat eine Fülle von verschiedenen Überlegungen zum Ergebnis.

Brecht sucht eine eigene Souveränität mit den *Buckower Elegien* und mit dem Gedicht „Laute" aufrecht zu erhalten, bei allem Bewusstsein, wie beschädigt jene vielleicht ist. Die Gedichte erzählen die Geschichte des Distanzierens eines Mannes vom Falschen, auf das er sich eingelassen hat. Nicht besser war die Situation dadurch, dass Brecht dort, wohin er hätte gehen können, anderes Falsches zuhauf gesehen hat. Der Satz *„Ich bins zufrieden"* verwiese auf das Zurückgewinnen der Verfügung über das eigene Leben, den Versuch dazu; sogar auf das Geglückte im Unglück, auf die in der Kritik geäußerte, in der Kritik ausgesprochene Wahrheit, auf ein Gelingen mitten im Versagen, auch im eigenen.

Zugleich nutzt Brecht im Satz *„Ich bins zufrieden"* das komische Potential des unglücklich Liebenden. Es kann diese Zufriedenheit im Grunde nicht sein, stellt man sie dem Falschen und Unerreichten gegenüber. Höchstens, dass die gehörten Laute eben den Eindruck vermitteln, ein weiteres Warten auf das Erhören der Liebe lohne. Das Gedicht endet nicht in solch billiger und schaler Hoffnung, kein Abwiegeln am Schluss. Ausgeschöpft werden Komik und Ironie erst, sie erscheinen deutlich und erheiternd auf diese Weise, nimmt man den Anspielungsreichtum der Parole auf. Wir müssen uns den hässlichsten Menschen zufrieden vorstellen.

VIII
EIN UNERARBEITETES IM SOZIALISMUS

Die bekundete vermittelte Zufriedenheit bei Brecht wäre mehr. Sie wäre wie das Legen des Fingers in eine Wunde[386]. Ein genaues Überprüfungsverfahren wäre in einer bestimmten Form vorgenommen. Das Gedicht „Laute" verwiese auf eine verbliebene Leerstelle in Theorie wie Praxis sowjetmarxistischer Politik, auf angewachsene Falschheit und Fehlerhaftigkeit diesbezüglich. Es stellte in Frage und charakterisierte etwas als unzureichend, und das würde weit hinaus über den Bereich der unmittelbar in der Kritik stehenden und inzwischen untergegangenen DDR wie des Sowjetmarxismus gelten. Brechts *Buckower Elegien* hätten eine hohe generelle Bedeutung inmitten der sogenannten Identitätskrise des Sozialismus. Darin läge ein Beitrag zur Frage beschlossen, was denn der Autor Brecht heute noch zu sagen habe. Im vorliegenden Fall ist der Ausgangspunkt das einzelne Gedicht „Laute". Die Menschen äußern in der Form von Lauten so allerhand und geben zu hören; worin ihr Leben besteht, wie sie als Personen existieren, ob gern oder nicht, eher gern, wäre schon besser, und sie lassen sich nicht mies machen, selbst nicht, was mies ist, man kann nämlich darüber hinaus, man kann weiter, hofft sogar, man kann immer weiter, darauf machte Brechts lyrisches Ich aufmerksam.

Das Glück der Besonderheit von Individualität für bewahrenswert zu erachten, so angegriffen und nahezu aufgefressen diese Besonderheit durch das Allgemeine ist, als Eigenwertiges wäre jene in Rechnung zu stellen, in einen Schutzraum und als zu Rettendes, und wie sie zu verändern wäre, wie sie sich verändern

---

[386] In Caravaggios bekanntem Gemälde „Der ungläubige Thomas" ist das Muster eines solchen Vorgehens ersichtlich, wie vielleicht eine Belegstelle der Formulierung. Der Apostel Thomas bestreitet die Identität von Jesus und drückt zum Zeichen der Überprüfung seinen Finger in die linke Seitenwunde am Oberkörper der Person. Er ist nicht allein. Um ihn herum sind Zuschauer der Prozedur, zwei andere Apostel. Brechts Gedichte der Buckower Elegien sind das auch, sie sind der Finger des Thomas. Sie haben allerdings nicht Gläubigkeit zum Ergebnis, sondern das Absehen davon. Gläubigkeit wäre falscher Sozialismus. Caravaggio führt bereits eine Ehrfurchtslosigkeit des Apostels Thomas vor, eigentlich ein Sakrileg, die direkte und derbe Berührung des Herrn, in der Bibel im Johannesevangelium (20, 25f) ist davon nicht die Rede. Man findet derart genaues Prüfungsverfahren auch in früheren künstlerischen Werken. Im Bode-Museum in Berlin ist eine Elfenbein-Tafel aus Trier, die vom Ende des 10. Jahrhunderts stammt. Nicht nur, dass sich Thomas tief in die Wunde krallt, er muss sich anstrengen, Jesus steht auf einem Podest, Thomas muss schauen, dass er hoch kommt, aber es gelingt. Darüber hinaus ist die Darstellung von Jesus interessant, er hebt den Arm weit über seinen Kopf, wie ein Kind es tut, dass seine Schulreife überprüfen will, und er schiebt sein Gewand zur Seite, um Thomas den Zugriff zu ermöglichen. Zudem blickt er Thomas nicht unfreundlich an, er lässt sich ein auf das abverlangte Verfahren. Zu dieser Darstellung passt, dass der Heiligenschein als ein Teil des Gewands angesehen werden könnte, das Thomas mit der anderen Hand beiseite zieht. Die Entblößung ist die Tat beider, die von Thomas wie die von Jesus. Die beiden genannten Bilder wirken wie Aktionen einer großen Aussprache. Allerdings war es Brecht in seinem Vorschlag nicht um Glaubensfragen gegangen. Und nicht um Glaubenssicherheit.

müsste, ganz in der Auseinandersetzung begriffen, was mit ihr, mit Subjektivität, getan worden ist, all die Geschichte über, was ihr angetan worden ist in den Zeiten des politischen historischen Umgangs mit ihr, all das und mehr, rückte in die Betrachtung. So erscheinen politische Konsequenzen der lyrischen Aussage von Brecht möglich. Was Regieren und Herrschen den Menschen in Hirn und Herz eingepflanzt hat und wie es im Bemühen um ein Integrieren und Ausrichten erfolgreich war, darauf zielte Brecht ab. „Laute", das sind sie, die Menschen, wie du und ich. Und, mit den eigenen Lauten, denen eines Gedichts z. B., ist man mitten unter ihnen. Auf eigene Weise, so eigen wie alle anderen, und so relativ wie sie.

Damit, wie bisherige Geschichte Menschen geprägt hat, wie Herrschaft ihnen, bis in private Ausrichtungen hinein, Merkmale eingebrannt hat, geistige, seelische und körperliche Voraussetzungen gelegt hat, die innerhalb von Reserviertheit vielleicht und sicherlich nicht ohne Widersprüche zustande kamen und nicht gleich geblieben sind, sondern Entwicklungen unterlagen, mit all dem gibt es eine deutlich unzulängliche Befassung in der Tradition des Marxismus, in Theorie wie Praxis[387]. Eine veränderte Ökonomie, wurde häufig behauptet, zöge weitere Änderungen nach sich. Lächerliche proletkultige Beschönigungen der Arbeiterexistenz sind ausgestaltet worden, als wäre nicht auch sie abschaffenswert. Es waren wichtige Fragen des 20. Jahrhunderts und bleiben es darüber hinaus, die Brechts Gedicht „Laute" beinhaltet, sie handeln davon, weswegen aus der Kritik des Kapitalismus sich nicht sehr viel ergeben hat, es sind Fragen nach einer Niederlage. Brecht stellt sie im Gedicht „Laute". Die Menschen kommen in ihrer Art und Weise, sich vielfältig zu äußern, vor. Es hilft nicht viel, sagte man einfach, Marx hat das geplante Buch vom Staat, das er schreiben wollte, nicht mehr geschrieben.

---

[387] Untersuchungen zur Geschichte und Praxis von Macht, wie sie z. B. Michel Foucault vorgelegt hat, sind nicht umstandslos an die Kritik der politischen Ökonomie von Marx anzuschließen, sie bezeichnen aber deutlich, wie sehr es kommunistischen Parteien an der Macht misslang, sich zu unterscheiden von üblicher Regierungspolitik, man praktizierte in gesteigerter und zugespitzter Form, weil der Machtapparat monolithisch war etc., was übliche Praxis war, Menschenfeindlichkeit. Kritik einer Politik des Regierens war nicht entwickelt und vielleicht bei vielen nicht gewollt. Brechts Werk, jedenfalls die Gedichte der Buckower Elegien und das kleine einzelne ausgewählte Gedicht, es wäre dies in den genannten Zusammenhang zu stellen. Da gehört es hin und ist diesbezüglich unentfaltet und unerforscht. Auf etwas Weiteres sei verwiesen. Der rechte Sozialismus griff auf (im Parteinamen der NSDAP ist der Begriff „Sozialismus" kein Zufall oder bloße taktische Trickserei), was sozusagen im Fortgang der Marxschen Theorie unerledigt geblieben war: eine biopolitisch und gouvernemental fanatisch und radikal ausgerichtete Bewegung von unten eroberte die Staatsapparatur und praktizierte das Mörderischste, was in der an Morden reichen Geschichte des 20. Jahrhundert zu sehen und zu verspüren war. In Theorie wie Praxis des Antifaschismus spielte selbst der theoretisch wie praktisch nicht vollständig ausgearbeitet Sozialismus die Rolle einer erheblichen Gegnerschaft und siegte. Darin liegt ein historischer Verdienst. So weit hat er getragen. Brechts Gedichte der Buckower Elegien sind ein künstlerischer Kommentar nach diesen Kämpfen.

Dass der Kapitalismus aus der Kritik an ihm gelernt hat, das wird man allgemein unterstellen können (es ist zudem einiges gegen ihn durchgesetzt worden), dass Bewusstseinsinhalte sich entwickelt haben desgleichen. Einerseits gibt es aufklärerische freiheitliche Fortschritte, andererseits ein verschärftes Eingemeinden von allem und jedem. Brechts Gedicht weist darauf hin (und die anderen Gedichte der *Buckower Elegien* tun es ebenso), was falsch war, was insofern unter der Bezeichnung sozialistische Praxis nicht mehr gestattet und aufzugeben ist. Und theoretisch nicht mehr zu vertreten. Früh hat Brecht das in den Gedichten der *Buckower Elegien* zum Ausdruck gebracht, zu einer Zeit, als ihm klar geworden sein muss, dass aus dem Sieg über den Faschismus dem Sozialismus keine automatische Erfolgsgeschichte erwächst. Umgekehrt, eine Schattenseite wird deutlich. Dass die Erfolgsgeschichte des Kapitalismus nicht lediglich eine Erfolgsgeschichte ist, sondern eine auf Kosten von Menschen, und deren Opferdasein unterstellt, ist in Hinblick auf Brecht zu benennen. Es ist nicht so, dass Brechts Gedicht ein Heißa und Juchhe gegenüber der anderen Seite ausspricht, der gegenüber er sich nach 1945 in die große Auseinandersetzung verwickelt sah. Die Freiheit der Lust zu leben ist allenthalben einzuklagen, gerade da, wo sie sich anscheinend auszubreiten scheint und ihr Vorhandensein abgefeiert wird. Vielleicht ist es ein Wohlergehen in einem Käfig und das Vorübergehen der Stäbe wird nicht mehr wahrgenommen oder sogar goutiert.

IX
ABWÄGBARKEITEN VON ZUFRIEDENHEIT

Es gibt unter Brechts Texten schon früher einmal ein Rechten mit der eigenen Befindlichkeit, die im Erwägen der Kategorie Zufriedenheit erfolgt. Eine nächtliche Notiz aus dem Juli des Jahres 1925 findet sich im Tagebuch.[388] Brecht hält sich in Baden bei Wien mit Marianne Zoff und der Tochter Hanne bei den Schwiegereltern zu Besuch auf.[389] Der Text erweckt Neugier. Inwiefern sich Brecht beim Schlusswort des Gedichts „Laute" aus den *Buckower Elegien* an seinen frühen Tagebuchtext erinnert, mag bezweifelt werden, aber der Vergleich der unterschiedlichen Antworten erscheint beachtenswert. Es stellt sich heraus, mit wie wenig das lyrische Ich im Gedicht „Laute" zufrieden ist, konfrontiert man es mit der Figur des jüngeren Brecht. In der Tagebuchnotiz schrumpft die Differenz zwischen notiertem und notierendem Ich zusammen.

Erinnert sei an das Auffinden der Aussage, „ich bins zufrieden" im Zusammenhang von Nietzsches Text „*Also sprach Zarathustra*". Die Bezugsstelle könnte mit einiger Wahrscheinlichkeit bereits gelten für das Jahr 1925 und das Tagebuch. Zu diesem Zeitpunkt ist Brecht dem Erlebnis des „Zarathustra"-Lektüre noch näher und könnte für seine Erwägungen die Fragestellung relativ unmittelbar aus Nietzsches Werk übernommen haben. Und danach verliert sich die Spur jener Lektüre nicht oder taucht jedenfalls 1953 im Gedicht „Laute" erneut auf.

Der Tagebuch-Text Brechts ist als eine Art Selbstgespräch aufgebaut, er zerfällt in zwei Teile, einer trägt die Überschrift „Anrede", der andere die Überschrift „Antwort". Es ist insgesamt fünfmal in dem im Typoskript einseitigen Text von Zufriedenheit gesprochen. Dass Brecht hier wirklich die Nähe zu sich sucht, mag daran ersichtlich sein, wie er sich anredet, er wählt einen Kosenamen: „Bidi" heißt es im Text. Mit der Anrede Bidi hat er 1925 sich selbst gemeint[390].

---

[388] Vgl. BFA Bd. 26, S. 281f. Darüber hinaus gibt es in der ersten Szene von "Leben des Galilei" die Aussage des Galilei über sich selbst: „Ja, ich bin unzufrieden ... ich bin mit mir unzufrieden." (BFA Bd. 5, S. 200) Galilei möchte Zeit für umfangreichere Forschungsarbeiten haben. Traut man sich, einen Bezug zu Brechts Buckower Elegien herzustellen, müsste man sagen, die Bekundung von relativer wie zitierter Zufriedenheit im Gedicht „Laute" verwiese darauf, Brecht habe seine lyrische Untersuchungsarbeit wenigstens insoweit vornehmen können, dass er nicht mit dem Urteil der Unzufriedenheit schließt. Jedenfalls in dem einen Gedicht nicht, das, wie immer sein Status innerhalb der anderen Gedichte ist, ein bisschen auf diese abstrahlt. Brecht glaubte schon, einiges Relevante herausgefischt zu haben. Erinnert sei an die schon zitierte Aussage Brechts vom Sommer 1952: „die Zufriedenheit des Horaz mißfällt mir mehr und mehr" (BFA Bd. 27, S.333). Brechts dem lyrischen Ich im Gedicht „Laute" in dem Mund gelegte Aussage vom Zufriedensein ließe sich, wenn man die Kritik an Horaz einbegreift, nur rechtfertigen, wäre sie eine, die auf der Äußerung von Kritik basiert. Jedenfalls müsste sie eine andere sein als die des Horaz.

[389] Ebd. S. 588

[390] Nur ein Beispiel, das Schreiben aus London vom November 1934 an den Sohn Stefan in Skovsbostrand unterzeichnet Brecht: „herzlich dein alter bidi".

Das mag zugleich ein ironischer Ton sein und das Zitieren einer Frage von außen, von anderen, ein Vergewissern der eigenen Person bleibt es.

Im ersten Textteil, *„Anrede"*, sagt Brecht dreimal, dass er nicht zufrieden sei.
Kleine Unterschiede sind auffällig. Beim vierten Mal ist dann alles anders. Zuerst
fällt das Urteil: *„und du bist nicht zufrieden, Bidi"*. Obwohl er Cocktail, Zigarre
etc. hat. Danach steht zweitens: *„Du bist nicht zufrieden"*. Eine Selbstanrede mit
Urteil. Wieder ein Obwohl, Brecht sagt, er könnte jede Gemeinheit durchfüh-
ren; wie er das sagt, ist das als Selbststilisierung nicht so böse zu nehmen, sie
könnte als etwas nassforsche Reaktion auf die Lektüre von Nietzsches Moralkritik betrachtet werden. Brecht liest Kriminalromane und Zeitungen, wie er
schreibt. In den letzteren steht von Erdbeben, Überschwemmungen etc. geschrieben, anderswo herrschen also schlimmere Zustände. Das ficht seine Überlegungen, die Frage, wie es ihm denn geht (und gehen sollte) nicht an. Er stellt
seine Person und die Sorge um sein Selbst gegen alles Mögliche, das auf der Welt
geschieht. Moralische Zurückhaltung, dass er sich um die Welt kümmern müsste, formuliert er nicht. Er ist doch die Welt und aus seinem Zusammenhang mit
ihr werden sich weitere Kämpfe ergeben. Er führt sie im Ringen um den Zustand
der Zufriedenheit. Brecht ist 1925 kein grüner Junge mehr, der Erste Weltkrieg
ist vorbei, er erlebt die Nachkriegszeit und die lebensästhetischen Aufbrüche der
sogenannten Goldenen Zwanzigerjahre. Er will seinen Anteil am Kuchen. Es
kann sogar sein, dass er eine Ahnung davon erfährt, dass es richtig ist, sich an der
Pflege und Fürsorge des Ichs zu orientieren, aber die großen Erfolge in der eigenen Gefühlswelt nicht auf einfache Weise zu erlangen sind. Die Einrichtung der
Welt erscheint einem nicht positiv und man wird eigener Beschädigungen gewiss.
Die Entscheidung für das Künstlerdasein als biographische Verlaufsform der
Problematik erfährt in Brechts Konstruktion des Selbstgesprächs eine Bestäti-
gung.

In der dritten Notiz fällt dem Leser die Parallele zur Formulierung im Gedicht *„Laute"* auf: *„Und du bist es nicht zufrieden."* Im Verwenden des Genitiv-
pronomens *„es"*, das im Gedichttext des Gedichts *„Laute"* vorkommt, dort ist
der Buchstabe *„e"* elisiert, besteht die Parallele zunächst. Und in der Verwendung der Vokabel *„zufrieden"*. Es geht aber noch weiter. Wessen ist denn Bidi
nicht zufrieden? *„Deine Freunde sagen zu dir Käptn, und wer mit dem Hut auf
dem Kopf zu dir kommt, der geht ohne Fuß weg."* Das ist schön gesagt. Denken
wir an das Gedicht *„Laute"* und an Brechts Situation im Sommer 1953, wird erkennbar, wie gut es 1925 war, und wie viel mehr Anlass zu Zufriedenheit gewesen sein könnte, unvergleichlich mehr und größerer als später.[391]

Erstens, Brecht hat Freunde, zweitens, sie nennen ihn Käptn, trotz des Spielerischen, sie akzeptieren die Position einer Person, von der man sich etwas sagen lässt, drittens ist interessant, was Brecht mit den Freunden treibt, die ihn

---

[391] Ruth Berlau hat erzählt, als sie mit ihrer Freundin Elisabeth Bergner Brecht im Theater
besucht und der vom Theater am Schiffbauerdamm als von seinem Schiff spricht, nennt ihn die
Bergner „Käptn", was sich Brecht gern gefallen lässt.

besuchen. Sie kommen mit dem Hut auf dem Kopf und gehen ohne Fuß. Der Hut wäre als bürgerliches Symbol von Schutz zu lesen, man denkt an das Gedicht von van Hoddis, er schützt vor Kälte oder allgemein vor schlechtem Wetter, er kann kleidsam sein, insgesamt kann er als ein Moment von Ordnung angesehen werden, die herrscht, anscheinend auch in dem Kopf, den der Hut bedeckt. Da hat einer eine Auffassung. Die verliert er. Nicht auf die reduzierte Weise, dass er ohne Hut Brecht wieder verlässt. Er geht „ohne Fuß", er ist einer Basis beraubt, hat keine Standfestigkeit mehr. Das Gesicherte, das er gehabt haben mag, scheint verloren gegangen zu sein. Es ist ihm abhanden gekommen. Da ist jemand in Frage gestellt worden und muss sich neu wieder auf die Füße stellen. Zu erschließen ist, es wird eine Aussprache zwischen Besucher und Besuchtem gegeben haben, ein Gespräch, das die genannte Konsequenz gehabt hat. Eine erfolgreiche Einflussnahme war geschehen, eine Agitation, könnte man sagen. Der Satz von Marx, etwas vom Kopf auf die Füße gestellt zu haben, fällt einem ein. Inwiefern Brecht mit dem Umfang des Einflusses auf die Freunde zufrieden oder unzufrieden war, mag dahinstehen; vielleicht hat ihm gereicht, die eigene Unzufriedenheit vorzuführen und sie auf die Freunde zu übertragen. Darüber könnte er zufrieden sein, ist es aber offensichtlich nicht. Trotzdem gilt nämlich: „Und du bist es nicht zufrieden."

Alles ein einziger Unterschied zum Gedicht „Laute" aus den *Buckower Elegien*. Da bleibt lediglich, dass Leute zu hören sind und sie also, die, von denen man etwas hören und denen man etwas sagen kann, noch da sind; dass man ihnen etwas sagen könnte oder sagt, wird bereits nicht mehr verzeichnet. Und was man genau hört, ebenfalls nicht. Aber die anderen im vermeintlichen Zyklus vorliegenden Gedichte, und das vorliegende einzelne ebenso, können als dieses Gesagte betrachtet werden. Eine ganze Menge ist Reaktion auf Beobachtetes und Gehörtes, Vorliegendes (dazu zählt u. a. Gelesenes). Worauf aufmerksam gemacht wird, sind Ansätze von Ansätzen von Möglichkeiten. Jedoch zugleich eine Zuwendung. Zudem könnte man sagen, ist im ideologiekritischen Betreiben, das dem Gedicht „Laute" wie anderen der *Buckower Elegien* zu entnehmen ist, ein Moment des von Brecht früher beschriebenen Umgehens mit Kopf und Fuß beabsichtigt. Der Umgang mit den Freunden lässt an die Übung permanenter großer Aussprache denken. Zu hoffen ist, dass auch einmal jemand Brecht das Standbein weggeschlagen hat.

Von großer Wirkung kann Brecht 1953 jedenfalls nicht ausgehen[392]. Seine Veröffentlichungspraxis belegt es. Sie gehört u. U. auch in die Zusammenhänge eines Überlegens, etwas auf Biegen oder Brechen[393] zu versuchen. Jedenfalls erscheint Biegbarkeit als besser. Sie sichert womöglich das Leben. Man mag ein Zurückziehen als Feigheit betrachten.

---

[392] Ins Journal schreibt er am 4. 3. 1953: „Unsere Aufführungen haben fast kein Echo mehr." (BFA Bd. 27, S. 346)
[393] BFA Bd. 12, S. 315, dort das Gedicht: „Eisen"

Die vierte Bezeugung von Unzufriedenheit im Tagebuchtext aus dem Jahr 1925 ist schlimm: *„Und vor du zerschlagen worden bist, wirst du schon zufrieden sein."* 1925 schreibt Brecht von der Angst, zerschlagen zu werden, man kann sagen, und das klingt zynisch, da standen ihm ernsthafte Gefahren, zerschlagen zu werden, erst noch bevor. Im Gedicht *„Eisen"* träumt das lyrische Ich von der unterschiedlichen Standfestigkeit von Eisen und Holz als Baumaterialien, während ein Sturm herrscht. Das sich biegende, weil biegsame Holz hält stand, das Eisen wird abwärts gerissen. Wunscherfüllung im Traum: Anpassungsleistung zahlt sich aus. Liest man Brechts vierte Tagebuchnotiz vor dem Hintergrund dieses Gedichts, hört sie sich wie eine frühe Fassung desselben an. Besteht die Drohung eines Zerschlagens, vielleicht weil Unzufriedenheit geäußert wurde, ist ein Erklären von Zufriedenheit unter Umständen eine Art von Notwehr. Es wäre dieses Erklären ein eigenes Biegen, ausgesetzt in der Gefahr, gebrochen zu werden. Der Leser kann die Zeilen von 1925 auf des Gedicht *„Laute"* beziehen und die Äußerung von bedingter Zufriedenheit 1953 aus der Bedrängnis der politischen Situation begründen, sie wäre eine, die ein Biegen in Gefahr darstellte. Darin eine spezifische Nietzsche-Anspielung unterzubringen und in der vermeintlichen Geste von Unterwürfigkeit Widersetzlichkeit erkennen zu lassen, belegte die Raffinesse von Unbeugsamkeit. Auf Darlegungen zu Herrn Keuner wäre zu verweisen.

Die Notiz von 1925 ist als recht existenziell anzusehen, gerade, wenn unterstellt werden kann, politische Verfolgung als Bedrohung war nicht so weit angewachsen, wie sie später real sein sollte, ist sie eine, die beinhaltet, auf das intensive Gestalten des eigenen Lebens zu verweisen, ehe es zu Ende geht. Ehe man zerschlagen ist und das Leben vorüber, wird es schon gelungen sein, soviel zu leben, soviel realisiert zu haben, dass man sagen kann, jetzt sei das Urteil der Zufriedenheit möglich. So gesehen, ist freilich erst recht ein Üben in Biegsamkeit anzuraten. Zufriedenheit wäre ein Zielpunkt, selbst wenn man ihn nicht erreicht.

Allerletzte Lebenslust ist, das Leben nicht zu verlieren. Ich weiß, 1925 schrieb man nicht das Jahr 1953. Erschrecken macht der Satz trotzdem. Könnte es nicht 1953 so gewesen sein, wie Brecht 1925 schrieb, dass er aus Angst, zerschlagen zu werden, eine Zufriedenheit schriftlich äußert und das nicht veröffentlicht, weil sie selbst als solche eine abweichlerische ist? Und er äußert sie in der raffinierten Weise einer Anspielung? Und diese gibt noch dazu einen versteckten Hinweis auf Nietzsche? Das Stilmittel der Allusion in einer vergnüglichen Anzüglichkeit? Ist die Aussage eine große Andeutung, ein Wink, ein Wink mit dem Zaunpfahl sogar? Wenn gegen ihn genauer ermittelt würde und brächten sie seine Verse an die Öffentlichkeit, dann bräche eben der Streit vom Zaun? Brecht hatte überstanden, vom Nationalsozialismus zerschlagen zu werden, oder vom Stalinismus, und jetzt drohte ein Vorgehen von Seiten derer, die man noch als Freunde adressierte[394], die aber kaum mehr solche zu nennen waren, und von denen man sich im Zuge des eigenen Schreibens und des eigenen Nachdenkens über allerlei Entwicklungen immer weiter entfernt hatte, zu denen man zumindest teilweise in einen Gegensatz geraten war. Würden sie nicht tätig werden wollen, sobald sie spitz bekämen, wie weit ein Ausstellungsstück von Partei und Staatsmacht sich in die Position eines ganz anderen "Käptn" begeben wollte? Selbst wenn das nur oder eben gerade bedeutete, einer hielte an sich selbst fest und bestünde auf der eigenen Subjektivität und deren Subversivität. Und er käme auf mannigfache und sehr grundsätzliche Kritik an Partei und Staat. Was geschähe, falls sie das herausfänden? Denen vergehe das Hören, hatte Brecht geurteilt über die Kaderwelschler, dass sie durchaus noch hören, dass er selbst kein Kaderwelsch spricht oder nicht genug davon oder nicht durchweg, das muss er gefürchtet haben. Er wollte es nicht sprechen und hielt es für einen Fehler.

Den Genossen aus der Partei hat er offensichtlich nicht getraut und selbst das anscheinend so unscheinbare Gedicht „Laute" nicht veröffentlicht. Sie würden ihm wahrscheinlich die behauptete Vogellosigkeit als Formalismus vorwerfen und als übles Vergehen gegen den gebotenen sozialistischen Realismus. Zu mehr würde ihr behindertes Hören vermutlich nicht reichen. Würden sie das tatsächliche Abweichen enttarnen, das im Konstatieren der Vogellosigkeit wie dem von Zufriedenheit enthalten ist, stünde es schlimmer. Wie als sagte das lyrische Ich: Ich habe keinen Vogel. Da wisse es andere. Die Differenz ist thematisiert.

Im Text „Antwort" aus dem Jahr 1925 steht als Schlusssatz: „Ich bin nicht zufrieden; darum bin ich nicht zufrieden." Es ist Brechts fünfte Aussage im kurzen Text über Zufriedenheit. Und zuvor der kräftige Satz: „Ich will nichts lieber als etwas anderes." Veränderung wird gelobt. Eine der eigenen Person und der Umstände des Lebens. Dabei wird ein Blick darauf fallen, wie diese eingerichtet sind. Anwartschaft wie Forderung sind ausgedrückt. Brechts sagt außerdem: „Das Leben ist zu kurz, und es vergeht zu langsam." Beide Aussagen könnten sich widersprechen. Beklagt man eine Geschwindigkeit, will man größere Schnelligkeit, dem steht entgegen, etwas als zu kurz anzusehen. Das muss aber nicht so interpretiert werden. Wenn etwas kurz ist, kann Schnelligkeit geboten sein, um möglichst viel darin unterzubringen. So betrachtet, ist das Bedauern von Unzufriedenheit eines darüber, nicht genug zu erleben und nichts Interessantes. Aus sich selbst und seinem Leben zu wenig gemacht zu haben und zu machen. Brechts aus dem Gedicht „Laute" bekannter Bezug auf die Gegenwart und deren Bedeutsamkeit erwiese sich in der Notiz von 1925 ebenfalls. Angesichts seiner Endlichkeit ist das Leben zu organisieren und zu komponieren, das ist gerade Lebenskunst. Die zitierte Aussage gehört zur Genese dieses Begriffs bei Brecht.

Einige Tage später im Juli 1925, Brecht ist in Kochel am See, wahrscheinlich auf der Fahrt von Wien nach Augsburg[395], kommt er in seinen autobiographi-

---

[394] BFA Bd. 12, S. 315 „Die Wahrheit einigt"
[395] BFA Bd. 26, S. 588, Hecht, Chronik, S. 187

schen Notizen auf die Erwägung seiner Situation in der Kategorie der Zufriedenheit zurück. Es ist dies dann die sechste Notiz davon. Brecht ist mit manchem Nachdenken befasst. Ehe die Befassung mit der Zufriedenheit wiedergegeben wird, seien zwei Bemerkungen herausgegriffen. Zum einen schreibt Brecht: *„Ich schwanke sehr, mich der Literatur zu verschreiben."* Diese Entscheidung scheint also noch nicht gefallen, bzw. sie wird noch in Zweifel gezogen. Eine Maßgabe des eigenen Lebens (man könnte sagen: diese Maßnahme) nicht erfolgt. Einige Zeilen weiter weiß Brecht recht genau, was er möchte, wenn er Schriftsteller wird: *„Ich habe kein Bedürfnis danach, daß ein Gedanke von mir bleibt, ich möchte aber, daß alles aufgegessen wird, umgesetzt, aufgebraucht."*[396] Brecht besitzt ein Bewusstsein davon, dass es Verhältnisse außerhalb von Literatur gibt, die einzubegreifen sind, wenn über Gültigkeiten des Befindens von Zufriedenheit geurteilt wird. Ästhetik ist nicht lediglich eine der Sprache, sondern erstreckte sich darüber hinaus.

Brecht notiert in Kochel am Schluss seiner Darlegungen, es ist der letzte Satz: *„Ich würde zu keiner Gruppe weniger gern gehören als zu der der Unzufriedenen."*[397] Jemand, der sich als nicht zufrieden bezeichnet, jedoch nicht zu den Unzufriedenen gehören will, stellt Ansprüche. Er ist auf Tätigkeit verwiesen und Unternehmungslust. Man muss Angebote aufsuchen in der eigenen Biographie, das heißt, sie wahrnehmen, damit das Urteil einer verbesserten eigenen Befindlichkeit gefällt werden kann. Die Kunst des eigenen Lebens in Betrieb ist. Was Brecht äußert, ist eine Aussage über die eigene Person, es ist ein Stück von Selbstsorge. Keine Neigung zu einem Kollektiv ist formuliert, schon gleich nicht die Auskunft gemeint, am liebsten zählte man sich zur Gruppe der Zufriedenen. Dann hätte Brecht das einfach hinschreiben können, statt die Aussage in Verneinungen zu kleiden. Brecht sieht beileibe nicht alles in Gold, was glänzt. Seine differenzierte und raffinierte Formulierung deutet eher darauf hin, nicht in Ablehnung zu verharren. Unzufriedenheit wird als alleiniger Standpunkt abgelehnt. Nur in der Negation zu leben, verhunzt einem die Existenz. Brecht besitzt bereits 1925 eine Ahnung von der Schwierigkeit der Kritik und dem Umgang mit dem Kritisierten. Er lehnt ein Dasein auf der Welt im reinen Gefühl der Unzufriedenheit ab.

Brechts Bestehen auf der Zufriedenheit, wie sehr reduziert diese auch im Gedicht *„Laute"* dann vorgetragen wird und als eine erscheint, die zusammenschnurrt, ist von einiger Leuchtkraft. Es bleibt ein Ich in der Sorge um sich selbst. Und für sich selbst. Jene wird behauptet. Wie sehr sie in der praktischen Lebensführung gelingt, ist eine andere Angelegenheit. Nietzsche hat sich in

---

[396] BFA Bd. 26, S. 283. Man könnte behaupten, Brechts Satz läse sich wie ein Beleg der vorliegenden Analyse seines Gedichts „Laute", es wird anscheinend „aufgebraucht". Dazu gehörte aber im Sinne Brechts ein Stück entsprechend realisiertes Leben, nicht nur seine erneute Teilnahme am Turnier der Texte. Das Denken an praktische Wirksamkeit von Geschriebenem ist früh verzeichnet bei Brecht.
[397] Ebd. S. 284

seiner autobiographischen Schrift „*Ecce homo*" stilisiert zum Großkritiker und Großgegner: *„Ich bin kein Mensch, ich bin Dynamit."*[398] Und geschrieben:

> „Ich widerspreche, wie nie widersprochen worden ist und bin trotzdem der Gegensatz eines neinsagenden Geistes. Ich bin ein FROHER BOTSCHAFTER...."[399]

Das ist Nietzsches Bekunden, dass der Kritiker sich ruhig etwas gönnen könne, Freude z. B., wenn er ein froher Botschafter ist, er muss nicht die Konsequenz für sich selbst ziehen nein zu sagen, zu Angeboten, die ihm das Kritisierte liefert, die Konsequenz aus seinem Widerspruch muss nicht notwendig sein, dem beobachtbaren Opfern des Kritisierten und den vielleicht kritisierten Opfern das Opfer der eigenen Person hinzuzufügen. In Gram zu versinken wird abgelehnt, froh zu sein wird angestrebt, das klingt anspruchsvoller als der Begriff der Zufriedenheit, mit dem sich Brecht auseinandersetzt. Selbst wenn einem der Liedtext des Volksmunds einfällt, froh zu sein, bedarf es wenig. Die Fährnisse von Moral lauern an jeder Ecke. Wie moralische Empfindungen eines eigenen Gutseins womöglich Niederlagen erklären oder beschönigen und umlügen und man darin eine Überlegenheit feiern kann und Selbstbestätigung gewinnt, lässt sich erkennen, wenn z.B. christliche Sänger im bekannten Geburtstagsständchen die Begriffe *„Gesundheit und Wohlstand"* mit denen von *„Gesundheit und Frohsinn"* ersetzen. Um Kenner von Brecht und Nietzsche kann es sich kaum handeln. Frohsinn würden jene nicht alternativ gegen den Genuss materieller Güter aufführen. Der Problemstand bei Brecht und Nietzsche ist vergleichbar. Der Kritiker hat keinen Anlass, in Sack und Asche zu gehen. Wer, wie Nietzsche, Moral als Lehre von Herrschaftsverhältnissen verstanden hat, muss sich nicht an den Maßstäben dieser Moral messen und messen lassen. Dass Nietzsche ein Leben nach seinen Begriffen vielleicht nicht gelungen ist, sei angemerkt. Und inwieweit Brecht dies gelang, sieht man ihn in einer verbliebenen Nähe zu Nietzsches Lebensverlangen, ist noch einmal eine ganz andere Frage. Das Gedicht *„Laute"* beginnt mit dem Auftauchen der Krähen, die Erschütterung, davon zu lesen, bleibt beim Leser, und die Sicht, im Symbolischen dieser Vögel unter anderem ein Verweisen auf Missglückendes im Leben des Autors zu sehen, kann zumindest nicht völlig abgewehrt werden. Sie gehört zur Bestandsaufnahme.

Wie kompliziert das Erreichen von Zufriedenheit und das Selbstattestieren derselben sind, scheint Brecht schon 1925 gesehen zu haben. Die Formulierung lässt aufhorchen. Brecht sagt nicht, er würde nicht gern zu den Unzufriedenen gehören. Er formuliert keine einfache Aussage. Unterstellt ist, sowieso nicht gern zu einer Gruppe zu gehören und gehören zu wollen. Und dann wird sozusagen abgewogen. Im Ergebnis heißt es, am meisten würde man ablehnen, zur Gruppe der Unzufriedenen zu gehören. Irgendwie müsste so viel aus dem eigenen Leben herausgeholt werden, dass man nicht absackt zu denen. Selbst wenn einen die Verhältnisse wahrlich nicht anmachen, ein bisschen was geht immer.

---

[398] KSA Bd. 6, S. 365. Hervorhebung Nietzsche
[399] Ebd. S. 366

Am Ziel einer eigenen Zufriedenheit, vielleicht sogar egal, was für eine es wäre und worauf sie sich richtete, wird also festgehalten. Das ist ein Versichern von Individualität gegenüber dem Dasein in der Zugehörigkeit zu einer Gruppe. Das 1925 deutlich ironisch umspielte Orientieren an Zufriedenheit hatte Brecht 1953 nicht aufgegeben. Wie ein letzter Akkord tönt die Rede von ihr im Gedicht „Laute", in dem das lyrische Ich Zufriedenheit äußert, sie dem Autor jedoch lediglich in einem Verweis auf eine anderswo verzeichnete in den Sinn gerät und bezeugbar erscheint und dieses Verweisen eine verbliebene Form einer eigenen wäre. Was im Gedicht als mögliche Grundlage von Zufriedenheit verzeichnet ist, wäre weit relativiert. Sie läge nur noch im Werk; die Laute der Leute und deren Hören führen zum Abfassen des eigenen Gedichts. Wie Zarathustra stünde man da, aus dessen Lehrtätigkeit die Zitatanspielung stammt, der am Ende summiert: *„Ich trachte nach meinem WERKE!"*[400]

Es ist eine Menge geschehen mit einer Person, stellt man die Sätze aus der Tagebuchnotiz und dem Gedicht „Laute" aus den *Buckower Elegien* einander gegenüber. 1953 war Brecht mit wenig zufrieden. Mit fast nichts. Höchstens damit, sich selbst „gerührt" zu haben, Teil der „Laute" gewesen zu sein. Und danach, dieselben nicht öffentlich bekundet zu haben. Der Affekt aus den 20er-Jahren scheint wieder auffindbar: Keine Ausgestaltung lediglich von Unzufriedenheit, kein Suhlen in Kritik und Ablehnung. Lieber ein Verlangen, das Zufriedenheit einfordert. Gerade im Nicht-mehr-Kapitalismus einer Übergangsgesellschaft, wie sie die DDR war, sollte diese Frage eine Selbstverständlichkeit sein, und im Erwägen ihrer Betreiber sollte das Bestreben liegen, Antworten zu ermöglichen.

1925 war Brecht 27 Jahre alt, bloß als trotziges frühexistenzialistisches Auftreten lassen sich die Sätze von damals nicht lesen. Es ist eine Forderung ans Leben. Brecht ist später umfassend Teilnehmer am Ereignis eines falschen Sozialismus. So ist es. In der DDR ist der Sozialismus heruntergebracht worden. Das ermittelt Brecht unter anderem in den *Buckower Elegien*. 1938 hatte er in Dänemark im Journal notiert, dass *„die Nazis den Sozialismus"* „herunterbracht"[401] hätten. Später stellt er also weitere Täter vor. Und wird als Sozialist ein Gegner derselben.

Die letzte Aussage im Gedicht „Laute": *„Ich bins zufrieden"*, sie bezieht sich nicht auf eine Zufriedenheit mit dem Stand sozialistischer Entwicklung. Es ist ein Eigenes, zu dem sich Brecht äußert. Der Leser muss sich der Erinnerung an die Aussage des hässlichsten Menschen aus Nietzsches „Zarathustra" stellen. Der hässlichste Mensch will niemanden dabei haben, er will ohne Zeugen sein Leben leben, zumindest möchte er Momente des Genießens haben oder der Trauer, in denen er nicht in einer Öffentlichkeit steht und Kontrollinstanzen wähnt oder tatsächlich erfährt. Er tötet die Vorstellung von Gott, weil diese ihn nicht alleine lässt und nicht unbeobachtet. Es kann sein, das der hässlichste Mensch ein Be-

---

[400] KSA Bd. 4, S. 408,
[401] BFA Bd. 26, S. 313. Hervorhebung Nietzsche

wusstsein davon besitzt, dass alles, was er tut, längst viel dessen in sich aufgesogen hat, was an vorliegenden gesellschaftlichen Sachverhalten und Tatbeständen erlebt worden ist, aber die Illusion der Individualität, die von deren Einmaligkeit und Einsamkeit inmitten von Kontamination und Angekratztheit, ist ein Stück Selbstbehauptung. Brecht zitiert diese Selbstbehauptung als eine der Kunst. Er vollbringt in ein kleines Gedicht gesteckte kritische Ästhetik. Die Zufriedenheit gilt einer Staatsabgewandtheit und dem Entdecken eines Jenseits davon, dem Beharren darauf und der Verteidigung. Keine Verteidigung eines Natürlichen liegt an, weil das Wissen darum hemmt, wie überlagert von allem jenes vermeintlich Natürliche ist. Und indem er zum Kämpfen um sich, um die eigene Person, gezwungen ist, wird ein solcher Kämpfer nicht unpolitisch. In der Äußerung des Ichs wird ein Spiel betrieben, in dem ein Bestandteil ist, so zu tun, als funktionierte die Reduktion. Widerstand trägt sich vor gegen ein Erfassen ins Unvermeidliche. Laute, die Brecht schreibt und Laute, die das lyrische Ich hört, und wie verschieden sie alle sind, geben Zeugnis davon, kein Zeugnis haben zu wollen, keine Betrachtung und Einschätzung und Einvernahme durch eine Instanz. Man will selber eine sein. Am Schluss erledigt sich die Frage, welche Laute es sind, die gehört werden. Selbstverständlich sind alle Vorstellbaren dabei, denen die Zeitumstände und die politischen und sozialen Verhältnisse abzulauschen sind; in der allgemeinen Bezeichnung, im Verzicht auf die genaue Charakterisierung der Laute, die das lyrische Ich hört, und im tapferen Einstehen für die Laute, die der Autor von sich gibt und die er jene Figur sagen lässt, ist zusammengenommen, indem das lyrische Ich mit seinen Lauten auf die unbestimmten und allgemeinen anderen verweist, welches Geheimnis bleiben soll. In der konkreten Lebensäußerung will der Einzelne eine Zeugenschaft von Gott wie Staatstätern oder Hütern von Weltanschauung gerne entbehren. Bei allem Streit, der nachfolgen kann.

Vogellosigkeit, wie sie im Gedicht verzeichnet wird, taucht als ein Indiz auf für eine falsche Verlaufsform. Es kann darauf verwiesen werden, was über jene Vogellosigkeit alles entwickelt worden ist. Laut zu schlagen von der Vogellosigkeit, indem ein Gedicht darüber geschrieben wird, gehört zur Empfindung von Zufriedenheit hinzu. Und sei es bloß ein letzter Rest davon. Im Bedauern über das Fehlen der Vögel steckt er genauso. Selbstverständlich gehörten sie zum Genuss, der zu verwirklichen wäre.

Es ist Kunst, die das vorführt. Es ist ein Gedicht in einer Widerstandsaktion. In diese Form eines Künstlerlebens könnte der Gegensatz, das Apologetische, genauso gut hineingegossen werden. Das tut Brecht nicht. Die Lächerlichkeit einer Kunst, die sich überflüssig machen will, hat er gekannt. Dieser Weg ist nicht seiner.

Daran, kein Politiker zu werden, sondern sich als Künstler zu betätigen, hält er fest, indem er Kritik und Kommentieren in der Form der Lyrik sucht. Auf diese Weise Laut zu geben, ist Teil des eigenen Programms.

Hanns Eisler hat zum Gedicht „Laute" keine Musik komponiert.

Dank

Der Autor dankt Werner Hecht und Jan Knopf für Gespräche und Kritik in Karlsruhe, Buckow und Berlin. Käthe Reichel hat in einem langen Gespräch in Buckow viel über Brecht erzählt. In verschiedenster Weise haben mich unterstützt: Andreas Backhaus, Hannes Kornherr, Steffen Popp, Martin Rector, Bert Uschner, Matthias Weichelt und Martina Will. Christoph Reichardt hat in Fragen der Altphilologie beraten. Peter Villwock gab hilfreiche Hinweise auf Nietzsche.

Den Mitarbeitern des Bertolt-Brecht-Archivs in Berlin sei gedankt für Bemühen und Zuwendung und Rat. Besonders genannt seien Dorothee Aders und Helgrid Streidt. Erdmut Wizisla hat kritisiert und angeregt und Mut gemacht.

Helmut Pauls hat die Arbeit am Projekt in freundschaftlicher Art gestärkt. Amelie und Johannes haben in formalen wie inhaltlichen Fragen geholfen. Marianne hat die Stadien der Entstehung des Manuskripts interessiert und einflussreich begleitet.

Der Suhrkamp-Verlag hat freundlicher Weise den Abdruck von Brechts Gedicht „Laute" eingeräumt.

Abkürzungen

BBA	Bertolt-Brecht-Archiv
BE	Berliner Ensemble
BFA	Bertolt Brecht. Große kommentierte Berliner und Frankfurter Ausgabe
es	edition suhrkamp
GW	Bertolt Brecht, Gesammelte Werke. Werkausgabe edition suhrkamp, Frankfurt/Main 1967
KPdSU	Kommunistische Partei der Sowjetunion
KSA	Friedrich Nietzsche, Sämtliche Werke, Kritische Studienausgabe in 15 Bänden, herausgegeben von Giorgio Collli und Mazzino Montinari
MEW	Karl Marx, Friedrich Engels, Werke. Herausgegeben vom Institut für Marxismus-Leninismus beim ZK der SED, Bd. 1-39, dazu Ergänzungsbände 1 und 2, Berlin/ DDR, 1956 ff
NSDAP	Nationalsozialistische Deutsche Arbeiter Partei
SED	Sozialistische Einheitspartei Deutschlands
ZK	Zentralkomitee

Ausgewählte Literatur

Adorno, Theodor W.: *Ästhetische Theorie*. Gesammelte Schriften Bd. 7. Frankfurt/Main 1972

Adorno, Theodor W.: *Ästhetik (1958/59).*, Nachgelassene Schriften, Abteilung IV, Vorlesungen Bd. 3. Frankfurt/Main 2009

Adorno, Theodor W.: *Zur Lehre von der Geschichte und von der Freiheit.* Nachgelassene Schriften, Abteilung IV, Vorlesungen, Bd. 13. Frankfurt/Main 2001

Adorno, Theodor W.: *Metaphysik. Begriff und Probleme.* Nachgelassene Schriften, Abteilung IV, Vorlesungen, Bd. 14. Frankfurt/Main 1998

Adorno, Theodor W.: *Minima Moralia. Reflexionen aus dem beschädigten Leben.* Frankfurt/Main 1970

Adorno, Theodor W.: *Negative Dialektik.* Frankfurt/Main 1970

Adorno, Theodor W.: *Noten zur Literatur I –IV.* Frankfurt/Main 1974

Adorno, Theodor W.: *Probleme der Moralphilosophie.* Nachgelassene Schriften, Abteilung IV, Vorlesungen, Bd. 10. Frankfurt/Main 1996

Adorno, Theodor W.: *Philosophische Terminologie. Zur Einleitung.* Frankfurt/Main 1973

Ahrendt, Hanna: *Walter Benjamin – Bertolt Brecht.* München 1971

Appel, Sabine: *Friedrich Nietzsche. Wanderer und freier Geist. Eine Biographie.* München 2011

Arnold, Heinz Ludwig (Hrsg.): *Bertolt Brecht II.* Text und Kritik. Sonderband. München 1979

Baier, Thomas: *Geschichte der römischen Literatur.* München 2010

Barthes, Roland: *Warum Brecht?* Frankfurt/Main 1998

Bayerlein, Bernhard H.: *„Der Verräter, Stalin, bist Du". Vom Ende der linken Solidarität 1939-1941.* Berlin 2008

Benjamin, Walter: *Briefe.* Zwei Bände. Herausgegeben von Theodor W. Adorno und Gershom Scholem. Frankfurt/Main 1978

Benjamin, Walter: *Gesammelte Schriften.* Herausgegeben von Rolf Tiedemann. Frankfurt/Main 1991

Benjamin, Walter: *Versuche über Brecht.* Herausgegeben von Rolf Tiedemann. Frankfurt/Main 1978

Biser, Eugen: *Nietzsche. Zerstörer oder Erneuerer des Christentums?* Darmstadt 2006

Bloch, Ernst:: *Das Prinzip Hoffnung.* Frankfurt/Main 1959

Burrin, Philippe: *Warum die Deutschen? Antisemitismus, Nationalsozialismus, Genozid.* Berlin 2004

Dante Aligheri: *Die Göttliche Komödie.* Übersetzt von Hermann Gmelin. Stuttgart 2001

Detering, Heinrich: *Bertolt Brecht und Laotse.* Göttingen 2008

Diner, Dan: *Das Jahrhundert verstehen. Eine universalhistorische Deutung.* München 1999

Diner, Dan: *Zeitenschwelle. Gegenwartsfragen an die Geschichte.* München 2010

Eck, Werner: *Augustus und seine Zeit.* München 2009

Erdmann, Johann Eduard: *Grundriss der Geschichte der Philosophie.* Berlin 1930

Esslin, Martin: *Das Paradox des politischen Dichters.* Frankfurt/Main 1962

Figes, Orlando: *Die Tragödie eines Volkes. Die Epoche der russischen Revolution 1891 bis 1924.* Berlin 1998

Frei, Norbert: *Die Anfänge der Vergangenheitspolitik Die Bundesrepublik und die NS-Vergangenheit.* München 2003

Frenzel, Ivo: *Nietzsche.* Reinbek 2000

Foucault, Michel: *Ästhetik der Existenz. Schriften zur Lebenskunst.* Frankfurt/Main 2007

Foucault, Michel: *Der Mut zur Wahrheit. Frankfurt.* Berlin 2010

Foucault, Michel: *Die Geburt der Biopolitik. Geschichte der Gouvernementalität II.* Frankfurt/Main 2004

Foucault, Michel: *Die Regierung des Selbst und der anderen.* Frankfurt/Main 2009

Foucault, Michel: *Hermeneutik des Subjekts.* Frankfurt/Main 2004

Foucault, Michel: *In Verteidigung der Gesellschaft.* Frankfurt/Main1999

Foucault, Michel: *Sicherheit, Territorium, Bevölkerung. Geschichte der Gouvernementalität I.* Frankfurt/Main 2004

Fricke, Karl Wilhelm: *Der Wahrheit verpflichtet. Texte aus fünf Jahrzehnten zur Geschichte der DDR.* Berlin 2001

Fuhrmann, Marion: *Hollywood und Buckow. Politisch-ästhetische Strukturen in den Elegien Brechts.* Köln 1985

Furet, François: *Das Ende der Illusion. Der Kommunismus im 20. Jahrhundert.* München 1996

Gaddis, Jon Lewis: *Der kalte Krieg. Eine neue Geschichte.* München 2007

Gehrke, Hans-Joachim: *Kleine Geschichte der Antike.* München 2003

Grant, Michael, Hazel John: *Lexikon der antiken Mythen und Gestalten.* München 1980

Grimm, Reinhold: *Bertolt Brecht. Die Struktur seines Werks.* Nürnberg 1968

Grimm, Reinhold: *Brecht und Nietzsche oder Geständnisse eines Dichters. Fünf Essays und ein Bruchstück.* Frankfurt/Main 1979

Haug, Wolfgang Fritz (Hg.): Brechts Tui-Kritik. Aufsätze, Rezensionen, Geschichten. Sonderband: Das Argument 11, Karlsruhe 1976

Hakkarainen,Marja-Leene: *Das Turnier der Texte. Stellenwert und Funktion der Intertextualität im Werk Bertolts Brechts.* Frankfurt/Main 1994

Hampe, Michael: *Das vollkommene Leben. Vier Meditationen über das Glück.* München 2009

Harrison, Hope M.: *Ulbrichts Mauer. Wie die SED Moskaus Widerstand gegen den Mauerbau brach.* Berlin 2003

Hartinger, Christel: *Bertolt Brecht. Das Gedicht nach Krieg und Wiederkehr. Studien zum lyrischen Werk 1945-1956.* Berlin 1982

Hauschild, Jan-Christoph: *Heiner Müller oder Das Prinzip Zweifel. Eine Biographie.* Berlin 2003

Hecht, Werner: *Brecht-Chronik 1898-1956.* Frankfurt/Main 1997

Hecht, Werner: *Brecht-Chronik 1898-1956. Ergänzungen*, Frankfurt/Main 2007

Hecht, Werner: *Brechts Leben in schwierigen Zeiten.* Frankfurt/Main 2007

Hecht, Werner: *Bertolt Brecht. Sein Leben in Bildern und Texten.* Frankfurt/Main 1978

Hegel, Georg Wilhelm Friedrich: *Werke in zwanzig Bänden.* Theorie Werkausgabe. Suhrkamp Verlag, Frankfurt/Main 1971

Heym, Stefan: *5 Tage im Juni.* Berlin 1990

Hillesheim, Jürgen: *„Ich muß immer dichten." Zur Ästhetik des jungen Brecht.* Würzburg 2005

Hölderlin, Friedrich: *Werke und Briefe.* Herausgegeben von Friedrich Beißner und Jochen Schmidt. Frankfurt/Main 1967

Hörnigk, Therese. Stephan, Alexander: *Rot=Braun? Brecht Dialog 2000. Nationalsozialismus bei Brecht und Zeitgenossen.* Theater der Zeit. Berlin 2000

Hösle, Vittorio: *Die Krise der Gegenwart und die Verantwortung der Philosophie.* München 1997

Horaz: *Oden und Epoden.* Lateinisch/Deutsch, Stuttgart 2009

Horkheimer, Max: *Notizen 1950 bis 1969 und Dämmerung. Notizen aus Deutschland.* Frankfurt/Main 1974

Janz, Curt Paul: *Friedrich Nietzsche. Biographie.* München 1993

Judt, Tony: *Das vergessene 20. Jahrhundert. Die Rückkehr des politischen Intellektuellen.* München 2008

Judt, Tony: *Geschichte Europas von 1945 bis zur Gegenwart.* München 2006

Judt, Matthias (Hrsg.): *DDR-Geschichte in Dokumenten. Beschlüsse, Berichte, interne Materialien und Alltagszeugnisse.* Berlin 1997

Jureit, Ulrike, Schneider, Christian: *Gefühlte Opfer. Illusionen der Vergangenheitsbewältigung.* Stuttgart 2010

Kerény, Karl: *Die Mythologie der Griechen. Band I und II.* München 1966

Kesting, Marianne: *Bertolt Brecht in Selbstzeugnissen und Bilddokumenten.* Reinbek 1993

Kindlers Literatur Lexikon. München 1990

Knabe, Hubertus: *17. Juni 1953. Ein deutscher Aufstand.* Berlin 2004

Knopf, Jan: *Brecht-Handbuch. Lyrik, Prosa, Schriften. Eine Ästhetik der Widersprüche.* Stuttgart 1984

Knopf, Jan: *Gelegentlich: Poesie. Ein Essay über die Lyrik Bertolt Brechts.* Frankfurt/Main 1996

Knopf, Jan: *Bertolt Brechts Buckower Elegien. Mit Kommentaren von Jan Knopf.* Frankfurt/Main 1986

Koopmann, Helmut: *Brechts Lyrik-neue Deutungen.* Würzburg 1999

Kowalczuk, Ilko-Sascha: *Endspiel. Die Revolution von 1989 in der DDR.* München 2009

Lethen, Helmut: *Brechts Handorakel für Städtebewohner.* In: Lethen, Verhaltenslehre der Kälte. Lebensversuche zwischen den Kriegen. Frankfurt/Main 1994

Liebmann, Irina: *Wäre es schön? Es wäre schön!* Berlin 2008

Löwith, Karl: *Nietzsches Philosophie der ewigen Wiederkehr des Gleichen.* Stuttgart 1956

Lukács, Georg: *Die Zerstörung der Vernunft.* Berlin 1954

Lukács, Georg: *Geschichte und Klassenbewusstsein.* Neuwied 1968

Lyotard, François: *Das postmoderne Wissen.* Graz/Wien 1986

Mak, Gert: *In Europa. Eine Reise durch das 20. Jahrhundert.* München 2005

Malycha, Andreas, Winters Peter Jochen: *Die SED. Geschichte einer deutschen Partei.* München 2009

Mann, Thomas: *Betrachtungen eines Unpolitischen.* Frankfurt/Main 1987

Mann ,Thomas: *Doktor Faustus.* Frankfurt/Main 1967

Marti, Urs: *„Der große Pöbel- und Sklavenaufstand".* Nietzsches Auseinandersetzung mit Revolution und Demokratie. Stuttgart 1993

Mayer Hans: *Erinnerungen an Brecht.* Frankfurt/Main 1996

Mayer, Hans: *Brecht in der Geschichte. Drei Versuche.* Frankfurt/Main 1971

Marti, Urs: *„Der große Pöbel- und Sklavenaufstand."* Nietzsches Auseinandersetzung mit Revolution und Demokratie. Stuttgart 1993

Meier, Christian: *Das Gebot zu vergessen und die Unabweisbarkeit des Erinnerns. Vom öffentlichen Umgang mit schlimmer Vergangenheit.* München 2010

Mennemeier, Norbert: *Bertolt Brechts Lyrik. Aspekte, Tendenzen.* Düsseldorf 1982

Mittenzwei, Werner: *Das Leben des Bertolt Brecht oder Der Umgang mit den Welträtseln.* Berlin, 1997

Mitter, Armin und Wolle, Stefan: *Untergang auf Raten. Unbekannte Kapitel der DDR-Geschichte.* München 1993

Mommsen, Hans: *Zur Geschichte Deutschlands im 20. Jahrhundert. Diktatur, Demokratie, Widerstand.* München 2010

Mommsen, Hans: *Arbeiterbewegung und nationale Frage.* Göttingen 1979

Montinari, Mazzino: *Nietzsche lesen.* Berlin 1982

Müller, Klaus-Detlef: *Die Funktion der Geschichte im Werk Bertolt Brechts.* Tübingen 1972

Müller, Klaus-Detlef: *Bertolt Brecht. Epoche-Werk-Wirkung.* München 1985

Münkler, Herfried: *Die Deutschen und ihre Mythen.* Berlin 2009

Mümsterer, Hanns Otto: *Bertolt Brecht. Erinnerungen aus den Jahren 1917-1922.* Zürich 1963

Niekisch, Ernst: *Gewagtes Leben. Begegnungen und Begebnisse.* Köln 1958

Nietzsche, Fridrich: *Sämtliche Werke.* Kritische Studienausgaben in 15 Bänden. München 1988

Nietzsche, Friedrich: *Menschliches Allzumenschliches.* Stuttgart 1972

Nietzsche, Friedrich: *Unzeitgemäße Betrachtungen.* Stuttgart 1964

Nolte, Ernst: *Der Faschismus in seiner Epoche.* München 1971

Pietzcker, Carl: *„Ich kommandiere mein Herz". Brechts Herzneurose – ein Schlüssel zu seinem Leben und Schreiben.* Würzburg 1988

Rein, Gerhard (Hrsg.): *Die Opposition in der DDR. Entwürfe für einen anderen Sozialismus.* Berlin 1989

Riedel, Manfred: *Nietzsche in Weimar. Ein deutsches Drama.* Leipzig 1997

Röder, Andreas: *Deutschland einig Vaterland. Die Geschichte der Wiedervereinigung.* München 2009

Sabrow, Martin (Hrsg.): *Erinnerungsorte der DDR.* München 2009

Safranski, Rüdiger: *Nietzsche. Biographie seines Denkens.* München 2000

Schivelbusch, Wolfgang: *Entfernte Verwandtschaft. Faschismus, Nationalsozialismus, New Deal 1933-1939.* München 2005

Schroeder, Klaus: *Der SED-Staat. Geschichte und Strukturen der DDR .*München 1999

Schuhmann, Klaus: *Untersuchungen zur Lyrik Brechts. Themen, Formen, Weiterungen.* Berlin/DDR, 1973

Schumacher, Ernst: *Drama und Geschichte. Bertolt Brechts „Leben des Galilei" und andere stücke.* Berlin 1965

Segal, Robert A.: *Mythos. Eine kleine Einführung.* Stuttgart 2007

Sigusch, Volkmar: *Auf der Suche nach der sexuellen Freiheit. Über Sexualforschung und Politik.* Frankfurt/Main 2011

Sloterdijk, Peter: *Du mußt dein Leben ändern.* Frankfurt/Main, 2009

Sloterdijk, Peter: *Kritik der zynischen Vernunft.* Frankfurt/Main 1983

Sloterdijk, Peter: *Philosophische Temperamente. Von Platon bis Foucault.* München 2010

Sophokles: *Antigone,* Stuttgart 1955

Stalin, Josef: *Fragen des Leninismus.* Berlin/DDR 1951

Theweleit, Klaus: *Männerphantasien,* München/Zürich 2000

Theweleit, Klaus: *Buch der Könige I. Orpheus und Euridike.* Frankfurt/Main 1988

Theweleit, Klaus: *Buch der Könige 2X. Orpheus am Machtpol.* Frankfurt/Main, 1994

Traverso, Enzo: *Im Bann der Gewalt. Der europäische Bürgerkrieg 1914-1945.* München 2008

Vergil: *Aeneis.* Epos in zwölf Gesängen. Unter Verwendung der Übertragung Ludwigs Neuffers übersetzt und herausgegeben von Wilhelm Plankl unter Mitwirkung von Karl Vretska. Stuttgart 1989

Vries de, Theun: *Baruch de Spinoza. Mit Selbstzeugnissen und Bilddokumenten.* Reinbek 2004

Völker, Klaus: *Bertolt Brecht. Eine Biographie.* München 1976

Weber, Hermann: *Die DDR 1945-1990.* Dritte überarbeitete und erweiterte Auflage. München 1999

Welsch, Wolfgang: *Unsere postmoderne Moderne.* Weinheim 1987

Weiss, Peter: *Die Ästhetik des Widerstands.* Frankfurt/Main 1978

Welzer, Harald: *Täter. Wie aus ganz normalen Menschen Massenmörder werden.* Frankfurt/Main 2005

Wilpert, Gero von: *Sachwörterbuch der Literatur.* Stuttgart 1979

Wolle Stefan: *Die heile Welt der Diktatur. Alltag und Herrschaft in der DDR 1971-1989.* Berlin 1998

Wizisla, Erdmut: *Bertolt Brecht – Walter Benjamin.* Berlin 1994

Wizisla, Erdmut (Hrsg.): *Begegnungen mit Brecht.* Leipzig 2009

Wüthrich, Werner: *Bertolt Brecht und die Schweiz.* Zürich 2003

Zudeick, Peter: *Nietzsche für Eilige.* Berlin 2005

Zitatnachweis zu Brechts Gedicht „Laute"

Das Gedicht ist zitiert nach: Bertolt Brecht, Große kommentierte Berliner und Frankfurter Ausgabe, Band 12, Gedichte 2, Frankfurt/Main 1988, S. 313.